Journal:
1935—1944, The Fascist Years

塞巴斯蒂安

日记

1935—1944，法西斯年代

Mihail Sebastian
［罗马尼亚］米哈伊尔·塞巴斯蒂安 著

邹继东 译

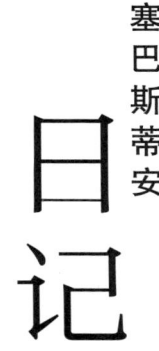

山西出版传媒集团　山西人民出版社

图书在版编目（CIP）数据

塞巴斯蒂安日记 /（罗）米哈伊尔·塞巴斯蒂安（Mihail Sebastian）著；邹继东译 . -- 太原：山西人民出版社，2024.1

ISBN 978-7-203-13082-6

Ⅰ.①塞… Ⅱ.①米…②邹… Ⅲ.①日记—作品集—罗马尼亚—现代 Ⅳ.①I542.85

中国国家版本馆CIP数据核字（2023）第192612号

塞巴斯蒂安日记

著　　者：	（罗）米哈伊尔·塞巴斯蒂安（Mihail Sebastian）
责任编辑：	李　鑫
复　　审：	傅晓红
终　　审：	梁晋华
装帧设计：	陆红强
出 版 者：	山西出版传媒集团·山西人民出版社
地　　址：	太原市建设南路21号
邮　　编：	030012
发行营销：	0351-4922220　4955996　4956039　4922127（传真）
天猫官网：	https://sxrmcbs.tmall.com　电话：0351-4922159
E-mail：	sxskcb@163.com　发行部
	sxskcb@126.com　总编室
网　　址：	www.sxskcb.com
经 销 者：	山西出版传媒集团·山西人民出版社
承 印 厂：	鸿博昊天科技有限公司
开　　本：	655mm×965mm　1/16
印　　张：	51.25
字　　数：	670千字
版　　次：	2024年1月　第1版
印　　次：	2024年1月　第1次印刷
书　　号：	ISBN 978-7-203-13082-6
定　　价：	168.00元

如有印装质量问题请与本社联系调换

导读

当在罗马尼亚……

安妮·阿普尔鲍姆

在20世纪30年代中期之前,年轻的布加勒斯特作家米哈伊尔·塞巴斯蒂安过着与同时代曼哈顿或伦敦的任何其他年轻作家相同的生活。他的日子是在思考、写作、白日梦和社交中度过的。他担心自己的书销量不够,不知道是否能使得他的戏剧让更广泛的公众更容易接触到。他考虑自己是否选择了合适的出版商,并如饥似渴地阅读评论家的评论。他进行了复杂的恋爱。他学会了滑雪。他参加了其他作家举办的晚宴,把女演员、大学教授和有文学自负的古怪富商视为自己的朋友。

像他的朋友一样,塞巴斯蒂安争论美学和政治问题。和他的朋友们一样,他参加文学鸡尾酒会。和他的朋友们一样,他为小杂志写文学评论。但是塞巴斯蒂安不同于他的朋友们,因为他是犹太人。在20世纪30年代中期,他的布加勒斯特慢慢不再像曼哈顿或伦敦那样了。在30年代的后半期,罗马尼亚潜在的反犹太主义开始变得更加强大,无论是在塞巴斯蒂安经常光顾的街头还是知识分子圈子中。正好在这一时间,他开始写日记。在日记中,他描述了这种变化对这两个方面的影响。其结果变成了真正原创的文学成就,日记于1996年在罗马尼亚首次出版,引发了一场关于反犹太主义、罗马尼亚知识分子传统和罗马尼亚在战争中的作用的激烈全国辩论。

起初，人们很难理解为什么这本书会引起如此大的轰动。日记的开始，他痴迷地讲述了一段恋情。因为他从未打算出版日记，塞巴斯蒂安有时会讲述一些没有背景情况、无法理解的故事，或者似乎是无法解释某些事情："我很遗憾没有在这里把它记录下来，但我又不想写更长的日记。"然而，大约在1936年左右，日记的基调开始发生变化。那年的6月24日，他写道：

> 昨天晚上，加布罗韦尼街上出现了街头斗殴气氛……犹太店主已经放下橱窗挡板，等待着袭击他们的人，决心抵抗他们。我认为这是唯一可做的事情。如果我们会被打死，还不如手握棍棒来面对死亡。尽管这样做同样悲惨，但至少不会死得那么窝囊。

然后，6月25日，他在布加勒斯特的一家餐馆遇到了朋友卡米尔·彼得雷斯库。彼得雷斯库对他说，犹太人给自己带来了反犹太主义，"因为他们人太多了。"塞巴斯蒂安对这次谈话大感惊讶：

> 那是卡米尔·彼得雷斯库所说的。卡米尔·彼得雷斯库是罗马尼亚最优秀的人才之一。卡米尔·彼得雷斯库是罗马尼亚最敏感的生物之一。

到1937年底，一个羽翼已成的反犹太政府在罗马尼亚上台。这样的经历多次重演。随着时间一天天过去，塞巴斯蒂安目睹了越来越多的公开欺凌犹太人的行为，有些是十分可怕的，有些是较轻微的："从明天开始，犹太人将支付二十列伊购买一条面包，而基督徒只支付十五列伊。"他在1942年8月忧郁地指出。几天以后，犹太人的自行车被没收了；犹太人的滑雪板被拿走了。虽然他自己从未被拘禁，但在战争期间塞巴斯蒂安失去了工作、公寓和出版小说的可能性。由于他要拼命地通过教学或翻译来赚钱，所以他再也没有时间来写小说了。

然而塞巴斯蒂安并未完全脱离社会环境，尽管事实上他的私人世界发生了同样深刻的变化。尽管他仍然不断地在时髦的餐厅和派对上出现，他看到朋友们的谈话和举止变得越来越野蛮。许多人加入了法西斯铁卫军并开始大肆宣传反犹太主义。其他人虽然没有公开加入，但也没有抗议或抱怨。在与他谈话时，所有人都变得尴尬起来。但过了一段时间，这种尴尬变成了公开的决裂，而正是这一点让塞巴斯蒂安的日记与众不同：他实际上成为了整个一代知识分子腐败的见证。白天，他与朋友保持联系，与他们一起参加聚会，与他们共进午餐。到了晚上，他在日记中描述了他们道德上的怯懦。

例如，他记录了他与一位朋友的谈话，这位朋友开始谴责一位他们相互认识的人。为什么会这么激烈？他一开始搞不明白。然后他意识到：

> 他认为我会像波尔迪那样陷入某种严重的困境——他警告我不要依赖他。"仅仅因为你的朋友比你暴露得少一点，就去求助于朋友是多么的无耻。"也许他想警告我，不要在某一天也变得如此的"无耻"。

后来，一个出版界的熟人给了他几本儿童读物让他翻译。"这是我帮你一个忙，"那个人盛气凌人地说，并趁着塞巴斯蒂安的贫穷时刻，提出给他微薄的报酬。然后，在德军于斯大林格勒失败几天后，塞巴斯蒂安在一次聚会上遇到了一个更公开的法西斯分子：

> 听他谈论战争让我觉得很有趣。我意识到，从另一面看，

即使在今天，事情也可以有不同的一面。重要的不是事实，而是观察事实的眼睛……在他看来，并没有发生什么新鲜事情。（"元首对安东尼斯库这样说"），俄罗斯人将在4月或7月，最坏的情况是在秋天被歼灭。德国人比以往任何时候都强大；他们的储备未动。……斯大林格勒很快就会被夺回，也许在接下来的几天内。

他几乎设法让这次相遇听起来很有趣。虽然人们喜欢在描述塞巴斯蒂安时，嘲笑他穷困潦倒，但他总是看到生活轻松的一面，但这本书并不是一本真正有趣的书。他的作家耳朵能够挑选出使那些说出这些话的人听起来像傻瓜的惊人短语。在一次晚宴上，当一位来访的法国人被主人阻止发表反犹太言论时，塞巴斯蒂安超然的智慧使他能够表达出一种病态的讽刺。主人告诫说，"我们的朋友是犹太人。"以阻止这个人继续往下说。"就我而言，"塞巴斯蒂安写道，"我更愿意让这个人把话说完。"

然而，在更深层次上，塞巴斯蒂安显然对社会的浅薄深感失望。有时他试图描述这种感觉，但当他这样做的时候，他惯常的机智和聪明就抛弃了他。"我终日无所事事，从一天拖到另一天，变得又老又累，不知道自己在哪里。"他写道，或者"一切都进行得很慢，而且困难重重，没完没了，似乎没有任何希望"。即使在战争结束后，当那些曾经折磨过他的人请求他的宽恕时，他也不会感到高兴。塞巴斯蒂安以前有一个最好的朋友战时成为了坚定的法西斯分子并中断了与他的所有联系。但当他得知这个朋友的妻子去世时，他并没有感到仇恨，而是涌起了一股可怕的怀旧感和悲伤。塞巴斯蒂安确实是他那一代知识分子中为数不多的几个能看穿暂时笼罩他的国家的邪恶的人之一，最终他被证明是正确的。解雇他的人求他回来，创办新报刊的人不停地敲他的门。但这并没有给他带来快乐。没有什么能让他恢复以前对周围人的基本善良的信念。

最后,塞巴斯蒂安感到非常孤独。1944年,在苏军占领布加勒斯特并且战争实际上结束之后,在日记的最后一篇中,他试图描述这种感觉:

> 对任何东西我都无以言表。言语对我没有丝毫的帮助。有好几次我静静地站着,看着风景,想在心中定下它的轮廓。……我一定很老了。我在山上没有找到昔日的活力。我很忧郁,更确切地说,几乎是沮丧。我感到一种旧日的疲倦。无论走到哪里,我都笼罩在无法治愈的孤独感之中。

几个月后,塞巴斯蒂安在布加勒斯特的一场车祸中丧生。他在身后留下了一些书籍和剧本——还有这本日记。这本日记提醒我们,西方文明的表层是多么薄弱,而残暴和仇恨又是多么接近表层。

译者序

终于把这本厚厚的日记翻译完成了。在这十个月的翻译过程中，我完全融入到了作者塞巴斯蒂安所说的"翻译，翻译，再翻译"的环境之中，理解他的艰辛，感受他的烦恼，享受他的喜悦。当然，由于所处的环境不同，作者所做的一切是在战火的年月，深受来自国家政府、团体，甚至朋友的种族歧视和迫害，终日为着自己和家人的安全、处境所担忧，为着基本生存而打拼，所以即使做着同样的事情，所得的感受仍是肤浅的。

在翻译过程中，尤其在书的开篇，我真没有觉得这本书有多么精彩，甚至感到主题不突出，句子凌乱，想哪儿写哪儿，甚至有时不知所云。但随着时间的推移，线条越来越清晰，关系越来越清楚，矛盾越来越激化，自然内容也就越来越丰富。一旦进入了场景，读者就会不自觉地随着作家的眼睛和思考实地进入他的生活之中，随着他一起高兴、兴奋、苦恼、愤恨、惊吓或哭泣。

由于该作者书写日记时，并未打算出版，只是想把自己所见所闻、所思所虑的事情书于纸上，做个记录。由于不受外来规矩的限制，不受道德的制约和社会思想的羁绊，心目中的读者只是他自己，所以他所描写的人与事活灵活现，他所描写的人与人之间的关系栩栩如生，他对自我和朋友的剖析淋漓尽致，他对形势的分析有理有据，他对自己生活的描绘，情感的吐露，甚至个人私生活的描写从不遮遮掩掩。

这本日记从时间上讲，跨越了十年，从1935年到1944年。换句话说，从一战和二战之间一直到二战的大致结束。这本书不仅是一部二战的编年史，同时也是当时罗马尼亚知识分子和平民生活的真实写照。

作者兼有多种身份。他既是一位戏剧作家，又是一位小说家，还是一位翻译家，还担任过报社编辑，同时又是一名律师，还是中学和大学的教师，但最重要的是，他是一位犹太人。他酷爱音乐，热爱滑雪运动，由于如此多的身份和爱好，在这本日记中，多条主线并驾齐驱，交错发展。不仅描写了战争，而且记叙了一个犹太知识分子在战争的阴影之中，在种族歧视和迫害下，是如何写作，如何授课，如何帮他人打官司，如何为了生活艰苦劳作，以及如何享受爱情，在音乐和大自然中自我解脱的点点滴滴。

原书中带有大量脚注。译者在翻译过程中尽量按原有注释翻译，但个别地方因为牵涉到文化差异，翻译时多添了一些解释词语，以便读者更好地理解。例如，在8月的日记中，作者谈及的是11月的天气，这是因为作者在这里所谈及的是犹太历（或希伯来历）。再如，在日记中，作者使用了"666"这组数字来描绘不好的事物。这是因为在《圣经》的《启示录》中它被视为"野兽的数字"，而在不少文化中，这组数字却是象征着吉祥顺利。

在翻译过程中，自然少不了妻子邹秀英的大力支持和理解。这使得我能够专心致志把时间和精力投入到翻译工作之中。在此表示感谢。

由于该书牵涉大量的历史事件和人物以及文学著作和音乐作品，加上个人才学浅陋，译文中不足、不当甚至错讹之处在所难免，敬请识者批评指正。

序　言

拉杜·爱奥尼德

"请原谅，我不相信你，"沃兰德说。"那不可能。手稿不会燃烧。"

——米哈伊尔·布尔加科夫，《大师与玛格丽特》

1945年5月29日，三十八岁的罗马尼亚外交部新闻官米哈伊尔·塞巴斯蒂安在急匆匆地走过布加勒斯特市中心的一条街道时，被一辆卡车撞倒身亡。由于该事件的发生，塞巴斯蒂安没能到达达勒斯大厅。他原定在那里教授关于奥诺雷·德·巴尔扎克的课程。

死者原名约瑟夫·赫克特，1907年出生于多瑙河畔的布勒伊拉。在他去世时，他作为小说家和文学评论家以及几部成功戏剧的作者在布加勒斯特文坛和政界享有盛誉。他的突然去世使他的母亲和兄弟陷入了震惊，而布加勒斯特上流社会的成员则难以置信地摇头。随着时间的推移，几个前女友不时对他追思怀念，时不时有文学评论家提及他的名字，剧院的导演偶尔会上演一部他的戏剧。

最终，人们提到塞巴斯蒂安的名字主要是联想到他的戏剧，而较少地联想到他的小说。然而，塞巴斯蒂安遗产的一个鲜为人知的贡献是他在1935年至1944年期间写的日记，这些日记在他去世时仍然属于他的私人财产。1961年，塞巴斯蒂安的弟弟贝努从罗马尼亚移民到了以色列。他通过以色列大使馆的外交邮袋将日记运出该国。贝努的谨慎是应该的。在此之前（和之后），有不少手稿被罗马尼亚国家安全局秘密警察没收，即使不是永远消失，也会消失多年。

塞巴斯蒂安非凡的日记于1996年首次以罗马尼亚语全文出版，随后于1998年出版了法文版。这本日记简直就是一颗定时炸弹。它的出版引发了一场关于罗马尼亚反犹太主义总体性质的爆炸性辩论，尤其是关于罗马尼亚在犹太大屠杀中的作用的辩论。文学评论家瓦西里·波波维奇在阅读日记后写道："……你不可能再保持原样。犹太人的问题成为你的问题。巨大的耻辱感笼罩着整个民族文化和历史，它的阴影也笼罩着你。"

塞巴斯蒂安的日记跨越了罗马尼亚连续三个反犹太主义独裁政权崛起的时期，每一个都比其前任对该国七十五万九千名犹太人造成更具毁灭性的伤害。这三个前后更迭的政权始于卡罗尔二世国王的统治（1938年2月至1940年9月），接着是扬·安东尼斯库与法西斯铁卫军结盟的统治（1940年9月至1941年1月），最后是扬·安东尼斯库在暴力镇压他以前的铁卫军盟友后担任首脑，开始了独自统治（1941—1944年）。

塞巴斯蒂安的日记并不是唯一的，甚至不是第一个关于战后欧洲社会纳粹化的文学记录。维克多·克伦佩勒的日记以《我将见证：纳粹时代的日记，1933—1945年》为题出版。该日记也记述了他仅仅因为生为犹太人就被当地社会以残酷无情的方式排斥的记事。与塞巴斯蒂安一样，克伦佩勒记录并注意到，由于纳粹主义的结果，允许他身体和智力的自由系统性地缩减。但是，尽管克伦佩勒在纳粹帝国的心脏地区柏林作为犹太人写作，但他受到了妻子"雅利安"身份和他自己宗教皈依的保护，而塞巴斯蒂安在罗马尼亚法西斯主义（这与德国纳粹主义的特点不同）下写作，没有受到免于对犹太人攻击的保护，也没有"雅利安"亲戚的身份庇护，并拒绝宗教皈依。值得注意的是，这似乎是塞巴斯蒂安的原则问题。尽管他觉得自己与犹太教没有多少宗教联系，但他对那些认为洗礼是避免被驱逐出境的唯一可能解决方案的犹太同胞的反应嗤之以鼻："改信天主教吧！尽快皈依吧！教皇会保护你！他是唯一还能救你的人。……即使这样做不那么荒唐，即使这样做不那么愚蠢和毫无意义，我仍然不需要争辩。在一个有阳光和阴影的岛屿上的某个地方，在和平、安全和幸福之中，我最终会对我是不是犹太人并不在乎。但此时此地，我不能成为任何其他人。我认为我也不想这样做。"在1941年9月反犹太人迫害的高峰期，塞巴斯蒂安去了犹太教堂，因为他想和他的犹太同胞在一起："犹太新年。我在寺庙度过了一个上午。我听到沙夫兰（罗马尼亚首席拉比）的讲话，但听到时他快结束了。愚蠢，自命不凡，非常随意，新闻式的，肤浅和不认真。但是人们在哭——而我自己眼里也含着泪水。"

克伦佩勒和塞巴斯蒂安的不同之处不仅在于他们的"犹太人身份"（因此他们在日记中的观点也是如此），也许更重要的是他们的环境不同以及他们所忍受的法西斯运动的本质不同。如果说克伦佩勒幸存下来是因为纳粹对"犹太人"定义的法律上的技术细节，那么塞巴斯蒂安之所以幸存下来，是因为罗马尼亚法西斯政权特别投机取巧的性质。如同几乎占国内人口一半数量的罗马尼亚犹太人，塞巴斯蒂安一直活到1944年，只是因为罗马尼亚当局在最后一刻改变了他们在所谓的"犹太人问题"上的策略，甚至改变了他们的立场。当安东尼斯库元帅和其他当时有影响力的人意识到与纳粹德国结盟的罗马尼亚可能不会在战争中获胜时，他和他的爪牙停止驱逐和杀害罗马尼亚犹太人。因此，曾在1941年至1942年间成为灭绝目标的罗马尼亚犹太人突然之间成了讨价还价的筹码。罗马尼亚当局希望借此收买同盟国的善意并缓和战败的战后影响。塞巴斯蒂安的日记，除了它的许多其他属性之外，还是一部引人入胜的编年史，记录了罗马尼亚犹太人集体命运命悬一线的岁月。

在19世纪末和20世纪初,塞巴斯蒂安生活和死亡的布加勒斯特被亲切地称为"小巴黎"。充满魅力和个性的布加勒斯特是一座现代化的城市。1899年,该市引进了电气照明。那是在法国建筑师阿尔伯特·加勒隆建造了令人印象深刻的罗马雅典娜神庙音乐厅一年之后。美丽的林荫大道,如胜利之路,两旁林立着私人宫殿和豪华酒店,其中包括著名的雅典娜宫。在同一条街上,ITT拥有的一座纽约风格的摩天大楼正对着颇受欢迎的卡普萨餐厅。有轨电车提供了整个城市的公共交通,优雅的汽车载着车主去参加商务会议或休闲约会。布加勒斯特也是一座国际化的城市。上流社会穿着西方的时装,穿梭于巴黎和维也纳。没落的贵族和崛起的资产阶级相互争夺财富和声望,他们财富和地位的象征一览无余。现代别墅散布在城市的北部,靠近美丽的赫拉斯特劳公园。布加勒斯特还有许多其他美妙的绿地,其中包括模仿纽约中央公园的奇斯米久公园和由法国建筑师爱德华·雷东设计的自由公园。布加勒斯特的冬天非常寒冷,夏天又格外炎热,但是临近的喀尔巴阡山脉和黑海的度假胜地乘坐火车或汽车只需几个小时即可抵达。与其他任何首都城市一样,布加勒斯特拥有自己的博物馆、美术馆、大学、报馆、公立和私立学校,当然还有知识分子。

然而,作为一个对比鲜明的城市,布加勒斯特的上流社会在街上与他们没有那么幸运的中产阶级邻居、来自奥尔特尼亚的运送牛奶和奶酪的赤脚农民,以及销售新鲜蔬菜的保加利亚园丁混合在一起。与布满优雅别墅和酒店的市区不同,布加勒斯特的郊区有丑陋的工业企业和社区,中下阶层和穷人住在廉价的房子里,这些房子通常位于未铺砌的街道之旁。到处出现的东方市场和某种交易方式提醒着外国游客,"小巴黎"实际上更接近于东地中海地区的黎凡特,而这一点是许多罗马尼亚人不太愿意承认的。

在塞巴斯蒂安的日记中，这个色彩缤纷但现已消失的世界的形象一览无遗。它不仅是一部大屠杀回忆录，而且是一部关于时过境迁的生活日记——他在布加勒斯特的日常生活、他的爱情、他的假期，以及他喜爱的音乐表演，尤其是交响乐。塞巴斯蒂安非常热爱音乐，尤其是贝多芬和巴赫的作品，以至于有时音乐对他来说无疑比他坦承的活跃浪漫生活更为重要。他开始写日记时年仅二十八岁。在那时，由于他的书《两千年之久》的出版以及他的导师纳埃·约内斯库为该书写的恶毒的反犹太主义序言，他就已经出名了。塞巴斯蒂安是一位被同化的罗马尼亚犹太知识分子。他努力认真地写作并为自己的生活寻找存在感。他对自己与母亲和两个兄弟的关系的描述是亲密的，很有人情味的，就像他对自己激烈但并不总是幸福的爱情生活的描述一样。作为一个嗜书如命的读者，他特别喜欢普鲁斯特、纪德、巴尔扎克和莎士比亚。

除了个人方面的内容，塞巴斯蒂安的日记还记录了1935年至1944年间罗马尼亚首都的社会和政治生活。塞巴斯蒂安社交圈很广，包括富有且著名的自由派贵族、真正的民主主义者和丑恶的机会主义者、犹太复国主义者和共产主义犹太人以及演员、小说家和文学评论家。他在布加勒斯特以及不远的布切吉山脉中创作小说和戏剧。他在黑海度假，有时出国旅行，尤其是去法国。

塞巴斯蒂安有着很奇怪的命运。他属于一群与《库凡突尔日报》关系密切的有天赋的年轻知识分子，而这一伙人最初都是不墨守成规且相对自由的青年。当《库凡突尔日报》转变为铁卫军的官方报纸时，塞巴斯蒂安的许多朋友与他们共同的导师纳埃·约内斯库一起转向了罗马尼亚法西斯主义。塞巴斯蒂安在日记中多次提到这一群人，包括他的朋友和同事。起初他们似乎是善良的，但当日记最终捕捉到了罗马尼亚的民主时，许多以前的朋友却纷纷倒向了法西斯主义。正如塞巴斯蒂安在战争初期指出的那样，他的生活圈变得越来越狭窄。他的许多"朋友"抛弃了他，不断升级的反犹太立法使他沦为了"贱民"。

两次世界大战之间的罗马尼亚在政治上比保加利亚、匈牙利或波兰稍微民主一些。与法西斯专政和紧随其后的极权主义专政相比，当时的政府是一个彻头彻尾的民主典范。尽管如此，两次大战之间的政策通常是由君主的意志决定的。当国王对他的首相越来越不满意时，王室就从反对派中提名了一位继任者。这位更具可塑性的被提名人，如今对国王负责，被赋予组织选举的任务。这一选举的安排毫不奇怪地几乎总导致被提名人所在的政党轻松地在议会中获得多数席位。实际上，第一次世界大战后的罗马尼亚是一个羽翼未丰的民主国家，不可避免地面临着被欧洲日益抬头的极权主义诱惑的风险。

反犹太主义一直是现代罗马尼亚的主要特征，它进一步影响了这个摇摇欲坠的民主制度。整个19世纪，罗马尼亚的政治家和知识分子都强烈地反犹。即使是第一次世界大战带来的重大宪法和政治变革（即采用现代宪法和名义上的选举权）也没有改变这一基本特征。尽管西方列强施加了数十年的压力，罗马尼亚在1923年之前一直拒绝给予犹太人法律上的平等权，而在1923年之后也只是勉强地承认。1929年以后，在经济危机频发的背景下，反犹太主义活动不仅仅是激进组织的政策，所谓的"犹太人问题"变得越来越具有群众性了。主流政党和法西斯政党都利用了反犹太主义的情绪。知识分子也投入了辩论。那些倾向于法西斯铁卫军的人自然而然地处于针对罗马尼亚犹太人的反犹太运动的最前沿。除了彻底解决"犹太人问题"之外，他们还主张用具有明显罗马尼亚特色的类纳粹政权来取代民主。在罗马尼亚整个现代进程中发生的所有变化里，反犹太主义始终如一是主导因素，并且至今仍在知识界普遍存在。

罗马尼亚知识分子在两次世界大战之间的悲剧在于，他们没有试图改善不完善的政治制度，而是选择将其抛弃，取而代之的是将自己与极权主义的个性和制度联系起来。政治学家乔治·沃伊库恰如其分地描述了罗马尼亚在20世纪30年代后期对西方政治模式的放弃情况："随后的独裁统治（皇家、铁卫军、军人）并没有受到（罗马尼亚知识分子）的强烈反对，因为社会的基础已经准备就绪：在某种程度上，即使与这些解决方案不能同步，也会在政治文化上采取对这些解决方案的宽容态度。"塞巴斯蒂安亲眼目睹并记录的正是对这种模式的放弃和罗马尼亚社会的"纳粹化"。他把这些记录在这本日记中，构成了日记最重要的一个方面。

铁卫军知识分子一代的精神大师是纳埃·约内斯库（与剧作家尤金·约内斯库无关）。作为"灰色领袖"和铁卫军的主要思想家之一，纳埃·约内斯库在布加勒斯特大学教授哲学，后来因其亲纳粹活动而获得德国法本公司的报酬。他被同时代的人描述为反复无常、肆无忌惮、投机取巧和愤世嫉俗。20年代后期，已经成为有影响力的知识分子但还不是铁卫军思想家的纳埃·约内斯库"发现"并出版了米哈伊尔·塞巴斯蒂安的作品。塞巴斯蒂安从未忘记这种支持，并为此反复寻找理由为他早期的导师辩解和解释。

塞巴斯蒂安的基本选择之一就是认为自己是罗马尼亚人而不是犹太人。对于一个精神和智力成果属于罗马尼亚文化的人来说，这是一个很自然的决定。但他很快就惊讶和痛苦地发现这是一种幻觉：他的知识恩人和他的朋友最终都拒绝了他，只因为他是犹太人。

第一次巨大的失望就是来自于纳埃·约内斯库。1934年，米哈伊尔·塞巴斯蒂安邀请纳埃·约内斯库为他的书《两千年之久》写序，纳埃·约内斯库就写了一篇野蛮的反犹太主义文章。他向塞巴斯蒂安和他的读者解释说，犹太人不能属于任何民族社区。正如他所说的，"……属于某个特定社区不是个人的选择。……有人可以为社区服务，可以以杰出的方式为社区服务，甚至可以为这个集体献出生命，但这并没有使他向它靠近。由于两名犹太人，哈伯和拉特瑙的活动，德国发动了战争。然而,哈伯和拉特瑙并没有因此成为德国人。他们在外面,在德国精神社区的墙外为德国服务。这不公平吗?这个问题毫无意义:这是事实。"纳埃·约内斯库警告塞巴斯蒂安甚至不要认为自己是罗马尼亚人:"这是同化主义的幻觉,这是许多真诚地相信自己是罗马尼亚人的犹太人的幻觉。……要记住,你是犹太人!……你是在多瑙河畔布勒伊拉出生的约瑟夫·赫克特吗?不对,你是在多瑙河畔布勒伊拉出生的犹太人。"尽管如此,塞巴斯蒂安还是选择出版了约内斯库的反犹序言,但他在后来的一本书中以愤怒和悲伤进行了回应。

塞巴斯蒂安认为纳埃·约内斯库是个机会主义者,甚至谈到他的铁卫军信仰时也是如此,但是我们这位犹太作家仍然对这位法西斯哲学家怀有复杂的感情——"喜爱、恼怒、怀疑、厌恶"。1938年5月,纳埃·约内斯库恰恰因为他作为铁卫军领导人的活动而被捕关押在集中营,塞巴斯蒂安对此感到痛苦和担忧。他继续试图将约内斯库的政治行动解释为"误判","一半是闹剧,一半是野心"。1940年3月,纳埃·约内斯库去世时,塞巴斯蒂安无法控制地抽泣起来,将他的死视为失败和不公正。

纳埃·约内斯库和他的追随者希望铁卫军的意识形态及其与反资本主义、反犹太主义和反共产主义的奇怪混合体能够解决罗马尼亚的问题。正如政治学家玛尔塔·彼得鲁所说,纳埃·约内斯库"……安排并影响了部分青年知识分子朝向基督教-东正教铁卫军的意识形态。可以肯定的是,纳埃·约内斯库的影响力……对年轻的亲铁卫军的知识分子中最有教养的部分产生了影响。……在年轻的铁卫军知识分子的文章中,我们可以找到这一学说的所有成分:对民主国家和自由主义的攻击、强烈的民族主义主张、对西方世界的拒绝、铁卫军独裁的思想、(遵循正在进行的法西斯革命的模式)正在进行的民族革命,抬高东正教的地位,等等。铁卫军学说的想法越晦涩越神秘,它在支持铁卫军的年轻知识分子中就越能成功。"塞巴斯蒂安的日记如同一种 X 射线，清晰透视了独裁统治期间这些罗马尼亚知识分子的这种野蛮化。到了1937年，塞巴斯蒂安不再对已成为铁卫军成员的朋友抱有幻想。尽管如此，他仍继续与他们交往，并在日记中承认，这种情况变得多么痛苦。

反犹太主义是这些年轻知识分子作品中的一个普遍主题。他们将罗马尼亚社会中他们认为错误的一切（自由主义、贫困、梅毒、酗酒、共产主义、卖淫、拉皮条、堕胎、同性恋、社会主义、女权主义）归咎于犹太人。在罗马尼亚第一个反犹太政府出现之前，塞巴斯蒂安目睹了不仅在罗马尼亚知识分子中而且在布加勒斯特的街道上反犹太主义的高涨。1936年6月，他生动地描述了这种现象，并提倡犹太人以自卫作为回应。1937年底，反犹太主义的戈加－库扎政府成立时，塞巴斯蒂安立即看到了这个国家将被带向何方，并指出媒体报道的官方讲话首次使用了"犹太鬼"和"犹大的统治"等术语。他正确地预见了当局将对犹太人的公民身份进行审查，并正确地预测到，他会因为自己是犹太人而丢掉工作。

塞巴斯蒂安最亲密的朋友之一米尔恰·伊利亚德在铁卫军的影响下变得狂热地反犹。伊利亚德是一战和二战之间罗马尼亚著名的记者和小说家，二战后他在芝加哥大学作为宗教历史学家取得了非凡的成就。然而，与他那一代人的其他著名代表不同，伊利亚德从未承认自己作为铁卫军思想家的过去，也从未对他参与这个法西斯组织表示遗憾。

在罗马尼亚报刊上，伊利亚德发表了尖锐的反犹太主义的攻击性文章。"有没有可能，"他问道，"罗马尼亚民族会以历史上最悲惨的解体而告终，被贫穷和梅毒吞噬，被犹太人入侵，被外国人撕裂，士气低落，被出卖并以几百万列伊的价格把这个国家卖掉？"1937年12月的这次发泄完全反映了他的思想。大约在两个月之前，伊利亚德投入了一场漫长的仇外劝告运动，责备当局对犹太人的宽容。他写道："当

序言 XVII

我们看到特兰西瓦尼亚城镇的犹太人势力加强时，我们没有动一根手指。……自战争以来，犹太人入侵了马拉穆列斯和布科维纳的村庄，并在所有比萨拉比安的城市中获得了绝对多数。……我很清楚，犹太人会大喊我是个反犹分子，而民主党人会大喊我是流氓或法西斯分子。……当我听到犹太人高喊'反犹太主义''法西斯主义''希特勒主义'时，我一点也不会生气。"

米尔恰·伊利亚德呼吁对他的运动对手使用典型的铁卫军式暴力。1936年，他在与塞巴斯蒂安的谈话中唾沫星四溅地叫喊，主张处决亲西方的罗马尼亚外交部长尼古拉·蒂图列斯库："他应该……让子弹打得百孔千疮。绑着舌头把他吊死。"

如果说在1936年塞巴斯蒂安还在试图"尽一切可能"与伊利亚德保持朋友关系，那么到1937年3月，他似乎承认这种友谊变得不可能了："我们有好几天没有见面——而当我们见面时，我们不再有任何话可说。"同年，塞巴斯蒂安形容自己对伊利亚德参加铁卫军竞选活动感到"震惊"。与此同时，在1938年8月伊利亚德因参与铁卫军活动被捕时，塞巴斯蒂安感到担忧，并将伊利亚德的行为解释为"孩子般的胡说八道"。身居高位的朋友很快任命伊利亚德到国外任职，他在那里不再受到任何伤害。

当伊利亚德被任命为外交官时（先是在伦敦，然后是里斯本），塞巴斯蒂安很痛苦地描述了他的这个朋友。在他看来，这个朋友背叛了他，而且在战争期间从未来拜访过他。"……成功，即使在道德上是卑鄙的，仍然是成功。"塞巴斯蒂安写道。伊利亚德的机会主义也许最好地体现在他曾在三个相互冲突的政府中任职，一个接着一个，从国王卡罗尔二世的独裁统治开始——国王后来处决了科内柳·泽列亚·科德里亚努（铁卫军的领袖，伊利亚德的偶像），也最终把伊利亚德关进劳改营——伊利亚德还为安东尼斯库将军的政府服务，无论是否有与铁卫军合作。

在塞巴斯蒂安的朋友中，铁卫军的另一位坚定支持者是E.M.乔兰。他是一位才华横溢的作家和哲学家。在战后流亡巴黎期间，他公开后悔自己"与魔鬼签订的契约"。早些时候，在法西斯主义抬头的时刻，他写道："即使在德国，也很少有人比我更钦佩希特勒。"尽管如此，塞巴斯蒂安还是在1941年1月称他为"有趣的人，……非常聪明，没有偏见，……把愤世嫉俗和懒惰以一种十分有趣的方式把两者结合在一起。"

迪努·（康斯坦丁）·诺伊卡是一位思想家。他于1938年12月加入了铁卫军。他在战后创立了齐奥塞斯库政权所容忍的非共产主义思想流派。他也是塞巴斯蒂安的朋友。1940年秋天，他发现自己和他的铁卫军成员一起掌握了权力。诺伊卡随后告诫罗马尼亚在为时已晚之前去发现反犹太主义。他传播了一个他声称他永远不会否认的凶残政权的极端民族主义仇恨学说。

和塞巴斯蒂安的其他朋友一样，戏剧导演哈伊格·阿克德里安成为了铁卫军的积极成员，并参加了1941年1月的反安东尼斯库叛乱。这场叛乱在反犹太主义方面可以称得上是罗马尼亚的"水晶之夜"。1936年，塞巴斯蒂安就阿克德里安对铁卫军领袖科内柳·科德里亚努的崇拜感到惊讶。他提醒自己"在1932年，哈伊格还是一名共产党员"。随着塞巴斯蒂安日记的展开，读者感觉到，塞巴斯蒂安总是希望发生在他朋友身上的一切只不过是一次意外，他们还会再次成为"正常"人。但这种希望正在破灭。

如果伊利亚德、乔兰、诺伊卡和阿克德里安还有点最低限度的体面，会避免在塞巴斯蒂安面前公开展示他们的反犹太主义，那么阿克德里安的妻子玛丽埃塔·萨多娃就不是这样了。她在1936年被塞巴斯蒂安描述为未来的泽列亚·科德里亚努控制的国度里的"莱妮·里芬斯塔尔"，"会因为反犹太主义而窒息"。她当着塞巴斯蒂安的面大声喊道，"要怪就得怪罪于犹太鬼，……他们从我们口中夺走面包；他们剥削和扼杀我们。他们应该滚出这里。这里是我们的国家，不是他们的。

是罗马尼亚人的罗马尼亚！"

塞巴斯蒂安对朋友们的法西斯狂热感到愤怒和困惑，但他坚持努力为他们的"野蛮错误"提供一个合理的解释。1937年，他仍然相信"他们阵营中的盲目多于骗局，诚意多于欺诈"。1939年，国王卡罗尔二世在其总理阿尔曼德·克林内斯库遇刺后对铁卫军进行了暴力镇压，处决了数百名铁卫军成员作为报复，塞巴斯蒂安对这种镇压感到痛苦，并继续为他以前的朋友感到难过。

著名剧作家尤金·约内斯库是塞巴斯蒂安亲密而坚定的朋友，1945年，他这样描写铁卫军一代："我们道德败坏，生活悲惨。……就我而言，我不能责备自己是法西斯主义者，但是其他人可以为此受到指责。米哈伊尔·塞巴斯蒂安保持着清醒的头脑和真实的人性。乔兰在这里流亡。他承认自己年轻时错了。我很难原谅他。米尔恰·伊利亚德这几天来了。在他眼里，自从'共产主义赢了'之后，一切都失去了。他真的感到很内疚。他和乔兰、武尔卡内斯库，还有那个低能的诺伊卡和许多其他人，都是可恶的死去的纳埃·约内斯库的受害者。……就是因为他，所有人都成了法西斯主义者。……他创造了一个愚蠢而可怕的反动的罗马尼亚。"

塞巴斯蒂安的密友、著名小说家卡米尔·彼得雷斯库并不是铁卫军成员，但他或许比其他任何人都更能反映罗马尼亚知识分子所表现出的纳粹化和机会主义。塞巴斯蒂安喜欢彼得雷斯库，称他为"罗马尼亚最优秀的人才之一"，"罗马尼亚最敏感的生物之一"。和玛丽埃塔·萨多娃一样，彼得雷斯库也并不向塞巴斯蒂安隐瞒他的反犹主义。然而，与萨多娃不同的是，他并没有充满仇恨。他是一个带着微笑而且很随意的反犹分子。彼得雷斯库告诉塞巴斯蒂安，由于犹太人的民族主义和共产主义（彼得雷斯库称之为"犹太帝国主义"），它们才是反犹太主义的真正根源。后来，在战争期间，彼得雷斯库接受了安东尼斯库政权反犹太宣传的陈词滥调，认为犹太人应对罗马尼亚的军事失败负责，因此将自己的悲惨命运归咎于他们。根据彼得雷斯库的说法，犹太人，尤其是美国人，也应对战争的持续进行感到内疚，因为他们使得妥协变得不可能。

当然，并非塞巴斯蒂安的所有朋友都是敏感的或不敏感的反犹分子。安东涅·比贝斯库在塞巴斯蒂安服兵役期间帮助了他，并拒绝让任何人在塞巴斯蒂安在场的情况下说出反犹太主义的暗示。1941年夏天，罗马尼亚正在实施大规模的反犹太主义措施时，塞巴斯蒂安的另一位朋友马德伦·安德罗内斯库告诉他，她对强加给犹太人的屈辱感到多么羞愧。塞巴斯蒂安的另一个好朋友是外交官和政治家康斯坦丁·维绍亚努（二战后罗马尼亚移民美国的领导人之一）。塞巴斯蒂安并不认为他是一个多愁善感的人。他在街上目睹了一群犹太人后说了一些与塞巴斯蒂安相似的话："每当我看到一个犹太人时，我都有一种冲动，想上前和他打招呼，并说：'请相信我，先生，我与这一切毫无关系。'"1941年，塞巴斯蒂安的赞助人亚历山德鲁·罗塞蒂在犹太人从比萨拉比亚和布科维纳被驱逐到德涅斯特河沿岸的高峰期，建议塞巴斯蒂安，几乎命令他离开罗马尼亚，途经保加利亚和土耳其前往巴勒斯坦。另一位好朋友齐图·德韦基警告他，比萨拉比亚和布科维纳对犹太人的屠杀规模很大。1942年1月，在罗塞蒂的家中，塞巴斯蒂安听到另一位著名的罗马尼亚知识分子安德烈·奥采泰亚"激动、震惊和偶尔愤怒"地谈论雅西大屠杀。在这场屠杀中，一万二千名犹太人被杀害，奥采泰亚称其为"人类历史上最残忍的一天"。

塞巴斯蒂安非常准确地描述了罗马尼亚大屠杀在他周围展开的情景。在布加勒斯特，他遭受了严重的歧视，但从未被驱逐到集中营。与大量被驱逐和屠杀的比萨拉比亚、布科维纳和德涅斯特河沿岸的犹太人不同，当局对塞巴斯蒂安的折磨表现为强迫劳动、没收财产、限制他的工作和谋生能力、巨额罚款和极少的食物配给。尽管如此，由于没被隔离，塞巴斯蒂安仍然能够目睹来自罗马尼亚周边的不幸的犹太同胞受到的迫害，并看到罗马尼亚社会对大屠杀的反应。

他在日记中详细记录了1941年夏秋期间犹太人从比萨拉比亚和布科维纳被驱逐到德涅斯特河沿岸的情况（后来被档案文件证实）。在驱逐高峰期，塞巴斯蒂安非常清楚犹太人是如何被送过德涅斯特河的："比萨拉比亚和布科维纳的道路上到处都是被赶出家园前往乌克兰的犹太人的尸体。老人、病人、儿童、妇女——全都毫无区别地被赶到马路上，向莫吉廖夫驱赶。……自6月以来，被谋杀的犹太人人数已经超过十万。"日记同样详细地描述了古拉胡莫鲁卢伊和多罗霍伊的犹太人如何在短短几个小时内被驱逐出境的。

塞巴斯蒂安在"一片茫然"之中经历了所有这些事件，"无感情，无表达，无语"。像摄影师一样，他记录了"已经成为犹太人的一种问候的""紧张的动感""苍白的面孔"和"无声的绝望"，以及"一小群面色苍白、饥饿、衣衫褴褛、提着可怜的包裹或麻袋的犹太人"。塞巴斯蒂安通过他在高层的罗马尼亚朋友了解情况，甚至知道美国当局如何看待罗马尼亚在反苏战争中的作用和罗马尼亚在大屠杀中的责任。

塞巴斯蒂安很快抓住了安东尼斯库政权国家反犹太主义的本质。1941年8月，他观察到，"每个人都是巨大的反犹太主义工厂中的一个齿轮。"同年的10月，他写道："有组织的反犹太主义正在经历一个最黑暗的阶段。为了达到目的，一切都算得太精明了，背后操纵得太明显了，不可能没有政治意义。"早些时候，他曾描述了这些"有组织的"罗马尼亚反犹太主义法案执行时的混乱情况。

1944年8月23日，安东尼斯库的政权被迈克尔国王和几个政党的联盟推翻。塞巴斯蒂安这时感到如释重负。他知道自己不再有生命危险。但是，像许多犹太人一样，当他看到解放他们的红军时感到喜悦，也在看到同一支军队进行掠夺时感到不知所措。解放一个星期后，塞巴斯蒂安写下了他的欣喜，也写下了他对强奸、抢劫和掠夺的解放者的"困惑、恐惧和怀疑"。与此同时，他已经对反轴心国联盟的"新盟友"（罗马尼亚）的机会主义感到厌恶。"最终，"他写道，"俄罗斯人在行使自己的权利。当地人很恶心，犹太人和罗马尼亚人都一样"。此外，塞巴斯蒂安拒绝为《罗马尼亚自由报》及其"因顺从而恐慌的编辑委员会"工作。

1996年，由莱昂·沃洛维奇出色编辑的塞巴斯蒂安日记的罗马尼亚语版出版后引发了相当大的争论。这再次表明反犹太主义仍然是罗马尼亚文化的基本要素，而这一文化被乔治·沃伊库称为"偶像和禁忌的文化"。这些偶像本质上是与塞巴斯蒂安交往过的极右翼知识分子。这些"禁忌"禁止对这些偶像进行任何严肃的批判性检查。罗马尼亚著名的知识分子佩特鲁·克雷蒂亚在1997年去世前几天写道："我看到了塞巴斯蒂安日记引起愤怒的无可辩驳的证据，看到了崇高的民族价值观被一个公正的（常常是天使般的）证人那种平静、悲伤、宽恕的启示所玷污的证据。"在这种情况下，即使不是不可能，也很难对罗马尼亚作为一个永远的受害者而非加害人的国家的自我形象和自我定义的任何挑战进行认真的讨论。

许多罗马尼亚知识分子保持着一种主流文化的反犹太主义。这种反犹太主义可能较为微妙，但同样危险。自大屠杀以来，这些知识分子中的一些人变得更加难以坦承自己既亲西方又反犹太主义的立场。他们往往依赖于西方提供的认可和资助。尽管如此，他们的反犹思想仍然很明显。因此，尽管罗马尼亚主流反犹知识分子并不否认大屠杀，但他们也几乎不承认大屠杀——只在将其与极权主义罪行进行比较时才会承认。许多人口口声声说大屠杀给犹太人造成了苦难，却立即指控这些犹太人受害者将极权主义带到东欧并成为新的加害人。一些人还声称，一个强大的犹太游说团体对受难进行了垄断，因此剥夺了古拉格集中营受害者获得纪念碑和纪念活动的权利。在1998年3月尼古拉·马诺莱斯库的一篇文章中，他暗示犹太人试图垄断"揭露危害人类罪"的过程。他还说，"支持我怀疑的间接证据是在法国对加劳迪的审判。加劳迪并没有说没有大屠杀，只是说围绕它组织了一个可怕的游说团体。失去对这个特定问题的垄断似乎让一些人感到紧张"。他写道，"堵上数百万极权主义受害者的嘴，担心没有足够的人留下来哀悼纳粹主义的受害者，这种做法是不正确的，也是不道德的"。

德涅斯特河沿岸的幸存者、小说家诺曼·马内亚于1998年4月在《新共和》发表的文章《不相容性》引发了关于塞巴斯蒂安日记的辩论。分析这场辩论的政治学家迈克尔·沙菲尔在罗马尼亚引发了尖刻的攻击。极权主义统治下的罗马尼亚持不同政见者杜米特鲁·采佩纳格观察到，此类攻击的发起者要为罗马尼亚继续背负"臭名昭著的反犹太国家罪名"的可能性负责。乔治·沃伊库指出，许多罗马尼亚知识分子拒绝承认"罗马尼亚文化中的反犹太主义实际上是罗马尼亚文化的问题，而不是'犹太人问题'；拒绝承认这一点绝对不是次要问题，而是最基本的问题。那些负责研究它、评估它、解决它的人主要是罗马尼亚知识分子。……只要罗马尼亚知识分子将这个问题视为一个次要的、无关紧要的、令人尴尬的、具有娱乐价值的话题，或者更令人不安的是，将其视为一个反民族或虚假的问题，一旦解决就相当于一种亵渎，只要罗马尼亚文化仍然处于一个想把它拉回到一个过时的时代的偶像崇拜情结的压力之下，罗马尼亚仍将被贬低为边缘的、异国的地位，只能在最低程度上渗透欧洲和普世文化的价值观"。正如塞巴斯蒂安本人在1944年8月，即安东尼斯库政权被推翻一个星期后和他去世前几个月在日记中所说的那样，"当责任的问题被严肃提出的时候，罗马尼亚将会恢复理智，否则会太丢人。"

目 录

I	……………	导 读
VII	……………	译者序
IX	……………	序 言

1	……………	**1935年**
39	……………	**1936年**
127	……………	**1937年**
177	……………	**1938年**
247	……………	**1939年**
329	……………	**1940年**
375	……………	**1941年**
569	……………	**1942年**
655	……………	**1943年**
723	……………	**1944年**

| 779 | …………… | 附 录 |

Journal

1935年

1936年

1937年

1938年

1939年

1940年

1941年

1942年

1943年

1944年

2月12日，星期二

晚上十点

我把收音机调到布拉格广播电台。我一直在听J.S.巴赫G大调小号、双簧管、大键琴和管弦乐队协奏曲。中场休息之后，电台将会播放一首巴赫的G小调钢琴和管弦乐队协奏曲。

我完全沉浸在巴赫的音乐之中。昨天晚上，我一边给波尔迪[1]写一封长信，一边听里昂广播电台播放的《第四勃兰登堡协奏曲》。这是我第一次得到如此清晰的接收。接着播放的是莫扎特的钢琴和管弦乐协奏曲。

我去看了眼科专家。他推荐我戴眼镜，我已经开始把眼镜戴上了。戴上它使我改变了不少，让我看起来很丑。

当我告诉眼科专家我的名字时，有趣的事情发生了。他说他的家人常常讨论我的小说《两千年之久》，只是他自己没有读过。他已经听到很多人在骂我。我意识到，对我不加审判就已经定罪了。我的另一部著作《我如何成为一个流氓》还没有到达读者圈，单单凭着"坊间传闻"我就被人们咒骂了[2]。

星期天，我去蒂尔戈维什泰做讲座，萨米·赫尔什科维奇给我讲了一个故事，表明了公众是如何看待这个"事情"的。

卖讲座门票的售票人赠送一张门票给一位师范学院教授："塞巴斯

---

[1] 波尔迪·（皮埃尔）·赫克特：塞巴斯蒂安之兄，医生。居住在法国。
[2] 当塞巴斯蒂安的出版商邀请纳埃·约内斯库为《两千年之久》写一篇序言时，约内斯库却提供了一篇恶毒的反犹文章。

蒂安？啊哈！那个自我受洗的犹太鬼。"

　　昨天晚上，纳埃[1]预计要在皇家基金会发表关于"民族团结"的讲演。但他的讲演被政府禁止了[2]。学生们聚集在宫殿附近的人行道上。他们在那里大发嘘声，高声叫喊，唱着歌曲。然后他们被驱赶到更远的地方，进入广场的雅典娜宫。在那里，纳埃穿着狼皮领子的外套，光着头，靠在学生的肩头上发表了讲话。

　　"纳埃的镜头真不错，"尼娜[3]说。

　　现场很糟，人们在鞭炮声中混乱殴打、拳脚相向，甚至还听说有人朝空中开了枪。

　　可是今天的报纸对此只字不提。

　　《信仰报》追随着纳埃，令人作呕。看看彼得鲁·马诺柳、桑杜·图多尔和扎哈里亚·斯坦库对待纳埃·约内斯库的态度[4]！我真是有幸平生能见到这些。

2月18日，星期一

　　昨天晚上，斯图加特广播电台播放了亨德尔的两首管风琴协奏曲。一首是降B大调的，另一首是G小调的。非常有莫扎特–海顿的韵味。我能把亨德尔与另外两位音乐家区分开吗？

---

〔1〕　纳埃·约内斯库：铁卫军的首席思想家，布加勒斯特大学哲学教授，塞巴斯蒂安的早期导师。

〔2〕　1933年I.G.杜卡总理被铁卫军成员暗杀。从那之后，纳埃·约内斯库被置于警方监视之下，他的报纸《库凡突尔日报》也被停刊。

〔3〕　尼娜·毛赖什：米尔恰·伊利亚德的第一任妻子。

〔4〕　彼得鲁·马诺柳、桑杜·图多尔和扎哈里亚·斯坦库是《信仰报》的编辑。该报纸在一年前曾严厉地批评了纳埃·约内斯库以及标准文学社。

一个星期以来，在法律界开始了革命。几次会议的目的都是朝向"种族名额限制"[1]。星期六，也就是前天，伊斯特拉特·米切斯库发表了讲话。态度直接转向铁卫军的运动[2]。整整一个星期以前，我对他进行了采访。我实在是搞不懂了。

都是个什么人！简直是由乳清、酸奶和水混合而成。有一天，米切斯库曾告诉我："如果你想知道谁是我的政治大师，那就是阿兰。"然后他大谈自由，大谈个人对国家的抵抗，谈到了"集体"这个愚蠢概念，而这种概念又如何被独裁政权利用。现在来看看他，一个投身于"民族革命"的反犹分子。

纳埃也插手其中。米切斯库曾向弗罗达[3]承认，纳埃曾经来拜访过他，敦促他要在法律界的造势事情上起个带头作用。看看这个教授想要打造一个什么样的新罗马尼亚！在如此残酷、荒谬、可怕的事情之中，每个人，包括纳埃在内，都在推波助澜。

但是春天还是来了。昨天我和贝努[4]一起去了巴尼亚萨。3月的风在吹，阳光明媚，我觉得自己很年轻。我很长时间没有感知自己有如此强烈的追求幸福的渴望。

3月17日，星期天

深夜

从火车站回来，浑身疲倦。清晨六点钟起床赶往布勒伊拉，现在

---

〔1〕 反犹的全国基督教防御联盟和铁卫军的成员在努力争取取消犹太律师的资格。
〔2〕 伊斯特拉特·米切斯库：律师，1937年至1938年任反犹太的戈加-库扎政府司法部长。塞巴斯蒂安所指的运动是铁卫军和运动。
〔3〕 斯卡尔拉特·弗罗达：戏剧导演和文学评论员。
〔4〕 贝努：塞巴斯蒂安的弟弟安德烈·塞巴斯蒂安。塞巴斯蒂安改了姓之后，他也跟着改了。最终是他带着塞巴斯蒂安的日记手稿从罗马尼亚出国移民。

才回到家。尽管如此，我不想把这段日记留到明天再写。我在火车上已发誓要在今天完成。

我与纳埃·约内斯库同程。他要去加拉茨做一个关于"符号与象征"的讲座。早上的旅程平淡无奇：我们翻翻报纸，谈谈政治，一个姑娘上来搭讪，我们闲聊起来，倒也愉快。我在布勒伊拉下车，并与纳埃约好在晚间回程的列车上碰面。

晚间，我们真的在同一节车厢中遇见，同车厢的还有韦基乌教授。他是布勒伊拉地区阿尔杰托亚努[1]支持者的领导人。我们三人一同去餐车就餐。在那里纳埃上演了一出政治好戏。

在纳埃看来，正是他自己才使瓦伊达[2]运动得以启动。（但就在十天以前，他使我相信的正与此完全相反。）他与铁卫军将支持瓦伊达-沃埃沃德，但不会参加他的运动。在他看来，所谓的"种族份额分配"实际上只是一个可用于政治煽动的工具，而绝非一种政治纲领。他承认，这种事情难以实施，"这样的事情只有在整体框架有所变化时，伴随另一个事情的结果而产生"。

他的计划十分简单，就是暂时让特特雷斯库[3]掌权，让他再维持三个月，直到瓦伊达运动扎稳根基，建立起坚实的干部队伍。随之而起的将会是一个由六十名铁卫军代表与十至二十五名其他党派代表组成的瓦伊达政府。这样的话，"铁卫军将会是皇室的主要反对派"。如果瓦伊达政府垮台，政权将会顺理成章地落入铁卫军手中。

不知道他的计划有多少胜算，我猜不会太多。在我看来，他只是

---

[1] 康斯坦丁·阿尔杰托亚努：政治家，1939年9月至11月任总理。
[2] 亚历山德鲁·瓦伊达-沃埃沃德：全国农民党领袖。在与农民党分道后，他组建了反犹太的弗拉德泰佩什联盟。该组织的口号为"种族份额分配"，实质上是某种形式的种族名额限制。
[3] 格奥尔基·特特雷斯库：自由党领袖，1934年1月至1937年12月、1939年11月至1940年7月任总理。

个幻想贩子，当然是个逻辑性极强的幻想贩子。

使我对纳埃略感伤悲的是，他所叙述的任何事情，听上去都是老谋深算，心机巧妙，如同"可怕的孩子"，诸如他都对阿韦雷斯库[1]说了什么、如何设套欺骗乔治·布拉蒂亚努[2]、如何在布拉索夫摆平瓦伊达，等等。

"我真的都让他们栽了跟头。"

相对面前的他，我更喜欢的当然是在课堂中的他。

回到车厢后，我的这种微微的伤悲变成了一种真正的痛苦。真没想到他能装腔作势到如此地步！车厢里有两名上校军官，他开始与他们瞎聊，直至把二人彻底搞得晕头转向。我看到他嘴角上扬，一副胜利者的姿态，为自己把他人搞得不知所措而得意洋洋。他说了一些扑朔迷离的话语。这是他惯用的手法，把讨论的话题从当地事情转入世界历史的问题，以此来使听话者惊讶不已。此刻的话题是法国与德国之间可能爆发的战争。

"胡说八道！全部的关键就在新加坡。那是欧洲要出牌的地方。欧洲可以不理德国，自己出牌。事情就是这么简单。"

在新加坡？也许吧。但是不管怎样，在该问题还没有得到充分讨论之前，纳埃晴天霹雳般的惊人之言已把该讨论划上了句号。两位上校犹如突然被真理的启示而照亮，相互交换了钦佩与惊讶的眼神。纳埃感受到了这一点，沐浴在温暖的光芒之中。

在后面的一小时内，他又喋喋不休地重述了我早已知道的有关他的一切：他如何经历了慕尼黑革命，如何给革命的部长们做讲演，那次革命如何终止了达豪造币厂，埃普上校如何做成了种种事情，等等。多少年以前我就从他那里听过这些故事，早已被牢牢地钉在了他在

---

[1] 亚历山德鲁·阿韦雷斯库：元帅，1926年3月至1927年6月任总理。
[2] 乔治·布拉蒂亚努：自由党右翼领袖。

《库凡突尔日报》报社的办公室墙上。

然后他把话题又转向近来时事,吹嘘他曾对华沙的贝克[1]进言,告知其有必要向德国进一步靠拢;向卡尔·拉狄克[2]解释,斯大林的继任者将会是成吉思汗一般的人物;在柏林曾向某将军献计,为某大臣参谋……

"你认识希特勒本人吗?"

(当纳埃正滔滔不绝地大谈特谈时,其中一位上校突然甩出了这个问题。我非常清楚地知道,他从未见过希特勒。一年前他曾斩钉截铁地说过,去年夏天又重复了同样的话。但是如今上校对他充满了钦佩之感,他绝不愿意冒让上校失望的风险。)

"是的,我见过他。有一位伟大的政治家更值得你知道。你知道,托洛茨基聪明绝顶,而斯大林,是个愚夫,……"(话题的突然变化也许是出于谨慎,但他一直在撒谎——胡诌着弥天大谎——因为他不忍心让编织在自己头上的光环轻易地溜走。他真是个孩子!五分钟后,韦基乌教授接着问他,"你见过希特勒吗?"他再次回答"是",然后迅速地转到别的话题上,或许是感到尴尬,或许是因为要编织太多的谎话来圆场,感到厌倦了。)

他看起来还像十五年前在卡普沙餐厅[3]口若悬河时的样子。他永远不老,亲爱的老纳埃·约内斯库!

3月30日,星期六

纳埃昨天的讲课真是令人窒息。所谓的铁卫军主义纯粹而简单——

---

[1] 约瑟夫·贝克:波兰外交部长。
[2] 卡尔·拉狄克:共产国际执行委员会成员(1920年—1924年),在斯大林清洗期间被处决。
[3] 布加勒斯特的一家时尚餐厅。

没有任何的细微差别，没有任何复杂性，也没有任何托词。"战斗状态就是我们所称的政治。一个政党自身存在的义务就是要消灭所有其他政党。最终的结论就是，所谓的'内部政治'提法荒谬无稽，子虚乌有，唯一有的只可能是征服他人或夺取政权，以及党与整个集体的合二为一。从那时候起，因为所有反对或反抗的可能性都已被消除，所存在的只是内部管理。一个自身包含着战争理念的集体被称为一个国家，而一个国家是由敌友方程式来定义的。"等等。

我真想告诉他，他所说的这一切是多么可怕的自相矛盾，但他的行程太匆忙了，刚讲完课就径直离开了。

他的整个异端学说源自一种疯狂而可怕的抽象概念：集体。它比对"个人"的抽象更为冷酷，更无实体性，更具人为性。他忘记了他所谈的是有血有肉有激情的人，而且不管你怎么想，人们都有生而向往自由的本能，有着对自我个体存在的认识。

更令人沮丧的是，他所有这些理论都源自庸俗的政治考量。我深信，他昨天之所以那样说话——如此多的政治暗示，如此痛苦的希特勒式的说话风格，都是因为在前排听众里坐着一个身着国家制服的铁卫军成员。我能感觉到，他是在为他说话。

我最近一直在听巴赫的作品。上星期天在雅典娜神庙音乐厅听了《马太受难曲》。我想我真的很喜欢他的音乐。无论如何，我现在可以轻松地把巴赫的作品与其他作曲家的作品区分开来了。

在过去的三个星期之中，我在不同的广播电台中选听了他的许多作品。有一天晚上，华沙广播电台播放了《D小调双小提琴协奏曲》《D小调三钢琴协奏曲》，还有另一首协奏曲，也是D小调，为钢琴和管弦乐队而作。斯图加特广播电台播放了《第五勃兰登堡协奏曲》，两首康塔塔和一首大键琴、小提琴和维奥尔琴三重奏鸣曲。（在同一天晚上，华沙广播电台播放了一首德彪西所作的长笛、大提琴和竖琴奏鸣曲，十分优美。）在这之后，布加勒斯特广播电台播放了两首前奏曲和一首管风琴赋格。上星期一，布达佩斯广播电台播放了《第二勃兰登堡协奏曲》，一首咏叹调和一首康塔塔，而在星期二，布拉格广播电台又一次播放了《第三勃兰登堡协奏曲》和另一首E大调协奏曲。有一天晚上，柏林广播电台播放了几首管风琴乐曲——我已经记不住是哪些曲子了——另外还有一组无伴奏大提琴组曲，令人心碎的平静和庄严。

然后，很多其他乐曲我已经记不起来了。（巴赫的作品在斯图加特广播电台除了每天上午播放一次外，每个星期还会增加两至三次的播放。有一天晚上我还听到了莫扎特的令人愉快的弦乐《小夜曲》，也是斯图加特广播电台播放的。）

最后，在三个星期以前，维也纳有一场令人难忘的双小提琴协奏曲演奏。亨德尔的奏鸣曲，伊萨伊的《原主题变奏曲》和菲利普·埃马努埃尔·巴赫的奏鸣曲。

一个寒冷多雨的春天——但我并不是在表示悲伤……

4月7日，星期天

罗马尼亚作家协会进行了选举。真够可悲的！我不能原谅我自己，因为我曾经还天真地认为这种操作是很严肃的。

在你放弃了孤单的那一刻，所有的一切也就失去了。

4月11日，星期四

今天晚上我听了布拉格广播电台播放的布鲁诺·沃尔特的一场音乐会。

有格鲁克《伊菲姬尼在奥利德》的序曲，莫扎特《G大调小提琴协奏曲》（我想，这是我第一次听到）和贝多芬的《第九交响乐》。莫扎特的乐曲似乎比以往任何时候都更加细腻、更带有旋律。

大学都关闭了。所以明天我不再有纳埃的课程了。

我在街上看到了一些令人惊悚的画面。一群野兽[1]。

4月14日，星期日

昨天下午一点钟，莱妮[2]来报社接我。今天天气很美，就像6月中旬一样。她简直超酷了：量身定制的外套、精美的鞋子、手提包，脖颈上绕着一条小丝带，带有帽檐的蓝色帽子。和我在一起，她似乎有些胆怯，但这使她显得格外端庄。

她说，她听说我在布勒伊拉好像有一个恋人，关系维持了很长的时间。

"这就是我一直没有再给你打电话的原因，也是我认为你过于矜持保守的原因。一直以来我都不想打扰你。"

我争辩道，这种解释一点道理都没有。

"那该是什么呢？"

"该是什么？"——我对自己说：要理智点，孩子。"好吧，这只是我的自然性格。"

"那换个词说，你那是谨慎小心。"

"你要是喜欢，就这么说吧。但我认为这至多是一个个人认识的问题。这大大超出了我实际应有的东西。"

"实际上，你并不知道你自己应有什么，自己不应得到什么。尤其

---

[1] 塞巴斯蒂安在这里指的是由全国基督教防御联盟的学生成员、铁卫军和弗拉德泰佩什联盟组织的反犹太人的骚乱。
[2] 莱妮·卡莱尔：女演员，塞巴斯蒂安的朋友。

是，你并不知道别人会怎么看待你。"

我们俩漫步在西斯米吉乌花园。我真为她的美丽感到自豪。这也许是出自爱。

4月18日，星期四

凌晨2点30分

幸福满满的一天。拜访了莱妮。我们相爱了。我们彼此向对方倾诉了爱情。她年轻漂亮，说话简单直入，令人钦佩。她与我越走越近，令人不可思议。

这样做并没有深思熟虑，但我已经不可自拔了。在这之前，由于我的运气不佳，多少事情都砸锅了！要达到快乐，我要付出太多的努力。我自我能力很强，但结果并未出现复杂的局面，也没出现戏剧化的变化。到了十七岁半的时候一切都可怕的崩溃了。对此我有时感到厌恶，更多时候感到悲伤。这是为什么，我的上帝，这到底是为什么？

我渴望着快乐，而且我的乞求是那么微薄。

晚上去了内尼绍尔[1]的家，然后又去了济苏夜总会[2]（我跳舞了）。在回家的路上，为了好玩，我高声地大喊大叫起来。她说："你的骨子里孩子气十足，可是你对生命却如此厌倦。"

对于这个认识我仅仅十天的人，对我的判断却令人出奇的准确。没错，我就是这样的。我最糟糕的就是，我如此平静地接受死亡的想法。

---

〔1〕 格奥尔基·内尼绍尔：戏剧评论家、塞巴斯蒂安的朋友、玛丽斯·内尼绍尔的丈夫。
〔2〕 布加勒斯特的一家夜总会。

4月21日，星期日

与莱妮和她的朋友热尼·克鲁采斯库一起在绍塞亚散步。经历这么多阴雨绵绵的日子后，迎来了第一个春天的早晨。天气暖和，大地呈现大片绿色，大片黄色。我们在弗洛拉喝了味美思酒，吃了小吃。莱妮穿着得体，仪态端庄。路过的人们回头率很高。走在她身旁，我再次感到自豪。

但到了下午，我急切冲动，想要再次见到她。这可不是好的现象，虽然我开始感知，我已对她热恋了。我怎么能够摆脱这一困境呢？

4月23日，星期二

我在观看维纳斯队对尤文图斯队的足球比赛时与她见面，但她来晚了，因为忙于为另一个首演式进行剧场排练。

我无法解释我对她的兴趣。她是如此美丽，而我却穿着丑陋，显得十分尴尬。我意识到这种爱情是如此简单，如此让人心神安宁。

5月22日，星期三

在阿里斯蒂德·布兰克[1]的家中享用午餐。一起吃午饭的人包括莱妮、弗罗达、布兰克夫人、一个素不相识的人，还有两个年轻的女人——一个其貌不扬一头深褐色头发的维也纳女郎和一个操着一口漂亮的盎格鲁-撒克逊口音说法语的南美金发女郎。

然后在露台上喝咖啡和干邑白兰地。微风徐徐，周围的庭院色彩柔和，显得格外宁静。布兰克是个装腔作势的人。莱妮显得出乎意料

---

[1] 阿里斯蒂德·布兰克：一位涉足艺术的富有银行家，罗马尼亚社会精英中的著名成员。

地不自在,但纯朴的姿态倒是十分可爱。令我非常惊讶的是,她非常腼腆。她却声称是我在恐吓她。

(昨天,在O.N.E.F.体育场观看足球比赛时,她起初显得烦躁不安,沉默寡言,很长一段时间"郁郁寡欢",但当玛丽女皇剧院的罗内亚突然过来和我们一起观看比赛后,她一下子变得健谈、热情,几乎是疯狂起来。这个男人过去肯定和她睡过觉。她突如其来的"得到安慰"的一幕激怒了我,但这当然不是她的过错。毛病永远出在我的身上:我也许想得太复杂了,对她不能够有最基本的理解,而她从与我相处的一开始以来总是那么直截了当、直来直去。)

有关那个南美金发女郎,我本不打算多添笔墨。我们之间只交流了几句,足以让我给她画出电影素描。她说:"我是南美人。你猜我住在哪里?到处都会很好。你看,我刚从维也纳来,打算在这里待几个星期。然后我返回维也纳和我丈夫会面。他现在到非洲去出差。不,我不住在德国。虽然我在汉堡有幢房子,但是我已经三年没去过那里了。今年夏天我仍打算在莱茵河畔逗留一段时间。我们在那里也有一栋别墅。也许我再去北非。我们在那里也有所小房子。"

我对她说,"这么看来,你住在这整个星球上了。"

"不,"她真诚谦虚地笑了笑,"不是那样的。"

世间的人千奇百怪。我们不少人只会在圣使徒大道、波帕塔图街或拉杜沃达街[1]虚度终生。

6月10日,星期一

我必须见波尔迪!我最初认为绝不可能的旅行必须成为可能。事

---

〔1〕 这些均为布加勒斯特街道名。

情需要澄清——至少我得知道我的立场。如果只是牵涉医疗问题，那就太好笑了！

但不是那样，我不要抱太多的幻想。我只想知道。

我像个傻瓜，让自己陷入了一个我从一开始就知道不会有任何结果的故事。我如着魔一般，嫉妒曾经与她睡过的每一个男人，每时每刻都专注于她正在或可能要做的事情。她微笑时我会很开心；她太快乐时又会感到很痛苦；只要电话里捕捉到她的声音，我就会浑身颤抖。我正在重新捡回自和热尼相处以来我的爱最狂热的时刻。我很久很久没有经历过那种情绪起伏：在一个个一切都简单而无关紧要的早晨，我似乎无论在这里或者在那里都无法确定是否能够见到她的身影；而到了忧郁重重的傍晚，身心之中强烈地跳动着要见到她的渴望。

所有这一切都以一种可笑的、多愁善感的、小学生的、青春期的形式出现。同时想到她在充满快感、散步和轻浮的小生活中忙碌于一大堆使她发笑或使她兴奋的琐事之中，我感到阵阵恶心。很可能她到处宽衣解带，而我却愚蠢地与她严肃对话，而且在处理各种过于错综复杂的"问题"时十分可笑地缺乏应有的技巧。

只期待寻求另一个男人的她，似乎已厌倦了我的举棋不定，已厌倦了我处理问题过度复杂的方式。正因为缠绕在这些毫无意义的区区小事之中，我像孩子一般受着煎熬。

她是一个"好姑娘"。我不知是否有一天能在我的单身公寓里拥有她，与她做爱，在她大谈她以往的情人时，与她一起喝杯酒，一起抽烟，在留声机上放一张唱片，心不在焉地听，或至多只是带着一种娱乐之心？如果能够的话，一切都将完美。那也是一种幸福，我一定会感到幸福的。但假如我无法做到呢？那将是又一次失败，一切都荡然无存。

无论如何，目前的情况非常糟糕。让人无法容忍的是，今天我买了一本巴贝利翁[1]著的《日记》送给她。两个月前贝拉留就和我谈及过她："去挑逗她好了。这样做你绝对没错。她会和任何人上床的。"

他说的也许是对的。

我明天就能见到她。她星期天离开。

我曾令人震惊地和热尼分手。可怜的姑娘！

6月11日，星期二

她应该打电话给我，但她却没有。一切都可能以最简单的方式草草结束。我下一步的任何举动都将是不可理喻的，会比轻率的更为糟糕。

我应该理解，并且应该完全理解：在这个"爱情故事"中发生在我身上的任何一件龌龊的小事都被我盲目夸大了。算了吧！

四个小时后

我比任何患有相思病的傻瓜都更愚蠢，因为我绝对没有任何替我辩解的理由。

我给她打了两次电话。第一次她正在睡觉，第二次在她出门购物的路上。在这以后，我还是去见了她。我以完美的身姿手势、紧皱双眉和完美的声音对她说：我没事，我爱她。然后我离开了，因为有人要在八点一刻的时候来拜访她。

"我把时间搞混了。"她坦率地说。

我真是个混蛋！

---

[1] 巴贝利翁：英国作家布鲁斯·弗雷德里克·卡明斯的笔名。他所著的《失望之人日记》在当时很畅销。

6月13日，星期四

我现在有机会重读普鲁斯特的一卷书：《女逃亡者》的第二部。

眼前众多事情都让我对我的情欲"煎熬"持怀疑态度。我深深地知晓它不可能持久，我会将它忘却，所有（记忆）加起来也少得可怜，有一天它将变得无足轻重，甚至显得荒唐可笑。然而，这种明智之言，这种客观正确的考量丝毫没有减轻今日的沮丧，没有减少渴望看到她的荒谬需求，没有减少一个劲地不断思念着她而造成的身体痛苦，没有减少将在某些时刻再次见到她的愿望。所有这一切现在看来已成为一种谜团。而这一谜团正是我想努力解开的。

例如，我不知道那天我们去布兰克家吃午饭时发生了什么。布兰克曾把她拉到一边，伸手搂住她的腰，跟她聊些什么。后来，在下午时，我试图通过电话联系她。第一次她睡着了，第二次她出去了。我隐隐约约地知道，那天下午一定是他与她会面了。当他把她拉到一边时，他与她安排了一次浪漫的约会。

第二天傍晚，我想是星期一，当我们要离开皮卡迪利餐厅（就在这家餐厅，我偶然遇到了她。当时她与热尼·克鲁采斯库在一起）时，我和她一起走向电话，接着她停下来打了个电话。但那个收话者又会是谁呢？

多么愚蠢和幼稚的担忧，尤其是我完全明白那个古老陈腐的老把戏早已没有什么意义了。它反反复复，早已玩烂了，而且一成不变。

但是知识并不能治愈伤痛，正如对伤寒各个阶段的情况了如指掌并不见得能使人免于遭受痛苦一样。

6月17日，星期一

阅读《女逃亡者》让我重新产生了对普鲁斯特的强烈兴趣。也许我还应该读一卷《重现的时光》和《去斯旺家那边》的第二卷（尤其是《斯旺之爱》，因为我被过去三星期中我自己生活中所发生的事情所吸引）。最后要读的是《在少女花影下》的一些页面……

与此同时，我喜欢阅读罗伯特·德·比利的《马塞尔·普鲁斯特》。这本书并不是那么有趣，但它确实包括了一些我以前从未见过的信件和照片。很抱歉我无法保留这本书，因为那是内尼绍尔的书，不过我抄录下了一些段落：

"这种用光投射到区区小事的方式——从不同的高度和以不同的功率、使用蜡烛或者头顶灯，直到它能够展示的所有心理价值都深刻地显现——是普鲁斯特方法的特征。"（第12页）

"这种通过形式多样性的方式来追求大量化……"（第13页）

"这些家庭深深扎根于以往的传统之中。过往的岁月通过奇异地修改其灵魂纹理方式将这些家庭一直延续到我们现有的时代。把他对于这些家庭陪伴的偏好归因于他对贵族价值观的研究而不是势利主义岂不是更为简单些？"（第86页）

普鲁斯特在翻译拉斯金的《芝麻与百合花》的序言中的一段引文完美地定义了他自己的写作艺术："我觉得我可以在第一句话中发现多达七个主题。在他的演讲中，拉斯金将这些主题并排放置，将它们混杂在一起，让它们一起移动和闪耀光芒，而所有主要思想（或图像）在他的演讲中都以某种混乱的形式出现。这是他的步骤模式。他从一个观念跳到另一个观念，没有任何明显的顺序。但在现实中，他的主导想象遵循其自身深厚的亲和力，不由自主地强加了更高层的逻辑。事实证明，他遵循了一种秘密方案。当它在最后阶段呈现时，它追溯性地强加了一种整体上的秩序，并让人们看到它在各阶段中壮观地提升，直到最后的高潮。"

星期五我见到了纳埃。完全是非政治性的讨论。他谈到了他在学院的最后一次演讲，我错过了，但似乎很特别。逻辑的革命，学科的彻底修订。一些划时代的东西……集体逻辑对于形式逻辑就像爱因斯坦物理学对于牛顿定律！他带着那种很适合他的愉快微笑和很容易装出来的冷漠的样子，又讲了一个多小时，把他的整个讲座重复了一遍。

那是一个美好的下午。我很高兴他至少在谈话结尾时没有谈及政治和铁卫军。

他无疑是我所认识人中最有趣、最神秘莫测的。尽管过去发生过和将来会发生的一切，使他能够让我对他的道德价值观大开眼界，但不会让我对他的智慧感到失望。

莱妮今天早上离开了。现在是下午五点——我想船是两点出发的，所以现在她在公海上。

星期六下午我见到了她，时间不超过三刻钟，但她试图弥补过去几天的恼怒，并以一连串可爱的小手势、捏手动作和深情的眼神取得了成功。她刻意地使用了熟悉的法语单词"你"，显然是为了让我感到我们的爱是毫无疑问的。

现在她走了，我爱情的狂热突然减温了——尽管还没有完全消退。我希望我能以足够的冷静来应对这两个月她不在的空虚。我也希望我不会忘记她，并且恢复我往日的平静。在那些日子里，我认识了她，因见到她并与她交谈感到十分高兴，但是一旦我放下了电话或说声再见后就没有什么纠结，没有什么困难就把她置于脑外。无论如何，我现在对她更了解了。我觉得我不必改变我对她的印象。她是一个讨人喜欢、略略轻浮的金发女郎，好奇心胜于肉欲，她愉快地保持着个人的自我主义，享受着来自完全不同的人，无论男人或女人对她的亲媚，期望他们不带任何感情地取悦于她，并给他们以纯朴的微笑作为回报。她真是一个可爱的小怪物，到目前为止我对她的所有想法都是极不相称的荒唐。

我想着她时身心愉快，对她的记忆使我分心。我只希望时间能磨灭对我更痛苦的折磨。

7月20日，星期六

天气太热了，我无法动笔。有一段时间，我很想在这里记录下至少一次与纳埃的长谈。或者换一种说法，记录下一个非常复杂的梦。在夜间我对此梦一览无余。每每当我在醒来时都会重演几次，但是现在，几天过去了，我能记得的只是一些模糊的残片。

一轮荒凉的月亮，上面什么都没有。在康斯坦察的三天本可以让我平静地休息，可带给我的只是厄运。我回来时感觉不舒服，高烧至四十一度（即一百零六华氏度）。至今我仍然没有恢复正常。我没有任何愿望。灰烬和胶水——仅此而已。

不幸的是，我完全治愈了爱情的激情和折磨。

7月21日，星期日

当我从梦中醒来时，我试图写下刚才的梦……我正在阅读克雷韦迪亚[1]的一篇文章——我觉得是刊登在《波伦卡弗勒米报》[2]上的——这篇文章把迪努·布拉蒂亚努[3]捧上了天。

……我在迪努·布拉蒂亚努的家。我拿着一壶水或者类似的什么东西（我觉得那不是一壶水）。我觉得很尴尬，就把它放在了桌子上。他过来伸手帮助我，当我告诉他我是谁时，他说他认识我，并且对我

---

〔1〕 克雷韦迪亚：极其反犹的全国基督教防御联盟记者。
〔2〕 狂热的反犹报纸。
〔3〕 迪努·布拉蒂亚努：自由党领袖。

非常友好。

……我来到了隔壁房间,那里有很多人——也许是在开会。迪努·布拉蒂亚努说他在当天早些时候拍了照片。我告诉他,我在朱丽叶照相馆的橱窗里看到了一张他的很不错的相片。他很惊讶:他已经有好几年没有照过相了。但我告诉他我确实看到了。

"那个橱窗,"我说,"是时事节目的片段展现——只是持续了几个小时或更短的时间的时事节目,但仍然有生命力。每当你做了一件有轰动效应的事情——如对特特雷斯库演讲或给他写一封信——你的照片就会出现在橱窗之中。"

我说的话似乎很有神韵,因为在场的每个人都笑了,我对我自己的效果也很满意。然而,与此同时,我戴的领结莫名其妙地爬上了我的下巴,然后又爬上了我的嘴巴,让我再也不能说话。我感到十分尴尬,便向迪努·布拉蒂亚努道歉,然后走进隔壁房间。一个朋友——我的司机或秘书——为我整理了我的领结。

当我回来时,发现房间里一片寂静。人们都在听一个学生运动的报告。其语气是非常反犹的。我觉得很不自在。

就在那时,我们似乎一直在等待的参加婚礼的人们从教堂回来了。普亚·雷布雷亚努穿着一件金银丝婚纱走了进来。与此同时,迪努·布拉蒂亚努(已走出梦境)不再坐在椅子上,取而代之的是利维乌·雷布雷亚努[1]。我做了一个手势,表示我们应该站起身来,但雷布雷亚努做了一个手势,让讲座继续进行。接着参加婚礼的客人一股脑儿地冲了进来。卡米尔·彼得雷斯库[2]张开臂膀来拥抱我,但由于我嘴里含着两颗大糖果,无法做出回应。他拥抱了约内尔·日亚努[3]和保罗·莫斯

---

〔1〕利维乌·雷布雷亚努:小说家,安东内斯库政权下国家剧院的导演。
〔2〕卡米尔·彼得雷斯库:小说家,塞巴斯蒂安的朋友。
〔3〕约内尔·日亚努:犹太艺术评论家。

科维奇。与此同时，我从嘴里吐出了糖果，也拥抱了在场的一个人——我觉得是保罗·莫斯科维奇。

人群继续向前走，但现在人们进行的似乎是洗礼而不是婚礼——或者两者兼而有之。卡罗琳阿姨怀抱着一个婴儿走了进来，并从我身边擦过。紧随其后的是阿夫拉姆大叔。很显然，巴巴和弗里达就在那天去世了。他们带着婴儿和所有的婚礼宾客去过墓地。他们想以年长孩子的名字命名这个孩子。在墓地，很多有趣的事情发生在一位老妇人身上，而这位老妇人来自一个无人知晓的家庭。她为几十年前去世的一些远亲嚎啕大哭。

我的梦大致就是这样。我觉得结尾时还有一些更令人困惑的事情。但我已经忘记了相当多梦的开始部分。从那以后，几乎所有东西都写在这里了。

8月30日，星期五

离开前最后一分钟的疏忽（到今晚将是四个星期了）让我把这个日记本忘在家里了。如果我在吉尔科什湖畔有了它，就会有很多东西要写。我可能会在日记本中记录我清除有害成分的阶段——因为这一过程就是今非昔比的变化。我与生俱来获取幸福的能力确实很强。这一点在吉尔科什湖得到了证实。在起初几天中懒洋洋地躺在阳光之下，我所有的病疾都痊愈了。这些包括我在7月发生不愉快事情之后的困惑状态、与莱妮痛苦的情感残余（幸运的是，我现在已经感觉良好，真正跨过了困境），以及过多的抵触情绪而使得我处于暮气沉沉的状态。可以观察到我在道德和身体上完全恢复了健康。健康的一个迹象就是，我现在很容易入睡，不像我在启程前往吉尔科什湖之前那样，为了寻觅睡眠之路，夜复一夜地进入各种错综复杂的心理解决方案。

我在那里的的确确很开心。一切事情似乎都恰到好处——轻松而和谐。在这个幸运的8月里,能读到查尔斯摩根的《喷泉》一书是多么幸运。它非常适合我自己现在的心情。如果我随身带着这本日记本,我想我会在多少页面中满满地写下关于这些主题的。

与玛戈的那一场景是多么受欢迎,多么能够转移注意力,而且结局相当不错。遗憾的是,我无法记录情节发展的各个阶段,即从她在来自奥拉迪亚的那位董事赫尔曼先生的挑衅性陪伴下到达旅馆,到那位先生离开后的晚上。然后我和她上床睡觉。一切都那么美好。我觉得有义务给她回信,即使故事已经结束。

让我们看一下我的成绩单吧。当我回来时精神焕发,或可说"重获新生"。当我站在镜子前,我为自己感到自豪:如此年轻,如此一目了然的健康(也许过于明显)。今天下午我要去照相馆。如果没有别的办法可以做到的话,至少这样可以留下美好的回忆。

瓦格纳旅馆——一个绝妙的经营机构!

8月31日,星期六

昨天晚上与米尔恰[1]、尼娜、玛丽埃塔[2]和哈伊格[3]进行了长时间的交谈。我很高兴再次见到他们,一切似乎都符合我乐观的心态。

另一方面,今天早上在城里散步让我深感沮丧。天气仍然很热,夏天远没有结束。因为炎热,人们脸色苍白,疲倦不堪,性情急躁,

---

〔1〕 米尔恰·伊利亚德:小说家,宗教历史学家,铁卫军的热心支持者,塞巴斯蒂安的朋友。
〔2〕 玛丽埃塔·萨多娃:女演员,铁卫军的狂热支持者,哈伊格·阿克德里安的妻子。
〔3〕 哈伊格·阿克德里安:戏剧制作人,现役铁卫军成员,玛丽埃塔·萨多娃的丈夫。

不喜工作。我去付钱给蒙托雷亚努[1]买杂志，看到每个人都拉着长长的黄脸，我感到很沮丧。当我去见奥克内亚努[2]，告诉他我将很快交付手稿时，我发现他萎靡不振，无精打采。

混在这些兴味索然、冷漠无情、疲惫不堪的人之中，我如今的乐观情绪究竟还能保持多久？

星期一我要去办公室。今天晚上我要去杂志社。

9月7日，星期六

在卡普萨餐厅与科马尔内斯库和索雷亚努[3]共进午餐。他们建议我每周为《埃克塞尔西奥周刊》[4]制作一次法语简报。也许我会接受，但发现自己上了索雷亚努的工资单会有点难过！我又一次得到了顺从而无恶意的反思机会，观察到自己在实际事务中的无能和他人的快乐与熟练能力。我永远不会或多或少地超越可以忍受的贫困线：我永远不会有事业，永远不会有金钱……而且，坦率地说，我没有理由欺骗自己，认为我对金钱是无动于衷的。我从生活中想要得到的只是一点平静和安宁，一个女人，一些书和一个干净的房子。

科马尔内斯库告诉了我一件事。如果我现在对这件事不那么怀疑的话，那么今后对我会是十分可怕的打击。他已经向《信仰报》提出了和平提议！他竟与斯坦库共进午餐了！对他这个人，我真不知道该说些什么，而我自己只会满足于再次看到我是多么天真。我和《信仰

---

[1] 维尔吉尔·蒙托雷亚努：出版商。
[2] 维克托·奥克内亚努：出版商。
[3] 彼得鲁·科马尔内斯库：艺术评论家，塞巴斯蒂安的朋友。亨利·索雷亚努：记者。
[4] 《埃克塞尔西奥周刊》：经济学周刊，罗马尼亚文和法文出版。

报》的人也因为这件事闹翻了。我拒绝与桑杜·图多尔握手言和，而这一切都以这样的投降方式而告终。我什么时候才能不再因他人的关系而被牵着鼻子走？无私和中立，不怨或附和：这将是最好的态度。我已经长大了，得长点记性了。

昨天晚上在大陆酒店，桑杜·图多尔与德韦基和奥尼切斯库[1]坐在一张桌子旁。两年前，桑杜·图多尔让我给纳埃·约内斯库说句好话，好让纳埃将他收到期刊中。纳埃听了笑了，但我觉得德韦基会发现这样的事情真的很奇怪。在他看来，桑杜·图多尔只是一个白痴记者。

但重要的因素并不是人们是否愚蠢还是聪明，是好还是坏，是诚实还是狡诈。唯一真正的因素是权力，是那可以通过金钱、勒索、社会地位或其他方式获得的权力。除此之外，所有其他标准都不再适用了。但使我感到满足的是走到他们所在的餐桌旁与德韦基和奥尼切斯库交谈，而根本不理睬桑杜·图多尔。我也施展了我小小的报复行为。尽管其他人显然不太关注到这点，但这种报复却给了我满足感。

我必须承认，如果我昨天毫无特定目的地走进大陆酒店，那只是希望（也许没有公开宣称）我能在那里见到莱妮。

我确实遇到了她……她的妹妹奥尔加、弗罗达和索拉科卢[2]也在那里。她很漂亮。我很高兴见到她，她似乎也很高兴。但我心里很明白，她突然闪现的微笑只是嘴角抽动，而不是感情的表达，而且她对于任何走近她桌子旁的其他人都是这样。

除此之外，什么都没有改变。她在城里所做的事情和她夏天所做的一模一样：与裁缝和理发师会产生同样的麻烦，同样的购物，同样的匆

---

[1] 齐图·德韦基：记者，塞巴斯蒂安的密友。奥克塔夫·奥尼切斯库：数学家，纳埃·约内斯库的朋友。
[2] 特奥多尔·索拉科卢：翻译家、诗人。

匆忙忙，同样的淡漠无情，同样的轻浮神情，同样明显地缺乏敏感性。

虽然什么都没有改变，但现在的我肯定变得更容易分道扬镳了。我想我已经成功地消除了这种爱带来的所有痛苦，尽管它的一些根须仍然存在。仍要小心呀，孩子！

有一天晚上我看到了莉莉：我们一起去了一家电影院，然后去了科索。在那里所有注视着我们的目光绝对都带有一种震撼和挑逗性的惊喜。我很高兴再次见到她，我深情地想象着，有一天我会对莱妮产生同样的平静和冷静的同情之感。我觉得莱妮在爱情环境之外就引不起兴趣。但在爱情方面，就随她尽情发挥去吧！

9月18日，星期三

这个星期我见过很多人，但我太懒了，没有在日记中为每个人写上一页。太累人了。我只把能给我带来乐趣的事情记录下来，尽管我知道真正的乐趣在于写后重读，因此我应该成为一个更勤奋的"记者"。

前天晚上，我和画家西格弗里德[1]有个会面，没想到他给了我一个极大的惊喜。起初我觉得我们的会面将会极其无聊，只是为了表示友好，不经意地和愚蠢地安排了这次会面。

当我们见面时，西格弗里德和"乔乔"奥尔莱亚努一起来的。起初，我试图让奥尔莱亚努留下来和我们在一起。我对自己说："和两个同性恋者共度一个晚上一定会很有趣。我将能够观察他们之间的各种手势和表演。"

我判断事情是多么仓促！奥尔莱亚努很快就离开了，而西格弗里德展现出他是一个出色的谈话伙伴，是一个聪明、敏感、谦虚的年轻

---

[1] W.西格弗里德：舞台设计师。

人。他谈到了巴黎,他的讲话方式准确,充满了细节,比通常的怀旧情绪的释放更能唤起这座城市的灵感。

他谈到了他的绘画和他对安德烈·洛特的研究,解释了蚀刻技术。所有这些讲解都非常实实在在和简单,但清晰而精确,并带有许多准确的观察结果。他所讲的的确很有指导意义。

我不知道他是一个多么非凡的人。但他对我说的每一句话都是有品位和有分量的。他正在布兰德拉剧院为杰拉尔迪的一部戏剧画布景,他以很专业的方式谈到了他未来的项目。真是一个愉快的夜晚。

昨天晚上,我和另一个陌生人重复了会面的经历。他是纳埃的学生,名叫米尔恰·尼古列斯库。当然,谈话没那么有趣,但人无疑很聪明,而且最重要的是,是一张新面孔,一个来自我平常圈子之外的人,来自另一个世界,讲另类的故事,阅读其他书籍。

我们谈到了"政治"——这并不是很令人兴奋,但他说了一些有用的、令人振奋的关于希特勒主义可能崩溃的事情。他是一个激进分子。这在罗马尼亚人中是非常罕见的。

终于有了和女人在一起的日子。

首先是去拜访多丽娜·布兰克[1]。她突然以如此幼稚的借口坚持邀请我去她家。她的借口仅仅是希望我阅读并解释一部她不懂的小说。显然她在追求别的东西。她已经看上了我,而且她根本不试图掩饰这种萌发的迷恋。玛丽埃塔·拉雷什[2]也在场,后来措察·索尤[3]神不知鬼不觉地出现了,但多丽娜在她们面前并没有任何收敛。"哦,多丽娜,我一点都搞不懂你,"玛丽埃塔有点尴尬地说。

---

[1] 丽娜·布兰克:阿里斯蒂德·布兰克的女儿。
[2] 玛丽埃塔·拉雷什:女演员。
[3] 措察·索尤:女演员,扬·扬科韦斯库的妻子。

我自然会再去见她。（一个有趣的细节：她，多丽娜，在我今年夏天启程前往吉尔科什湖的前一天晚上一直不停地在电话里缠着我。只是一时兴起，却啰啰嗦嗦了很长时间。还有一个同样有趣的细节。多丽娜坚持说卡罗尔·格林贝格[1]要邀请我和她去她家吃午饭。午餐定在上星期天，但卡罗尔并没有向我提出邀请，尽管我们在星期六晚上还一起在国家大剧院参加首次演出。这是嫉妒吗？）

最后，离开多丽娜家后，又去拜访了莱妮。这是我们6月分手后的第一次见面。

我对自己的所作所为很满意。除了一些小小的可能导致激怒的手势外，我一步也没有走错。她抱怨说，她似乎已不认识我了，并说我已经变得冷漠无情了，等等（但她并没有刻意强调这一点，因为她的性格基本上就是冷漠的）。我极尽全力以真诚的态度加以辩解。不管怎样，这对她来说已经足够了。

她还是老样子。她希望我爱她，但不只是特别指我一人，而是希望成千上万的男人爱她，其中包括了我。当我们在一起时，她花了将近二十分钟的时间和一个男人打电话。那个人打电话来只是想和她姐姐奥尔加通话。与此同时，那个人少不了洋洋得意地"戏弄"了她一番。

放下话筒后，她向我道歉，但我只是短短地说了一句：没这个必要。

"用不着道歉，亲爱的莱妮。你把我当一个很要好的朋友，我就很高兴了。至少我们之间不会只是如路人相遇。"

她明白了这一点，但我不该天真地认为她对什么感到了后悔。她具有超强的遗忘能力。

这样，我们之间的关系不会有真正的灾难。可以在没有痛苦的情况下使一切结束。当我在为她寻找各种各样的借口并制定各种补救计划

---

[1] 卡罗尔·格林贝格：塞巴斯蒂安的朋友。

时，我仍然时时刻刻变得愚蠢般忧郁。我真的必须停止再做这类蠢事。

两个星期左右不给她打电话似乎是明智之举。从目前情况看，做到这点似乎并不难。如果我要去试一试，又会怎样？但我不知道如何立下这样的誓言，自己也没有勇气这样去做。

现在是晚上十点钟了。我收听着慕尼黑的音乐广播来结束这一天。巴赫的幻想曲和舒曼的交响曲。这是经历了一系列琐事后的一个很好的结尾。如果我对那些琐事较真的话，也许我会感到有点羞耻。

10月26日，星期六

收音机调到了法国胡安莱潘广播电台。今晚广播的声音响亮而清晰。我听了拉威尔的《鹅妈妈组曲》和德彪西的《吟游诗人》片段。现在有一些浪漫之情。

如果我要在这里把我最近听过的所有内容记录下来，那将是一个很长很长的列表。格奥尔基[1]曾建议我为《罗马尼亚独立日报》写音乐评论。起初我觉得这一想法过于疯狂。后来我接受了这笔钱，并严格保证匿名。在我第三次投稿之后，我就已经习惯了。每个星期一次的晚间音乐会给我带来了极大的乐趣。

我听过很多美妙的作品：普罗科菲耶夫美妙的《第三钢琴协奏曲》、拉威尔的《西班牙狂想曲》、科雷利-皮内利的弦乐组曲、贝多芬的《第三交响曲》（莫利纳里指挥）、柴可夫斯基的《小提琴协奏曲》、雅克·伊伯特的《停靠港》、雷斯庇基的《罗马喷泉》和《罗马之松》。

我不知道为什么花了这么长时间才写到这里。实在厌恶谈自己谈得

---

[1] 格奥尔基·内尼绍尔：负责《罗马尼亚独立日报》的艺术评论部分，该日报为法语报纸。

太多了……但是今天晚上我很高兴地待在家里读着一本书，是莱昂·波普著的《关于小说论文的草稿》。我将会更正《金合欢树小镇》一书的校样。最近，我白白浪费了太多的夜晚了。

今晚，歌剧季开场后，我们去了济苏夜总会。玛丽斯穿着漂亮的白色连衣裙，就像电影女演员一样。格奥尔基穿着晚礼服。玛丽埃塔·萨多娃也是一样。我自己穿着燕尾服。在场的人很少，但气氛很好，到处是威士忌、鸡尾酒和香烟。我们跳了很多舞。玛丽斯的细腻和敏感令人动容，以其真诚和直率的言语大谈特谈，说得我浑身酥软："你不知道我有多么爱你。"我真的很愚蠢，对这样的吹捧竟受宠若惊。

昨天早上，在阿尔卡莱[1]，突然有一个人向我走来，并伸出手来。他笑容灿烂，急切地想说跟我搭话。

"您在生我的气吗？"

"生气？"我伸出手，但不知道这个人是谁。出版商奥克内亚努然后给我们做了介绍。

"这位是尼古拉·罗舒先生[2]。"

我被眼前这一轻率行为吓了一跳。"我不会记仇，"他反复对我说。

我倒是非常喜欢他自始至终一直使用客套的称呼方式。

"您看，我亲爱的先生，我没有生气，但有件事我必须说：您的欺诈之心是不容小觑的。"

他脸色苍白，从嘴中吐出了什么东西。奥克内亚努拧着手，试图调解我们之间的冲突。我一直保持冷静，继续以夸张的礼貌方式说话。这是我隐藏厌恶之感的唯一方法。

这个人简直就是个活生生的胡言乱语生成器。他对我大谈犹太人，

---

[1] 布加勒斯特的一家出版社。
[2] 尼古拉·罗舒：铁卫军的记者和思想家。

说他们是如何聪明，如何有教养，他们是如何这样、如何那样以及其他的。他十分高抬犹太人，也十分高抬我。他说，我写的东西他读了，一直在读。他又谈了有关我的文化、我的风格、我的才华，等等。

我就一直让他不停地讲。当他深深地陷入他所冒出的所有陈词滥调、有意退让和礼貌的重压之下时，我感到一种奇妙的满足。到最后我才明白了。这个可怜的人正想出版一本书。正如他毫不掩饰地说出来的那样：他很不希望以潘德雷亚[1]的方式对他的书进行审核。

"我会把书寄给你，"在我们分手的时候，他说。

都是个什么样的人啊！我不记得曾经遇到过这样一个卑鄙的角色。但还是让我们冷静下来！我可以看到，我将生起怜悯之心。

我已经放弃发展与莱妮的恋情。从头至尾出现过那么多的矛盾冲突，那么多的修好复圆，那么多的失误错误，那么多被放弃的计划。我昨天见到了她。我很高兴看到这个事实。但一切会过去的，一切会过去的。

10月28日，星期一

凌晨1点

皮亚蒂戈尔斯基的协奏曲。弗雷斯科巴尔迪的《托卡塔》。博凯里尼的《A大调奏鸣曲》。巴赫的《C大调组曲》（无伴奏大提琴；我想我去年冬天在莱比锡听过一次）。韦伯–皮亚蒂戈尔斯的《A大调奏鸣曲》。舒伯特的《琶音奏鸣曲》。斯克里亚宾的《诗曲》。格拉祖诺夫的《西班牙小夜曲》。拉威尔的《哈瓦那》。德·法雅的《恐怖之舞》。

---

[1] 彼得·潘德雷亚：左翼记者。

10月31日，星期四

巴赫：《C小调帕萨卡利亚》。

莫扎特：《C大调钢琴协奏曲》。独奏：威廉·肯普夫。

勃拉姆斯：《第一交响曲》。

昨天晚上，维也纳广播电台播放了贝多芬的第四和第五交响曲。指挥：温加特纳。

前天晚上，法国胡安莱潘广播电台播放了拉威尔的《鹅妈妈组曲》和海顿的《告别交响曲》的片段。

今天在法国学院享用了一顿丰盛的午餐。

11月3日，星期日

肯普夫与爱乐乐团星期日在雅典娜神庙进行演出。三首贝多芬钢琴协奏曲，C小调（作品37）、G大调（作品58）和降E大调（作品73）。

某些时刻出现了极度情感，比我在音乐中以前任何时刻所遇到的都要强烈。整整一天自己都处在神经紧张和持续的振动之中。

莉莉[1]坐在我身边，真是太好了。更远一点地方，在一个包厢里坐着珍妮。

11月4日，星期一

伴随着收音机的广播度过了一个美好夜晚。苏黎世广播电台播放了大提琴和大键琴协奏曲。一首奏鸣曲是由我不完全记得名字的古典作曲家作曲的（叫安德烈什么的？）、亨德尔–戈德施拉格的《变奏曲》

---

〔1〕 莉莉·波波维奇：女演员，塞巴斯蒂安的朋友。

（无伴奏大键琴）、塔蒂尼的《柔板》和波凯里尼的《回旋曲》。

华沙广播电台播放了普朗克的钢琴、双簧管、巴松管三重奏，以其幽默和创造性而著称（《快板》、《行板》和《回旋曲》）。

晚些时候，同样是华沙广播电台播放了科雷利的管弦乐奏鸣曲和贝多芬的《C大调钢琴协奏曲》（非常有莫扎特风格——在我欣赏他的所有五首协奏曲之前，至少这一首是如此），最后播放的是普罗科菲耶夫的《古典交响曲》。

对多丽娜·布兰克进行了一次有趣的拜访。她不想兜圈子，直接表示愿意以身相许。有一封来自苏鲁修[1]的感人之信。我从没想到他是一个如此执着的"崇拜者"。

11月8日，星期五

昨天晚上听了爱乐乐团。莫扎特的《降E大调交响曲》（演奏得很糟糕）、海顿的《D大调大提琴协奏曲》（卡萨多）、柴可夫斯基的《大提琴和管弦乐队洛可可主题变奏曲》和斯特拉文斯基的《火鸟》。

晚上

今天的谈话结束后，我还能对莱妮抱什么样的负面态度？她纯真，善良，有感情，没有任何虚假的小聪明。偶尔有小小的撒娇，不多的冲动爆发，最重要的是没有任何形式的虚伪。如果我要求，她会来我家。她几乎很少说由于有了弗罗达，她很难在她的地方接待我，但她很清楚地暗示过（无论如何，没有必要这样做，因为弗罗达曾在我在她那里的时候打来电话，女仆在电话里结结巴巴地说："你要找的女士

---

[1] 奥克塔夫·苏鲁修：作家。

正在看书"——这个谎言让莱妮非常尴尬）。

我们在街上散步了半个小时左右。在此期间我说了很多傻话。可是她却说了一些非常精辟的话。我会试着回忆一下。她说："的确，我很任性，很轻浮，很浮夸。但我从来没有仅仅因为撒娇、任性或轻浮而做过任何事。"我很遗憾我已记不准她的原话，但她找到了一个更合适的表达方式。

所以如今我正处于"幸福"之巅。我满意了吗？

11月15日，星期五

我刚从加拉茨回来。昨天晚上我在加拉茨自由钢铁厂发表了讲话。

整整一个小时，大厅中挤满了人，而我谈论的事情似乎与他们无关或者他们漠不关心。我并不觉得这样去吸引他们的注意力是一种享受。但是在讲演时，我被演讲的节奏所带动，头脑中出现了很多东西。这使我感到很有趣。

11月27日，星期三

我应该记下多少事情！但我觉得我从来没有如此沉迷于事情（那些事我没有坚持做到最后；相反，我为它们抓狂，让它们变得更为复杂并将它们延期……）。

关于纳埃的就职演讲，我应该说一两句话，甚至多说几句。这个学年他正在开设一门关于"政治逻辑"的课程。他的介绍是对铁卫军信仰提供一点佐证。他以一位选举人式的坚持不懈的态度来讨好学生，称赞"政治一代"有权利来反对"书呆子一代"，在他看来，书呆子一代的大罪是学究气太浓。政治意味着行动、生活、现实和与存在的接触。书本只是抽象的。所以你们正在做的事情是对的。真理与你们同在，为你们欢呼!

吉策[1]、米尔恰和瓦西里·本奇勒[2]也在那儿,一言不发。最后,我提醒纳埃,他在1928年5月写过的一篇文章,标题为《年轻人的想法》。在那篇文章中,他在与彼得罗维奇[3]的讨论时断言,年轻一代的取向不应该在大街上寻找。大街是鼓动者和橱窗破坏者所在的地方。年轻一代的取向应该在图书馆和它们所包含的代表性价值中去寻找。

"是的,当时就是这样。"他冷冷地回答,"可现在完全不同了。那时候是理智的时间,而现在是政治的时间。"

可怜的纳埃!他竟堕落得如此之快……

要是谈到政治,我还应该记录一下星期一晚上在大陆剧院戏剧结束后我与米尔恰之间简短而激烈的辩论。这已不是第一次了。我注意到他越来越明显地向右翼滑动。当我们单独在一起时,我们彼此相当了解对方。然而,在公开场合,他的右翼立场变得极端而明目张胆。他以直接的攻击性态度说了一句让我震惊的话:"所有伟大的创作者都是右倾的。"就是如此露骨。

但我不允许这样的辩论给我对他的感情蒙上丝毫阴影。以后我会尽量避免与他发生"政治争论"。

我还应该注意到对《信仰报》的审判[4]。在法庭上,我的诉说得到了很好的反应。我不仅可以从法庭的注意力中感受到这一点,而且还可以从支持我的人的祝贺和对手的愤怒中感受到。我也从沉默和紧张的情绪中感受到了这一点,而这种情绪突然使诉讼程序超越了前一阶

---

〔1〕 吉策:即格奥尔基·拉科韦亚努,铁卫军记者。
〔2〕 瓦西里·本奇勒:铁卫军中纳埃·约内斯库的追随者。
〔3〕 扬·彼得罗维奇:哲学家,1937年12月至1938年2月任戈加-库尔扎政府的教育部长,1941年12月至1944年8月任安东尼斯库政府的文化部长。
〔4〕 涉及对前标准文学社成员的诽谤审判。

段的笑话和小摩擦。

当然,每个为《信仰报》辩护的人都煞费苦心地告诉法庭,我是个犹太鬼。梅德雷亚[1]叫嚣着要打我一顿。我半开玩笑地对玛丽斯[2]说,我在等待着武尔克内斯库、加布里埃尔、蒂特尔和泰尔[3]与桑杜·图多尔、斯坦库和梅德雷亚和解的那一天。到时候人们会发现只有犹太人,尤其是我自己,应对这场争吵负责。是我在基督教兄弟会中引起了不和。这听起来像是一个笑话,但它似乎足够合理。

除此之外,什么都没有。日复一日,我变得越来越愚蠢,越来越搞不懂了,似乎不再指望任何救赎。

12月17日,星期二

凌晨2点30分

我累死了。明天早上,我最迟必须于八点之前在办公桌前坐下来写作,但此时此刻我必须在这里记录下玛丽斯对我做出的令人吃惊的坦白。我会尽量逐字逐句把她说的写下来。

"你不知道我为你受了多少苦。我想和你睡觉,不管会发生什么情况。你让我神魂颠倒。一个星期对我来说是完完全全的折磨,你知道,甚至是身体上的折磨。你还记得我从兰姆帕[4]来接你,然后我们一起坐车离开了吗?就在那天我决定向你公开挑明,因为我看到,如不是那

---

〔1〕 科内柳·梅德雷亚:雕塑家。
〔2〕 玛丽斯·内尼绍尔:格奥尔基·内尼绍尔的妻子。
〔3〕 哲学家米尔恰·武尔克内斯库、芭蕾舞演员加布里埃尔·内格里、彼得鲁·(蒂特尔)·科马尔内斯库和铁卫军记者克里斯蒂安·泰尔都卷入了与《信仰报》编辑的冲突。
〔4〕 剧院的杂志社。

样，你当时不会明白或今后也不会明白这点。我已经下定决心要负责计划安排所有最尴尬的细小环节：找个能让我们会面的房间，带你去那里，做好所有的准备工作……但那天不凑巧的是你牙痛犯了！如果你当时没有那样痛苦，我百分之百就会是你的了。我会毫不犹豫地告诉你这点：你是无法拒绝的。没有哪个男人能拒绝。

"在我们刚认识的那些日子里，在我们在济苏夜总会的第一个晚上之后，你还记得吗？我决定有一天要到你那里去，脱去衣服，躺在床上等你。你会在那里找到我的，你别无选择。可在那时候你送我了一本你写的小说《女人》。我读完发现，我那样做只是在重复书中的一幕情景。我对自己的所做感到厌恶并取消了我的计划，尤其想到，也许你会认为我这样做是在模仿你书中的女主角。

"然后在科索。我们一起吃午饭。我来那里就是想告诉你我想的一切，也想得到你的一切，但你却继续写你的文章。我没有任何保留，向你敞开一切，可是你却执意地不去理解……

"我现在告诉你这点，因为我觉得这事情已经过去了，不再是个热门话题。当时我太想得到它，以致它现在无法给我带来任何快乐。我告诉你，我是太疯狂了。对于格奥尔基，以及格奥尔基的母亲，我除了说你，什么也没说。我还能受多少苦！

"什么？你认为我不会对格奥尔基不忠吗？你觉得我对他不会不忠吗？是的，我可以和一个男人或另一个男人在一起，但这并不很常见，但是如果我对一个男人入迷时，我应该怎么做？我想如果我拒绝，那也太愚蠢了。我爱他，但我认为这与对他的爱毫无关系。只有一回，在康斯坦察，当我和一个追求我并且我自己非常喜欢的人单独待了三天时，我确实拒绝了。我不知道是因为固执还是愚蠢。不管怎么说，反正我今天还没有翻过这一篇。"

12月30日，星期一

法国索镇

我在巴黎，但还没有完全意识到这点。我想，等我离开这里，再过十天，我才能恢复理智。

这次重回故地似乎确实有什么非真实的东西。它从我的经历中抹去了五年的生命，就好像它们从未存在过一样。星期六晚上，我在耶尔的范妮·博纳德家吃了晚饭。我发现她和以前一样，没什么变化，认为我们之间有五年时间没见面似乎是完全荒谬的。一种奇怪的老年感。

一天早上，我在克莱夫街附近散步。这里什么都没有改变，甚至我自己也是如此。在这五年之后，我没有带回来比我在1930年时一个22岁至23岁的年轻人已经知道和经历的更多的东西。我沿着苏夫洛街走，又看到了圣日内维耶夫图书馆，然后继续沿着克洛维斯街、穆夫塔尔街、蒙日街、克莱夫街和拉塞佩德街前行，进入植物园。在那里我在大雪松下逗留了一会儿。老实说，我无法使自己确信，五年时间已经流逝了。

但我不打算在这本日记本上写下这一感想。我带上这本日记本并没有特定的目的。

也许我会回到布加勒斯特再总结一下。

现在，由于未能在适当的时间这样做，我不再想在这里总结我与莱妮恋情的最近阶段。我们彼此相爱。我们进行了大量的交谈，然后相互拥抱，以完全和睦的方式分手。我不知道我在布加勒斯特会变成什么样子。我有一种使我不快乐的生活尽可能复杂化的天赋。

Journal

1935年

1936年

1937年

1938年

1939年

1940年

1941年

1942年

1943年

1944年

2月6日，星期四

于布加勒斯特

当我昨天晚上离开莱妮的时候，我觉得如果那天晚上我选择自杀，我会心满意足地去执行，几乎带着幽默感。

我永远无法向她解释她对我意味着什么，或者可能意味着什么。我自己也不确定我爱她是怀着满满的爱情，还是我最后必要的抵抗。

2月20日，星期四

为什么一想到她明天就要离开布加勒斯特，我就会难受？或者为什么只给她寄了两根丁香花枝但没有送给她任何有关送花人的信息而使我很愉快呢？

她甚至可能不知道是谁送给她的。她甚至可能看都不看它们一眼。也许那样会更好。

3月1日，星期日

美好的一天，夜色极其美丽。就像去年夏天在一个同样的夜晚我对埃米尔·古利安所说的那样：满天星斗的蓝天"沙沙作响"。

但事实并非如此……我已感到，春天已经绽开了。我可以在很多事情上感受这点，但最重要的是我迫切需要快乐起来。

我要做的事情是必须为《基础杂志》[1]写一篇文章，但此时此刻我真正想要的只是爱一个女人，不管她是谁，是莱妮、玛丽斯还是热尼，或者她们都不是，而是一个陌生人。不管她是谁。

我独自一人孤零零地回家。为什么会这样，我也不知道。我们的小狗上前，第一次打扰了我。他向我扑过来的方式好似个人一样，在忧郁的爆发中充满了活力。如果不是搞文学的，假如被问到这点，我会感到更加羞耻。我觉得它很想和我说话，但由于无法说话而受煎熬。

也许我会去布雷亚扎待几天。

3月2日，星期一

我不想写我与弗雷梅阿出版社争吵的任何细节。有些是滑稽的，有些是令人不安的。

有人告诉我，当米尔恰在多内斯库面前朗读了我刊登在兰姆帕杂志上的文章时，他感到"厌恶"。他无法找到替我解脱的任何借口，只能同意我的"对手"的每一个观点。

我不想相信，也不想再问任何问题。但如果这是可能的！……

3月5日，星期四

我拜访了德韦基。自圣诞节以来我就没有和他见过面。

我们一起徒步离开，因为他的车正在修理。我就说服他和我一起坐31路公交车。

在公交车上，乘客太多，十分拥挤。他神色沮丧，很不自在……

---

[1] 皇家基金会杂志。

我觉得有必要道个歉。

"不管怎么说,"我说,"对你来讲,坐一次公共汽车也是你一生难忘的经历。"

昨天有一封莱妮的来信。爱心满满,性情开朗,没有任何心理并发症。一个多么可爱的女孩!

晚上在内尼绍尔家,玛丽斯上演了一场歇斯底里的戏。又是哭,又是笑。当我离开的时候,绝对不让我说再见。这个春天让我们所有人都有些头晕目眩。

星期二,在达尔斯大厅,纳埃做了一个关于卡尔文的演讲。讲得很好,头脑很清醒,没有任何装腔作势,只有一些极端模糊的政治影射。好似是来自以往美好时光中的纳埃。

3月14日,星期六

与卡米尔在科索共进午餐。卡米尔曾打电话要求我们一起修改他写的书《正论与反论》。在发表之前,他有一大堆疑问和疑虑。

书的前言很有趣。他在前言中表达了对我的钦佩。

他说,在罗马尼亚文学中,其情感加起来具有深刻意义的只有三本书:《两千年之久》、《普罗克斯特的床》和《昨晚的爱情,今晚的战争》[1]。

我毅然决然让自己摆脱了如悼词般的颂词。

"不,卡米尔,还是不要谈及我的那本书吧。我们可以谈论《普罗克斯特的床》,但不要谈论我的书。"

---

[1] 最后两部是卡米尔·彼得雷斯库写的小说:《普罗克斯特的床》和《昨晚的爱情,今晚的战争》。

对于那种肤浅而固执的永恒钦佩的策略，我只能觉得有点讨人喜欢。

但我依然很坚定地保持对他的旧时偏爱。他的小"怪癖"总是逗我开心，从不让我生气。他当然是一个了不起的家伙。我一直在重复阅读他于1922年和1924年写的一些文章。文章的精确度、语气和风格简直让你叹为观止。

我昨天没去上纳埃的课。他的课已经开始让我厌烦了。最后几堂课是去年上课的重复。课中表现出来的那种轻率的政治态度让人相当恼火。

上星期日在内尼绍尔家，图多尔·维亚努以极端粗暴的方式（虽然不是使用词汇）将纳埃痛骂了一刻钟的时间。在他看来，纳埃所讲的根本不是自己原创的思想。他只是斯宾格勒和其他一些现代德国人的代言人罢了。他在恰当的时刻使用他们的话，但没有说明这些话的来源。

也许是这样的。我不知道。但是在纳埃身上有一些恶魔的影子。我无法相信他这个人会在学术批评中化为乌有。

我在虚度时光，只是在虚度时光。

3月19日，星期四

昨天晚上，我和我们组全体人员在莉莉家吃饭。卡米尔在与米尔恰和我的谈话中，以一种非常适合他的勇敢并真诚的方式来发表意见，仿佛是因为在事实面前不得不低头，使得他的谦虚受到了极大冲击：

"毕竟，老伙伴，我们必须承认，小说家只有三人：你自己，米尔恰，还有我。"

无可言喻的卡米尔。如果还有其他人和我们在一起，比如说，塞尔久·达恩，我们又该怎么说？——他肯定会说："毕竟，老家伙，小说家只有四人。"

我在剧院见到了莱妮。她在剧院看日场戏。

"我决定不再和你调情了。"她说。

我不同意她的意见。她什么都不懂，但有一点没错，这场漫长的游戏期待着结束。但对我来说，结局只能是一个。

自从我听说帕斯卡尔·亚历山德拉的自杀事件后，这事件就一直挥之不去。我记得在学校的时候人们曾经称他为"娘娘气"。的确，他的整个人是有些女性化、柔弱和脆弱。我觉得整个上学期间，尤其是在高年级，我和他之间的交流没有超过三个词。他就像他们那伙所有人一样，是个反犹太主义者。但我对他，内心的柔情产生了同情之心，对使他最终置身于火车车轮之下的忧郁产生了同情之心。

上星期在法国学院的午餐会上，我遇到了马里瓦拉·文图拉。她对我说：

"我一直在阅读你的作品，发现你很有意思。但我没想到你才二十五岁。"

"是二十六岁，夫人。"我纠正了她。

不幸的是，尽管外表有时显得很年轻，但我一直在变老。

3月20日，星期五

我去了剧院。因为莱妮还没有看过她公司的新作品，于是她打电话让我和她一起去。

她在开幕后五分钟才到达。每次演出中间休息时，她都要溜出去打个电话。

如果我觉得她没有足足一千个情人，我一定会是一个十足的傻瓜。

但我毫不怀疑，如果她爱我的话，她会以她的方式来爱我。我必须承认，尽管我一直在玩的游戏是那么地令人困惑和神秘莫测，她总是表现出惊人的机智和自信。作为对比，我只需要回忆一下莉莉在类似情况下的表现是多么糟糕就足以了。

我不应该为今天晚上的事生气。这证明我完全可以潜藏不见面达十天。这是向分手迈出的完美一步。演出结束后，我们和热尼卡·克鲁采斯库一起去了一家小酒馆。在那里，莱妮告诉了我们很多关于她和弗罗达的关系中令人痛苦的事情。我有一种感觉，她会很高兴摆脱这种关系的。但一想到这样的事情会让我多么快乐，我就不寒而栗。

但是这已经毫无意义了。我应该习惯在我的生活筹划中设一条不能跨越的界线。

我将试图把我已经思考了一段时间的剧本[1]写出来。今天晚上，我在雷吉娜·玛丽亚剧院观看彩排时，以惊人的精确度看到了头脑中剧本的第一幕（甚至包括对白台词）。凭借我对瓦格纳别墅的记忆，加上从勒内、玛特和奥德特[2]中借过来的一些主题，我可以开发出非常精致的东西。如果我不累的话，如果我明天没有那么多事情要做的话，我会尝试一下。我想现在就开始写第一幕，尽管现在已经过了凌晨。

纳埃昨天的课简直没法上。完全是去年课程的残汤剩羹，文章的残汤剩羹，闲聊的残汤剩羹，偶尔再添上一些粗俗的笑话，以引起不认真听讲的听众的注意。这怎么可能呢？

半小时以后

在那之后我没有去睡觉。我想把我对这部戏的一些想法写在纸上，这样我就不会将它们忘记。事实上，一觉醒来我就为整部剧写了剧本

---

〔1〕 最终成为《度假游戏》一戏。
〔2〕 均为塞巴斯蒂安的小说《女人》中的章节。

提纲。对此我深感欣慰。这个想法对我来说似乎相当不错。半小时前我只能看到第一幕，现在我已经在剧本提纲中囊括了三幕。也许这是一种短暂的狂喜，但现在我觉得我已经抓到了一些真正一流的东西。希望它能成功。

3月21日，星期六

昨晚很难入睡。我处于一种兴奋的状态，而这种状态已好久没有在我身上出现了。也许最后一次是在1930年9月的巴黎。那天晚上我在雷恩街的旅馆里写"布策"[1]的第五章。或者也许是1934年春天在布勒伊拉的那个星期天早上，当时我正在写"德龙图－马乔里"[2]的章节。

昨天晚上我在头脑中看见了剧目的首演，看见了剧院、看见了表演。那时我正忙着分发门票。（罗曼[3]一个包厢，纳埃一个包厢。我在考虑是不是要给热尼首演的票，怎么样给，给什么样的票，等等等等。天哪，我怎么这么幼稚呀！）

如果我有电话，我可能会给莱妮打电话，告诉她这件事并征求她的意见，尽管当时已经是凌晨三点了。

今天早上醒来，我感到心态较为正常。我觉得这部剧的大纲不错。今天我新发现了可用于第二幕的大量细节。现在的主要工作是要制定尽可能详细的剧情梗概。然后我们会看到效果。我对自己还是有信心的，尽管这种情况并不经常出现。

我可以看到，扬科维斯库扮演的男角色表现得非常不错。莱妮应

---

[1] 塞巴斯蒂安的小说《金合欢树小镇》的章节。
[2] 塞巴斯蒂安的小说《两千年之久》中的人物。
[3] 萨沙·罗曼：律师，塞巴斯蒂安在其办公室中担任文员。

该扮演那个女角色。事实上，这个女角色就是莱妮。在这个角色身上，寄托着我对莱妮的一切期望，莱妮将来发展的一切，某种意义上是她的全部。

如果退一万步，如果她拒绝扮演这个角色，我唯一能想到的扮演这个角色的人就是玛丽埃塔[1]。尽管她表现得会不那么强烈，但她的表演也许会带有更多的诗意和丝丝忧郁。

再次希望该戏剧能够成功。如果我能把隐含在我的主题中的所有情感、诗意和优雅都能挖掘出来，我会很满足的。

3月23日，星期一

我没有感到泄气，但最初的火热之情已经过去了。星期六，甚至昨天，我都觉得我可以在几个星期内把它搞定。看来我估计错了。我可能需要几个月的时间来完成。最好能在9月之前把它准备好，这样那时就可以彩排了。

我已经着手写作了。昨天我勾勒出舞台布景，今天我连第一个场景都编排好了。我对自己的工作很满意。没错，它相当短。我发现，将几个角色组合在一起并让他们同时在舞台上活动是很困难的事情。

我不知道最终的结果会是什么，但我必须进行尝试。我尤其感兴趣的是从文学技巧的角度来看待问题。我意识到，我想出了一个戏剧题材，它并不可以移植到小说、短篇故事或其他任何东西中去。在此之前，我并不知道小说戏剧化意味着什么。戏剧孕育过程与小说完全不同。幕后生活的诱惑，戏台的诱惑，宣传海报的诱惑，这一切都让我眼花缭乱。我发现自己身上多少有一点演员的味道。

除此之外，这之中还包括着为莱妮写作的情感！只要想一下，我

---

[1] 即玛丽埃塔·萨多娃。

想出来的东西她能活生生地表演出来，口中说出我写出来的台词！我不知道我要在她身上报复多少次！

3月29日，星期日

星期五晚上，我在雅典娜神庙[1]听了《约翰受难曲》，今天早上又听了《马太受难曲》。在这个音乐厅中我发现了很多自去年以来一直留在我记忆中的东西，同时我也发现了很多新的东西。我完全沉浸其中。我真的有一种身临音乐天篷之下的感觉。这是一种刻骨铭心的感觉，也许是第一次让"响亮的建筑"这个词看起来不只是一个空洞的表达。那里有多少甜蜜的乐段，多少优美的瞬间！

纳埃也同时听了这两场音乐会。在音乐演出时，他摆出一副深陷沉思的王者之态。在音乐厅出口处，他从他的一辆价值百万列伊[2]的奔驰新车上叫我，并邀请我到他的地方去吃饭。我与他和他的儿子勒兹万共进了午餐，我们连续聊了几个小时。

我并不喜欢他的课程，但我应该写下他回答我关于他课程的问题时所说的一切。他的逻辑思维百孔千疮。当他的提问浓缩至要求你回答是或否时，听者通常的回应只是耸耸肩，不置可否。

"你不明白，"他告诉我。"我的集体理论是为了逃避孤独，是摆脱孤独的一种悲剧式的尝试。"

是的，我当然明白。但接下来应该让他停止谈论什么集体的绝对权利，而坚持强调个体的绝对重要性。

我还想知道这种悲剧感是否过于可疑，因为它归结为各种理论来

---

[1] 布加勒斯特的主音乐厅。
[2] 以下面例子作为比较。当时五千列伊是一个中产阶级商人的月收入；一套豪华的三居室公寓，年租为八千列伊。

证明"队长"一词的形而上学价值以及其相较于意大利或德国"独裁者"的优越性一词。

纳埃·约内斯库没有幽默感吗？他怎么会对这样的笑话那么较真呢？

4月11日，星期六

昨天晚上，听了将近六个小时的音乐。我从9：15开始，听了布达佩斯广播电台的《约翰受难曲》。只不过我听起来十分困难，因为我的收音机突然发起疯来。然后我在11：30在斯图加特广播电台继续收听，听了亨德尔的序曲（《狄奥多拉》）、洛卡泰里的交响曲、巴赫的《第一勃兰登堡协奏曲》和他的《D小调双小提琴协奏曲》、舒曼为合唱团和管弦乐队演奏的赫贝尔歌曲（非常漂亮！），以及舒伯特《第三交响曲》的第一部分。接下来，凌晨1点仍然在斯图加特广播电台收听了《马太受难曲》，一直听到2：30。我没有把它听完，在播放到"巴拉巴姆！"之后我就把收音机关掉了。细微差别越多，听起来就越有味道。

今天我和卡罗尔[1]和卡米尔一起去锡纳亚，希望在回来的路上能去一下布雷亚扎，在那里一直待到复活节后的第一个星期日。我希望能够在那里工作。如果我返回时至少能带回第一幕的剧本就好了！看看我有多谦虚？

4月12日，星期日

于锡纳亚

昨天晚上我就来到了这里。汽车之旅很愉快。一路上，看到的是

---

[1] 即卡罗尔·格林贝格。

一块块紫红色、绿色和灰色的色彩。心里十分安宁。

  我身上的势利之心——喜欢舒适且有点装腔作势——都被酒店近乎奢华的装潢所迎合。但也有令人沮丧的社会：妓女（卢卢·尼古劳，欧金尼娅·扎哈里亚），记者（霍里亚，伦格），舞男（波利祖），老妖婆，俱乐部赌徒。昨天我一进赌场就在轮盘赌上输掉了两百列伊。我发誓要离它远远的，倒不是出于谨慎，而是出于厌恶。

  我能有机会写作吗？我不知道。也许在布雷亚扎可以，从明天晚上开始我将在那里停留。

  昨天在布加勒斯特，我看到了一件令我震惊的事情，因为我永远无法想象它包含的所有棘手的复杂性。我和卡米尔在绍塞亚大街一起停了下来。那里正在为布加勒斯特月的庆祝活动进行准备工作。人们正在那里移植一些树木。当我们到达那里时，他们正试图种下从某个地方移植来的松树。有两件事让我印象深刻。第一是与树一起被挖出来的巨大泥团。严格来说，泥土不是从土地中拔起的。在树周围挖了一个圆柱体的土团。形状为两立方米的碗形，像大桶一般紧紧包着它。这个碗状土团的大小必须正好适合挖坑的大小。但更让我吃惊的是，许多人用力地把树吊起。我数了一下，不下五十人。那棵树有多么强烈的求生意志——冷漠、强大、无言、一动不动，在它周围熙熙攘攘的人群中显得十分巨大。

4月14日，星期二

  如果不是在赌场输得那么惨，我昨天的生日还是很开心的。我不得不在赌场待到凌晨2：30，因为卡罗尔输得太多，我不能离他而去。

  除此之外，昨天还是美好的一天。我设法恢复了对戏剧的视觉（我的意思是，我可以再一次看到它），并让自己重新投入创作之中。我也开始写第一幕的最后一个场景——瓦列留和莱妮之戏。我还是害怕再一次与戏的发展思路脱钩。我会争取在布雷亚扎继续写下去。我一点钟就出发去那里。

后来，晚上8点，我在公园里散步。一个美妙的夜晚，头顶是半透明的蓝天和闪烁着青春的星星。就在那时，我很清楚地看到了当我读完儒勒·雷纳尔日记后，要写的长篇文稿的形状。其章节标题包括《儒勒·雷纳尔"轶事"》《儒勒·雷纳尔——普通法国人》《儒勒·雷纳尔的家庭：父母、孩子、妻子》《儒勒·雷纳尔——激进分子》，等等。

在另一个方面，我已确定为《罗马尼亚小说》第一卷撰稿的最终材料。该卷将有六个章节：《雷布列亚努》《萨多维亚努》《霍滕西亚·帕帕达》《卡米尔》《塞扎尔·彼得雷斯丘》和《约纳尔·特奥多雷纳》。我对阿德卡还有一些疑问。我想我会把他留到第二卷中，但在我重读他的材料之前我不会做出最终决定。我很清楚地看到了第一卷的序言。我将在其中解释整个系列的计划，并解释为什么没有包括战前文学。我想利用夏天写完这本书，以便在圣诞节前出版。

但我现在关心的仍然是这出戏。毫无疑问，我会继续创作。必须进行实验。更重要的是，我不知道它最终会是什么样子，或者它的命运将会如何。

今天早上在公园里，两个十到十一岁、中学一年级的孩子在谈话。一个穿着军校的制服，另一个穿着短袜、短裤、夹克衫，戴着领带，一身法式装束，一头金发和白皙的肤色，仿佛是巴黎卢森堡花园里的一个小男孩。

穿军服的：你在学校佩戴纳粹的万字符吗？

对方：那是什么？

穿军服的：那种标志，你知道的……

对方：不，我不知道。

穿军服的：我们都佩戴它。

他们离开了，几分钟后又回来了。谈话继续。我听到金发男孩向穿军服的孩子解释：

"宗教与国家是分开的。国家和宗教没有任何共同点，几百年来一直如此。你知道，学校里甚至不教授宗教。"

这是他的原话。否则，我绝没有兴趣把这些写下来。一个警察社会，就如当今罗马尼亚社会一样，除了一代又一代的警察之外，不可能创造任何东西。也就是说，创造出来的是一批有警察思维的人，而这批人并不是由行业划分出来的。我很想知道那个金发男孩来自一个什么样的家庭，竟不知道万字符是什么。我很想见见那个男孩的父亲，并要和他握手。

这让我想起了科尔内留·莫尔多瓦努几个星期前在一些首演或类似什么仪式之后所说的话。当时有一些吉普赛孩子正在外面等待着关于君士坦丁内斯库-雅西[1]的特别判决的结果。

"他们这样做是对的。但是太年少了，人数太少了。"

他真不愧是个作家！

酒店有很多逸事，尤其是关于一个极端粗俗的妓女欧金尼娅·扎哈里亚的。尽管人们从她所用的词语、她相当暴力的美貌和真诚（不！我们不要玷污一个好词）中获得乐趣，她在交易中完全是麻木不仁的。卡罗尔在二人相见的第一天晚上就与她做爱。我想如果酒吧里有五个男人和她在一起，她就可以轮流和他们之中的每个人一起"上楼"。

她告诉我，法国作家吕西安·法布尔写《威尼斯之歌》主要是为了报复她。当时他们吵架了，于是她独自去了威尼斯。有趣的是，她所说的可能是真的。我突然想到，我和莱妮的情况可能与此并没有什

---

[1] 彼得·康斯坦丁内斯库-雅西：一位因亲苏活动而受到谴责的大学教授。

么不同。

"而且你是个拉迪玛[1],"卡米尔前天在餐桌上对我说。他是不是知道了什么……

4月16日,星期四

当我阅读雷纳尔的《日记》时,它对我变得越来越珍贵。我多么喜欢那个人,他的死在我看来是多么荒谬,尽管从那时算起已经过去二十四年了。

这才是真正的永恒:虽已过世,但比活着的人更有活力,在你的记忆中栩栩如生,就像实体存在一样真实。

今天读到他在1903年7月24日写的日记。我对自己说,我应该写一本关于儒勒·雷纳尔的书。在这本书中我要通过他解释我对法国的热爱。雷纳尔的激进主义有其农民根源。这让我对法国民主的命运感到放心。它永远不会灭亡。

自从我到达这里后,我继续写着我在锡纳亚开始的有关莱妮和瓦列留之间的主要场景。我现在已写到了第十二页。我觉得这样做还是能奏效的。但我能确定吗?

从某种程度上讲,我创作剧本的勇气是来源于雷纳尔关于他自己戏剧的笔记。

至少在完成这一幕之前,我不想离开布雷亚扎。

我认为演好这个男性角色会非常困难。只有扬科维斯库能演这个角色,而不使它成为"主题声音"[2],自命不凡和枯燥无味。我越写这个

---

[1] 卡米尔·彼得雷斯库的小说《普罗克斯特的床》中的一个角色。
[2] 推理性的。

剧本，我越喜欢这个角色，但同时也更替它担心。在我完成这部戏之后，不管是否让它上演，我都会为每个演员写一下关于他应该如何扮演其角色的总体性建议。

4月17日，星期五

布雷亚扎从未如此美丽。各种色彩如此丰富。我这辈子从没见过这么多繁花盛开的果树。我觉得它们是苹果树。有些花白得耀眼，看起来有点像明信片中的图片。

就在不久前，大约上午九点钟，在我散步之路的尽头有些胡桃树。我在胡桃树旁站了几分钟，从普拉霍瓦河谷抬头向山上望去，感觉有些头晕目眩。布切吉山脉上的白雪，盛开的白色苹果树花，从孤独松树的墨绿色一直到新叶的微黄、鲜嫩、湿润、变化中的各种各样的绿色构成了上千层的绿色层次。就在这美妙的风景中间，好像被一些隐藏的构图法有意安排的那样，在正中间放置着一座有着深暗、焦炭色屋顶的房子，与周围的鲜活可爱的色彩形成鲜明对比。我也不应该忘记提及景色中那片片紫红色，片片蓝色，以及灰色的阴影和阳光下熠熠生辉的水（午饭后我往回走。我很失望。普拉霍瓦河中没有水，几乎干涸了）。

老实说，这对我来说似乎不像是真的。我重返了大约二十米，以确定刚才所见是否真的存在并且仍然在原来的地方。

晚上，自己计划写作到半夜，但是看来做不到。于是我利用这段时间重读了迄今我所写的所有内容，看来还是令人满意的。也许是因为我从主场景开始做得很好。它设定了剧中的气氛。这样，对我来说再写铺垫场景就会容易些。

4月19日，星期日

于布加勒斯特

　　尽管我还没有完成莱妮和瓦列留的场景，但我离开布雷亚扎时感到非常满意。还有两页要写。我今天把它们写完。我并不是在自吹自擂，我认为我做得相当不错。场景中有一些时刻，让我感到愉悦。其中的气氛和语气正如我所预想的那样。更重要的是，场景的总体节奏（毕竟是一个很长的节奏）向前推进得很好。

　　我数了数其中的对话段落（是不是十分幼稚？但我以同样的方式数过我第一本印刷书页上的行数）。共有一百四十九段。是不是太多了？是不是太长了？

　　我对自己的剧本充满信心。如果我把事情搞砸了，我会感到惊讶。不管怎样，我还有很多事情要做。

　　如果我现在有整整一个月的空闲时间，我会重返布雷亚扎，以保持本星期的出色心态。星期五我在那里写出了十页！对我这样写得很慢而且很困难的作者来说，这是一个非凡的成果。我要争取在5月初为自己腾出一个星期的时间。

　　今天早上，在雅典娜神庙欣赏了洛拉·博贝斯科小提琴独奏的一场音乐会（拉罗的《西班牙交响曲》）。一个十五至十六岁的女孩，仍然还是孩子的姿态，勇敢之心和胆怯之情愉快地融合在一起。她演奏得非常出色，但在演奏时，她时不时地对着观众中的某人微笑，也许是亲戚或朋友，就像玛丽·兰伯特的学生过去常常在布勒伊拉考试时的举动。青春、动人、真挚、细腻，仿佛是弗朗西斯·詹姆斯作品中的一个女孩。

　　坐在前排的安东·霍尔班带着一种淫荡的热情在鼓掌。他是个讨人喜欢的男孩，有着老姑娘的气质。"我的情感发泄被你抓了个正着。"他对我说。

我一直在读保罗·瓦莱里的《旧诗集》。非常精美。在某些地方非常有马拉美诗作的味道，但非常出色。我怎么以前一直都忽视了他呢？

我在去锡纳亚的路上向卡米尔展示了瓦莱里的一些诗句。他对我说："是的，他的诗确实很美，但并不比我的诗更美。"

4月21日，星期二

虽然这出戏一直让我全神贯注（尽管我没有再增添什么），但我正在考虑写一部短篇小说来翻过我与莱妮的篇章。昨天晚上在剧院发生的事情（出于厌恶，我宁愿在这里只字不提）让我重新燃起了写这部短篇小说的兴致。估计两百页，我已经打好了腹稿。无论如何，这个愚蠢的故事会达到一些目的。但现在戏剧是第一位的！

4月26日，星期日

我读完了雷纳尔的《日记》。

今天我做了一个很高兴的决定，即使这个决定可能会在我内心深处引起一丝遗憾。我把这个角色交给了玛丽埃塔。

莱妮已经无药可救了。她的冷漠之情是一种毫不在意，是种轻率、是种冒犯，达到了不礼貌或不友好的程度。我认为，其他任何人至少会假装表示感点兴趣。可她连这点努力都做不到。星期六去她的更衣室见她的一幕让我感到恶心。这比我星期一去见她的情况更令人沮丧。

我很高兴能与玛丽埃塔交谈。很有必要让莱妮与这出戏毫无干系。我必须对玛丽埃塔做出明确的承诺。这样一来，就没有路可回头的了。

实际上，这是最好的解决方案。莱妮正在与蒂米克和策拉努一起在阿尔罕布拉宫表演。她实际上正在放弃话剧，转而去演轻歌剧。她与泰莎渐行渐远，又一次成为了斯彼得小姐。我的戏，尤其是她应该扮演的角色与其处于相反的极端……她想要赚钱的欲望太高了。她太渴望在公众中"获得"巨大的成功，而牺牲了对原创剧作的尝试，尤其是我写的一部。

相比之下，玛丽埃塔很乐意扮演主角，而金钱的问题尚未涉及（无论怎样，这只是次要的）。今天我为她读了我写的所有东西，并解释了脚本会是什么样子。她很兴奋。我觉得剧本的每一行都在"渗透其中"。我觉得她已经理解了，认同了，在她眼前看到了剧。还有她的温暖之心，她的热情，她的慷慨！而且，由于她非常热衷于扮演这个角色，所以她会在舞台上尽力而为（而且在她需要的时候能做很多的事情）。

如果（如传言所说）扬科维斯库搬到玛丽皇后大道，我将拥有他、玛丽埃塔和马克西米利安一起组成的多么出色的演员阵容。至于制作方面，哈伊格笔触过重的部分，我会尽量让台词恢复活力。

我自我感觉很好。读剧本，使我所写的一切看起来更加鲜活，并打通了山穷水尽之路。回到现实中，我看到了第三幕会出现的一些新东西（博戈尤、平局、"你在向我妥协"、"我会在外面见你"，等等）。事实上，博戈尤是唯一让我担心的人，因为他很穷。我不希望在第二幕之后节奏会突然变缓。良好的节奏有望能保持继续发展的良好状态。

我会尽量在星期六或星期日离开。我已找到了写作的新理由。在我决定放弃莱妮的那一天，我找到了这些理由，这不是很奇怪吗？

5月3日，星期日

作家协会全体会议召开。他们怎么会如此认真地对待这种荒谬的闹剧呢？难道他们会哪怕花一分钟想一下，无论基里采斯库是否当选，或者托内金[1]是否被投票，和我有任何关系吗？

在那段时间里，我兴奋地投入其中：组建了一个小组，进行了宣传。但直到我离开，我才意识到我在玩一个多么可悲的游戏。

我与整件事，与所有阴谋和政治玩弄有什么共同之处？多么可怕、肮脏的地方，一个充满文学类型的垃圾场。太可怕了，真的太可怕了！

更通俗地说，我正处于一个被文学毒害的时期。我讨厌、厌倦它。为什么我不去当一个普通的专业人士，如律师、公务员或普通的经销商？为什么我不能获得拥有自己的房子、自己的生活、自己的爱情，而不是身处各种复杂环境或追求任何"有趣"的东西，而不是带着遗憾？

甚至昨天下午维也纳的表演（莫尔纳的《伟大的爱情》）也没有让我完全振作起来。尽管如此，我还是度过了迷人的三小时几分钟的高度兴奋期。莉莉·达瓦斯真是一位伟大的女演员。

但是一整天给我留下的是毫无意义的味道。我一直反复追忆着我浪费的全部生命。

5月8日，星期五

昨天在莉莉家举办了"艺术家"午餐。参加的人有我、玛丽埃塔、埃尔维拉·戈代亚努、哈伊格、"基基"[2]和一个来自普洛耶什蒂名叫布勒特沙努的人。

发生了两件事，每一件事都令人不快：

一、莉莉在拉齐德写了一封反对诺拉·佩约夫的愚蠢信。她亲自告诉我这件事，脸上还带着一丝自豪，并恳求我不要告诉任何人，因

---

[1] 门尼·托内金：编辑和作家。
[2] 塞巴斯蒂安的一个熟人，来自布勒伊拉。

为绝对没有人知道或猜到这一点。

我听后不寒而栗。虽然两人在同一部戏中演出,虽然他俩相互见面、亲吻、相互拜访,但莉莉竟能策划出如此阴谋。真没想到她会做出如此下三烂的事情来。

二、第二件事和玛丽埃塔有关,我的老朋友玛丽埃塔·萨多娃……人们在谈话时,谈到了赫夫特受攻击的事。几天前他就在旁边的街上被一名学生殴打。有人问发生了什么事,玛丽埃塔随口答道:"没什么了不起的。他会过去的。"

我要不要写一下我是怎么来给莱妮读剧本的?算了,别在现在。我不想动笔。找别的时间再说吧。

5月14日,星期四

今晚,斯图加特广播电台播放了莫扎特的交响协奏曲,然后——一个大惊喜!——来了一首《小夜曲》。

我很高兴再次听到它,因为这首曲子与我的剧本息息相关。不幸的是,我的收音机已经奄奄一息了,尽管我可以断断续续听到足够多的片段。这让我在停笔几天后又回到了戏剧写作之中。我真的应该离开至少三天,去寻觅暂时丢失的线索。我正在阅读奥斯瓦尔德·斯宾格勒的《决定性的岁月》。我不知道为什么我现在才这样做,因为这本书已经在我的书架上躺了好久好久了。在书中,我惊奇地发现了在纳埃的课程中出现的许多完整的句子、公式、观点和悖论。去年的全部课程(国内政策和外交政策、和平、战争、国家的定义),他的所有"大胆的设想"(新加坡、垂死挣扎的法国、作为亚洲大国的俄罗斯,没落破产的英国)在斯宾格勒的书中全都存在,而且用词是如此惊人地相似。而至今我还没有把这本书读完……

前天我在布拉索夫，旁听了对一些铁卫军学生的审判。纳埃发表了一个声明（我在报纸上读到的），说是宗教并不禁止所有谋杀，所以学生们自然而然地会支持杜卡的凶手。我认为我不会再上纳埃的课程了。这不是为了"惩罚"他，而是坦率地说，我已经开始不再对纳埃·约内斯库感兴趣了。他看待事情的方式过于简单了。

5月17日，星期日

一个月前的今天我离开了布雷亚扎。从那时起，我这个剧的创作就停滞了。像这样让它陷入泥潭不是很可惜吗？我能不能重新找回在布雷亚扎五天里的那种快乐的节奏？

我绝对要离开这里。也许这只是一种偏见，但这种想法已经根深蒂固了。在这里我写不出来。今天晚上又尝试了一次，还是不行。最搞笑的是，整个第一幕，甚至每句台词都在我脑海中清晰可见。但是仍然起不了作用。

我看过我的记事本。我想，只要有一点决心，我就可以在星期三晚上离开，在那里一直待到星期一早上。那将会是四天的工作。我不应该让这样的机会溜走。但是我没有钱；妈妈要离开了；星期六我要处理阿代卡姐姐的官司问题。尽管如此，……

5月26日，星期二

妈妈星期五离开了。从前天开始她一直待在巴黎。

纳埃在星期五下午完成了他的课程。我在那里。一个清醒的演讲（只有片刻的表演，即使那样也不算太夸张）。一个非常好的演讲，简明扼要，精干，并带有一系列快乐的表述。

假如我星期五在这本日记本中记下这门课，也许那时我会给它一个完整的总结。但在接下来的那几天里，我任何感觉都丧失了。

在走出大厅的路上，纳埃对我说："这堂课我是为你讲的。两年来，你一直用一种滑稽的眼神看着我。对了，现在你怎么说？"

我一时什么话也没说。他的讲座真的很精彩。他所说的对个人和集体问题的解决方案当然很有趣（尽管我能感觉到其中的诡辩，但我无法说出其所以然）。然而，这一切都不能遮掩纳埃是铁卫军成员的事实。如果他真的是铁卫军成员，至少还是一个诚实且并非别有用心的成员。

我也愿意写一下柏林爱乐乐团的音乐会，但我现在无法写。（巴赫的《第三勃兰登堡协奏曲》、海顿的D大调交响曲、贝多芬的《第七交响曲》、韦伯的《奥伯龙》序曲、舒曼的《第四交响曲》、勃拉姆斯的《第一交响曲》，以及《纽伦堡的名歌手》的序曲。）

我仍然不时能见到莱妮，虽然机会越来越少，感情也越来越淡。对我来说，这完全是一件愚蠢幼稚的事情。

我已经为第一幕又写了两个左右的场景。我已经用简单方式解决了我不知如何前进的问题。要让几乎所有的角色都出现在场景之中。我应该不用管莱妮和博戈尤两人，但我不知道如何让其他人出场。没想到，解决方案突然从天而降，而且操作起来相当容易。看来最稳妥的方法永远是执着地坐在办公桌前耐心等待……

我看着我的记事本，告诉自己我仍然可以在下星期四（6月5日）起身去布雷亚扎，并可以在那里一直待到星期三（6月10日）早上。那将会有整整五天的工作时间。如果我能挤出一个下午或晚上，在去布雷亚扎之前完成第一幕，布雷亚扎的时间就可以用于第二幕了。在五个完全自由的日子里，有什么事不能够完成！我对此充满希望。

收到布莱切尔[1]的一封感人的信。他希望我去罗马拜访他。我回信保证我会去，而且我一定会这样做。

5月27日，星期三

上午

我一直在重读我写的《两千年之久》的一些章节（我的老习惯是从书架上随便取一本书，随便翻阅一个小时）。有很多事情我完全忘记了。我有一个真正的惊喜。除了一些过于明显的有关犹太人的段落外，其余的都让我印象深刻。我不知道。我没想到会是这样。

我很希望这本书有一天能再次出版。届时不要纳埃的序，也不要有我的任何解释。

毫无疑问，在我所写的所有著作中，这本书将流芳后世。

昨天，罗马广播电台播放了莫扎特的一首令人愉快的C大调钢琴奏鸣曲。后来，布达佩斯广播电台播放了亨德尔的E大调小提琴奏鸣曲。

5月31日，星期日

昨天晚上，去莱妮那里待了很久。很久没有和她进行如此平静和安宁的谈话了……

我真应该把她抱在怀里，亲吻她，然后说：明天到我那里去，莱妮。她应该会毫不犹豫地同意。我在那儿的整个过程中，她做出了无数次表达爱意和挑逗的小手势，可我要不不予理睬，要不故意装着不理解。

---

[1] M.布莱切尔：作家，因病致残。

我比悲伤更为空虚——我如今活着是因为我曾经存在过。

对我来说,过去三天被办公室的严重问题毒害了。[原文如此!]我不适合当一名律师——如果我说实话,我将不得不完全放弃它。但我没有勇气与任何东西决裂,绝对没有。

我也不知道我是否能够在星期四离开布加勒斯特,尽管我有这样的需要。与其说是为了剧本,不如说是为了我自己。

6月5日,星期五

博戈尤的表演过于微妙,这是个危险信号。不能允许这种情况发生。他必须保持基本的乐观态度,有点快活,有点抑扬顿挫。他那忧郁的情感必须时不时从相当粗犷的刚健和朴素之中表现出来。

"我口袋里装着指南针,正在寻找北方。如果我想一想,这似乎是我一生中唯一真正寻找的东西:北方。"这样的台词虽然我并不讨厌它们,但这绝不可能是博戈尤的台词。我肯定会去掉它们,恢复博戈尤应有的沉闷爽朗的语气。

也许在某种程度上他是一个诗人,只是他没有意识到这一点。

如你所见,我还没有离开布加勒斯特。明天可以吗?我不知道。普莱尼恰努案子[1]是一个可怕的负担。

玛丽埃塔向布兰德拉夫妇[2]讲述了这出戏。似乎他们俩,尤其是布兰德拉夫人,一想到要扮演我的角色就激动不已。但我无论如何也不会同意把这个角色交给托尼的(即使冒着根本不上演的风险)。因为这会毁掉一切的。

---

〔1〕 涉及塞韦尔·普莱尼恰努妻子的审判。
〔2〕 托尼和露西娅·斯图尔扎·布兰德拉:演员。

理想的组合是扬科维斯库、莱妮和蒂米克。如有必要，扬科维斯库可以由弗拉卡[1]替换，而莱妮（如果绝对必要的话）可以由玛丽埃塔代替。任何其他演员阵容都会完全毁掉我对戏剧的实验。

6月8日，星期一

布雷亚扎

我已经完成了第一幕。我下午四点到达布雷亚扎。到晚上时，我已经写了三页。昨天写了十七页（我认为，那是在我的文学创作中创下的纪录。我不记得曾经在一天中写过这么多页）。终于在今天早上写完了机械师场景的最后三页。这样终于与写了这么久的最后场景连接起来了。

毫无疑问，布雷亚扎比其他任何地方都更适合我的戏剧写作。前天我到达的时候，我真的已经在脑海中勾勒出了一切：一个场景接一个场景，几乎是一行紧接着一行。在布加勒斯特的同样情况下，我在五十天内所写的不超过十五页。这也是真的。而在这里，不到两天时间，我就写了二十三页。

如果我在布雷亚扎有十天空闲时间，按照相同的节奏工作，我认为第二幕会进行得很顺利。剧情我看得很清楚，也很详细……。严重的困难和障碍只有在写第三幕时才会重新出现。第三幕是目前最不明确的一幕。或者更确切地说，是唯一难以确定的一幕。不过，也许当我着手写第二幕时，它也可能会变得清晰些。

我已经满足了。我觉得我已经把事情简化了，并以工匠的满足感将第一幕搁置一旁。我还不知道第一幕中是否存在缺陷。肯定会有的：也许语气方面缺乏统一性。最重要的是，我想知道我非常喜欢的最后一个场景是否真的与该幕的第一部分融为一体。而且也不知道是不是

---

[1] 乔治·弗拉卡：演员。

写得太长了。我还问自己，莱妮频繁地在场上出现是否对她和观众产生了厌倦感，以及为了让她和瓦列留在主要场景中更为突出，她是否不应该提前几分钟下台，这样（当她回来时）她的声音会带来我认为的戏剧对话所必需的那种惊喜。

我今天下午返回布加勒斯特。如果普莱尼恰努的案子在法庭上得到解决，我会再好好研究一下文件，并尽快为如此善待我的布雷亚扎放弃非公开审理。

6月11日，星期四

布加勒斯特

我正在考虑在一两年内写出一本名为《幕后花絮》的书。我会把我写的有关文学创作、工作技巧、作家生活、出书经历等一切东西都放在书里面。

这个想法是在布雷亚扎产生的。当我完成了剧本的第一幕后，我重读这本日记中记载的与这个戏剧有关的所有内容都是为了自娱自乐。时间包括从我开始写作的那个晚上一直到现在。我注意到，它作为一个名副其实的"进展工作记录"并不是没有意思的。

该卷可能包括：1)《金合欢树小镇》的日记以及自小说出版以来的任何补充。该小说曾经在当今出版社出版。2) 该剧的日记。3) 在剧院的《兰姆帕杂志》上发表的题为《当作家的喜悦》的系列文章。如文章已写好，则有可能进行改写，如果还没有写好，则完全改写。4) 我与卡利内斯库、亚历山德鲁·O.特奥多雷亚努、斯坦库和潘德雷亚的各种论战，（很遗憾，我撕毁了我给弗雷梅阿出版社的洛维内斯库[1]的回信。本来这回信很适合放在这里。可惜我无法重写了。）

---

[1] 尤金·洛维内斯库：文学评论家。

还有米尔恰·德姆·拉杜列斯库以及不管是谁的文章。5）与我进行争论和对我进行评论的评论家，尤其是罗舒的文章，对他的文章我将添加在此日记本中10月26日的注释中。6）我看到或经历过的各种文学事件和逸事：例如，我与斯伯勒托鲁尔文学协会擦肩而过的经历，与瓦伊托亚努将军的"决斗"，与洛维内斯库的（晚礼服）事件。

我认为这本书可能是一个很有趣的档案，而书的标题让我觉得是一个快乐的选择。

前天晚上，我在米尔恰家朗读了第一幕台词。除了尼娜和米尔恰之外，玛丽埃塔和哈伊格、玛丽斯和格奥尔基也在场。我觉得他们听得很愉快，并没有厌倦之感（我意识到我写的主人公惹恼了米尔恰。我知道为什么。他认为他很自负、自满。但米尔恰错了。我会试着向他解释原因）。我不知道他们对这一幕的真实看法。当然，他们告诉我，他们都喜欢它。但无论如何，读剧本帮助了我。它让我看到这一幕已经完整，而且印象还是很不错的。

我还在研究第三幕的细节。我想我会在这一幕中比原本打算的更多地使用杰夫。而且我不会在杰夫和温蒂勒夫人之间制造一段恋情。那样也太简单了。

我一直在重读去年的日记，1935年6月11日的日记。那时我是多么愚蠢，多么悲惨！

我今天不那么痛苦了吗？不是的，但我不再那么愚蠢。我已经有十天没见到莱妮了。"我真的很好，先生。"我现在不再要死要活地想见到她。我只是懒洋洋地等待着日子一天天过去。也许有一天我会打一个电话给她，选一个阳光明媚的日子。我现在决定就装作她已经去外地了。这一方法的确有效。

收到了波尔迪寄来的一封令人心碎的信。为什么，哦，为什么？我们赫克特的家族是个喜好哀悼的家庭。确实，生活中已经做了很多事情来帮助我保持这种状态。但是我应该施加更多的自我控制能力，更多的满足决心（只要这对我来说仍然是可能的）。

6月12日，星期五

大约十年后，我正在重读《伪币制造者》[1]这部小说。十年前，我是多么仓促地给它下了判断！1927年我在《库凡突尔日报》上发表的文章是什么样的概括！等我把这本书重新读完后再来修改我对它的总体判断。我将尝试在《基金会杂志》上发表一篇文章来阐述我的想法。

突然之间，我发现了一件令人惊讶的事情：米尔恰扮演的流氓角色与伪币制造者之间有巨大且强烈的相似之处。

以前没有人注意到这点吗？米尔恰自己没有注意到吗？我会去问问他，不过也要等我把这本书读完之后。

6月15日，星期一

星期六和星期日，我去了O.N.E.F.体育场观看两场足球比赛。我是和卡米尔和他的……德拉戈什·普罗托波佩斯库[2]一起去的。

这种情况相当尴尬，尤其是在去体育场的路上，我不得不坐上德拉戈什的车，甚至坐在前排，他的身旁。

我当时很想问他："你是铁卫军成员，对吗？如果是的话，那就是一个彻头彻尾的成员。"（毫无疑问，我更喜欢像莫察[3]那样具有一种清晰、无情的态度的人。）

---

[1] 安德烈·纪德的小说。
[2] 德拉戈什·普罗托波佩斯库：同情铁卫军的右翼记者。
[3] 扬·I.莫察：铁卫军领袖。

但他就有权回答说:"你是犹太人,对吗?如果是,就别向我伸出你的手。而当我向你伸出我的手时,也别和我握手。"

应该是这样的,而且这已不是我第一次对自己这么说。在我的生活中应该有更多的不妥协精神,甚至应该有更多的顽固不化的精神。我太"温顺"了。说出这个词时,我对自己身上所有过于顺从的地方都加以蔑视。

德拉戈什·普罗托波佩斯库仍然认为我与纳埃比较亲近。他告诉我一件有趣的事情(实际上,我在日记中写下这些只是为了保留记录)。

"纳埃到底是怎么回事?"他问我,因为我们当时正开车沿着纳埃教授家后面的嘉奴路往下走。"他的日子很不好过。他把德国人惹恼了。他们一直在盘算着给他点颜色看。我从一个很好的消息来源听说,圣焦尔朱[1]把纳埃给布兰克的一封信带到柏林,并把它展示给了那里的一些部长看。的确,圣焦尔朱似乎是受了国王指示才这样做的。国王把信的原件交给了……圣焦尔朱,让他把信交给德国人看。谢伊卡鲁[2]也参与了这些阴谋。他手头也有这份信件的复印件。"

我带着好奇心听他讲着这一切,但尽我所能把自己遮掩起来。我装作漫不经心地听着,以免让德拉戈什提高警惕。

"这我可不知道……我不认为……"

"哦,这些都是真的,我向你发誓:这是很严重的问题。我想找纳埃谈谈。应该警告他一下。"

6月17日,星期三

由于普莱尼恰努的案子,整整两天(昨天和今天)被愚蠢地浪费

---

[1] 扬·圣焦尔朱:极右翼记者和剧作家。
[2] 帕姆菲尔·谢伊卡鲁:记者,《库凡突尔日报》的所有者。

掉了。

昨天我没有吃东西就去了法庭，在那里一直待到五点钟。饥饿、神经紧张和不耐烦的情绪搞得我头晕目眩。我辩护得很好，但还是输了。我是一个很好的演讲者，但我永远不会成为一个好律师。法庭让我很开心，使用着"对方当事人""法官""休庭""质问"，以及我设法想出来的略带修辞的短语。而且，虽然看起来很傻，但我很喜欢听自己说话。就像我不擅长闲聊一样，但我却擅长公开演讲。（我在社交聚会或社交访问中形象极为可怜！）

但这对我没有丝毫用处。我只可能是个讲师，但绝不会是个律师。

今天的全部时间都浪费在了普莱尼恰努夫人等待法警身上。与此同时，许多我爱或可能爱的东西正在等着我。至少如果其中一个是……
星期五我将设法动身去布雷亚扎。

6月22日，星期一

天气炎热，枯燥无味和在法庭上无休止的麻烦（仍然与普莱尼恰努案子有关）使得我对任何东西都没有兴趣，也许除了阳光和爱情。

"阳光和爱情"，它完美地概括了我的幸福理想。昨天在斯纳戈夫，我看到了这种生活的形象。

我被邀请到玛丽斯的母亲家去吃饭。在那里除了有玛丽斯还有格奥尔基。玛丽斯有一座华丽的别墅，深棕色的墙壁和红色的房顶，样子就像一个三角形的小玩具。白色的房间、宽大而简朴的家具、蓝色的扶手椅、朵朵繁花、帆布椅、贵妃躺椅、停靠着两只船的小船埠、草坪、遮阳布、渔具、宁静、湖水、森林……就如梦幻一般。

我走进楼上的卧室，待了几分钟。我梦想着我自己就是这个房子的主人，与莱妮一起共度一个刚刚开始而且永远不会结束的假期。我有这么懒吗？我不知道。更确切地说，我累了，我渴望幸福，我内心的一切在旷日持久之中不得不如此漫无目的，支离破碎，萎靡不振。

我们乘船出去钓鱼，在斯纳戈夫修道院停了一会儿，被那里的美景感动了。在中殿的入口处，有一幅壁画。壁画中右边有一群惹人注目的女人，其形态非常令人惊讶。第一个女人的大腿上披着长长的布料，大腿的姿势十分性感。我真没想到会在罗马尼亚修道院的墙上见到这样的画面。在教堂主建筑墙的另一边画着一个古老的壁画（不知是否是《从十字架上降下》）。从教堂的祭坛一直看向出口，对视角错误而产生的孩童般的尴尬感到好奇。这让我想起了卢浮宫的一幅祖巴兰的画（不是《圣文德的葬礼》）。在一群人中，一位老人举起手放在胡须上。这个姿势以其世俗的表现力而使人着迷。

上个星期要记录多少事情！我一直对自己感到厌恶，而这本日记似乎仍然只是一个错觉。

星期四晚上，在布兰克家举行的招待会上我喝醉了。也许这是我第一次快活的醉酒。玛丽斯的出现让我兴奋而不是气馁。

两点钟时，我们正在看女主人的歌舞表演，我对表示"同意"在我身旁的莱妮说：

"我真的醉了。我只记得我的前半生的一些事情。"

"比如说？"她问。

"比如说，我爱你。"——好似一对新的恋人海誓山盟，她的手紧紧握着我的手。

我可以看到，两个星期我不在她身边的确是一个很好的战略手段。我想她不会愿意失去我的。再一次证明，如果我想要得到，如果我有能力想要得到，万事都会变得非常简单。

但第二天我又在她的地方见到了她（善良、深情、有爱心、愿意真诚地奉献自己），而且昨天在看比赛时又见到了她。这再一次给了她变"坚强"的信心。这种"坚强"让她再次变得三心二意、疏忽大意和风情万种。

好的，先生，我们将恢复沉默的策略。这是唯一的一种在这个故事中能获得成功的手段。

星期四晚上我在布兰克家玩得很开心。霍里亚·波格丹不仅对我星期三的辩护工作赞不绝口，而且还在米尔恰、尼娜、玛丽埃塔和其他人面前胡吹乱侃（莱妮已多次要求我，哪天去法庭辩护时请她一起去）。

更有意思的是，霍里亚·波格丹就在听证会那天晚上回家的路上对他妻子讲了我的所有辩护工作。如果我能相信他的话——也就是说，如果他们所说不只是他说的好话的话，那么似乎有人在法官的房间里讨论过我。

那么，如果是这样，那又怎么了？

我没能到布雷亚扎去，我想我再也没有时间去了。让我痛苦的是，这出戏在假期的月份中只能被搁置了。但我可以脱身离开布加勒斯特吗？我会有足够的钱吗？

只需有一段时间远离这一切，就像那个8月在吉尔科什一样，我就能再次振作起来。我会等待和希望，尽管我仍然有希望。

6月24日，星期三

法庭上的骚动和反犹太主义的攻击（两天前，我一直对自己说，我应该放弃写作，只做辩护工作）。

我们可能正面对有组织的种族大屠杀。前天晚上，马塞尔·阿布拉莫维奇（瑞秋阿姨家的那个从布拉索夫来的人）在街上被二十多个学生打倒在地。他们把失去了知觉的他拖入宿舍的地下室。几个小时后才"释放"了他。他的头部伤口很深，衣服已被撕破并沾满血迹。

昨天西库·达维多维奇被人扔进了商业法庭的楼梯间。马克·莱博维奇也遭到了殴打：有的人总是厄运不断——我觉得他在大学里是最经常被殴打的人。

昨天晚上，加布罗韦尼街上出现了街头斗殴气氛（我已去见过了卡罗尔·格林贝格）。犹太店主已经放下橱窗挡板，等待着袭击他们的人，决心抵抗他们。我认为这是唯一可做的事情。如果我们会被打死，还不如手握棍棒来面对死亡。尽管这样做同样悲惨，但至少不会死得那么窝囊。

今天早上莱妮在电话里叫我不要再去出庭了。她说，昨天一整天她都在担心我。她似乎真的很关心我的命运，可是为什么不直接说出来呢？那样会让我感觉好些。

我正在读司汤达的《日记》，想去一个很远很远的地方。那里没有报纸、没有新闻，但有一些古典乐曲——还有一个女人。也许是莱妮，或者是一个不让人提心吊胆的，或者是一个更为怠惰因循的……

很长一段时间以来，我一直很想——但总是忘记——在这里记下我一个星期前从玛丽埃塔那里听到的一些话。很显然，保罗·扎里福波尔[1]死在了一个女人的怀里，而那个女人——不管你信还是不信——就是利塞特·乔治斯库。我从来没有想过会有这样的事情。我更倾向于假设，我认识的人都是品行高尚的。也许这就是我人生浅薄之原因。

6月25日，星期四

我今天早上在卡普沙餐厅遇到了卡米尔·彼得雷斯库。他对我有

---

[1] 保罗·扎里福波尔：小说家、文学评论家。

关克拉约瓦的反法西斯分子的审判失控的说法感到愤怒。

"那些人甚至根本用不着审判。把他们直接投入监狱，关上个十年或者二十年。不要让他们有机会在法庭上在证人和律师面前进行共产主义宣传。"

当我们离开卡普沙餐厅时，我们沿着大街走了几步。接着他重复了他对最近的反犹太主义袭击的看法。

"很遗憾，老朋友。但所有的犹太人都应对此负有责任。"

"怎么会这样，卡米尔？"

"因为犹太人太多了。"

"可不是还有更多的匈牙利人吗？"

"也许吧，但至少他们都在一个地方，在同一个地区。"（我搞不明白这是个什么论点，但我不想坚持争论——重复我在1934年1月与他进行的长时间谈话有什么意义？我太了解他了。他千方百计就想压倒我。这点我永远不会感到惊讶。）

他接着说：

"亲爱的，是犹太人挑起了事端。他们怀疑一切，卷入到与他们毫无关系的事情之中。他们也太民族主义了。"

"你搞清楚一点，卡米尔。他们到底是民族主义者还是共产党人？"

"哇，你真的很厉害，是不是？在这里，只有我们两人，你仍然可以问出这样的问题。什么是共产主义？共产主义就是犹太人的帝国主义。"

那是卡米尔·彼得雷斯库所说的。卡米尔·彼得雷斯库是罗马尼亚最优秀的人才之一，也是罗马尼亚最敏感的生物之一。罗马尼亚又怎么可能经历一场革命？

我在米尔恰家吃午饭。在等米尔恰和尼娜从城里回来的时候，我随便翻了大约二十页的《盖尔芒特家那边》。这是我完全忘记的一集（事实上，我觉得我已经忘记了这一切）：这真是一顿和马塞尔·普鲁斯特与圣卢和"何时从上帝处来"的雷切尔共享的午餐。

雷切尔与莱妮有着惊人的相似之处。我似乎觉得，我在读我自己的爱情故事。

7月1日，星期三

我在布勒伊拉度过了星期日和星期一，我和老同学们在那里庆祝取得学士学位十周年。离开十四个月后，我发现布勒伊拉缺乏任何惊喜——没有改变，依旧是令人向往的寂静，简单朴素。住在那里的酒店有一种很奇怪的感觉。我的房间——"弗朗西斯酒店"——俯瞰着波洛纳街。街尽头的圣彼得教堂正对着我的窗户。

在学校里，我感受到的远远超出了我的预想。我坐在长凳上——八年级的最后一张长凳——发现自己常被回忆所困扰。在我的右边留着菲库的空位子。

戈拉斯按登记簿大声喊出姓名。我们轮流回答道："到！"我们不时地听到"缺席"和几次"死亡"的喊声。已有四个人不在人世了。

然后令人惊奇的事情出现了：戈拉斯讲话。他的讲话真值得一字不漏地完整记录下来。但我觉得我无能为力。尽管如此，我还是尝试着将其复原。

"先生们，校长和班级之间、老师和学生之间，总是会有误会（有些还很痛苦），但我希望你们相信，它们在老师心中留下的痕迹和遗憾绝不少于它们在学生心中留下的。例如，我就有一段记忆，一留就是十年。它给我带来了很多痛苦。我很高兴今天我可以敞开心扉告诉你们，以此使自己得到解脱。

"这件事关系到你们年级中最聪明的一个男孩。我说的是赫克特。他在7-A班，获得了罗马尼亚语言奖。在年终颁奖典礼上，我竟忘记了叫他上台来领奖。即使到今天我也无法想象出怎么会发生这种事。当时天气炎热,头脑中担心的事情多,身体又累,也许出这样的错误是可以理解的。我只想说,我这样做绝不是故意的。颁奖仪式一结束,我想起来了,就去找赫克特。他当时说了一些恼怒我的话,我非常尖锐地说了他一通。刚说完,我立刻后悔了。我立刻意识到我做错了事。但为时已晚了。今天,当着你们全体人员面,我想告诉他,我为那次对他的不公正行为而遭受了多少痛苦。我向他发誓,我绝不是因为过了这么多年才想起了这件事的,也不是因为他后来创造出辉煌事业——他取得了那些优秀的文学成就才让我像现在这样说话。从我犯错误的第一刻起,我就感受到了痛苦。我早该向他道歉的。这是不可能的。我没能做到。我试过一次,但我意识到这样做十分困难。我今天正在这样做,我告诉你们,我很高兴我能在他的同学面前做到这一点。如果有可能的话,恕请他的原谅和理解。"

我不知所措,我泪流满面,我浑身颤抖。我用几乎听不见的声音回答,特别想说出很多很多的话。

"校长,我从来没有遇到过能够做到你刚刚做过的事情的人。"

那是事实。就人类而言,这种姿态让我觉得非同寻常。戈拉斯是一个比我想象的更为复杂之人。

在那天晚上的"宴会"上(我们大家都在纪念碑旁吃饭),我一直坐在他旁边,聊得很舒服。我会把我写的书寄给他,也许还会写信给他。

第二天,星期一,沿着多瑙河步行很长一段路,一直走到雷尼城以外的克罗皮纳运河。鱼汤午餐在那里等着我们,就像在做梦一样。铸铁大锅中煨着鱼汤,从锅中飞溅出来的鲤鱼汤沫在火红的炭火周围吱吱作响。这是萨多维亚努或霍加斯书中直接可以看到的景象。整整一天,我脱去衣服,在多瑙河里洗澡,划船,大吃大喝……

返回的行程也很壮观。我登上船舱，整个多瑙河都展现在我面前（这里的多瑙河比在布勒伊拉更宽，柳树林更为整齐，几乎就像在一个精心管理的公园里一样）。我们清晨六点披着明媚的朝阳出发，我们在雷尼下船时捕捉到了天边最后一丝暮光。一个小时后，这个小镇因我们的入侵而被惊扰（令人愉快的公园之中挤满了女孩、孩童和年轻的恋人！）。当我们"在月光下"驶向加拉茨时，我又回到了在船舱顶部的老地方。从那里我们驶向布勒伊拉，直到凌晨一点钟我们才到达布勒伊拉。我十分困乏。

美好的一天让我离开了布加勒斯特，让我得以喘息。这让我再次意识到，地球比我每日生活、烦恼和谈话的三平方公里大得多。

昨天拜访了莱妮。她非常有爱心，非常热情，一点也不娇媚。她告诉我一些关于热尼·克鲁采斯库对她示爱的趣事。

"她像男人一样爱我。我们之间没有任何肉体上的追求。如果有的话，我会告诉你的。但我不确定是否某一天会出现。她因我受了很多苦，我承认我有罪于她。如果她对我表现得像一个恋爱中的男人，我对她则表现得像一个轻浮的女人。

"很多人告诉我，我不会给她带来幸福，一切都会以悲剧收场。我们之间也谈论过这个。有一次我们甚至决定分手，但那是不可能的。一星期后，她又回来了，感到十分痛苦。"

奇怪的是，我对热尼一点也不嫉妒。我静静地听着莱妮讲述。我觉得这让我很开心，而不是让我着迷。我对莱妮的爱从来没有像现在那样自然，那样带有安全感。但这是什么原因？又能持续多久？

7月22日，星期三

基金会出版社对我的任命是在我觉得没有希望的时候到来的。有好几天我简直不敢相信这是真的。我心想，所有一切都会在最后一刻砸锅的。但是今天早上我得到了三万九千五百列伊。太棒了！从现在开始，我每月将获得六千列伊（准确地说应是五千九百三十五列伊）。

这就是对我的假期的惠顾。我将能够工作。我希望，我能够完成这出戏剧。

今天早上，当我离开基金会出版社，沿着维克托里埃路走时，我突然有了一个愉快的想法，想走进哥伦比亚的商店，问问我去年5月订购的《小夜曲》是否已经到了。它就在那里。我付了钱，我很高兴，因为这是我的第一次购买。也许这是一个好兆头，而且唱片很漂亮。

要不是那样，我才没有好奇心在这里写。也没什么好说的。

昨天晚上做了一个漫长而迷茫的梦。莱妮在梦中晃过了好几次。

星期日，拜罗伊特广播电台播放了歌剧《罗恩格林》。我是在赤道高温下听到的。声音非常清晰，但合唱和管弦乐却模糊不清。

"但在黄昏时轻声告诉我——我快乐吗？"

8月2日，星期日

吉尔科什

星期五早上我就回来了。再次回到瓦格纳别墅。有一些变化，人不同了。和往常一样，我不得不为与不熟悉的人谈话时感到尴尬。但是风景还是老样子，空气清新有利于健康，附近就有冷杉树。昨天我去了比卡兹峡谷。晚上，一轮圆月当空，人在湖边。早晨，阳光灿烂，人靠躺椅上。我丝毫不费力地恢复了去年那种平静的幸福感。

我想明天就开始写作。我没有理由不这样做，但我也没有感到任何强烈的热情。今天下午我重读了第一幕剧本。在我看来，它冗长而令人费解。我曾把剧本读给卡米尔听。他对此所做的批评如今仍然困扰着我。

无论如何，明天我将履行我的职责。即使不是充满兴致，那也是顺从。在我写完前几页之后，感觉会出现的。雷纳说过，"最难的是拿起你的笔，蘸上墨水，牢牢地把握在纸上。"

8月3日，星期一

我写得很少，但总还是动笔了。最重要的是从"预定"的那一天开始的。诚然，整整一天中，我面前铺着稿纸，一坐就是大约五个小时。在所写过的纸中，我将选择不超过四页。我已经写了第二幕的前两个场景，但被困在了第三场，即莱妮和博戈尤的那场。我觉得我没必要太强迫自己。我决定整个晚上都不去碰它。我会把它留到明天早上再说。

我完成第一个场景（博戈尤和少校的那场）的写作是以暂时放弃对日记的发掘为代价的。这件事发生在前些时候。那时我正在编写场景（或按司汤达的说法是设计场景）。这件事让我觉得特别搞笑。但我现在的印象是，它产生的效应轻而易举，但剧本创作却很难。好吧，那就明天再说吧。

夜凉如水，空气清纯。月亮就落在我阳台前的一棵枞树上。整个山谷沉浸在一片半透明的石蓝色之中。

8月4日，星期二

第一幕排演之中的电话之谜仍未解开。我永远不知道莱妮在和谁说话，也不知道她在说什么。我不想撬开她的秘密。还是让她保留着吧。

晚上

我已经完成了莱妮-博戈尤的场景。我已经开始第四个场景（斯特凡-文蒂勒夫人的场景）的写作并完成了一半。要不是我隔壁的一对年轻夫妇一下午都在阳台上高声朗读，我肯定已经写完了。他们在轮流朗诵一本法语书：一会儿女的读，一会儿男的读，然后开始逐段逐段地进行评论和解释。真可气！知识分子的蜜月：最可恶的那种！

如果不遇到这种不幸的事情，今天本应该是富有成效的。但即便如此，我仍很高兴。一共写了八页纸。很多事情变得更清楚了。

为了要去吉尔科什，明天早上我将给自己放一个短假。不过明天下午我会尽力弥补的。但愿如此。

8月7日，星期五

星期三下午，我没有像我对自己承诺的那样，对工作进行"弥补"。由于去吉尔科什郊游，整整一天都搭在里面了。从吉尔科什回来的路上，我迷路了近两个小时。但是路边的景色太美了。

昨天从早到晚都在下雨。下雨天，工作天。一天共写了十页。我已经完成了斯特凡和文蒂勒夫人那个场景。开始了莱妮-杰夫的场景，但是戛然而止。暂时一步也不可能挪动。我已经放弃了它——把它直接移到后面的场景，即那两个陌生人进入了客房的场景。我觉得这样安排是可以的。现在是午餐时间。我已进展到场景IX–a，第27页。今天上午我把时间都浪费在了通信上。但今天下午我要工作。必须的。

收到一封来自热尼的信。她现在在索瓦塔。有趣的是她书写日期的方式："在8月3日，索瓦塔。"在日期前加上一个"在"字，是我在1925年和1926年期间的老习惯。她却一直保持着它，无疑是无意识的。这也是一种忠诚。

一个男人永远无法知道，在一个女人的手势、习惯、词汇和特征中有多少是从往日的爱情中遗留下来的。

8月9日，星期日

第四个雨天。我开始紧张了。我惊讶于自己对这座城市的怀旧之感。我想在这里看一部电影，听一场音乐会……然而，现在我最期待的是阳光。

我觉得自己一直工作得很好。昨天晚上我完成了两个陌生人的场景。有些事情让我很开心。但我不知道我是不是会在哪里夸大其词，我是不是用力过猛了，我是不是没有达到灵活的效果。我不知道。只有等着瞧。我已经写到第四十页了。看看今天能有什么结果。

昨天，当走在路上时，我想起了约内尔·特奥多雷亚努[1]。我不知道为什么会这样。我真的很想见他。今天早上，我在寄宿房发现有人想从瓦格纳女士那里租一个房间。你们猜是谁？是约内尔·特奥多雷亚努和他的妻子。能见到他真的很高兴。他们从明天晚上起就住在寄宿房里。他正在写一部小说。我希望我们之间不会互相打扰。

8月10日，星期一

第五个雨天。现在是犹太历的11月中旬。没有任何迹象表明天气会变得好起来。我有一种感觉，一切都完了，我再也不会在吉尔科斯看到晴朗的天空了。

我已经写到最后一个场景。我在3月份（那天晚上我制定出剧本的第一个大纲）曾对这场景写道，这是"主场景，很难下笔"。

我战战兢兢去接近它。它将会如何完成呢？如果我在今天或明天

---

[1] 约内尔·特奥多雷亚努：作家和诗人。

能完成它，我将在转到第三幕之前给自己腾出一天的空闲时间。

有没有可能等我返回布加勒斯特时，整部戏全都已经写完？

我对昨天写的那几页不是太感兴趣。但我现在不想因为这部分使进展受阻。我会等到最后再来修改它们。这一部分现在对我看来似乎太夸张些。承上启下过于突然，效果也过于计较了。

晚上

我是对的。这很难写。我坐在办公桌前[1]

8月11日，星期二

昨天晚上，当约内尔·特奥多雷亚努来敲门时，我刚在这本日记本上写了几行字。我请他进来，我俩坐下来聊了几个小时。他走的时候，我已经不知道刚才要写的那句话想说什么了，所以只好就这样放弃了，尤其是那时候我们要去吃饭。

长话短说，我的意思是说，我中途停笔的那一幕让我感到不安。这是我在吉尔科什以来的第一个真正的绊脚石，而且我不想跳过它直接到第三幕。我想完成第二幕，这样我便可以把它作为完成件将其搁置一旁。昨天，我把纸铺在面前，一坐就是大约六个小时，但我起身时，只有几页（甚至没有两整页）可以保留下来。

我今天想再试一下。坦率地说，如果阳光明媚，我休息上几个小时，然后去一趟吉尔科什或措哈德，也许这样会让我头脑清醒些。但是天气仍然很糟糕，仍然是同样的犹太历11月的天空。刮来一阵冷风，但并不足以驱散云层。

特奥多雷亚努与我在加拉茨认识他时一样，仍是个迷人的健谈家。

---

[1] 原文如此，此句子未完成，译者直译。

我极度高兴地听他讲话，尽管他只对我谈论他自己、文学和他正在写的小说。他给我朗读了几段。其中一些段落给我的印象是一流的，尤其是两个主角汉斯·穆勒和米尔恰·斯特凡内斯库的简短插曲。

"我正处于反抒情阶段，"他说，"这是一部我不由自主写的小说：我想你会喜欢的。"

除此之外，他是一个迷人的伴侣。在我的右边他的两个儿子有点像是一对在阳台上玩耍的伙伴。他们被要求保持安静。特奥多雷亚努夫人熬制了绝妙的黑咖啡。我每天可以得到定量配给的两杯咖啡。

他的小说名为《诺亚方舟》。故事发生在博尔塞克的布莱切尔夫人的寄宿房中，所以也被称为"布莱切尔之舟"。

我们一直谈论着切扎尔·彼得雷斯库。由于这个小说家几乎没有意识到，他在他的书中使用了来自各种对话或文学自传的点子。为此，保险起见，我赶紧说：

"你知道，我现在写作中也有一个寄宿房，是由韦伯夫人在山上经营的'韦伯寄宿房'。在作品中有一个角色也把它比喻作一艘船……"

对于这些巧合，我俩都笑了起来，但我把它提出来对我来说并不是一件坏事。

"不管怎样，"他说，"我觉得，咱俩不会撞车。咱们也许只是沿着不同的轨道前进罢了。"

"尤其是我正在创作的是……一个戏剧。"

他听了似乎并不惊讶，并解释了原因。

"我的大儿子斯特法努卡今天吃午餐时就惊讶地告诉我……"

（这时有人敲门。我打开门，是特奥多雷亚努夫人。她给我送来了早晨的咖啡。我们彼此只用眼睛说话，以免开辟一个新的谈话。）

特奥多雷亚努继续说："爸爸，你知不知道，塞巴斯蒂安先生在写作时会自己跟自己说话。"

我开始还不相信，但现在我明白了……

我向他解释说，我确实觉得很有必要在写下每一行台词之前，先把它说出来。

8月14日，星期五

还是没有进展。我处于停顿状态——第二幕的最后一个场景对我进行了愚蠢的抵抗。

我一直试图接近第三幕，但缺乏任何成型的主意。这么多天来，就没有蹦出一个新想法来。

但太阳再也没有回来。我开始认为这就是为什么一筹莫展的原因。昨天我甚至连努力尝试工作都没有。然而我不能满足于无所事事。我一直在受着良心的鞭笞。每虚度一个小时似乎都是罪过。

8月15日，星期六

不错，昨天我终于完成了第二幕。我认为它需要一些重要的补充。在最后的场景之前，必须要有一个莱妮和斯特凡的场景。这也是为最后的场景铺垫。我还应该多想一点文蒂勒夫人的戏。也许莱妮-杰夫的场景可以保持原样。但我必须在莱妮的台词中添加一些内容，以便她劝说那两名入侵者离开。

所有这些添加似乎不仅对于该幕的内部效率是必要的，而且对于实现适当的规模也是必要的。显然它应该比第一幕短，但在我看来，这一比例也太失调了。第一幕有七十九页，第二幕只有四十九页。这不仅是三十页的页数差异，而且如果将它排演成戏，演出时间就会相差半个小时。

太阳回来了。今天早上，我在露台的躺椅上赤身裸体地躺了两个小时。我相信我会恢复我的假期状态。只要有足够的阳光，这种状态一直会很好。

昨天晚上，与特奥多雷亚努一起沿着女王花大道漫步，非常愉快。

我几乎不敢去升起第三幕的帷幕。这一幕中会出现什么，我现在还知之甚少。

8月20日，星期四

写起来似乎很有趣，但是当你遇到一些稍稍不熟悉的事情时，你总是有一种荒谬感和难以置信之感。我们过着如此单调和精心安排的生活。

好吧，我一直是盗匪行为的受害者。在长达五分钟左右的时间中，我处于如电影般被一把枪威胁地对着我的情景之中："举起手来！"

老实说，这个人并没有说"举起手来"。我同古利安[1]和他的妻子一起在大措哈德山上。我们已经到达山顶，正在欣赏风景（眼前风景视野异常广阔，景色优美）。我正缓缓漫步时，就听到前面有个声音喊道："别动！"

我没有意识到出了什么事，还以为是埃米尔的声音，或者是某个徒步旅行者在胡闹。两三秒后，我才恍然大悟。一个披着护林人的外套，留着恶魔麦菲斯特般的胡子和两头尖尖的八字胡（胡子和八字胡肯定都是假的，虽然粘得很好）的高个子站在我们面前，端着一把猎枪（我想是双筒的）指着我们说："别动！"

他做了一个拉栓的动作，无疑是为了给我们留下深刻印象。其实没有这个必要。我们的印象已经十分深刻了。

---

〔1〕 埃米尔·古利安：诗人，塞巴斯蒂安的朋友。

"把你的衣服脱掉!"

我们不想跟他争辩,于是就脱掉了衣服。出于愉快的深谋远虑,我们下身都穿着泳衣。我们把衣服堆成一堆,离开它走了几米远。他仍然拿着枪跟在我们后面,命令我们完全躺在草地上。当我盯着他看时,他问了我几次:

"你有什么大惊小怪的,嗯?"

然后说了一些混话:

"别四处张望,你们这帮混蛋!"

他声音沙哑,带着匈牙利口音。我听到他在我们衣服的各个口袋里翻找着什么。我不知道还有什么事情会发生在我身上。我又一次看到了1925年的特伦特事件[1]。有那么一刻,我猜想他是否会带走我们之中的一个人,试图勒索一些钱。但我很冷静,对埃米尔开玩笑说:

"这也不错,毕竟是一种体验。"

霍坦萨·古利安略微懂点匈牙利语。她告诉那个人拿走他想要的东西然后离开(显然,她说话时并没有转过头看他。这是被禁止的)。

"没问题,"他用匈牙利语回答。"住口!"然后我听到他咀嚼东西的声音。他正在吃一些他从手帕里找到的巧克力和面包干。最后我听到他说:

"好了,现在你们过来穿衣服吧!"

当我转过头来时,他已经消失了。

列一张我们的资产盈亏表:他拿走了我的手表(我非常惋惜——显然在钟表方面,我总是运气不好)、我的运动服上衣以及我口袋里的大约八十列伊。埃米尔丢了一个银烟盒和大约五百列伊。有趣的是,他也给我们留下了一些东西,如贝雷帽、太阳镜和裤子。

然后我们半是害怕,半是好笑地往回走。我们进入吉尔科什时所

---

[1] 指当年在多瑙河附近地区发生的一系列袭击、盗窃和绑架事件。

发生的事是荒诞搞笑的：与宪兵的谈话，人们看着我们。一些人想要打听细节，一些人嘴角上带着一丝难以置信的微笑，还有一些人开始感到担心。我们出名了。也许报纸会刊登出来。

现在想来，这个土匪大概是个外行吧。如果说我们在他的面前感觉很糟糕，但是他也没好到哪里去。他出来打劫，慌里慌张，甚至有片刻时间都不敢靠近我们。霍坦萨戴着每只价值数万列伊的耳环，而且还有她的婚戒。我们让它们躲过一劫。我想，如果我当时狡猾一点，能够沉着冷静一点，我就可以在脱裤子的时候让我的手表也免遭一劫。

我不知道他的枪当时是否上膛。如果我们用我们的手杖和他搏斗，我们可能不会让他逃跑，可能会抓住他，这是多么荣耀的胜利！然后再把他押到警察局。但他的枪完全可能已经上了子弹，我们实在不值得光荣地尝试一下挽救我们被偷走的那一点点东西。当然只有他离我们很近，我才可能做出点什么事来。

现在宪兵正在周边地区搜捕他。我真的很乐意和他好好地聊一聊。

经过一番摸索，我开始了第三幕。它到底是什么样子，我还不是很清楚。我正在缓缓地前进，每次照亮眼前的一点点距离进行跨越，但并不知道下一步我将会走向哪里。有些日子我只字不写，有些日子我只能留下不超过三四段台词。但好在我不再有几天前那种痛苦的感觉。我曾和玛丽埃塔、米尔恰都谈到了这一点，说是我将无法再写下去，只能留下一部永远未完成的剧本。

行进是如此艰难，但它还在前进。

8月22日，星期六

我觉得思路变得比较清晰了。这非常困难，但现在我感觉到我真的一劳永逸地达到了这点。

昨天和今天虽然就页数而言不是很有成效（昨天一页半，今天四页半），但却使第三幕的轮廓更为清晰。其结果与我计划的完全不同。博戈尤和少校的场景有把这个剧带到一个过于粗俗的喜剧方向的倾向。让我很高兴的是，在这些场景之后我又恢复了严肃的调子，使得这个剧不会是个喜剧表演。例如，我放弃了少校钓到鱼的场景，尽管我在最初的设计中非常喜欢这个场景。事实上，少校和文蒂勒夫人在这一幕中完全没有出现。我没有刻意把他们赶走，而是根据事情内在的逻辑，让他们自行出场。

这出戏将围绕着莱妮、斯特凡、博戈尤和杰夫结束。三个人都爱着莱妮。每个人都表现出其特有的方式。但当莱妮离去时，她会将这三个人一一抛弃。我小时候看过一部电影，叫作《三个感伤主义者》。我从这个电影中发掘出了非常古老的记忆。这就是情感的重新获得。

我对博戈尤和杰夫在我写剧本的几个月中获得的心理意义感到惊讶。最初只是想把他们打造成主要为喜剧功能跑龙套的角色，但如今他们已成为整个心理行为中的关键角色。

到目前为止，我已经写完了第三幕的前三个场景。到晚上7：30为止还没有完成博戈尤和莱妮的场景。整幕的概要大纲已经完成。

如今唯一的危险是少校和文蒂勒夫人的退场会使得该幕显得太短。但我决心暂时不要让此事影响我。我正在写剧本，一写起来就一发不可收。等到以后排演时，如果确实有必要的话，我将进行严格必要的扩充。我的想法是，特别是考虑到第一幕的长度，该剧可以分为两个部分。第一幕之后有一个幕间歇，而第二幕和第三幕将几乎连贯进行，它们之间只有五分钟的休息时间。

我在考虑各种不同的剧名（《假期》太平淡了）：《阳光灿烂的日子》《度假游戏》或《开心地玩》。

我想我已经重新获得了写作的乐趣。有那么一段时间（持续了大约十天），这种乐趣离我而去。如果我能保持这种心境去工作，我会留在吉尔科什直到完成工作。也就是说，如果有必要，甚至会待到9月1日之后。

8月25日，星期二

第八场我已经完成了一半。这是第三幕的高潮，莱妮和斯特凡彻底摊牌。从现在开始，其余剧情将会顺当多了。我意识到，如果我加倍努力，更加专注，我可以在一天内完成所有事情。

但是，一方面，雨又回来了。从昨天早上开始，我们又回到了犹太历的11月中旬。我非常想念太阳。……我已经习惯了在阳台上工作，尤其是下午五点到七点之间，当我面前的吉尔科斯山沐浴在最令人愉快的暮光之中。特奥多雷亚努也在他阳台上的一张书桌前弓着腰，伏案工作。他的陪伴既友好又使人安心……

另一方面，我仍然对措哈德发生的事情的调查感到困扰。他们曾几次把我传唤到警察局，向我展示不同的嫌疑人。最后，他们选择了一个可以说是最有把握的有罪之人。我不敢发誓他就是那个人，但我知道他的目光让我害怕。现在他们已经传唤我去参加米耶尔库雷亚丘克的初步听证会。很显然，我不会去。但是所有这些谈判，所有这些去警察局的折腾，所有这些我必须做出的陈述（总是害怕让无辜的人陷入困境）激怒了我，并打断了我的工作流程。

尽管如此，我现在可以认为这出戏几乎完成了。再过两天，或者五六天，就可以结束了。但是我想一定要在这里完成它，这样我就不必在回布加勒斯特之前还留下一行。

8月27日，星期四

不，我不会在今天，也不会在明天或星期天把它完成。我不知道我什么时候能够完成。虽然似乎是这一幕中最难的第八场景，即莱妮和斯特凡的那场，已经结束，但并不是所有的困难都过去了。例如，下一个场景，斯特凡和杰夫的场景，现在正面临着相当大的阻力。昨天整个下午，今天整个早上我都在与它抗争，但到头来只获得了不超过五六段对话。奇怪的是，当你预期最应顺利的时候，阻力不知怎样就出现了。

但我并没有为此烦恼。我在等待。十天前，整个第三幕似乎毫无生气，而如今结尾非常精彩，出现了很多我十天前根本没有想到的细微表现方式。但我有能力把所有这些表现方式充分利用吗？如果我不能从倒数第二个场景（即莱妮、斯特凡、博戈尤和杰夫的场景）中提取出一丝微妙和精致的情感，唯一的解释就是我连一丝一毫的才华都没有。

至于剧名，我想我会坚持使用《度假游戏》的。

8月29日，星期六

凌晨四点钟

我完成了。我应该给谁拍个电报，就像我一年级时那样："通过考试。开心？"

但是我真的通过考试了吗？以后我才会知道的。

9月6日，星期日

于巴尔奇克

我昨天就来到了这里。我的住处（帕鲁塞夫别墅），一个贫穷的保加利亚人的家，只不过是一间小屋。不过，非常干净，而且就在水边。海浪拍岸离我只有三米之远。一个院子，几把躺椅，面前是一望无际的大海。我想我就在海湾的中心点。

声声不断的海浪带有均匀的节奏感，如摇篮曲一般催我入睡。我的睡眠很深，很匀，很长。这是在吉尔科什从未发生过的。然而，海浪的咆哮从未停止，而我的窗户整晚都是敞开着的。

今天早上，我第一次下海。重新找回了游泳的乐趣。只不过我游泳游得很糟糕。

演员和画家的圈子，懒洋洋的长谈，闲散、无牵无挂、无忧无虑的氛围真正让人放松。扬科维斯库、措察、玛丽埃塔·拉雷什、卢西恩·格里戈列斯库、保罗·米拉科维奇、巴拉斯基和穆茨纳。今天我们一起在法官（我忘记了他的名字）家吃午饭。……下午，面对着大海，我听了巴赫（《第三勃兰登堡》）、莫扎特（《小提琴协奏曲》）、维瓦尔第和贝多芬的乐曲。

夜幕降临。我一个人待在屋子里。海浪仍在我身边不停地拍打……

我不想在这里写下我经过布加勒斯特时所发生的事情。很疲乏的四天。我没有见到莱妮，也许我再也见不到她了。她让我在星期三去看她，可是我没有在她家里找到她。这一切我已经受够了。我不想再开始又一轮的打电话、等待、怀疑、计谋的折磨。这一切都是那么老套，那么毫无意义。在某种程度上，面前所发生的事将更容易为这个剧找到解决方案。我会把这个角色交给玛丽埃塔，虽说有些遗憾，但会毫不犹豫。她会尽力而为的。我希望她至少能和扬科维斯库一起进行表演，但我担心假如这样也不可能，我最终不得不接受托尼。如果是这样，我将走向某种灾难。

星期三晚上，我给玛丽埃塔、哈伊格、内尼绍尔夫妇、米尔恰和尼娜，偶尔还有彭丘读了第二幕和第三幕。一个令人疑惑的结果：第一印象相当令人沮丧。但后来我控制了我的情绪，振作起来。我想在这里把大量的批评意见写下来。但是我的墨水已经用完了，而且室外太漂亮了。还是留到明天再说吧。

9月7日，星期一

第二幕以目前的形式应该运作良好，甚至莱妮和杰夫的场景也无需做更多的改动。但最后一个场景绝对必须重做。事实上，当我开始创作这段时，我就有这种感觉。

紧接着两个闯入者离场后的那一场景也相当不妥。想法很妙（是全剧中我想出来的最好的东西之一），但是最终没有体现出来。我自己也意识到了这一点，但尤其是哈伊格让我注意到了这点。

两个偷渡者的整集插曲效果很好。人们都全神贯注，笑声不断。

这就是我目前发现的有关第二幕的全部意见。第三幕的情况要复杂得多。

9月11日，星期五

我今天下午离开。在这里我既没有写任何东西，也没有读任何东西。躺在阳光下晒太阳——这就是全部。愉愉快快地待了几天。懒惰是我最大的享受。这就是为什么我在这里没有写出任何东西的原因。勾不起我的兴趣。

大海平静无浪——水静如镜。

9月15日，星期二

于布加勒斯特

我见到了莱妮，告诉她我决定把这部戏的角色交给扬科维斯库和玛丽埃塔。只有当这样做不起作用时，我再把角色提供给她。她强忍着听了这个消息，但情绪是显而易见的。也许不是"情绪"。惊讶、烦恼、遗憾、目光凝视，有一种想流泪的冲动。这就是我们相互之间所玩游戏的愚蠢逻辑。只要她知道那个角色是她的，知道我会为她写作并替她留着那个位置，她就会对此想都不想，甚至漠不关心。而一旦她失去了这个位置，或者受到失去它的威胁，那么这个角色对她来说就变得十分必要了，她会为不再拥有它而深感痛苦。

其实，我也没有什么不同。我正在重新发现斯旺所说的"零星粗鲁"的含义。它所需要的只是一点点不安情绪。一方面是心生怀疑、自我质疑，以及我对她漠不关心的想法，而另一方面，我因见不到她的面、对她朝思暮想而痛苦。但是当我看见她后（就像今天早上一样），发现她垂头丧气、让步屈服并开怀爱我时，我又突然拉开了距离，不再爱她。今天早上我觉得她很难看。道理很简单，我不喜欢她了。自从我开始爱她以来，这是第一次出现这种情况。但我深知这不是真的。即便是真的，也不重要。事实上，今天早上是我而不是她在控制着局面。这样做迫使她爱我，而我却不爱她。这是一种简单幼稚的心理机制，而且总是以同样的方式发挥作用。

此外，这并不妨碍她像以前一样既风骚又有欺骗性——在整个谎言结构中显示出无辜。听她解释上星期三所发生的事情，我感到很难受。我最近重读了斯旺。它再次向我展示了我们的喜剧与所有爱情喜剧的相似之处。莱妮是一个老道的奥黛特，我更是一个老道的斯旺。

9月19日，星期六

今晚的梦境错综复杂，但我能记住的却不太多。

我和很多人住在一栋老房子里，好像是一个寄宿公寓。它坐落在某个地方，但肯定不是在布加勒斯特。我向一个女孩求爱，并把她带进我的房间。一个人一直在阳台上看着我们，似乎是她的兄弟或情人的人突然走进房间，让我们大吃一惊。紧接着的是一场相当混乱的戏剧。女孩和男孩都死了。他们要么是被谋杀，要么是死于他们自己之手。我得负责任。我也将不得不被杀死，或者自杀。这时一个女人介入其中。她似乎在那两个人的墓地或某个纪念碑旁说了一段长长的独白。她讲述了她是如何把他们杀死的。这样我就得救了。……我从梦中惊醒。

第二个梦更让人迷惑。我在一个大房间里，里面有很多人。据我所知，这是一次追悼会。过了一会儿，我搞清楚了：这是《文学新闻》杂志的周年纪念日。人们举着写着字的大标语牌，散布在舞厅一样的大厅里。

一位女士正在演讲。一个男人打断了她的演讲，喊道：

"足够了！你对希伯来人谈得太多了。我很惊讶，为什么你没有把尼米罗尔[1]也带到这里来。"

就在这时，一位犹太人，可能就是尼米罗尔本人——年长并留着胡须，起来抗议。他拿出一本书，开始念一段犹太人的祈祷文。这时那个打断女士演讲的人也拿出一本书，开始念一段罗马尼亚语的祈祷词。事实上，因为周围的喧闹声，什么都听不见，但可以看到两个在大厅后面的男人正在兴致勃勃地读书。他们在一个高大的楼梯上。整个画面就像插图杂志上的浮夸场景一样。

爆发了一些激烈的混战。我和一直坐在我身边的一个女孩或一个男孩从人群中溜出，迅速回到家里——回到我前一个梦中的房子。有那么一刻，我急切地想知道门是否是开着的。它是开着的。我准备跑进我的房间，但我已没有时间了——因为我醒了。

显然，这两个梦都要比所写的复杂得多，但可惜的是，我已经记不起来了。

---

[1] 雅各布·尼米罗尔：1939年之前，罗马尼亚犹太社区联合会的首席拉比。

9月22日，星期二

前天晚上，星期日，我在玛丽斯家为扬科维斯库朗读剧本。玛丽埃塔和哈伊格以及内尼绍尔夫妇、措察和吉策·约内斯库[1]也在场。

剧本读得很理想，人们很容易理解。扬科维斯库热情洋溢地说：

"这是过去四十年来我听到过的最漂亮的东西。这标志着罗马尼亚剧院的一个伟大时刻。你也许还没有意识到你做了什么。我很荣幸能参与该剧。你没有意识到你正在开辟新的道路。看看这技术！看看这对话！真是个奇迹！"

我听得很开心，但很平静。我越来越了解他了。对他来说，一切都是奇妙的、独特的、划时代的——他在巴尔奇克的葡萄园，他的狗，苏尔图奇奥伊的日落（这确实很美——我很遗憾没有在巴尔奇克记录下那次散步的经过）。我知道对于扬科韦斯库的夸张性的称颂需要调低多少才能准确表达他真正想说的意义。所以我不会让自己被他过分的热情所带走。对于这出戏，我比他更了解。但他似乎真的很喜欢它，我在他倾盆大雨般的钦佩之中可以感受到他真诚的承诺。这就是赢点。

他对第三幕的评论相当准确。他的确有敏锐的目光。莱妮和斯特凡摊牌的那一场景在风格上过于解释性了。赤裸裸的解释性。他提出了一个简单的解决方案：将所有剧情切到杰夫和斯特凡的那一场景（这一场景他很喜欢，我很高兴），编写博戈尤和少校钓鱼的那一场原计划有的场景，删除莱妮-斯特凡的第一个场景，然后把它全部连接起来。这也就是五分钟的活儿。

然而，我并没有觉得事情有那么简单。最后一幕需要更彻底地过一遍。

---

[1] 吉策·约内斯库：政治学家。

到目前为止，我所做的所有剧本朗读（星期日是三读，不包括第一幕的早期朗读）对我来说是非常有用的。它们在我的脑海中确定了哪些是有效的，哪些是无效的。在我看来，五百名观众的反应与我迄今敢于面对的十名观众的反应并不会有什么不同。

在第二幕中，我将以卡米尔和古利安所指出的方式修改博戈尤－莱妮场景（他俩的观点具有令人兴奋的同一性）。这种改变的必要证据是，在第一幕之后，扬科维斯库对我说，博戈尤是富尔达所描写的愚者家族的一个角色——这是完全错误的。但不管怎样，所需要的更改简单易行，与其说是实际的转换，不如说是眷写的问题。

第二幕将几乎保持不变。第一个场景精彩地表明了气氛的变化。我的听众又一次十分入迷，直到这两个偷渡者上场（我要改变的只是博戈尤对警察说的话——这些没有起到一点作用）。扬科韦斯库在这里给了我一个简单但极好的建议。

我想，除了最后四个场景，第三幕我会重写。这需要三到四天的时间，然后我将去像锡纳亚或者布拉索夫或锡比乌那样的地方工作。只有走着瞧吧。目前我并不着急，尽管扬科维斯库向我提出他将参加演出直到圣诞节前——并提出按此条件签署一份合同。但是这会有很大的问题的。我有一种感觉，他不愿接受玛丽埃塔，他更喜欢措察。如果是那样的话，我不会让他有戏。不管我多么需要扬科维斯库——尤其是现在，我觉得他是不可替代的——但我不能让他和措察共同出场，或让策拉努扮演博戈尤，让米尔恰扮演杰夫。想象一下那是什么样的场景。如果这样，我宁愿再等上一年。

坦率地说，等待一年是最适合我的解决方案，因为到那时我心目中的理想演员（莱妮–扬科韦斯库–蒂米克）将都是可能的，而且因为我现在已经厌倦了一拖再拖的做事方式。我渴望做点别的事情：读读书、写写小说等。我现在意识到，我追求到的时间远远大于它的实际价值。这对我来说简直是个笑话。当我看到毫无分量的区区小事在我的时间中所占据的比例时，我感到厌恶。想到这三幕戏剧中的嬉闹耗费了我的全部身心，而每年在巴黎、维也纳和伦敦，有三十个人能写出至少是同样令人享受的三十部喜剧，难道我能轻松愉快吗？不，现在是该再次严肃对待的时候了。

但是，一我没有钱；二不知道明年这个时候会不会有战争或者革命发生；三我不知道明年犹太作家是否还能上演戏剧，即使是在私人剧院。这就是激励我向前的三个原因。

我真不知道我该怎么办。

9月25日，星期五

昨天晚上，与米尔恰进行了一个相当平和的关于外交政策和蒂图列斯库[1]的谈话。但突然之间，他如炸了锅似的提高了嗓音，用那种常常让我吃惊的歇斯底里的声音喊道：

"蒂图列斯库？他应该被枪决。放在机关枪行刑队面前。让子弹打得百孔千疮。绑着舌头把他吊死。"

"为什么要这样，米尔恰？"我惊讶地问道。

"因为他犯了叛国罪，严重的叛国罪。他与俄罗斯人缔结了一个秘密条约，这样在战争爆发时俄国人就可以占领布科维纳和马拉穆列什。"

"你怎么知道的？"

"是孔迪耶斯库将军告诉我的。"

"他说的就足以可信吗？你不认为这是一个带偏见的消息来源吗？你不觉得这是出于幻想吗？"

---

[1] 尼古拉·蒂图列斯库：罗马尼亚亲西方的外交部长，是铁卫军新闻宣传活动猛烈攻击的目标。

他傻呆呆地看着我，竟为有人会怀疑这样的"真相"而愣住了。然后我听到他小声地对尼娜说：

"我真希望我没有告诉他这些。"

他本想再加上一句："因为这个人太瞎眼了，不可理喻！"

整个事情让我很沮丧。当我把这件事写下来的时候，我注意到我不再有昨天那种紧张的感觉，那种无法修复的不和谐感。

米尔恰是一个右倾分子。各个方面都有所表现。在阿比西尼亚，他站在意大利一边。在西班牙，他站在佛朗哥一边。在这里，他倒向了科德里亚努。他竭尽全力想掩盖这些，至少当他和我在一起的时候。这有多尴尬？但有时他无法控制自己，然后就像昨天一样开始大喊大叫起来。

他，米尔恰·伊利亚德，盲目相信《环球报》上面所登的东西。他的信息提供者就是斯泰利安·波佩斯库[1]。米尔恰对他的信任已达到了盲目的地步。在最荒谬和最毫无价值的争议性新闻面前，他是一个极容易上当受骗的人。而且他能够天真幼稚地使自己逐渐激动并提高声音，不苟言笑地吐出一些他在城里的弗雷梅阿出版社或《库凡突尔日报》编辑部里所听到的那些胡言乱语：蒂图列斯库把我们出卖给了俄罗斯人，蒂图列斯库送给西班牙共产党人"在法国订购的二十五架飞机"。如果我难以置信地耸耸肩，他会悲伤地看着我，轻轻摇摇头，就像看见了一个在真相面前完全迷路的人一样。

我想从我们的讨论中去除任何政治倾向。但这可能吗？无论我们喜欢与否，街头生活都会影响我们。只要随随便便地反思一下，我就能感觉到我们之间的裂痕正在扩大。

我会因为这个原因而失去米尔恰吗？我能忘记他所有的非凡之处——他的慷慨、他的生命力、他的人性、他的深情吗？而所有这一切在他身上表现得是那么有青春活力，有童心且真诚。我实在不知道。

---

[1] 斯泰利安·波佩斯库：律师和政治家，《环球报》的董事和业主。

我感到，在我们之间有一种尴尬的沉默，半遮半掩了我们想避免的解释，因为我们双方都能感觉到它们。我对他的失望之感越来越强，最主要的是因为他能够与反犹太主义的弗雷梅阿出版社一起舒适地工作，好像没有觉得什么不妥的地方。

尽管如此，我还是会尽一切可能留住他。

9月30日，星期三

星期日和星期一我在罗马。我离开时感到整个人要被压垮了，浑身无力，觉得我已无法回到正常的生活了。眼前所有的事情都显得毫无意义，十分荒谬。一想到给莱妮打个电话或接她的电话对我来说可能成了一个问题，我感到很丢脸。而把我的戏搬上舞台的想法对我来讲好似已无关紧要了。

现在一切都过去了。在某种程度上，我已经忘得一干二净了。今天下午我要去法院，今晚我要去剧院，现在我正在这本日记本上记事。与此同时，正如我所看到的那样，布莱切尔在罗马的生活还在继续。与此相比，我还有勇气去怨天尤人吗？我还会不会厚着脸皮执拗任性、脾气暴躁或烦躁不安吗？他在死亡的亲密陪伴中顽强地生活着。从长远来看，这不是一种模糊不清或笼统抽象的死亡，而是他自我的死亡，精确、确定，就像详细地了解了一个物体一样。

是什么给了他活下去的勇气？是什么让他坚持下去？他甚至没有丝毫绝望。我发誓我搞不明白。每当我看着他时，我多少次强忍着眼泪。晚上我能听到他在他的房间里呻吟和哭泣。我觉得房子里除了我们之外还有其他生灵存在。那就是死亡、命运或其他之类的东西。我离开的时候感到震惊、迷茫。

如果人生捆绑着某种惩罚，我个人就不会像现在这样继续我的生活。我实在做不到。好在我现在已忘记了一切，又回到了健康状况良好之人无忧无虑的意识之中。

10月7日，星期三

我又开始想念莱妮了。我顽强地抵抗了几个星期，但每天我都觉得我都在退缩，逐渐臣服于我想见她的渴望。我在电话机旁徘徊，想着她进入梦乡，在梦中想见她，醒来时还是想着她。我知道这很愚蠢。我只需要通读这本日记就知道这有多愚蠢。

星期一凌晨大约1:30，我在莱妮家外面遇到了她。那时她正和弗罗达一起从车上下来。我当时都没有拿正眼看她，说起话来冷漠无情。在情绪的控制下，我没有什么感觉。但是后来，在我们分开之后，所有的回忆和期待又如开闸的潮水般涌了出来。

我必须要有理性，要坚强。但我能做到吗？

我不知道扬科维斯库的解决方案对这出戏能起到什么样的作用。这部戏剧一点儿都不严肃。创作它让我烦腻了。我有点厌倦我的手稿。当我想到它时，它似乎是那么自负，那么廉价，那么轻浮，那么令人恼火地友好，那么妥协性地浅薄。

在过去的几天里，我重读了几页《两千年之久》。我还会写出那么严肃的东西吗？

今天晚上有一场米尔斯坦音乐会。也许它会让我头脑更清晰，更能控制自己。

10月11日，星期日

在布加勒斯特罗马竞技场为纪念斯泰利安·波佩斯库举行了庆祝

活动。佩尔佩西修斯[1]昨天晚上对我说："哀悼的一天。"他又补充道："这是战后罗马尼亚最可耻的一天。"

也许我不应该沮丧。相反的，也许我应该高兴才是。罗马尼亚的整个右翼，整个"民族主义"正在斯泰利安·波佩斯库的周围重新集结。它被定义为不光彩的东西。在某种意义上，从一个非常崇高的角度来看，甚至是在宽慰。

纳埃·约内斯库昨天代表《库凡突尔日报》向他发送了贺电。我应该感到沮丧吗？这倒没有。我应该去对纳埃说："教授，现在毫无疑问你的政治态度是错误的。让你与泰利安·波佩斯库并肩作战，那只能是个可怕的错误。"

我不知道纳埃·约内斯库是否会感到内心深处正在腐烂。

罗马尼亚作家协会也发来了支持的信函。图多尔·维亚努和米尔恰都没有在上面签字。米尔恰天真地认为他这样做能够表现出自己与纳埃的团结。但当纳埃发现时，他却得到了一顿臭骂。有那么一刻，我都想考虑在作家协会辞职。其理由是，为了一家侮辱阿格齐[2]的报纸而举办的庆祝活动，我自己绝对不与这种活动有什么联系。但如果阿格齐本人都不辞职……

悲伤，悲伤的时刻。所有人都由于虚伪、懦弱和自私自利被淹没在多么微不足道的浪潮之中！

是否有一天人们可以公开地谈论这些黑暗的日子？我相信会有的，绝对会有的。当这一天到来时，我希望我仍然在这里。

拉杜·乔库列斯库[3]昨天晚上告诉我，他已经与一个朋友的家人断

---

[1] 佩尔佩西修斯：文学评论家。
[2] 都铎·阿格齐：罗马尼亚重要诗人。
[3] 拉杜·乔库列斯库：文学评论家，普鲁斯特的翻译家，下文中的塞尔邦·乔库列斯库也是文学评论家，二人系兄弟。

绝了关系，因为那个人的妻子———一名教师———为《环球报》签署了一份宣言。

这让我想起来，今年夏天拉杜·乔库列斯库也拒绝接受聆听柏林管弦乐团音乐会的门票，因为他绝不愿意与希特勒的机构有任何联系。

一个奇怪的人。也许是唯一一个激进的罗马尼亚人。

昨天晚上在大陆酒店与佩尔佩西修斯、塞尔邦·乔库列斯库、弗拉迪米尔·施特赖努、孔皮利乌·康斯坦丁内斯库和奥克塔夫·苏鲁休共进晚餐。我们一起组成了文学评论家协会。也许我们会推出一本杂志。我不确定到底会发生什么。

我要远离所有这一切。

10月14日，星期三

昨天晚上在基金会，达维德斯库[1]向佩尔佩西修斯和奇切罗内·特奥多雷斯库解释说犹太人不懂罗马尼亚语。他的一个论点说是从我的一本书中引用了"填鹅"的比喻。

奇切罗内给我讲了这个小故事，稍后达维德斯库走过来对我道一声晚安时，我对他说：

"对不起，达维德斯库先生，你知道，我从来没有写过这样的东西———至少我不记得了。"

随后的讨论相当有趣，持续了半个小时左右。我懒得完整地把它写下来。我得到的印象是，达维德斯库患了带有反犹太症状的梅毒症。他的眼中流露出不安的神色。

晚上晚些时候回到家，我意识到，我对"鹅"误解了。因此，今

---

[1] 尼古拉·达维德斯库：记者和诗人。

天我向达维德斯库发送了以下说明：

"亲爱的达维德斯库先生，昨天晚上告别你之后，我回到家，在我的书本上搜索了大约两个小时，以确定我是否曾经使用过你回忆中的那种尴尬并丑陋的形象，以致遭到你如此激烈的批评。我赶紧通知你，你是对的。你所谈到的比较对照物确实可以在我的一本书中找到。我当时的确忘记了。您可以在小说《女人》的第二版第27页第17行中轻松找到它。

"作为同事，我很高兴能帮您传送准确的原句。句子是这样的：'她呼吸困难，眼睛翻了几翻，就像填鹅习惯性所做的那样。'

"我还请您注意，填鹅是获得优质美味的鹅肥肝的方法。

"如果我不赶紧纠正我那令人遗憾的糟糕记忆的话，我会感到不安的。我很高兴，通过这样做，我能够恢复您的政治和批判体系中的基本论点之一。

"我一如既往地钦佩您……"

纳埃·约内斯库的电报出现在《环球报》上——印在特兰达菲尔斯库-纳马埃什蒂[1]和穆奇[2]的电报之间，这绝非巧合。这是一种惩罚。

星期一晚上，我在国家竞技场遇到了德姆·特奥多雷斯库[3]。他对我说：

"是的，星期天是罗马尼亚政治生活中最悲惨的一天。但是你不知道，塞巴斯蒂安先生，我太厌恶自己了。你得好好看清斯泰利安·波佩斯库是个什么样的人了。"

"好的。不过，既然如此，那你为什么还要在贺电上签字呢？"

"那我能怎么做？这就是生活呀！"

---

[1] 特兰达菲尔斯库-纳马埃什蒂：《环球报》记者。
[2] 扬·穆奇：《时间号令报》的反犹太主义记者。
[3] 德姆·特奥多雷斯库：作家和记者。

10月16日，星期五

关于我的剧本，我正处于一个危险的关头：我开始喜欢第三幕了。有很长一段时间，我是极度地不喜欢它。几次剧本阅读（一次在玛丽埃塔家，另一次在玛丽斯家）都让我感到这将会是一场灾难。在这之后，我根据每个人——古利安、哈伊格或扬科韦斯库——的建议盲目地进行了修改。现在我开始喜欢它了！

我还是偏向只改变一些细节。我会简化一些场景并去掉一些对话，但场景的设计、情节的展开、该幕的总体基调基本不变。只有第一个和最后一个场景应该做较大的修改：第一个场景，引入博戈尤并证明少校和文蒂勒夫人不在场的合理性；最后一个场景是因为当时实在太匆忙了，没有考虑周全。这一点我一开始就知道。除此之外，我倾向于保持第三幕不变——即使在这种情况下，扬科韦斯库也不愿意继续合作。

我宁愿自己犯错，也不愿让别人犯错。这剧本是我写的，不是他们写的。我觉得我有更多机会看到真相。我还该提一下，我无法重做自己的手稿。《金合欢树小镇》不就是这样吗？

在今天的《信仰报》中，马诺留对我在基金会的工作进行了谴责，并自然而然地要求解雇我。唯一让我吃惊的是，这种攻击似乎来得太晚了。

一个音乐之夜。布加勒斯特广播电台播放了巴赫的《D小调双小提琴协奏曲》。稍后，华沙广播电台播放了莫扎特的《G小调交响曲》和贝多芬的《小提琴协奏曲》。我认为约瑟夫·西盖蒂的小提琴演奏极为出色。我的收音机听起来比以往更清晰、更暖心了！我现在正在等待着维也纳广播电台播放的贝多芬《大提琴奏鸣曲》。它应该现在就开始了。听完就去睡觉。

10月18日，星期日

今天是我二十九岁的生日。我既不快乐也不悲伤，只是意识到我还有一些事情要做，我必须继续生活。除此之外，什么都没有。但我尽可能认真地以某种庄严的方式迎接这一天，把它作为幸运的一天。我非常需要为自己创造一些预示着好兆头的小迷信。我在米尔恰家喝了香槟。一切都相当尴尬。

今天早晨非常美好。在光辉灿烂的10月里，这是一个奇妙的日子。我也记下了我的生日。我还把在雅典娜神庙举行的埃内斯库[1]音乐会视为一个好兆头。我最愿意相信的是，我不是一个彻头彻尾不可救药的人。

今天下午，去舞台后台见到了莱妮，但却搞得很狼狈。

然后去访问纳埃（也搞砸了一半）。

最后是去电影院参加了一个集体晚宴，但却以与米尔恰的一场痛苦的政治争论而告终。

有关所有这些，明天再做更多记载。

我已开始了新一年的人生——但我真的注定要承担其他事情吗？

10月20日，星期二

今天晚上，从打字员那里拿回来了前两幕的打字稿。我一字一句阅读，以寻找打字错误。这让我感到很累。所有的事情似乎都缺乏乐趣，尽管我现在并没有处在最佳的"幽默"状态。

10月22日，星期四

昨天晚上，我拿到了前两幕剧本，打完字后，交给了扬科韦斯库。

---

〔1〕 乔治·埃内斯库：罗马尼亚著名作曲家。

今天他告诉我,他读完了第一幕。

"我确信,"他说,"你爱上了玛丽埃塔。你创作这样的角色只能是为你深爱的女人。这是最好的女性角色——最好的,但也是最难的,就连文图拉也演不了。当我告诉措察,我认为你对玛丽埃塔很着迷时,她告诉我她不这么认为,但她觉得你可能爱上了莱妮。"

今天晚上我在米尔恰家吃饭,他告诉我昨天在波利赫罗尼亚德[1]家举行的派对上的一些有趣细节。人所共称的"船长"泽列亚·科德里亚努[2]也在场。玛丽埃塔·萨多娃带着科德里亚努的书来了,她请他在书上签名。

"你叫什么名字?"他问。

"玛丽埃塔·萨多娃,"她肯定地说。由于他似乎没那么聪明,于是她补充道:"……是来自国家大剧院的。"

"是太太,还是小姐?"他进一步问,就像我们在书本日所做的那样。

我认为这对可怜的小玛丽埃塔来说是一个打击——尽管(仍然根据米尔恰的说法)这并没有阻止她看着"船长"并一直带着欣喜若狂的微笑听他说话。这与她看着阿里斯蒂德·布兰克时一样欣喜若狂。我能说玛丽埃塔是个伪君子吗?那倒不是。但她是一个僵硬的实用性和慷慨的真诚性的奇怪混合物。

另一个细节,既感人又可笑。哈伊格为"船长"带来了他的全部作品(包括诗歌、散文),并为他写了一篇特别的献词。

科德里亚努离开后,玛丽埃塔和哈伊格异口同声地说,他们度过了美好的一天。我认为,"庞大的"是他们的确切术语。

1932年哈伊格还是个共产党员。

---

[1] 米哈伊·波利赫罗尼亚德:铁卫军的记者和理论家。
[2] 科内柳·泽列亚·科德里亚努:铁卫军的主要领导人。

下面是星期日与纳埃对话的片段：

"你看，我全完了！一个男人的彻底失败！我的生活分为两部分：1933年7月5日之前为一部分，1933年7月5日之后为另一部分。在那一天之前，我是一个强大的人，但从那以后，我就什么都不是了。"

1933年7月5日究竟发生了什么事？我觉得，就是他与马鲁卡·坎塔库齐诺[1]各奔东西的那一天。

我们终于有了自己的房子。但愿诸神继续对我微笑！

10月25日，星期日

在玛丽埃塔身上，有些韦尔杜林夫人的味道——不算太多，也没有同样的喜剧暴力，但它就在那里。今天早上在音乐会上，当埃内斯库演奏了《勃拉姆斯协奏曲》后，她对我说：

"你不觉得有点不舒服吗？这都让我病倒了。"

她脸上洋溢着幸福的神情。她正因幸福而痛苦，几乎快要晕倒了。

她对我来说很珍贵。我想有一天在小说中用一个角色来捕捉她精心研讨的社交策略。例如，今晚在布兰克家举办的招待会上，当她迫使我再读一遍剧本时，她的行为可以显现出多么微妙的意图呀！

10月27日，星期二

又来到了罗马。布莱切尔向我谈到了一位来自布加勒斯特的女士。她熟悉并"欣赏"我写的书。两年前，当《两千年之久》出版时，她写信给布莱切尔，说她发现了一位"比纪德更聪明"的作者。去年的

---

[1] 马鲁卡·坎塔库齐诺：罗马尼亚公主。

一场音乐会,她就坐在我旁边,想和我说话,但最后还是没有这个胆量。她的名字叫玛丽亚·吉奥卢[1]———一位工程师的妻子。他们家似乎非常富有。

前天,布莱切尔给我发了一封信,要求我给吉奥卢夫人去个电话,但他同时也提出了一系列注意事项。我应该在星期二或星期三去电话,而不是其他任何一天;打电话的时间应是早上十一点钟而不是其他任何时间。

我刚才给她打了电话。她声音微弱、胆怯,与其说是在说话,不如说是在耳语,仿佛生怕隔壁房间的人听到似的。她约我星期四的六点见面,地点是在雅典娜宫[2]的大厅。这是这个故事中的另一个"谜"。只能走着瞧。

我一点钟出发前往加拉茨,我将在那里做一个讲座,谈一下作为文学人物的莱昂布鲁姆。

昨天晚上在达勒斯音乐厅,我听了柏林管弦乐团演奏的一流的室内音乐会。有很多莫扎特的乐曲——其中包括《小夜曲》的第一乐章和最后乐章。但我特别被小提琴和中提琴的"交响协奏曲"打动,曲子表现出了至高无上的莫扎特的忧郁风格。

但最近几周,音乐方面的内容丰富多彩。我实在没有耐心一一记下。

11月5日,星期四

在过去的十天里,自从我们搬进安提姆街45号的新家以来,我一

---

[1] 玛丽亚·吉奥卢:塞巴斯蒂安的朋友,斯塔夫里·吉奥卢的妻子。
[2] 布加勒斯特市中心的著名酒店。

直过着杂乱无章的生活——比以前更加杂乱无序。我绝对什么都没有做,但我觉得要做的事情压得我喘不过气来。我已经筋疲力尽,好似经过几个月的努力工作,我正在等待一个来之不易的假期。发生在我身上的一切事情都发生在外面某个地方,好像它们与我无关似的。我觉得自己好像经过长途跋涉而灰头土面,迫不及待地想去一个地方掸去灰尘,换身衣服,洗个澡,变成一个不同的人。但我哪儿也不想去,什么也不期待,没有什么在等着我。

我仔细观察自己(观察得不是太仔细,但由于谨慎、怯懦或害怕,我可能不得不承担所有后果),并告诉自己我正在崩溃。在这种土崩瓦解的状态下,我(半意识地)愚蠢地与那些不认识我的人打交道。这些人真心诚意地"向前推进"这种交往,这使得我感到无比羞耻。例如,我为什么要去勾引切拉·塞尼[1]呢?她是个好女孩。她在这种"初恋"中全身心地投入,而现在我却以最愚蠢的冷漠态度甩掉了她。我对别人的行为真的是那么不负责任吗?

我很惭愧。我发誓我很惭愧。

而且我非常缺乏活力,缺乏敏感性,缺乏男子气概,以至于我觉得一切都很糟糕。这不是因为我是个废物,而是因为……我还没有电话。是的,无论这看起来多么可笑,我一直都在等待着人们来重新联系我。因为那样,一切问题都能迎刃而解。

什么会阻止我沉沦?我不知道。世上还有什么,还有什么能把我从泥潭中拔出来吗?

11月6日,星期五

昨天在米尔恰家吃午饭。席间进行了一场尽可能冷静的外交政策

---

〔1〕 切拉·塞尔吉:作家,阿尔菲奥·塞尼的妻子。

的讨论。我努力不带感情色彩地说话，好像是在阐述确切的事实，而不是发表意见，表示印象或态度。

我特别记得米尔恰说过的一件事。这是他的原话：

"我更喜欢的是小罗马尼亚，而不是无产阶级的大罗马尼亚。它虽然失去了一些省份，但资产阶级和精英得救了。"

他很冷静。他似乎没有意识到他所说之话的严重性。

扬科韦斯库终于宣布了下一个首演式。这将是由波帕制作与玛丽亚·莫霍尔合演的翻译作品——九千什么来着。他对我的戏只字不提，既没有来电话，也没有解释，还没有道歉。

因此，在没有我的帮助下，扬科韦斯库-玛丽埃塔解决方案砸锅了。尽管这是一个我从来没有那么热衷的解决方案，但事实是我根本没有做过任何破坏它的事情。事实上，在某一时刻，我被它深深吸引，并尽一切可能让事情顺利进行。我希望玛丽埃塔现在没有理由来责怪我，即使这出戏是由莱妮来演出。但是这出戏会演出吗？

前天晚上我见到了莱妮。那是在我和她以及弗罗达一起出去的时候。这是自夏天以来我第三次见到她。她既可爱又令人讨厌，就像我认识她一直以来的那样。我和她在酒吧里跳舞，然后像个傻瓜一样受苦，因为拉扎罗内亚努[1]来到了我们的餐桌旁。我敢打赌这个家伙已经和莱妮一起睡过，或者正在同床共枕，或者将要相拥而眠。我根本无法再次经受这种毫无意义的折磨。于是，在今后的二十天里，我会好好自我相处，不去见她，也不给她通电话。所以从现在开始我又得轮回另一个二十天左右的沉默。

"原则上"我们同意我应该给她读剧本，但她必须打电话给我，以确定读剧本的时间。她当然不会这样做。所以事情将再次被搁置，而

---

[1] 约内尔·拉扎罗内亚努：具有文学倾向的律师。

且我不知道会多久。

一天晚上，我和卡米尔一起去了甘布里努斯[1]。我想是星期一，在明泽尔音乐会之后。我们谈到了罗马尼亚文学。我不苟言笑地回忆起他的陈述：

"亲爱的塞巴斯蒂安，当今世界只有一位作家能够创作伟大的小说。这个作家就是我。"

我发现无法解释他的坦率：他真是聪明过人，但天真得可爱。

11月11日，星期三

我对音乐的记忆是非同寻常的糟糕。刚才（下午两点）我听了贝多芬的《第四交响曲》，但除了谐谑曲中的几个乐句，我现在什么都不记得了，尽管我一生中《第四交响曲》肯定听过好几次。过去三个星期左右是一场真正的音乐盛宴。先后举办了埃内斯库、明策尔和休伯曼的音乐会。其间我听了多少美妙的乐曲！勃拉姆斯、贝多芬和巴赫的小提琴协奏曲、贝多芬的《F大调浪漫曲》、肖松的《音诗》、贝多芬的《第三交响曲》和《科里奥兰序曲》、勃拉姆斯的交响曲（我不记得是哪首了）和莫扎特的《木星交响曲》。

《克鲁泽奏鸣曲》、埃内斯库的奏鸣曲、弗兰克的奏鸣曲（"特别由埃内斯科演奏"）、勃拉姆斯的奏鸣曲（第一次与埃内斯库合作，第二次与休伯曼合作）、明策尔钢琴独奏的《春天奏鸣曲》、两首斯卡拉蒂的奏鸣曲、贝多芬十五首《英雄变奏曲》，以及大量的肖邦乐曲。

现在，虽然很累，但我仍在等待着斯图加特广播电台的精彩节目，

---

[1] 布加勒斯特市中心的酒吧，以啤酒闻名。

预计五分钟后开始。其中包括：巴赫的《A小调长笛、小提琴和大键琴协奏曲》、海顿的《B小调钢琴奏鸣曲》、舒伯特的《A大调小提琴和弦乐四重奏回旋曲》和莫扎特的《C大调为双小提琴和管弦乐队而作的协奏曲》。

11月14日，星期六

  这也许是金秋最后一个绚丽的日子。我去了O.N.E.F.体育场观看一场足球比赛（维纳斯队对阵CFR队）。我去那里不是为了看比赛，而是为了看风景，因为我猜想一定会是闪闪发光的。我的判断没有错。眼前是一片懒洋洋的、粉状的柔光，伴随着远处从城市中升起的明亮的、蒸汽般的银色薄雾。城中雾气的升起好似不是真的，而是出现在一幅画布或一幅镶嵌的照片中一样。所现的色彩五颜六色！我不知道布加勒斯特有这么多红色的房子。从体育场看，它们就像是用玩具砖块砌成的一般。光秃秃的树木枝干从雾气中挺拔而出，就像它们自己呼出的湿气一样。整幅画面方方面面都画得很精致，而且色彩斑斓。红色的场地、花花绿绿的广告牌、依旧绿意盎然的草地、黑白蓝相间的球衣，人山人海，让人目不暇接。下半场一开始，裁判吹响了哨子，让大家默哀一分钟。我想，是为了追悼最近去世的一位外国球员。突然之间，整个球场一片寂静，大约两万人鸦雀无声，只能听到远处城市传来的喧闹声。

  "她正在和一个名叫贝列斯库的人上床睡觉，是一个大约二十岁的孩子。"卡米尔今天在餐桌上说道。他话语中刻意的冷漠并没有掩饰他的预谋，也许还有他的满足感。我希望这件事能助我一劳永逸地忘记所有的一切。

11月16日，星期一

今天早上与吉奥卢夫人进行了长时间的电话交谈，先后谈了半个多小时。她说了一些充满孩子气的钦佩之语，让我很开心。她最近读了我写的小说《我是如何成为流氓的》，并被它"征服"。

"你写的东西让我有点害怕，好像你一定有支配别人的力量。我认为你对人们施加了一种无法逃脱的影响。而你就是这样一个自以为是的人！你可能有一颗冰冷的心……我很想成为你的朋友。我一直梦想着和一个男人建立友谊，但只是一种纯洁、忠诚的友谊。你认为这可能吗？我一直在想你，我已经和我的丈夫、我的朋友们谈过了。你有时间和我们做朋友吗？你想让我们成为你的朋友吗？"

她和我说话的方式与莱妮两年前对我说话的方式相同（或几乎相同）。玛丽丝也这样对我说话。多丽娜也是如此（只是低了几级）。但当每个人开始了解我后，其结果就会变成失望的冷漠。唯一能坚持这样做的人就是玛丽斯，尽管她现在也开始萎靡不振了。

星期六晚上，埃内斯库演奏了一首韦拉西尼的奏鸣曲。演奏十分迷人。我去年和蒂博一起听过，但我完全忘记了。同时还听了一首巴赫的A小调奏鸣曲（演奏得非常精彩）和莫扎特的奏鸣曲。前一天晚上，休伯曼演奏了弗兰克的奏鸣曲。这么多音乐，让我饱和了，但这是我近来唯一的安慰。

11月21日，星期六

"温蒂和朱莉"是两位年轻的英国女性，她们在马克西姆餐厅跳舞、唱歌。几天前，老板终止了她们的合同，使得她们在举目无亲的布加勒斯特身无分文，不知去何处。英国领事把她们送到罗曼那里。罗曼又把她们转交给了我。我希望在剧院委员会的科马尔内斯库和萨多维阿努[1]的帮助下,最终能为她们争取到相当高的补偿——大约二万五千列伊。

整个故事非常有趣。我遇到了一大堆花哨的男人、皮条客和艺术"经纪人"。他们蜂拥在"温蒂和朱莉"周围。我一直在酒吧的幕后工作,阅读雇佣合同,了解机构的运作方式。这看起来非常诱惑人。温蒂,本名为弗洛拉·莫斯,1911年出生。她的未婚夫在哥本哈根,名叫古纳德,是一名警察。昨天晚上我去她房间的时候看到了他的照片。穿着便服的他看起来像个著名的运动员,尤其是他的嘴里还叼着一个长长的烟斗。穿着丹麦警察制服的他更令人印象深刻。"为了我亲爱的温蒂,直至永远,古纳德",他在照片边缘写道。

温蒂很苗条,胸部比我以前所见过的女人要小,头发为自然的红色,鼻梁不高。她有一种孩子般的快乐感,我觉得很迷人。昨天晚上我答应留下来陪她。当然,我没有留下来。我让她感到难过,就像一个被答应去电影院但然后被送去睡觉的孩子一样。

朱莉(温蒂称她为"朱莉小姐",我想她的这个名字是在酒吧得到的),样子平平常常,但英国味很浓。她的未婚夫雷金纳德住在伦敦,在一家瓷器店做推销员。

两人都说法语,但都带着无法改变的口音。她们一有了钱,就想去索非亚签合同。我很遗憾不能花更多时间与她们交谈。但这是不可能的——温蒂爱上了我。她非常严肃地解释了camarade(同志)(重读第一个音节,发音很像罗马尼亚语)和ami(朋友)之间的区别。"你不和同志睡觉;你和朋友一起睡觉。"

昨天在吉奥卢夫人家参加了一个相当温馨的小型茶会。她的房子看起来很漂亮,但我没有仔细看,只是与参加者一起找点乐子。在我

---

[1] 扬·马林·萨多维阿努:作家。

的右边，是斯泰利安·波佩斯库（波佩斯库和内塞斯蒂夫人）的女儿，她说她从标准文学社那里知道了我，并且曾要求吉奥卢夫人邀请我找个时间单独陪她。我的对面是年轻的康塔库齐诺公主。我在离开时听说她很左倾，是法兰西银行行长拉拜尔的女儿。

至于吉奥卢夫人，我觉得她没有我们在雅典娜宫第一次见面时那么有吸引力。当时她真的打动了我。（因为我是如此卑微和天真，那样的场面在我看来真的很特殊。）

她是一个"珍妮"类型的女人：黝黑、丰满，眉毛剃得光光的，让我很恼火。我认为更为宁静的外表会更适合她。这样就会使得她变得严肃、专注和顺从。她没有身材苗条的金发女郎所特有的那种焦躁不安、咄咄逼人的蠢蠢欲动。

但是，像这样一个有着年轻、英俊、运动员般健壮、富有的丈夫的上流社会的女人，能对布莱切尔产生热情，这不是很了不起吗？而她对我这种人提心吊胆的钦佩难道不幼稚和不动人吗？

由于我超级懒惰，切拉·塞尼的事情会搞定的。

"你对我来说太卑鄙了，到头来我不会不爱你，"前天晚上，我们从爱乐音乐会回来的路上，她对我这样说。这几乎是爱的真谛。难道不是因为同样的原因吗？因为莱妮是如此"卑鄙"，我爱她，而且爱得如此无助。

这是我深感羞耻的一个星期。一个个白天都荒废了，一个个晚上都头晕目眩。我什么也没做，只要有时间就到城里去取乐。

明天我要去布勒伊拉去参加西尔维娅孩子的受洗仪式。在那之后，我发誓要强迫自己做一个星期的严肃工作。我想写一本书。为此也许我应该在圣诞节时去某个地方。但我对圣诞节有很多模糊的计划！时不时地，我感受到我还不想接受的刺耳呼唤。现在还不想——而且我非常希望永远不要被迫接受它。这是我用我最后的希望向上帝祈祷的事情。

11月23日，星期一

昨天晚上，斯图加特广播电台播放了巴赫的《第二勃兰登堡协奏曲》和莫扎特的《D小调钢琴协奏曲》（与埃德温·菲舍尔合作）。

布勒伊拉从未像现在那样悲伤、那样土里土气、那样荒凉。有轨电车在尤尼雷亚街的拐角处停了将近十五分钟，等待着"过马路"。然后，在加拉提街，由于线路维修，它又停下来，再也不往前开了。我们不得不下车换其他车子。在镇中心，时钟指针停摆在5：20，虽然当时已是早上10：30。再看一下较远处的希腊教堂。它的时钟显示的却是11：20。寒风刺骨的11月，路上人烟稀少，到处都是老旧的房子。没有一个新面孔，没有一座新建筑，商店里空空荡荡。

我和佩特里奇一起去了港口。这样可以防止我太情绪化。但是，再次看到船只、柳树、沉重的铁链和缆绳，仍然是一种享受。镇上的一切似乎从很久以前开始就与往日的生活隔绝了。

11月26日，星期四

昨天晚上，罗塞蒂[1]给我看了一封茨维德内克[2]将军代表女王写给基金会的信。在信中，将军询问了女王的小说在何种条件下可以翻译出版。

"到目前为止，女王陛下的作品一直由阿德瓦鲁尔出版社印刷。该公司也为这部小说提供了报价。

---

[1] 亚历山德鲁·罗塞蒂：皇家基金会主任，塞巴斯蒂安的密友和资助人。
[2] 尤金·茨维德内克：将军，玛丽亚女王的军事参谋长，在杨·安东尼斯库的领导下，是负责犹太人财产雅利安化（即没收犹太人的财产，转移至非犹太人手中）的政府机构负责人。

"不过，考虑到那家出版社的罗马尼亚民族情绪并不确定，玛丽亚女王陛下指示与你接触。"

真是如此吗？

在过去的几天里，普罗丹[1]把玛丽埃塔和莉莉叫到他的办公室，谴责她们讲的话妨碍了国家剧院的工作。他说：

"那你想要什么？想让我辞职，打包回家？想让米哈伊尔·塞巴斯蒂安先生接受任命来代替我吗？好吧，我告诉你们。这种事不会发生，也不可能发生，因为他是个犹太人。"

无法解释他为什么突然暴跳如雷。但我不能不说，我没有觉得这种话会让我感到有趣。

从昨天晚上开始，因为拔牙，我只得一直待在室内。我看出来，我已经同时失去了阅读和写作的兴趣。让我待在家里，这曾经会让我感到无比高兴的事，但现在却让我感到很烦恼。

我的情绪很糟糕，既没有期待也没有沮丧，既没有渴望也没有爱情。

星期一晚上的布莱洛夫斯基独奏会上，塞拉·德拉夫兰塞恰巧坐在我旁边的座位上。有人把我介绍给了他。

"我还以为你会与众不同，会更加活泼，肤色更黑。我刚才在看你。你看起来就像个小学生。你的肤色应该是黑的。你的文笔太自信了，太强硬了……"

我无奈地笑了笑。不知有多少次，人们对我说了同样的话？

---

[1] 保罗·普罗丹：罗马尼亚国家剧院的导演。

12月1日，星期二

星期六晚上我在出版商阿尔卡莱处遇到卡米尔·巴尔塔扎尔[1]时，他对我说：

"如果接下来的三个月里你不在《基金会杂志》上写一篇关于我工作的研究报告，我就再也不会和你说话了。"

真是无语。

《克里斯蒂娜小姐》已经出版大约三天了。米尔恰很反感。他认为书店在迫害他，出版商在策划反对他，出版商奥克内亚努在取笑他，罗马尼亚之书出版社的米苏充满了欺诈。乔内伊没有把他的书放在橱窗里。阿尔卡莱倒是放了，但没人看得见。罗马尼亚之书出版社正在千方百计地诋毁它。

只是看起来如此，还是我自己真的从来没有过这样的担忧？出于自尊，我不便说出，但我要说的就是，我从来没有要求任何人写过文章，从来没有参与过文学政治，从来没有讨好过任何人，也没有试图回避任何人的敌意。也许这一切都与我懒惰的老毛病有关，同时我也在某种程度上意识到，假如我有命运的话，只能是作家的命运，将会与上述所有这些小"游戏"相距甚远。

无论是出于骄傲还是出于懒惰，我的冷漠都是一样的——至少在文学领域中如此。

12月11日，星期五

我刚从爱乐乐团回来。在那里我听了弗兰克的《G大调钢琴协奏曲》和他与亚瑟鲁宾斯坦合作的《交响变奏曲》、舒曼的《第四交响

---

[1] 卡米尔·巴尔塔扎尔：小说家。

曲》（今晚我听到它时感到前所未有的愉悦）和理查德·施特劳斯的《蒂尔·欧伦斯皮格》。与这些乐曲一起度过了一个美妙的音乐之夜。

昨天，在雅典娜宫听了巴赫的《圣诞节清唱剧》。

星期一晚上，卡萨尔斯：贝多芬的《亨德尔主题变奏曲》、波切里尼协奏曲、巴赫组曲和三首合唱。

除此之外，还有埃内斯库：勃拉姆斯第三奏鸣曲、舒曼奏鸣曲、莫扎特一首、巴赫一首。

除了欣赏音乐，我什么事都没有做。

其实有很多事情——但没什么很重要的。我没那么拼命：我麻木了，尽量不去感受任何东西。日子一天天过去——仅此而已。

12月12日，星期六

我已经思考了一段时间，想写一本书，但却不知道它的结果会是什么样以及它可能会把我引向何方。我会写这样的书吗？

我说的"一段时间"，准确地说，是从10月18日开始，也就是从我生日那天开始！那天我离开米尔恰的家去买几瓶香槟时，头脑中突然出现了一幅交通事故的画面，而我差一点被卷入了这场交通事故。我可以看到第一章中的丰富细节，带着如此紧迫感，以至于我想，当我回到家时，我除了伏案写作外什么都不做，仿佛身处一个专横声音的指挥下。让我们称这个为灵感。

我确实尝试着把这些都写下来——我不记得是在那天晚上还是几天以后——但却没有成功。

尽管如此，从那时起，我一直在思考这样一本书的可能性。有一些小事情，一些小想法，已经开始在第一幅画面周围聚集——而且与其久久地粘在一起。

例如，有一天晚上，我和切拉·塞尼一起散步。就在那天晚上，她在学院街偷了一个苹果（这一行为让我条件反射性地感到了年轻）。在散步中，我再次觉得自己想写一个短篇小说。尽管我很沮丧，但我可能会从中找到一些快乐。最后写出来的也许是一部短篇小说或中篇小说，或一个叙述文。也许我会在圣诞节假期就开始写作。但我需要离开布加勒斯特——我不知道我是否能找到足够的钱。

12月16日，星期三

昨天晚上在维索亚努[1]夫妇的家，玛丽埃塔呼吁对所有外国电影进行法律禁令。

"让他们说罗马尼亚语！"她带着强烈的语气说道。我以为她在开玩笑。我指出，如果电影配音的语言与拍摄时的语言不同，那是多么原始。

玛丽埃塔脸色苍白，提高了她的声音，虽然那是一种"头声"，只是因哽咽显得有些音钝，整个人似乎要哭了出来。

"应该一步到位地永远制止这种丑相。这里是罗马尼亚，他们应该说罗马尼亚语。"

投入这样的讨论似乎十分烦人，所以我只是用讽刺的语言说话，但她却没有理解：

"玛丽埃塔，亲爱的，你现在正处在民族主义最令人不安的阶段。"

我不知道她是否理解我对她上星期五进行冒失行为的暗示。当时她在为铁卫军的"绿房子"[2]筹集资金而举行的铁卫军节背诵了一些诗句（"在西班牙与马克思主义战斗的军团的精神赞助下"）。我也不知

---

[1] 康斯坦丁·维索亚努：外交官和政治家，塞巴斯蒂安的密友，二战后移民美国。

[2] 铁卫军总部。

道，如果她真的明白我的暗示，她是否会为此烦恼。这个可怜的女孩觉得在现政权下她不能再有更好的指望了。在泽列亚·科德里亚努控制的国度里，她也许会成为又一个莱妮·里芬斯塔尔。无论如何，玛丽埃塔已经够冒尖的了。

文学方面。阿尼什瓦拉·奥德努给我寄来了她的小说，并说："《两千年之久》这样的书应该有至少十个题跋。"事实上，她自己的手稿包含的不是十个，而是两个题词。但卡米尔坚持让她去掉这些题词。"题词太多是不好的，"他说。事实上，一个就足够了，尤其是像他自己的小说《昨晚的爱情，今晚的战争》这样的著作。卡米尔是个多么令人愉快的人啊！

12月19日，星期六

两束百合花……切拉送来的。

我想，从我把两束百合花送人，到今天正好是一年——也就是正好是五十二周。而所送之人是她。

12月20日，星期日

要开发的项目：一、1月2日前往布雷亚扎，一直待到20日，开始写小说，争取3月或4月出版；二、为编写《罗马尼亚小说》立即开始阅读第一卷的必要材料，2月至3月开始起草，并在书本节出版；三、与奥克内亚努讨论编年史和散文集的出版，争取在2月或复活节出版。

今天早上在爱乐乐团，威廉·肯普夫：莫扎特，贝多芬（《降E大调协奏曲》）。星期四晚上有勃拉姆斯协奏曲。今天晚上九点我会试着去听布雷斯劳广播电台的《圣诞节清唱剧》。

12月30日，星期三

昨天晚上从罗马回来。在罗马，我第二次去看了布莱切尔。

也许是因为我习惯了，在我看来，他似乎比上次好多了。如果我住在他家附近，我可能最终会认为他的悲剧很正常。每天与悲剧生活在一起，悲剧就不存在了。我从自己的生活中对此也领略了一二。二十四小时后，你开始习惯它了，也就是接受它了。

但对布莱切尔来说，他更加消沉了。他对我谈到了死期，他认为这已经近在咫尺了。

"我对自己说，朱尔斯·雷纳德死于1911年，"他说。"离死远些，死亡就变得如此无关紧要。我只需要想象一下，我很久以前也死了，在1911年吧。我并不怕死。到那时我可以休息和睡觉。啊，我可以把身体尽量地舒展，我会睡得很好！听着，我已经开始写小说了。但我觉得，我绝对不必去完成它。如果死亡先到，我想我甚至不会后悔没有完成写作。文学对我来说是多么微不足道的事情，它占用我的时间多么少！最近，我想过结束自己的生命。但这很困难，因为我没有去死的办法。最简单的办法就是上吊。但我还是得把钉子钉在墙上，这样奥林匹娅就会过来，我再也不可能完成下面的步骤。我以某种借口让她给我买一些烧碱——但我的父母不允许她这样做。我真的是非常愚蠢。当我还能走路时，怎么没有给自己买一把左轮手枪？"

第二天，也就是昨天早上，布莱切尔为他所说的话向我道歉。

"请原谅我。我不知道我中了什么邪。我不喜欢抱怨。我讨厌多愁善感。"

最让我感动和高兴的是，他表现出的还未消耗殆尽的纯真、幽默和活力。他心怀善意，身行努力，用手风琴为我演奏了许多探戈和狐步舞舞曲！他是在努力寻找失去就难以复返的快乐吗？

他告诉了我,去年夏天当杰奥·博格扎[1]来拜访他时他们所玩的各种游戏。例如,他们玩船。布莱切尔发出开航的信号,于是博格扎则拖着他的床前进。他们还在墙上贴了一张告示:"禁止攀登桅杆或在机房内吐痰。"

他给我看了一本相册(有索兰热、欧内斯特、克雷察以及伯克、莱森、泰基尔吉奥尔[2]的场景)。看到一张他十七岁时的英俊照片,我不得不忍住泪水。"我是个英俊的孩子,不是吗?"

我四点钟向他告别。但是为什么我没有勇气去拥抱他,或更近一步,做出兄弟般的姿态,以表明他并不孤单,并不无助呢?

不过,孤单就是他的写照。

今天早上,当我告诉吉奥卢夫人关于布莱切尔的事情时,吉奥卢夫人在电话中哭了起来。我仍然不知道他们之间到底有什么关系。我认为她被自己对他的记忆所控制。这种回忆环绕着她经久不散,使她害怕,同时这种回忆又提供了安慰的来源。就他而言,他爱她,而且仍然在爱她,只因为她不在身边而痛苦。但他自尊心太强,什么都不说出来。

"有一天我跑到布加勒斯特,尽管我病了,四十度(一百零四华氏度)的高烧。为了见她而使用各种诡计,而且她已经两年没有去过罗马了。难道婚姻生活的捆绑是比我的病更糟糕的疾病吗?"

当我今天打电话转达布莱切尔对奥克内亚努的问候时,彼得鲁·马诺留一把从我的手中抢走了话筒,对我说:

"新年快乐,米哈伊尔·塞巴斯蒂安先生!"

我并没有挂断电话的想法。这个孩子疯了,还是他仅仅是一个角

---

[1] 杰奥·博格扎:作家和记者。
[2] 黑海附近的湖。

色而已？

星期日晚上在西那餐馆与索阿雷·Z.索阿雷[1]共进晚餐。他告诉我关于莱妮的许多启发性、有趣和一时冲动的事情！我听完了，暗自对我的忍耐力感到惊讶。我想，我可以诚实地说，这些消息让我分心，而不是让我伤心。

在弗罗达的建议和谋划下，莱妮在西克[2]家一个月就能赚上八万列伊，为此她就得和他一起上床睡觉。索阿雷和穆沙泰斯库[3]给西克起了个绰号：亚历山德斯库-法拉多，只是因为他每天都会从法拉多商店给莱妮买一束花。

她和来自维亚［？］的一个叫沃尔特的人睡过觉。她和伊豆·布勒尼什泰亚努睡过。只要《兰姆帕》杂志社需要一些宣传，她就会和某人睡在一起。在维也纳时，她与艾莉·罗曼同床共枕，而与此同时，弗罗达则小心翼翼地在酒店外的街道上踱来踱去。她曾经和弗罗达、布兰克一起纵欲。然后又和弗罗达、维德一起寻欢作乐。

总的来说，弗罗达在莱妮所有的性交易中都表现得十分温顺。只要能收到一些好处，他就会鼓励甚至煽动这些男女。但当莱妮耍起任性不考虑金钱时，他就没有那么耐心了。他曾把可可·达涅列斯库（一年前自杀的演员）赶出剧院，只因为他也和莱妮睡过觉。

那么，这位亲爱的女孩还和谁没有睡过呢？

我以前从来没有意识到她有多么像奥黛特和瑞秋。但我想，我不再将她比作斯旺了。1935年6月，如果有人告诉我这一切，我会痛苦地尖叫。在那些日子里，我会为不大点儿事而尖叫。但现在我认为，我自己做得不再那么糟糕了——至少在这方面是这样。

---

[1] 索阿雷·Z.索阿雷：戏剧制作人。
[2] 西克·亚历山德斯库：戏剧制作人。
[3] 特奥多尔·穆沙泰斯库：剧作家。

我在这里迟迟未记录最近发生在切拉[1]和卡米尔之间的各种事情。在我看来，这些事情是耸人听闻的，可以加深对他的理解。今天晚上我也不会记录它们。明天或其他时间再动笔，尤其是在此期间可能会有新的细节和某些重量级的事件发生。

---

[1] 即切拉·塞尔吉。

Journal

1935年

1936年

1937年

1938年

1939年

1940年

1941年

1942年

1943年

1944年

1月2日，星期六

这是我第一次写新年的数字：1937。我度过了新年的除夕夜，没有任何情绪，没有绝望，似乎也没有任何希望。

我喝了很多，但没有真正的热情。米尔恰家的聚会相当单调。我们过去常常以更大的仪式来庆祝从一年跨到下一年。这是另一个衰老的迹象吗？

星期四晚上——一年中的最后一天——我很长一段时间以来第一次去拜访了纳埃。不过，这并没有什么象征意义。

我不知道纳埃是否完全失去了对自己的控制。这是一种狂妄自大的攻击，是一种因失败而更加自豪的例子，还仅仅是激烈的神秘主义的一个阶段？在过去的这种场合，我常常觉得他很丰富多彩。现在他开始让我担心了。我在那里度过的整个小时里，他什么都不谈，只谈外交政策。

"那么，你喜欢塞尔维亚人一直在密谋对付我们的方式吗？"这是他的开场白。"当我喊了三年我们应该与保加利亚人达成直接谅解时，没有人愿意听。现在我们让塞尔维亚人与他们达成了协议——我们被抛在了一边，孤独无助。我告诉国王很多次，但他就是不明白这一点。如果我们有一个革命法庭，他会被直接送上刑场。浪费了多少机会！一年前，德国人向我提出了一些非同寻常的建议，我们应该与保加利亚人达成协议。我们会去阿德里安堡[1]为自己建立一个帝国。两年前，我把波兰的王冠献给了国王，但他就是不听。现在我们将被迫无条件

---

[1] 阿德里安堡：土耳其小镇埃迪尔内的旧称，靠近土耳其与希腊的边界。

地附属于德国人。以前我和他们说话的方式与现在他们对我们说话的方式完全不同。我们会白白落入他们手中。"

"那么法国怎么样呢?"我胆怯地问。

"法国也将与德国结伴同行。我对德国人说：你们必须和法国人做交易，否则就行不通。然后沙赫特[1]就去了巴黎。听着，我会告诉你一些让你大吃一惊的事情。但要小心：下面的话只能是你知我知，不可外传。我为法国人与德国人谈判；我是授权这样做的。你知道是谁给我的授权吗？莱昂·布鲁姆。只是莱昂·布鲁姆现在的境况并不太好。但是，当达拉第政府成立时，一切都会立即解决。看，我这里有一封达拉第来的信。当他成为总理时，我将前往巴黎。"

1月8日，星期五

锡纳亚

从星期一晚上开始，我就一直住在罗曼的别墅里。这是一座华丽的房子。一开始我觉得它既奢华又平庸，但现在我开始和它交上朋友了。我想我可以在这里度过一生。只是我将在星期天离开——然后回到布加勒斯特。在那里我感到自己会找不到方向的……

我到这里来就是想在这里写作，但进展并不顺利。前天，在大约四个小时的工作中，我勉强写了三页左右——甚至在这短短的几页纸上就布满了涂抹痕迹。从那时开始，就一字无写了。我的写作困难确实困扰着我，我非常羡慕米尔恰这样多产的作家。我的笔只要碰到了纸就会遇到那么多的障碍、那么多的疑虑、那么多的踌躇。小说不是这样写的。此外，我不得不承认，小说不是我创作的主线。我可以写出以反思、遐想和独白为标志的微妙事物——但我发现在角色之间穿

---

[1] 哈尔马尔·沙赫特：1934至1937年任纳粹德国经济部部长。

梭并让他们继续他们的生活并不容易。

昨天在山上散步时,我想了很多。我有点缺乏自发性,这是其他任何品质都无法弥补的。我写的东西有点图表式的、线性的和抽象的,即使作品是优雅的而且充满了情感(因为我十分多愁善感)。所以我可以用私人日记的语气创作两百页长的故事,但这不是小说。我也认为,由于有许多标准的例程可以帮助我,所以剧本创作我可以写得很好,因为我缺乏的就是想象力。此外,舞台的距离相对要短些……如果我不是犹太人,而且我的戏剧可以上演,我很可能会成为一名"戏剧家",仅此而已。不过,就目前而言,我第一个戏剧的经历就已经足够了。

至于我已经开始写的那本书,我还没有一个清晰的画面。一开始,我只有一个模糊的、高度模糊的轮廓和第一章的清晰计划。除此之外,我什么也看不见,什么都不知道。我希望随着我的写作,细节会变得更加清晰。但是我觉得向前推进很难!我还有很多其他工作的责任!谁知道我会被这本无足轻重的书耽搁多久,我想它可能在今年春天出版!我缓慢的工作节奏总是破坏掉我最好的文学项目。尽管如此,我还是会努力在布加勒斯特开始工作(不再外出,下午勤奋工作,晚上明智地工作)。时不时的,我会去布雷亚扎或锡纳亚休一个短暂的工作假期。

1月9日,星期六

我的第一天滑雪。我从没想过会这么容易。尽管我认为我永远不会操作我的滑雪器具,但我感到一种幼稚的虚荣心被安装在滑雪板上,体现在我离开布加勒斯特那天即兴采购的完美的标准滑雪服装中。这看起来很像电影中的镜头。

前天在普雷代亚尔,我们在马诺洛维奇的别墅停留了几分钟,我很害羞地要求给予详细的指导（那里有很多人已经滑雪多年）。有人问我要不要学："你害怕吗？"

我没有拐弯抹角，很坦率地回答："是的。"

"那么，你永远学不会的，"他回答，打断了我们之间的对话。

不过，我确实是磕磕碰碰地学会了滑雪。我相信我滑上几米就会摔倒，我暴风雨般地（是的，我喜欢说暴风雨般地）滑过了皇家羊圈的美丽斜坡——而且，有趣的是，我并没有跌倒。然后我完成了许多其他令人眼花缭乱的"惊险壮举"。回来路程的大部分时间我们都踏在滑雪板上一路下坡。我经常摔倒，这是真的，但第一天的末了，我已滑得相当熟练了。

温蒂是我的指导。她说：

"好极了。你很有天赋。"

我为有这样的好成绩感到受宠若惊，并不感到羞耻。这种心态是从老师的办公桌上对我的客观评价而传下来的。

多么快乐的早晨！生活还是有些话要对我说。

1月15日，星期五

于布加勒斯特

自从星期日晚上回来后，我的个人生活就没有任何波澜。

这本书的写作没有进展，还留在原处；我今天晚上会尝试重新开始工作。

我没有去拜访任何人。什么也没有发生。

莫塔和瓦西里·马林[1]死于西班牙。我很难与米尔恰谈论这件事。

---

[1] 莫塔、瓦西里·马林：西班牙内战中站在佛朗哥一边的铁卫军领导人。他们的死被铁卫军用作主要的宣传内容。

我感觉到他正在哀悼。就我而言，当我想到所发生的事情，我感到很难过。在他们的阵营中，盲目追随的比欺世惑众的更多，也许也比冒名顶替的更有诚意。但是，这些追随者怎么可能没有意识到他们的可怕错误，他们的初级原始的错误呢？什么样的异常过失能够用来解释了它呢？

我已经有两星期没见过玛丽埃塔了——我现在也不急着要见她。她一直在进行反犹太主义的攻击。虽然我自己没有亲眼目睹，但格奥尔基向我详细讲述了她的行为："要怪就得怪罪于犹太鬼，"玛丽埃塔高喊道，"他们从我们口中夺走面包；他们剥削并扼杀我们。他们应该滚出这里。这里是我们的国家，不是他们的。是罗马尼亚人的罗马尼亚！"

总有一天我会冷静地向她解释为什么一个有这种想法的女人完全不适合担任我剧中的角色。

1月18日，星期一

霍尔班[1]昨天被火化了。难以置信他真的死了，我在大街上再也不会见到他了，也不会在音乐厅看到他。

也是在昨天，收到一封布莱切尔的来信——一封类似"遗嘱信"。信中给了我在他死后关于处理他的手稿的各种指示。他觉得死期已经非常接近。我十分艰难地给他回了信。

星期六晚上，我在锦绣公园和卡米尔待到两点。我们谈到了莱妮以及"我们过去的苦难"。

星期天早上，有人来电话。电话里传来一个女人的声音：

---

[1] 安东·霍尔班：小说家。

"我要感谢你向我推荐了《伤痕累累的心》[1],我也是根据你的推荐阅读的。"

她不会说她是谁。

"就这样。我只是想谢谢你。"她挂断了电话。

1月30日,星期六

锡纳亚

回到了锡纳亚。我今天早上到达的。迪努·诺伊卡在车站等我(他那绝世的娇柔,他那流畅的姿势,他那有条不紊的言谈,真是令人钦佩。相比之下,我觉得自己草率、粗俗、麻木……)。

我在公园对面租了一间房间,简陋但干净宜人。我想待到星期三——最重要的是我想写作。这就是我来这里的原因。但我能做到吗?这样安排会有用吗?

1月31日,星期日

雪轻轻地飘落,十分美丽。这是滑雪的理想天气。但我不会允许自己参加星期日的滑雪的,除非我大量地工作来赢得所需的时间。

昨天我写了一个下午,今天早上我也在写作,但进度很慢。每个句子都需要花费很长的时间。我不知道是我太懒了还是太严谨了。我真希望自己能有点任意的游走,给自己一些空间,让自己随波逐流,这样我就不会总是盯着自己所做的事情,回顾和仔细计算要走的每一步。如果按照这个速度继续下去,我需要一年的时间来完成这本书。此外,我不应该忘记,能挤出这四天来投入写作是极其不容易的。我

---

[1]《伤痕累累的心》:马克斯·布莱切尔的小说。

也不应该忘记我现在仍在创作熟悉的第一章。对这一章我进行了很多详细的思考。当我进入到茫然不知的小说的其他部分时，我该怎么办呢？

我不知道。我非常希望它能够在4月底的"书本节"出版，但我不敢相信这能做到。我可以看到自己在今年夏天仍在为此伏案写作——并再次被迫推迟其他项目……

别再让我们过多地发牢骚和呻吟了。我很高兴能离开布加勒斯特，度过这短暂的假期。我独自一人，但我仍然能尽量地保持快乐。

2月1日，星期一

我不知道我是否有理由参加今天早上的滑雪。不管怎样，我允许自己这样做了，我并不感到任何后悔……

我在欧普勒山上。这里的滑雪区比羊道小得多，而且坡度也平缓得多。我不再有头晕目眩的感觉。一切似乎都不像一开始滑雪时那么梦幻。但我仍然如同孩子一般，有一点成就就可得到满足。

至于工作，我昨天写了六页多纸，花了正好七个半小时。当然，这不是我的最高纪录，算是平稳和正常的成绩。今天下午我当然还会写。但随着我在办公桌前花费更多时间，我意识到这将会是一个漫长的过程。我必须停止提前为自己设定最后期限和时间表。唯一明智的计划是以稳定的步伐前进，而不考虑什么时候能够完成。无论如何，我认为今年春天把这本书写好是无指望了。

2月2日，星期二

今天早上，我被为《记者报》写的评论（我担心自己对德姆·特奥多雷斯库太苛刻）和为《独立日报》[1]写的文章冲昏了头脑，但整个下午我工作到八点钟，然后从九点半开始一直工作到午夜，一直不停地工作在字里行间。即便如此，一天的收获也是少得可怜：只有三页。实际上连三页都不到。

我真的对自己很生气。写得这么慢是不可接受的。坐在桌前几个小时只是描述一个手势也是不可接受的。我永远不会更轻松、更流畅些吗？以我现在的速度，天知道我什么时候才能写完一本两百页的书。我想到现在我还没有写完二十页。

2月5日，星期五

星期三晚上我从锡纳亚回来。我对我的工作成绩感到满意吗？是的，在某种意义上说，是的。到现在共写的二十页当然不算多，但足以让我觉得是"破冰了"。现在我知道，如果我有系统地工作四十天左右（人们在法庭上称为"自由日"，但我并没有包括不可避免的休息时间），我就能完成这个小故事。这个故事，我开始看得更清楚了。我也开始对发生的事情感兴趣了。而一些意料之外的小事，随着事件的进程，确实是在自己身边"发生"的。也许它最终会出现在一本不至于让我感到尴尬的小书里。

故事一个可能的标题是"事故"。这个标题不是太令人回味，但我从来不擅长选择标题。

昨天晚上有一个克罗伊茨贝格舞蹈节。我无法完全评估它的价值，因为必须有一整套技术最终才可能成功地取代灵感、情感和天赋。

---

[1] 全称是《罗马尼亚独立日报》，塞巴斯蒂安以弗拉米姆斯的笔名为其撰写音乐评论。

但那个家伙看起来很了不起。我认为这个节目包含了来自《小夜曲》的浪漫故事，这是一个令人高兴的巧合。他的舞蹈极其优雅。我想到了我的戏剧——在克罗伊茨贝格的舞蹈之中，我看到了我希望以节奏和风格实现的目标。

克罗伊茨贝格有一些奇怪的天赋：他一会儿是哑剧演员，一会儿是体操运动员，一会儿又是真正的小丑。有时他让我想起了格洛克。但在《提尔·奥伊伦施皮格尔》中，他是布鲁格尔的代表人物。

纳埃·约内斯库在一个包厢之中。演出中间休息时我们聊了几句。上个星期他在华沙和利沃夫为学生做了几次讲座。他向他们讲述了新的罗马尼亚。他是这样说的，他认为，扬·莫察的牺牲在于他前往西班牙"不是为了战斗而是为了死"。

他的包厢里还有一位巴黎记者——奥黛特·阿尔诺。她来罗马尼亚是为了写一篇调查文章。我约好明天早上去见她，因为她希望有一个采访面谈之类的谈话。

纳埃向她讲述了自己的房子。他称之为"布加勒斯特最好的房子"。他告诉我们，他为他的房子买了佛罗伦萨的家具，还从某个地方或其他地方带来两个喷泉……在所有这些赞美之中都有一些生硬和炫耀的成分。我知道其中还有不少幼稚，而且我认为也有一点粗鲁。尤其是在那个巴黎人的陪伴下，我尤其感受到了这一点，她是如此谦虚和亲切，并不想成为……

2月12日，星期五

前天我和拉杜·奥尔特亚努[1]和贝努去了一家咖啡馆。拉杜非常认真地认为，不能排除未来几天发生铁卫军政变的可能性。他认为，

---

[1] 拉杜·奥尔特亚努：律师。

在布加勒斯特为莫塔和马林的葬礼而动员的铁卫军，全副武装，受禁食、盛大仪式和游行的鼓动，很有可能将权力掌握在自己手中。布加勒斯特驻军——其年轻军官至少已经"军团化"了——不会进行任何抵抗。

我并没有把拉杜的恐惧当回事。但我确实把这些记下了。如果不考虑其他因素，这至少是一种症状。

纳埃没有去讲课，这无疑是在表示哀悼。明天米尔恰也不会讲课。

2月14日，星期日

锡纳亚

再次来到了锡纳亚。我今天早上到了，但我想我在这里待到不会晚于星期二。况且我的文学期望值一点都不过分：我要完成第一章。即使到现在，第一章还没有写完，因为自从我上次来锡纳亚逗留以来，我还没有写过一行字。

除此之外，我还想稍稍去滑一下雪——把布加勒斯特忘掉。

2月16日，星期二

今天早上我已经坐罗曼的车回到了布加勒斯特。昨天一直忙于滑雪。早上三个小时与罗曼先生和莱雷亚努小姐[1]在一起，下午四个小时与西娅在一起。

（我不会写任何关于西娅的东西。那是最简单的爱。但我对待女人的方式非常严肃。）

下午的滑雪运动非常考验人。我摔倒了好几次。在回来的路上，

---

[1] 安杰拉·莱雷亚努：罗曼的办公室秘书。

我摔得很厉害——遇到了几米宽的冰面——我裤子的膝盖处被撕裂，受了点轻伤，就像小说第一章描写的一样。

至于小说，我羞于记载，因为我的确什么都没做。

2月22日，星期一

布加勒斯特

我离开锡纳亚时对迪努和温蒂[1]感到尴尬。我认为在星期天，同样在星期一的夜晚青春冲动太强，太轻浮了。当我和西娅一起躺在沙发上，又亲吻又拥抱时，我一脸愚蠢的样子，就像一个十八岁的男孩去电影院抓他的小调情者，或者更糟糕的是，那个小调情者和她一起躲在一个友好而隐蔽的房子之中。

迪努和温蒂是我们的东道主，但我让他们陷入尴尬的境地，让他们庇护了一个与他们朋友的妻子建立了"无赖"关系的人。一切都不清楚：一半是开玩笑，一半是亢奋的快乐。这对三十岁的人来说有点太掉价了。

我认为这都是我的错，我有点为自己感到羞耻。另一方面，我很能理解西娅，因为她与一个粗俗冷漠的丈夫吵架后在锡纳亚独自待了四个星期。为什么她不应该接受一个男人的友谊或求爱（甚至是一次冒险）——出于文学或其他原因——她已经开始对这个男人产生某种好奇？星期一晚上，我们在她家门前告别时她吻了我。我既没有要求也没有预料到能有这样的吻。这个吻再也不可能成为继续开玩笑的借口，因为当时那里只有我们两人。可能对她来说，我途经锡纳亚是一段可能恋情的开始。这就解释了为什么前天早上八点钟时，她从锡纳亚给

---

[1] 康斯坦丁·诺伊卡和他的妻子。诺伊卡是一名记者和哲学家，后来成为铁卫军的坚定支持者。后来在极权主义政权下，成为了一个反对派的创始人。

我打了电话，祝我早安。这个电话让我感到心里甜蜜蜜的……

我以为事情就这样结束了，我也不认为它有那么重要，使得我得在日记中做详细记录，但是昨天晚上与迪努的谈话出现了。我在锦绣公园和他一起吃饭，听了一个在很多方面都是在揭短亮丑的忏悔。我当然无法捕捉到他所说的所有犹豫、引申含义和细节：我将简要总结一下他所说的话。

他所说是这样的：

2月13日星期六，一直在小心翼翼地向西娅求爱的迪努出发前往西娅的别墅，但在途中决定不进她家。使他决定止步的有两个因素：一，原则上有不忠于温蒂的意图，即使他们之间是自由婚姻；二，莫塔和马林的葬礼当时正在布加勒斯特举行。这个仪式对他来说如此庄重，他不能在同一天允许自己如此轻浮。但是西娅当时就站在她家的窗前，看见他从门前经过。于是她喊出声来，他进屋来了。一进房门，他就忘记了这两个道德障碍，并试图亲吻她。西娅拒绝了他。他离开时感到沮丧，原因与其说是被拒绝，不如说是他自己的软弱感。在葬礼当天，他尝试着如此轻佻的冒险（他告诉我，他是带着感情投入了这次冒险的），这对他的荣誉来说是一个污点。

2月14日星期日。温蒂去了普雷代亚尔，而西娅独自一人。迪努决定那天下午去西娅家，重新开始他前一天未能完成的尝试（也许会取得更大的成功）。可是到了十二点，有人敲门。那人进来，装出了出人意料的样子：那就是我！对他来说，我是一个受欢迎的人，而不是一个不合时宜的访客。他立即瞥见了自己内心中道德辩论的解决方案。他会千方百计将西娅投入我的怀抱，不管怎样都会试图点燃西娅和我之间感情的可能性。通过这种方式，他将再次成为一个自由人，以最明确的方式否认了他放弃的冒险行为。吃饭的时候，他告诉我，他与温蒂住在一起的道德问题——但他讲的大多数我都搞不懂。一个小时后，西娅从她正在吃饭的餐厅打来电话，然后走进屋来拥抱了我。后面的故事我们都已知道了。

比尔·维茨林去世了。他今天被安葬在布勒伊拉。他又高又帅，总是让我觉得他精神矍铄——一个因为他的存在而让你高兴的人。不止一次，我觉得与他相比而无地自容。可怜的家伙走了。

在星期五纳埃的演讲（关于太空的重述）之后，波塞斯库在教职员工活动室对他说，一些最近的理论似乎证实了他在演讲中所说的观点。我没有仔细听他们的谈话，也不太确定问题的本质——但突然间，纳埃高兴地转向我，对我说：

"你看，塞巴斯蒂安先生，这就是为什么希特勒是对的。"

昨天去了卡罗尔家。卡罗尔几天前摔断了腿，腿上打上了石膏。我在他家与卡米尔进行了一番反犹对话，发现他比以往任何时候都更加反犹了。

2月23日，星期二

今天早上八点，电话里传来一个女人的声音。
"我是西娅的姐姐。西娅让我告诉你，她已经回到了布加勒斯特。"

2月25日，星期四

昨天晚上，我们家有一个小聚会。参加的人有米尔恰、尼娜、玛丽埃塔、哈伊格、玛丽斯、格奥尔基、莉莉和迪努。

我不知道这会不会是我最后一次能邀请他们来我家。形势变得越来越痛苦。我觉得我无法忍受自从他们倒向了铁卫军以来，为了我们的友谊而不得不口是心非的状态。米尔恰最近在弗雷梅阿出版社发表的文章越来越"铁卫军团味"。我避免阅读其中的一些文章。我最后读的一篇是在今天早上，尽管这篇文章是在上星期五发表的，而且每个人都在和我谈论它。

与一批拥有一系列相同的异己之见的人士建立友谊是否可能？这种异己之见如此敏感，以至于我刚刚走进门，他们就会突然之间因羞愧和尴尬而沉默不语。

我已经有十天左右没去过米尔恰家了，也有一个多月没去玛丽埃塔家了。也许我们之间不会出现风雨如磐的告别，而让事情随着时间的推移自行破裂。……我将不得不再次阅读一下《我是如何成为流氓的》一书的最后一章。

在《清晰思维》杂志的最后一期中，伊奥尔加赞许地翻译了我为《独立日报》（与佩特雷·贝卢合作）的一篇短文——毫无疑问，他没有意识到这文章是我写的，因为文章的署名是"弗拉米姆斯"。所以这个文章的作者成了弗拉米姆斯，译者为尼库莱·伊奥尔加。相当迷惑人的情况。

在同一期的下一篇文章中，一位普通记者把塞尔吉乌·丹、卡米尔·巴尔塔扎尔和米哈伊尔·塞巴斯蒂安描述为"那些心灵的腐败者"。

3月1日，星期一

昨天和前天，与吉奥卢夫人一起在罗马。布莱切尔离死亡越来越近了。我不知道这会持续多久。现在他患上了新的脓肿，需要刺破或任其自行破裂。整个情况很糟糕——但是，就像上次一样，我发现这种状况变得可以忍受了，逆来顺受。我的意思是，对其他人来说是可以忍受的，但对他来说却不是，因为由于痛苦，他的脸部一直在扭曲。

至于吉奥卢夫人，我不知道该怎么看待她。她能去罗马的事实在某种程度上证明了她并没有我想象的那么轻浮。

星期五晚上，斯图加特广播电台播放了一部贝多芬的作品。这一作品我以前一直不知道它的名称：《合唱幻想曲（作品80）》。第一部分与他的一首钢琴协奏曲颇为相似，而结尾副歌部分的出现则给人以惊喜的效果。整部曲子非常漂亮。

3月2日，星期二

在米尔恰家与米尔恰进行了长时间的政治讨论。无法概括。他的言语抒情，含糊不清，充满了感叹句、感叹词和粗鲁的言论……我会从他（坦率的）声明中得知，他对铁卫军充满激情，他对它寄予厚望并期望它取得胜利。伊万·沃达暴君、勇敢的迈克尔、斯特凡大帝[1]、伯尔切斯库[2]、埃米内斯库[3]、哈吉德乌[4]——所有这些人在他们的时代都应该是铁卫军战士。米尔恰将他们称为一个整体！

同时，我不能否认这种说法很有趣。在他看来，昨晚在雅西大学刺杀特拉扬·布拉图[5]的学生不是铁卫军，而是……共产党人或全国农民党的支持者。就是如此！至于自由派学生戈古·勒杜列斯库[6]（米尔恰讽刺地称呼他为戈古先生）在铁卫军总部受到湿绳子鞭打这件事，一切都做得很好。对待叛徒就应该这样。对于他——米尔恰·伊利亚德——来说，他绝不会满足于鞭打。他非得把戈古先生的眼睛抠出来才行。所有不是铁卫军的人，所有从事任何其他政治活动的人，都是

---

[1] 摩尔达维亚和瓦拉几亚的中世纪统治者。
[2] 尼古拉·伯尔切斯库：历史学家，1848年革命的领袖。
[3] 米哈伊·埃米内斯库：19世纪的诗人，被认为是现代罗马尼亚语的创造者，一个顽固的反犹分子。
[4] 波格丹·佩特里塞库·哈吉德乌：19世纪作家，反犹主义者。
[5] 特拉扬·布拉图：被一群铁卫军学生刺伤的雅西大学校长。
[6] 戈古·勒杜列斯库实际上是共产党的同情者。

民族的叛徒，都应该得到同样的命运。

有一天我可能会重读这些词语，并且无法相信它们总结了［米尔恰的话］。因此，我再说一遍，我所做的只不过是记录他的话，这样就好了。这样这些话就不会被遗忘。也许有一天形势平静下来，我再来给米尔恰读这一页，看看他羞愧得脸红。

我也不应该忘记他如此热情地加入铁卫军的解释：

"我一直相信精神至上。"

他既不是江湖骗子，也不是疯子。他只是天真。但天下也有如此灾难性的天真！

我明天早上要去布勒伊拉，那里的贝比埃和卡洛琳阿姨看起来很悲惨。

3月7日，星期日

星期三晚上从布勒伊拉回来时，我在桌子上发现了一张纸条："莱妮·卡莱尔小姐打电话来，让你一回到布加勒斯特就给她去电话。"当然，我没有给她打电话。但在星期四晚上，我在里贾纳玛丽亚公园的开园之夜见到了她。

"我以为你是个有礼貌的人，塞巴斯蒂安先生。"

"是的，莱妮·卡莱尔小姐，但我今天很忙，没有空闲时间。"

她当然明白在我诙谐的礼貌之下有多少冷漠，要理解这点并不难。

聊了几句话后，她说出了她想要我做的事情——能不能在这个星期六晚上为她、弗罗达和西克·亚历山德斯库讲戏。我同意了，但有两个条件：一，我有绝对的酌情权；二，如果我没有空，我有权取消讲戏。

我很高兴成为有保留权利的人。

所以，昨天晚上我终于给她讲戏了，但我觉得感情成分要比去年夏天或秋天少得多。也许没有丝毫的感情色彩。对她有隐含意义的台词，我没有做任何强调。我没有去看她，没有默契地微笑，也没有在她心中激起温柔的情感。在这包含着如此多情感伙伴关系的讲戏中，我没有一刻在心里接受她作为我的伙伴。

我就像在听戏小组面前一样把戏讲完了。如果可能的话，他们想在今年春天4月公演这出戏。我不知道这是否是一个可以接受的安排。它能保证我有多少场晚间演出？最多三十场吧。这样，在演出季结束时很难取得巨大的成功。最好把戏留到秋天，在11月上演，一直演到圣诞节，并在冬天结束时进行巡回演出。这无疑是最好的解决方案。如果开演时间推迟到11月，并能提前获得三万列伊，我会全心全意地支持他们进行演出。

我们就选角发生了争执。他们建议启用隆格努。我是如此回答他们的：

"让隆格努上演，没门！就算是这出戏九十九年没法上演，我也不会把这个角色给他的。"

最后我们就选择弗拉卡达成了一致。我认为这会给我一个非常出色的演员阵容：莱妮、弗拉卡和蒂米克。对于杰夫这个角色来说，最近有一个新发现：米尔恰·阿克森特。他似乎很适合这个角色。

我被他们对讲戏的反应逗乐了。每讲一次戏，我都会发现，要从自己的错误或质量的瑕疵中得到启发是多么困难。每个人看待这些问题都不一样。扬科韦斯库认为第二幕是最好的，而其他人认为这是最糟糕的。在第三幕中，扬科韦斯库要求我删除科瑞娜和斯特凡之间的争论，理由是它听起来太"假"。而弗罗达要我删除的是"梦境"。在弗罗达看来，让扬科韦斯库印象深刻的事情似乎都是情绪性的。我只能笑着听他们各抒所见。他们各自都带着同样的自信心，相同的专家级的确认感，只是他们说的话完全相互矛盾。我应该听谁的呢？到头来，我想我只该听我自己的。

不管怎样，我不再把我的戏的命运当回事了。到现在它拖的时间太长了，我已无法对此感到兴奋了。我只从金钱的角度来看问题。我很高兴能得到一大笔钱，这样我就可以：一，替妈妈还债，最终结束那个噩梦；二，度过一个安静的假期来完成我的小说；三，及时支付房租；四，给我的衣柜补充一点点；五，给自己买些家具。

也许我有这么多的期望太天真了。但当我说我没有其他（"艺术性的"）野心时，我认为我对自己很坦诚的。我很清楚自己应该坚持什么。

但是这部剧真的很让人头疼，并非处于一个简单、明确的情况之中。昨天晚上我去了莱妮的公寓。我们非常详细地讨论了在他们剧院上演的可能性。但是今天午餐时间我接到一个电话，……是布兰德拉夫人打来的。这个星期五下午，我还得为她安排讲戏。天哪，谁知这一切会发生什么？

再次见到莱妮并没有我曾经想象的那么危险。现在我知道我该怎样与她相处了。我想我多愁善感的毛病已经治愈了。当她处在弗罗达和西卡之间时，我看着她，不带任何感情，只带着些许嘲讽和某种冷漠感。她和尤金妮亚·撒迦利亚之间没有太大的区别。我会爱上尤金妮亚·撒迦利亚吗？

莱妮的公寓只有一个变化：架子上出现了一个鱼缸。我喜欢看小鱼在水里游来游去。我不禁感到莱妮－弗罗达的公寓中的这个鱼缸多么具有象征意义。

今天的一期《纪念品》传出一个恶毒的谣言，说是鱼缸是西克送的礼物。即使这种说法不是真的，但这看起来似乎是个合理的细节，而且无论如何都相当令人愉快。

不，我不再拿我的"心"在那个舞台小船里冒险了。也许我会以剧作家的身份登上它，但绝不是另一个患有相思病的人。

对纵火犯的审判[1]于昨天开始，所以下两个星期我将被束缚在法院中。在那里我会处于一种完全荒谬的神经紧张状态。为什么我在生活中不能变得厚脸皮呢？

今天早上，我在莫扎特的私人观展上遇到了玛丽·吉奥卢。我刚刚参加了伊姆雷·昂加尔音乐会，在那里我听到了巴赫的前奏曲和赋格曲、莫扎特的奏鸣曲和贝多芬的《热情》。

吉奥卢夫人特别漂亮，散发着优雅的光芒。她戴着一顶宽檐帽，围着一条华丽的貂皮领子。身穿着破旧大衣的我感到很尴尬。

3月8日，星期一

今天早上我在喜剧剧院，一个速记员在等着我口述第三幕。

在经理的办公室里也有一个鱼缸，就像莱妮的鱼缸一样。这些人当然热衷于象征含义。

3月9日，星期二

真正的春天第一天。第一天换上了薄外套。

这也是一种乐趣：脱掉一件厚重的旧大衣，换上一件浅灰色的外套，你认为它看起来很优雅，或者无论如何你都觉得自己年轻多了！

西娅的姐姐纳德勒夫人在菲利佩斯库公园里有一幢华丽的房子。早上，在那里短暂拜访了西娅。西娅人很好，又多情，甚至有点轻率。

整个下午在法院，纵火案的审判仍在进行中。我在那里做什么？我是那里唯一一个不收钱的"律师"，而且可能是唯一一个觉得在那里

---

[1] 此案牵涉到以纵火来索取保险金。

完全在浪费时间的人。已经步入三十岁了，但我仍然不敢说我是一名不加引号的律师。

3月14日，星期日

一个春天的星期天，美不胜收。早上我欣赏了科托特独奏会（弗兰克、拉威尔、德彪西、巴赫），但演奏会后却愚蠢地在卡罗尔家玩了近整整一天的拉米纸牌。我是不是脑残了？

当我苦苦等待着永远不会到来的快乐时，我感到孤独。我想到了，在今天，那些年轻和性感的二十岁男孩会带上他们的心上人共游罗滨逊或马恩河畔的诺让，然后从那里疲惫地返回到春天的巴黎。

从来没有像今天这样，我觉得我的一生是多么的毫无意义。

而且我对写入我日记每一页的任何内容都感到厌恶。

今天只有一件事是要做的，就是和西娅（在城外的某个地方）在一起，不用太多解释就开始做爱。

3月19日，星期五

星期二在布勒伊拉参加了巴巴[1]的葬礼。巴巴是在星期一去世的。那天，她在朝着巴尔多维内什蒂的方向徘徊了一整天后因疲劳而倒下，宪兵半夜时分在铁路上发现了她。她已经九十二岁了。如果她没有迷路，我想她可能会多活好多年。

听到这个消息时我整个人是麻木的，参加葬礼时也没有带情绪。但是一个世界都和她一起走了。我们的整个童年失去了一个主要的英

---

〔1〕 塞巴斯蒂安的祖母。

雄人物。可怜的巴巴：她的寿命真长！所以她失去记忆并不奇怪。

上星期五，在布拉德拉夫妇家讲戏。我很遗憾当时没有及时记下我的印象。现在看来，这些印象似乎太陈旧了，无聊乏味。他们都喜欢我的戏，但多少有所保留。我已厌倦了所有那些层出不穷的观点——无论是来自扬科韦斯库，还是来自弗罗达或是布兰德拉。

我将这部戏暂时搁置一边，没有新动作，没有坚持己见，有的只是一种刻意的冷漠：这是唯一可以采取的态度。

天气很好，但纵火案仍在进行中。它并没有困扰我太多，但这仍然意味着我每天会浪费三四个小时的时间。只等此案结束后，我会快速逃到布雷亚扎或锡纳亚去。

最近有很多音乐。科尔托演奏的《F小调协奏曲》和伊格纳兹·弗里德曼演奏的《E小调协奏曲》——两曲均由肖邦创作。然后，又是科尔托演奏的所有前奏曲、一首夜曲（布勒伊拉广播电台播放的《降E大调"我们的"夜曲》）、一首谐谑曲、一首幻想曲、《B小调奏鸣曲》、三首华尔兹——一部完整的肖邦独奏曲。

德彪西的《儿童园地》，拉威尔的奏鸣曲，弗兰克的《前奏曲、圣咏与赋格》。

昨天晚上在爱乐乐团，蒂博演奏了勃拉姆斯的《小提琴协奏曲》（此曲我感到越来越熟悉），亨德尔的《大协奏曲》之一，以及贝多芬的《第七交响曲》。

最近几个星期还有很多其他乐曲，可惜我没有记下来。

3月21日，星期日

今天早上在雅典娜宫。这里有一场蒂博与爱乐乐团的音乐会：莫扎特的《D大调小提琴协奏曲》(带有短暂的忧郁慢板)、肖松的《音诗》和贝多芬协奏曲。

我与莱妮在一起。她优雅得足以让我觉得她很讨人喜欢,但瞬间又被遗忘得足以让我不至于得意忘形。简而言之,她对我来说并不是那么重要。

在玛丽斯家吃了午饭,然后去弗洛里斯卡参加小跑比赛。春天的一日,无所事事的一天。

3月25日,星期四

布莱切尔昨天早上来到了布加勒斯特,住在圣文森特德保罗医院的十五号房间。他来这里是因为脓肿。即使在罗马医生进行了两次屠夫般的穿刺,但脓肿仍然没有排出。

他告诉了我有关他的火车旅程。这让我不寒而栗。他们是天黑后离开家的。那时月亮已经升起。他们穿过空荡荡的街道,遇到了铁卫军的士兵。这些人看到移动的担架感到惊奇。到了车站后,他们在站长办公室等候,然后从窗户中把担架送进火车。他们是在早上到达了布加勒斯特,但搬运工却拒绝把担架从窗户中送出来抬走。

多么可怕的苦难!面对这样的痛苦,一切都变得荒谬而无意义。

他以为自己快要死了。有一次,他决定自杀。他撕毁了他所有的文件和手稿:包括一本八十页的新小说和一本七十页的日记。

我几乎不想为此来批评他。

在那之后,我很惭愧地在这里再谈论莱妮。她再一次变得"柔情似水",但这一次我会坚决地不受诱惑。她是个不错的妓女,但我绝不能忘记她在从良之前只是个妓女。

星期三,米尔恰观看了乔斯芭蕾舞。他告诉科马尔内斯库,他觉得这舞蹈很恶心，因为它有"犹太精神"。他认为这个节目是闪米特人的。

这就是他发现的全部内容。

我们的友谊正在迅速破裂。我们有好几天没有见面，而当我们见面时，我们不再有任何话可说。

3月28日，星期日

上星期五晚上，莱比锡电台播放了《圣马修激情》。我一直担心春天会在我没有听到它的情况下过去。如是那样，没有什么能来安慰我。这个曲子不仅是一种巨大的音乐乐趣，它已成为一种迷信，对我来说似乎是个好兆头。听这个乐曲是极大的享受，但我如今听的时候好像没有以前那么凝重了。我开始越来越熟悉它了。有些段落我会在等待、期待，然后在播放时跟随它们涌动。它不再给我任何惊喜，我也不再带着昔日的胆怯之心倾听。在我看来，一切都比以前更亲密了，不那么拘谨了，不那么严肃了，更加莫扎特式了。再一次，我很高兴在第一乐章中发现了男高音咏叹调："我会在耶稣身旁守望"，以及其他许多东西。

昨天在法院做了一个长长的演讲——一个半小时以上。我有很多方面需要改进，如在态度、语气等方面。我不得不起诉这个案子，但同时我又不想逼人太甚。至少在这方面我认为我成功了。我觉得人们都在听我说话，一个半小时以来，他们的注意力似乎从未减弱过。但也许我错了。听了部分演讲的保罗·莫斯科维奇今天早上告诉我，他对演讲并不满意。他说我演讲时所采用的"讽刺性的友好"的语气不是那个法庭的适合的语气。他大概是对的。他还说，法官们并没有仔细听我演讲。如果这是真的，那就更严重了。

不过，我很高兴能听到他的意见。这让我能更加有自知之明，并防止我因自己的"天赋"而冲昏头脑——尽管我认为我从来没有因过多的自我钦佩而得意忘形。

昨天我去了军事法庭，一些铁卫军士兵因其在卫队总部绑架和折磨自由派学生奥勒良·勒杜列斯库而受审。纳埃·约内斯库作了证人陈述。我从报纸上抄录了他作证时所说的话："纳埃·约内斯库教授在回答瓦西留－克卢日律师的问题时，提出了一个有机体理论。根据该理论，有机体的特殊敏感性意味着他们有权对影响该组织的行动做出反应。

"……作为回答，证人指出，在西方学生中心，如在牛津和剑桥，矫正性殴打通常用于学生社团。

"……作为回答，证人试图从教育的角度为殴打辩护，说他本人经常受到殴打，而且事实证明这是有益的。"

星期四晚上，爱乐乐团举办了赫尔曼·舍臣的音乐会：有贝多芬的《第一交响曲》、莫扎特的《夜间小夜曲》（令人愉快的作品，但我更喜欢《小夜曲》！）和马勒的《第五交响曲》——一部出色的、意想不到的美妙作品，尽管我担心它会是自命不凡的，夸张的和荒谬的。

4月4日，星期日

在法庭上度过了筋疲力尽的日子。这种疲劳与其说是体力支出所致，不如说是因为神经紧张所致。

博格扎的被捕[1]真的让我感到震惊。在我看来，这似乎是一种疯狂的行为。一旦事情得到解释，这种行为就会过去。我确信他在警察那里待一晚上后就会被释放。追赶报纸编辑、不停地打电话、开着车四

---

〔1〕 杰奥·博格扎因他写的一本书的内容而被指控传播色情内容。

处奔波——这一切都让我很沮丧。我再次感到，我那庸人自扰的气质是多么可悲。

与预审法官（来自第七办公室的康奈尔·斯坦内斯库，一个自鸣得意、引起道德愤怒的人）的谈话让我用力寻找想表达的词语，说不出话来。我试图说服他，并读了博格扎的一些不那么敏感的诗，但没有一种方法有任何效果。这种人要不是在盲目地服从命令，那就是白痴的残忍。也许是我如此激烈地与他交谈，让我丑相百出。不管我如何努力，他只是一笑而过。

第二天，依然维持逮捕令。我意识到我说话时带有的感情因素太明显了。律师不应该自我卷入案件之中。但如果没有激情，我能做事吗？能够做任何事吗？

此外，我不需要责怪自己。无论如何，这肯定是个要输的案子：如果逮捕令得到维持，那只可能是因为有人下了命令。看一下其他律师，如V.V.斯坦丘，尤其是I.格·佩里埃塔努。他们在陈述案件时表现出更大的超然态度——但案子仍然输了。在这样的审判（指的是法律审判，更不用说对其他罪的审判，如呼唤上天报复的罪孽）中失败足以让你永远厌恶法庭。不过，就我个人而言，我不需要任何其他东西来让我感到厌恶。

与其说是确认逮捕，不如说是法官的态度引起了我的愤慨。一直以来，普乌·伊斯特拉蒂的脸上都带着嘲弄的怀疑笑容，看上去就像是终日泡在小酒吧的人那样心不在焉。我觉得，不管我们怎么去争辩，判决已经提前确定了——是由他板凳上的位置、由他敏感性的缺乏、由他的积非习惯和他的冷漠来决定的。世界上有什么力量可以震撼官僚思想的法官萎缩的良心呢？想一下博格扎的自由竟掌握在这些人手中！他们却代表的是国家、宪法权威、正义、道德、真理……

可怜的博格扎！他当然不知道正在发生的任何事情——他是如此天真，如此孩子气，如此无知！

我曾经认为，与我背景相同的人在这些问题上是不会有分歧的。一旦达到敏感的门槛，某些事情就会被理所当然地接受。可是，我今天吃午饭时多么震惊地意识到米尔恰·伊利亚德却站在普乌·伊斯特拉蒂一边，而不是博格扎一边！

首先，（米尔恰说）博格扎不是作家。他甚至不是作家协会的成员——他更像是一名记者而不是作家。其次，他的诗歌是色情的和病态的。

"我为什么要为博格扎被捕而强烈抗议呢？"他喊道。"他被逮捕了？那又怎么样呢？他将在监狱中关上一个月，也就结束了。真正严重的是，那些年轻人正在被判处十年徒刑……"

"哪些年轻人，米尔恰？"

"那些民族主义的年轻人。是的，他们正因为信仰而受到了不公正的待遇。为了什么？只是因为他们打了奥勒良·勒杜列斯库的屁股几十下？在牛津和剑桥，学生们对有机体有着敏感性……"

我无法忍受听他要说其余的部分。这不仅因为听到他很愚蠢地逐字逐句地重复纳埃的话语，而且因为他的思想正屈服于陈词滥调，这使我不寒而栗。

我阻止了他。

"米尔恰，老伙伴，我想我们应该换个话题。今天是星期天。我已经有四个星期没有见到你了。让我们谈点别的，否则我觉得我们的午餐会吃不完。那就可惜了。"

我们确实改变了话题。

但在这种情况下，友谊还可能保持吗？

今天早上在雅典娜宫举行了一场布斯塔博的音乐会，有一位十六岁的美国女孩身着背部较大的洛拉·博贝斯库类型的白色连衣裙。音乐会演奏了塔尔蒂尼的《D小调协奏曲》、贝多芬的《C小调奏鸣曲》、拉罗的《西班牙交响曲》和席曼诺夫斯基的《夜曲与塔兰泰拉》。

昨天晚上，里昂P.T.T.电台播放了莫扎特的《巴松管协奏曲》。

星期五晚上，一场费纳曼独奏会，演奏了洛卡特利的《奏鸣曲》、贝多芬的《奏鸣曲》、福雷的《梦后》、阿尔贝尼兹的《探戈》、弗雷斯科巴尔迪的《奏鸣曲》。

星期四晚上，演奏了由佩尔莱亚指挥的布鲁克纳的《第七交响曲》。

上星期，当然，我没有关注任何文学作品。但我确实有一个小论文的想法，我可能会在未来的某个时候写一篇：《论剧院的平庸》的文章。

丹尼斯·阿米尔的一部戏剧（《我的自由》）和我对戏剧的各种想法让我再次看到戏剧作为一种流派是多么贫乏、多么传统、多么有象征含义、多么浅薄和平庸——至少三幕的"心理"戏剧是这样。

10月18日，星期一

布加勒斯特

今天在回家的路上，只要一想到它，我的心就怦怦直跳——这无疑是荒谬的，但我可能永远无法摆脱，那就是，我可能会得到一个从巴黎寄来的包裹，里面装着我丢失的手稿。[1]

我无法消除希望这个噩梦结束的幼稚愿望。我无法说服自己我真的永远失去了那个红色的文件夹，以及里面的一百一十一页手稿。所有的这一切仍然那么生动，仍然呈现在我的内心。……我不能让其离去。我不敢相信这是真的。昨天我打开我离开时锁上的抽屉，突然想到在其中一个抽屉里我会看到红色文件夹和黄色笔记本。也许在那里找到它们真的不会让我感到惊讶。而现在，当我写下这段日记的时候，我觉得它们就在我房间的某个地方，在书架上的书本之中或者在我桌子

---

〔1〕 一个月前，塞巴斯蒂安在巴黎丢失了他的小说《意外》的手稿。

上的一堆文件之中——而我只需要看看，它们就会在出现在我的手中。

每当我想起我第一次注意到行李箱不见了的那倒霉的一刻，我都有同样的沮丧，同样的拒绝相信它的感觉。这看起来很荒谬、荒唐、可笑——我很理解为什么那天晚上面对着灾难，我竟大声地笑了出来。而现在我又要笑了。

我将我现在的情况与两个月前的情况进行比较，我只能为崩溃深感遗憾。我已失去太多太多，而我能失去的又太少太少。

旅行的失败，小说手稿的丢失，从排练中撤下的戏剧，可能会永远不再登台。我面临的将是一个富有的秋天，一个拼命干活的冬天。我曾怀着好奇心期待着如此多似乎肯定会发生的事情，而现在我不再期待任何事情了。我所剩下的只有罗曼的办公室，为《独立报》撰写的文章，以及对清醒和意识的厌恶，对饮酒、昏睡和忘却的可怕渴望。我觉得我已陷入穷途末路了。世界上没有人能为我做任何事。我已没有什么深深的理由活着，以至于像发生如此之事（对于其他人来说，在不同的情况下，这将是痛苦的，但不会是灾难性的）成为了我思考死亡的理由。

而今天是我三十岁生日。

10月20日，星期三

星期六晚上，我、莱妮和弗罗达出门了，先去了啤酒战车餐馆，然后又去了旋律餐厅。我喝了很多，故意的。（我想一直喝，这样就可以忘记……）

在旋律餐厅，当我们三个人谈天说地时，我的手正在桌子底下"感受"着莱妮。她不仅"让那些动作得以完成"，而且小心翼翼地帮着我。整个晚上我都把手放在她的大腿之间。我注视着她，但丝毫没有让她露出马脚。她一直那么健谈、开朗、专心、愉快和自信。她的丈夫就坐在她身旁。她看着他的眼睛。这是我两年来就像爱宠物狗一样所爱的女人。

我也终于认识了莱妮，这个迷人的小荡妇。当然，在此之前，除了我以外的所有人都知道这点。

我的戏剧很有可能不会上演。剧院没有理由抗拒反犹太主义的压力。民族的良知绝不允许米哈伊尔·塞巴斯蒂安的戏剧出现在布加勒斯特的舞台上。好吧，没什么关系：福多尔·拉斯洛，皮乌斯·费克特，或弗朗茨·莫尔纳尔的剧本已经够多了。

萨恩–久尔久对卡米尔说："我手下有五千长枪手，我一刻也不会允许塞巴斯蒂安的戏剧演出。我已经将我的决定通知了导演西克。"

目前我还没有完全搞清楚把我的戏剧从节目单中删除的因素。我认为不论是萨恩–久尔久的威胁，还是约尔加在报刊上发表的文章都不能给出充分的解释。一定有一整套诡计。但我没有耐心或毅力来澄清背后的操作。让他们进行他们神圣的事业吧。我认栽了。

星期天晚上，我去喜剧剧院看了卡拉吉亚莱的戏剧演出。

科纳比不像今年夏天那么渴望取悦，他用单数第二人称向我讲话[1]。打字员阿克森特带着虚假的关切问我：

"可是你的戏还会上演吗？"

不会，当然不会。如果如今上演的话，科纳比就不会用那种随便的语气跟我说话，阿克森特说话也不会那么不客气。我嘲笑那些可悲的小事，但我不得不注意到它们。

扎哈里亚·斯坦库（通过卡米尔，因为我们彼此之间不说话）向我提供了《罗马尼亚的世界》杂志社的工作。我当然拒绝了。但是，可悲的是，当这样的事情成为可能或有可能发生时，我应该受雇于扎

---

[1] 在这种情况下，这种方式表达了一种轻微的社会优越感，而不是个人的亲切感。

哈里亚·斯坦库。这件事无论怎么说都不荒谬,但我却拒绝了。

卡米尔告诉我他与托马·弗拉德斯库的一次谈话。然后他开始试探:"但是你和托马·弗拉德斯库是怎么回事?"

我不得不提醒他,在1931年,我与托马·弗拉德斯库关系良好。是他(卡米尔)在没有询问或咨询我的情况下,让我卷入了他与弗拉德斯库的争执。

当然,我没有任何遗憾。但是,今天我仍然与托马·弗拉德斯库"剑拔弩张",而卡米尔与他共进午餐,然后用天使般的声音问我:"这是怎么回事?"难道这没有讽刺味道吗?

如果我对这些小事耿耿于怀,甚至在这里把它记录下来,我还不够幼稚吗?

10月23日,星期六

尽管如此,我不能永远坐在那里哀叹发生的事情和我的命运。这里面总有一些犯傻的事,但我只能咽下这枚苦果,继续前进。我什么事都不想做的倾向太强烈了,我应该再耸耸肩,迈过这个坎。

因此,让我们在灾难周围画一个圆圈,看看从现在开始可以做些什么事情。首先,我必须接受手稿永远丢失的事实,不要期望它会出现(昨天晚上在基金会,当我打开门时,我看到乔库列斯库的书桌上有一个包裹,我感到一阵荒谬的颤抖,希望那是我的手稿,我的书)。

我可以重写手稿吗?当我考虑故事的大致轮廓时,我有时会这样想,因为我清楚地记得故事中的一系列事件。但一旦我想到了细节,困难就开始了:我永远无法重新构造这些。我曾为描述一个词、一种含义、一种手势浪费了整整几个小时。如果我试图一个句子一个句子地追忆,我肯定无法恢复任何东西。换一种方法,如果我完全自由地写作,不必忠实于第一版的创作,我总是会觉得如今的创作会远远低于我先前的标准，无法取得任何成就。

另外，如果我对我之前写的五章如此满意，那是因为我能看到它们的发展，而且我对每一个新元素的出现感到惊讶。写一些对你来说不再有任何秘密和兴奋的东西是不是太令人沮丧了？

不管怎样，我还是会努力的。我决心不再在晚上出去，不再浪费任何夜晚时间。今年我将停止收听电台播放的广播喜剧连续剧《第一夜》。要不是《独立报》送来的三千列伊约稿费用，我会放弃去听音乐会的。

我想做一些更乏味且机械的工作。我想，如果我在军队里也许会感觉好一些。

10月25日，星期一

今晚回家的路上，我感到一种不可抗拒的要恢复我的小说的需要。想着至少在第五章我可以马上进行重组，于是我坐在办公桌前一写就写到了三点钟。有些段落我很容易记住，有些则消失得无影无踪。那些无法回忆出来的空白处很令人不安。那些残缺的页面我能很清楚地看到。我能知道什么地方有什么东西，每个句子在页面上的位置（顶部、底部、中间），而且我似乎把握住了句子的脉搏：我能听到它们，我能衡量它们，我能感触到它们的呼吸，然而我却无法把它们写下来。对于那些我只记得残缺不全的每一句话，我能感觉到我正在牺牲的一切，我在失去的一切。

我要做什么？从头到尾、有条不紊地理顺它似乎是不可能的。在现阶段，我会尽量去拯救那些还能被拯救的，也就是还在我脑海里的那些片段，那些我还能找到有生命力的、没有被破坏的片段。然后我会看看如何处理那些仅仅具有大纲价值的页面。

我无法向自己承诺任何事情。这只是一种尝试，并非一种希望。

10月28日，星期四

我刚刚重写完第五章。丢失的版本该章共有三十二页，而现在重写的只有二十四页。由于我没有遗漏任何情节，这八页的差异只能用我丧失的细节来解释，而这些细节我无能为力，也没有办法去回忆。

我感觉好像从火中抢救出了烧掉了一半的几张纸。重新阅读它们既感到羞耻，也感到尴尬。一切都显得枯燥无味、仓仓促促。我会把这二十四页搁置在一边。如果有一天我决定——并且有时间——继续写这本糟糕的书，它们将作为一个粗略的大纲。

明天，我会以同样的匆忙、同样的顺从、同样的缺乏幻想、同样的冷漠，按照它们出现的顺序重新构建其余的章节。

在完成第一项任务之前，我禁止自己制定任何计划或给任何承诺。

10月31日，星期日

昨天晚上在雅典娜宫，当埃内斯库准备再次演奏《阿瑞图斯喷泉》时（他演奏得非常出色，并被观众要求再次演奏），乔马克夫人俯身向我问道：

"你能重复一下你第一次全身心投入的事情吗？"

我正要明确地说一个"不！"字，当我想起这些天来我一直尝试着做但没有成功的这件事，我只能呼喊：天哪，天哪！

11月1日，星期一

有时我认为这种方式仍然有效——这本书最终会被抢救下来。有些段落我几乎能完好无损地回忆下来；其他的段落我又在重写，也许质量要比第一次的逊色。总的来说，我设法重写而且没有造成很大损失的页面是我在旧版本中并不喜欢的中性页面（哦，天哪，我是多么的听天由命！我在开始说旧版本了！）。

但是每当我接近我非常困难地实现的东西，而这些正是我以前非常喜欢的东西时，我的绝望感就会回来。比如，安妮走进酒吧，酒吧中的气氛和装饰，等待的时刻——不，我永远无法带着我第一次在舒勒山[1]上感受到的情感、惊喜和忧郁重塑它们。当时，有些句子花了我整整几个小时才写出来，而现在我觉得它们已经丢失了，淹没了。我又一次想彻底放弃这一切并忘记它。

11月8日，星期一

整本书我已经全部完成了。在我不得不重新构建的八十六页中（因为有二十五页是根据在《皇家基金会杂志》上发表的片段合成的，因此这些页面完好无损地保存了下来），有二十八页已经永远失去了，再也找不回来了。

对于一部短篇小说（这就是我写书的目标）而言，材料损失是相当可观的。考虑到损失的页数，再加上损失的内容，这是相当可怕的。重写的页面平淡无奇，既没有色彩也没有色调。我还没有找到任何在丢失的手稿中曾经出现的在我看来是情感强烈的，有时是热情的部分。过去每当我读到其中那些段落时，它们都会以一种孩子般的天真方式打动我，而现在我所感到的只是冰凉和冷漠。

由于这不是一部围绕情境构建的小说，我所失去的是其真正存在的理由、详细的心理观察、精确的视觉图像和表达方式以及适当的含义层次。

旧版本在我看来太好了，无论我如何重写，这本书都不能与其媲

---

[1] 波斯塔瓦鲁山的当地德语名称。

美。现在，如果重组章节的瑕疵是可以容忍甚至可以原谅的，那么接下来的内容就必须非常优美，好到可以弥补和主导第一部分。但这可能吗？我能做得到吗？

不，试图安慰自己是毫无意义的。损失是不可逆转的。也许对我来讲，更应该要有男子气概，要更诚实，不要从一开始就试图收拾残局，而是一劳永逸地放弃它。

很难解释围绕我的戏剧周围的所有阴谋诡计。我不知道如何为自己辩护——这是肯定的——我甚至没有声称自己做任何尝试。但至少我应该把所发生的事情当作人生的教训——尽管我的生活不再与任何教训有关。

无论如何，对西克的"反犹的压力"没有足够的理由来解释。我必须补充：一、弗罗达对此进行了非常积极地干预，在这件事上他比任何人都感到害怕；二、事实上，莱妮并不是特别热衷于在我的戏剧中参加表演，而且在一天结束时会更乐意做出像"无故缺勤"这样的事情；三、最后，剧院里没有人真正相信我的剧本。在他们看来，我的剧本十分"有趣"，但不会是潜在的赢家。人们的动机多种多样，还需要再加上萨恩-久尔久的拳头和克雷韦迪亚的声音吗？

11月11日，星期四

昨天晚上，日内瓦电台播放了拉威尔的《左手钢琴协奏曲》。我一直都想一听为快，已经盼望很久了。我一开始听时，就深感钦佩。

最近有很多莫扎特的乐曲（与萨尔茨堡管弦乐队合作的两场莫扎特音乐会）。今晚我将在爱乐乐团聆听《安魂曲》，这也是第一次。

除此之外，没有什么新鲜事，没有什么期望，什么都没有。

11月14日，星期日

今天早上在雅典娜宫前（在我离开埃内斯库交响音乐会的路上），纳埃·约内斯库和普尤·杜米特雷斯库[1]正在讨论政府危机[2]。谁会是下一个呢？他们互相问道，但回应的只是耸耸肩，像你我他一样……

而五年前……

11月15日，星期一

米尔恰已进入选举名单。这也是一个标志。

11月21日，星期日

星期日，独自一人。……我很想找个人共度夜晚，任何人都行。切拉和西娅没有接我的电话。米尔恰和玛丽埃塔在维费雷亚努夫妇[3]家（失去的另一个联系，维费雷亚努夫妇）。玛丽斯和格奥尔基在锡纳亚。

今晚只有莱妮给我打来了电话——但我为什么要继续一个不可能有结果的故事呢？（为了完成所有人的名单：卡米尔正在参加婚礼；卡罗尔在维也纳。）

我独自去了电影院，然后在街上瞎逛。在贾布罗夫附近的卡利亚·维克托里埃大街上，有人在我身后喊道：

"科马内斯库先生，科马内斯库先生。"原来是一个可怜的非职业

---

[1] 普尤·杜米特雷斯库：卡罗尔二世国王很有权势的私人秘书。
[2] 即将举行的选举将决定总理塔特雷斯库的命运。他得到了国王的支持，但与舆论发生了冲突。
[3] 马里亚纳和佩特拉·维费雷亚努：标准文学社成员。

记者，埃米尔·弗拉曼杜。我曾在基金会的等待室里见过他几次。那时他正在等待接见。他醉醺醺地嘟囔着：

"科马内斯库先生，你帮了我那个忙吗？你知道，在将军家，我求过你。……你现在有答案了吗？"

我解释说，他认错人了。我不是科马内斯库，而是塞巴斯蒂安，他从来没有对我说过要我"帮忙"。他一个劲地道歉，然后就离开了。

我很容易看到，埃米尔·弗拉曼杜的样子将会是今后生活中的我。三年前我写《戏季开场》[1]时，我有一种相当准确的感觉，即T.T.索鲁（也是弗拉曼杜的同类人）就是我自己。从那以后，我的情况每况愈下，抵御能力越来越弱。

我可以不停地饮酒，以便忘却，而且我想忘记的事情太多了。星期三晚上，我几乎强迫莱妮和弗罗达在剧院工作结束后跟我一起喝酒。喝到最后，烂醉如泥——这是我一生中最糟糕的一次醉酒。我就像一头野兽，不再思考任何事情，我太开心了。

然而，我会尽可能地将结局推迟。

12月3日，星期五

哈里·布劳纳昨天告诉我的关于玛丽埃塔的事情挑战了我对她的一切了解。她从国家剧院获得了三万列伊，又从资助人那里获得了两万列伊——她将这一切纳为己有，没有给露西娅·德米特里厄斯一分一毫。与此同时，她将她们的剧本送到了德国，但只用她自己的名字署名，借口是因为露西娅·德米特里厄斯是"犹太人"（！），所以不会被接受。

是不是很不可思议？（这一次，我得知露西娅·德米特里厄斯的

---

[1]《戏季开场》，塞巴斯蒂安关于戏剧生活的描写。

母亲的确是犹太人。我们的玛丽埃塔究竟有什么样的好调查方法！而且她可以及时使用这些方法！）

12月5日，星期日

最后定下来了：我的戏剧《度假游戏》将不会上台演出。自从我回到布加勒斯特后，我就知道了，但我仍然抱有一丝模糊的希望。现在一切都已板上钉钉了。取而代之，他们正在上演穆萨特斯库的戏剧。我怀着十分痛苦的心情收到了这个消息（这不是消息，只是一个确认）。但是从昨天晚上到今天早上，我已经有足够的时间来掂量这件事的前因后果。显然，这一点儿也不令人愉快。当我遇到的一件事失败时，我太迷信了，而且不愿被其纠缠，就好像得到了一手臭牌。自从我去日内瓦后，我的运气一直不佳，不知什么时候才能终了？

最严重的问题就是钱的问题。我没有钱，也不知道去哪里找。我开始觉得贫穷是一种屈辱。这出戏本可以给我带来十万列伊——尽管这不能解决所有的问题，但至少会给我带来几个月的安宁。

我等到圣诞节时去山里的某个地方工作。也许我可以在二十天内写完我的小说。到1月或2月，我想处理出版问题：字体、最终校样、献辞等等——简而言之，让我感觉到我正在做些事情，我的生活中正在发生的事情。

今天早上在埃内斯库音乐会上，我遇到了安东涅·比贝斯库[1]。今天下午我和齐图·德韦基在绍塞亚街上散步。我已经好几年没见过他们中的任何一人了。然而我对他们无话可说，他们对我也无话可说。时间仿佛静止了。但天知道，事实并非如此。

---

〔1〕 安东涅·比贝斯库王子：塞巴斯蒂安的密友。

音乐会非常好：巴赫、莫扎特和勃拉姆斯的小提琴协奏曲。但只有一个时刻带有情感：也就是在巴赫协奏曲中行板的最后几句。

12月7日，星期二

昨天是圣尼古拉斯日，也是尼娜的生日。我早上打电话向她表示祝贺。

"夫人去将军家了，"女仆说，"教授在他父母家吃午饭。"

后来我去那里吃晚饭，发现米尔恰实际上已经离开布加勒斯特参加竞选有几天时间了。他们全家有组织地说谎，并不介意让仆人也参与其中。这似乎比得知米尔恰一直在竞选活动中更为悲伤，带着波利赫罗尼亚德从一个村庄到另一个村庄游荡。哈伊格·阿克德里安和彭丘是同一个团队的成员。他们轮流发表演说，哈伊格说话的姿势似乎很庄重，略带戏剧性。我不知道米尔恰有没有发表演说。这一切看起来都是那么的荒诞。我不明白他们怎么不知道这是一场可怕的闹剧。玛丽埃塔稍晚的时候到来。她边走进屋里边唱着铁卫军的军歌：斯特凡大公……在我面前他们已开始不再为此感到尴尬了。

我与莱妮的见面时间很多。这个时间，我们俩能够心领神会——我没有刻意去拒绝她。毫无疑问，我会为这种轻率的行为付出代价，就像我过去在其他场合付出代价的那样。

卡米尔今天早上在胜利之路上对我说：

"莱因哈特不行，斯坦尼斯拉夫斯基也不行，没有一个舞台监督发现了我在剧院里发现的东西。我是最伟大的舞台监督，因为我对文本有着深刻的了解，有着非凡的哲学文化和不同寻常的神经感性。这些演员都是傻瓜：他们甚至看不到能和我一起工作是多么的幸运。"

我简直服到家了。我所能做的只是微笑——有点惊讶但没有抗议。

在雅典娜宫与安东涅·比贝斯库共进午餐。身为王子，他拥有巨额财富，经常出入欧洲最负盛名的圈子，与所有伟大的法国作家保持密切联系，在巴黎、伦敦和纽约取得成功。但这些并不足以满足他在布加勒斯特的小小虚荣心。在这里，安东涅·比贝斯库渴望着让西克·亚历山德斯库上演他创作的一部戏剧。

12月10日，星期五

昨天晚上，卡萨尔斯与埃内斯库在爱乐乐团举行了一场音乐会，演奏了舒曼的《大提琴协奏曲》和勃拉姆斯的《小提琴、大提琴和管弦乐双协奏曲》。非常真诚，非常纯粹的情感。总的来说，我发现自己在音乐会期间很难完全将自己置于场中！头脑中思绪万千，心绪恍惚。当我发现自己走神时，我像责备小学生一样责备自己，带着更加努力和专注，更多地了解我所听到的东西的决心返回到了音乐会上。

星期日早上，安东涅·比贝斯库问我是否天生有音乐爱好。我回答说我没有。我是出于好奇而接触音乐的，进入一个我未知的领域。我想我是通过不断的应用和努力开始爱上了它；我几乎没有真正放弃它的时刻。此外，我不确定所谓的"放弃"是否是听音乐的最佳方式。在音乐会期间陷入混乱、有些反复无常的遐想并不是我可相信的方式。相反，我试着用分析或研究语法的头脑来听音乐中的每一个音节。我听一段音乐，就像我在读一本书一样。

卡萨尔斯的演奏让我热泪盈眶。我甚至无法让自己鼓掌。我羞于表达我的"赞同"。多么伟大的艺术课，也许在生活中也是如此！完全没有故弄玄虚，没有眼花缭乱，没有激情澎湃：一切都是那样简单、朴素、冷漠，就如同身处庞大的孤独之中。

12月17日，星期五

在昨天出版的《通报》（第一年，第244期，日期为1937年12月17日，星期五）中刊登了《为什么我相信铁卫军团运动的胜利》一文，作者为米尔恰·伊利亚德。

"罗马尼亚人民会……被贫穷和梅毒所吞噬，被犹太人入侵，被外国人所撕裂……来终结他们的日子吗？

"……军团革命以拯救人民为最高目标。……正如我们的船长所说。

"……我相信自由、个性和爱情。这就是为什么我相信军团运动会赢得胜利。"

晚上

刚才看着她在化妆室里说话的样子，我仔细观察了她所有的容貌和举止。她很丑：窄眉毛，犹太人的鼻子，大嘴巴，厚厚的下唇上有一个疣。她很瘦，乳房又小又下垂，手臂太细长，皮肤没有光泽。我也知道，她说话风风火火，语调朴实无华，常常爆发出阵阵笑声（这些笑声突然使她光辉灿烂，这是真的）。她的一切我都知道，只是没有一点能让我满意。

她是一个既没有身高也没有美貌的女人，不比去年的温迪（我前凸后翘的年轻客户——"温迪和朱莉"）更受欢迎，充其量只算是一种"取乐"或完全无足轻重。然而我爱她。

"我爱她。"我们不要夸大其词。由于被各种事件冲击，害怕孤独，生活懒惰，我现在只是一个随波逐流的漂浮物罢了。有时我在她身上看到微笑，看到萌芽般的情感，看到期待和询问的眼神。……然后我实在不忍心拒绝她。

我去剧院的闲逛实在可悲。那里门卫、化妆师、舞台工作人员、扬科韦斯库、罗曼——他们对这个每隔一个晚上没有任何理由来到化妆室抽支烟的可怜虫会怎么看呢？

12月19日，星期日

在正常情况下，过去三四年发生在我身上的事情，我不会说是令人欣慰的，但绝不是灾难性的。可以肯定地说是很严重的，但出于这个原因也是很有用的。

失去了一个职位(《库凡突尔日报》[1])，失去了一个我觉得对他负责的人（纳埃·约内斯库），失去了一些朋友（吉塔·拉科韦亚努、哈伊格、玛丽埃塔、莉莉、尼娜和最亲密的朋友米尔恰），失去了所有的一切：这可能在三十岁时能证明的不是一场灾难，而是一次成熟的经历。

我是否应该感谢生活在我周围创造了一个空荡荡的环境，在我三十岁的清醒之年而不是我二十岁的跌跌撞撞之时，收回了我长期积累的所有习惯和便利条件，把我打回到了原点？

我是否应该提醒自己，我正在（完全和永远）结束一个时期并开始了一个新的时期。这将引导我朝向不同的人，也许是另一种爱，或许是另一种孤独？

是的，我当然应该这样做。但是我少提了一点。事实上，这是我命运中无法逃脱的事情。有了这点，其余的一切都可以重新建立。

12月21日，星期二

昨天的议会选举结果令人震惊。铁卫军取得了巨大的成功：根据他们所说，达到了三十到三十五名代表。无论如何，数十万张选票，整个地区都向他们倾斜。德国"1930年9月"的情况再一次出现。

然而，今天早晨阳光明媚。在街上，在露天，有一种快感，我任

---

[1] 塞巴斯蒂安工作过的报社。

凭自己被漫不经心地卷入其中。

在卡普沙餐厅与布兰克、约内尔·盖雷亚、特奥多里安夫人[1]共进午餐——漫长、精致、丰盛。这也许是一种不负责任的表现，因为我们的命运可能就在今天决定。我意识到，我们不再有任何可赢的东西，任何可捍卫的东西，任何可期待的东西。几乎所有的东西都将丧失。而等待着我们的会是监狱，极度贫困，也许是逃亡，也许是流放，也许更糟。

然而，我极其随便地以一种有趣的好奇心看待所发生的事件，就好像我在观赏一场激动人心的足球比赛。毫无疑问这些事件是令人兴奋的。现在（十点钟），政府只收集了百分之三十七至三十八的选票，而且就是在统计后期阶段，这些数字看起来似乎不是伪造的。如果今天晚上某种算数奇迹没有出现的话，我们将看到罗马尼亚政府首次在选举中垮台。或许整个政权将在明天早上崩溃——这也是可能的。

但是，我想问，只通过改变一个字母，甚至一个逗号，在多大程度上将改变不只是我还有我们所有人的命运？

12月22日，星期三

昨天的激动以一个小时的平静结束：独自一人在家，听听音乐，只开着台灯，房间其余地方都处于半黑暗之中。日内瓦电台播放了巴赫的管风琴合唱。布雷斯劳电台播放了巴赫为管弦乐队创作的《赋格》和《托卡塔》。最后是马克斯·雷格的《莫扎特主题变奏曲》。上星期我在爱乐乐团第一次听到这个曲子。一切都非常漂亮，最重要的是，令人舒缓。

---

[1] 艾丽斯·特奥多里安：塞巴斯蒂安的朋友。

12月26日，星期日

布拉索夫

把最后一个小时留给我自己。从前天晚上开始，我就来到了这里，是和卡罗尔、格林代亚[1]、艾奥瓦、布兰克夫妇一起来到了别墅。人太多了，我无法一一说出。

我希望能在波亚纳或蒂米什的某个地方找到一个房间，但我运气不好，也不知道该怎么找。周围围着这么多人，我不可能工作。我甚至没有去尝试。但是，怀着如此的快乐，如此痛苦的快乐，我一定要写作！就在不久前，我来到街上散步。当我漫步在林荫大道上时，我觉得整部小说都在我体内蠕动，就像开裂的伤口一样。

最近在布加勒斯特，我身上发生了许多事情，在我与莱妮永无止境的故事中出现了许多愚蠢的转折。所有这些我会在书中找到报复、解决方案和答案。

丢失的章节再次出现在我的脑海中。无法忘却，也无法找回。

唯一放松的时刻就是滑雪的时候。昨天在波亚纳，今天在蒂米什，只要我不断地滑雪，我就感到很开心。厚厚的积雪，令人眼花缭乱的风景，在滑雪板上飞翔和跳越高低起伏地面的乐趣，最后是在滑道终结处几乎完美地停了下来（不管怎么说都未摔倒）。

12月28日，星期二

今天晚上我将动身前往布加勒斯特。似乎已经或即将成立一个戈加政府（有人在波亚纳与米隆·格林代亚交谈并从中得知，格林代

---

[1] 米隆·格林代亚：记者。

亚谈到了一份荒谬的内阁名单：戈加[1]将作为政府和战争部的首脑，GH·库扎[2]，蒙卡，安东尼斯库将军将在某部或其他部门任职。一个典型的令人恐慌的政府！）。我不知道会发生什么。我们正在等待。但在布加勒斯特等待，形势似乎更严重。从现在开始，我们的整个命运都在被决定时，我不能毫不负责任地在这里滑雪。

但我也不能"忘恩负义"，这么快就否认滑雪的乐趣。昨天和今天，我在波亚纳表演了真正的英勇壮举。从波亚纳滑到普伦德我不仅没有经常摔倒，而且在波亚纳，尤其是今天在"练习场"上，我解决了各种各样的问题，这些问题引导我了解这个行业的奥秘。我现在可以在不使用滑雪杆的情况下相当好地"激流回旋"。我还在舒勒山的山脚下尝试了一个斜坡，这无疑是我迄今"攻克"过的最快的斜坡，我顺利完成了整个路线，完美地向左转弯并快速停止。不过，我在回来的路上——在非常接近终点处摔得很惨。这听起来十分滑稽，因为在所罗门附近的地方，无论怎样滑都不再有任何困难。我疲惫不堪（下坡并不容易，一路刹车，持续了三刻钟之久），但我仍为自己感到自豪。

今天，我说，在我第一次成功完成"激流回旋"的练习之后，文学永远不会给我同样的快乐。我没有说谎。

尽管如此——老实说——所有这些滑雪的入门活动也让我从小说的角度颇感兴趣。我收集了越来越多关于舒勒山上冈瑟小屋场景的素材。

前天晚上我重读了手稿。当我看到我糟糕的手稿变得如此坑坑洼洼时，我在一行一行的字句之中痛苦挣扎——但总的来说，阅读并没有让我灰心。到目前为止，我必须更仔细地重写我已经重做的所有内容，但它肯定可以派上用场，即使在今天的可悲状态下也是如此。从

---

[1] 奥克塔维安·戈加：1937年12月至1938年2月任总理，是与阿·C.库扎组成的强烈反犹的戈加–库扎政府的领导人。

[2] GH·库扎：阿·C.库扎的儿子，戈加–库扎的政府成员。

现在开始，也许一切都会顺利进行，当然，并非毫无困难。

我很想写完这本书。这个可怜的东西运气太差了，让我不喜欢它。这大概就如同对不开心的孩子所存的一种温柔的感觉吧。

12月29日，星期三

布加勒斯特

戈加政府已经成立，而且与我到达布加勒斯特之前的想法相反，这不是一个临时策略，而是一个稳定公式。它将举行新的选举，将治理这个国家，并将执行每位部长在演讲中提到的库扎主义计划。官方演讲中，人们第一次可以听到铁卫军主要报纸《时间号令报》的常用词汇："犹太鬼""犹太人"、犹大的统治等等。

国家反犹太主义的第一批措施预计将在明天或后天实行：公民身份审查，犹太人可能会从律师协会以及所有的媒体中剔除。

我会失去在基金会的职位吗？这是很有可能的——尤其正如今天的报纸所暗示的那样，基金会被归入以霍多斯为首的宣传部管理。但即使没有这一点，也很难相信一个库扎主义的政权会容忍一个犹太人处于"文化地位"——哪怕该地位就像我所处的那样低。

不知道城里的气氛如何。惊愕、困惑、惊恐还是恐惧？这些报纸毫无生气，没有表达力，也没有任何抗议的迹象。我认为只有现在我们才能开始理解，审查意味着什么。

在这种情况下，搞文学创作不是幼稚愚蠢吗？

我还没有进城。我昨天的摔伤比我最初想象的要严重。我的左边大腿开始肿胀并出现瘀伤。我走路，或者更确切地说是蹒跚而行，困难重重，开始用醋酸铅进行治疗。有那么一刻，我害怕我会出现骨折。这就是我现在所需要做的。

深夜，当我从布拉索夫回来时，我听了斯图加特电台播放的《莫扎特钢琴协奏曲》——我想这个曲子以前我从未听过。

今晚，巴黎电台播放了《莫扎特的降B大调奏鸣曲》。最后，当我写这篇日记时（夜11：00），收音机播放的乐曲听起来像莫扎特的曲子——可能是一首交响曲——也是来自法国电台。

很多莫扎特的曲子，真的很多。也许这是唯一能让我为所发生的一切感到安慰的东西。

（这不是一首交响曲，而是莫扎特的《G大调长笛协奏曲》，所以至少我是猜对了。）

12月30日，星期四

《晨报》《真理报》和《奋斗报》暂时被禁止发行了。

任命彼得·潘德雷亚为摩尔达维亚某处县长。

维克托·埃夫蒂米乌[1]已从农民党辞职，并加入了戈加主义者[2]。很显然，他将被纳入到剧院理事会。

卡米尔·彼得雷斯库给我打电话并评论了埃夫蒂米乌的转变：

"你知道，如果他真的在剧院得到了任命，我第二天就会加入铁卫军，甚至不会再和你打招呼了。"

"我只求你，卡米尔，我的老朋友，你能不能提前打电话告诉我一下？这样我就再也不会和你打招呼了。这样做对你对我都好。"

记者的火车通行证正在取消。犹太人被禁止从事记者职业。

"纵观现在的这一切，"卡米尔说，"你必须承认有许许多多的胡作

---

[1] 维克托·埃夫蒂米乌：剧作家。
[2] 戈加–库扎的民族基督教党的成员。

非为的行为。"

"我承认——我怎么不承认？我承认一切。"

整天在家阅读查尔斯·摩根的《斯帕肯布鲁克》一书。一本离现代如此遥远的书！似乎有一百万英里之遥！

Journal

1935年

1936年

1937年

1938年

1939年

1940年

1941年

1942年

1943年

1944年

1月2日，星期日

因为我的腿还没有痊愈，所以一直待在家里。这让我很担心。

他们吊销了我的许可证。每份报纸上都出现了我们的名字，就好像我们是一群罪犯一般。[1]

在莱妮家度过了新年除夕夜，观察了很多关于她的事情——但把这些记下来又有什么意义呢？

与她做一个了断是一件严肃的事情。三十岁的我不再被允许表现得如此幼稚。

我应该为《皇家基金会杂志》写这篇文章。但它会出版吗？我估计我难以再留在基金会了。新的一年开门之际就如此悲观，不知这一年会给我带来什么？

没有人给我打过一个电话。米尔恰、尼娜、玛丽埃塔、哈伊格、莉莉、卡米尔——他们都死光了！我非常了解他们！

1月3日，星期一

夜晚时分，我感到一阵恐惧。隔壁房间的钟连敲了三下，我醒过来了。我想我发烧了，我的左腿很痛，感觉比以前更肿了。我用手检

---

[1] 戈加-库扎政府上台后立即采取了一系列反犹措施，包括取消犹太人的罗马尼亚公民身份和将犹太律师从律师协会中除名。塞巴斯蒂安在这里指的是吊销了他作为记者的火车通行证。

1938年 179

查了肿胀，一想到它"像一袋脓液"，我突然感到惊惶万状。

我对自己说，是脓肿，一切似乎都很清楚而且是不可避免的。我又看到了《伤痕累累的心》的整个第一章。"冷脓肿""热脓肿""瘘管""瘘管脓肿""死亡之门"——这些全是布莱切尔所用的词汇。终于我明白了瘘管是如何钻进去的，它是如何为自己腾出空间的，它是如何像布莱切尔所说的那样从肉体中"直接进入臀部"的，以及我起初是如何一直无法理解的……

一切似乎都很清楚。我想知道我在哪里可以找到最初治疗费用的钱：穿刺、疗养院、敷料。我不知道谁能给我一把左轮手枪来让它结束得更快。也许是米尔恰。但他会明白吗？他认为自杀是最大的罪过。他会同意这样做吗？

这些思考持续了整整一夜和一个早上。我带着这些思考走进了库珀医生的候诊室，走进他的手术室，直到他最终解释说是皮下局部出血，血管破裂，一些血液的凝结，较大面积的区域出现了血液流通问题——但并不严重。疼痛会持续六七天，瘀伤会持续三个星期左右。好好休息，并配合用X射线治疗。实际上，这是我在那里与吉尔努斯医生的第一次会面。

也许整个事情来得正是时候。它提醒我，在我面前存在着或可能存在着有比反犹政权更糟糕的不幸。

我已经很清楚地知道了这点——只是我把它忘记了。

1月4日，星期二

在查尔斯·摩根的《斯帕肯布鲁克》一书中，有一段关于犹太人角色的观察："在他黑色的眼睛中闪耀着炽热的想象，被文明人在野蛮时代所具有的讽刺性悲伤所冷却，这是他的种族所特有的。"（查尔斯·摩根：《斯帕肯布鲁克》，伦敦和纽约：麦克米伦公司，1936年，第244页。）

1月5日，星期三

我和她结束了。……但如果这一了断本身很轻松，没有刺耳的言语，几乎带着微笑，我应该想象到时候，它绝不会一直这样轻松简单。

现在到了荒谬的烦躁不安的时候了。想见到她的那种窒息般的需求，对电话铃声永不响起的怔怔发愣，对抓起听筒想给她打电话的诱惑，在街上"偶然"能见到她的侥幸希望，路过剧院时产生的微微警觉，走在她家的街道上想抬头看她的窗户的勾魂（看看灯是否亮着。如果是，是谁和她在一起；如果不是，那么她在那个时间可能会在哪里，等等等等）。

但所有这一切——我非常清楚——将不得不顺从地忍受。我必须坚持下去，直到我恢复镇静。那种平静般的遗忘，我以前曾成功过几次，但一不小心，又前功尽弃了。你必须承认，老男孩，你太老了，你的生活中有太多的悲伤，不能再继续陷入这种悲伤、平庸和琐碎的事情之中了。

我不允许自己有任何借口。当然，这会十分困难。所面临困难的证据，我现在就告诉你：就在你"告别电话"之后的一个小时中，麻醉的效果还没有消失。你感觉不到它的疼痛，但很快就会疼痛难忍。这是毫无疑问的！

1月7日，星期五

我不想写有关前天访问纳埃的事情。我带着复杂的心情离开了：喜爱、恼怒、怀疑、反感。

暮色渐暗，他坐在自己巨大的办公室里那张黑色的长桌旁，一头白发，眼窝似乎比以前更深陷了，眉毛也开始发白，脸色严肃而阴沉。的确，他刚刚对我说了一些直接来自查尔斯·摩根的小说中的话："没有什么比讽刺更空洞、更陈旧。生活太严肃了，不能用讽刺来对待它。"有那么一刻，我突然觉得自己面前有个真人版的斯帕肯布鲁克。我情不自禁地带着某种情绪告诉了他这点。

但后来我又发现了我的老纳埃·约内斯库：喋喋不休、机智、孩子气，时不时露出狡猾的特征。

"我在柏林时曾告诉他们。……我和他们的一位部长进行了交谈，我详细解释了希特勒政权的特点。那人默默地听着，然后站起来说：'教授，我今天就去见元首，告诉他我已经和唯一一个了解国家社会主义革命的人谈过话了。'"

后来，纳埃告诉了我许多关于政府的"秘密"，关于对《真理报》的临时禁令，关于各位部长，关于外部情况（当然，都只能是"你知我知，不可外传"的），最后是关于对未来的看法。

戈加的反犹太主义措施让他感到厌恶。他认为这些措施都是一种以野蛮的嘲讽方式发出的无实质的嘲弄。

"他们怎么能说整个罗马尼亚公民群体都在从事白奴贸易？这是诽谤，任何罗马尼亚公民都有权起诉部长散布这种信息。你怎么能在不危及罗马尼亚国家基础的情况下驱使一百万人自杀和社会退化呢？"

我试图向他说明，缓慢地杀害犹太人与冲动地杀害犹太人之间不会有如此严重的区别，而且无论如何，铁卫军肯定不会以不同的方式运作。

"不是在行动上，而是在他们的脑海里，"纳埃回答说，"你看，不怕你见笑，一个带着嘲讽精神杀你的人，和一个内心绞痛杀你的人，是有很大区别的。"

等等等等。我可以总结一下与纳埃的对话吗？一百万种不同的事物——一百万种判断、幼稚的断言、说明、威胁、解决方案、解释。

从这一切中，我无法撇开任何牵涉我自己的阴影。

昨天上午，对布兰克进行了短暂的访问。如今的形势让我搞不清东南西北，只能到处寻找信息和意见。

"我们犹太人所能希望的，"他争辩说，"就是戈加政府的延续。戈加政府如果倒台了，事情会变得更加糟糕。"

我意识到我对自己在这本日记中所写的内容有点担心。总有一天我会因搜查房间而一下子惊醒。没有比个人日记的内容更为"丑闻"的证据了。

1月8日，星期六

昨天晚上我浪费了三个小时，今天浪费了四个小时。手稿就铺在我的面前。我强迫自己重新拾起它，但这起不了什么作用。我不知道是因为我精神萎靡，还是因为厌恶文学，还是只因为懒惰。

最后，我选择了放弃，转而阅读马尔罗的《希望》一书。我会在其他时间工作……

1月11日，星期二

我有足够的决心在这方面抵制任何"重归旧好"姿态，但不够坚定，也没有充分准备好拒绝她的电话。她昨天打来了两次电话——所以我去见了她。

现在该怎么办？

戏剧界的大灾难。在S.C.I.A.，一晚上的收入为两三千列伊。玛丽女王剧院可能会在下星期日关闭。

而在这种时候，我成了一名剧作家！

喜剧剧院宣布，萨恩-久尔久写的一部戏剧将成为其未来的首映式之一。好吧，那是另一回事！

1月13日，星期四

应部长的明确要求，马索夫已被国家大剧院开除[1]。这种可悲细节，而不是"一般措施"，让我感到沮丧。这是对默默无闻的弱小者的压迫。我不禁想到，我自己也会以同样的方式被基金会开除，是在今天、明天或后天。……我平静地等待着——毕竟，我不会将我的一生（甚至我的死亡）与一个月所挣五千九百三十五列伊捆绑在一起。

在这茫茫的污秽之中，如果我不必忍受我以前的个人不幸，我是多么容易——或者我想——我会割裂所有的一切，重新开始生活！在哪里开始？不管在哪里。例如，在外国军团之中。但是三十岁不是冒险的年龄，尤其是我对生活极度厌倦——如此厌倦是因为我到现在还没有真正地活过。

距离我上次见到米尔恰已经快两个月了，距离我们上一次互相打电话已经快十天了。我应该让事情自行解决吗？我应该用最后的解释来结束这一切吗？我感到非常反感，我宁愿我们俩从此不再说话。我没有什么要问他的，他当然也没有什么可对我说的。此外，我们的友谊已持续了多年，也许我欠他的只是一小时的艰难离别时刻。

晚上我仍然通过听音乐来放纵自己。昨天，斯特拉斯堡电台播放了莫扎特的《德国舞蹈》和舒曼为四把大提琴创作的协奏曲。这首曲子我第一次听，原本不知道它的存在。

这是一种精神麻醉，这是一种助威壮胆，正如我在说，我绝对什么也不会失去。

---

〔1〕 国家大剧院的文学秘书艾奥·马索夫是犹太人。

1月16日，星期日

她昨天晚上来过这里。我一直期待她会打电话说她不来了，或者她不能来。在我看来，这样似乎会简单些。但她确实来了——还带着一些她从斗篷的翻领上取下来的紫罗兰。我现在还把它们插在杯子里，放在床头柜上。我们听了《小夜曲》，抽了根烟，然后我把她抱在怀里。她没有反抗，也没有踌躇，而是默许地等待着一切。当她以"放弃"的方式闭上眼睛时，我在亲吻她之前看着她，好像我想确定那真的是她。

但在这一切中仍然存在着模糊不清的东西，我们之间仍然有些尴尬。我没有力量生硬地拒绝生活从我身上夺走的东西，拒绝生活禁止我拥有的东西。

我今天去了米尔恰家。我以为我们之间的矛盾会解决，但当我们交谈时，我意识到这已没有意义了——甚至是不可能的了。我们之间的一切都结束了，我们俩都非常清楚这个事实。其余的——解释、借口、责备——都已无济于事了。

我告诉他我正在考虑离开这个国家。他同意了这个想法——好像这是显而易见的，好像除此之外没有什么可选择的了。

1月20日，星期四

《库凡突尔日报》又出来了[1]。这么多年来，每天早晚我都把这份报纸摆在我面前。每当我看到它粗笔花字的报头时，我就忍不住一阵惊讶，几乎是激动。它看起来既熟悉又陌生。和过去一样，每当我在街上或有轨电车上看到有人拿着一份曾经是我的报纸时，我就会有一

---

[1]《库凡突尔日报》因发表亲铁卫军文章而多次被禁。

种感觉：他是朋友，来自同一个家庭。

而今天这话听起来有多么讽刺："来自同一个家庭！"

昨天晚上，四年来第一次，编辑部办公室的窗户被灯点亮了。我路过时感到有些难过，但并不强烈。一种无法挽回的感觉弱化了告别之感。在这里，就像在爱情漩涡中一样，你总觉得一切还没有完全结束，打碎的可以被重新拾起并重新组合，这种感觉是很折磨人的。但当你确定，分道扬镳是最终的结局，当离它而去，踏上不归之路时，忘却会来得更快，安慰也更加容易。

作为报复，阿代卡已被调到切尔诺夫策去了[1]。我读到他寄给他妻子的一封信：没有悲伤，几乎没有怨恨。他在那里租了一个房间，月租一千列伊，还要花上一千五百列伊用于食物。他经历了两次战争，出版了二十本书，如今已是四十五岁了。

我再也不能进入法院了。昨天发生了可怕的战斗，今天显然会更多。我不会让自己不安，也不会激动。我等待着，但不知道究竟是为了什么。

前天，在T夫人家喝了一夜酒。我一直在跳舞，要么与T夫人跳，要么与她姐姐跳。她们姐妹俩同样的不检点，都愿意将自己献出。这里充斥着"放荡"的气氛，我没有精力以应有的粗暴行为加以拒绝。

我觉得B介绍我与她们相见，只是为了让我有机会见到"稀有之物"。

昨天晚上做了一个梦。

我在锡纳亚，与玛丽埃塔·萨多娃和莉莉·波波维奇一起坐在马车上。我们登上一条陡峭的道路，寻找一座别墅。那里正是朱尔斯·雷

---

[1] 费利克斯·阿代卡：犹太小说家，也是一名公务员。戈加-库扎政府无法解雇他，因为他是第一次世界大战的功勋老兵，但他被强迫到各省去工作。

纳德居住的地方。我们从别墅旁边经过。在别墅的前院里坐着三位绅士：维吉尔·马达格鲁，米哈伊·波波维奇——在他们俩之间，还有一个头发花白的瘦弱男人。我停下马车，问道：

"不知你是否知道朱尔斯·雷纳德先生住在附近吗？"

"我就是他。"那个不知姓名的人回答。

我走向雷纳德，激动地和他说话（莉莉和玛丽埃塔留在马车里继续行驶，或者不知怎地从梦中消失了）。雷纳德建议我们一起去城里散步。在我们出发的时候，一个年轻的女人——他的女儿，或是他的妻子——问他是否会很快回来。她很焦急、很深情地给了他不少建议：不要着凉了，不要让自己太累了，等等。

在路上，我详细谈论了他的日记并从中引用了句子。我特别引用了他对剧院使用的一句话："没有火花的对话。"我们的讨论在梦中持续了很长时间（我记得对话完全不是颠三倒四的，而是有良好结构的）。

我们来到了一个咖啡餐厅。在右边，一个单独的房间里，有许多熟悉的面孔——我想包括伊兹。为了避开他们，我们坐在左边的一张桌子旁，在类似科索那样的小隔间里。

这就是我记得的全部内容。今天早上，在正常醒来之前，我在心里重复了整个梦，我想还有更多的细节。但一天的忙碌之中，我把这个梦忘记了。只是不久之前，在爱乐乐团，我又想起了它。

1月23日，星期日

玛丽埃塔的戏终究不会上演；彩排已被部长命令禁止。《时间号令报》极力地谴责它，理由只是露西娅·德米特里厄斯的母亲是犹太人。

我为玛丽埃塔感到难过，但心中暗暗庆幸。玛丽埃塔终将有机会以一种直接影响她的方式感受到她自己"政治思想"的荒谬。

空气中弥漫着恐慌的气氛，一窝蜂般的无序撤退之象。总是问出同样的问题但永远没有答案，有的只是总是同样的哀叹。这让人疲惫不堪。忘却的唯一方法就是喝个酩酊大醉。但是我太安静了，太喜欢呆在家里，每天晚上都难以做到。

显然，这个城市有几十个，实际上是几百个团体来推动各种解决方案：大规模改宗，移民，亲政府的"马赛克罗马尼亚人"协会，等等等等。这是一帮绝望之徒。他们的绝望以各种各样滑稽的形式出现。在这些动乱、这些动荡面前我不能参与，所能做的只是耸耸肩而已。

星期日晚上，独自在家。在这个广袤的大城市里，我没有人可去拜访，没有人可以说话，也听不到任何人的声音。我读书，但没有太多的信念。如果我的收音机没有坏，我会听一些音乐。这是适合治疗我的药物。

几天前，我又开始着手我的小说《两千年之久》的法语翻译。我有确定的出版希望吗？根本没有！但就像我每个月都买一张彩票一样，它让我有千分之一的概率赢得"百万"大奖，而我现在正准备文稿，也许有一天，蹦出某种荒谬的侥幸，可能会找到一家法国出版商。最重要的是，这种机械性的工作适合我利用空闲时间——如此空闲，如此不明方向，真是可悲呀！

2月1日，星期二

昨天在维什奥亚努家吃了一顿丰盛的午餐。然后，与拉莱亚[1]一起喝咖啡。

他们这些人比我这个"单纯的个体"更迷失方向。如果这就是罗马尼亚的民主——而且没有其他民主——那么这是一个巨大的损失。我

----

〔1〕 米哈伊·拉莱亚：1938年3月至1940年7月任劳工部长。

不再抱有任何希望，任何期待。他们已经彻底放弃了。在他们看来，下一次选举将使铁卫军的成功翻倍；全国农民党的获胜率不会超过10%~12%，自由党的获胜率大致与此相同。

在那里开了五个小时的会议后，我头晕目眩地离开了。同样悲伤的耸肩，同样愚蠢的"外部命令"的安慰，同样或多或少机密的新闻花絮：奥斯特洛夫斯基讲话，纳埃·约内斯库眯着眼睛，米切斯库在日内瓦陷入困境，艾登不接受，等等等等。我想，这种方式一定是人们在午餐后一边喝黑咖啡一边讨论希特勒在德国崛起的方式。这是总崩溃前夕的最后安慰。

四年来我第一次见到贝卢·齐尔伯[1]（他也在维什奥亚努家喝咖啡）。他没有什么改变。

星期天的夜晚，与莱妮和杰尼卡·克鲁采斯库一起喝得酩酊大醉。我可以一直不停地喝酒。我其他什么事情也不做。

2月2日，星期三

又是一个醉醺醺的夜晚。但这将是一连串醉酒的最后一次——否则永远没完没了。我发誓了。

2月9日，星期三

白天越来越长了。傍晚六点，天还亮着。一想到春天来了，一年过去了，我什么都没做，我就心里发毛。没有书，也没有爱。

---

〔1〕 赫伯特·（"贝卢"）·齐尔伯：塞巴斯蒂安的朋友，共产主义经济学家和记者。后来被监禁，成为东欧极权主义公审的受害者。

2月11日，星期五

戈加政府昨晚倒台了！一种突然的令人满足的条件反射感在我身上蔓延开来，一种不可抗拒的神经紧张开始缓解。我对自己说——在一夜糟糕的睡眠之后，我更得说——形势还很不明朗，可能仍然会很严重（至少对我们来说），反犹镇压可能还会继续。尽管如此，我还是忍不住欣喜若狂；看到一个伟大的骗局突然之间分崩离析，真是令人欣慰。

但是，昨天晚上赋予其戏剧性的基调——神经质的喜悦，兴奋，快活不安，乐观的激动——是有关德国的新闻，或者更确切地说是有关德国的谣言。

反叛、柏林街头斗殴、三个军的部队与突击部队公开交战，等等等等。难以置信，但足以让人头晕目眩。我一直以来的沮丧情绪让我试图对这些报道置之不理，但我对幸福的渴望之感——哪怕是短暂的，甚至是虚幻的——却想让我去对此相信并且已经开始对此相信。

直到凌晨两点，我游荡在皇宫广场附近的人群之中，时而抓住一个人，时而又抓住另一个人——卡兰迪诺[1]、卡米尔、吉策·约内斯库——向他们提出问题，告诉他们我听到的消息。如果对方的态度是疑云满腹的，我便觉得确凿可信；如果对方的态度是深信不疑的，我便觉得难以置信。我不能回家——整整一个晚上我就这样浪费了。的的确确，街上的气氛是狂热的、刺激的，充满了期待、怀疑和猜测。

如今，几个小时过去了。我读了报纸（德国的情况不明，那里的情况报道混乱，但在任何直接意义上都不严重），我稍稍平静下来，开始产生了些不信任感。这种感觉就像喝了一夜酒后的感觉一样。

---

〔1〕 尼古拉·卡兰迪诺：记者。

2月12日，星期六

前天晚上（危机之夜），我在皇宫广场遇到了卡米尔。那时我正在那里等待一些消息。他似乎对正在发生的事情感到震惊。我想对卡米尔说些"安静下来"的话语。

"你应该看看犹太人是如何占领科索的。整个咖啡馆都挤满了犹太人。他们真的把那里给'占领了'。"

"你怎么会如此反犹呀，卡米尔！你跟我来，我会向你证明你说的有多么错误，或者证明你有多么喜欢无事生非。"

我拉着他的胳膊。我们走进科索，走进了咖啡馆，在每张桌子前停下，数了数所有疑似犹太人的面孔。在一个热闹而拥挤的咖啡馆里，到处都是激烈争论的人群，但总共只有十五个犹太人。

面对证据，卡米尔浅浅一笑，收回了刚才的话。

今天早上，我在基金会遇到佩尔佩西修斯，他向我讲述了《库凡突尔日报》的有关事情。他说，该报的编辑生活与过去没有太大区别。有着同样的行政争吵，有着同样的对德韦基具有讽刺意味的敌意，有着同样的老一套的可悲东西（尽管这些东西构成了家庭生活）。

但是，除此之外，报社受到了铁卫军团的涌入。庆祝报社重启的晚宴在铁卫军团的餐厅中举行。

2月21日，星期一

从星期六早上到今天晚上，在普雷代亚尔的罗宾逊别墅待了三天。

我离开布加勒斯特是为了逃避疲倦、愤怒和反感。那么多可悲的事情，无论大小，我都觉得难以忍受。

尽管在星期六我经历了可怕的失眠和噩梦之夜（我发现自己很难适应陌生的房子！），但我仍然感觉恢复了健康和体力——或者至少部

1938年 191

分恢复了。

　　白雪让我放松，让我年轻，让我忘却。维斯蒂亚滑道是我短暂滑雪生涯中遇到的最具有挑战性的滑道。我跌倒了无数次。但我想我也学到了一些东西。今天早上，我终于设法在不平坦的很高的斜坡上滑下来，一次也没有掉下来，最后到达了标志着滑道结束的那个小冰岛。从那里往后就是一片森林了。

　　三天的滑雪后，我带着较平静的心境回来了，回到了我所属的地方。这就是布加勒斯特，我还要在这里生活……

2月28日，星期一

　　又是两天，星期六和星期日来到了普雷代亚尔。阳光、明亮、无尽的童年印象——类似于幸福的东西。像往常那样的苦涩、愚蠢的问题和徒劳的遗憾一扫而尽；那些由凌乱不堪的碎片、破碎的诺言、无尽的等待、混乱的不满、永不能实现的小希望构成的生活也荡然无存了。

　　在这里，一切再次变得简单。只有在巴尔奇克的一天——赤身裸体，在阳光照耀之下——具有相同的强度。

　　昨天早上，白雪沐浴在阳光之中，我不再有任何的思绪、任何的惆怅、任何的期待。我只是高兴。

　　我只穿了一件衬衫，我也很乐意把它脱掉：今天是睡躺椅和穿泳装的日子。我将带着晒得红通通的脸颊回来，就像我以往最好的日子一样。

　　至于滑雪，我正在取得明显的进步。我在上星期还让我害怕的斜坡上往下滑——但这回一次也没有摔倒。我学会了一种"克里斯蒂高速快转"。我觉得这不难。它给了我一种意想不到的"控制"地面的感觉。不过，一旦我离开练习区并"冒险"进入未知的滑道，我的所有经验都将不再有任何帮助了。昨天下午，我和德韦基、卢浦以及他们圈子里的两个人一起从维斯蒂亚滑雪到蒂米什。路上我不断跌倒。但我认为，这是一次有益的郊游，至少可以作为一种耐力锻炼。

星期六，我和维吉尔·马达格鲁一起去滑雪。滑雪运动把每个人都变成了孩子，甚至以前当过部长的人也不例外。

但是，当然，当我们回到家时，我们必须再次变得严肃。有很多事情等着我。我正在考虑再次捡起我的"罗马尼亚小说"的文章。既然罗曼要去伦敦，而且我们还不能去法庭，那我现在就试着在学院工作。

3月14日，星期一

与埃米尔·古利安久别重逢。他依旧是那个充满对个人事项（爱、倦怠、顾忌、期待）质疑的迷失方向的男孩，对政治事件漠不关心，沉迷于诗歌之中。……戈加-库扎"时期"使他沮丧。他告诉我他感到羞愧——我相信他的话。

前几天我在基金会见到了萨恩-久尔久。我没认出他来。他不再佩戴万字徽章。他谈到了他们的政府所犯的错误。

"总之，老朋友，那也不是做事的方式，……"

他很友好，善于沟通。他告诉我他在德国的戏剧所取得的成就。

"即使是易卜生也没有获得如此的胜利：没有一个差评！"

滑雪是一种美妙的消遣。过去两个星期天我没有去过普雷代亚尔——我认为那里不会再有雪了——我开始感受到它的影响。我完全不满足于我正在过的生活。我读起书来断断续续，文章一个字也没写，我没有工作。我把时间全浪费在了罗曼家里或基金会中。每次离开时，我都焦躁不安，神经崩溃。我想工作，但却没有勇气去开始。这需要组织和纪律的力量。

我会去巴黎过复活节吗？还是去巴尔奇克？我会继续完成小说

《事故》吗？我会写那本关于"罗马尼亚小说"的书吗？

我的生活。日复一日，断断续续。我没有钱，衣服都破烂了。白天我等着晚上的到来，晚上又等着早上的到来，星期三等星期四，星期六等星期天。这一切还有什么意义？还要持续多久？

3月16日，星期三

我不知道我究竟怎么了。我一直都很累，无法连续工作几个小时。我花了几天时间为基金会写最后一期审查报告，又是删除，又是大声朗读，到头来失去了线索，过分强调了偶然因素，缩减了主题思想。我断断续续地阅读——一次不超过一刻钟。昨晚读了几页圣西门；今天又读了一点卡洛·甘巴的《波提切利》，但没有一本书我能读完。就连我现在在日记中所写的字都很难完成。字母在我眼前一个劲儿地跳跃。

今天我浪费了整整一天时间，想来修补一下为《罗马尼亚人的生活》所做的小小戏剧评论。我承诺过的为卡米尔的书所写的文章让我惶惶不安。

所有这一切都是相当严重的。我想到了我的小说，想到了我的文学评论——我不知道，带着这双疲惫的眼睛和破碎的注意力，我将如何完成它们，甚至将如何开始。

如果我有钱的话，我会再次去看眼科专家。

3月17日，星期四

今天《库凡突尔日报》的大标题是：

"伪科学家弗洛伊德在维也纳被国家社会主义者逮捕。"

3月25日，星期五

春假，哦，难以忍受的春假——整个星期我都在念叨，希望今天能去巴尔奇克。今天是一个节日，天使报喜日。如果我能利用这个长周末，然后在星期二回到布加勒斯特，那么我就可以得到五天的休息时间，在巴尔奇克待上四天。

我似乎看到自己在帕鲁塞夫的一个院子里，独自躺在面向大海的躺椅上。我似乎看到自己身穿运动服，在荒凉的巴尔奇克，在马穆特闲逛，或在码头或在船上。……在如此的环境中，一切都会被遗忘，一切都将治愈。我要忘记的太多太多，我需要治愈的也太多太多。

但由于懒惰、优柔寡断或愚蠢，我留了下来，在这个春假中拖着自己在布加勒斯特转来转去。在这里，虽在家中，我身边无人；在这里，我既不孤单，也并非不孤单；在这里，日子和时间在毫无生气的枯竭中缓缓流逝。

我在等待什么？我在希望什么？也许是一种坚强的意志，也许是一种冷酷的工作决心——它绝不是为了快乐，而是为了逃避这种徒劳的感觉。

3月29日，星期二

切拉[1]的书已经出版，封面腰封的文字如下："作家利维乌·雷布雷亚努、卡米尔·彼得雷斯库和米哈伊尔·塞巴斯蒂安向出版商推荐了这本小说。"

后续：今天早上，雷布雷亚努夫人惊恐地给卡米尔·彼得雷斯库打电话，问他们怎么能允许这种无礼的行为：竟把雷布雷亚努和塞巴

---

〔1〕切拉·塞尔吉：小说家。

斯蒂安的名字并排在一起。

总有一天，我会告诉雷布雷亚努这桩小事——当然是伴随着捧腹大笑。

4月9日，星期六

昨天晚上，我不经意地扭开了收音机。由于几个月前它就坏了，所以我就没有靠近过它。它最新的古怪变化就是搜索所有波段却只能接收布达佩斯一个电台。但昨天晚上碰巧的是我听到了一场美妙的莫扎特音乐会：《双钢琴协奏曲》和《A大调交响曲》。再现了一次美妙的音乐时光，以及再次独处的乐趣。我最近出去的次数太多了——一个晚上接着一个晚上！

自从我停止使用收音机后，我就不再记录我的音乐行程了。实际上，"行程"这个词未免用得太大了——不如说是听课。爱乐乐团的曲目（我仍然经常去那里）现在我已经了如指掌了。听了三年了，这也不足为奇。今年在这几个音乐季度中演奏似乎是最差的：只有两个星期前由肯普夫演奏的《戈德堡变奏曲》对我来说才是真正的享受。今晚我会去听巴赫豪斯的演奏：巴赫的《意大利协奏曲》和两首贝多芬的奏鸣曲。

大约十天前，在格林代亚家，我从唱片上听到了一部我不知道的斯特拉文斯基的作品：《士兵的故事》。非常风趣，非常有创造力。要是对现代派而言，恐怕我最容易接受的就是"独创性"这个字眼。

一天晚上，我在十六路有轨电车上遇到了尼娜。我正要问我前面的一位女士，她是否在下一站下车（如果不下，我就可以从旁边走过去）。她转过头来，没想到是她。我太高兴再次见到她。我真想亲吻她。

4月12日，星期二

星期日晚上在米尔恰家吃晚餐。我已经很久时间没有见到米尔恰了。他没变，还是老样子。我看着他，好奇地听着他讲话。他所用的我已忘记的手势，神经兮兮的侃侃而谈，万箭齐发的气势——总是那么融洽无间的，直截了当的，优雅迷人的。想要不喜欢他都很难。

但有关《库凡突尔日报》，有关铁卫军，有关他自己以及他不可原谅的妥协，我有很多很多的话要对他说。他在政治上投其所好是没有任何借口的。我决定对他直言不讳。不管怎样，如今我们之间已经没有多少可以回避的了。就算我们老朋友再次见面，我们的友谊也走到了尽头。……我最后还是没能和他说话，因为我们刚从桌旁站起来的时候，彭丘斯突然走了进来。我不知道什么时候才能再见到米尔恰。

昨天去拉莱亚家吃晚饭。这是他成为部长以来我第二次见到他。我们再次讨论了他退出全国农民党的问题。对于像他这样的背叛，他的解释似乎不够充分，即使是出于诚实的信念。

根据拉莱亚的说法，铁卫军仍然是一个巨大的危险。他告诉我一些不可思议的事情。四分之三的国家机器已经被"军团化"了。

4月13日，星期三

昨天晚上，在雅典娜宫演出了《圣马太受难曲》。到现在为止，除非演出非常糟糕，否则我很难注意到。演出中没有管风琴让我困惑；合唱声声音太大，震耳欲聋；独奏者表演欠佳；管弦乐队技术生疏；整体音调混乱不堪。对我来讲，仅仅阅读歌词已远远不够了；我已经对它太熟悉了，这次演出无法让我感受到曾经感受到的情感。我很想听听地地道道的《圣马太受难曲》。但即便如此，我还是再次很享受地听到了我熟悉的咏叹调。听音乐作品，我比以前更有分析性、更带解剖性、更为一丝不苟了。

4月16日，星期六

　　有一些简单的事情我一直都知道，但有时却让我有一种第一次发现它们的惊人感觉。

　　星期二，当我聆听《圣马太受难曲》时，我无法忘记传道者的话："在除酵节的第一天，门徒来到耶稣面前，问他：'你准备在哪里为你过逾越节？'他说：'你们进城里去，见这样一个人，对他说："主人说，我的时间快到了，我会在你家过逾越节。"'"

　　从昨天晚上开始，我们也一直在庆祝这个盛宴，我们吃着面包，我们喝着酒。

　　这件事突然提醒我，耶稣是犹太人——我过去从来没有充分意识到这一点。这迫使我重新思考我们可怕的命运。

　　去年秋天，我以同样的方式在沙特尔大教堂停下来观看耶稣的割礼。就像一个普通犹太人的割礼"布里斯"：一个老人，一只手拿着仪式刀，另一只手拿着孩子的阴茎"威利"，看起来就像布勒伊拉的"摩西·谢赫特"。

　　从昨天晚上开始，我一直在阅读尼采的《黎明》。它在某处谈到了基督教中的"犹太人的压舱物"。

　　压舱物是多么具有讽刺意味，但不知何故对我们来说也是一种安慰。

4月19日，星期二

　　《库凡突尔日报》星期日关闭了。

　　它重新出现的意义何在？这样它就有时间实施两三个臭名昭著的

行为了！这样它可以谈论"伪科学家"弗洛伊德了？这样它可以声称犹太律师在法庭上互相殴打，互相残害？总有一天，我想和教授谈谈这一切：不是为了责备他，而是让人们想起《库凡突尔日报》曾经"抬起了帽檐"参加过战斗。

不安，焦虑，没有答案的问题。铁卫军的人被捕，阴谋被发现或"上演"，谣言让你心满意足——报纸上没有一个字，让你相信任何你喜欢的东西。

我想去巴尔奇克待十天左右，但我不知道离开这个城市是否是明智的选择。我不能忘记我的圣诞假期曾被那个可怕的戈加政府砍掉一截，如此地出乎意料，如此地难以置信，如此地荒谬。不能排除另一种可能——我不希望在离家很远的地方被抓了起来。

星期天——由于各种关于铁卫军人士被捕的谣言四处流传——我给米尔恰打了电话，然后去看了他。

他在家里，玛丽埃塔稍晚时回来了。他们都对逮捕和关闭报社感到愤慨，认为这是愚蠢的、武断的和不合逻辑的。我想对他们说，那就是独裁（这也是他们想要的。只要他们个人不受到打击，但是能允许他们，而且只有他们去打击他人）。

但我忍住了，没说出来。将来有一天，通过讽刺或暗示，公开地、不带感情地与他们一笔笔地算账，但这有什么好处呢？

4月30日，星期六

于巴尔奇克

我已经在这里待了一个星期。我住在了去年在杜米特雷斯库别墅的同一个房间。

为什么从我到了之后一行字都没有写呢？也许是因为我总是想到

我一年前在这里写的那些日记页面。在同一个房间里，面对着同一片海洋，有千种颜色和声音——但几个月后我在巴黎将它们连同小说的手稿一起丢失了。我现在能看见那些页面就在我的眼前，就好像昨天握在我的手中一样……

有多少事情要记录！我都让它们任意地溜了过去，但现在我的返回日期即将到来时，我觉得我留下的不是无所事事的一个星期，而是十个星期、十五个星期。

昨天，在海里赤身裸体。我和奇切罗内、朱丽叶塔（直到今天我都不知道她的全名）、她的姐姐和少校一起去了埃克琳。在埃克琳的海滩上，我光着脚，没有穿衣服，穿过森林（一个距离大海仅仅五十米不可思议的森林），从一棵鲜花盛开的野梨树上扯下一根树枝，撕下一根像长矛一样高的芦苇茎，摔跤，喊叫，在阳光下被晒得萎靡不振——在傍晚时分带着晒得红通通的皮肤和奔放的热情回到巴尔奇克。我能感到这种热情中混合着海洋的空气、风、海滩上数小时的狂欢、一整天的阳光以及童年。

我还是不知道少校夫人叫什么名字。不知出于何种原因，人们称她为"扬库"——我喜欢对一个忧郁的女人用上这个相当奇怪的男性名字。她并不漂亮。我甚至会说她离漂亮还差得很远。但某种温顺的柔情，在她这个年龄（三十五岁？）的女人身上楚楚动人，赋予她如此多的女性气质。他们的夫妻之间的悲剧很简单：一个既性无能又爱嫉妒的丈夫；被整个小镇监视着的无法逃脱的乡下生活。

一天下午，她来到我这里。她一边哭泣，一边悄悄告诉我所有的一切。她任由泪水流淌，然后又像孩子一样把泪水擦去。她抚摸我，亲吻我，但我拒绝了她的越矩行为，虽不是很严厉，但是很坚决。昨天晚上，当我们从埃克琳回来时，她告诉我她突然产生了对我"拥有"的热情。

不要这样，亲爱的扬库，不要这样。

纳埃·约内斯库在这里过复活节。当我去市中心的路上经过他的别墅时，我拜访了他（我想，实际上上星期六在我来到这里的第一天他就在这里了）。

还是同样的常年不变的纳埃！突然，他没有任何开场白，就告诉了我他对尼科尔森所说的一切——当然，是教训了他一顿。他那无与伦比的谦虚语气！他是多么的幼稚，多么想惊吓他人！我带着我遏抑的钦佩、不断的惊讶和好奇的期待来帮助他，我感到无比享受。他的这种幼稚之气是他剩下的最后一点值得我喜欢的事。

他对尼科尔森（两星期以前在布加勒斯特的工党议员）说，如果他以"个人自由"的标准来判断，那么他对罗马尼亚一无所知。这不是我们熟悉的价值。这只是我们从其他地方借来的东西。罗马尼亚人的自然有机进化将视其为可有可无的东西。

说得太好了——我很想问一下纳埃——当你在巴尔奇克的一座宏伟别墅露台上或在班纳萨的一座豪华宫殿阳台上说这样的话时，当一辆奔驰轿车正在外面等待你时，当你从伦敦购买衣服，从维也纳购买床上用品，从佛罗伦萨购买家具，从巴黎购买洗漱用品时，这番理论会是极其反动的。这难道不是一种无意识的防御行为吗？

昨天早上我打开窗户，首先看到的是一个年轻女孩离开了我对面的别墅，穿着白色短裤、白色运动衫和橙色上衣，在阳光下闪闪发光。

她可能是一个丑陋的女孩（后来，当我在马穆特近距离地看到她时，事实证明她并非与众不同），但就在那一刻，她是青春，她是自由，她是清晨。

"一个花童……"（这是我的感受，尤其是当我阅读普鲁斯特时或就像我通常在假期中所感受的那样）。

我惊讶地发现，大约五年前我在卡罗尔家的一次聚会上遇到的弗吉尼亚·拉杜列斯库嫁给了一位疯狂爱她的建筑师。当时她正顶替马纳图拉萨演出，我和她有过一段恋情。我在巴尔奇克遇到了他们二人。我不禁想起了奥丽卡·罗森塔尔和盖塔的可怕故事——一个非常相似的情况。

星期四晚上我与弗吉尼亚和建筑师一起在钓鱼湖边散步时你猜见到了谁？我让你猜上一千次。……当然是盖塔和她的新丈夫。这就是命运、职业和气质的神秘结合。

可怜的斯旺。可怜的圣卢。总会出现一个新的奥黛特，一个新的瑞秋。

而你，在这里书写日记的你，你确定你在布加勒斯特没有自己的奥黛特吗？你甚至从这里寄了几封情书给她。她也许在去约会的途中或从约会返回的途中在阅读你的情书。

5月8日，星期日

布加勒斯特

自从一个星期前从巴尔奇克回来后，我一直过着一个无所事事之人的不可原谅的生活，既浪费了时间，也使自己筋疲力尽。我就没有在家里好好待上过一个晚上，全泡在了外面。我和内莉·埃希奇（在观看了《诸神的黄昏》戏剧之后），或者和奇切罗内（在观看了《玫瑰骑士》话剧之后），或者和切拉（在晚上看了电影以后），或者在旋律饭店和莱妮、弗罗达一起浪费了我的夜晚（今天早上我四点钟回来，因为太心烦意乱了，而无心去看莱妮一直和拉扎罗内亚努、海夫特和其他一百个男人调情。她向他们微笑、问候、召唤、交谈……）。我必须给她应该得到的：上个星期整个星期，她都对我异常亲切，在七天内到我这里不少于三次。

我保证会更加努力工作和更加理智。我无法忍受自己无所事事和放任自流。悠闲自在在巴尔奇克是不错的选择。这是唯一一个不会让我丧失意志的地方。

5月11日，星期三

纳埃·约内斯库被捕了。我无法找到任何细节。米尔恰没有打电话来，我也不能一直做得太过分——在目前情况下，这样做似乎是轻率的。

看来他是在星期六早上被捕的。现在会发生什么，我不知道。他真的是被关在米耶尔库雷亚丘克[1]吗？他会被软禁在那里吗？他会卷入对科德里亚努的审判吗？他会失去教授职位吗？

我对他所发生的事情感到苦恼！多么奇怪的形势转折！

5月20日，星期五

昨天晚上在《罗马尼亚人的生活》杂志社，苏基亚努[2]和我正在交谈并走向敞开的窗户（这一切持续了不到三分钟左右）。那么，谁会出现在下面的人行道上，和一个风度翩翩的青年走在她的风情万种之中呢？是莱妮！

不知道自己有没有一惊，但一瞬间我打量了一番面前的情况，感受到了震撼。我下定了决心，让苏基亚努还沉浸在谈话之中，几个大步就跨到了靠街的门口。莱妮和她的调情人就在大楼前。我高声喊道：

---

[1] 纳埃·约内斯库和米尔恰·伊利亚德都因铁卫军活动而被关押在米耶尔库雷亚丘克营地。
[2] D.I.苏基亚努：影评人和记者。

"莱妮！"

我想她很震惊，但我真的不记得了。我能看到的只有她的那双大眼睛和一种无言以对的微笑。

"莱妮，很高兴见到你。我一直在上诉法院处理你的案子直到七点钟。这个案子已被推迟到9月17日。"（"9月17日，"她重复道，仿佛想要记住它。）"我在家里给你打电话，但没人接。我给兰帕打了电话，但我没能联系到弗罗达先生告诉他。……看，这里是《罗马尼亚人的生活》杂志社。我告诉你，这样你就不会认为我在值班。"

我噼里啪啦，一口气全部搞定。我吻了吻她的手，然后回到了杂志社里面。

（我认识和她在一起的那个人。他是在玛丽斯–安格拉什的审判中提供专家证词的建筑师。）

我感到头晕目眩。或者，更准确地说，我无法确定自己的感受。"你觉得疼吗？"我小心翼翼并有些担心地问自己。我不觉得痛，但心里有一种激动，心中一片空虚，有一种难以言喻的压迫感——算了吧，我对这一切再熟悉不过了！我头脑中思维清晰：在那一霎那的时间，我能站在窗边，我是多么幸运呀！如果再过一秒钟，我就会什么也看不到。那么，我就会一直无知，永远成为蒙在鼓里的傻子。

（当然，不可能有其他解释了。晚上七点和莱妮在旁边小街上散步的男人是她已经睡过的男人，或者在不久的将来与她睡觉的男人。）

我迷茫地离开了《罗马尼亚人的生活》杂志社，一路上，坐在三十二路公共汽车中（我要去复活节时在巴尔奇克遇到的那对年轻夫妇梅尔莫兹和莉莉·潘库那里）。我不停地重复着愚蠢的小短语来让自己平静下来：只是为了让时间过得越来越快。此时此刻我只有一个愿望：应该是九点钟了。这个时间她终于可以独自一人待在剧院中，不是我想见她（从那一刻起，我就知道我再也不想见到她了），而是她独自一人才能让我立即将烦躁的心平静下来。在此刻她独自一人高于一切。

至于其他的,我们拭目以待……

我想我会在梅尔莫兹家停留半小时,一个巴尔奇克风格的派对在那里正在等着我。从4月下旬开始,我们聚会的所有成员都在,如今又加上了两位年轻女性。其中一位是佐伊·里奇,是我去年11月在莱娜·康斯坦特家遇到的画家。

我们喝了一些酒。我决定不醉不休。晚上醉酒是再合适不过的了。莱妮的记忆消失了。时不时还会疼,就像是突然又一阵抽搐的痛处。也许说"疼痛"并不完全合适。我脑子里刚刚又回放了七点钟发生的那一幕。一切来的那么突然,我甚至还没有注意到她所穿衣服的颜色。

整个晚上我都在佐伊·里奇身旁度过。起初是偶然性的,但后来是因为我觉得这样做很愉快。不久,我们之间的相互吸引就被在场的其他人以最常用的方式促成了。他们取笑我们,随后的一片寂静加强了人们的注意力,偶尔再刺激一把,把一个简单的笑话构成了一个关系的开始。

我们走到阳台上,可以看到面前开阔的田野。梅尔莫兹的房子在布加勒斯特郊区。远处有草、树、几座孤零零的房子和一些电线杆。它与先驱医院场地内的"分区"景观非常相似。

我们坐下来聊了很久。佐伊躺在躺椅上,我就在她的脚边。她看起来很年轻,身体尤其显得非常有活力。她长着一双斜眼,略显夸张的颧骨和一张孩子般的嘴。她怯生生的亲吻中带着一丝绝望之感。后来,为了避免众目睽睽之下的尴尬,我们离开了其他人,去了她在罗塞蒂广场的三楼单间公寓。她在我怀中哭道:

"不孤单的感觉多好啊!"

那是诺拉[1]要说的话。实际上她在某种程度上是这样说的。这就是生活,一年之后,重演了小说中的情景……

---

[1] 诺拉是小说《事故》中的一个角色。

我不知道和佐伊的关系会发生什么。当然不是爱。我解脱了。我不想重新再开始。但她会帮助我"走出去"。

无论如何，虽然我可能伴随着失眠和痛苦度过夜晚，但实际上我却伴随着美酒和爱情度过了良宵。所以没那么严重。……当我考虑此事时，我觉得和莱妮的恋情无论如何都得结束，也许并不是最坏的结局。

巴尔塔扎尔疯了。蔓延性全身瘫痪。他们明天要收录他。多么可怕的生意！

5月24日，星期二

"你有一张很容易被遗忘的脸。"前天当我再次去看佐伊时她对我说。我吃了一惊。诺拉也说了同样的话："你的脸很难记住。"

我不知道我们之间的新关系会把我引向何方。我以极不负责任的态度接受了它。我也不知道这将会如何结束。从目前情况看，我很高兴。她这么年轻，这么漂亮。赤身裸体的她，美得不可思议。她的乳房小而结实，而且很嫩——有点像十几岁的孩子。她的脸色很严肃，看你的方式很严厉——她的表情透露出悲伤和惆怅。但她的身体是充满活力，既年轻又如运动员似的，前凸后翘。听她在我怀里呼吸，抚摸着她乌黑的、略带丝状的头发，我感觉很好。我特别喜欢她制定的简单而不切实际的暑假计划，在某个山村，只有我们两个人，白天各自工作（她画画，我写作），晚上做爱。

那是幸福，我难以置信的幸福……

5月30日，星期一

不眠的时间累加起来，直到我无法数清楚。我应该连续睡上三天才能恢复。……我最近几乎没有停止饮酒（星期五一整天都在孔迪耶斯库家，星期六整个晚上在西格弗里德家）。几乎每天清晨两三点钟我从佐伊家回到家时，即使没有喝酒，也会有些醉意。

昨天是星期天。我从下午五点钟到午夜之后一直都在她家。我们俩赤身裸体（或几乎是赤身裸体），趴在她的绿色毯子上（正如她所说，在草地上）。电话铃响了，门铃响了。我们屏住呼吸，直到危险过去。

昨天她给我讲述了"她的人生故事"。和我想象的有多么不同！这个女孩差点自杀！这丫头想上吊！这个女孩在她的内心深处隐藏着一种不快乐和——无论她怎么否认——未治愈的爱。她那么年轻，那么美丽，那么渴望死去。她说话非常简单，但带着一种似乎不抱任何希望的沮丧。然而她只有二十五岁，总有一天会有人或某种事件会将她从这种麻木中解救出来，把她带回到生活之中。为什么我不能成为那个人？

6月5日，星期日

布莱切尔死了。他的葬礼于星期二在罗马举行。

我想到的不是他的死。那是一种仁慈的解脱。我想到的是他的生命，它一直震撼着我。他的痛苦太大，不允许同情或温柔。这个因极度痛苦而去另一个世界生活的少年始终像个陌生人。我永远无法完全敞开心扉，对他表现出真正的热情。他让我有点害怕，让我保持一定的距离，就好像我总是站在我无法进入而他无法离开的监狱大门处。我对自己说，我们之间几乎所有的谈话总是那么尴尬，就好像这些谈话是在某机关的会客室里进行的一样。每次当我们说再见时，他又回到了哪里？而那里又是什么样子的？

我今天不会写，也许永远不会写上个星期我和佐伊之间发生的事情。星期三和星期五我们可怕的夜晚！

但她是一个令人兴奋的女孩——更是一个非凡的人。我不知道我是否爱她，但我相信我会。不管怎样，仅仅接触两个星期，我觉得她在我生命中的分量比莱妮四年来的任何时候都重。

莱妮？她是谁？她是如此遥远，对我来说意义如此之小。我见过她两三次，就好像她不在那里一样。用正常的眼神看着她，既不疑惑也不呆滞，有些冷漠，有些无聊。这样做，我觉得无比爽快！

7月4日，星期一

我有点疯了。我没有钱。每天靠小额贷款过日子。我常常连一百个列伊都凑不齐。我不敢乘有轨电车，也不能为寄一封信买张邮票。有时我不知道该向谁借钱，或者最重要的是如何开口（因为我会羞愧地死去，而贫穷使我在虚荣心上遭受的痛苦比身体上的痛苦厉害得多）。但与此同时，我正计划去意大利旅行！

今天早上我偶然和图图贝·索拉科卢一起去了西塔。我翻阅了那里的一些小册子并拿走了一些。从那以后，我的脑海里一直在咆哮着与意大利有关的名字：湖泊、山脉、山谷。米苏拉、休斯、卡雷扎、布雷耶斯。

这不是疯了吗？当然是。我现在只有三百列伊，是我昨晚从卡罗尔那里借来的五百列伊钞票剩下的。

但是如果我要在15日去度假，如果我必须找到钱，我为什么要每天支付二百三十列伊在舒勒、吉尔科什或雅科贝尼的罗马尼亚小屋，而不是用在意大利某个地方？

当我做一些详细的计算时，我的疯狂似乎就变得理智了。但它们确实让我头晕目眩……

我会设法弄到一张去威尼斯的机票——如果有的话，我需要一万五千列伊（如果没有任何额外费用的话），也就是说，是两千里拉。很多钱，而且很难找到，但这是不可能的吗？

我已经一个月没有在这里写一行字了。已经发生了太多事情，而且太混乱了。莱妮的归来，她的来访，她的离开，她的来信。然后是佐伊，佐伊，佐伊，永远的佐伊，每天的佐伊。我的思绪只有在我孤独而遥远的那一天才会清晰。但我会吗？

7月24日，星期日

布兰

我从星期四就一直在布兰这里——我自己也不知道我是怎么来到这里的。我离开布加勒斯特时没有明确的目的地，但有一千个遗憾。为什么我没有及时安排去意大利的旅行？为什么我不写信给吉尔科什的瓦格纳小姐呢？为什么不是亚科贝尼呢？为什么不像去年那样去舒勒山上的小木屋呢？

我一直将小木屋作为后备方案，但我很高兴我最终没有去那里。回到一年前我写那本丢失的小说的地方，我会感到非常沮丧。

乍一看，布兰看起来很像布雷亚扎。我是多么犹豫是不是要在那里居住！我绕着斯托伊安先生的别墅走了十几圈，不确定要不要交押金。如果有什么让我决定在这里居住的话，那就是那栋漂亮、干净、宁静的别墅，离森林只有几步之遥，一个自成一体的公园，还有一条几乎在窗下流淌的小溪。我白天黑夜都能听到湍湍流水之声，伴随着树叶沙沙作响的耳语。这个地方十分宁静、舒缓，充满了忘却之感。

昨天、前天和今早，我在几次散步中逐渐探索了布兰。当然，这与我在舒勒山甚至吉尔科斯山上置身于高山荒野中的感觉完全不同。这里的一切都更平静、更温和、更柔和。但也无法与布雷亚扎相提并论。这里的景色无限多变，更加绚丽多彩，给人以更为丰富的惊喜。我已经进行了四次漫长的散步。每次我都发现了一些东西，新的特征，新的森林。有的地方，我觉得自己身处法国，在克鲁兹，完全不是典型的罗马尼亚风格的女王城堡,看起来就像上萨瓦省的城堡。

我没有在吉尔科什第一年时那种"不知所措"的感觉,我也没有舒勒小屋给我的那种孤独之感。但我对布兰这个地方很满意,也很有信心。在这里我别无所求,只要求稍加休息,并在我的工作中获得一些运气。

我给自己腾出三天时间,休息、睡眠和什么也不做。明天我将开始工作。我会取得任何进展吗?我会足够勤奋吗?我会设法续上断裂的线索吗?我像往常一样焦急,但我决心绝不放弃。这个月是我最后一次完成这本书的机会。拖了两年了,有太多的心酸,太多的遗憾。一切都因为它而停滞不前。等到我看到它出来的时候,我的感觉不是完成了一本书,而是结束了一段开始让我疲惫不堪的漫长关系。

7月26日,星期二

昨天写了三页,今天写了四页。当然,我仍然不能认为我已经安全上路了。我的主要目标是遵守我为自己设定的本周工作时间安排:早上九点到十二点,下午三点到六点,我必须坐在桌旁。其余的将由机会和天上的上帝来决定。训练自己写作是多么困难啊!每当在面前铺上一张空白纸时,我都会感到惧怕和颤抖,带着怀疑,也许还有一点反感。……外面的草坪多么美丽:绿色,明亮,阳光明媚,呼唤着你去玩耍和遐想。对于勤奋的作家,我所拥有的只是良心的痛苦;它取代了真正的专业精神。而为了平息那些阵痛,我不能再有浪费时间的那种不堪忍受之感。我无可奈何地回来工作了。所以工作中没有热情——至少现在还没有。

7月27日,星期三

比昨天稍好一些:写了六页。但这些是微不足道的页面,既不好也不坏，既可以保留也可以丢弃，而不会产生破坏或解决任何问题。

我仍然没有感受到这本书跳动的心脏；我眼前看不到我的角色，无法感觉他们在我身边。我只能摸索、犹豫、等待……

7月31日，星期日

写作进行得很艰苦，而且速度肯定很慢。我进入了第七天的工作。我只写了三十五页，也许还算不错的。这样算每天平均写五页。这也算是一个令人满意的结果，尤其要考虑到近来我有点不舒服，两个下午根本无法工作。另一方面，令人担忧的是，小说的情节进展甚微。我仍然停留在第五章。这一章就好像是在这整本书中自动形成的一个中篇小说一样。我给那些不应被视为偶然事件的情节太多空间了。那个照片的情节竟占了十二页之多！这太过分了——尤其是与小说中丢失和重做的部分相比，其中更重要的事件（幸亏我可以将它们全部重构）做了一些省略和无意中做了些简化，这使得新页面相比之下看起来离题了。当我想到我才刚刚写到剧情的一半时，我感到害怕。有时候——比如说现在——我觉得一切都还没有完成，到现在为止的所有工作都一文不值。

8月3日，星期三

浪费了两天（星期一和星期二）时间在基金会的审查报告和普鲁斯特研究的校样上了。这些校样是印刷的样稿。

今天我又回到了小说。任何中断都是危险的，因为它会把我引开，让我很难回去。事情进展得相当缓慢：在七个多小时的工作中，甚至写了不到五页——大约是四页加四分之三页。但我很喜欢保罗在科隆停留的情节，我特别喜欢我对比利时签证事件（7月23日，赫根拉特）

的重新思考。这个情节描写放在了第一章。我当时想我会重新考虑的。

8月5日，星期五

我以为我今天就可以完成第五章（经历了很多意想不到的转折）。如果我稍微努力一下，我确实可以完成它。然而，在最后一分钟，出现了一些"场景"变化——安与保罗出人意料地离开了，去了锡纳亚——这意味着要在这一章中补充情节。所以我决定把它留到明天或者当我下定决心完成它的时候。不论哪种情况都可以。

"决心完成它"，坦率地说，是幼稚的废话。我永远不知道将会发生什么。每天早上我都带着同样的恐惧面对手稿。每天晚上数着一天所写的五或六页稿子（昨天六页，今天只有五页，尽管今天早上我很努力，想着要刷新纪录），我没有觉得这个小说太难写，但第二天早上我仍然还会害怕和犹豫。我能永远坚定地占据小说的心吗？我会不会直到最后都觉得我在掌控着一切，它再也无法摆脱我而去呢？

8月6日，星期六

所以你看，一个人永远不应该发誓。我没有写完第五章——事实上，我只写了四页，我也不知道什么时候能写完这一章。仔细想一下，我觉得自己不能正确地观察所发生的事情。我对我一天的工作完全不满意。一想到我的假期就要过去了，而要写的小说仍然停滞不前，我就害怕。

8月7日，星期日

我一直在考虑一大堆我可以写的、我保证会写的书。这种想法总是出现在当我忙于工作之时。我看到了可能的主题，我决定不再浪费时间，我做出各种承诺要更加勤奋。当然，后来，当我回到布加勒斯特面对难以把持的生活时，我忘记了一切，随波逐流，变得心灰意冷。

事实是，当我有像基金会这样的出版商时，我每年可以定期出版一本书甚至两本书，我投入这么多在所有这些评论中是不可原谅的。对于那些评论，我只需制定一个按顺序读和写的时间表就可以了。

在这样的正常生活中，在三到四个月内写出有关罗马尼亚的小说的第一卷会很困难吗？在过去的几个晚上，我与自己进行了长时间交谈，承诺要认真对待这件事。

我还可以设想法国文学中"信函与期刊"的一些研究。对普鲁斯特书信的研究可能只是一个开始。但该清单要包含司汤达的日记和信件（包括《自我主义者的回忆录》和《亨利·布鲁拉德的生平》）、福楼拜的信函、龚古尔的《日记》、雷纳德的《日记》、里维埃－富尼耶的信件、普鲁斯特的信函和纪德的《日记》。这意味着要写一本四到五百页的书，写起来也更有吸引力，因为在我完成后可以将每一章在《评论》杂志上发表，这样一稿可以得到两次报酬（当然，这样的工作也可能是无偿的）。

我还可以写上一卷有关几位罗马尼亚诗人的文学评论，有阿尔盖齐、布拉加、玛纽和巴尔塔扎尔。

那么，还有哪些文学评论的作品不能写在书中？但我把所有一切都与《事故》一书的出版作为必要的先决条件。我必须看到它的出版；只有这样，我才能腾出手脚来。因此，即使我不能在布兰再待上两个星期左右——考虑到事情进展得如此缓慢，这些时间肯定不足以让我完成——我正在考虑到9月时再次离开布加勒斯特两到三个星期，也许是去布拉索夫，这次要不惜一切代价完成手稿。

计划，计划……我们看看究竟会发生什么。

今天终于完成了第五章。除了所丢失然后重写的页面外，另外60

页是我在布兰写成的。我不认为它会占有这样的比例。从明天开始，我得回到好久不见的诺拉身边。我担心我会失去线索，在陌生的领域不再知道事情会如何发展。第六章只有泛泛而谈的大纲。要凭着这个大纲，把我带进本书的所谓"情节"。也许我应该为将要遇到的重大障碍和阻力做好准备。

我不禁想到，如果我没有丢失手稿，我现在共写了171页了——也就是说，这些材料可以安全地送到印刷厂去了。不过，我应该把遗憾放置一边，认真考虑从现在开始能做些什么。

8月8日，星期一

在踌躇不决中又丢失了一天。我总是害怕开个头。我把以前写的东西重读了一遍，把有关诺拉的章节翻阅了好几遍——借口是重新认识她，恢复最适合她的语气，但实际上是因为我缺乏认真工作的意志。出于迷信（米尔恰曾经告诉我，最好在星期一开始工作），我工作了整整一天，但只写出了几行字。

明天我必须要有更坚定的决心。闭上眼睛，逼自己向前：这是完成一本书的唯一方法。

昨天晚上，我觉得把第五章和第四章的顺序调换一下也许是一个不错的选择。这样可以使从安到诺拉的过渡更加顺畅。此外，无论我怎么做，有关安的那一章都会打断本书的流程。那一章有些偏道。要把它拉回正道有些困难。

8月9日，星期二

这些日子一点灵感都没有，唉！有些糟糕的日子，你写的所有东西，或者强迫自己写的东西，都变得沉闷、笨拙和惰性。你面前一片漆黑；所有这一切，如果不是假的，那么只能是平淡的、多余的和毫无意义的。我写下一个句子，然后不知道是该保留还是该划掉。我把它划掉后，一切似乎都比我替换前的要好。

我就这样浪费了今天的全部时间。我很不情愿地写了三四页，但它们是如此黯然无色，如此缺乏表现力，以至于我再回头读一下时都感到尴尬。要写的第六章就是不想开始。

我懒惰吗？我不这么认为。不管怎么说，我并不比以前更加懒惰。我尽职尽责地按规定在办公桌前坐了六小时（也许少了半小时），但一无所获。在我面前，文稿死气沉沉，毫无生气。我耐心地等待一抹曙光的出现——当然，可行的等待方式只有一种。正如雷纳德所说的那样："将笔牢牢固定在纸上。"而我这个可怜的家伙当然知道雷纳德所说的是什么。

8月11日，星期二

昨天整整一天，今天整整一上午，我连笔都没拿起过，也不敢接近手稿。我顿足不前了。

直到今天下午，我才试图重新回到工作。但现在已经七点了，天色越来越黑，我连三页都没有写到，但不得不停笔了。现在不是数页数的时候，而是想知道我是否能够继续写作，还是我会"卡"在这里很长一段时间？

工作中的事故真是无法预测。

8月14日，星期日

还是艰难前行。星期五写了三页左右，昨天写了五页，但今天却只有三页。如今，当思路变得清晰一点时，写作应该比较流畅一些。但实际情况并非如此。一个最简单的动作、一个最单一的手势我要花好几个小时来琢磨。我渴望做事能轻松自如一些。我希望我不会感到有这么多障碍，有这么多阻力。也许这都是我的坏习惯。如果我让笔不停地刷刷点点，遇到困难就先跳过，如有需要，可以稍后回头处理，这样写作就会简单些。可是，对我来讲，一个句子我觉得它还不是完美之前，我绝不能留下不顾。

第三个星期的工作我已经结束了，但成绩一直在下降：第一个星期写了35页，第二个星期25页，而第三个星期只有20页。怎么会是这样呢？

8月16日，星期二

早上看起来还不错。我11：30停止工作，走出去晒晒太阳——我已经十多天没有饱饱地享受阳光了——今天下午我再也找不到好的心情继续写作了。当然，如果我坚持这样做，我最终会设法做出些事情。我的写作已经接近一章的结尾了，我不想破坏它——尤其是整个章节都很薄弱。也许到了明天就会好了。现在我得允许自己在躺椅上躺上一个小时。

在我待在这里的这段时间里，我做了各种各样的梦。其中有一些是极其奇特的：纳埃·约内斯库、科内柳·科德里亚努、西尔维娅·巴尔特、莱妮、玛丽斯……在睁开眼睛之前，我都要默默地念叨几遍；我试着记住这些梦，并保证在我醒来时把它们记下来——但后来我还是失去了它们：它们变得太模糊了，我再也无法从中提取任何东西。

今天的《时间报》说，喜剧剧院宣布，新的戏剧季开幕式将上演《度假游戏》。8月20日进行排练。

对此，我不置可否。我已经渐渐习惯于对戏剧不抱任何期望了。我们走着瞧吧。

8月17日，星期三

我做了一个错综复杂而荒谬无比的梦。我只记得梦中罗马尼亚为了占领"波库蒂亚"而开战。我问自己：与谁开战？与波兰？与捷克斯洛伐克？波库蒂亚可能会在哪里？

街道上挂满了旗帜。我似乎在布勒伊拉，和波尔迪一起沿着库扎大道一路上坡，向镇中心疾驰而去。我不记得我是否骑着自行车，但我确实知道，我走得越快，就越能感觉到我的嘴里，我的牙齿之间，一种装置发出震耳欲聋的声音，就像牙医用的小磨轮。

还有很多其他奇怪的事情，不过我都忘记了。

没有任何关于米尔恰的消息。也没有人可以去打听。但由于我在弗雷梅阿出版社出版的任何文章中都没有看到他的名字，我觉得他仍在被关押之中。罗塞蒂前天给我的一封信中谈到了"米尔恰被驱逐出境"。这对米耶尔库雷亚意味着什么？

我已经写完了第六章。尽管所写的这些页面中充满了瑕疵，前后共有30页。可以说，这是迄今最不成功的一章。它的确很糟糕，除了描写在街上行走的段落之外，没有什么能让我满意。但也许它会在总体效果中淡化。

从现在开始我不知道该怎么办了。我在布兰只剩下三天时间了。这给人一种临时的感觉，可能会让我很难工作。不过，明天早上我会尽量像往常一样坐在办公桌前。第七章，也只是一个过渡，应该不会花费我太多的精力。只有当我和我的角色一起到达舒勒山的巅峰时，我才会来到这本书的另外一边。

1938年

8月21日，星期日

今天晚上我乘坐律师维吉尔·塞法内斯库的车前往布加勒斯特（最后一刻建立的关系，但非常友好……）。

最近几天我根本没有做任何工作。就像我以三天完完全全的假期开始我在布兰的一个月一样，我决定以同样的三天来结束它。

我躺在躺椅上晒太阳，在小溪里洗澡，开始阅读英文小说（我觉得梅雷迪思的小说很适合在假期里阅读），我玩各种游戏：国际象棋、西洋双陆棋、台球、乒乓球和排球。我就像是个小学生一样。

现在我要回来了。我想以不同于一个月前离开布加勒斯特时的生活方式开始我的生活。

8月22日，星期一

于布加勒斯特

我在布加勒斯特的第一天，令人筋疲力尽的一天。清晨，我被公共汽车、街上的喧嚣声和令人窒息的热浪吵醒了。我在布兰度过的良宵到哪里去了？充满森林气息的早晨到哪里去了？那种只被湍湍溪流声打破的宁静和万籁俱寂到哪里去了？

为了不屈服于我在这里重新遭受的可怕生活压力，我需要多大的抵抗力！一想到我本可以在那里再待上一个星期，我就怒不可遏，因为我本可以在一个月的时间里提交我对普鲁斯特的后续研究（稿子要在我回来写）。乔库列斯库直到今天才通过电话告诉我，他不需要立即使用它。多么愚蠢的交易！

我去玛丽埃塔家看看有没有米尔恰的消息。（米尔恰没有接电话。）自8月1日以来，他一直在米耶尔库雷亚丘克营地。

在这个场合，我看到一个无拘无束的玛丽埃塔。她浑身充斥着反犹太主义。甚至她和我说话的事实，或者我在她家的事实，都无法阻止她对大腹便便的犹太人和他们臃肿、珠光宝气的女人咆哮和愤怒——尽管她确实把大约十万"体面"的犹太人作为例外，可能包括我自己，因为我既没有大肚腩，也没有臃肿的妻子。

否则，她的语言就会像《时间号令报》一样。我毫不犹豫地告诉她这点。我离开她家时，自己有股中毒了的感觉。

8月24日，星期三

排练明天开始[1]。今天我与莱妮和西克一起过剧本，以检查剧本是否有任何可能的变化。

让我发怵的是，莱妮在某些地方的理解力很差。第二幕的最后一个场景完全超出了她的想象。她让我删去一些在我写作时让我很感动的东西，而且那是我为她写的，因为那时我爱着她。

"你真的要保留这些吗？"她今天就一些她根本搞不懂的台词问我。（例如，"我没见过他，但我一直在等他。我一直希望能在我认识的每个男人身上找到他……"等等。）

我不想让人觉得我像一个特别偏爱自己剧本的作者，为了剧本，"心在流血"。我觉得我对嘲笑更怀疑，更敏感。我失去了一部对我来说意义重大的小说，而我并没有死——更不用说我会为了一部他们会在剧院里搞砸的戏剧而死。但令我惊讶的是，她要理解最简单的含义有多么困难。

更让我不爽的是，西克提前安排了所有事情，让我的戏的演出不会超过三个星期。第一个晚间演出安排在9月15日，而10月7日，莱妮与约内斯库·R.玛丽亚将要一起出去巡演。提前排除成功率是否让我

---

[1] 罗马尼亚的反犹措施经历了严厉的阶段。塞巴斯蒂安的戏剧是在反犹限制减少的时期制作的。

感到困扰？这部剧会成功吗？我不知道。让我们假设它不会。但是，如果成功的概率很小——比如说，甚至是百分之五——那么我不明白为什么要它受到拒绝。彩票中奖的机会甚至更小，但这并不能阻止我玩它。

在一天结束时，我对自己说，这些都不重要。我不应该为此而努力。他们愿意怎么做就由他们去吧。我对自己说，这出戏是我写的，但演出是他们的事。一旦做出这种区分，我就可以认为自己是自由的，不依附任何人。

8月25日，星期四

他们将把演出从日程安排上取消并不是不可能的。我得感谢佐伊。是她帮我理解了西克提出的安排是多么不可接受的。拙劣的首演，然后是三周的巡演，（海报）从广告牌上消失，这样做绝不可能给我带来任何好处。如果这部戏不能给我带来一些钱的话，那它就什么也没有给我带来。我不是那种将戏剧事业变成追求"文学声望"的孩子。

8月29日，星期一

我八点左右回到家，对晚些时候和佐伊一起出去的许诺感到厌烦。我想，如果我能待在家里，读一点书，睡个早觉，那该多好。我决定，当佐伊按照我们约定的时间即一刻钟以后打来电话时，我要鼓起勇气告诉她，我要待在家里，请求她原谅。

电话响了，还没等我说话，她就告诉我，她不在家：

"我被绑架了。我以后给你解释。"

这样，我自由了。这样我就可以安静的待在家里了。我可以读一点书，并能早早上床睡觉。这正是我想要的。

是的……但我是一个爱嫉妒的人。现在我开始感到不安了。一想到她和别人出去了，我就感到困扰。"我被绑架了"包含着很多意思。今晚她会和绑匪一起回家。她无疑会和他一起睡觉。这一切对我来说应该是完全无所谓的事情。到头来，分离是我们唯一可能的结果。而且我不能剥夺她找个男人睡觉的权利。

我扪心自问，怀抱如此的遗憾、如此不可能的期望、如此疯狂的希望，使你本来就十分悲惨的生活更为复杂化，而最终都落得万念俱灰。这样的生活又有什么意义？

8月30日，星期二

我在梦中常常梦见纳埃·约内斯库。昨天晚上，他从米耶尔库雷亚丘克回来后，我见到了他。我们似乎在布勒伊拉的校园里。我们谈话很激烈——由于我诋毁了铁卫军，他非常粗暴地指责我。然后还发生了很多事情——这是一个很长的梦——但我已经记不清了。

排练已经开始了。我还没有去过那里——除非我无法避免，否则我是不会去。我没有热情的感觉。我对我们同意的交易一点也不满意。为了让他们在10月7日之后能继续演出，我必须平均每晚赚得两万四千列伊。只有当我挣到这个平均值时，巡回演出才会被推迟。我有一种被蒙骗了的感觉。西克的所有重大成功就是让海报在广告牌上待了两个月，但平均每次赚得不超过一万五千到一万七千列伊。但我不能和这些剧院的人打架。在我们开始之前，他们已经把我打垮了。

今天早上我去看了阿里斯蒂德·布兰克。我把他在我去布兰之前借给我的两万列伊中的一万列伊还给了他。这样，我的口袋空空，一无所有了。但我很高兴我和他的账目是清楚的。除此之外，我不得不承认他在这种情况下表现得非常完美。他把钱给了我，然后小心翼翼地收回，就像他提供或接受香烟一样。如果他不这样做，我会羞愧而死。

前几天我去看了尼娜。乔伊斯一看到我就高兴地大喊大叫。这让我想起了我曾在这所房子里宾至如归的时候。而尼娜和我都显得很不自在。

当然，我为所发生的一切感到遗憾，我为纳埃感到难过，为米尔恰感到难过，我想知道他们如今是否是自由的。但我无法相信他们的"行为"仅仅是纳埃的误判和米尔恰的孩子般的胡说八道。一半是闹剧，一半是野心。除此之外，我再也看不到其他的了。

9月3日，星期六

秋天。现在才七点，但天已经很黑了。在过去的一个小时里，我一直在开着灯读书。

9月4日，星期日

在今天的《时间报》上，有首演式的第一个广告。"喜剧剧院。1938年9月14日，星期三。冬季首演。《度假游戏》，米哈伊尔·塞巴斯蒂安著。主要演员：莱妮·卡莱尔、乔治·弗拉卡、米苏·福蒂诺和V.马克西米利安。"

一整天我都在阅读雷纳尔的《日记》和龚古尔的《日记》中有关他们排练和首演式的笔记。我特别喜欢可怜的龚古尔兄弟所说的关于他们的《昂利埃特·马雷沙尔》第一场演出的灾难性失败。这种阅读也可以给我敲下警钟。

9月8日，星期四

今天下午我第一次去参加排练。我提醒自己要保持冷静，顺其自然，不要让任何事情变为悲剧。夸大这种戏剧业务是荒谬的。只有当我可以相对冷漠地看待它时，它才有意义。

他们再次告诉我，欧洲每年要写出至少有二十五部像我这样的剧本——所以我所做的一切无足轻重。

虽然首次演出原定于14日进行，但现在却改到了9月16日。但根据莱妮的说法，我认为在20号之前难以上演。

玛嘉在前天，卡罗尔·帕斯卡在昨天都问了相同的问题——因为她们都看过戏剧《你为什么不吻我？》，并且很享受。

"你的戏中也有音乐吗？"

有一天晚上，普洛皮努的妻子问莱妮：

"《度假游戏》？是不是又是一个女学生的戏剧？"

我留下了多么艰难的遗产：《无故缺席》的回忆和《你为什么不吻我？》中的艾莉·罗曼的音乐。

我的这个剧本中既没有女学生，也没有任何音乐。……会让观众失望了。

戏剧心态：弗罗达这个人既不傻也很喜欢这部戏剧。就在前几天，他给我提出了这样的建议：

"第三幕换个场景怎么样？一部戏剧只有一种舞台布景，观众都厌倦了。"

他真的不明白，这个"一种舞台设置"实际上是该戏剧的诗情画意的一部分——不管它能包含多少。

9月10日，星期六

令我惊讶的是，星期四的排练并非一场灾难。我离开那里时感到相当振奋。总的来说，我觉得各方面融合成了一个整体。当然，仍有一百万个细节需要调整和纠正。

莱妮的表演令人感动。我是在排练两天后冷静思考后说出这句话的，而且这段时间我对她的爱意早已荡然无存。至于她的演技，我想我更倾向于严厉。尽管如此（除非结果看起来不是灾难性的惊喜让我在相反的乐观方向上犯了错误），我相信她表演得很成功。她需要的表演很简单，但也很微妙：在吵架的时候要有几分忠诚，在遐想的时候要稍有几分讽刺。几乎所有时间她都在角色的范围内行事；只是偶尔我觉得有必要叫她"重回正轨"或"回归本土"。

马克西米利安就是马克西米利安。他没有一刻演得如同博戈尤。他一直都在戏外，一直都在装腔作势。

弗拉卡在某些时候表演得不错，例如在那些无太多表演的时候，而在其他一些需要一点轻浮、一点幻想的时候却演得非常糟糕。如果我不设法把他换掉，第一幕中漫长的最后一个场景将被彻底毁掉，并殃及整部戏。

其他一些人很有趣，另一些则没有太多的表现力，但没有一个是不可接受的。

回到莱妮，我必须指出，她曾要求我删除的那些台词，她说写得非常优美和真挚。

"我没见过他，但我一直在等他。……等等。"

心中有股压抑和忧郁的暗流，有一种顺从的趋势向意想不到的希望敞开了心扉，尽管还没有多少火一般的热情。

演员这个职业是多么奇怪和有屈从性。你甚至可以在不理解它的情况下把这件事做得很好。也许这正是演员真正的标志。也许这就是人们所说的"本能"。

（昨天我又去莱妮家和她一起过了一遍这个角色。

"为什么科瑞娜在第三幕时能感觉到自己的脉搏？"她问我。"是不是因为她爱上了斯特凡之后，她的心跳得更猛了？"

"不,亲爱的莱妮。这是因为,第一次独处,她有了时间,有好奇心,有转向自我、观察自己、了解自己的需要。她把手放在她的脉搏上,就像她把手放在她的心上一样——尽管她并不知道自己还有一颗心。"

"你真这么认为吗?"莱妮纳闷着。她陷入沉思,有点难以置信。

然而在舞台上的那一刻——尽管她对其中的意义浑然不知,但她表现得却非常完美。)

美丽、粗俗的床上能手桑迪娜·斯坦对我说:
"我很高兴终于能够在一场思想戏剧中表演。"
我听了甚至不敢笑出来。

阿格尼娅·博戈斯拉娃(扮演艾格尼丝,她说了几句话很有趣)怯生生地走进西克和我正在观看排练的包厢。

"对不起,"她对西卡说,"您能不能让塞巴斯蒂安先生为我多写几行?我的台词有点太少了。……"

"好吧,好吧,"西克开玩笑地回答,"我让他给你写个对联。"

我对那个女孩如此热衷于让我延长她的角色的热情感到好笑,但当我想到她说的话时,她孩子气的行为似乎很感人。这是一个演员的幼稚,由装腔作势和激情混合而成。剧院也许是人们不逃避工作、真心寻找工作的唯一地方。

莱妮读到了下列台词的那一刻时,
"我讨厌把这些台词移来移去,
我从来不哭,我从来不笑。"
西克凑近我,轻声问道:
"那些台词是谁写的?"

昨天下午，我与玛丽亚·吉奥卢、卢帕小姐[1]喝茶，后来又与坎塔库齐诺夫人私下喝茶。这里有很多事情要记录下来，但现在我没有时间。

玛丽亚很漂亮（也许是我认识她后第一次觉得真的很漂亮），但有点急躁，如果不是完全歇斯底里的话。

"我的腿是不是很漂亮呀？"

她掀起她的裙子给我看她的小腿。

确实，当时在场的只有我们两个人。

9月11日，星期日

维克多·伊恩·波帕昨晚在玛丽女王剧院的演出一败涂地。

剧院的可怕之处就在于人们不知道自己在做什么。首演式无情的灯光，才能让真相一刹那间跃入他们的眼帘。

我离开时感到很恼火。这不仅因为我浪费了整个晚上，而且有点担心某些灾难会降临到我头上。有没有可能我在写剧本时也犯了如此严重的错误？

米蒂克·特奥多雷斯库前几天对弗罗达说：

"你怎么能上演塞巴斯蒂安的戏呢？这是不可接受的。"

"这是一出好戏，"弗罗达说。

"这不可能好，"米蒂克固执地反驳道，"怎么会这样？听我说：这很糟糕，非常糟糕。"

"嗯，但你不了解这个戏，你连剧本还没读过呢。"

"我不需要读它。我告诉你：真的很糟糕。"

真是一只聪明绝顶的豺狼！

---

[1] 露莉·波波维奇–卢帕：纳埃·约内斯库的朋友。

9月12日，星期一

第一张海报在星期六出现了。现在它们已经遍布全城了。无论走到哪里，你都可以看到。我自己保存了两张：一张寄给在巴黎的妈妈，另一张留给我自己。我用图钉把它钉在墙上，像孩子一样地盯着它看。我喜欢看它。……然后——带着同样的幽默感——我做了一件同样愚蠢的事情：我去摄影师那里为这个演出照了张照片。

不过现在，这种情趣已经过去了。我感到无聊和冷漠：我不再期待首演式了，也没有任何不安或丝毫的好奇。

今天下午我去看排练了——我觉得一切都很愚蠢。不知道他们要做一顿什么样的美餐！在每段对话中他们都塞入了上千个意图和手势。我觉得他们的眼睛都在盯着我，盯着那空荡荡的礼堂，盯着提词员——呼唤我们作为正在发生的事情的见证人。没有自然感，没有信念，也没有一丝真理。

明天我不会再去了。我让它听天由命吧。事实上，我正在考虑再也不去了，甚至想去巴尔奇克待几天，以尽可能远离这项交易。今天排练变得更为奇怪，也许是战争可能即将来临的原因。收音机现在正播放希特勒在纽伦堡的演讲。我自己的收音机坏了，但广播的片段从下面的地板飘了上来，或者可能是从街道对面飘了过来。我听不清他在说什么，但我很容易辨认出希特勒那沙哑的嗓音，尤其是不断打断他的欢呼声：简直是疯狂的欢呼声和咆哮声。

在这样的日子里，我还应该认真对待一场戏吗？

9月14日，星期三

今天早上的新闻报道令人震惊。苏台德人发出了六个小时的最后通牒。六个小时已经过去了。现在战争是唯一的可能了。也许今天晚上就可能发生。也许当我正在写这个日记时，我们已经陷入了战争。

在城里，人们说德国人已经进入捷克斯洛伐克，到目前为止还没有遇到任何抵抗。我明天有可能成为一名士兵吗？

9月15日，星期四

我还是去参加了昨天的排练。这次是和弗罗达一起去的。唯一顺利的一幕——当然出乎所有人的意料——是第三幕。在过剧本时他们都不相信能过。

另一方面，前两幕表现得十分生硬、肤浅，总是出错误。菲蒂诺的入场是不可接受的。如果不大大地夸张，难道就不能表演喜剧了吗？

那些装腔作势的演员吓得我不轻！当我认为他们称自己为"艺术家"时，我想知道"反话"这个词不会把他们吓倒吧。我感觉自己好像身处溃不成军、节节败退的部队之中。每一个人都是为了自己！只要我成功，只要我没事，只要我得到掌声，就让整个戏崩盘好了，就让这个节目消亡好了。

弗罗达对西卡毫不客气，直话直说，说得他脸色变黄。我也能感受到西卡这个装腔作势的演员受伤的自尊心。在一阵恐慌之后——当整个项目似乎有全面崩溃的危险时——他只得打电话给行政部门的人。

"我说，请告诉报纸，星期三晚上进行首演式。在那之前每天排练两次。"

这将是一个愉快的解决方案。因为很多问题可以在一星期的排练中得到解决。至少这些台词可以适当地掌握——因为目前除了莱妮之外，没有人真正掌握它们。在恐怖的记忆练习压力之下，哪还能有解读的位置？

"解读"——一个愚蠢的词，在剧院里根本没有人把它看在眼中。

没有人解读任何东西。每个人都有他自己的手势、他自己的咕噜声、他自己朴素的咳嗽声,然后将所有这些都应用到他扮演的角色之中。就是这样。

在这三幕剧中,我认为没有一段对话听起来不假。我应该一点一点地阅读它,设定正确的基调并澄清其含义。但这是一门超越我个人的手艺。我应该诅咒、喊叫、摇晃、威胁,冒一切风险,不顾任何人的感情,不顾任何人的威望。我应该战斗,清除一切障碍,如果有必要的话,不论是一个回合还是捆绑在一起,决心永无止境地与西卡、与西格弗里德、与提词员、与舞台工作人员、与每个人进行争吵。也许只有这样我才能让我的戏剧重新站立起来并能捍卫它。

但是这样做值得吗?我是否能相信它,并能认真对待它?

不,我做不到。这只是一个笑话,一场游戏。忘记这一点是很可笑的。也许在我的生活中会有更严肃的东西需要捍卫。我希望,即使在我作为作家的职业生涯中,还有更多光荣的战斗在等着我。毕竟,在《两千年之久》和《度假游戏》之间存在着我无权忘记的差异。其中一个中存在着有一些非常接近骨头的东西;而另一个,只是皮毛之物,幼稚可笑,不值一提。

所以首演式将安排在星期六。西卡立即撤回了推迟的决定。太多人劝他不要这样做。他们每个人都使用相同的话语:别担心,你会看到它会成功的。

每个人都很容易吞食所言,因为没有人会对此承担任何责任。"会成功的。"我能听到贝雷什泰亚努[1]也这么说——我想知道这是一种什么样的艺术,即使是贝雷什泰亚努也可以发表意见并做出预测。

"会成功的。"但是距离首演式只有两天时间——至今为止,还没

---

[1] 喜剧剧院的管理人员。

有人已确定他的角色，没有人知道穿戴什么，没有人知道什么时候入场，什么时候离开，什么时候说话，什么时候保持沉默……

9月16日，星期五

"在戏剧方面，"龚古尔说，"所有那些没有过渡的高潮和低谷都是可恶的。"

昨天晚上的排练比以前好多了。它甚至是令人满意的。时不时地，我像个孩子一样被情感冲昏了头脑。一些观众（菲菲·哈兰德[1]、马克西米利安夫人、济苏）都很紧张地观看表演。听到他们笑，看到他们偷偷擦掉眼泪，我觉得很有趣（今天下午的排练中，贝亚特·弗雷达诺夫在第三幕中哭得十分真切。这个女孩要哭，说来就来……）。

昨天，蒂莫斯似乎被说服了，但我并不怀疑他有任何友好的感觉！表示不喜欢会很尴尬，表示赞同轻而易举……

西卡很高兴。欣喜若狂。

"这场戏，先生，那是一场地地道道的戏。它肯定会在国外打响。我们要把它翻译成法语。"

我听他多次重复着美妙的赞美之词——当然，如果这出戏不成功，他们也不会阻止他来恶毒诅咒我。我几乎可以听到他的声音："到底是谁让我和这些知识分子搅和在一起的？"

笼统地说，或者泛泛地说，我可以心满意足地离开了。然而，在细节上，在更精细的含义中，还有一百万件事要做。我必须接受现状——并以冷漠的态度看待一切。这就是为什么我不能抱怨：我没任何脾气，没有任何不耐烦，没有任何感觉。什么都没有。

---

[1] 菲菲·哈兰德：女演员。

昨天晚上排练后，我和莱妮出去了。我只和她一起在威尔逊餐厅吃饭，我们回家很晚，大约凌晨三点钟。她把她的角色演得如此优美，如此简洁，如此强烈，如此真挚的情感，以至于我对她重新燃起了柔情，就像我初恋时爱她一样。我们在一张海报前停了下来，读着并排印着的我们的名字。在这空空荡荡的林荫大道上，似乎只有我们两条孤影在漫游。

9月17日，星期六

距离首演式还有一个小时。我还能写多少！但我度过了焦虑的一天，所有的时间——从一点到七点——正巧在法庭上处理了莱妮的案子。在法庭上的一天通常会让我筋疲力尽——尤其是今天！

我很遗憾没能把所有需要注意的地方记下来，尤其是与今晚彩排有关的信息。

现在剩下来的只能是等待。

9月18日，星期日

一个巨大的成功——真的很成功。数十次的谢幕，现场观众气氛热烈，充满活力。

我去电影院平平静静地看了一部电影，好像今晚没有发生什么特别的事情似的。

然后在戏快完时我出现在剧场中，及时感受到庆祝和满足的热闹气氛。

今天早上的评论充满了赞美之声。日场演出票已售罄，晚场也几乎没有剩下座位。几十个电话，几十个祝贺。

我当然感到高兴，但我并没有因此冲昏头脑。我仍然相当怀疑——

而且，最重要的是，我已经筋疲力尽了。太累了，无法在现在记下首演式需要注意的地方。

也许等明天吧。

9月19日，星期一

《未来报》《信号报》等报纸的评论仍然很好。昨天票房关门前售出了所有可能的额外门票。日场净赚三万列伊，晚场达到六万。

但我仍然不相信它会在公众中取得巨大成功，或者它不能继续保持一系列的成功。现在我没有耐心列出其中原因，但我完全清楚这点。

9月20日，星期二

今天的评论是压倒性的。《库凡突尔日报》的伊奥内尔·杜米特雷斯库和《罗马尼亚报》的卡兰迪诺以一种让我无言以对的友善和热情写了评论。……不，我完全没想到会有如此反应。在《环球报》中也有一篇评论，虽然可能是不怀好意（它的语气冷酷，而且有点充满怨恨），但其赞美成分已经足够了。到目前为止，没有人说它坏话。这在某种程度上让我感到不安。我没有要求那么多。……以往不断猛烈攻击我的《罗马尼亚民族报》《时间号令报》和《前线报》至少在现在暂时保持沉默。这是因为成功太大而无法抗拒吗？或者，相反，是那种在暴风骤雨到来前酝酿的沉默吗？

昨天晚上，通常是一星期中最安静的一天，共收到了两万四千列伊。核对数据的贝雷什泰亚努向我保证是两万六千。这似乎是一笔大买卖（当天晚上，波帕的戏剧收入略低于五千）。卡米尔不敢相信两万四千的数字是正确的。在他看来，这个数字也太大了。

查询每天的收入可能会是很尴尬的事情，但当这么多人每天都沉迷于这些数字，当剧院里的一切都依赖于它时，你不禁会对此感到好奇。

今天早上，我找到了贝雷什泰亚努。他的办公室里摊放着巡演计划，还有不少给地方剧务经理的信。

"你看，我们遇到麻烦了！现在我们将不得不推迟巡回演出。"

我仍然在问自己，这是否会是一个持久的成功。第三幕并不顺利——部分原因可能是制作方面的问题。前两幕的喜剧效果太大，笑声太多，以至于第三幕显得平淡无味。

我去看了星期日晚上的演出，对人们幼稚、荒谬大笑的方式感到不安。我也笑得像个傻瓜，沉浸在欢乐的气氛中——很难抗拒在人头攒动的剧院中，从包厢、楼座和前排上传过来的笑声。但是虽然我也笑了，但同时我也感到沮丧。如果人们在任何古老的闹剧中也是那样的欢愉嬉闹，不知这些人能如何理解这出戏！第三幕的演出让他们感到困惑。这就是他们对这出戏的意思一窍不通的证据。幕布拉开时，他们仍在笑——但经过几次交流之后，尤其是在第一场景的戏之后，他们意识到他们的笑声不合时宜，他们的欢笑戛然而止。很可能第三幕将阻止该剧长时间上演。

罗塞蒂既不喜欢这出戏，也不喜欢戏的表演。他没有直截了当地告诉我，他也没有这样的必要。首演式后他没给我打一次电话就足以表明了这点。昨天我见到他的时候，他的祝贺是那么的躲躲闪闪，那么的尴尬难堪，几乎让我觉得我必须为这出戏进行道歉，好像是干了件丢人的事。

当然，维索亚努也不喜欢这出戏（他和罗塞蒂如出一辙，自从戏上演后他就再也没有露面过）。

这样并非坏事。它把我拉回到现实之中。这让我想起所有我在剧中不喜欢的东西；这不断提醒自己，所有这些歌功颂德听起来十分顺耳,但绝不应该对此太认真了。

剧院产生了多么强烈的影响!我写过五本书,但从未有过这种与公众直接接触、接近他们、关注他们、感受他们的感觉。第一个晚上就足以让一股好奇、烦躁和友好涌动的感觉出现。我接到了几十个电话,几十条信息,竟来自最令人惊讶和意想不到的地方。

9月21日,星期三

今晚的收入:三万二千列伊!显然,这也太不寻常了。

这是一群很好的观众,全神贯注地看戏,几乎就像音乐会的听众。人们笑得不那么狂野,他们更多的是微笑。我不时地有这样的感觉,我正在听室内乐。

但现在是我该从剧院中解放出来的时候了。如果我再也不在那里出现就好了。现在是我该回到严肃问题的时候了。

9月24日,星期六

战争随时都可能爆发,也许在这个小时,也许在下一小时。捷克斯洛伐克昨天晚上已经进行了动员。法国似乎也进行了动员,但实际上并未使用"总动员"一词。夜间时分,战争迫在眉睫。凌晨三点钟左右,镇上弥漫着一种恐慌的气氛:或者不止是恐慌,而是一种已经准备放弃的人们疲惫的苍白。

现在我们有一个类似音乐中的切分音的时刻。张伯伦带着希特勒分子的新要求回到了伦敦。这些要求会被接受吗?我们是否会出现一个压制欧洲自由的"德国和平"——谁知道会持续多久,也许是整个历史时期?或者这些要求不会被接受。如果是这样,我们将有战争。这只是时间问题。几天,也许更短,几小时或几分钟。

剧院的情况也在慢慢走下坡路。昨天一万七千列伊！——一个最令人担忧的数字。"成功"离开得这么快吗？人们对此会有很多可能的解释：天下雨了，政治方面的消息越来越糟，人们感受到了事件的压力，等等。

但是，失败总能找到它的原因，而真正巨大的成功则不需要任何解释。我的戏剧可能不属于这种情况。

9月25日，星期日

昨天剧院戏票清仓甩卖。但我不认为这将是一个"巨大的成功"，或者只是一个成功而已。昨天的日场似乎很少有人光顾，今天只带来了大约一万五千列伊——只是上星期六的一半。也许今晚情况会再次好转——尽管今天晚上是犹太新年的第一个晚上——但我担心的是明天，即星期一，情况会非常糟糕。我不再敢进行计算，也不敢做出幼稚的计划。……我梦到的那几十万列伊只是说笑而已，但现在既使开玩笑都也梦不到了。

我路过剧院，去看了第二幕的几个场景。我对他们的表演如此糟糕感到震惊：没有信念，没有诗意般的热情，台词断断续续，该演的片断遗漏了，要靠他人来补台，就好像是最糟糕的排练一样。我惊恐地逃之夭夭。

9月27日，星期二

在巴黎的波尔迪打来电话。他认为法国今天晚上将会进行全民总动员，而战争将会在星期六爆发。他问妈妈该怎么办。他想把她送回罗马尼亚，但我很害怕，也许当她在途中的某个地方，例如在意大利，

1938年 235

战争可能会爆发。她独自一人，只会讲罗马尼亚语，胆颤心惊，身无分文。她该怎么办？她将如何应对？

另一方面，她也不能留在索镇，因为波尔迪和贝努也许在战争第一天就得参军入伍，而她又是独自一人。

亲爱的妈妈，如果这场战争能让你心安理得过去就好了！或者你失去的只是无论如何都会失去的东西！要是我能为你们付出一切就好了！这是我所要求的最后安慰。

10月1日，星期六

和平。所谓的和平。我没有能高兴起来的心。《慕尼黑协定》虽然没有把我们送上前线，让我们活了下去，却也为未来的可怕时期做好了铺垫。直到现在，我们才开始看到希特勒那伙人施加了什么样的压力。

按照逻辑的推理，预计法国会向右转，而罗马尼亚会出现强大的反犹太主义倾向。我可以很容易地设想，又会出现一个新的戈加-库扎那样的政府，或者甚至可能逐渐过渡到一个乔装打扮的军团政权。

我们会看到的。

昨天我甚至不敢去剧院。星期四晚上的情况十分惊人：只获得了一万一千列伊。我很沮丧，对剧院里的人感到良心不安，就好像我把他们推入到了一笔糟糕的生意上。每个人都劝我不必惊慌，剧院门庭冷落，是因为人们随时都在期待着慕尼黑方面的结果。同时，因为防御演习让整个城市陷入黑暗，让人感到阴森可怕。街灯熄灭，窗户覆盖，不断传来的警笛声和鸣响的钟声，等等。

昨天我没有去问剧院的情况。他们只是说星期五是一星期中最糟糕的日子。

今天早上，我遇到了打字员阿克森特。他告诉我的话让我大吃一惊：

"昨天你们喜剧剧场击败了我们：我们玛丽女王剧院获得了两万四千列伊，而你们却获得了两万六千。"

我简直不敢相信自己的耳朵。但我还是鼓起勇气去问了剧院的收银员。是的，这是真的！

命运会不会发生变化？它还能取得成功吗？

一年前，我到达巴黎。在那里我的行李和手稿被偷了。到昨天晚上，正好一年了。

10月5日，星期三

昨天我和奥克内亚努谈了这部小说[1]。我想我会在他那里出版。他是唯一可以合作的出版商。我不知道，如果我与德拉弗斯合作，我将如何处理与他的合同。

今天我读了第六章。自从布兰回来之后，我就再也没有碰过它，现在已经把它忘记了。当时我对它很不满意，但现在它似乎比创作它的那时候好多了。

我希望小说能在11月底或12月初出版。为此，从10月15日开始，我必须昼夜写作。不去法庭，不管基金会的事项，其他什么也不做。

今天的《时间报》上，我的戏剧的广告上写着"末场演出"。我不知道为什么会这样。与约内斯库·G.玛丽亚一起的巡回演出已被推迟到10月19日，而《度假游戏》可以一直演到那个时候——尤其是因为即使它的成绩没有那么出色，也几乎没有失败过。星期一和星期二很安静（今天是赎罪日），但星期六和星期日赚了四万多列伊——这算是不错的收入。

---

[1] 小说《事故》。

对于佐伊和莱妮，我全身而退。这样做使得事情更明智、更简单。上帝知道，这不是闹着玩的。

10月11日，星期二

星期六和星期日相当安静（收入略高于三万列伊），但昨天和星期一真的很糟糕。到八点钟，他们只卖出了大约五千列伊。我没有问到现在的总收入是多少。在演第一幕时，我走进剧院待了片刻。底层前排的位子上有很多人——可能发了很多免费门票——但楼座却是空空的。

一部戏剧在接近尾声时是多么悲惨。一部小说不那么浮夸，不引起如此轰动，但它退出流通也是缓慢的、无意识地，没有强烈的落差。不管好坏，这部戏将在本星期还得继续演出，因为在巡回赛开始之前他们没有其他东西可以上演。但正如人们在戏剧界所说的那样，它的"职业生涯"已经走到了尽头。

昨晚，西卡似乎有些沮丧。

"请你不要责备我。"我对他说。

"我没有什么可怪你的。我很高兴我们上演了你的戏，但我对观众感到沮丧。我再次得出结论，剧院的座位难以预料任何微妙的事情。不仅是你的戏写得好，不仅演员演得好，不仅是首演式产生了轰动效应，而且整个第一星期都表现出了普遍的热情，笃定的成功。告诉我！有了这一切还有什么可求的？"

10月15日，星期六

好像莱妮和佐伊已不足以让我的生活复杂化了，但现在又出了个艾丽斯·特奥多里安。她每天给我打十次电话（即使是在晚上）。她总是要我和她一起吃饭。口气要么是坚持不懈的，要么是暗示的或挑衅性的。

这一切都变得太滑稽了。我的命运多么讽刺：身为一个犹太人并看起来像一个"众女人的男人"！

说到这方面，昨天完全是浑浑噩噩的。午餐时间有佐伊（在布勒伊拉的塔塔餐厅）。莱妮是晚上来的，完了我又去了艾丽斯·特奥多里安家。我很难辨清和她们每个人都做了什么。当我觉得，在一个正常有序的生活中，我会成为世界上最忠诚、最不轻浮的人……

在这么多荒谬的恋情中我被撕成碎片，而这些恋情没有一个会有任何结果的。

10月17日，星期一

妈妈在詹博利亚度过了二十四小时的"隔离"后，昨天早上到达。通过拉莱亚，我们得知，在她能够继续回家的旅程之前，我必须先收到内政部发来的电报。似乎不仅詹博利亚，而且所有其他边境口岸都挤满了走进了死胡同的犹太人。他们既无法返回自己的国家，也无法进入罗马尼亚——尽管所有人都持有罗马尼亚护照。对于这种野蛮行为，没人给出任何解释或任何理由。

"我们生活在可怕的时代！"拉莱亚叹息道，显然感到很尴尬。

但这种尴尬并不妨碍他成为帮凶——一个良心被撕裂的被动帮凶，但他觉得很容易忍受冲突。

我不敢想象从现在开始等待着我们的将是什么！

星期日晚上是最后一场演出。在巡回演出前的最后两天，昨天和今天，他们玩了一个肮脏的把戏，把约内斯库·G.玛丽亚搬了回来。所以现在给人的印象是，我的戏已经从节目板上取了下来，取而代之的是一部老戏——就好像让我的戏再演出几天将会是一场灾难！一时间，我颇为愤愤不平，但后来愤怒慢慢平息了。在最后的关头，我不想把在剧院里发生在我身上的任何事情变成悲剧。

这就是一次冒险——现在一切都结束了。从中我没有得到太多，但也没有失去太多。

星期六晚上，在倒数最后一场演出中，这是自首演式的星期日以来我第一次观看了全剧。我在不同的时间来剧院看过每一幕的片段。这取决于我从电影院回来的路上什么时候去剧院或什么时间去看莱妮。但我从头到尾只看过两次。我现在已经习惯了，我几乎无法判断它的好坏。这部作品演出的形象几乎完全覆盖了我最初头脑中的形象。起初，我的构想和舞台表演之间存在着明显的差异。然而，演员的姿势（即使他们错了）和他们的语气（即使他们是假的）逐渐取代了我在写作时的想象。有时我很想抗议，想让他们重回正轨，恢复我的原始的剧本，迫使他们按照我的剧本来进行表演——但这意味着要付出太多的努力，而我甚至没有把握这是否值得。

星期天晚上，我又看了第三幕——这是最后一次！我在楼座上，舞台看起来十分遥远，因此显得有点神奇。有时我干脆闭上眼睛听舞台上的台词。或许是想到这真的是最后一次了，这些台词再也不会重复一遍，它们只会留在打印的文件中，或者充其量留在了印刷的书里。也许所有这些想法带着离别的伤感，让我第一次充满激情地听着。我对自己说，某种东西正在死去，永远离开，离我渐行渐远。我再也不会看到，在人头攒动的剧院的一片寂静之中，在只有脚灯刺破的黑暗之中，面孔一致朝向舞台倾听、吸收、重复和回答我写的台词的观众。我再也听不到冲着舞台那种热情涌动的笑声。

我身旁的一个女孩正在哭泣。她是最后一个会为《度假游戏》哭泣的女孩了。

莱妮明天要去巡演。她今天来了。不知道她是否很美；肯定不是。但她有着闪闪发亮的白皮肤，柔软有弹性的肉。

"11月17日在你的新家等我。"她离开时说。

的确，我有一种感觉，我会等她，尽管我意识到这是不可能的。这段旧恋情的最后期限即将到来。

11月19日，星期六

我已经在我的公寓房里待了两天了。我应该记住，拥有这样一间公寓房是我的旧梦想之一，应该知足了。但最近几天，我一直感到沮丧。没有希望，没有期待，没有决定。

八楼的这间公寓房是一间光线充足的白色大房间。它就在胜利之路上——临街的房子原则上我不喜欢，但从这个高度来看，我不能说我住在哪条特定的街道上。露台非常宽敞——足够放置三张打开的躺椅——从那里我能欣赏到半圆形景观，可以看到布加勒斯特城的一半。它让人想起纽约港的入口。我感到漂浮在建筑物之间。

我不想为了妈妈[1]

11月20日，星期日

昨天晚上，佐伊在我写日记时打断了我。昨天的日记刚刚起了个头，就无法继续了。我也不记得我到底想写什么。

佐伊是第一个进入这间公寓的女性。我不禁感到一阵温柔。我脱下她的衣服，把她放在床上，让她在毯子下像一只在温暖地方的小猫一样喵喵直叫，然后去内斯特糕点店买些蛋糕。心里知道有一位年轻

---

[1] 原文如此，此句未完，译者依据原文译出。

女子在楼上你的房间里等着你，真是太好了！

但是，当然，这些都没有任何意义。

今天早上十点钟有一场《度假游戏》愚蠢的日场表演（巡回演出确实在星期四结束，莱妮那天回来了）。我对自己的戏剧缺乏信心，我觉得即使是六点钟的日场演出也好不到哪里去。

我没有去剧院——倒不是为了表示抗议，而是出于真诚的冷漠。

但是妈妈、贝努和塔塔却去看了戏。他们从剧院出来的路上经过了这里。妈妈给我带来了两束菊花。第一个把花带到这间公寓的是妈妈，真是太好了。

11月30日，星期三

科内柳·科德里亚努试图逃跑。他与刺杀杜卡的刺客和刺杀斯泰列斯库[1]的刺客一起在夜间被枪杀并埋葬。对我来说，这一切都太突然和太出乎意料了，无法搞清楚接下来会发生什么事情。

不得不说，国内局势出乎意料的稳定，可能会恢复正常。外部形势如此不利和混乱，甚至阻碍了胆怯的乐观的尝试。

12月2日，星期五

昏昏沉沉、闭口无言。一种令人瞠目结舌的沉默。我感觉到，没有人能从第一分钟的惊愕中恢复过来。

如果所有这些无声的恐惧是在反犹太主义的爆炸中喷发，这是符

---

[1] 铁卫军前领导人米哈伊·斯泰列斯库与科德里亚努的联盟分裂，并创建了另一个法西斯组织，罗马十字军。斯泰列斯库被他以前的同志谴责为叛徒。他在医院病床上遭到暗杀，身遭多枪，后被砍成碎片。

合事物发展逻辑的。不能排除这是被利用的安全阀,甚至是被政府所利用。我们再一次可能是为此买单的人。

12月6日,星期二

切拉在我这里——在我还没有意识到我们是如何谈起的——她告诉我很多有关佐伊的事情,有关佐伊的"过去"。

特别是,切拉给了我很多有关一段恋情的细节。从中,我很容易看到佐伊去年夏天告诉我的那种宏大的爱情。她的心上人叫作比斯科·伊斯科维奇——而非常了解他的切拉不仅帮助我清楚地"看"到了他,还帮助我重构了他们爱情的整个故事。突然间我有一种感觉,佐伊,这个我经常见到的令人钦佩的女孩,星期六下午还睡在我的床上,像个孩子一样赤身裸体在地板上翻跟斗,这个昨天晚上还和我一起去电影院看电影的女孩,对我来说是多么的陌生。

这种感觉让我有点害怕。就好像周围我所依赖的熟悉事物突然失去了一些坚固性,改变了它们的颜色、尺寸,改变了现实……

12月10日,星期六

星期二,在圣尼古拉斯节,我给尼娜送了一束花作为她的生日礼物,并写了几行字,说我还在犹豫要不要去拜访他们,因为米尔恰虽然回到布加勒斯特有一段时间了,但至今没有告诉我有关他的生活情况。

昨天在基金会,我看到了尼娜给我送来的一封感谢信,一封单纯的礼节之信,口气既不冷酷也不友好,但十分冷漠:"我们,米尔恰和我,所经历的艰难考验,使我们与世界隔绝了。"

我非常了解他们。自从科德里亚努死后,他们觉得必须进行哀悼。

如果他们让我去他家，他们可能会觉得他们背叛了他们的事业。有些事情是无法修复的，没有留下回忆的余地。

纳埃与318名"瓦斯鲁伊的同志"签署了声援宣言。所有早报上都刊登了该文本的传真件。当我在照片中看到纳埃的笔迹时——我非常熟悉的清晰、果断、几乎达到印刷质量的字迹——我有一种模糊的感觉，这些事情也与我个人有一些关系。

12月16日，星期五

今天早上在基金会，米尔恰与乔库列斯库、比贝里和贝纳多尔聚在一起。我上前向他们打招呼。令我惊讶的是，米尔恰站起身来，拥抱了我。

一个条件反射的姿势？旧时的记忆难道比最近的事件更为强烈？

12月17日，星期六

迪努·诺伊卡从巴黎给科马内斯库写了一封信。信中宣布在科德雷努被杀后，他决定加入铁卫军团。因此，他认为他与皇家基金会签订的所有合同都失效了，并准备在最短的时间内退还他收到的所有预付款。

从这件事情上，我可以认清迪努·诺伊卡了。

另一方面，米尔恰打电话给罗塞蒂，告诉他，自己仍然是一名作家和科学家，想出版书籍，而且比以往任何时候都更想专注于将在基金会框架内创建的东方学院。

这也不是一件坏事。

昨天国家剧院首演了王尔德的《班伯里》。这个剧是我翻译的（没有人知道这一点，因为萨多维亚努当然不想冒险把我的名字放在海报上。我也不为一部从法文翻译而来的英文剧感到骄傲）。尽管如此，听着舞台上说的由自己写成的台词还是很有趣。我感受到了一位作者的好奇心（仿佛这些文字都是属于我的），但却与舞台上发生的情况完全脱离。

Journal

1935年

1936年

1937年

1938年

1939年

1940年

1941年

1942年

1943年

1944年

1月5日，星期四

我在赫蒂格[1]家吃午饭。赫蒂格为我描述了昨天在蒂蒂亚努[2]办公室的场景。

国务助理走进了房间：

"部长，作家协会已经申请加入国家文艺复兴阵线[3]了——不过里面的名字有点别扭。"

"哪些名字？"

"米哈伊尔·塞巴斯蒂安、塞尔吉乌·丹……该怎么办？"

"命令你是知道的。我们这个运动决不允许半点妥协。把这些名字删除。"

就这样，我们的名字被删除了。今天的报纸上，作家协会的名单上没有我们的名字。想想昨天在基金会，他们让我在会员申请表上签字。

1月9日，星期一

我不知道为什么我在布加勒斯特浪费了我的圣诞假期。我本可以完成我的小说，或者去滑雪，但我却日日夜夜无所事事。所以在假期

---

[1] 亚历山德拉·赫蒂格：记者。
[2] 欧根·蒂蒂亚努：负责新闻和信息的副国务助理。
[3] 国家文艺复兴阵线是在卡罗尔二世国王皇家独裁期间（1938—1940年）唯一获准运作的政党。

结束时，我浑身疲惫，无精打采，不思工作，百无聊赖，迷失方向，充满遗憾。我又没钱了——这倒提醒我，我已经31岁了，生活与我擦肩而过，我正在浪费它，而且几乎已经浪费光了。

外面是一个不该有的如春的日子，充满温暖、阳光明媚。这让我倍感悲伤。

1月17日，星期二

我和佐伊一起忍受了八个月的可笑、荒谬，实际上是可怕的情况，现在又要在莱妮身上再次发生。

莱妮昨天来到这里，脱掉衣服，然后，当我屈服时，她的举止优雅而简单，让我们度过了一个似乎没有出路、没有救赎的时刻。

她非常美丽，比我在最轻信的期待时刻所能想象的要美丽得多。

我的恋人佐伊和莱妮简直是完美的一对。他们存在着差异，但却能天衣无缝地进行了互补。在她们两人之间生活，生活是多么的复杂——当然也是极其充实的！

复杂的人生！还有谁的生活能比我的生活更为复杂、更为愚蠢、更无意义？

我带着一种听天由命的昏昏沉沉的心情看待生活。这也许是唯一能阻止我结束所有一切的态度。

我的生活中没有更多的余地。能做的只能是自杀，或者是永远离开这里，到某个地方孤独地生活。

1月20日，星期五

令人恐怖、令人厌恶，多么肮脏、淫秽，无比阴沉的东西。

这样一天过后，我仍能够得过且过，我的惰性是多么强大啊！

1月26日，星期四

今天晚上从舒勒山回来。我在那里滑了五天雪。逃避的时间太少了。但无论怎样，是一个喘息的机会。一个延期，一个停顿。我试着什么都不去想，试着忘记。我知道这是不可能的，但我试图至少找到一些麻醉的方法。

现在醒过来了吗？

2月7日，星期二

昨天在布兰克家与德诺布瓦先生共进午餐。事实上，他的名字叫"拉罗什富科伯爵"，但他是一个典型的诺布瓦人。我很想问他是否读过普鲁斯特，他是否对相似性不以为然。当然，这样做会是无礼行为，但我认为我与他的谈话从来都不是很委婉的。

起初我没有意识到他是"马耳他骑士团驻布加勒斯特宫廷大使"。他总是在谈论他的外交护照，我以为他一定在法国外交部门工作——因此我对他对社会主义者（尤其是布鲁姆）的强烈敌意、对佛朗哥的热情支持、对西班牙共和党人的蔑视，以及在等待着"民族主义"胜利的喜悦等等方面感到惊讶。我感到几近愤慨，提醒他法国现在将有另一个边界需要保卫。我觉得我有点咄咄逼人，有点遭人烦。我应该学会冷静而有礼貌地倾听，不要做出过于尖锐的反应。看在上帝的份上！我至少应该从我对普鲁斯特的了解中学到很多。我认为，如果我激发了他的信任——不把我当成他的对手，并且如果他一直很自在，那么他昨天会做出更多的"妥协"。在这种情况下，莫里斯·特贝会让自己显得非常谦虚、惊讶、钦佩和顺从。

但即便如此，这家伙也很有趣。他简直就是一个"静修处的外交官"！（他作为非实体国家大使的身份使他过分表现出外交官的举止。）

他谈论一切时表面上都带着一种虚假谦虚的神气，但一种自负感正在其内部爆发。他经常屈尊俯就，以非正式的和一点"隐姓埋名"的方式让你了解重大秘密。"但是你知道，我对此不了解；我完全无知。"当他说"完全无知"时，似乎是在邀请你探寻他微笑背后的一大堆奥秘。

从他的嘴里常常吐出来的都是来自意大利或西班牙宫廷的流言蜚语和带着神秘色彩、稍加强调的愚蠢的花边轶事："你知道的，那都已经成为历史了。"侃侃谈起欧洲伟大的王朝，但夹杂着一种滑稽的敬意。"维克多·伊曼纽尔是一位伟大的国王。""唐璜嫁给了一位迷人的波旁家族的人。他们是非常严肃的人。""在罗马行军期间，维克多·伊曼纽尔成了萨伏依王朝的领袖。"谈到墨索里尼第一次与国王会面时，他补充道："我的消息是从一个当时在场的人（但不是国王）那里得到的。"

昨天晚上，在塞法迪犹太人的圈子里我遇到了阿代卡。我俩在一个"节日"晚会上谈到了巴尔萨扎。他告诉我，他对科德里亚努的死感到遗憾。他还说，科德里亚努是伟大的人、真正的天才，是难以匹敌的道德力量，他"神圣的过世"是无法弥补的损失。

莱妮总是来。我也总是打电话给她，接待她。我不知道这整件事会把我引向何方，但我很高兴有她在我身边并且我没有失去她。但以后怎么办？再之后又会怎样呢？

2月9日，星期四

尼娜和米尔恰前天晚上来了。仿佛什么都没有发生过，仿佛我们之间没有可以忘记的一年。

谈了很多关于米尔恰在丘克营地生活的生动细节，尤其是关于他与纳埃共同生活的情况。他如此热情地提到了纳埃，我突然感到很想见他。我多么后悔在他再次被抓之前没能见到他！

在过去的三个星期里，我一直在学习英语。前几天买了第一本书——劳伦斯的《书信》。我会试着逐字逐句地去读。当然，要读这些书信现在还为时过早，但我希望在我的众书中有一卷"千钧重负"。

除此之外，一切照旧：也就是说荒谬、屈辱和难以忍受。我不知道每天从哪里寻得力量来度过我这种悲惨的生活。可能懒惰是我唯一的力量。

2月11日，星期六

昨天，卡米尔被任命为国家大剧院的导演。在他任命之后，我们一起在大陆餐厅用餐。

我很担心他要做的事情。我希望他成功；这是他能得到的为数不多的好机会之一。

2月12日，星期日

我决定重返我的小说。我想将它完成。这么长时间没有完成对我来说是荒谬的。我作为作家（但我仍然还是作家吗？）的所有活动因此而停滞不前。

此外，我没有钱，也不知道去哪里能挣到钱。春季的房租很快就要到期了。如果我能把小说送到印刷厂，我马上就可以得到二万甚至三万列伊。

通过工作，我也将——至少在一段时间内——在这种破碎的生活中重新找到生活意义。至少写作对我来说仍然是我的避难所！

如果有必要，我会把自己关在室内——如果这太难了（考虑到佐伊、莱妮、基金会、电话等等因素），我将离开布加勒斯特。我必须这样做。

今天我重读了手稿，感觉很好。首先要做的是将重组的部分敲成形状。我必须抛开我的遗憾和损失基本上无法弥补的感觉，以及重组的部分如果不能完全注销会是不合适的感觉；我必须抛开我的哀声叹息和重重疑虑（这不是懒惰的另一种形式吗？）；我必须抛开一切，直接着手处理已经写好的东西。再过几天——两天、三天，当然不能超过四天——我一定能把我已经写好的六章草稿交给打字员。然后其余的事情看形势而办。我不会让自己用超过一个月的时间来处理所有的事情。目标是在3月出版这本书！

这是一个庄严的承诺，一个有约束力的誓言。问题是为此我能够有多么认真。

3月8日，星期三

玛丽埃塔·萨多娃打算从4月8日到5月进行《度假游戏》一剧的巡回演出。

我当然不能拒绝（我无法给出合理的理由或借口），但这种令人惊讶的事态发展坦率地说令人生厌。我可能从中赚到的钱会是少得可怜。我可能失去一些东西，虽然不是很严重，但肯定让人心里不舒服。我已经不再宠爱这部戏（尤其是现在它的"职业生涯"已经结束，无荣耀可言！）。我也不能忍受这部戏在全国各地被一帮不知从什么地方拼凑起来的装腔作势的演员糟蹋，在可怜的演出大厅要么就是四分之三空空荡荡，要么就是挤满了持有区长、驻军和税收办公室发放的免费门票的人。

这样的交易让人悲伤、令人沮丧、五味杂陈。我希望我的名字不要以任何方式与它联系在一起。昨天玛丽埃塔在这里的时候，我试图说服她选择另一部戏剧，但至少到现在她拒绝了。最后，如果不出现其他障碍，我可能不得不辞职。

3月14日，星期二

"中断"了两个月之后，我今天又在艾丽斯·特奥多里安家吃了午饭。它发生在最可笑的情况之下（有些方面当时可能是值得记录的）。今天我在听艾丽斯的讲话时，突然瞥见了整个关系网络。在这个网络之中，我认识的每个人都被卷入其中，好像他们每个人的生活都是共同社会生活的一个分支。

我只需要随机地拿出一个名字或一个角色，就可以看到所有其他人是如何隐含在他或她的个人存在之中的。从一个事件到另一个事件，从一个分支到另一个分支，我从艾丽斯开始，然后到达布兰克、莱妮、我自己、莉莉、佐伊、玛丽斯、玛丽亚·吉奥卢、卢帕、纳埃、米尔恰、卡米尔——然后再通过卡米尔又回到了艾丽斯，形成了一个闭合的圆圈。如果我可以从另一个方向重新开始，另一个路线，沿着其他人和他们的冒险经历，每个人都有一定的自主重要性，但总是缠在相同社会关系的"系统"之中。

我第一次意识到我生活的展开面有多大，虽然对我来说感觉是单调的和狭窄的。我第一次想到，与我们最普通的身势动作所涉及的大量事物相比，我们在一本三百页的小说中所包含的内容是微不足道的。说出一个名字就足够了——例如，切拉·塞尼——就会出现几十个人、几十部喜剧、几十部冒险经历开始无限地循环。

如果我要写一本包含所有这些材料的小说（我现在似乎才第一次看到它的全部内容），我需要写多少个几千页？

今后，生活会允许我这样写吗？

玛丽埃塔的巡演已经结束,至少目前是这样。我想,她已经明白了与一帮寂寂无名的演员一起去巡演的危险了,因为这些演员都是七拼八凑撮合在一起的。几天来,她一直在努力组建一个有实力的演员阵容:索雷努饰演博戈尤,瓦伦蒂安努饰演斯特凡,她甚至准备请埃尔维拉扮演文蒂勒夫人。但由于索雷努正忙于《杜杜卡·塞瓦斯蒂亚》,卡米尔不想让出瓦伦蒂安努——所以玛丽埃塔宁愿把巡演推迟到10月份。到那时她希望她能得到他们两个人。

那么,就目前而言,我前几天的那种不满情绪已不再适用。至于秋天,我们只能走着瞧吧。

3月20日,星期一

捷克斯洛伐克的消失影响了我的人生戏剧。我在街上读到关于希特勒进入布拉格的报道——我的眼里噙满了泪水。这种行为是如此卑鄙和屈辱,它冒犯了我对人们的一切能够相信的东西。

看来——尽管昨天的报纸否认了——罗马尼亚也收到了最后通牒。目前只要求它解散其工业并改变为仅向德国供应物资的严格的农业国家,这样德国可以垄断罗马尼亚的进出口贸易。

如果这种条件被接受,最迟在秋天前德国人将会来到这里。倘若这种条件不被接受,我们将在十到十五天内进入战争。

与此同时,达拉第和张伯伦正在发表演讲以示抗议。

一切看起来都很怪诞。如果你在另一个星球上观看,你会大笑起来。但是像这样的情况……

是的,今年春天有可能发生战争,今年春天我可能会死在某处的战壕之中。

星期六我与埃米尔·古利安通了电话。他建议,我们中的一些人要聚在一起并发誓无论谁还活着，都要编辑那些在战争中丧生的人留下的手稿。

我必须承认，我对我的手稿并不特别在意。让我考虑更多的是那些我可能再也写不成的书——尤其是这一生，到目前为止我一事无成。

3月21日，星期二

明天我可能会成为一名士兵。看来，整个第二军团都已经动员起来了。我和奇切罗内[1]一起去第二十一团（我们两人都是其中的一部分）。他的一个朋友是上尉。他说，所有从1928年到1938年的毕业生都被征召了。虽然到现在为止只发出了部分征召文件，但几乎可以肯定，陆续发出的时间不会超过二十四小时。

这一变故让我措手不及。我没有钱。我拿什么来支付房租？我走了，日常开销我能给家里留下什么？我需要带些什么？

如果我知道他们在家里有足够的食物吃，我就会心安理得地离开。今天晚上我在家里吃饭，和塔塔一起玩贝洛特纸牌，尝试（取得了一些成功）让他们认为我很快乐，没有烦恼。妈妈几乎忍不住流下了眼泪。"我的生活没有任何乐趣，"她说。也许她在夸大其词。但她的确没有什么大喜事，至少没有她一直期待的喜事：看到我们结婚，有孙子孙女，她可以为此感到自豪。

就我而言，我不想制定任何计划。我最好是闭上眼睛离开。

3月23日，星期四

明天早上我去团里报到。我不想过分夸大其重要性。这可能只是

---

[1] 奇切罗内·特奥多雷斯库：诗人。

一种征召。在那里待上个十到二十天就回来了——就是这样。如果我把一件不愉快的事情扩大成一部完整的戏剧，我会为此而感到尴尬。

但仍然存在着其他可能性。一切都如此混乱，任何事情都可能发生——甚至包括战争。就个人而言，我认为不会发生战争。法国和英国将继续满足于打嘴炮。意大利将得到某种让步。我们将会在压力下屈服。德国将继续向东南进军。我有一种感觉，"捷克斯洛伐克政变"将会以完全相同的方式重复。谁说我们生活在"冒险之中"？这次冒险开始变得单调。一切都是可预测的，一切看起来都是一个模样。

但任何意外都留有"余地"。仍有可能——比如说百分之五的概率——国家机器最终会发生故障并引发战争。在那种情况下，我明天的离开将是真正的离开。我必须采取一些措施以防万一。

我暂时把我的日记停在这里。也许最明智的做法是销毁它，但我下不了手。我会把它封好，交给贝努，把它放在扎哈里亚叔叔的保险箱里——或者更好的话，也许放在罗曼的办公室里。那也是我让他拿走我手稿的地方。看来，我仍然足够冷静，能意识到这些手稿很重要。也许有一天我会再次找到它们。

3月31日，星期五

虽然我从星期六晚上开始就自由了，但我还没有搞清楚我能被"释放"的来龙去脉。在军营的院子里，在雨中度过了两天，突然间我感到了平民生活的价值。我觉得，如果我重新获得它，我会知道如何更好地利用它，更加关心它。

而现在我回来了——但一切都没有发生改变。同样的冷漠，同样的懒惰，同样的麻木不仁。

复活节假期马上就要到了，我怕我会哪儿也不去，什么活儿也不干，把整个假期消磨掉。

4月3日，星期一

在锡纳亚，在罗曼的别墅里，待了两天。汽车之旅令人耳目一新。对我来说，能看到田野、树木、开阔的天空就足够了。我忘记了我那荒谬的日常生活。

我读书，睡觉，东混西混。我带着想工作的心情回来了。

康拉德给高尔斯华绥的一封信中，这样写道：

> 我已经开始起步——创作我那失控的小说。我称之为"失控"，是因为我已经追逐它两年了……但无法抓到它。结局似乎遥遥无期！这就像一场噩梦中的追逐——既奇怪又令人筋疲力尽。你已经完稿了你的小说的消息给我带来了些许安慰。这么说小说是可以完成的——那为什么我却不能呢？

4月7日，星期五

耶稣受难日！一个灿烂的春天日子。我想把它花在躺椅上，晒晒太阳。今天早上我有些心动，想离开这里去巴尔奇克。我甚至去拉雷斯[1]询问了信息。星期日早上有航班，我可以在星期三回来，这样也不会耽误基金会的事情（如果乔库列斯库没有被征召，如果《评论》的事情没有留在我手中的话，我肯定不会让这个假期白白过去而不去某个地方工作……）。

复活节期间我可能会离开三天，但我不敢确定。我一个人在家，感觉真好。电话静静地待着，也许离我而去，即使不能很好地工作，至少也可以读点东西，写点东西，并把我的文件整理一下。

---

[1] 罗马尼亚国家航空公司。

4月23日。星期日

今天我读了小说《两千年之久》的第一部分（我的习惯是从书架上随便拿一本书，并不放回去）——我觉得很好。突然间，我看到自己在巴黎，拿着这本书的法文译本给这个人或那个人——本杰明·克雷米厄、勒内·拉鲁、让·保尔汉，甚至纪德——这个想法并没有让我觉得荒谬。我几乎知道我会对他们说什么："先生，请阅读前120页。我觉得写得很好。这本书在结尾处拙劣，但开头很好。无论如何，我相信它的法语译本不会让它被忽视。"

上星期的《库凡突尔日报》上，有一篇对《普鲁斯特的通信集》和对我自己高度赞扬的文章，署名为P.S.。谁是P.S.？似乎难以置信，但这个P.S.是帕姆菲尔·奢伊卡鲁。我不知道要不要感谢他。不管怎样，昨天我写了几行字的信并寄给了他——主要是因为他写了关于我的文章，而受到了《今日报》对他的猛烈攻击。我觉得，我的信中既没有包含说教的陈词滥调，当然也没有显得过于友好。

我忙得不可开交。《基金会杂志》占用了我很多时间，尤其是现在，我必须花时间阅读和批准页面校样。此外，由于囊中羞涩，我正在为国家剧院翻译让·萨门特的戏剧《世界上最美丽的眼睛》。

5月3日，星期三

在巴尔奇克待了两天时间。昨天早上我坐飞机回来了。我去那里的旅程——星期日早上——也是乘飞机。像往常一样，我住在杜米特雷斯库家。我要成为一个真正的老"巴尔奇克人"。我甚至待在同一个地方：不再在帕鲁瑟夫家（我很遗憾，他卖掉了自己的房子），而是住在杜米特雷斯库家。

我在那里度过了三个早晨，所有这些时间我都是在海上度过的。我带着晒黑的脸回来，就像一个长长的假期之后一样。

当然，我不再——或者越来越少——对在巴尔奇克发现同样神奇的地方感到如此敬畏。我对它们已经习惯了；它们也失去了陌生的一面。然而，有时我会像以前一样在它们梦幻般的、难以置信的、难以想象的遥远幻影面前颤抖。星期一晚上（和奇切罗内·特奥多雷斯库单独在一起），我远远地走过了尤尼安的别墅，站在"月光下"，眼睛盯着大海，长达一个小时之久。巴尔奇克有一些东西让我陶醉，让我心碎。我想躺在地上张开双臂说："足够了，我就到这里了。"我愿意一辈子就像这样。

夜幕降临时，我们穿过鞑靼区来到郊区。在一座小山的山顶上，我们在那里待了很长时间，凝视着被月光淹没的大海，以及在灯光下闪闪发光的巴尔奇克。

从那里看去，我的整个生活似乎被误导了，过着愚蠢的生活，满是毫无意义的努力。

5月8日，星期一

星期五是书本节。我不得不穿着民族复兴阵线的制服去那里[1]。

我必须这样做吗？我不知道。如果我真的很认真地看待事情，我可能会去抵制。也许我不会那样去做，即使将我在基金会的职位置于危险之中。也许我可以找到很多合理的借口。那天早上我生病会有那么难吗？

我感到很惭愧，到那个时候我会感到更加惭愧。当我没有能力抗拒这部喜剧时，我是否有权评判其他任何人的道德品质？如果今后面

---

[1] 卡罗尔国王规定了民族复兴阵线的制服。对于政府雇员来说，穿戴是强制性的。

对更大的压力，我会怎么办？如果在集中营我会如何表现？在行刑队面前，我还能保留多少自豪感？

为了每月赚得5535列伊的工作报酬，我要付出我个人自由的代价！这难道不是付出太高的代价吗？

假设我写的东西有一天可能对遥远的读者有意义，这种制服难道不会在我的思想、感受和写作中抵消任何道德意义、任何道德价值？

我是一个穿制服的作家。想一下，那些因为拒绝忍受更少的东西而死在火刑柱上的作家们！

我觉得自己的容貌被损毁了，资格被剥夺了——就好像我已经丧失了使用"我"这个字的权利，而这个"我"字代表着自尊感和自豪感，而且把它写出来是完全正当的。

"我是个平民，"我在《我是如何成为流氓的》一书中写道——我为在我看来是自由的、独立的和不墨守成规的宣言而感到自豪。

"你有没有注意到，"比贝斯库公主（安东涅的妻子伊丽莎白，不是玛莎）星期六午餐时问我，"狂热分子的眼睛很亮？只有目光敏锐的人才能成为狂热分子。"

"我呢，夫人？"

"我不知道。你的眼睛几乎是绿色的，但对于狂热者来说还不够。嗯，你还需要继续审查。"

她的谈话妙语连珠。这不是我第一次听到她充满智慧的言语。第一眼看见她，你就会觉得她相当惊艳。你会情不自禁地说出："这是世界上最聪明的女人。"但在这种情况下我还是不要说出口，因为我所认识的其他女人从来没有人给我这样的神韵和不自觉的紧张印象。在两个小时内，她说了几十个词，奥丽亚娜女神也会为此感到自豪的。

（"我每二十年都会感到无聊一次。但与卡利马奇在一起，我已经无聊了二十年。""家庭佣人很可怕。他们是唯一可以完全准确地判断某人是否是有素质的人。我想建立一个保护新富免受家庭佣工侵害的协会。")

她所说的这一切都是出自好心，没有任何炫耀。她自己几乎没有意识到这一点。我想再次见到她，虽然有可能一旦你了解她，她可能会失去她的一些非凡能力。她的这种能力我不会说是她的咒语，但她可以用每一个新词都让你感到惊讶。

她很丑，穿着缺乏品味和吸引力的服装，身上没有一丝女性的撒娇，但以她的身份似乎没有一点虚荣：她是公主，来自一个大家庭的英国女人，所有人的朋友在欧洲被认为是最杰出、最华贵、最古怪的。她最好的朋友是莱昂·布鲁姆，但另一个"最好的朋友"是安东尼奥·普里莫·德·里维拉（她经常热情奔放地谈到他，但即使这样，这并不妨碍她保持极左的立场："我知道他们要开枪打死他，但我对共和党人的同情并没有减弱。"）

我也许够势利，或许够幼稚，但并未因为坐在我对面餐桌上的女人的身份而惊喜若狂。她是皇室首脑和社会主义运动领导人的密友。西班牙国王称她为"小伊丽莎白"，西班牙共产党领导人曾帮过她大忙。在1931年阿尔巴公爵（她称他为"吉米"）曾被允许在不受检查的情况下越过边境。我也喜欢她的亲犹太主义，这让我在别的场合很困难的谈话中安闲自得。"我喜欢犹太人，我极其喜欢他们。这倒不是因为他们有过一段痛苦的日子。不。我喜欢他们，是因为他们开阔了视野。"

我将送她一些花并附上一封短信。我不知道这样做是否符合规范，但我觉得有必要告诉她，她是如何让我充满惊奇的。

5月16日，星期二

我又接到了部队的通知。这一次，我想我是溜不掉了。其实我也不想溜掉。反正都要参加演习，现在去总比参加7月或秋季的演习要好。

明天早上他们会再次发给我"我的东西",后天我似乎要开拔去莫戈索亚,我所属的第十一连在那里有训练营地。我不知道会是怎样,但我决心保持非常冷静和顺从,甚至是好脾气。

星期五我在布勒伊拉换火车(多亏了罗塞蒂,我又得到了火车通票。我不知道他是怎么做到的,但一想到口袋里有通票,我就有了一种特殊的自由感:我愿意去哪里就去哪里。的确,我的身份不再是记者,而是国家雇员。这种区别没有实际后果,但意义重大。自从戈加政府颁布法令以来,没有一个犹太记者——他们还存在吗——能够重新得到火车通票)。

无论如何,我在布勒伊拉——一个开满了金合欢花的布勒伊拉,一个令人心碎、悲伤、被忽视、衰老的布勒伊拉。城里没有一座新建筑(或者更确切地说,在曾经是戴安娜浴场所在的地方矗立起一座可怕的建筑)。十年或二十年前我熟知的一切现已陈旧,破损,陷入了贫困,甚至库扎大道也看起来破烂不堪。我头脑中保留的其威严的印象早已不复存在。

我不敢说我的英语有什么进展。我已经停止了曼杰里奥的英语课程。此外,他似乎已经没有什么可以教我们的了。

但我在继续阅读。我可以轻松地阅读阿诺德·贝内特的小说《巴比伦大酒店》。现在我正在读约瑟夫·康拉德的小说《阿尔迈耶的愚蠢》。这本书并不那么容易读。我也没有用过字典。肯定有几十上百个单词我不认识,但我不喜欢使用字典进行阅读(尽管我应该这样做)。我更喜欢被句子的节奏带着向前飘动,我总能理解其总体的漂移。我需要一些东西来强迫我使用字典:例如说翻译,因为在翻译中我必须一丝不苟地做,要有责任感。我打算问一下罗塞蒂,我是否可以翻译《力量》一书。

5月18日，星期四

昨天我收到了我的军队所发的东西——一堆肮脏的破布。如果不把所有的窗户都打开，这些东西是不可能放在屋里的。整个晚上，我在床上辗转反侧，一想到虱子就浑身发麻。我不可能穿戴这种令人厌恶的东西。我强迫自己用各种干净的东西拼凑出一套制服：我在1933年的旧束腰外衣、同时期的我的绑腿、我夏季穿的靴子。我从科姆莎[1]那里得到了裤子。

不久前，我参加了一次演习。我的上帝！我的形象是如此凄惨可怜！我看起来很痛苦，沮丧，精神崩溃，面目扭曲。我再也不是我自己：我什么都不是，什么都不是，什么都不是！我可以在混乱中被杀死，没有丝毫重要性；我可以被拖过泥地、扔进马厩、抛弃在荒野之中；我变成了一个既没有姓名，也没有身份，没有自己的眼睛，没有意志、没有声音，没有生命的东西——这就是一个罗马尼亚的士兵。

自从听说我要去莫戈索亚的"训练营"后，我一直幻想着，我只需要告诉比贝斯库公主我就在附近，她就会把我叫进她的城堡并给我一个房间。我看到自己如同在乡村度假一样安排在那里。我计算着从训练场回来后还剩下多少时间来阅读。我不知道我是否应该在那里开始着手编写我的"罗马尼亚小说"中有关萨多维努的章节。

我从团里打电话给雅典娜宫的安东涅·比贝斯库王子，想告诉他我在这里发生的事情，但我被告知他不在斯特雷海亚。

我决定在那里给他写信，虽然我不太有勇气。昨天下午大约五点左右，我收到了从斯特雷海亚寄来的一本关于普鲁斯特（阿诺·丹迪厄著）的书和一封安东涅写来的深情的信。几个小时后，当我在午夜

---

[1] 伊万·科姆莎：塞巴斯蒂安的朋友和律师事务所同事。

过后从拉莱亚的宴会上回来时（在那里我度过了身为平民的最后一个晚上），我收到了一封电报："想讨论关于普鲁斯特的非凡而令人钦佩的书——请在星期六一点钟离开——将派车在斯特雷海亚接你，你想待多久就待多久——比贝斯库。"

感觉就像是来自天堂的电报。再也没有比这更好的借口与他谈论莫戈索亚训练营的情况了。因此，我直接给他回了电："抱歉，无法来斯特雷海亚。我征召在二十一步兵团。从星期五开始，我将在莫戈索亚训练营——详情见来信。"

今天早上我确实写了一封信。我详细地写了发生在我身上的所有事情。因为莫戈索亚对我来说是一种唐西埃，所以我请求他——就像马塞尔请求圣卢帮助一样——联系到玛莎·比贝斯库并请她招待。

与此同时，我给邓布拉韦努的妻子打电话，告诉她我的军事经历。她答应给公主打电话。下午四点她给我回电话说："公主很抱歉，但由于她在城堡里没有接待过任何军官，她很难接待一名士兵。"

就是这样了。也许她是对的。也许我作为一名士兵剥夺了我任何的其他品质。我既不是小说家，也不是评论家，也不是剧作家，也不是朋友。我什么都不是，只是一个士兵——一个不能在城堡里接待的士兵。我强迫自己去理解，强迫自己不要感到自己被轻视，强迫自己接受她是对的，但我要避免自己在这一场合中被侮辱的痛苦感。

无论如何，我现在正在给安东涅·比贝斯库发另一封电报："如果你收到我今天发的信，我求你不要给玛莎公主写信——她的秘书代表公主告诉我，我不能在莫戈索亚被接待——我知道我是疯了——千万宽恕。一如既往的友谊。"

至此，我的小王子喜剧拉下了帷幕；我将回到我作为普通人的命运。明天早上我将背着背包出发。

5月21日，星期日

作为一名士兵，最可怕的不是身体上的疲倦，而是道德上的堕落。为了让这样的生活看起来可以忍受，我将不得不失去作为一个人的自豪感。任何人，绝对是任何人——我的门卫、最卑微的扫街工人或店员——都比披着这身衣服的我更重要。而此时的我至多只会引起人们的怜悯。

实际上我是上星期五才参军的，但感觉上好像从那以后已经过去了十天了。可怕而漫长的一天从凌晨四点开始，伴随着太阳升起！尤其是，当你在训练场上度过这样没完没了的一天，跑步、摔倒、跳跃、攻击想象中的目标，待抓紧休息的时候一头倒在地上。在一种粗暴的惊呆之中，你想永远不再醒来。

星期五晚上我回到家。当我再次看到洁白的房间、闪闪发光的浴室、干净的床、露台、书架、灯光时，我觉得我正在从一个地狱中鼹鼠般的存在回归到地面上一个自由、精彩、有尊严的生活。

我告诉自己，数百万人、数以亿计的人，通常生活在我看来如地狱般的环境中——污秽、滥交、身体肮脏、道德丑陋、疲惫、饥饿和衣衫褴褛；我告诉自己，在军队演习中偶遇这种命运并不是一件坏事。这种命运如果它不能让你变得更好，至少会让你变得更为怀疑，更不自信，更加谦虚。

我开始明白为什么穷人不能革命了。身体退化破坏了人类尊严的资源。反抗则是一种奢侈。

5月25日，星期四

我没有在这里记录下任何关于我最近几天的征召生活。我实在没能力做到。每当晚上九点我回到家时，我完全崩溃了。洗个热水澡和冲个冷水淋浴能让我活跃几分钟，但随后我便倒在了床上。在睡着之前一页纸都无法阅读。

我有两个闹钟，闹铃时间设在相隔五分钟，以避免出现不应出现事情的可能性。如果我在某天早点名时迟到了，那将会是一场灾难。此外，我必须非常精确地设定换衣时间和去北站的时间——每天早上我会在北站遇到五个战友，然后一起乘出租车去莫戈索亚——我逐渐成功地为自己赢得了多睡四十分钟的时间。现在我4点55分准时起床，而不是最初几天的4点15分。

一切都变得机械化，每一个动作都成为习惯性的、常规化的、自动化的。刚开始几天，很多事情让我无法忍受，而现在我对它们越来越视而不见了。身体上的虐待比任何道德上的反感都要强烈。渐渐地，你不仅失去了抵抗的力量，甚至丧失了品味、幻想和冲动。……你让自己被征服并被拖着走。粗俗的泥潭起初让你感到厌恶，但随后你不知何时就陷入其中。

今天早上因为下雨，我们第三排的整排人都聚集在帐篷里，在那儿拆卸一支t.B1932式冲锋枪。我是不是对马莱·瓦西里的下流笑话笑得太多了？二等兵斯皮格尔曼和二等兵克里斯安之间愚蠢的、一成不变的对话难道也开始让我感到好笑吗？要多久就能让我与他们沆瀣一气，失去所有的骄傲，毫无自尊地分享军营生活中真正卑鄙的一切？而这种生活是由捉弄、躲避、恶作剧和日常苦难组成的。

昨天出于好奇我尝了饭菜桶里的食物。有一天我可能会因为饥饿而吃——然后每天都会因为习惯而吃。习惯会杀死一切：厌恶、尊严和个人的隐私。

我喜欢和不爱笑的人在一起。其中有一个是朱利安·阿罗。他脸上总是带着相当严肃的表情。另一个是勒杜埃尔斯库。他脸上的表情总是那样悲伤、那样无奈，让我感到心碎。

从今天开始，我每天下午都没有安排。这是一个很大的恩惠，因为更让我惊讶的是，我听说团长马代尔上校是一个十分严于纪律的人。我不知道我该感谢谁为我进行了这样特殊的安排。马诺列斯库上校和米苏·福蒂诺[1]向团长介绍了我（米苏给他带来了一张带有我的照片和"简历"的戏剧节目单："看看你的团得到了谁！"）。此外，安东涅·比贝斯库王子的电报——一份直接发给了上校，另一份通过团里发给我——一定引起了轰动效应。我不知道给上校的电报是怎么讲的，但给我的电报听起来真的很夸张："致布加勒斯特二十一步兵团的作家米哈伊尔·塞巴斯蒂安——已与团首长交涉，给予你六十小时的时间来斯特雷海亚商谈重要事项——比贝斯库。"

起初，这封电报让我既好笑又害怕。它是如此非军事，如此幻想，如此冒险。在它到我手中之前，它肯定已在部队各营走了一遍。所有人都可以拆开和阅读。但后来我想——至少从中尉和我的上尉给我的理解来看——事情对他们来说并不像我想象的那么重要。在他们眼里，这一切仍然是"平民事务"，"平民之间的交易"。我是一名作家，安东涅·比贝斯库也是一名作家。这一事实并没有给他们留下深刻印象，反而会在他们心中引起了轻微的蔑视。内古蒂中尉前天在解释冲锋枪的时候不是说过，我们在军营里做的事情比任何人在"平民街"做的任何事情都有趣吗？

今天比贝斯库发来了另一封电报。这次是送到我家的。电报写道："为什么几天都不来科尔科瓦？已经给莫戈索亚第二十一团上校去了电报——比贝斯库。"

与此同时，我收到了同样是他寄来的一个信封，里面只有一封玛莎·比贝斯库从莫戈索亚发给斯特雷海亚的电报："在莫戈索亚找不到

---

[1] 米苏·福蒂诺：演员。

塞巴斯蒂安。亲爱的，玛莎。"

我不能说这大批的电报不会让我感到开心。

我想，我会在星期六去斯特雷海亚。

5月29日，星期一

我从科尔科瓦回来了。从星期六晚上到今天早上我一直待在那儿。我觉得光这两天的事情就可以写上整整几页。如果我不是那么累，住在比贝斯库家的快乐（虽然时间很短）肯定会更加强烈。毫无疑问，伊丽莎白·比贝斯库是个"大人物"。她丈夫至少对普鲁斯特的词语和对"巴黎的文学和戏剧幕后发生的事情"很感兴趣。

也许我会试着在这里记录一些关于在科尔科瓦的日子里的事情。但前提是军队能让我有个安静的空间。明天早上五点，我将回到莫戈沙亚——又变成了一名士兵。

6月4日，星期日

我无法在这里记下团里每天发生的一切。"军队日记"几乎不可能记载的原因是可怕的身体疲劳。晚上，当我从莫戈索亚回来时，我根本没有能力写几行字，甚至无力拿起话筒打电话给某人。今天是星期天，睡了一个好觉（将近九个小时），但我还是半死不活。不管怎样，我要尝试为《罗马尼亚人的生活》杂志写评论。

有时早上训练时，当我背着背包在田野里狂奔乱跑，气喘吁吁，大汗淋漓，上气不接下气，整个心脏都快要崩裂时，我对自己说，战争中的死亡一定会是难以言喻的宁静——那是一种让你猝不及防的死亡，那是一种你将不再需要在"跳！"的命令下抽动的死，那是一种最终让你永远入睡的死亡……

在我身上一定有某种无法治愈的平民特性。作为军人本能地会对此感到讨厌。否则我无法解释为什么内古蒂中尉明显不喜欢我。这让我也想起了凯西克上尉在1932年表现出的反感。

原则上，（根据上校的书面命令）我应该在下午休息。但是中尉会尽其所能取消这个对我相当有利的例外命令。因为星期二要射击练习、星期三要夜间出操、星期五有更多的夜间出操，故而，我不得不在莫戈索亚待了整整一天（和一夜）。然而，上校已经命令少校确保我下午放假——这似乎让内古蒂陷入了困境。我还是希望我在征召结束前不要出什么幺蛾子。

我枪法很好。星期二早上，在科特罗切尼，不论是"随意"射击还是"精准"射击我都取得了令人满意的结果。想想就觉得有点骄傲！

星期三早上，从上午六点到下午一点，我在莫戈索亚湖上的一座桥上站岗（我发现在玛莎·比贝斯库的土地上担任哨兵很有趣。她丈夫两次开车过桥，离我只有一米之遥）。

我不太清楚我在那里站岗守卫着什么（军队中没有人完全明白他们在守卫什么）。也许我在守卫湖泊和森林以防偷猎者。"严禁进入森林、钓鱼和洗澡。G.V.比贝斯库王子。"我觉得这个牌子上真正有趣的是署名。

七个小时的站岗——那是七个小时的孤独。手中没有书，没有书写纸，不能吸烟，也不可能坐下来休息一会儿。我不知道我是否曾经有如此的经历：时间如此缓慢地烟消云散。它从我身边溜过，从我身体中穿过，然后消失在某个地方，化为虚无。我对自己说：现在是1939年5月31日早晨，六点钟、七点钟、八点钟——这一天，这一刻，一去不返。

为了打发时间，我试图对我的音乐曲目进行主题重述。我在"头脑中"搜索记忆中的短曲。但那个时候，我怎么也记不起与我相伴整整一年的《舒曼大提琴协奏曲》中的短曲了。

事实上，我对音乐的记忆力很糟糕。我唯一记得比较清楚的是《小夜曲》。有时我会想起我作为新年礼物送给莱妮的钢琴协奏曲中的一些主旋律，或者想起《费加罗的婚礼》中的一段乐曲。这是我在所有的莫扎特乐曲中唯一能记得的。至于贝多芬，我想我能准确地知道小提琴协奏曲的两个主题。一个是来自《克罗伊策奏鸣曲》的乐句。另一个是来自《第九交响曲》的乐句（这与乔治斯库的一个典型手势相关。它帮助我回忆起它）。除此之外，我头脑中会偶然出现一些孤立的乐段，但我永远不知道它们来自哪里。对于巴赫，我能记住《圣马太受难曲》中的一首《咏叹调》和《A大调小提琴协奏曲》的开头；其余都被遗忘了。奇怪的是，我能感觉到某些乐曲在我头脑中的存在（例如，弗兰克的《奏鸣曲》，或者他的《交响变奏曲》的开头、雷格的《莫扎特主题变奏曲》、舒曼的《第四交响曲》、勃拉姆斯的《小提琴协奏曲》或拉罗的《西班牙交响曲》），仿佛我能看到它们的概况、轮廓和形状——但我无法回忆起它们。

昨天，我去医务室（注射我必须注射的抗破伤风药物）。另一个连的一位少尉从名单上念到了我的名字。他出乎意料地首先进行了自我介绍：

"我是一名预备役军官。我的职业是锡比乌的一名教师。多年来，我一直在读你的作品。很高兴认识你。请允许我与您握手并祝贺您。"

我全神贯注地听着他的说话。我感到尴尬而非高兴。我已经几乎本能地开始区分我的平民生活和军队生活，但眼前这件事似乎把两者又给搞混淆了。

关于我们连里的人，可以说的很多。我最喜欢的是简单的而且不是特殊短期服役的人，例如，派·格奥尔基中士。另一方面，那些激怒我的是那些几乎被惯称的"布加勒斯特人"。也就是说，他们是聪明的孩子，喜欢说话和开玩笑，带着一点诡计（诡计是兵营中人员区别的唯一依据）。

我仍然不知道安东涅·比贝斯库想从我这里得到什么。也许他认为我可以成为他在罗马尼亚的（他写的剧本）经纪人。这样我可以处理它们并让它们演出。前天，当我和他及他的妻子在卡普沙餐厅吃饭时，他几乎建议把他的一出戏《儿童游戏》（"让你对它的欧洲事业感兴趣"）的所有版税都让给我，如果我同意翻译这个剧本并将其放送到像西克这样的人那里。我原则上同意翻译该剧本——但我坚决拒绝了他的有关金钱的建议。

无论如何，我认为他对我作为"经纪人"潜力的判断是完全不正确的。他并不知道我在人际交往和影响力方面的能力有多缺乏，更重要的是，他也不知道我对剧院有多么不感兴趣。我非常清楚他的友好提议（我几乎每天都收到他送来的信件、书和邀请……）代表的不是知识兴趣，而只是赤裸裸的利益——尽管我还不知道这具体是什么。因此，他提议把我的"普鲁斯特的书信"在《法国新戏剧》中发表，这可能只是一种友好的策略行为，不可能有任何结果。

然而，对于比我更灵巧、更有进取心和更会来事的人（因为我是灾难性的笨拙）来说，与比贝斯库家搞好关系很可能具有实际意义。

6月11日，星期日

我又成为平民了。我在部队的最后一天实在太令人厌烦了，以至于把整个期间都蒙上了一层厌恶和憎恨的阴影。没想到"上交武器"会酿成悲剧。我穿着便服在团部大院里，手握武器从连里到军械库，来来回回走了几十趟，不厌其烦地说服负责军械库的少校或中尉，让他们相信我上交的步枪枪管没有生锈，是可以"收回"的。当我最后离开那里时，我连吹个表示解脱的口哨的力气也没有了。从整个过程中，我一直笼罩在一种痛苦和衰败的感觉之中。我又回到我的平民生活了——让我一点也高兴不起来。我身无分文，独自一人（我没有去拜访任何人，也不想见任何人），既不想工作也不想做任何事情。谁知道呢，也许去巴尔奇克待上几天能让我重新站起来。

6月20日，星期二

星期天，我在罗曼纳蒂的格罗泽维什蒂参加可怜的孔迪耶斯库将军[1]的葬礼。我很难接受我所认识的人的死亡。而从生到死的过程在我看来总是那么荒谬，那么解脱！

我欠将军的很多，其中包括我在基金会的职位。这一职位虽然无助于改善我的生活，但却可以不让我死去。许多其他人，无论贫富，自称是我的朋友（包括罗曼、布兰克、拉莱亚、比贝斯库等人），但都没有为我做任何事，而"乡绅"尼库——也许是为了纪念《库凡突尔日报》的岁月，也许是出于真正的文学同情心（正如他经常说的）——总让我觉得我可以信赖他。如今他走了，我对那个诚实、多愁善感、有点糊涂但善良正直的男人深有感情。

从格罗泽维什蒂，我和罗塞蒂、卡米尔一起去了坎普隆。我们在那里过的夜。星期一早上，我们驱车沿着蒂尔古鲁伊河山谷行驶到伊泽山脚下。我们来到森林中央，周围没有别人，到处弥漫着枞树的气味，除了水声之外没有任何声音。我希望我能待在那里，永远不会回来。

---

[1] N.M.孔迪耶斯库将军：小说家，罗马尼亚作家协会主席。

我面临着严重的资金问题。我不知道我将如何解决这个问题。我将如何支付房租,从哪里搞到钱,以便去某个地方进行写作。

6月21日,星期三

两周前,苏基亚努告诉我,纳埃·约内斯库曾"乞求"阿尔曼德·克林内斯库[1]接见他。当他真的见到了阿尔曼德时,他"双膝跪倒在地"并请求原谅他所做的一切。

这个故事听起来很愚蠢,我甚至懒得去记住它。

但现在我从米尔恰那里打听到,纳埃确实在布加勒斯特。他的确与阿尔曼德进行了非常激烈的交谈。阿尔曼德显然保持了冷静和克制,但纳埃则失去了自我控制。他们原定第二天再谈一次,但上面下了命令,取消了这次会谈。纳埃实际上是在晚上被送回丘克县的。目前他在布拉索夫,在医院中。

我不能确定这些是否是真的。但我从这一切中得出的结论是,这位可怜的教授根本没有平静地等待"事件的展开"(这意味着他仍然相信自己的命运),而是努力寻找摆脱自己身陷困境的出路。

一个人的命运何其可怕。我常常忍不住思念他。

6月27日,星期二

我在巴尔奇克待了两天,昨天晚上回来了。至少在这两天里,我什么都不想,忘记了我身无分文,忘记了我的房租,忘记了房东,忘记了等等一切。

但现在我回来了,我不知道我如何才能逃离困境。电梯的每一个

---

[1] 阿尔曼德·克林内斯库:1937至1939年任总理,镇压铁卫军的协调员。

响声,门外大厅里的每一个脚步声,我都不寒而栗:是不是房东,是不是门卫,或者社区管理者来催交昨天已经到期的房租?

我需要找到五万列伊——但从哪里搞得到?从哪里?

我感到孤独。我已经有一个星期没有去见佐伊了。我已下定决心不再去见她。她今天早上打电话来,但我想她会理解并放弃我们的关系。这对我俩都更好——而且无论如何对她会更好。

莱妮昨天早上离开了,当时我还在巴尔奇克。无论如何,我们在过去的一个月里根本没有见过面。我们之间不再谈恋爱。

我不难过,但很寂寞。我不期待任何人或任何事情。为了感觉自己在做某事,我读了萨多维亚努的作品,并想到要为基金会写出我评论工作的第一章。我甚至不知道该不该写,或者我是否应该阅读我已收集的所有书籍。时间一分一秒地流逝——在我的生活中再也不会发生什么了。

7月7日,星期五

为钱烦恼(我上个星期赚了大约有两万五千列伊,天知道我带着的是什么样的烦恼,什么样的焦虑,怎样地东奔西跑,当然,如今赚的钱所剩无几。我甚至连秋天的房租都还没有付)。

我筋疲力尽,就像过去最糟糕的日子一样。我的眼睛特别让我担心。我读书没读上半个多小时,眼睛就感到疲惫不堪了。

我被那些我只能拖着走却无法完成的事情压得喘不过气来:法庭上有上千件错综复杂的事情(包括我因为懒惰而错过了上诉期限——我的确不是一个好律师!);为基金会、为《罗马尼亚人的生活》、为《工作与好运》杂志、为《独立日报》等等要写大量的东西都在一天天地推延;还有一大堆让我发怵的必须马上阅读的东西。我从来没有像现在这样感到支离破碎、疲惫不堪、忧心忡忡。

然而，在头晕目眩度过的两个星期中，我觉得文学项目几乎不由自主地爆发了，变得越来越有必要，越来越专横了。

我一直在阅读萨多维亚努的作品（不幸的是，到目前为止只读了五卷）。我要写的《罗马尼亚小说》的书已经开始。那将会是一件极大的苦差事。不过，我相信写作会很愉快。只是什么时候才能做到？

不能把《事故》再继续拖成问题。我要么必须在一个月的假期里完成它，要么就永远放弃它。想想这本小书让我拖拖拉拉了两年半，真是十分荒谬。我没有权利在这样一本书上投入如此多的时间和紧张的情绪，而这本书，没有半点文字游戏的意味，正在成为一种个人"事故"。

现在，当我可以瞥见一本厚达数百页、包含众多人物、涉及面宽广的主要小说的书时，我的感觉就更加强烈了。星期日，我在攀登巨石山时（尤其是在登上七级台阶的激动时刻）一直在思考这本书，而现在，当我走在街上或坐在有轨电车上时，我看到各种各样的事情劈成分支并融入在一起。

一、玛吉特/导演赫尔曼——从奥拉迪亚出发，乘车穿越罗马尼亚——在各个省城的酒店过夜。住在瓦格纳宾馆。在集合点汇合，出发前往格奥尔基尼。

二、一位女演员——莉莉型，但享有马里奥拉·沃伊库莱斯库的名声。爱上了一个年轻人，一个阴暗的角色。戏剧排练的场景。出发游览。他们将在某个城镇见面。男孩没有出现。绝望中，她去了布加勒斯特，寻找他，放弃了这次旅行。

三、爱上玛吉特的年轻人出于政治原因将自己隐居在瓦格纳宾馆（当警察在布拉索夫寻找他时，你可以看到吉奥罗塞努在攀登克里斯蒂亚努尔山）。

7月22日，星期六

白天烈日炎炎，夜间郁热沉闷。我一天都不会离开布加勒斯特，因为我想在下星期六离开整整一个月（可能是去斯塔纳德维尔）。在那之前，我将把每个空闲时间都花在为能源图书馆做的翻译上。这是一部林肯的传记，篇幅不大，也不是太难，但翻译进展相当缓慢。尽管如此，我还是毫不费力地翻译，而且我几乎不再对打破的纪录感到惊讶：仅仅六个月后就成为一名英语翻译了。罗塞蒂再次成为我的救星。一万列伊的翻译预付款帮助我还清了部分房租，剩下的一万五千列伊——即使我在星期五之前不能完成所有事情，我也会要求其支付——因为那笔费用够一个月假期的花销。

我的健康令人担忧，极不稳定，充满了奇怪的转折。几个小时的连续工作足以把我从地球上消灭。昨天晚上九点钟，当我出门时（在这个人迹罕见、阳光烤焦的布加勒斯特），我感到只剩下最后的一口气了。这逼迫我幸运地睡了足足八个小时——这是自从我不记得是什么时候以来的第一个这样的夜晚。

我应该去看医生，但我没有这个勇气。也许在秋天吧，如果我能去一趟巴黎。

自从我身边有了莫扎特的《降A大调协奏曲》（是莱妮离开时留下的），日子变得一天比一天更美丽。行板是整个音乐中最纯粹、最悲伤、最清晰的乐段之一。

昨天下午，来自布勒伊拉的佩特里卡到我这里来给我提供了——想象一下——我可以从中赚到三万至三万五千列伊的一笔"交易"。在等电话的时候，我给他放了莫扎特的协奏曲。由于我俩在听音乐时都觉得很感动，我突然瞥见了我未来小说中可能出现的一个场景：一个商人，精确、严格、肆无忌惮，但也非常聪明而敏感，出手一笔交易。当他在等待最后结果时（等待应该是紧张的，可能充满风险甚至危险，但表面上看是很平静的），他在留声机上放上了一些巴赫乐曲的唱片。

男主角可能是米哈伊·米尔恰类型的人物，具有维德和布兰克的元素——如果我不把布兰克类型的人用于完全不同的角色的话。

此外，由于我昨天和佩特里卡谈论了多西乌法官，我想在我的小说中为一场大的司法争斗创造空间，而且这种争斗甚至可能成为行动的枢纽。而且，多西乌可以成为我作品中某种类型法官的模板。

但是战争的可能性仍然会影响这一切。它甚至可能在8月爆发，尽管到那时我们已经太累了，无法在警报状态下等待它。

星期四晚上，我、米尔恰、尼娜和吉萨在卡拉拉西街的一家花园餐厅吃饭。这就像过去最好的时光。

7月23日，星期日

在十室九空、杳无人烟、窗板紧闭，被看不见的白色火焰燃烧的布加勒斯特，我不停地翻译、翻译。

昨晚，把所有的门窗都大大敞开着。整个房子甚至整个城市都感觉不到最微弱的呼吸、最遥远的杂音。

然而我必须设法继续生活。我甚至比前一段时间感觉到新鲜了一点——也许周末要离开这里的念头在鼓励着我。

7月30日，星期日

斯塔纳德维尔

我不是离开了布加勒斯特，而是从那里逃出来的。折腾了一天，我用十五分钟收拾好行装，提着还没关好的行李箱，大衣和华达呢长上衣在身后飘荡，跳上出租车，在火车开动前两分钟到达车站，然后疯狂地跑向我的车厢（紧随其后的是两个搬运工。他们捡起了我掉下的所有东西：一个捡到的是我的左手手套，另一个捡到的是我的右手手套）。当火车驶出站台时，我感到头晕目眩。我真不敢相信我成功了。

昨天晚上我睡了九个小时，一次也没醒来。我上一次发生这样的奇迹是在什么时候？当然，我仍然没有觉得休息够了。我需要多少晚上才能补足我的睡眠并恢复正常？目前，我不仅不能写作，甚至连想都不敢想。原则上我会给自己一个星期的假期。然后我们再看着办。

今天早上我和康沙一起去山里旅行。我们走了将近五个小时，到达了一些被当地天主教徒命名为各各他山的岩石山峰，但当地农民肯定对它们有别的称呼。

我的房间干净、洁白、明亮，可以看到构成斯塔纳德维尔的整个森林空地。"你的房间视野不错，"帮我把我的东西从47号房间（我昨晚睡觉的地方）搬到43号房间（我以后要住的地方）的男孩说。贝亚特·弗雷达诺夫住在45号房间——我希望她是个老实、讨人喜欢的女孩，不会妨碍我。从斯塔纳德维尔火车站到这里可以搭乘一种难以形容的"穿梭巴士"。此外，还有森林小火车。乘坐它，价格上绝对值。

8月2日，星期三

我还在放假。经过几次探索性的步行（至鹰区峰、蒙塞库斯图里），在前往各各他山的长途旅行之后，我昨天进行了一次适当的游览，前往萨姆斯河的源头，或者更确切地说是瑞德西亚要塞。这是一个巨大的洞穴，萨姆斯河穿洞穴而过，河水仍然是温暖的。我早上七点出发（与弗雷达诺夫、康沙和弗纳拉什一起），晚上八点回来——步行十个小时，休息了三个小时。这里是一片风光旖旎的地方。每拐过一道弯，眼前就会出现新的乡村，不同的山峰、峡谷和树林。

我的脸色又恢复了一些。我的眼睛也不那么疲倦了。我的眉毛看起来也没有像我刚到这里时的那样扭曲。

但我开始工作的最后期限也即将到来——我又开始感到恐惧了。

8月6日，星期日

明天早上，我的工作计划将要开始了。我想我已经得到充分休息了。但我想独自待着：弗雷达诺夫和康沙人都很好，但我现在需要一个人待着。今天，我阅读了到目前为止我所写的所有内容。所写的页数和密度意味着我所做的工作可以说完成了一半以上。

至于其他的，我们只能走着瞧。

8月7日，星期一

写了两页半纸。确实，我总共只工作了三到四个小时。我太累了。我发现很难振作起来集中注意力。与往常一样，开始总是很难。

8月8日，星期二

很慢，很困难，很不满意。六个小时的工作大约完成了三页半，而且所写的一点也不有趣。

但我必须要有耐心。

8月9日，星期三

昨天晚上，我在广播里听了总参谋部的公报，突然觉得什么都不重要了。将会有大规模的动员，从但泽的紧张局势来看，可能会发生战争。

我度过了一个艰难的夜晚和一个烦恼的夜晚———种对人类的厌恶或厌倦。然而，今天早上，我又回到了办公桌前。必须不惜一切代价完成我的小说。

8月11日，星期五

昨天晚上，我患了一次真正的"焦虑症"，我觉得我绝不是唯一这样的人。整个酒店似乎都陷入了恐慌之中。消息很糟糕。未来几天但泽将发生政变，本月可能会爆发战争。我每天晚上在收音机里听到的总参谋部公报总有令人担忧的消息。

我们离那里发生的一切还有很长的路要走；就好像我们在一艘船上——人们的恐慌感越来越大。

昨天晚些时候，我听了《第九交响曲》和《第三勃兰登堡协奏曲》，不仅带着与音乐相关的情感，而且最重要的是对我们以最愚蠢、最有罪和最疯狂的方式失去的所有东西感到悲伤。

我继续写作。它的进展仍然很沉重。昨天下了一整天的雨，我工作了七个多小时（我自己没有准确计时），所得的收获只有四页多一点。我正在艰难地攀登冈瑟的小屋，我仍然不知道那里等待着我的是什么。但是，如果我有时间，事情会变得更清楚。

晚上

六个半小时的工作，写了五页。我开始较正常地工作，但我必须再次指出，这种"正常"是一种低产。我应该继续前进，但我无能为力。我艰难地爬上小屋。动作很简短，没有任何可能发生的事件（诺拉和保罗从波亚纳爬上了S.K.V.，仅此而已），但我觉得有必要以缓慢、轻松的速度写作，以使他们在下面所留下的和在上面所发现的之间的距离更大。如果您不提及任何特定事件，没有什么比表明时间的流逝更困难的事了。然而，尽管我有种种抱怨，我将能够工作并到达终点，只要我不受到任何干扰。冈瑟——到目前为止完全不为人知，因为我还没有靠近他——正在开始成形，尽管还不够清晰。他还在阴影之中。

8月12日，星期六

只写了三页（我终于到达了小屋——或者至少到达了它的门槛）。现在才五点三十分，我当然应该再继续工作几个小时，但我太累了。我会出去散散步，也许去鹰区山，明天再试着弥补这些"逃学"的时间。然后我应该完成第八章。第八章已经在我的脑海中有了明确定义。我怀着不耐烦、好奇的心情和对冈瑟的同情心期待着它。

8月13日，星期日

写了五页——但这一章还没有写完。七点钟我就停笔了，虽然我应该把这一章完全看清楚，一直看到这一章的结尾。这一章我已经看得很清楚，我此刻的感觉是那么清晰和强烈。但是我累了。就我的健康状况，我一点也不为自己祝贺。我真的必须认真对待并去看眼科专家。一个身体健康的人不会从他的办公桌旁站起身来——无论是十个小时、二十个小时还是一百个小时——直到他完成了他能清晰看到的一切。随着我的写作向前推展，事情变得更为清晰、更为精确、更为充实。冈瑟越来越多地显现出来，但至今我还没有完全得到他。

晚上散步时（去蒙塞），我遇到了一个来自梅齐亚德的牧羊人，并开始和他聊天。我应该找时间记录下他对我说的话。谈话所揭示的"人类状况"令人不安，简单但也带有悲哀。

也许明天我会去梅齐亚德进行一次"远足"，或者可以称为我工作安排中的消遣。等我回来时可能会感觉神清气爽。

8月15日，星期二

我曾确信我至少会在今天完成第八章——因为我在梅齐亚德浪费了昨天的整整一天时间——但现在我把今天也给浪费掉了，而且还包括五个半小时的工作时间。因为我必须放弃今天早上所写的两页，以及今天下午所写的半页。起初我对所写的感到很满意，似乎一切都很顺利（我甚至对自己说，我会写出四五页来弥补昨天的耽误），但后来我突然意识到我踏上了一条不该走的道路，不得不返回。整个部分都被误导了。

诺拉应该在晚上滑雪时处于一种绝望的头脑昏晕状态。只有这样，冈瑟的小屋才会成为奇迹，成为救星。在我今天早上写的版本中，当她套上滑雪板时她很平静和镇定，并想到了第二天的情况。但在那一刻，诺拉不应该还有"第二天"。要是不明白这一点，我会把整个段落搞砸，并硬把她与冈瑟的相遇这一情节添加人为语气的风险。我不应该忘记与冈瑟有关的整个情节都有一些人为的成分。要想使文学创作中"虚构"的角色不变得完全虚假，我得需要无限的机智。

但所有这一切都无法挽回我又多失去的一天。离月底到来的时间太少了，这让我害怕，是的，让我害怕，想想我可能还没完成我的书就得离开这里。

8月16日，星期三

我已经删掉了昨天写的两页，并用我今天早上写的另外两页替换了它们。这样似乎更接近目标。但我在过去一小时里一直处于停滞状态，无法前进。这种受阻情况是愚蠢的，不可理解的。整个场景在我看来清晰明了，写起来应该不难。然而，困难却无缘无故地出现，而且就出在我最意想不到的地方。

我对我的早晨不满意。下雨了——我很乐意迎接一场持续不断、淅淅沥沥的雨，因为它让我必须待在室内，让我有工作的感觉，并在酒店里营造出安静的氛围——然而，所有这些有利的条件对我并没有多大帮助。

我会下楼去吃午饭，等着看今天下午我能做些什么。

晚上

我从三点工作到现在——也就是八点差一刻了。我已经完成了这一章。我决心不惜一切代价完成它。我不知道结果如何。我觉得头有点晕。也许明天我会看得更清楚。

8月17日，星期四

这个样子是不行的。是的，这样子是绝对不行的。我说的不是我昨天写完的那一章（今天重读一遍，觉得可以接受，反正不会再重写了）。我说的是新章节，第九章。我应该从今天开始动手。但它被卡住了，根本动弹不得，尽管至少第一部分看起来很清晰——或者我以为——它很简单。

天气非常适合写作：下着雨，森林已经看不见了，整个酒店都在沉睡，非常安静。然而我一直坐在这里，从早上九点到下午五点，多少次试图开始同一章，写了几十个句子，擦除，替换，然后再重头开始，再一次删除，无法向前迈出一步。

我很反感。我并不是说我正在失去信心。我意识到，唯一能让我坚持到底的东西就是固执——至少我不能丢失它。

8月19日，星期六

冈瑟的小木屋（诺拉昨天终于在屋内安顿下来）正在成为舞台布景。我是在十五分钟前意识到这一点的。在十五分钟的时间里，我觉得我已经在头脑中勾勒出一部完整的剧本。这样我可以立即坐下来开始写作。所有的情节我看得很清楚，以至于我已经分配了角色。

冈瑟的全名为冈瑟·格罗德克（我不知道我是否会在小说中保留这个名字，但如果写成剧本的话，我可能会在剧中保留）。他可以由托马佐格鲁扮演。虽然托马佐格鲁没有白皙的肤色，也没有冈瑟般年轻，还没有像冈瑟一样的童心，但他确实具有角色的强烈感情。老格罗德克可以由布尔芬斯基扮演，而哈根可以由斯托林扮演。整部戏在这三人之间展开。一个女孩也参与其中，但她不是诺拉。冈瑟的情节，如果能够把它改编成一部戏剧，就会完全偏离小说。只有起点是它们的共同点。

老格罗德克是一位大实业家，但财产是他妻子的。她已经去世两年了。全部或大部分财产将由冈瑟继承。冈瑟还是个未成年人，到3月份他才二十一岁。他去了高山之巅，想留在那里。他正在等待成年，这样他就可以拥有财富并制止他父亲在森林中开采木材的行为。我还不太确定这个决定的原因，但根本的原因是对他父亲的可怕敌意。他甚至可能不是他父亲亲生的。然后出现的是神秘的哈根（对我来说也很神秘）。他是死去的格罗德克夫人的情人吗？也许是。无论如何，他当时是格罗德克家族中唯一一与这位年轻女子关系良好的人。这个年轻女人，她从遥远的地方（也许是奥地利的蒂罗尔）来到锡比乌或布拉索夫的撒克逊人定居点。

这些是小说中的人物。我还不知道他们会发生什么事情。但我每一根神经都能感触到它们，如此强烈，以至于我认为我只需要出发就可以找到通往终点的路。

我想现在（早上十一点钟）把这些记下来，以便把它们从我的胸膛中解脱出来，否则我将无法继续创作这部小说。

小说方面，我已经从前天郁闷的崩溃中恢复过来了。我冒着雨出去了，对自己、对书、对所有的一切都很生气，然后一直走到贝塔，再往回走，沿着去杂货店的路——走了大约两个小时的路程。我试着给第九章排序，把它分成三个不同的场景，正是为了给第二天腾出地方。然后哈根这个名字闪现在我的脑子中（《诸神的黄昏》），我突然看到一个全新的角色出现了。我能感觉到，在冈瑟的小屋里藏有很多很多的秘密。所有这一切似乎都是由哈根这个名字引发的——他的容貌、他的衣着、他的举止，甚至他还没有完全清楚的人生故事。

昨天写了五页。今天要如何处理，我不知道。我真的应该一口气写完这一章，如果我认真的话。

8月20日，星期日

昨晚我梦见自己开拔上战场。我们正在攻击一支敌军巡逻队。他们从一所房子——或者更确切地说，是门窗紧闭的商店，向我们开火。我们注视他们的一举一动，与他们仅相隔几米之远。

梦从昨天那个麻烦的晚上开始。与隆金[1]（最近被任命为上诉法院院长，曾担任司法部临时秘书长）的长谈吓得我不轻。上个星期布加勒斯特似乎有一种真正的战争气氛。德国措辞严厉的要求我们对部队动员做出解释。阿尔曼德在他的游轮上给国王发来了电报。法国和英国警告说，战争可能不是在但泽爆发，而是由匈牙利对我们发动攻击而爆发。到星期五晚上，灾难似乎迫在眉睫。隆金正准备动身前往斯塔纳德维尔，而亚曼迪让他留在原地。然而第二天，事情平静下来，

---

[1] 瓦西里·V.隆金：来自布勒伊拉的法官。

他得以离开。但是没有人知道任何事情，而一切——即使是最坏的——似乎都是可能的。

也许留在森林里创作文学作品对我来说是疯了，但这些东西对我来说太珍贵了。如果我会在战争中死去，我希望不要死在我完成这本书之前。真的没什么了不起，我知道没什么了不起，但是当我沉浸其中时，我觉得这些角色——诺拉、保罗、冈瑟、哈根——栩栩如生，真的活着。我不想失去他们，至少在他们的故事结束并将其放在安全的地方（例如，在保险箱中）之前。

晚上

我已经写完了第九章。昨天写了四页，今天三页半。我必须承认我不够勤奋，不够专注。昨天我一直在做白日梦，排列演员表，一遍又一遍地重复同样的事情。费了很大力气才把自己从这种"遐想"中拽了出来，强迫自己继续写小说。

今天创作剧本（昨天还像紧迫的事情重重地压在我的身上）已经远去。啊！如果只要想想就能看到文学中的作品就好了！不幸的是，你还得一字一字地去写。这就是痛苦开始的地方。

关于第九章，我对所写的第一部分比对我今天所写的几页纸更为满意。冈瑟肯定会是一个有趣的角色，但我担心，它也有点太"做作"了，有点"太明显了"。我可以很好地看到他——或者，更确切地说，我开始能够很好地看到他了。但这可能无法保证，这个角色会有某种程度的非真实性（这对他无伤大雅，甚至可能是必要的），并带有一种明显的文学虚构。

想到那些创造出冈瑟的小细节，我觉得很有趣——他与我的设想有多么不同。第一个让我想起他的是吉尔科什的玛吉特。是她告诉我她曾经在瓦格纳别墅的躺椅上度过了一个生病的冬天。然后是我在舒勒山上找到的铭文，以纪念一个在十六岁时去世的撒克逊男孩（沃尔特·马申朵夫？）。然后是布莱切尔——尽管我更多地想到了他，以避免与我的主人公有任何相似之处。冈瑟的名字是1937年7月上山的孩子里其中之一的名字。现在看看这个从这一切来源中创作出来的人是多么奇怪和出人意料。

可能是冈瑟对我太感兴趣了，使得我冒着将注意力从书的主要故事转移到仅仅一个插曲的风险。无论如何，我告诉自己，从明天开始，我必须回到保罗身上。我一直将他弃置一旁，我现在害怕最后会失去他。

8月21日，星期一

在我写完这个剧本之前，我不会从这出戏中脱身。今天我又浪费了很多时间来思考它。有可能我可以在冬天写成它，在2月或3月进行演出。可能有一个角色可以由布兰德拉夫人来出演（我管她叫奥古斯塔阿姨）。但我怕我写这样的部分，会减损老格罗德克角色的分量。他们两人的其中一人将以深刻、严厉和不宽容的方式来表现出"格罗德克精神"。我可以很容易地看到年轻的格罗德克夫人（冈瑟已故的母亲）优雅的幻影始终漂浮在整部剧中。

我还没有看到在第一幕开始时进入冈瑟小屋的女孩会发生什么情况。同样，我不知道整部戏是否会在木屋中展开，或者是否会在第二部分落到锡比乌或布拉索夫（"格罗德克工厂"所在的地方）。如果是这样，该剧可能有四幕。

前两幕几乎是清楚的。第一幕是小说中（第九章）的"冬夜"，显然有一些改动，因为现在重点落在了冈瑟身上，而不是落在从外面来的人身上。第二幕发生在数日之后，老格罗德克将要到来。随着小说的发展，它也会变得更加清晰。在那之后，写作的方向是开放的……

至于小说，我对自己很不满意。一整天都没写上三页：这是不可接受的。我不会因为这两页半淡而无味的内容而责怪自己。善良之主决定了这一点,但我不能原谅的是自己写得这么少。

时间在流逝,年轻人。你必须明白这一点。你必须明白,在布加勒斯特你不会有这么漫长的自由日子,从黎明一直到黄昏。

8月23日,星期三

《苏德互不侵犯条约》!

我觉得这是一个惊人的打击。世界政治的整个进程突然发生了变化。从斯塔纳德维尔三天前的报纸就可以尝试了解世界上正在发生的事情!

昨天晚上和今天一大早,我努力整理乱七八糟的手稿。如果说现在的欧洲棋局是一场舞台剧,人们会认为剧情处理得非常漂亮。俄罗斯人在一年之后才为在慕尼黑所做的事情算账——而且他们用同样的硬币但使用了另外一面来和他们算账。一切都是完美对称的。1938年9月,英国和法国背着苏联人与希特勒达成谅解来反对苏联。1939年8月,苏联背着法国和英国与希特勒达成谅解来反对他们。1938年9月,直接代价是希特勒将捷克斯洛伐克收入囊中。现在是但泽。第二幕并不缺少与第一幕相似的地方,只是角色颠倒了。但是,仅仅从戏剧建构的角度来判断事情是很难的。苏联人之所以采取这样的行动,绝不仅仅是为了达到技术美感。

然后会怎样呢?

我不知道。法国、英国和波兰会继续反对但泽吗?如果他们这样做,很可能会发生战争,因为现在希特勒已经得到了苏联的默许,他不可能放弃对但泽的坚定支持。他们会放弃反对但泽吗?这样但泽将在两三天内或五天内成为德国人的,而希特勒将立即、自动地开始拧紧布加勒斯特的螺丝钉。在那种情况下,我认为整个东南欧都会沦陷。

我在这一切中处于什么位置？酒店处于混乱状态。每个人都在离开，或者都说要离开。隆金很慌张，想今天就去赶火车。44号房间的那位女士收到了一封电报，要她赶快回布加勒斯特。到明天，酒店将不会再有来自首都的人。当然，我用手稿塑造了一个荒谬的形象，但我很难放下它离开！

昨天我写了一整天（共写了六页多一点）。我一直坐在办公桌前，但不排除如果消息变得更糟，我会决定在五分钟后离开的可能性。

刚记下最后一个要点，我就下楼给罗塞蒂打电话，向他打听一些政治新闻。我没有得到太多消息（"不要紧张，"他对我说，但我不知道那是什么意思），但他确实让我回到布加勒斯特去。科马尔内斯库打了电话，说是他们在杂志社急需我回去。我明天凌晨一点出发，星期五早上能到达布加勒斯特。

我感到一阵凄凉。我厌倦了这本小说，我现在不得不打断它，不知道什么时候可以回到创作中。我今天会努力完成第十章，以免让它完全悬在空中。

晚上

不，我没能完成这一章。尽管我整个上午和下午都在工作，我甚至没有写上三页（那是相当糟糕的）。我太慌张了，太着急了。这不是我想离开这里的方式。在布加勒斯特，我将对这十七天的写作情况做一个盈亏表。我会尽量不失去对小说的把握，并尽一切可能尽快重新开始工作，把它写完，划上一个满意的句号。

晚上，告别旅馆，步行前往蒙塞。我希望我能独自一人，不受打扰，但即便如此，我从那里回来时还是感到有点情绪化。明天我将在克卢日待上几个小时，然后搭晚班火车去布加勒斯特。

8月26日,星期六

布加勒斯特

我意识到我很难在布加勒斯特按部就班地工作。基金会、罗曼的办公室、餐馆、电话等等的吸引力比我独处的欲望更为强烈。

昨天我和罗塞蒂、卡米尔和拉赛涅[1]在大陆餐馆共进晚餐;今天又和索阿雷、科林、卡米尔和卡罗尔共进午餐(也在大陆餐馆)。然后又与维索亚努、蒂图比、拉莱亚夫人和布拉泰斯库-沃内斯蒂夫人共饮黑咖啡。今天晚上,我被邀请——我不知道为什么——去艾丽斯·特奥多里安家。除非我及时刹车,否则这类活动会一直延续下去。

如果我现在撒手不管,就会失去这部小说——而且我没有任何借口——除了战争……我仍然觉得战争不会爆发。如果在这种情况下,德国人将取得另一个慕尼黑式的胜利——我们将首当其冲。

在斯塔纳德维尔真是太棒了!事实上,我原本可以待在那里,因为基金会根本没有什么紧急的事情要做。但想起来,在这可怕的日子里,躲在群山峡谷中,也许是相当轻率的,甚至是不负责任的。

8月30日,星期三

星期一晚上,战争似乎不可避免。但在昨天,和平又似乎是可能的。今天早上,事情再次变得混乱。希特勒会屈服吗?还是伦敦正在准备最后一刻的背叛?我们还要再来一个慕尼黑吗?就个人而言,当我冷静地看待正在发生的事情时,我认为希特勒已经将他的讹诈推到了极限。如果英国反抗,他会在一瞬间后退缩。理性地说,在过去几天里,我一直认为会有和平(通过拒绝柏林)。"理性的!"这个词没有

---

[1] 雅克·拉赛涅:法国艺术评论家。

太大的分量。未知的情况有一个"边际"。一旦超越它的极限，事物会比人类的意志和主动性更强大。

如果我有收音机，我会听音乐。多听听巴赫，多听听莫扎特——只有这样才能让我免于痛苦。

"当我停止写小说时，我就不再感兴趣了。"纪德指出。当时他对《妇女学校》一书没有太多兴趣。昨天晚上我偶然看到了这句话（当我裁剪他的《全集》第十五卷的页面时）。我觉得这是一个警告。如果我不直接回到我的手稿，就会丢失它。

9月1日，星期五

收到波尔迪寄来的一封忧郁的信。他已经入伍成为志愿兵，可能已经离开了。

罗塞蒂打电话告诉我，但泽今天早上被吞并了。战争从今天开始。它可能早已经开始了。

我不知道，在这种时刻，我从哪里能得到的可怕的镇静。

9月2日，星期六

奇怪的战争日子。第一时刻就是压倒性的。当昨天早上第一批关于轰炸华沙的消息出现时，我觉得一切都崩溃了。我很快给波尔迪写了一封信，甚至不知道他是否会收到，但我觉得有必要说点什么，拥抱他，表达我最美好的祝愿。但是我没有完成这封信的能力。我找不到一个能说明一切的词。我有一种强烈而痛苦的告别感——只能独自流泪。

在卡普沙餐馆吃的午饭（与罗塞蒂、拉莱亚、维索亚努、卡米尔、拉赛涅、科马梅斯库、帕斯托雷尔[1]、斯特里亚迪[2]、奥普雷斯库[3]、坎塔库齐诺[4]）似乎很让人悲伤。人们开怀大笑，开着玩笑——我真无法理解这种麻木不仁的态度。一整天一整晚（一直到凌晨三点钟），我都在努力寻找更多的新闻——但所得都是模糊的，而且都令人奇怪地缺乏精确性、真实性和证据。德国人和波兰人对轰炸的报道似乎是一种发明。至今为止，"战争开始"的36小时似乎已经过去了，但好像战争还没有真正开始。法国和英国仍处于外交照会阶段（尽管张伯伦昨天的讲话似乎是表示了自断了退路，要顽强向前的决心）。

一切都是迷茫和不确定的，还没有开始，还没有决定。我觉得难以置信的是在这个灯火通明的布加勒斯特，活力满满，到处都是人，挤满了餐馆和热闹的街道。布加勒斯特充其量只是对正在发生的事情感到好奇，但并不惊慌失措，也不知道悲剧已经开始。

我不知道如何打发时间。如果我有收音机，我会听新闻和音乐。

昨天早上，我强迫自己阅读了一些基金会的手稿，就好像没有发生任何不寻常的事情一样。但我突然想到，这可能是我最后的自由，甚至是生命的最后几个小时，而以这种方式浪费它们是荒谬的。我走进了城里，但感到头晕目眩，迷失了方向。

下午我又开始写第五章的第一部分，但马上我就放弃了。多写或少写一本书：现在又有什么关系？

今天整个一天，我都在等待决定性的消息来澄清现在的形势，但从任何地方都听不到任何声音。所以今晚我会在这里，独自在家阅读

---

[1] 帕斯托雷尔·特奥多雷亚努：诗人和作家。
[2] 让·斯特里亚迪：艺术家。
[3] 乔治·奥普雷斯库：艺术评论家。
[4] 伊万·坎塔库齐诺：诗人。

安德烈·纪德的日记。也许会提前上床睡觉。

这一切都发生在1939年9月2日。

9月4日，星期一

昨天上午十一点，英国向德国宣战。下午五点，法国宣战。然而，到目前为止，似乎还没有任何军事接触。他们还在等什么吗？有没有可能（如某些人所说）希特勒会立即倒台并被一个军政府取代，然后军政府就会创造和平？意大利会发生根本性的变化吗？他们是否在等待意大利的中立性得到确认？还是意大利会被迫追随德国？苏联人会怎么做？轴心国发生了什么事？为什么罗马和柏林就轴心国都突然沉默了？

上千个问题让你喘不过气来，你想立刻把它们都弄清楚。我四处奔波，又打电话，又问问题，颠来倒去，不停地在脑海里翻来覆去。我应该控制住自己，冷静地等待事情的发展，不要歇斯底里，不要绝望。

我会努力待在家里，工作、阅读和写作，独自思考，对正在发生的一切要能够有清醒的顺从。最重要的是，我不能抱怨。最重要的是，我不能因为焦虑而发疯。

让我们悲伤地去对待这一切，但不要失去自尊。

9月5日，星期二

此刻，西部战线一片寂静。在波兰，德国人继续挺进，似乎没有人阻挡他们。波兰公报让我觉得心灰意冷。没有人知道罗马尼亚会发生什么。最可怕的故事和预言四处流传。昨天在基金会得到了一个可怕的消息。刚刚去了法国大使馆的拉赛涅告诉我们，我们要和法国并肩作战。德国想要我们所有的粮食和所有的石油！法国和英国想派部队在康斯坦察登陆！但我们不会接受其中任何一个！那是你们的战争。

我不知道该相信什么。我回到家，茫然无措，充满焦虑。可以肯定的是，我不会在办公桌前待太久了。我肯定很快就会被招入部队。大规模的召集一直在发生，人们说这将导致出现总动员而非名义上的动员。目前，我没有出现在今天征召名单的任何类别中。但不排除总参谋部会过了一天再发布另一份公报。

我等着。而在等待的期间，我尝试做各种各样的事情，但既没有热情，也没有毅力。我应该做出一个决定：要么读一本厚厚的书，要么安顿下来为基金会翻译，要么继续《事故》小说的创作——这样我才能有条不紊地把一件事做好。昨天晚上我想读一本陀思妥耶夫斯基的小说，但后来我放弃了，又开始读一些托马斯·德·昆西的英文作品，最后又极不情愿地写出了第一章的开头，因为在我看来，我两年前重组的版本是极其愚蠢的。

卡米尔·彼得雷斯库让我建议罗塞蒂去安排一次对拉莱亚和阿尔曼德的采访，讨论一下"首都"重要性的问题。他打算离开国家大剧院，去负责我们防空技术方面的工作。他坚信只有他才能将我们从灾难中拯救出来。他拒绝向我透露他的计划——但他决心将这些计划提交给首相，甚至可能是国王。他还告诉我，他与第二军团的总参谋部有着密切的联系，我们在多布罗贾的任何军事行动都将听从他的指示。

我听了他的话，不知道该采取什么态度。有时我怕我会笑出声来；有时我会突然担心地问自己，他是不是疯了。而且，除此之外，还有最有趣的可能性——那就是他是对的。

9月6日，星期三

早晨是可以忍受的，但夜晚是艰难的，充满了忧虑，如中了恶兆之毒一般。昨天我内心深处觉得这辈子已经结束了，我将不得不放弃所有无法回忆的事情。我不知道我会不会死，但我知道，当我去打仗时，我的生活会彻底改变。任何的返回都不会是真正的"回归"。

我［不］认为我对此已经接受了。

我今晚离开，去布勒伊拉的征兵中心，理一下我的军事文件。很多在5月份被要求服役的人都收到了单独的通知。我很可能就是其中之一。

9月8日，星期五

看来我的名字还没有被叫到。我属于神秘的"D.i"安全类别——在3月，也就是这个类别让我保持了平民身份。显然，我的自由只是暂时的，而且是可撤销的。实际上，说不定哪天我就会被召唤。如果发生了总动员（我认为这很有可能），世界上没有任何一封信可以救我（我也不希望这样）。但就目前而言，事实是我现在仍然处于自由状态。从来没有一个"现在"比现在更捉摸不定，但更为珍贵。

事情一直以同样的方式继续。德国人在波兰推进，而法国人和英国人则留在原地不动。克拉科夫前天陷落。据说华沙今晚已经沦陷。

经历了几天恐慌的布加勒斯特已经平静下来。餐馆、电影院和街道到处挤满了人。谁会说我们身处战火纷飞的欧洲城市？

有些人——比如卡米尔——认为和平是一种可能性，甚至可能就在眼前。德国人将通过意大利人提出和平的条件——而其他人将别无选择，只能接受。虽然我认为一切情况皆有可能，但在我看来，这似乎是一个荒谬的解决方案。我不能看到法国和英国不开一枪就输掉一场道德政治斗争。这样他们将会被轻易地从历史中抹去。

不，不。我不应该开始为和平构想计划或思考我将要写的书。我不应该期待一个滑雪、阅读或旅行的冬天。在我们的面前将是一个战争的冬天，战争的一年，战争的数年，我一定要度过它们，看到其痛苦的结局。

星期三晚上,我一个人来到了布勒伊拉的港口——在月光下看到了一条如明信片中的多瑙河。就连杳无人迹的港口里停泊的空荡荡的白色船只,看起来也像是用硬纸板做成的。

整个港口绝对没有人——除了我和一个守望者。那个守望者用疑神疑鬼的眼神盯着我(这是一个间谍,还是一个破坏者?),以至于我被迫返回镇上,尽管我很乐意在那里待上更长一段时间。

"你老了,"莫尼·利布西奇说,他在皇家大街的一家商店门口拦住了我。是的,我变老了。布勒伊拉的一切都告诉我这一点——房子、街道、人们、我年轻时的照片。当我去卡罗琳阿姨家看到这些久久不愿离去时,我感到十分难过。

佐伊今天下午来我这里。我给她读了有关冈瑟的那一部分,不是很认真,更像是在开玩笑,但不完全排除这种可能性——我十天前从斯蒂娜回来时向她提到过——我希望她扮演我正在考虑创作的那个女孩的角色。

所以我给她读了这一节。她不仅理解得很好,而且她的眼光也非常准确,以至于她给了我一些对这部剧最有价值的建议。直到今天我都无法在头脑中想象出这个在第一幕中进入冈瑟小屋的女孩,我也不知道她会发生什么。佐伊帮助我看到了她——更重要的是,佐伊概述了她在剧中的角色。

冈瑟必须死去——佐伊说——但他的死将会是他自己和诺拉的胜利。对冈瑟来说,因为这样格罗德克氏族将被征服;对她来说,因为她将与受压抑的过去决裂,并(通过进入冈瑟的小屋)走向了新的生活。

我们就这出戏谈了整整几个小时——我又一次感觉到写作的需要让我感到压抑,让我感到沮丧,让我失去了内心的平静。

9月9日，星期六

我想到了在希特勒占领下的波兰犹太人。任何拥有左轮手枪或步枪的人都会尽可能多地射击——并为自己留下最后一颗子弹。但是其他人呢？

卡米尔·彼得雷斯库告诉我，他拒绝了维内亚要他为法西奥组织编写军事编年史的要求。

"不，老伙计，我屡屡给出点子，但每次都一无所获。我已经受够了。除非我在政府中获得一席之地，否则我不会说话。"

他根本不尊重加梅林，而现在他同情法国人和英国人，是因为他们缺少一个卡米尔·彼得雷斯库。

当我听到这一切时，我不知道如何才能不笑出声来，但我也不禁对此表示同意。

9月17日，星期日

今天，苏联人与日本签署了一项协议。波兰，占领了德国人留下的土地。

固执己见的人是多么幸福！他们至少可以保持冷静并且仍然认为自己能够理解。对共产党人来说，甚至对我们自己来说，一切都井井有条，"革命在前行之中"。苏联人做的一切都是对的。

对于军团之人（一个正在复活的术语）来说，德国人的胜利是笃定的，完美的生活将随之而来。

那么我呢？我既不相信这个也不相信那个，并且试图用事实而不是偏见来左右自己的头脑。这还不足以让你失去理智，让你绝望地放弃吗？难道你不必告诉自己，从现在开始，一切都将失去吗？

所剩的这些天还有什么可做的？哪一天可能是我的最后一天？我想一直听听音乐——这是我唯一的灵丹妙药。我们终有一天会像小鸡一样地死去，喉咙被割开。我应该更坚定、更警觉地等待着来势汹汹的灾难。

9月20日，星期三

蒂特尔·科马尔内斯库告诉我他最近与米尔恰的一次政治对话。米尔恰比以往任何时候都更加亲德，更加反法国和反犹太主义。

"波兰人在华沙的抵抗，"米尔恰说，"是犹太人的抵抗。只有犹太鬼才有能力将妇女和儿童放在前线进行勒索，以利用德国人的道德顾忌意识。德国人对摧毁罗马尼亚并没有兴趣。只有亲德政府才能拯救我们。乔治·布拉蒂亚努/纳埃·约内斯库政府是唯一的解决方案。苏联人不再是危险，因为他们已经放弃了其秉承的主义——我们不应该忘记极权主义与马克思主义不同，极权主义也不一定是犹太主义——而且因为他们（苏联人）已经放弃了欧洲，只把目光投向了亚洲。在布科维纳边境发生的事情是一个丑闻，因为新一波犹太人正涌入这个国家。与其让罗马尼亚再次被犹太人入侵，还不如成为一个德国保护国。"

科马内斯库向我保证，这些是米尔恰的原话。现在我完全理解了他为什么在涉及政治问题时对我保持沉默，以及为什么他似乎投身于形而上学以逃避"政治的恐怖"。

看看他是怎么想的，你曾经的朋友米尔恰·伊利亚德。

9月21日，星期四

我在法庭上，等着轮到我休庭。这时一个吓得脸色苍白的女人靠在律师席上，低声对某人说："他们开枪打死了阿尔曼德·克林内斯库。广播里正在播。"

我打了辆出租车，急急忙忙地跑回家，发现在帕斯卡的楼下每个人都惊慌失措地围着收音机，虽然收音机这时正在播放正常的音乐节目。发生了什么事情？半个小时前，播音员惊呼一声，然后匆匆说了几句关于总理遇害的含糊不清的话。经过短暂的暂停后，广播恢复。另一位播音员说"广播中断是因为出现了不幸的事件"。

我确信这一切只是一个糟糕的笑话。罗塞蒂在电话里说，他也是这么想的。但不管如何他对此一无所知。我进了城，哪儿都没有出现动乱的迹象。下午的报纸像往常一样四点出刊。

然而，回到我在胜利之路的住处，我接到了艾丽斯·特奥多里安打来的电话，告诉我从阿尔曼德的嫂子（我前天在艾丽斯家见过她）那里得来的消息。是的，今天一点到一点三十分之间阿尔曼德在他的车里被谋杀了。一群铁卫军团士兵在一辆运木头的板车下等着。当他的车靠近时，他们向他开了好几枪。与此同时，另一群人冲进了电台，播报了这个消息。如今这两伙人都被抓住了，但阿尔曼德已经死了。

如果这个消息属实，形势将是灾难性的。这不仅是国内局势的问题（可以通过某种方式来处理），而且是牵涉到德国人和苏联人的问题。他们可能会侵入我国以帮助"维持秩序"和"保护他们的亲朋好友"。

也许在这个小时或下一小时，也许是今天或明天，我们可能会失去一切。这包括我们头上的屋顶、吃的面包、我们可怜的一点安全感，甚至我们的生命。

我们没有什么可做的，绝对什么事情都做不成。

今天是一个阳光明媚的秋日。我躺在露台的躺椅上，看着这座城市。从上方可以清楚地看到它的面貌。街道充满生机，汽车四处行驶，交警在岗亭里指挥着交通，商店对顾客开放——这座伟大城市的整个机器似乎都在正常运转，但在它心脏的某个地方可怕的打击已经传来，只是人们还没有感觉到。就好像我们置身于一座散落着炸药五分钟后就会爆炸的城市，而这座城市却毫无意识地继续忙碌着，仿佛什么都没发生过。

不久前，我看到一群波兰难民向我的街区走来。他们衣衫褴褛，每个人都背着一个破旧的背包，但他们还活着——你明白我的意思吗——他们还活着并且得救了。也许我们（贝努、妈妈、塔塔、我自己）到今天晚上、明天或后天甚至还沦落不到这个地步——甚至还成不了那些从大火中逃过一劫保住性命的难民。

我可能是那些乖乖地等待着死亡并接受死亡的人之一。我看不出我能做出任何防御姿态。我既没有想到逃跑，也没有想去避难所。

9月23日，星期六

刺客——六个人或九个人，我至今还没搞清楚——"在犯罪现场被处决"，尸体扔在人行道上待了一天一夜，上面盖着一张纸，纸上写着："叛国者！"

昨天早上我去了那里（埃勒夫特里桥的另一侧）。成千上万的人乘坐有轨电车、汽车、公共汽车或步行前来。这就像一个大集市。人们在大笑和开玩笑。我所在团的一个连在现场，设法让人群不要靠近杀手的尸体（如果我现在已被征召，甚至可能也在那里当护卫兵！）。那些无法挤到前面的人什么都看不到。我旁边的一位女士说："他们应该维护秩序，把我们排成两排，让每个人都能看到。"

住在附近的人搬来了一些木梯。想要看得更清楚的人，就得花上两个列伊，爬到上面去看。"别花这个钱！"一位刚才花了两个列伊但感到失望的家伙说道。"别花这个冤枉钱！你能看到的只有他们的脚。"这一切似乎令人震惊、羞辱、可耻。显然，同样的情况也发生在克拉约瓦、普洛耶斯蒂和图尔努塞韦林。伦敦广播电台昨晚表示，已经有"数十人被处决"，但人们都说，处决的不是数十人而是数百人。有些人甚至给出了一个精确的数字：四百人。看来在营地和监狱里的所有铁卫军团士兵都被处决了。

我想知道纳埃出事了没有。罗塞蒂已经问过并被告知，他已经"失踪了两天"。"失踪"是什么意思？是逃跑了？还是被带到别处保护起来？还是被枪杀了？

我给米尔恰打了电话，也为他的命运感到焦虑。他自己接了电话。我告诉他关于他为《杂志》写的一篇文章校样的事。但我已经得到了我想知道的：他还活着。

这次暗杀似乎是在德国人以令人眼花缭乱的速度向波兰－罗马尼亚边境推进时策划的。由于德国人已经在布科维纳北部，对他们来说，没有什么比在阿尔曼德被暗杀的那一刻进入这个国家更容易的了，尤其是这一阴谋是在要求"被他们的兄弟解放"的布科维纳罗马尼亚人之间策划的。这一切都应该是暗杀多尔弗斯[1]的完美翻版——无论在设计上还是在执行中。

使得这一计划破产的是俄国人出人意料地进入波兰，尤其是他们出人意料地到达了波兰和罗马尼亚边界。这就意味着罗马尼亚与德国人没有了共同的边界。这是目前唯一能将我们从直接灾难中拯救出来的措施。

我已经绞尽脑汁了。没有什么可想的，没有什么可预见的。让我们等一等再看。如果可能的话，不要太惊慌了。

---

〔1〕多尔弗斯：奥地利总理，1934年7月在未遂政变中被奥地利法西斯分子杀害。

9月25日,星期一

昨晚我怀着沉重的心情回到家里,对正在发生的一切和可能发生的一切都感到害怕。死亡人数仍不清楚:数十、数百或数千[1]。

在拉姆尼库瑟拉特监狱,凌晨两点钟,米苏·波利霍里尼亚德、泰尔和其他人被枪杀(尼娜说是"用机关枪扫射的")并被扔到监狱院子里展示给所有人看。在其他城镇,情况也是一样(康斯坦达什[2]和奥尼切斯库曾在不同的地方报道过——再次根据尼娜的说法——他们亲眼目睹了这些场面)。昨天在排练室排练时,玛丽埃塔在更衣室里泪流满面,说"丘克的所有孩子"都被枪杀了,还有瓦斯卢伊的孩子。这其中包括贝尔吉亚和加西纳努。人们肯定认为,纳埃在今晚将被枪杀。我晚上在卡米尔家见到的罗塞蒂证实了这一点。直到深夜,我才接到电话,被告知纳埃还活着——病在家中的床上,但还活着。

我无法从政治上评判眼前这部戏剧。作为一个人类的分子,我感到恐惧。我知道,所有这些人,无论是集体还是个人,都已冷静地目睹过铁卫军团的恐怖和他们杀人不眨眼的行为。我也知道他们的盲目性超越了所有限制。然而,然而,我感到悲伤、困扰、苦不堪言。昨天晚上和今天晚上,我都一个人待在家里,回到房间的第一件事就是再次聆听莫扎特的行板。这是我的避难所。然后我读了一些杜布诺的《犹太人史》:关于十六世纪威尼斯、帕多瓦、布拉格、维也纳和法兰克福的页面。当我阅读时,我觉得我在时间之中穿梭。能从历史长河中经历过许多事情的民族那里了解事情真是太好了——有些事情甚至比今天发生的事情还要可怕。

米苏·波利霍里尼亚德会成为政治事业的烈士吗?没有什么注定

---

〔1〕 252名铁卫军团士兵被枪杀以报复谋杀总理阿尔曼德·克林内斯库。

〔2〕 V.康斯坦达什:记者。

他会这样。这是一个错误，一种误解，一个悲剧式的笑话。他自己不想会是那样，不相信，也从没想过会是这样。生活怎么会给予我们比我们希望的或能够达到的更多！而实际上我们能做到的事情是多么少啊！我们的一个姿态、一个事件、一个偶然事件之中内含着一连串遥不可及的、无法预料的后果。那家伙想在议会中获得一个代表的席位——至少能成为一名初级部长。然后，他最终成了一名革命者。我认为，直到最后一刻，他都无法理解为什么事情会发生如此转变，到底是从哪里开始出错的。

我昨天下午去了米尔恰家。我已经在基金会见过尼娜，她脸色苍白，泪痕累累，绝望地拧着自己的手。

"他们要杀了米尔恰，"她说，"不要让他们杀死米尔恰。"

我去看他们是因为我知道现在没有人有勇气去看他们。一切都将我们撕开，当然，绝对是所有的一切，但我告诉自己，这样做会让他们有一点勇气与某人交谈，即使那个人就是我。我发现他如今更加平静和自在。罗塞蒂将与拉莱亚和亚曼迪，也许是更高的人交谈，以便让米尔恰脱离危险。我们一起哀悼——但方式不同。我认为在道德上我比他更有资格感到痛苦。因为，以某种方式，他愿意这样做，他同意这样做。

但今天他的态度是悲观的。"态度"这个词也许用得太过分了。更准确地说，是残留的一点态度、几乎无法控制的愤怒、深深的厌恶、可怕的仇恨。这使得他想尖叫但又不敢尖叫。他说，目前的镇压是在犯罪，"因为现在敌人就在门口"。但是，对阿尔曼德·克林内斯库的暗杀不也正是"敌人在门口"时发生的吗？我向他提出这个问题，他耸了耸肩。

我来拜访他不是为了和他争论，也不是想争个正确。我们之间的账永远不会结算。要有的话，或许会在以后，当一切都变得更加遥远的时候——如果那时我们还活着的话。我有一种感觉，他现在等待的是德国或俄国的入侵，来作为一种绝望的报复。

"我相信罗马尼亚人民的未来，"他说，"但罗马尼亚这个国家应该消失。"

我离开时感到恼火。我与他交流，想通过这种方式让他觉得自己没有被抛弃的这种试图失败了。

10月11日，星期三

迪努·诺伊卡寄来一封令人不安的信。我代表罗塞蒂写信给他，建议他在基金会发表他的论文。他的回答是否定的。他不想和皇家基金会有任何关系。

"我们好久不见了，亲爱的米哈伊，你不知道我是多么享受拒绝带来的快感。拒绝了我曾经最执着的一件事情，我怎么能不高兴呢！"

与此同时，他给罗塞蒂写了一封信（我今天早上读了这封信）——完全是直截了当的拒绝，既没有任何炫耀，也没有任何虚张声势。这是他切割已经拥有的一切关系的方式，是他表现对自己"想法"保持忠诚的方式。这些想法与米尔恰的想法如出一辙，但却迫使迪努·诺伊卡改变了他的生活、他的姿势和他的日常行为。

10月16日，星期一

莱妮和"英俊布比"一起睡过，至少佐伊是这么说的。佐伊对"英俊布比"很生气，至少莱妮是这么说的。我听了她俩的说话——然后大笑。这是一连串可笑的情况。在此之中，虽然我不想，但却成了其中一个环节。"英俊的布比"听到一个和另一个女人的忏悔，得知我反过来一会儿对莱妮生气，一会儿又对佐伊生气。整个故事就像一出滑稽戏，我在此之中似乎不是一个最讨人喜欢的角色。男高音的演出已经完毕。但无论如何，这一切已经持续了几个月——但直到现在我才知道。不过，我必须足够冷静，才能够微笑。

经过几周的多云天气，今天是一个灿烂的秋日。我喜欢躺在躺椅上晒太阳，或者去斯蒂纳河上的某个地方散步，或者去巴尔奇克的码头上。

战争仍然存在，但在十分遥远的另一个大陆上。

10月18日，星期三

32岁。我觉得自己老了，丑了，垮了。看着镜子里的自己，我一点都高兴不起来。有时我看到这个男人，脸色苍白，眼袋下垂，头顶秃秃，但仍然带着一份憔悴的青春气息。我尽量不去想我的生活——无论是过去的，还是未来的。有一种徒劳感让我充满绝望，我想避免这种感觉，忘记这种感觉。

莱妮昨天来了这里。我让她再次谈论牵涉到布比、佐伊、莱妮和我自己的情爱之事。我不禁再一次看到这个四重奏中的喜剧。

然而，我不能否认，对于所发生的一切，以及我没有预料到的一切，我仍然感到一阵阵的痛苦和尴尬。

我想下周去普莱迪尔，十到十五天，在那段时间完成小说。罗塞蒂想自己出版，我不能拒绝他，但我更喜欢奥克内阿努出版社，即使它在财务上不太安全。基金会出版的书籍，封面客观、朴素、统一，非常适合于研究或论文，但我担心它会损害小说。

但不用说，无论考虑点多么有根据，我都不会冒犯罗塞蒂。既然他向我要这本书，我就不能拒绝他。

此外，所有这一切中唯一重要的是小说应该尽快出版。我必须摆脱它——我有一种感觉，因此我也可以摆脱许多其他与之相关的旧东西。

10月26日，星期四

也许最后我会设法在星期日下午离开去普莱迪尔，在那里待五六天，然后再待上五六天。这足以让我完成小说吗？我不知道，但必须得这样。有很多事情等着我去做，在呼唤着我。我一直在考虑这出戏（戏很长时间搁置不写是不行的）。此外，我也越来越多地考虑到了我未来要写的小说。随着对它的考虑越来越深，积攒的东西越来越密集，它占据了更多的空间。

如果我去，我就住在罗宾逊别墅。克拉丘恩好心收留我，一天只要三百列伊。我对这座温馨、明亮、近乎优雅的房子有着深刻的印象。我希望它也对我写书有利。

最近几天很糟糕。我累得像一匹驮马。法庭上每天都有事情（并非所有事情都得到了愉快的解决——莱妮与塞尔贝斯库先生的案子败诉尤其令人痛心）。每天我都不得不急匆匆地赶到印刷厂，担心只是因为我，杂志可能不会准时出版。我所做的一切——办公室的、法庭的、编辑工作——我都带着荒谬的紧张和不安，在恐慌和混乱中，既没有方法也无法控制。难道我真的没有能力把事情做得井井有条？我不说是在我支离破碎的生活之中，但至少在我的工作之中。

昨天和前天回家的时候，我不仅走起路来趔趔趄趄，而且还为自己的处境感到羞愧。

我太不体贴了。在过去的几天里，我甚至没有抽出一刻钟来想一想波尔迪。他现在可能已经离开索镇去他的团报到（正如他在我星期六收到的一封信中所预料的那样），或者去了位于比利牛斯山脉的训练中心。

他必须从这场战争中安全返回。我希望他明白这是他的职责。我想直截了当地告诉他，他的生命（至少对妈妈来说无比重要）同时也得弥补我生活的失败。

听了一点音乐——埃内斯库的作品、弗兰克的《奏鸣曲》、几首贝多芬的作品、一首莫扎特、一首巴赫、一首福瑞，还有勃兰登堡协奏曲（我认为是《第五交响曲》），勃拉姆斯的《第四交响曲》，比以往任何时候都更优美——以及与罗塞蒂一起，在美妙的秋天天气里，到辛普隆进行为期两天的短途旅行。这些是我唯一的放松，我唯一的逃避。

10月29日，星期日

于普莱迪尔

罗宾逊别墅。我在苏基亚努两年前曾住过的房间里。整栋别墅里只有一个房客——似乎是一位意大利外交官。

我希望能在这样的安静环境中工作。我到达时感到非常疲倦，胸口有一种紧绷感（是心脏病吗？我一直在想）。但我想，我应该一边休息一边写作。在布加勒斯特让我心碎的是混乱和到处乱跑。

今天早上在作家协会召开了一次令人作呕的会议。如果不是为了拉莱亚的候选资格（他在最后一刻退出了——那些民主党人一见到有危险时就干脆退缩了），我甚至不会参加。赫雷斯库[1]成了主席！真是一场闹剧！

10月30日，星期一

午夜

我已经完成了第十章。这是我离开斯蒂纳德瓦莱时中断的那一章。我一整天都在工作，从早上九点一直到现在，除了在中午休息了一下，

---

〔1〕 N.I.赫雷斯库：语言学家和作家协会新选举的主席。

晚间休息了一下，吃饭，和穿过普莱迪尔步行了一个小时。

结果：十页。这是一个记录。先不要让我们谈论质量。我不知道它们会是什么样的。我几乎可以说我不感兴趣。我只是想写并结束它。但愿上帝同样照顾其余的部分。

10月31日，星期二

零下三度（华氏二十六度）——下雪了。昨天早上也下雪了，不过到了晚上，天气又变成了秋天。现在是真正的冬天。如果这种情况持续几天，我们都会去滑雪。

昨天我穿着滑雪服出去了。为什么我只要蹬上滑雪靴和穿上滑雪服就能让我感觉更年轻？

从昨天开始，我们的别墅里来了一位新房客：一个相当年轻的女人（三十二岁？），不漂亮，但很有特点。一头深棕色的头发。她阅读法语书籍（《斯巴肯布鲁克》），我想她还阅读波兰报纸。也许她是个难民。

所以我们三个人坐在餐桌旁，后来又在门厅里，但我们彼此都不说话。我无法形容这种沉默让我感到多么舒服。

我最喜欢别墅里灯火通明的门厅，有巨大的落地窗、雕花扶手椅和一些令人愉悦的图片（有乌特里洛的，苏珊娜·瓦拉东的，毕沙罗的，还有凡·高的）。

晚上

只工作了七个小时，只写了五页。我必须明白，要重复昨天的表现并不容易。我累了，不得不叫停。冈瑟的情节很吸引人。我不想随意发挥，而是想清楚地看到全貌。第十一章我已经写了一半了。我希望明天能完成它。

11月1日，星期三

我开始理解什么是"摆脱一本书"的含义。

我的这些人物让我对他们痴迷，也让我心力交瘁。他们啃食着我，把我拖垮。我想将他们忘却，从他们那里逃脱。我和他们一起走在街上，和他们一起坐在桌旁，也和他们一起打瞌睡。

有时我害怕在我完成这本书之前它们会从我身边蠕动离开，有时我又很高兴我可以远离它们，我可以自由地忘记它们。

我试着回想我其他书中的其他角色是否也让我如此着迷。《金合欢树小镇》中的人物完全不同：我从未有片刻时间见过他们。但其他的呢？我不记得那些人物会让我如此神经紧张。但如果他们真是这样，我怎么能完全忘记他们呢？而且他们怎么会对我如此冷漠呢？

11月2日，星期四

直到刚才，今天早上，我才完成了第十一章。如果昨天我一直坚持下去，我会在昨天完成。但我不想：我害怕会一直拖到晚上。一直以来，我都在高度的神经紧张状态下写作。总而言之——不管你觉得多么幼稚——我很害怕我的心脏。我觉得我的心像冈瑟的一样蹦蹦跳跳，快要破裂了。

今天早上重读这一章时，我发现心脏不像昨天那么兴奋，跳动得也不那么激烈，当然也不那么可怕了。一夜的睡眠让很多事情变得清晰，让它们显得更加柔和。

昨天一开始就很糟糕，头痛欲裂，一直持续到晚上，我的日程安排完全毁了。早上我不得不出去买些止痛药。当我向蒂米斯走去时，我经过了索莱斯库的纪念碑（直到那时我才意识到那是多么可怕。从后面看起来那只鸟就像一只小猫头鹰），然后我穿过铁路回来了。那里的景色壮丽：舒勒山和巨石山遮在云中，但较低的斜坡上白雪覆盖的冷杉树，呈现出绿色和白色相间的一片。我独自一人，感到十分快乐。

直到晚上我才恢复过来。于是我设法做一些较严肃的工作。写了五页半，加上今天早上的另外两页——我星期二开始写的那一章就此结束。

11月3日，星期五

今天早上，我完成的一个简短章节（我暂时称之为IIA），共有四页。我昨天下午写了三页，刚才又写了一页。我一直写得很慢，难度很大，还有上千个障碍没有得到解决。现在的这一章肯定不是处于最后的定稿。此外，我最初并没有打算写这一章。我本来打算直接从第十一章写到《圣诞清唱剧》那一章。但我觉得有必要插入一个章节。虽然它不构成一个情节（即故事中的一个独特场景），但可以在情节之间腾出一些时间和距离。从这本书一开始，剧情就按时间顺序展开——一天又一天，几乎是一小时又一小时。但在这里我需要一个跳跃，一个停顿。我希望这个意想不到的小章节能提供这种机会。我不知道我是否得到了我想要的。我们要等以后才会看到。

昨天中午，我散步去普莱斯特拉，一路上我激动不已，那里的冬天真的来了。我一个人在雪地里待了一个小时。

今天下午，我将向布拉索夫和《圣诞清唱剧》的那一章发起"攻击"。这一章很长，其中发生了很多事情，并将本书带到了最后一节。对此我不是很担心，但我确实感到有点不安，有点提心吊胆。

11月5日，星期日

《圣诞清唱剧》一章到现在为止有十八页：星期五下午写了五页，昨天写了五页，今天写了八页。而且，你意识到，"音乐会"甚至还没有开始。我仍然不确定它会持续多久。然而，"情景"已经到位。我有一种感觉，我不会遇到昨天遇到的同样困难（愚蠢到觉得一天的工作浪费了）。

我很乐意继续写，但是现在已经八点多了。我的火车十点开——我甚至还没有收拾行李。当我全神贯注投入时，我不得不刹车。我希望这种良好的工作心情会回到我身边。

随后的发展——也许要在布加勒斯特进行。我本可以注意到与本章相关的上千件事，但在工作了八、九或十个小时之后，我总觉得有必要保持一定距离。但这种方式让我延迟了注意的事情，而以后再也无法将它们写下来。

11月9日，星期四

于布加勒斯特

不要问我从星期一开始我都做了些什么。我什么也没做。我一直在布加勒斯特。时间从我身边悄悄溜走，而要问我什么时候或者为什么，我一无所知。

我甚至还没有在杂志社整理好所有东西。下一期的准备工作已经完成了，但我对所有东西都没有校对，也不知道会缺多少页。我还得自己再写点东西，把它们放在"评论之评论"部分中。

明天我要去普莱迪尔——但只有明天一天！让其他未决事情仍然悬在空中。这就意味着我将不得不马上回来。

在布加勒斯特，令人沮丧的是充满了电话、外出、首场演出、晚宴邀请。这是在我回来的第一天就感觉到的——与我在普莱迪尔的简单生活相比——我正在踏入一个大疯人院。

前天，我将176页的干净副本送到了印刷厂。我还有60页要写，最后四五章要编写。

11月12日，星期日

于普莱迪尔

我是星期五晚上到这里的。感觉就像回到家一样。整栋别墅的人都睡着了，但一号房却亮着灯等我。床头柜上放着一封玛丽亚·吉奥卢的信。这让我更有了"在家"的感觉。

五天没动笔不只是浪费了五个工作日。情况更为严重。你丢失的是正确的语气，你远离了你的角色，你再也找不到他们，他们也不再认出你。

昨天工作的担子压得很沉重。我已经意识到我必须不惜一切代价结束这场音乐会。经过六个小时的工作（其中有一个小时在阳光明媚的天气里躺在躺椅上），我确实完成了它。那时午夜已经过去，但只写出了六页。我并不认为这是成功的。

此外，原则上我很难不听音乐就写得出来。的确，我手中一直都在拿着乐谱工作，但要正确地感受它，我必须知道它，必须听到它。我对音乐的记忆力太差了，我听了三遍后，音乐在脑子中荡然无存（我想我听过《圣诞清唱剧》的次数不超过三遍）。

现在看来，在圣诞节前出版不太可能了。这个星期我可能会收到前九章的校样，但我是否有时间较好地誊写出其他章节，最重要的是，写出结局来？

也许用"结局"是个错误？谁知道，在结局之前是不是还有一百页要写。最后几章的大纲已经有了,但我不知道会出现什么意想不到的事情来。

此外,我必须在星期三再次回到布加勒斯特处理杂志的事情。我是否能够写一本书,从头一直写到尾,不去打断它,不丢失它,也不与它脱节?

11月13日,星期一

一个美妙的春日。零上二十五度(七十八华氏度)。有一种柔和、纯净的光——没有忧郁。

今天早上我去了科科苏鲁伊山脊。融雪使地面仍然是湿漉漉的(你会认为这是3月!)。阳光照耀的地方长满了青草和苔藓。我扑倒在地,躺在阳光下。恢复这种幸福总是多么容易。

下午,在阳光下躺在躺椅上再晒了一个小时。

我在浪费时间——但我没有感到任何良心的痛苦。我昨天写的所有东西(甚至不到五页)都很糟糕。今天我会觉得更难。上个星期我就像一个调过音的乐器;我写的所有东西调子都是那么准。而现在我觉得已经跑调了:一切都是虚假的、笨拙的、非真实的。有时我会看到、感觉到和听到它们,但却无法用词语表达。这情况就如同一块铅从上落下,无色又无情。

有时脑子中闪过要回布加勒斯特的念头。如果我在这里无法写作,而在那儿却有很多其他事情等着我去做,我在这里待着还有什么意义呢?也许这些停滞不前的状况应该被接受,就如人们接受了失眠一样。尽管如此,我还是会留下来——至少到明天晚上。《圣诞清唱剧》这一章,我曾寄予厚望,因为它的细节和事件如此丰富,但结果是完全失败了。但不管失败与否,我至少要完成它。

我决定将它一劈为二,也就是说,它将包括第十三章和第十四章。

第十三章我认为已经完成了（我用"认为"一词，是因为事实上我很清楚它还缺少一些东西。昨天晚上和今天早上我都在寻找更好的结束方式，但都未成功）。现在我从第十四章开始。我对此既没有热情，也没有信心。我将带着无可奈何的精神去写作。

午夜

到了最后，今天并没有我想象的那么糟糕。我写了六页，而且——更重要的是——为小说的最后一章想出了一些新的事件。到目前为止，我还不能很好地看到它的结尾，但今天我可以很准确地为它勾勒出整个"场景"。

保罗将在最后一章中再次见到安。这次会面将标志着他们之间的最后决裂。从此他们彼此将对方遗忘。

11月14日，星期二

没有任何进展，一点儿都没有。

我把整个上午都浪费在写字和涂抹之上，最后剩下来的连一行可用的字都没有。我安慰自己说我下午也许会赶上。（昨天就是这样。）但现在我觉得没有这种可能了。我真的有停下来的理由。我为什么要抗争呢？坚持下去有什么意义呢？

我坐五点钟的火车去布加勒斯特。那里有很多事情等着我去做。这部小说将搁置几天。也许就在这段时间里，一条前进的道路会自行开辟。

11月19日，星期日

于布加勒斯特

在布加勒斯特的五天里，我几乎没有对这部小说做任何事情。浪费了日日夜夜。我所做的只是再次写出第十至十三章。明天我会把它们送到印刷厂。对我来说，誊写一份副本只是完全的机械操作。我必须再次承认，一旦我写完一篇文章，我就无力改变它，即使是最简单的情况我也无法纠正。因此，对我来说，在页边空白处做笔记并承诺今后会返回到某个段落是毫无意义和不负责任的。我说毫无意义，是因为我不可能回头再审它。我说不负责任，是因为我自欺欺人地认为我会在编辑或校对阶段确定文本，因此将内容表达得很差，处于一种临时状态，而我到后来将被迫接受其为最后确定的状态。

也许有必要解释一下为什么我无法回头再审初稿。只是懒惰吗？我认为不是。

一个场景中有一些不可逆转的东西。把它们写下来，我就如人生已经活了一次了。不管花任何代价，我再也不可能重复了。

这也可以解释我所有尝试重新构建丢失章节的失败。两年前从巴黎回来后，我确实设法记住和写下仍然像以前样子的东西，但结果是：品质低下，枯燥无味，毫无特色，缺乏温暖和深度。我无法添加任何东西，纠正任何东西。这就是我最大的恐惧所在。我问自己，如果将本书作为一个整体，重写的部分被证明太无生命力了，其他部分是否也无法活跃起来。

11月24日，星期五

政府危机似乎不仅仅是政府的危机[1]。有人谈到，德国已发出了最后通牒。伦敦广播电台声称德国军队已经在斯洛伐克集结，准备攻击我们。我不知道这一切会发生什么。灾难的幽灵再次变得可信。

我不能去普莱迪尔。我不敢离开。谁知道从一天到另一天，从一

---

〔1〕 在这一天，阿尔杰托亚努政府被格奥尔基·特特雷斯库领导的政府所取代。

小时到另一小时之中会发生什么？我会在这里努力工作。今天，我将真正进入第十四章。

圣诞节前出版确实很值得怀疑，一方面因为我自己没有毅力完成这本书，另一方面也因为印刷商有积压的活儿要去干完，所以需要很长时间才能处理。我越来越意识到，把小说交给基金会出版是个错误。我这个三四年出版一部小说的人，傻到把它埋在一家更擅长工厂式生产而不是组织发行的出版社里。基金会将在12月份出版二十六本书。我的书应该是第二十七本。谁来照顾它？谁会介意？到目前为止，我只收到了前三章的校样——少得可怜。阅读它们让我感到沮丧。再次重写的章节让我感到心灰意冷。这些章节看起来很愚蠢，我知道我无能为力。

11月27日，星期一

也许现在不是给自己买收音机的好时候。我现在必须完成我的小说，除了写作就是写作。除此之外，我什么都不应该做。但是我已经计划了这么久。如果我再推迟，谁知道我什么时候才能买呢。从上个星期六晚上开始，我就已经有了一台新的收音机（一个带有电子管的大型飞利浦收音机），而且已经听了无数曲子，所有波段上的巴赫、莫扎特和贝多芬乐曲。

昨天，巴黎广播电台播放了舒曼的钢琴协奏曲，伦敦电台播放了莫扎特的曲目（一首交响曲，一首长笛协奏曲，以及《小夜曲》——这似乎是一个欢愉的标志）。布达佩斯电台播放了一首巴赫的清唱剧，其比例与小清唱剧相似。今天早上，德国的一个电台播放了《埃格蒙特序曲》和波凯里尼的大提琴协奏曲（我是怀着良心谴责的心情听的）。此外，我还听了各地电台的几十个较短的片段。现在，当我在写这篇日记时，布达佩斯广播电台正在播放一首莫扎特的交响曲。

但我必须停止这种过度的音乐欣赏，回到小说上。我不得不关掉收音机……

12月3日，星期日

昨晚与卡米尔·彼得雷斯库进行了谈话。我们都对局势感到担心。我们想知道苏联人在消灭了芬兰之后，下一个是否就是到我们这里来。

"只有德国才能保护我们免受苏联人的攻击，"卡米尔说，"最终，我们必须希望我们不会分裂，我们将保留在同一权杖统治之下。如果德国把我们所有人都带走，那还是可以的。例如，捷克人的情况就非常好。"

他所说的话对我来说似乎太严重了，我不得不在这里记下它们（我觉得是逐字逐句的）——尽管我手头还有很多其他事情要做。

我将跳过昨天所有令人发笑的"卡米尔主义"。我已经听习惯了。我不会只为他所讲的言词打开这个日记本：

"罗马尼亚的一个大错误是没有听卡米尔·彼得雷斯库的话。他早在1930年就写道，我们需要有一支空军队伍。"

"如果芬兰人读过我的文章，他们也能得救的。"

如果他是部长，他会把整个罗马尼亚埋在地下——然后再邀请苏联人来轰炸我们。

所有这一切都很可笑，但不是很重要。我听到数以千计的如此狂妄之词并没有把它们放在心上。（"我亲爱的伙计，我是自加里克以来世界上最伟大的演员。莫西，把所有东西凑在一起算是什么？最多只是一个声音悦耳的演员。但是我，除了有超强的声音，还有巨大的表现能力。"）但是，就是这个人的想法，如此轻率但又如此聪明，可以提前把接受德国统治——也就他所说的"德国权杖"——作为一种可能的救国行为似乎真的令人难忘，因为这种想法不仅代表了卡米尔·彼得雷斯库，而且在大面上表现了这些天来的气氛。

凌晨一点钟

我终于完成了第十五章。这一章在星期四晚上当我完成第十四章之后就开始了（我对第十四章感到非常不满意，以至于我不愿在这里提及任何关于它的内容）。

无论如何，我已经打破了旧迷信的心理，即我必须离开布加勒斯特才能写作。星期四，我都要打算去普莱迪尔了，却决定进行一次尝试（这是一个十分固执的尝试），即留在原地并严格规定了我的工作习惯。

我"关掉"了电话铃声（现已完全不响了），让家里的人告诉任何找我的人，我已经离开这里了，既没有去基金会也没有去罗曼的办公室。有了这些防护，星期五我成功地写了八页纸。昨天进行得不顺手，只写出了四页。今天也不怎么样，也只写了四页。确实，我正在写一个我一开始甚至没有考虑过的磕磕碰碰的章节。这一章我没有事先预设的"场景"，而且直到最后一分钟，我真的不知道它会带我去哪里。从现在开始，事情的定义更加清晰，我希望，写作会更加直截了当。但即便如此，我还需要至少再工作一个星期。

12月7日，星期四

浪费了几天。第十六章写起来应该很轻松，因为它是由事件和对话组成——但我总共只写了三页。四天写了三页！想到这种拖拖拉拉，我感到羞愧。我没有任何理由来解释这一点。

校稿一直不停地在追赶着我。整本书的其余部分都已设置好，而且已经处于三校阶段，而我却被困在了途中。为什么？我也不知道为什么会这样。一切都已经有了清晰的形状，待写的四章的场景被牢牢锁定。现在唯一的问题只是写作的材料问题——然而我现在却处于抑郁症中，几天以来我一直在努力摆脱这种抑郁症。用咖啡和香烟毒害自己是徒劳无益的；用音乐使自己昏昏欲睡也是无济于事的（今晚汉堡广播电台播放了莫扎特长笛协奏曲和约翰·克里斯蒂安·巴赫的交响曲）；让自己夜夜不睡作为惩罚也是于事无补的。它动都不动。它拒绝前进。

12月9日，星期六

昨天晚上我写完了第十六章。我对它非常不满意，它偏离了方向。我非常担心它在整本书中所起的作用。我越来越害怕，整个格罗德克情节看起来好像是个"累赘"。我不知道它与故事"主题"的联系是否太模糊，尤其是不是过于武断。难道读者的兴趣点在这一点上分道扬镳了吗？难道诺拉和保罗坐冷板凳了吗？难道整个故事开始显得过于自我虚构了吗？的确，从今以后我要放弃格罗德克，回到诺拉和保罗身上，但我不知道在这本书的背景范围之中，我是否还有足够的时间和空间把走得太偏的情节拉回来，以恢复它的重心。

整个下午和晚上，我都在努力写今天开始的那一章——第十七章，但到目前为止（午夜时刻）我总共只写了四句话。我要收工了。我太累了，觉得无论怎么逼自己，我都跨不过这个横在我路上的新障碍。

我当然正在经历一段艰难的时期。当我即将临近终点的时候，厄运正好砸在了我身上。一切都清晰可见，定义清晰，所有的一切都应该水到渠成了——但我的笔却被卡住了。如果我在罗塞蒂和排字员面前不感到羞耻的话，我会彻底放弃。这本书似乎注定要让我绝望，就在最后一刻。

12月11日，星期一

奇怪的喉炎。我以前从未有过类似的情况，尽管我常常会被令人厌烦的扁桃体炎困扰。我的声音消失了，我几乎不能说话。我好像有轻微的发烧。

  我的身体情况很糟糕，又偏偏轮到了我在这几天的白痴时期。再多说小说也没有意义了。它仍然处于裹足不前的状态。

  我似乎做任何事情都无能为力。昨天我不得不为基金会写点东西（受乔库列斯库委托）。虽然我绞尽脑汁想了十个小时，只搞出了一篇糟糕的新闻文章。为此我都羞于署名。今天要为《工作与好运》杂志写篇文章。对这类文章，我从来不需花太多的力气，因为我觉得，这文章又不是我的，又没什么人会去读，我怎么写都可以。结果写出来的东西味如嚼蜡，而且写得也很糟糕。

  我缺乏灵感，缺乏才能，缺乏智慧，缺乏职业感。我无法看到眼前的事情，也无法表达最简单的想法。这样，总有股力量把我推向陈词滥调，推向冷漠无情。

  在这样的日子里，如果你身体健康，你应该去砍柴，去散步，去喝酒，去做爱。

  但是当你身体不好时，你应该谢天谢地，有了个躺在扶手椅上打瞌睡的机会。

12月15日，星期五

  收到了征召文件。落款日期为今天。

12月16日，星期六

  我仍然不知道部队的团里会发生什么事。上校——罗塞蒂的老同学——说我应该在星期一早上向他报到。如果我有时间完成这部小说并看到它出版，我将无奈地接受征召，无论任何情况，没有任何问题。

从平民生活转变到军营生活的过程中，可怕的是它发生的如此突然。例如，如果我收到通知，如果我现在知道我将在1月15日去报到，这就变得可以忍受。这不仅因为到那个时候还有很长一段时间（"长期欠债等于什么都不欠。"），而且因为我有时间进行准备，以"减轻"打击。此外，我会很高兴我能有一个可以滑雪的假期——如果有战争的话，这可能是我生命中的最后一个假期。

这部小说原地踏步已经有两个星期之久了。我还滞留在第十七章，即倒数第三章。尚待编写的所有三章都直截了当，定义明确，没有困难，然而我就是写不出来。我不知道为什么。也许是因为小说对我来说变得不重要了。也许是因为我进入了一个黑暗时期——我的一个臭名昭著的愚蠢时期。无所事事几天之后，昨天起床时，我下了狠心，要"不惜一切代价"工作。但我刚在办公桌前坐下时，就有人按门铃了。我打开门，来的是征召令！

昨天晚上，在焦虑了一天之后，我还是试着动笔了。我如今无法开始和结束一个句子的能力让我感到厌恶。我写了一个字，然后划掉，再写，再划掉。我不认为这是由于对写作风格的过度怀疑问题。相反，我觉得这是一种紧张的抽搐。我手稿的最后几页实际上是被无情地屠杀了。两页手稿，当再次写出时，所写部分不超过正常页面的三分之一。

不久前，出于好奇，我翻阅了我《两千年之久》的手稿，想看看我以前是否也有同样的写作困难。不，我以前没有这类困难！那时我的手稿流利得惊人：每页删减两三个字；很少有段落被划掉；将近四百页清晰易读的文稿，既没有让人烦恼，也没有让人担心，或者至少没有出现如我现在写作般这么让人难以阅读的显而易见之事。为什么我现在觉得写作要比六年前难了？我现在应该有更多的写作经验，更高的技能和更少的对书面文字的恐惧，但我却面对着以前根本不存在的障碍。是不是因为我以前一直在写新闻稿？以前每天要写一篇文章——阿尔布有时只给我一个小时——是否会让我的笔写得更快、更熟练？我不知道，我想不出来。我寻找各种解释。我问自己，写日记本身是否会妨碍我的写作，是否写小说不能与写日记同行。写日记时的批判性观察和不断的质疑可能会导致瘫痪。但也许这不是真的。我尽量去寻找替罪羊。例如，在过去的两星期中我的仙客来花不断地刺激我，逼得我要发疯。自从它搬进公寓以来我一直无法工作。

在《两千年之久》的手稿中，我遇到了下面的句子（这是我在书中删除的为数不多的句子之一）："我写起文章来困难重重，障碍重重，犹豫不决，一直害怕超越自己的想法。表达自己想法所犯的错误会是两种情况：一是它说出了不应该说的东西，二是它把你与你所说的错误绑在了一起。"

12月17日，星期日

共写了六页，将近七页。的确，我工作了一整天，现在已经是凌晨两点多了。但至少我又向前挪动了。不过，明天早上九点，我必须去团里报到。

明天下午我还能回来取我的手稿吗？

12月18日，星期一

一整天都在团里给浪费了。获得延期是不可能的。只有今天晚上，从十点到凌晨两点，我才能够回到小说之中。我已经写了两页。这样第十七章就结束了。这一章缺乏表达力，但我担心它比这更糟糕：虚假、武断、无结构、无重点。我为这本书感到难过，如果我能多些时间和精力，事件少些对抗性，这本书的结果可能会有所不同。但它是一本很不幸的书——为此我无能为力。

12月19日，星期二

一整天都在团里。我在八点三十分回到家，已经是筋疲力尽了，而且左臂因疼痛而麻木。他们在医务室给我接种了疫苗，这让我发烧了。我什么也写不成了。我几乎不可能去想这部小说。这带给我的除了遗憾什么也没有。我应该放弃它，推迟它，屈服于不可避免的事情。难道你没有看到总有什么东西阻止这本可怜的书冲出围绕在它周围的障碍和不幸的圈子吗？

12月20日，星期三

一夜又发烧又失眠。我一秒钟都无法合眼。我已经感觉不到我的左臂了。我带着三十九度（一百零二华氏度）的高温去了团里。我已经不想再解释、再要求、再抱怨了。但我还是病了。在我看来，这种接种似乎是一个士兵一生中发生的最野蛮的事情。

在军营中，至少在连队的补给室里，总是充满着难民式的气氛。由于我还是个平民，在那间肮脏的宿舍里，我就像一个被关在难民营里的难民。

今天晚上，布拉索夫电台播放了《圣诞清唱剧》。就在我写这些句子时，它结束了。

我本可以注意到很多事情（尤其是我小说中的《清唱剧》章节与此有关），但我觉得我没有能力来思考或组织任何东西。

明天早上六点三十分，我必须到团里报到。

12月23日，星期六

军队，军队——一天到晚都是军队。我既没有武器，也没有收到任何命令，但我必须在每天早上七点之前来到军营，一直必须待到晚上七点，要不就是八点或九点。总之，这意味着每天大约有十四个小时被浪费在令人发狂的毫无意义之中。罗塞蒂（更不用说我）努力为我争取八天的假期来完成我的书，但所有的努力都落空了。只有今天（在为上校忙碌了一天的各种家务之后），我才得到了四天的圣诞节假期。

明天我将离开，或者希望离开，去罗曼在锡纳亚的别墅。至少我会有一两天的滑雪时间。当我从那里回来的时候，也许我会捡起我最近觉得已经断了线的小说线索。

12月28日，星期四

星期一和星期二在锡纳亚——在罗曼的别墅中。

整个星期一，与莱雷亚努和康沙一起都在山上。经过六个小时的艰苦徒步旅行，我们到达了多尔峰。厚厚的冰雪使得滑雪无法进行。但阳光充满青春，轻风如春风。只有在回来的路上，我们才能滑雪几百米。我们乘着月光回来了——一轮金黄的圆月，映衬着白色的山脉和蔚蓝的天空，就像4月的天空在黄昏时那样温柔细腻。

星期二，我们在普莱迪尔的维斯蒂亚待了几个小时。天空中挂着同样的月亮，在12月能见到此景，真的难以置信，再次让我们惊叹不已。我滑着雪回到了火车站。在月光下，雪是蓝色的。

明天一早就得回军营。我的小说还没写完。昨天我把它通读一遍，以便再次进入场景。三天不间断的工作应该足以完成第十八和十九章。剩下没有完成的只有这两章了，而且场景已经确定。

星期六晚上，当我乘出租车沿达契亚大道一路走过时，我有一种非常精确的感觉：在其中一个街区的六楼，有一个公寓，门锁着，住着一个我认识的人——诺拉。如果我去按门铃，听到门卫说她去山上了，我不会感到惊讶。

12月31日，星期日

一年中的最后一个晚上。

我本想独自一人待着，工作，但我没有足够的勇气去这样做。我感到孤独，得不到任何人的关心。我以前从未如此强烈地感觉到我正在成为一个单身汉，甚至比单身汉还惨。佐伊现在在普莱迪尔。莱妮，我不知道她在哪里。我带着悲伤的心情想起了她们。然而我并不需要她们。

在这年终的时刻，我唯一的遗憾（除了那些无法治愈的往事外）是我还没有完成这本书。我现在觉得没有什么可做了。最后一部分是无法补救的失败。但不管如何，我希望自己能甩掉它，绝不要在1940年还把它沉重地拖在身后。

Journal

1935年

1936年

1937年

1938年

1939年

1940年

1941年

1942年

1943年

1944年

1月1日，星期一

苏黎世广播电台播放了莫扎特为管弦乐队创作的长篇套曲。让我们把它当作新年的好兆头。

我以最愚蠢的方式度过了新年前夜，在卡罗尔家，在一个犹太"家庭"群体中，粗俗、吵闹，没有优雅，没有魅力，甚至把他们假作是我的家人。于是我与卡米尔、埃尔维拉·戈德努和玛丽埃塔·德库列斯库一起来到波尔迪·斯泰恩有趣的小公寓。在那里我们发现了一群年轻女孩（十七到十八岁），穿着邋遢，有点歇斯底里，表现出一种夸张的玩世不恭态度，但所有这些并没有驱散走她们可怕的青春。起初我心里有点打怵，但慢慢地就习惯了，然后就乘兴喝了些酒。我早上六点才回到家里，但没有像往常一样对我浪费的夜晚感到厌恶。

我从晚上七点开始工作，一直工作到现在（午夜时分），但所写的还没有超过一页。我还陷在第十八章之中，到目前为止只写了六页。部队的生活阻止了我写作，这是真的，但同样真实的情况是，当我得到了一天放假的时间，终于坐在办公桌前时，我却没有耐心坚守在稿子之前，无法投入到没有遐想、没有分心、没有休息、专心致志地工作之中。休息是我最容易给自己找到的理由。最可笑的是，已经写到了最后一部分。三四天的认真工作应该足以让我将它完成。

不过，明天早上，我又要回到团里去了。

1月2日，星期二

我对风景描写方面没有天赋。当我谈到天气、光线、森林或山脉时，我在表达方面和色彩方面的短板是不可原谅的。总的来说，我的词汇量很小。用一个词会让它一直跟着我，我无法逃避它并找到其他相等意义的词语。整本书充满重复数十次的单词、短语。如"在他看来……"、"他觉得……"、"突然"、"简短地说"、"他想"等等——这让我很恼火。我经常在一个章节中频繁地看到这些，却无能为力。此外，还有反反复复出现的姿势、不厌其烦的旁白。这表明了严重缺乏想象力和创造力。与其说是对实际事件的描绘（可能相当大胆，有时甚至是牵强）不足，不如说是词汇和表达方式贫乏。

1月4日，星期四

巴黎广播电台播放了由卡尔维特四重奏组演奏的《拉威尔四重奏》。

我认为我对莫扎特、巴赫、海顿以及某种程度上的贝多芬的排他性偏爱正在成为一种音乐放纵甚至惰性。在欣赏这些乐曲时，我似乎如数家珍。我可以愉快地听这些曲子，无需集中注意力，几乎不需要任何积极的配合。我认为我自己没有足够的好奇心和洞察力来超越这一现状。在听音乐方面，我应该更有修养、更有耐心。

我已经写完了第十八章，共有十五页。像往常一样，手稿上因不断地删减，被砍得惨不忍睹，为此我深感不满。在我写作时，眼前看不到情节发展，觉得自己没有亲自参与其中。整个写作过程让我生厌。它已成了一种折磨，一种责任，一种苦差事。我会在两天、三天或四天内完成下一章——第十九章，然后越快越好地忘记这个吃力不讨好的任务。

虽然自征召以来已经过去了这么多天了，但我仍然没有感觉到我在团里"安顿下来"。由于我不要参加点名，也没有人理睬我，我已经开始早上九点到达，午饭后根本不回去了。我不知道这种状况能持续多久。当我在那里时，我就待在连队的营房之中，等待着时间过去。

我一直带着我的红皮《蒙田随笔集》，一个体积不大而柔软的小书，可以放进我的大衣口袋里。一个上午我都在阅读。

在《随笔集》IIa卷第九章中，我发现蒙田也曾丢失过初稿段落，但他从未想过去重写。在关于这个的注释中，他写道："……但是由于是我手下的一个人偷走了我的笔记本和其他几样东西，我不会剥夺他希望从中获得的利益。另外，同一块肉我很难咀嚼两次。"

1月5日，星期五

布雷斯劳电台播放了（阿本德罗斯指挥）雷格的《变奏曲和莫扎特主题赋格》——然后播放的是我想我以前不知道的莫扎特钢琴协奏曲（K. 537）。我试着一小节接一小节地听。这似乎在歌唱——"可歌唱"的音乐，"像鸟儿一样"。我从行板中挑出了一小段可能是名副其实的浪漫曲子。

今天下午，出乎意料的是，弗兰克的《奏鸣曲》在柏林电台的短波上播放。我总爱听它，不仅是听着愉快，而且感觉它在向我献好，就像是一个好的兆头或承诺。

1月8日，星期一

星期六和昨天，在锡纳亚滑雪两天，真是太棒了。星期六我在保龄球场上进行了激流回旋滑雪练习，星期日早上我和科姆莎和莱雷亚努一起去了皇家城堡。雪很厚，太夸张了——雪本身就是一种乐趣（在里面打滚，跌倒再爬起来真是太好玩了！），尽管厚厚的雪不允许我们进行技术方面的训练。我们必须努力工作几个小时踩出轨道来进行激流回旋练习，但即使如此滑起来仍然很费力。也许是因为那时我们已经很累了。

从斯蒂纳出发，一路都是"崇山峻岭"的风景。卡里曼山就在眼前；克拉布塞特山就在对面，而在后面屹立着波斯塔瓦尔山和巨石山。天上挂着一个天堂般的太阳。我闭上双眼，静静地待了几分钟，头脑中什么也不想。

然而，最大的乐趣是我们返回锡纳亚。我们滑雪的路线很长。积雪质量很好，有在上面滑雪的足够深度，还有足够的冰让我们的转弯动作做起来很容易。三年前，当我第一次踏上滑雪板时，我就在同一条滑雪道上摔倒了不知多少次，尤其是在弯道上。现在滑雪对我来说变得非常容易。我意识到滑雪并不是一项伟大的壮举——因为它不会带来任何问题或困难——但滑雪的乐趣是难以形容的。我一路滑雪，一路唱歌。

回到家了，我面对的又是部队，还有那本小说——那本还没写完的小说。

1月9日，星期二

我应该把军队中贪得无厌的情况写下来。在他们这些人看来，再多的东西都是满足不了的，所有的东西都是他们该得到的。当他们不情愿地感谢你为他们所做的事情时，他们会表现出一种居高临下的表情。这会让你产生一种更深的责任感。

我从基金会那里为上校拿来一些价值几千列伊的书。我以为他会惊讶万分的。但实际情况正好相反。他很严肃地问：

"这些就是全部吗？"

然后，几乎用轻蔑的语气说：

"你指望我用这一点点书来建一个团图书馆吗？"

最后又撂下一句：

"你去把玛丽亚王后的书给我拿来！"

但他没有问，我能不能把这些书带来，我能不能弄到这些书，得到这些书是不是要花钱的。

如果连队缺少缰绳，我们得自己买一套。如果需要三百个盘子和三百套餐具，我们也得自己买。

今天在副官办公室，被征召并在那里工作的吉塔·约内斯库告诉我，1月15日要进行下一次征召，但将特别针对犹太人。将要征召一千五百名犹太人，而没有一个基督徒。

"我不明白为什么要这样，"他说，"我想，也许战争爆发时这样做不会成为问题。你可以组建犹太人的特殊部队，并将他们送到前线去送死。但现在这样做有什么意义呢？"

我沮丧地离开了那里。一切都是可以忍受的，直到你开始觉得人们对待你不是作为一名士兵，不是作为一位公民，而是作为一名犹太人。成千上万的犹太人被召集到比萨拉比亚和多布罗热亚拖大石头和挖战壕。这也是一种奴役形式。

1月10日，星期三

维也纳广播电台播放了莫扎特的《钢琴四重奏》（K. 493）。

1月12日，星期五

昨天晚上，布雷斯劳电台播放了莫扎特的《长笛协奏曲》。

前一天，德国广播公司播放了莫扎特的《两个乐团交响曲》（我在两三年前第一次听到，由舍尔辛指挥），然后播放的是我不知道存在的乐曲：塞萨尔·弗兰克的《精灵》。这是一首为钢琴和管弦乐队创作的交响诗。

听德国电台，即使他们播放的是音乐，我心里也很不舒服，感受到了良心的疼痛。现在在希特勒占领的波兰，发生在犹太人身上的事情超出了所有已知的恐怖。

我本想我今晚能完成这个（写作）。如果我再努力一点，我肯定会成功。但是工作了八个小时（从下午三点到现在：十一点半）后，我觉得有点头晕，虽然我只写了五页左右。

我将不得不再回顾一下最后一个晚上在小屋发生的情况。女主人公与冈瑟的分别太短暂，太缺乏情感。

1月15日，星期一

我不想在星期六结束写作，因为那天是13号。而在昨天我确信我会完成。但到了深夜，挣扎了几个小时后，我终于放弃了尝试。我还有两三页要写，但最好等到一个合适的时候。尽管如此，最后几章还是写得很勉强，没有连续性，相互之间没有密切的联系。感觉上，它们是用不同的碎片拼凑而成的。

今天晚上，我将把第十四章到第二十章送给罗塞蒂。第十九章和二十章我还得补充一些东西。也许我会在校对时有更多的运气。不管怎样，这一次我已经到达终点了。

1月22日，星期一

昨天在锡纳亚滑了一天雪。我早上十点（与科姆莎和莱雷亚努一起）到达那里，并立即乘坐雪橇前往皇家城堡，但无法越过通往斯蒂娜和海拔1400米的路分叉的地方。雪太大了，雪橇无法通过。于是我们开始滑雪前往海拔1400米处，不再考虑斯蒂娜了。

雪像白色的雨一样倾盆而下，足有"数千吨"。雪下得太大了，我们的滑雪板几乎无法向前滑动。一路回来（这一条路线我通常以风驰电掣的速度下滑），如今我不得不像溜冰者一样前进，并且不断使用滑雪杖。即使在碗状场地——那里有相当陡峭的斜坡（我曾经看来那是"笔直的"），也只能缓慢地向前滑动。细细的粘雪太软了。走了几百米后，我不得不停下来擦拭滑雪板。滑雪板上粘有几厘米厚的雪，就像软木或橡胶的鞋跟一样。

在海拔1400米的避难所停留很有意思。我喜欢这些山间避难所。来这里的是长途跋涉后如雪人般的女孩和男孩。这里是活泼与冷漠、闲散与活力、亲密与孤独的混合体。

今天真的不是滑雪天。暴雪使我们无法做太多事情，但这是快乐的一天。森林，名副其实地被大雪覆盖，如童话或寓言中的风景一般。

我不知道为什么我没有在这里描写关于上个星期日在卡卢加雷尼所做的恶作剧。我已经讲过好几次了，但我太懒了没有把它写下来。其实，写出来是有价值的。最有趣的是，它会告诉我们，当我们穿着滑雪服进入弗拉斯卡的一个村庄时，我们是如何吓坏那里的村民的。

整个星期都有很多音乐，各种各样的。像往常一样，有巴赫的、莫扎特的和贝多芬的。一天晚上，有弗兰克的一首非常优美的音调诗《普赛克》。

我已经很久没见到佐伊了。我认为我和她之间不再有任何共同之处。上星期六晚上，在去布拉索夫之前，她前来看我。她令人费解，深情，美丽，抱在怀中非常舒服，温暖而柔软。如果我少一点疑神疑鬼的话，那么整个晚上我找不到任何可以指责她的地方——一个我没有期待也没有预料到的夜晚。

佐伊是一个引人注目的女孩,即使她存在着色彩斑斓的缺陷,她以天真无邪的方式做一些卑鄙的事情(这里讲的"卑鄙的"是客观存在的,就像她接受她的情人坦齐·科西亚的钱一样)。

1月28日,星期日

多丽娜·布兰克仍然那么美丽,仍然那么年轻(尽管脸上出现了她三年前没有的浅浅的皱纹)。她坚持不懈地给我打来无数次电话,但却遇到了我的待答不理。昨天,她来到了这里。一个女人不能更清楚地对你说,她想和你上床。

我在第二十一步兵团的战友沃伊奇塔·奥雷尔,昨天谈到了卡普苏内努上尉,也总结了整个罗马尼亚的政治风格:

"他是一个真正卑鄙的混蛋。他会殴打你,他会臭骂你。但他有一点好。那就是他无法忍受犹太鬼,就让我们来收拾他们。"

这正是德国人给予捷克人和波兰人的安抚。他们也准备把这样的安抚给予罗马尼亚人。

昨晚我梦见了斯大林。他看上去像一个和蔼可亲的俄罗斯农民,我对他的朴素感到惊讶。

昨天,巴黎电台又播放了拉威尔的四重奏。我越来越喜欢这首曲子了。

今天早上,巴黎电台播放了一首莫扎特的奏鸣曲(这让我觉得非常贝多芬式的),然后柏林电台播放了令人愉快的莫扎特三重奏。最后,布加勒斯特播放了贝多芬的《第四交响曲》。

佐伊每天晚上都从布拉索夫给我打电话。我已决定这次的离别是最后的分手。难道这要黄了吗？

最后几章的校样已经到来。我没有做任何特别的事情来加快它们的进度。快到2月了，这本书的出版还有很长的路要走。我已经对此变得如此冷漠了！在第十九章和第二十章的结尾，我仍然需要再添写几页——只是我不再能在我内心看到或感觉到它们。

经过几天的解冻，又纷纷扬扬地下雪了。我向自己保证下周末会腾出几天来滑雪，尤其人们都在说，我要在第一批被征召。

1月29日，星期一

我无法回过头来修改我已经写好的文字，这是在对我玩另一个讨厌的把戏。我不仅无法在最后两章中添加我计划要写的那几页，而且我在开始说服自己，我用不着写它们，它们实在没有必要。我很清楚，这是我的一个聪明的诡计，是我无法治愈的懒惰为我设置的障碍。这种趋势需要不断地克制。每当我想消除一个事件时，我应该先强迫自己把它写下来，然后才能消除它。只有这样才能确定这是你真的要放弃某些东西，而不是逃避困难。

如果我让第十九章原封不动，那么离开小木屋这个场景就会失去重量。冈瑟，在以前页面中看起来如此强大，但在最后却完全躲避于我。

第二十章结尾，情况更为严重，因为整本书的结局都取决于它。放弃保罗和诺拉的婚姻对我来说是个好主意吗？我倾向于说"是"。这不仅因为这样处理更简单，不仅因为它为我排除了最后一道障碍，而且最重要的是，随着情节的发展，诺拉和保罗之间的密切关系并不会断然地要求，甚至可能无法准确地推导，他们必然走向婚姻。这当然是我的错，因为尽管从第十四章开始的最后一部分是按照特定的计划创作的，但它已经脱离了本书的内在事实。这里缺少的是必要的情感强度，是必要的生命力和暗示力，以至于最后一幕（我在开始写第一章的第一行时就已经看得很清楚了）变成了一种"皆大欢喜"的结局。另一方面，如果我放弃它，我担心整本书会悬在空中，没有通往任何地方的路径。

1月31日，星期三

昨天，我从团里告了一天假。从早到晚，我把整本书通读了一遍。为什么我没有说我喜欢阅读它，没有说在不断展开的情节中我感到兴奋，就好像第一次阅读时让我感到惊讶？确实，我不确定它是否可以作为一部小说，所有成分是否作为一个整体联系在一起。最重要的是，我问自己，读者是否会觉得这部小说是由三个不同的部分组成，而它们之间没有必要的联系。有一个诺拉的插曲、一个安的插曲和一个冈瑟的插曲。它们都融合在一起了吗？它们之间有平衡吗？我不知道，我说不出来，因为我离书太近了。

我不知道最后一幕是否应该写成婚，还是让事情悬而未决。昨天我想了很多，结局真的必须写——无论是好是坏，看主喜悦。否则，这本书没有结局，只会出现"意外"，而没有结果。尽管如此，我还是把样本送回印刷厂拼成页面，心想，也许在页面校样时还能再做一次努力。

2月9日，星期五

我还有时间改变这本书的结局。通过让保罗向诺拉求婚，我仍然可以回到最初的结局。但再说一遍，这样的结局显得过于明显，结尾过于华美。但是，如果我让事情保持原样，一切都会毫无意义地结束。

无论如何，明天和星期天我都可以保留校样——反正那时印刷厂也不工作了。不管怎样，星期一早上我都会交付印刷。

昨天和今天，我又读了一遍。这不是一本坏书。在某种程度上，它甚至写得还不错。

2月10日，星期六

昨天晚上我没有完成前面的日记。吉策·约内斯库打来电话——然后我就没有时间继续写下去了。

我一刻不停地想着这本书——在街上，在有轨电车上，在吃饭的时候。我现在知道，我会将其保持原样并在星期一交付印刷，因为我不能再拖了。我无法忍受这本书会无限期地拖延下去，天知道还要拖多久。为此，我充满了怀疑和疑虑。

我脑子里突然想到，应该寻求他人的建议：如卡米尔、米尔恰，也许是乔库列斯库。我很想请他们中的一个人读一下这本书，然后告诉我他对结局的看法。但这有什么意义呢？没有人比我更清楚这是一种逃避。没有人会比我更清楚应该做什么。

我认为在第十八章和第十九章之间应该有一章表现出诺拉和保罗之间充满激情的爱和亲密。应该有一些像这样强烈的东西。它可以帮助恢复在冈瑟的干预下破裂了的书的重心。这样一章将修改结局，因为保罗与诺拉的婚姻将变得自然，变成必然。最后，我完全没有完成的离开小屋的情节则会顺理成章地写出。这将需要三四天的时间，不仅要密集地工作，而且最重要的是要全神贯注于该书的世界之中（我现在已经远离它了）。我以"小说家"的身份在这个世界周围走动，但我却无法辨认它。我以作家、评论家、读者或任何其他的身份面对它，但我再不像以前那样惊奇地目睹在我之外发生的事情和未经我同意的事情。

从昨天开始，我又成了平民，虽然我不能说我已经复员了。我交还了我的东西，但退伍的文件仍然没有得到。

2月12日，星期一

我已经提交了最终更正的校样。

所以说，小说是可以完成的。

今天早上去团里走了一趟，真令人沮丧。退伍的文件仍未签发。卡普苏尼亚努上尉已从征召办公室得到了"重要信息"。对他来说，我更正的姓名不足以证明我的身份。所以谁知道我还要等多久。一个犹太鬼是可以等待的。即使是最简单的事情他们也无法为我们完成。我们是最让人讨厌的人。这些命令实际上是官方的反犹太主义，但比命令更可怕的是人们的思想。卡普苏尼亚努上尉的仇恨是一个无法隐蔽的事实。

军营里又多了几百名新兵。不扛武器的平民三人并排前进，接受"个别指导"。（让人感到无比悲哀的是，那些被投入到这一游戏的人已不再年轻！）他们中的绝大多数——我估计有百分之九十——是犹太人。以特种部队的名义轻而易举地招收了他们，总有一天要处理他们也会是那么容易！

我心里十分沉重地离开了军营。

我不知道我还能过多久时间的平民生活。假设他们让我在一天、两天或七天不受管制，我能有多久的自由？据说我们会在4月1日再次被征召，甚至可能会更早。

我不知道在此期间要做些什么。不管好坏，小说现在已经完成了。我不应该在基金会和法庭之间耗尽自己。我必须在工作中学会某种程度的利用。我可以开始"罗马尼亚小说"项目。这将使我的日程安排不再那么随意，尽管这样我必须每天都去学院。不过，既然我自由的日子——也许是生活本身的日子——已经屈指可数，一本文学批评的书对我已没有什么吸引力了。如果我在春天被拖到战争之中，我的一切都会彻底结束，那本书还有什么意义呢？

我会更乐意写剧本。今天我一直都在考虑这些。由于这部小说还没有完全脱离我，我仍然在接近冈瑟。我甚至觉得，能让我重新拾起我在小说中没有说出来甚至没有暗示过的东西，这还是冈瑟的功劳。他对我来说是如此的鲜活，有许许多多的秘密要解开。让我停滞不前的是对写作的厌倦。我当然知道开篇的喜悦，情节展开的喜悦，感觉到事物活跃起来的喜悦——但我也知道看到它们陷在泥泞中逐渐沉沦的可怕。当我开始创作时，在几个星期内完成一部戏剧似乎是轻而易举之事，但是到头来却没有办法逃避折磨，逃避束缚，逃避困扰。

2月14日，星期三

昨天晚上，德国广播公司播放了莫扎特的《G大调长笛协奏曲》和他的《两个圆号和弦乐的嬉戏曲》。

佐伊从布拉索夫回来了。美丽，温柔，感性。但她为什么对我不愿舍弃？为什么她还在苦苦等待？

还是一个军人。我接到连队的电话，以平民的身份跑到团里，花了五分钟穿上制服，装扮自己，并迅速去上校那里报到，可是再过五分钟我身上的"东西"全部去除。到了两点钟，我已经站在团部门口，又变成一个平民了。如果我在"现职"名单上的位置没有给我持续的不安全感的话，那就让它成为让我感到好笑的闹剧。

"在你为我建好图书馆之前，我是不会放你走的。"上校说。

刚刚，巴黎广播电台播放了马克斯·布鲁赫的小提琴协奏曲的终章。我很惊讶我对它如此了解——我不知道，我是从哪里了解的？

我试着不再去想这部小说。否则我将永远不得安宁。看起来在3月1日能出版。

2月21日，星期三

星期五晚上我离开布加勒斯特，在普莱迪尔待了三天，在布拉索夫待了一天后昨天晚上回来。

从滑雪的角度来看，在普莱迪尔的日子我是最认真的。我从早到晚只有滑雪，怀着热情、毅力和坚定的学习决心。我感到重生，更新，更加自由和年轻。

星期六早上，在维斯蒂亚，我什么都没做，只是检查了这片土地的地形。几个小时后，我又恢复了轻松自如的状态。两年前我就是以这种状态冲下雪坡，滑到森林的边上。午饭后，我和一位教练一起出去，只练习小角度的克里斯蒂转弯，一直到黄昏来临。我重复了这个动作几十次，克制住了"令人眼花缭乱"的速滑诱惑。我的问题是，当我将体重从一块滑雪板转移到另一块滑雪板时，我将转移了重心的滑雪板"举"到了空中，而不是把它拖到了地上。

星期天，当（前一天到达的）科姆莎和莱雷亚努在进行犁氏滑行和控制回避练习时，我继续练习小角度的克里斯蒂转弯并取得了明显进步。到了晚上，我已开始做从上至下综合的克里斯蒂转弯练习了——但我还没有完全掌握。我还需要几天的集中训练才能把它做好。滑向缆车底部的三度剧降令人目眩。滑雪的速度真的很可怕。我无法描述，甚至无法从精神上捕捉到那一刻的感觉。那是一种垂直坠落中的极度清醒。一切都在瞬息之间发生。当你到达雪道终点时，您已经上气不接下气了，脑中一片空白。

星期一，我离开了练习区，出发前往迪哈姆。这是一次美妙的旅行，一是天公作美（阳光，阳光），二是路线本身。这条路线是我滑过的最美丽、最多样化的滑雪雪道。一路下滑到福尔班是种纯粹的喜悦。我总共摔倒了三次，但总体上我对自己感到很满意。到了晚上，我虽说筋疲力尽，但感到快乐，年轻，浑身充满了力量和活力。

在布拉索夫度过了充满爱的一天。佐伊很好，很深情。她独自住在席瑟的家中[1]。这里感觉离城镇很远。有时我很喜欢模仿幸福。

我在阿罗酒店的房间里与莱妮待了片刻时间。她让我感到吃惊的是，她显得特别丑。

一个有趣的巧合：我们三个人——莱妮、佐伊和我自己——同一天都在布拉索夫。就像小说《事故》的最后一章描写的一样。

2月26日，星期一

坦蒂·科恰的情人（佐伊总是不断告诉我"米丘"的情况）是丘利。看来佐伊已经被丘利收买了！有一天晚上吉娜·科恰[2]和吉策·约内斯库在这里时向我吐露了这一点。

星期六晚上，雅典娜宫举办了一场非常棒的沃尔特·吉赛金音乐会。在那里我见到了纳埃·约内斯库。我很高兴见到他，我们约定，我将找一个早上去拜访他。

昨天在布泽乌，为庆祝马可的儿子出生，举办了一个有趣的乡村招待会。布罗夫曼博士告诉了我他作为堕胎专家的工作情况。我对他所说的一切很感兴趣，希望以后有一天我可以作为小说的素材。

晚上

印刷厂送来了第一批书的样本。我选了其中一本，将它所有的书页全剪了下来，一页一页地翻阅。我很冷静，虽然实际上并非无动于衷——那样做也太不明智了。不管怎样，在我的办公桌上看到这本新书让我感觉很好。

---

[1] 一个对艺术感兴趣的富有的布拉索夫家庭。
[2] 吉娜·科恰：小说家N.D.科恰的妻子。

2月28日，星期三

罗塞蒂不喜欢这本书。到昨天晚上，他已经读了大约二百五十页——但这就是他对我说的全部内容。今天早上（到那时他应该已经读完了）他什么也没对我说。在罗塞蒂那里，沉默表达的含义更多，因为他通常会不断地发来赞美之词，无论是书面的还是通过电话。

老实说，他闭着眼睛同意出版我的书，我真的很难过。

昨天晚上，我突然陷入了真正的恐慌。也许《事故》一书只是一堆愚蠢的废话；也许它所含的彻头彻尾的愚蠢将永远给我抹黑。毫无疑问，在某某章节中表现出了这样的愚蠢（我一直有这种怀疑）。我更担心的是，这本书从头到尾就是一个愚蠢的错误，一个讲了一通废话得不出任何结果的区区小事，一个毫无意义的平庸失败。我忐忑不安地回到家中。我连拿起书将它打开的勇气都没有。我感到无可救药。我感到创巨痛深。我感到名誉扫地。现在我只喜欢睡觉，睡觉，忘记一切和逃避一切。

米尔恰·伊利亚德读过这本书后，给我打了一个似乎是善意而不是热情的电话。"你最好的书""一本现代小说""很有趣""一本很有个性的书"——他的话说得又快又猛，带着一种勉强的温暖。我不确定这意味着什么，甚至不知道他的真实想法。他友好的滔滔不绝似乎掩盖了他不情愿所说的许多事情。我想告诉他，我需要知道他的真实印象，清晰、直率、准确，但我知道，很难从任何人那里得到这样的坦率真诚。难道我自己不是读了《蛇》《克里斯蒂娜小姐》以及最近的《菲吉尼亚》之后，也是用一些赞美之辞来掩饰我真正的不满吗？（同样，让我在与米尔恰的关系中缩手缩脚，阻止我坦率地、诚实地，如果必要的话，尖锐地说话，是因为尼娜不会容忍任何不能全盘托出的赞美之辞。）

迄今读过我书的人——贝努、科姆莎、罗塞蒂、米尔恰——没有一个人真正地对它入迷。贝努虽然热衷于安的插曲，但对其余部分保持沉默，似乎很尴尬。科姆莎给人的印象是完全让人迷惑不解。

我能问谁呢？谁能告诉我一些启发性的东西？也许卡米尔可以。

就我一个人，我眼前一片漆黑。

2月29日，星期四

昨天晚上是个音乐之夜。当我聆听布达佩斯电台播放的《幻想交响曲》时，我阅读了康巴里厄所写的"柏辽兹"一章（今天晚上我在爱乐乐团再次聆听了由菲利普·高伯特指挥的这首曲子）。再晚一些时间，布加勒斯特广播电台播放了《罗马狂欢节》。仿佛这是一个真正的柏辽兹之夜。我觉得比音乐更有趣的是柏辽兹这个人，感情如此奔放，如此聪明。最后我必须承认，我听他的音乐更多是出于沉迷而不是真正的喜欢——但他作为一个人非常有趣。

昨天维也纳广播电台播放了巴赫的《大弥撒》，美妙绝伦，有时甚至比清唱剧还要美妙。尤其是《本尼迪塔斯》，小提琴和男高音在前景中前呼后应，远处传来简朴而有力的管风琴琴声，听起来如仙境一般美。很久没有在音乐中感受到如此清晰的情感了。

米尔恰指出，《事故》一书有时感觉像是诺拉·詹姆斯的《无袖差事》。他的说法是对的。

3月6日，星期三

星期日和星期一又去滑雪。星期日早上，我（又是与科姆莎和莱雷亚努一起）搭乘七点钟的快车前往普莱迪尔，并立即乘坐雪橇前往"小屋"，然后从那里前往沃纳托里小屋。天气晴朗，但风很大。在森林里，由于有厚厚的粉状白雪，美丽得难以形容。但当我们进入开阔地带时，情况变得很严酷。我的脸颊因寒冷而绷得紧紧的。我已感觉不到任何东西或看到任何东西了。恶魔般的风把雪吹进我们的眼睛，而阳光却像在最明亮的早晨的阳光一样照耀。福尔班山的上坡路非常艰难。有几次，我们完完全全地停止前进，心想折返，但是当我们到达山顶时，风停了，我们又能够继续前往迪哈姆。路边是令人眼花缭乱的丰富色彩：数十种不同色调的淡紫色和紫罗兰色。我觉得，从其他任何地方看布切吉山脉都没有像现在这样漂亮。

我们在小屋里过夜。第二天早上醒来，眼前又是另一种冬天：天空乌云密布，风减弱了，雪静静地飘落，一望无际。尽管如此，由于前一天的冰和风，迪哈姆山顶的地面非常适合滑雪。十点我们出发前往普莱迪尔，沿着熟悉的方式一直走到"小屋"，但随后我们放弃了沿着萨纳托里山相当单调的高速公路，然后登上菲蒂富伊峰，再然后又从山的另一边滑了下来。（普莱迪尔景色壮丽，就如在彩色素描中一般。）

总而言之，这是快活的两天，宁静而充满活力。但我不得不说，就滑雪方面，天气一点儿也不理想。我的滑雪技术自上次以来出现了很大的倒退。我有那么容易就忘却了我学到的本领吗？

昨天在罗塞蒂家与德里克·帕特马尔[1]、拉赛涅、科马尔内斯库和巴德旺[2]共进午餐。

帕特马尔是一个三十一岁的年轻英国人，法语流利，为人随和、诙谐、友好，非常拉丁化，非常巴黎化。今天，卡米尔告诉我，说他是个恋童癖者——这样就解释了很多事情。

卡米尔指出，《事故》一书的结尾有些过于感情表露了（"去滑雪

---

[1] 德里克·帕特马尔：英国作家和记者。
[2] 朱尔·巴德旺：法国外交官。

吧，你会在爱情中医治你的悲伤"）。这一观察非常到位。我从一开始就意识到，最后一章——或者更准确地说，最后几句话——使这本书掉价了，削弱了它的意义。

3月7日，星期四

伦敦电台播放了海顿的《第十三号交响曲》（我想是我第一次听到），罗马电台播放了几首斯卡拉蒂的奏鸣曲，巴黎电台播放了卡尔维特四重奏组演奏的鲍罗丁的《四重奏》，布加勒斯特电台播放了贝多芬的《第七交响曲》，维也纳电台播放了海顿的《小提琴和大提琴交响协奏曲》，以及舒伯特的《第五交响曲》——所有的都在今天。

暴风雪，厚厚的雪，可怕的霜冻。冬天带着复仇之心回来了。我还有不少要到期的法庭事项要处理。我觉得我无法去滑雪。

3月8日，星期五

昨天，妈妈读了《事故》两百页。她感到很受刺激，整晚都睡不着。"你怎么爱也多多，受苦也多多呀？"她问我。我试图说服她，保罗不是我，安这个人根本就不存在，诺拉只是个杜撰出来的角色，书中所写的事都没有真正出现过，但我的解释徒劳无功。

今天早上在劳工厅，我不得不为一个涉及阿歇特的案子辩护。当然，这案子并不重要——但我离开那里时感到很生气。根据我自己的判断，我没有保持冷静，说话并没有令人信服，我一贯的讽刺语气也没有给法官留下深刻印象。

3月11日，星期一

星期五晚上，巴黎电台播放了《佩利亚斯和梅丽桑德》的第二幕和第三幕。听这样的戏剧是种享受。

昨天我去了布拉索夫。佐伊让我去，因为她不想一个人回到布加勒斯特。

一个白雪皑皑的布拉索夫，我不记得以前见过这样的景色，即使在严冬。我去了波亚纳，那里的雪非常适合滑雪。我到那里太晚了，无法在雪上"劳作"，但回布拉索夫一路却非常愉快。第一次滑雪的佐伊在每个弯道上都摔倒了——这让我想起了两年前我在同一块场地上遇到的困难。而如今我视它们如儿戏。

弗罗达打来了电话，充满了激情。他把《事故》一书从头到尾读了一遍，一次也没有放下。他惊呆了，不知道该说什么，不知怎么祝贺我，不知怎么感谢我。他已经好几年没读过这么好的书了——自从读了莫罗瓦的《气候》一书（哇！）。这是一本只有入门者才能阅读的书，一本只有经历过这样的事情并且能够理解它们的人才能阅读的书。他跟随着书的情节，注意到了细微的细节。他认识安。他知道她是谁。

我很能理解弗罗达的兴奋。这不是一种文学情感；这是另一种我觉得不那么令人愉快，但也更有趣的情感——一种他个人深深卷入书中的感觉。

"请不要告诉莱妮，我和你谈过这种感受。"

我得说，这是一个不明智的请求，只是我一直觉得弗罗达并没有试图对这本书的个人私密方面遮遮掩掩。实际上，他很想和我谈谈，但又没有胆量，或者不知道使用什么样的正确方法。

3月15日，星期五

纳埃·约内斯库去世了。

3月16日，星期六

昨天早上，在纳埃·约内斯库死后两个小时，我走进了他的房子。当我进入时，我浑身紧张，忍不住地一直抽泣。

他走了，带走了我生命的整个一段时期，现在——只是在现在——这一切永远结束了。

他的命运有多么奇怪。如此一个非凡之人而到死时毫无成就感，被人击败，而且——尽管我很难说出口——失败了。

他对我说来如此珍贵，正是因为他的运气实在太差了。其他人的成功在我看来是多么无礼、多么侮辱人！塞卡鲁身体健康、十分富有且一帆风顺。马诺列斯库将要成为部长了。特特雷斯库已经是总理了。赫雷斯库成为了终身教授和作家协会的主席。科尼留·摩尔多瓦努获得了全国文学奖，并出现在咖啡馆活动中。维克托·埃夫蒂米乌频频地举行招待会。

而纳埃·约内斯库死于四十九岁，无人认真对待，如丧家之犬。

3月26日，星期二

在辛普隆待了两天，与罗塞蒂和索拉科卢在一起。

又要担心钱的问题了。我觉得生活费用不断上涨，我的预算越来越难以平衡了。付清房租后，我的小说两万列伊的预付款已经一无所有了。我从那本书中获得的稿费是多么可笑呀，这可是几年辛苦劳动的报酬！

我觉得自己很穷，并为自己的贫穷感到羞辱，尽管我现在应该已经习惯了。

3月29日，星期五

我碰巧去了罗马尼亚图书出版社，便忍不住问米舒，事情进展如何。"还不错，"他说——显然他的意思是"非常糟糕"。

事实上是这本书卖不出去。我是否需要再次证明，我不是一个成功的作者？如果出版商尽全力地进行宣传和发行，我的书可以卖出三千册；如果不是这样，这些书就可能躺在书店里，不被任何人注意。

这种失败并不让我感到惊讶，也不会让我心烦意乱。也许《事故》这本书的销量可能比我任何其他书的销量都好。但这需要宣传，需要坚持不懈的努力——可惜的是，我自己也做不到。

其实，人们喜欢这本书。拉莱亚夫人、维亚努夫人、米布拉泰斯库-瓦内斯蒂夫人、G.M.坎塔库齐诺（他们都阅读法国书籍，通常不读罗马尼亚作家的小说）似乎无论走到哪里都在谈论这本书。当然，我认为古利安对此书并不满意。

4月1日，星期一

今天早上，我又想起了"格罗德克之谜"和一部小说——或者更确切地说，是一个故事——发生在我认为《事故》一书成为可能的二十年之前。我会讲述年轻的格罗德克夫人与哈根的关系、与老格罗德克的订婚、早年的婚姻、冈瑟的出生等等。这并不意味着我将不得不放弃这个故事的戏剧。从某种意义上说，这部戏是《事故》一书的行为体现，而这部中篇小说将先于它并为它进行准备，解释它并使之成为可能。

一个可选的标题是《年轻的格罗德克夫人》。

米尔恰被任命为伦敦的文化专员。几天后他就离开了。显然，薪水很丰厚。

久雷斯库[1]告诉罗塞蒂，国王今天早上听了他的演讲。国王说，他将任命赫雷斯库为基金会秘书长。这对罗塞蒂来说是一个巨大的打击，对我个人来说也是一个巨大的不幸。我已经沮丧过两次了。这一消息又要让我进入了一段阴郁和抑郁的时期。

4月2日，星期二

昨天，德国广播电台播放了舒伯特的《小提琴和管弦乐队回旋曲》——非常优美，令人惊叹不止。有些地方听起来很像莫扎特。

出于好奇，我阅读了康巴利亚描述的关于舒伯特的章节，并意识到我对此人一无所知，甚至并不了解他生活的大概时期。以后我会更加关注他。

4月4日，星期四

昨天，维也纳电台播放了贝多芬的《庄严的弥撒》，虽然我只听到了结尾部分（《圣人》、《祝福》和《慈悲》）。然后，布加勒斯特电台播放了巴赫的一些作品，包括《第二组曲》。今天早上，巴黎-殖民电台播放了《维瓦尔第协奏曲》，紧接着又播放了曼努埃尔·德·法雅的《西班牙花园之夜》。今晚（也就是现在，当我从雅克·科波独奏会回来后）同样是巴黎-殖民电台播放了拉威尔的精彩三重奏。

---

[1] 康斯坦丁·久雷斯库：历史学家，卡罗尔国王的政府官员。

4月10日，星期三

昨天，德国人在没有抵抗的情况下占领了丹麦，并在挪威的几个地点登陆，在那里他们遇到了一种奇怪的正式抵抗。

经过这么多个月的平静，我们突然被提醒，战争仍在继续——它可能在任何时间、任何地方爆发，我们所过的生活只不过是在偶然、意外、巧合之中。今天晚上，或者明天，你可能会一下子失去所有的一切：家庭、家人、生命。

星期日，我（与卡米尔、罗塞蒂和拉赛涅一起）去了锡纳亚和普莱迪尔。一个难以置信的冬日，积雪就如在1月份一样。很遗憾的是，我没有带上滑雪板。

杜普朗[1]前天在午餐时告诉罗塞蒂，他打算送我去法国。哇，这又是个不错的想法！

4月13日，星期六

乔库列斯库在《杂志》日报上发表了一篇评论，但主要是谈论滑雪：既没有提到安，也没有提到诺拉，也没有提到保罗。格罗德克的情节被描述为"带有易卜生阴影的戏剧"。这篇文章的其余部分是由含糊的赞美之词和老掉牙的万金油式的形容词组成的，比如清醒、优雅、清澈等等。我必须说，这一切都令人沮丧。

最让我郁闷的是，我的小说卖不出去。今天我看到一份提交给管理层的书目报告：《事故》，"起初销路还不错，而现在无人问津"。

它已经从书店的橱窗里消失了，过时了，被遗忘了。

---

[1] 阿尔方斯·杜普朗：布加勒斯特市法国文化学院院长。

在挪威，德国的胜利看起来比从伦敦的宣传快件中看到的要大。在最初的几个小时欣喜若狂之后，我们相信一场大的海战会摧毁德军在纳尔维克、奥斯陆和卑尔根的孤立据点，但随之而来的是失望的平静。没有一名英国或法国士兵踏上挪威的土地，没有一架飞机在那里降落，没有一个港口被占领。而德国人则继续巩固他们在那里占领。

4月16日，星期二

星期六中午英国在纳尔维克的胜利（我是在深夜写完最后一条沮丧的笔记后听说的），尤其是昨天宣布英国军队在挪威海岸登陆的消息，带来了一点希望，一定程度上的信心。

有时我会看到面前是一个阴森森的希特勒世界，但其他时间噩梦就会消失，我开始相信，我自己甚至可以活着看到一个没有暴力、没有迷信的自由欧洲。这样我感到自己更年轻，更勇敢，更满足于活着。事实是——无论我有多么不幸——我真心诚意地希望我能亲眼目睹希特勒主义的崩溃。

音乐无时无刻无处不在——但如此繁多、如此多样，以至于我再也无法在这里全部记录下来。几乎每天早上，巴黎-殖民电台都能播放一些莫扎特、海顿和巴赫的乐曲。昨天，德国广播公司播放了一首我还不知道的莫扎特钢琴协奏曲，还有海顿的《第十三交响曲》。我想这也是我第一次听到的曲子。

4月24日，星期三

在身体虚弱几天后，我感到恶心，不想在床上休息，接下来的几天完全处于懵懵懂懂的状态。我感到心灰意冷、死气沉沉，并带着一种苦不堪言、百无聊赖和徒劳无功的味道。没有人可以为我做任何事，没有人可以来帮助我。

有时我告诉自己，我必须重新开始工作，也许是在戏剧上，或者去学院研究小说的历史——这样我才能最终做一些让我觉得我的生活不是完全没有意义的事情。

当我去见他人时，更多是出于对自己的厌恶，或者出于害怕再次的孤独。贝卢、吉策·约内斯库、科姆莎、莱娜、莱妮：所有这些人都是我偶然遇到的，并不是专门去找他们，而到最后也没有真正看到他们。

我一边开着收音机（播放着格鲁克、贝多芬、韦伯的短曲），一边写今天的日记。也许音乐仍然可以是一种安慰，一种药物。但是现在春天来了，我再也无法忍受了。前几天我漫不经心地听了亨德尔的《管风琴协奏曲》，晚上又听了海顿的《第101号交响曲》。今天下午有两首贝多芬的《钢琴奏鸣曲》。几乎每天我不是听这首曲子就是听那首曲子，但总是冷漠无情，既没有激情，几乎也没有乐趣。

我给波尔迪写了一封长信，伤心而无奈。我觉得我的命运是注定的，但为什么家人不能稍微快乐一点？

我想我会在星期五去巴尔奇克待上几天（如果可能的话，待十天）。我昨天就应该离开的，但是部队中又出现了新的问题，他们正试图将我的征召期再延长一个月。原则上，这将从5月1日开始——从而把我的复活节假期劈成两半。

我希望在巴尔奇克的这些天会有所变化。我想改变穷途末路的自己苍白、疲倦、丑陋的面容，一个我不敢在镜子里仔细看的男人。我想重振一点自信，一点勇气。

5月3日，星期五

在巴尔奇克待了六天。多云、寒冷、潮湿的巴尔奇克，说是4月份，不如说更像11月。当我回来休息时发现，我的脸被晒黑了，与其说是被太阳晒黑的，不如说是被风刮的。

复活节的星期一我们去埃克雷恩的旅行变成了一场小小的毁船事故。虽然我们离开时阳光明媚，但片刻之间云层聚集，我们不得不立即放弃埃克雷恩海滩。当我们还在水面上时，暴风雨就来了。随着大雨和冰雹倾盆而下，我们不得不停泊在希拉尔基的另一边，赤着脚，浑身湿透了，在羊圈路旁寻找避风处。在那里，我们船舱的门被打破了。我笑得像个疯子，事后在我看来这一切都是一次美妙的冒险。

接下来的几天太冷了，我一直想跑回布加勒斯特去。科姆莎和莱雷亚努也确实让我感到厌烦。其实，他们像往常一样非常可靠，只是我觉得他们在身边感到很累。在巴尔奇克，如果我独自一人，可以自由行走或者闲散地待着。如不是那样，我就感到浑身不自在。可以肯定地说，只有贝努（我曾带他来过巴尔奇克）不会打扰我。

总而言之，这只是一个假期：去希拉尔基、鞑靼地区和卡瓦纳方向的几次短途旅行，在咖啡馆里混上几个小时，几个早晨一觉睡到中午——到处都是大海，绿色的，蓝色的，淡紫色的。这一切都让我的状态比我到达时的可怕状态要好得多。

昨天晚上乘飞机飞回来后，我发现布加勒斯特阳光明媚，但几个小时后也变成了秋天。山里一直在下雪。街上很冷。无事可做，只能窝在室内工作。

挪威的情况很严重。我还不清楚英国的撤军是因为在当地受到挫折还是意味着整个行动的崩溃。

今晚，我与卡米尔·彼得雷斯库进行了漫长而令人烦恼的讨论。

他所预测到的这一切即将到来,所以现在充满了欢乐。他的哲学体系"成就了两千五百年未做的事情"(他的原话),正在得到新的证实。我有一种感觉,他自己是不是被如此多的成就给吓到了。

5月5日,星期日

昨天是恐慌的一天,最奇奇怪怪的谣言满天飞。国王接见了霍尔蒂。不对,是戈林。更正:是保罗王子。德军的进攻迫在眉睫。意大利正准备进入达尔马提亚,也许还有希腊。我们自己的日子已屈指可数了。德国人将像占领丹麦一样占领了匈牙利,我们将会扮演挪威的角色……

但到了傍晚时分,我平静下来(在我遇到维索亚努,并很偶然地见到英国公使馆的里德之后)。当然,事情很严重。当然,一切皆有可能。当然,也许有一天毁灭会从晴朗的天空从天而降,只是不知道会在何时或怎样到来。不过,这还不是危在旦夕。这可能是几天后或几个星期后。不知我敢不敢说"几个月后"?

5月7日,星期二

昨天晚上,舒伯特(非常莫扎特化的)的《小提琴和弦乐回旋曲》令人愉快。昨天和星期日,偶然发现了许多曲子:一首是海顿的《大提琴协奏曲》(第一次是索非亚电台播放的唱片乐曲,第二次是柏林电台播放的)——随着我对它的熟悉,我开始觉得这首协奏曲过于简单;还有一首是我想我不知道的莫扎特的交响曲;以及贝多芬的《第二交响曲》、海顿的《时钟交响曲》、维瓦尔第的《大提琴和小提琴协奏曲》等等。

出现了巨大的经济困难,我不知道该如何克服。

懒惰,沮丧,无法集中注意力。我想,我肯定会很快地被再次征召，看来自由的时间对我来说将变得如此宝贵。

佐伊频频地到来。星期六晚上来了，昨天晚上又来了。我无法横下心来不接待她。

5月10日，星期五

今天黎明时分，德国人占领了卢森堡，越过了比利时和荷兰的边境，轰炸了布鲁塞尔机场。

现在是十二点钟，我现在还没有其他消息。这一次，或许，整个欧洲都会被烈火燃烧。意大利电台出现了奇怪的沉默，播放着一些与时事无关的琐碎新闻。我觉得墨索里尼完全有可能会发动对地中海的袭击，因为盟军这时可能正在新的打击中挣扎。我非常害怕接下来的五天会发生什么。

5月14日，星期二

比利时的列日市已经沦陷。至少德国公报是这么说的。法国公报声称仍然有强大的抵抗力量，但实际上并没有否认这座城市已被占领。

在荷兰，事情也在以同样的方式发展。即使根据法国公报，鹿特丹的陷落也迫在眉睫。

德国的进攻是毁灭性的。震惊的绝望在盟军派遣的部队之中很难加以遮掩。意大利也准备参战。在罗马，传统的"学生游行"正在为一种大众高涨的热情铺平道路。意大利的袭击随时都可能发生——在达尔马提亚、在希腊、在瑞士，无人知道会在哪里。

没有人知道这里将会发生什么。俄罗斯人会攻击我们吗？德国人会占领我们吗？我们会不会一觉醒来，发现伞兵部队已降临在布加勒斯特？我们会抵抗吗？我们还有时间进行抵抗吗？

明天早上我又要去军营报到了。又被征召了。

5月15日，星期三

法国和比利时边境的局势非常严峻。德国人已经在多个地点越过默兹河，尤其在色当地区推进得很厉害。新闻界和盟军公报的语气非常沮丧。也许这并不是一场全面的溃败，但我能在所有盟军报告中感觉到非常沮丧的腔调——甚至有可能发生灾难的感觉。有些人在谈论法国的投降。当然这是不真实的，而且也不太可能，但这个说法不再像以前那样显得完全荒谬了。

荷兰昨晚投降了。这实在令人震惊——仅仅经过四天的战争！极端邪恶的德国军队压垮了抵抗的力量。

这些事件深深地影响了我。我希望我有更大的勇气，我希望我能在我周围传播更多的勇气。我希望我的精神更强大，更安全，更少痛苦。我可以看到妈妈非常害怕，贝努丧失了希望（二十四岁就没有希望，怎么会这样？怎么会是这样？），我非常希望能为他们做点什么，告诉他们什么都没有失去，终有一天一切都会弥补上的。

我觉得在部队里的问题太可怕了。我的军队生活中，我的反应总是灾难性的。

5月16日，星期四

在部队里度过了疲惫的一天。回到军营生活对我来说是多么艰难啊！这是我第三次被征召了，我并没有对所有程序感到愉快和享受，而是仍然感受到了"报到"后第一天的所有痛苦——去登记处登记、分配、体检、点名、领取装备等等。

也许我觉得这一切都是悲惨的（最起码受到了羞辱、摧残和肢体受损）是一种幼稚的表现，但事实上我感到在军营里受苦，就像被关在医院、监狱或疯人院中一样。

而且，今天，我被误认为是逃兵而感到震惊。当我最终被分配到一个新的连队（第四连，"工事连"）时，我心想我完了，因为指挥官不认识我，我不得不面对一个新的准尉和一系列不熟悉的"要求"。

晚上九点，当一切手续完毕，我终于可以"向上校报告"了。但我感到非常担心，因为在这两个小时中（我在等待室中）我一直听到上校在办公室里大喊大叫。有一次他在一片喧闹声中殴打了一名士兵。当他的声音呼唤我名字的时候，我浑身发抖。然而，出乎意料的是，他平静而幽默，友好地拍了拍我的脸颊，并下令明天在登记处更正这一错误。这样，明天我将被调到另一个连队（也许是补给连？）。这样我就可以留在布加勒斯特——就像上次征召时一样——在图书馆工作。

我在部队中感到几乎令人窒息的"痛苦"的原因是因为我意识到，在那几个小时里，我们的整个命运都将由法国的战事来决定。今天早上的消息似乎比昨晚的还要糟糕，但是当我今晚从部队回来时，我听到了巴黎和伦敦电台的一些令人振奋的消息。这场战斗（报纸上称为"世界历史上最大的战斗"）仍在继续。在法国，军事抵抗似乎正在重整旗鼓，尽管还没有恢复控制。太好了，我们还没有丧失任何东西。

来一点音乐，在如此的一天之后唯一能让我平静下来的东西：贝多芬的《罗马废墟》序曲、《小提琴与管弦乐队浪漫曲》，以及莫扎特的《小提琴奏鸣曲》。

就写到这里，晚安！

5月18日，星期六

昨天和今天，情况变得越来越严重，甚至可能很危急。在比利时，一个又一个城镇被遗弃：鲁汶、布鲁塞尔、安特卫普。德国人宣布，他们在色当突破了法国防御工事达一百公里。法国人自己并没有断然否认这一点，只是说德国人在他们的防御系统中打开的一个宽大的"口袋"。

目前的表述是，最终结果取决于这场战斗。或者，用更简单的语言来说，法国的直接命运取决于这场战斗。如果能够找到出路，它就会赢得时间。如果做不到，它就会失去一切。

尤其令我沮丧的是恐慌的迹象：任何人都不允许离开巴黎（这意味着人人都在争先恐后地逃跑）；任何人都不可以越过边境进入西班牙（这可能意味着边境已被难民包围）；加梅林将军下达了当天的紧急命令，雷诺紧急召见贝当元帅。另一边，德国公报却表现出无与伦比的得意洋洋。他们的损失可能很大，但他们的成功令人难以置信。而这只是新战线开战的第九天。

我想起了波尔迪，不知道他现在可能在哪里。也许唯一应该待的地方是在法国军队中。至少他会觉得他是这部戏剧中的参与者，他会在场并战斗。在巴黎索镇的撤退和恐慌的阵痛下，他将在孤独中度过多么艰难的时刻，多么绝望的日子。

在我父母家，我不能也不想再谈论战争。我们有一致的看法，无需相互交流。我们知道，在前线，我们的整个生命都处于危险之中。

军营是唯一一个看不见也摸不着战争的地方。在这里，战争几乎不存在。从上校到中士，每个人都整日忙着诅咒、打架、发狂、咆哮。真是一个浪费时间、浪费精力和浪费工作的太糟糕工厂！在这里的一切都是空虚的，无意义的。

我感到压抑、厌恶，一直处于紧张状态。

5月19日，星期日

德国人已经到达了拉昂。战斗在距离兰斯十公里的地方进行。通向巴黎的路已经走完了一半。今天的德国公报宣布俘房了十万多名囚犯。雷诺昨天在电台上说，情况"严重，但并非绝望"。今晚丘吉尔说："如果说情况并不严重，那就是疯子，但如果认为我们失败了，那就更疯了。"

似乎很难判断灾难的规模。来自前线的消息很模糊。唯一准确的事实是德国人占领的地方的名称。其余的都无法追踪。一切都在一场巨大而混乱的战斗中消失了，你无法从中挑出任何法国的主动行动，也无法发现任何迹象表明加梅林的军队（今晚由吉罗将军取代）已经控制住了局势。

根据罗塞蒂的说法，特特雷斯库夫人昨晚绝望地表示，法国人已经丧失了四十万人。

这一切就像一场可怕的噩梦，你希望从中醒来。

求主怜悯！

5月20日，星期一

韦甘已取代加梅林成为总司令。在圣康坦附近的西部，德国的压力很大。这场战斗将如何结束，现在还无法预测。主动权仍在德国人手中。

从伦敦和巴黎回来的奥普雷斯库说，那里的人们比这里的人更为冷静和自信。

5月21日，星期二

今天亚眠和阿拉斯沦陷了。德国人报告说他们已经到达阿布维尔和英吉利海峡。一百万人的法国-英国-比利时军队被包围。布洛涅、加莱和敦刻尔克都在这个地区。

在雷塞尔，德军俘虏了吉罗将军和他的全部参谋部人员。

这是灾难，是崩溃，也许是终结。

我时时刻刻都在想着波尔迪。我祈求主，他一定会有意愿活下去，抵抗和等待。

5月24日，星期五

星期三早上我走进了军营，直到昨天晚上九点才得以离开。整个团的人员被限制呆在军营里。为什么？因为上校对士兵在城里的"行为"很不满意。

让我感到恐惧的不是我有好几天没有洗头、刮胡子、吃饭或睡觉，而是当每小时发生如此多的可怕事件时，我却置身事外。

我设法不时给罗塞蒂打电话。他告诉我法国人已经夺回了阿拉斯。团部大院里流传着各种各样的消息：加梅林自杀，吉罗在睡梦中被俘，德军在各地都取得胜利。

我像一个受折磨的幽灵一样拖着自己到处行走。第一天，我没有东西吃，甚至不觉得饿。我渴望地盯着大门和墙壁。晚上，我躺在副官办公室的地板上，筋疲力尽。但在一两个小时的昏昏沉沉之后，我在深夜一点半钟醒来，整晚都睁着大眼睛等待着黎明破晓。

军队的生活是一种令人心碎的经历。只有在监狱里，人们才能忍受如此多的屈辱、如此多的嘲弄、如此多愚蠢的恐怖（不被看到、不被听到或不被问到问题）。我一直觉得自己好像是在集中营里。

然而，由于某种我无法明白的奇迹，当我走出团部大门并脱掉我军队的那些破烂时，我会忘记了一切。

尽管盟军电台昨天的基调很乐观，但前线的局势似乎极为严峻，甚至是灾难性的。德国人已经在加莱了。现在真正严重的结果不是他们将袭击巴黎，而是从加莱出发（按照这个速度，敦刻尔克的沦陷也可能不会太远了），他们将能够切断法国和英国之间的所有联系。

所有鼓舞士气的尝试都是徒劳的。法国有能力不失去理智。然而，这不再是一个神经抵抗的问题，而是拥有一个已经证明自己有绝对压倒性优势的军队的问题。我看着地图，吓得魂不附体。

5月25日，星期六

不，加莱还没有被占领——至少现在还没有。我被昨天的《环球报》的地图弄糊涂了。也怪我看得不够仔细。

目前，德军已经到达布洛涅，但还没有占领整个城镇。根据法国评论员的说法，他们在海岸的情况"岌岌可危"。盟军习惯于在德国人每每获胜时，使用"不安全""冒险"或"非战略性"等词来强调德军的行为，这让我感到有点恼火。不管怎么说，正是德军的这种"不安全"的推进已将他们带到了英吉利海峡！

然而，在过去的两到三天里，猛攻即使没有停止，也有些迟缓。战线会稳定吗？最终能形成屏障吗？我不知道。我非常害怕德军的停顿，你永远不知道停顿中会爆发什么事情。

在我被关在军营的两天里，国内发生了严重而且（目前出现了）混乱的事件：铁卫军团的阴谋，最近从柏林返回的恐怖团体组织的暗杀企图，逮捕行动，甚至据说要进行处决。如果再加上新的广泛征召，以及暂停6月6日庆祝活动[1]，昨天和前天造成的恐慌就变得可以理解了。

---

〔1〕 纪念卡罗尔国王重新执掌政权。

今天一切似乎都平静了。

意大利人还在犹豫。他们明天可以参战——但他们可能决定推迟决定，放弃计划，改变态度。

巴黎-世界电台播放了由卡尔维特演奏的《拉威尔四重奏》。在过去的几天里，我没有听任何音乐。我对德国电台感到恐惧，即使他们播放音乐我也无法忍受。而现在，除了战争，没有什么能让我全神贯注。我已对战争很痴迷了。

5月27日，星期一

收到了波尔迪5月18日的一封信。当时他离开了索镇前往我不确定哪个地区的"健康指导中心"。在之前的一封信中，他谈到了米迪。

我认为，入伍后，他会更多地去面对战争。作为一个外国人和平民，在索镇这样的小镇上，到目前为止战争对他来说是如此令人沮丧。

德国人报告说他们已经进入了加莱。法国人否认了这一点，但确认他们已经放弃了布洛涅。只要延迟一两天，所有德国公报所说的都会被证明是真实的。

然而，就目前而言，入侵已经失去了凶猛的势头。向前推进变得更困难，更不确定。但我还不敢开始感到希望。

我在家里拜访了阿夫拉姆叔叔。他已经面目全非，人干瘪了，弯着腰，苍老多了，看起来比以往任何时候都更加看不清东西了，已经气息奄奄了。但与此同时，他却痴迷于他在国家退休收入中的一笔钱（十一万一千五百四十七列伊，他说得非常准确），并担心如何处理一些书面收据：他应该把这些收据交给谁？他应该如何隐藏这些收据？

多么可怕的人啊！至少在这方面，我一点也不像他们。

我没有生活：我百无聊赖，等待，忍受。去去兵营，回家，睡觉。我既不读也不写——我既不想写，也不想读。

我的身体状况非常糟糕。我染上一种流感。这加剧了我的懒散和崩溃。唯一让我保持警觉的就是战争。否则我会处于沉睡状态。

今天下午伦敦电台播放了珀塞尔的一些优美的作品：两把小提琴奏鸣曲，还有一段恰空。我阅读了康巴里厄的相关章节，感到十分惊讶：令人难以置信的是，珀塞尔比亨德尔和巴赫早了近一个世纪。但在我看来，他与他们非常相似（当然，不那么古板，也不那么开阔）。

5月28日，星期二

比利时国王今天黎明时投降了。敦刻尔克就无什么防守了。也许这座城市已经沦陷了。利奥波德的背叛是人类无法理解的。雷诺发表了令人痛心的演说。

在我内心深处一片昏昏沉沉，阴郁和苦涩。

5月31日，星期五

北方军队仍在敦刻尔克抵抗并试图收集船只。加莱和里尔已经沦陷。没有人再谈论与南方军队建立可能的联系。人们预测在接下来的十二小时、二十四小时或四十八小时内北方的战斗会结束，战斗的结果要么是投降，要么是撤退。接着会是怎样？我担心德国人会重新进攻巴黎，更担心的是索姆河上没有稳固的防线。默兹河上发生的情况可能会在索姆河上重演（而且更为容易，因为那里没有防御工事）。意大利人可能在等待这次新的攻势，然后参战——他们一直在宣布和准备参战。

我无法再保持"客观"态度了。在很多人（包括卡米尔）身上，所谓"客观性"在我看来似乎是一种接受事物的方式，是一种与敌人达成和解的方式。几乎在所有地方，人们对德国人的恐惧，对德国人的尊重甚至对他们的同情都在持续上升。"见鬼去吧！"

当人们应该感到恐惧时，他们会感到不知所措。

昨天晚上，当我听扬·马林·萨多维亚努讲述他对维也纳（他从那里回来）的印象时，我想到了这点。对他来说，德国人的胜利已毫无疑问。他声称，到目前为止，德国人仅投入了百分之四的资源（人员、原材料、食品等）用于战争。所有这一切都让我不知所措，尤其是当这种说法被"客观地"解释时，甚至带有一种对法国人保护性的忧郁感时："我为他们感到难过，但我无能为力。"

这些客观的头脑连一刻钟都没有想到德国的胜利会带来奴役，对他们自己的奴役。

不同的是，虽然那样只会给他们带来奴役，但却会给我们带来死亡。这就是完全改变一个人看待事物方式的差异。

6月2日，星期日

敦刻尔克仍在抵抗。盟军广播电台声称，大部分北方军队已乘船运往英格兰。不管怎样，抵抗超过了人们的预期，而在利奥波德投降后似乎巨大的灾难已经有所减弱。

现在北方的战斗有望结束，下一阶段将变得更加清晰。德军展开新的攻势？意大利袭击地中海？还是暂时停火？

我昨天见到了杜普朗。他认为如果德国人不惜一切代价想要在索姆河突破，他们一定会突破——尽管这意味着伤亡惨重。他有一种感觉，韦甘德会试图通过让德国人为"几个连续的突破"付出高昂的代价来削弱德国人。

总的来说,我与杜普朗的谈话很有启发性。他将法国的灾难归咎于当权者:"总参谋部、政府部门、外交使团。"他相信,一个胜利的法国将在战争结束时出现结构性的改变。

昨天吉古尔图[1]取代了加芬库。这在政治上表现了过去十天席卷全国的失败主义可怕浪潮。实际上,"失败主义"这个词并不恰当。这是对德国胜利的一种钦佩、震惊的接受。在持续数月的震惊之下,自战争开始以来,古老的罗马尼亚反犹太主义(及其永恒的"拯救承诺")一直在预期中不断地冒泡。

布兰克和济苏——又感到害怕又感到精神崩溃——给我打来电话,邀请我去。我有点讨厌我的百万富翁朋友。我自己连付房租的钱都没有,而他们却热衷于进行抽象的对话。

星期五,我提取了《事故》一书的最后一万列伊稿费。从今以后,我不知道我该怎么办。如果战争来了,我们没有钱,没有食物,一无所有。如果我知道家人在家里有足够的食物,感觉事情会容易忍受一些。

6月5日,星期三

敦刻尔克昨天被攻克。今天黎明时分,德军向南发起了新的进攻,主要是沿着从拉昂到苏瓦松的战线。很明显,他们的目标是巴黎,他们昨天轰炸了巴黎(二百五十人丧生)。

在北方继续抵抗的日子里,我生活在一种相对平静的状态中。盟

---

[1] 扬·吉古尔图:外交部长,1940年7月至9月任总理。亲纳粹政治家,与戈林关系密切。他根据1935年的纽伦堡法律制定了种族立法。

军伤亡惨重，这是事实。但上个星期敦刻尔克似乎并没有失去，盟军奇迹般地反抗，最后三十五万名士兵从海上安全运走，减少了灾难的规模。在某种程度上，这是可以忍受的。

然而，现在我们正处于另一个高度紧张的时期。索姆河攻势似乎与默兹河上的攻势一样猛烈。今晚的法国公报给的情况很混乱，而我又极不愿意去听德国的公报。巴黎可能会沦陷的想法让我喘不过气来。我没有勇气全神贯注地考虑它，也没有勇气一直考虑它到最后。

6月9日，星期日

形势非常严重。"我们在最后一刻钟。"韦甘德在今天早上的命令中说。巴黎已处于作战区域，疏散行动似乎已经开始。直到昨天，前线似乎或多或少地坚守着。但是在晚上，二十个新的德国师开始投入战斗。整个前线沿线的战斗都很可怕，从海上到蒙梅迪，在苏瓦松的压力尤其严重。我没有法国地图，也无法弄清公报中所说的战况地点。我能从中感受到不屈服、不陷入绝望的努力，但这并没有掩饰可怕的危险。

波尔迪在图卢兹的一个训练中心，但我们没有关于他的直接消息。

6月10日，星期一

昨天，德国的摩托化纵队已经到达了吉罗斯和鲁昂！不知离勒阿弗尔还有多远？离巴黎还有多远？法国公报以安慰的方式说，德国人没有成功越过……塞纳河。

这是令人痛心的消息。

而且，好像最后的屈辱是必要的，英国人正在匆匆忙忙地离开纳尔维克。

你会问自己，法国人还能抵抗多久？你会恐惧地问自己，到了下一个小时是否一切都不会崩溃瓦解？

尽管如此，在我内心深处，我仍然在希望和等待……

午夜

意大利向法国和英国宣战！敌对行动从意大利时间午夜开始——也就是说，在我写下这几行字的十分钟后。

雷诺发表了简短的讲话，深感沮丧，但态度也十分坚决。我听着，眼里噙着泪水。我本来可以哭的，但我克制住了。我在法国学院，在法国人中间，度过了一个晚上。这是一个令人沮丧却又令人安慰的夜晚。不，我不相信一切都会丧失——我不想相信，我不能相信。

所以，我们这里与波尔迪的联系被切断了。我们不得不接受这样的现实：我们收不到任何信件，得不到任何消息。

今晚法国公报的消息非常沉重。德国人已经在好几个地点越过了塞纳河。

6月11日，星期二

战斗发生在巴黎北部、西北部和东北部。这座城市似乎被三面包围。会抵抗吗？能坚持多长时间？

政府机构已搬往各省。报纸已停止出版。巴黎广播电台不再运作。我仍然可以听到里昂P.T.T.电台的声音，但难度很大，也可以在短波上听到法国的声音，但不再是熟悉的巴黎-世界电台了。

然而，即使是现在，我仍然可以通过长波收听巴黎广播电台：一场由恩格尔布雷希特指挥的交响音乐会（李斯特的《弥撒曲》）。所以，如果我仍然能听到管弦乐队在那里演奏，这意味着我们在谈论的仍然不是一个几小时后即将陷落的城市。

然而，我刚刚听到的公报没有留下任何希望的空间，至少就巴黎而言。一天中有好几次，无论是在家里还是在街上，我都想大哭一场。我仍然无法掌握所发生的一切，也无法相信这一切都是真的。

6月14日，星期五

巴黎沦陷了吗？据伦敦广播电台报道，布利特在凌晨两点发来电报说，德国人已经进入了这座城市。伦敦的法国公使馆对此一无所知。如果我听懂了刚才的英文新闻节目的话，今天早上七点，伦敦和巴黎还在电话联系。

不管怎样，昨天晚上十一点当我上床睡觉时，巴黎-世界电台仍在播放新闻和音乐。德军距离巴黎只有三十二公里。法军一度发起了反击。情况极为严峻，但似乎一切都不会在几个小时之内结束。法军两天的抵抗似乎仍然是可能的。

昨天晚上，雷诺在电台发表讲话。那是一份遗嘱，一份离别，最后一次绝望的呐喊——像是在投降边缘的宣言。这对法国的冲击似乎是致命的。伦敦、巴黎和华盛顿之间交换的信息甚至不再是惊慌的表达。有人可能会说，这种形势已经被人们接受了。不再是警报，而是麻木不仁。

6月15日，星期六

昨天巴黎被占领了。公报指出，战斗仍在东部和西部继续，但没有说明在什么地方。马其诺防线也受到猛烈攻击。阿尔萨斯-洛林的法国军队与该国其他地区的军队之间的联系正在被切断。

投降开始被提及：我不相信，我不想相信。但事实是，你看不到一个可以守得住的战线。

从巴黎回来的尤金·约内斯库说了一些令人不安的话。另一方面，从伦敦回来的米尔恰·武尔坎内斯库相信盟军最终会取得胜利。在他看来，这场战争的胜负将不是在欧洲而是在海上决定。

也许是这样吧，也许是……但与此同时，我们的生命也失去了。

6月16日，星期日

在波尔多，部长理事会几乎在开永远开不完的会议。昨天晚上，今天早上，今天下午……也许他们正在准备某种形式的投降。所有迹象都表明，抵抗已经停止。军事灾难（马其诺防线被攻破，凡尔登被占领……）令人沮丧，但更令人沮丧的是公报的风格。你可以说，不再有最高指挥部，不再有前线，不再有任何抵抗或阻止进攻的企图。再过三天，也许五天，一切都会结束。

埃菲尔铁塔上挂上了纳粹万字符。凡尔赛宫前站着的是德国哨兵。在凯旋门，"无名战士"迎来的是德国的"仪仗队"。

但可怕的不是战利品或挑衅行为：它们甚至可以唤起并保持法国民众生存的意愿。更让我害怕的是随之而来的"和睦"行为——将会有报纸、宣言和政党将希特勒描述为法国的朋友和真诚的保护者。当那个时候到来时，所有的恐慌和所有的怨恨都会在一场漫长的大屠杀中得到释放。

波尔迪现在会在哪里？他会怎么做？他会变成什么样子？我们这里呢？

6月17日，星期一

法国放下了武器！

昨晚接替雷诺的贝当今天凌晨两点宣布,他将"尝试"结束敌对行动。通过西班牙这个中间人,他要求德国人将投降的条件告知他。希特勒要求法国无条件投降。

就像非常亲近的人去世一样。你不明白,你不相信这已经发生了。你的头脑已经麻木了,你的心不再有任何感觉了。

有好几次,我的眼泪一涌而出。我真希望能够痛痛快快哭上一场。

Journal

1935年

1936年

1937年

1938年

1939年

1940年

1941年

1942年

1943年

1944年

1月1日，星期三

我已经失去了写日记的习惯，现在很难将其恢复。去年6月巴黎沦陷，我就决定不再写日记了（我感到厌恶，尤其有一种可怕的徒劳感）。从那以后，我只尝试过一次。那是在去年10月，我试图重新开始记录每天的事项，但我却没有足够的毅力。

你必须有一定的精力，一定的固执，才能坚持写日记——至少在开始时是这样，直到你习惯了写日记并找到合适的语气。归根结底，坚持写私人日记并非是自然的行为。没有比这样的写作行为更为虚假的了。它并非是一种交流的方式，就如它没有任何直接的必要性一样（我记得我和波尔迪在巴黎的时候，只要我们单独在一起的时候，我们从不说法语，尽管为了练习我们很想这样做。在我们看来，讲法语很不自然，是种虚伪的显示。要自由地说法语，我们需要受到约束，即要有一个只懂法语且不懂其他语言的人在场）。"为我自己"写作的困难也有一些同样的尴尬。因为如果写作不能帮助我与他人交流（无论是写一封信、一篇文章还是一本书），它就会开始显得——至少最初是这样——荒谬而且缺乏个人深度。

然而，在过去的半年里，我多次后悔没有坚强的心继续我的日记。我需要睁大眼睛看着那段时间发生的一切。现在我回想起我"荷枪实弹"的几个月，似乎没有捕捉到它们恐怖的气氛。我告诉自己，那时我快要死了，我记得有几次我想把自己解决掉——但现在这一切都被抹去，变得无关紧要，几乎无法理解。我应征入伍的那个晚上，离开了军营，踏上了看起来极不真实的行军，去往奥尔泰尼塔，在一个下着雨的清晨到达了太阳谷，在那里待了四个星期。我眼前反反复复出现尼古列斯库和卡普苏内阿努的场景，8月初在布加勒斯特请了短暂休假（自己强烈地感觉到，"荷枪实弹的生活"与"另一种生活"不可同日而语，仿佛是在两个不同的星球上）。然后是突然返回奥尔特尼亚，以及1940年8月11日在火车站的那个可怕的夜晚，就像一场噩梦，卡普苏内阿努和尼古列斯库的叫喊声不断打断着对方。在军列上的两夜三天，在布加勒斯特车站无休止的等待时间，到普拉霍瓦山谷、布拉索夫和锡吉什瓦拉的漫长攀登，穿越特兰西瓦尼亚，绕道前往卢戈伊；然后是在卢戈伊火车站的那一天，站台上永无止境的折磨，到达博尔杜尔，悲喜交加的夜晚"改变我们的结果"，以及在博尔杜尔的那两个星期剩下的时间，最终纳入到犹太人分遣队返回家里。从博尔杜尔到卢戈伊的一路行军！到达了团部！早上的工作是从货车上卸载木头！所有这一切如今已经失去了其强度，既悲惨又怪诞。当时我以为我永远无法从脑海中抹去厌烦、厌恶和憎恨之感。我最终陷入了一种昏迷状态，就像在梦中一样毫无反抗地承受了接二连三的打击：我的律师身份被吊销，我被基金会开除[1]，我被分配到一个农工分遣队。[2]

也许我应该写下所有这些事情；也许将它们留在我的记忆中会更好。总有一天，我会尝试将它们重述出来——除了褪色的图像和枯萎的文字之外，很难想出任何东西。甚至11月的地震也开始变得越来越遥远。只要我的单间公寓还留有灾难的痕迹——破裂的墙壁、裸露的砖块、剥落的石灰——我就会保留着那个可怕夜晚的影像。但现在，在修缮和重新装修之后，就好像什么都没发生过一样。

这是一个充满恐惧、痛苦和不快乐的悲剧般和噩梦般的一年——

---

〔1〕 1940年9月6日，铁卫军与安东尼斯库将军一起掌权后，犹太人立即被所有政府机构排除在就业之外。
〔2〕 铁卫军立法将犹太人排除在兵役之外，但组织军队监督他们强迫劳动。

但我昨晚并没有绝望地度过了它。虽带着恐惧，但没有绝望。我仍然希望，我仍然相信。6月，当巴黎沦陷时，一切似乎都失去了，一去不再复返。今天看来，在遥远的未来生活将成为可能，即使这会很远。

新年快乐！也许不会"快乐"：我们不应该要求太多。但如果我们的生命能够幸免于难，也许到明年年底时，光明会离我们更近，彼岸会离我们更近。

1月2日，星期四

今天早上我在街上遇到了乔兰。他容光焕发。

"他们任命了我。"

他被任命为驻巴黎的文化专员。

"你看，如果他们没有任命我，我还会是老样子。我将不得不服兵役。实际上，今天我收到了我的征召文件。但我怎么也不会去的。就这样，一切都解决了。你明白我的意思吗？"

我当然明白，亲爱的乔兰。我不想恶心他一番（尤其不会在这里——这会有什么好处？）。他是一个有趣的例子。他不仅仅是一个例子，他本身就是一个有趣的人，非常聪明，没有偏见，并且把愤世嫉俗和懒惰以一种十分有趣的方式结合在一起。

我应该——而且也值得——更详细地记录一下我在12月与他两次谈话的内容。

我的体温达到三十八摄氏度（一百零一华氏度）。今年开局不好。

1月5日，星期日

还在生病。前天我三十九摄氏度（一百零二华氏度）多；昨天和今天，在三十七和三十八度之间。夜间发烧，失眠，噩梦连绵。前天晚上，我梦见了一个非真实的巴尔奇克，充满了黄色和红色。"这就像高更的画，"我记得在梦中这样说。昨天晚上，在发烧的情况下，我对自己起誓要写冈瑟的剧本（他又一次变得活灵活现），然后我勾勒出另一个剧本的场景。我头晕目眩，筋疲力尽——我没能如我所愿地爬下床去，记下这方面的一些要点。今天想把这些写成文字。在我看来这又是一种愚蠢的姿态。一股咸涩之味，一股白费劲的味道。

收到了来自Bz的可怕消息。

1月8日，星期三

仍在生病。我甚至不知道我是否可以认为自己正在好转。我不再发烧，但我身体正在缓慢而艰难地恢复。

尤金·约内斯库时不时来拜访我，他急于想尽快地离开这个国家，逃出这个国家。和乔兰一样的恐慌，一样的惊慌，一样的急于尽快逃离这个国家，寻找避难所。奇怪的是，我从未想过要逃跑（自巴黎沦陷以来）——只有一个怀旧的梦想，但这个梦想并不会约束我做任何事情甚至计划任何事情。

昨天晚上和今天早上，我读了萧伯纳的《安德鲁克里斯和狮子》。我经常笑出声来。

1月14日，星期二

我度过了一个不安的夜晚，但不知道为什么会这样。我感到隐隐约约的威胁——好像门没有关严，好像百叶窗是透明的，好像墙壁可以被看穿。一些莫明其妙的危险，任何时候，从任何地方都可能会降临——这点我一直都知道它们的存在，但我已经习惯了这些危险，以至于我不再感觉到它们。但在突然之间，一切都变得压倒性的、令人窒息的。你想大声呼救——但向谁求救？用什么样的声音？用什么样的词语？

1月17日，星期五

我今天读到吉罗杜在1938年写的一句话："这个国家没有任何威胁，这个国家生活在对战争的痴迷之中！！"

星期三，在莱娜·康斯坦特[1]家度过了一个留声机唱片之夜。拉威尔的《四重奏》、弗兰克的《奏鸣曲》、贝多芬的《钢琴协奏曲》、一些巴赫的《哥德堡变奏曲》，一些莫扎特的钢琴作品。

嗜睡、冷漠、毫无防备的恐惧——这几乎就是一切。我不时地承诺要阅读和写一些东西，但这些承诺很快就崩溃了，没有任何热情、精神或信念。

1月21日，星期二

革命？政变？星期六晚上，一名德国少校在布拉蒂亚努大道上遇害。目前尚不清楚这是一起暗杀事件还是街头事件。如果像有人说的那样，开枪的人不是某个"希腊人"，而是前拳击冠军阿西奥蒂，那么事情的起因更有可能是发生了争辩或争吵。也许这只是一起情感事件。

无论如何，发生的事情与昨天早上的政治事件没有直接关系。早

---

[1] 莱娜·康斯坦特：艺术家，塞巴斯蒂安的朋友。

上的报纸发表了解散犹太人罗马尼亚化委员会的法令。下午我听说内政部已经更换了彼得罗维切斯库将军[1]。傍晚时分，一份学生宣言出来呼吁：一、罢免里奥沙努[2]，因为他被指责为杀害少校的幕后黑手和益格鲁共济会的傀儡；二、恢复彼得罗维切斯库将军的职务；三、组成一个完全由铁卫军团成员组成的政府。

晚上十点过后，大约五六千名铁卫军团士兵在胜利大道上游行，高呼："打倒里奥沙努！我们想要一个铁卫军团政府！共济会滚出政府！"

午夜时分，学生宣言在广播中播出。今天上午出现的报纸比平时发晚了，但没有刊登学生的宣言，而是发布了更换内政部长的法令，（除了《库凡突尔日报》之外）还加上了安东尼斯库将军的一份说明，解释说为了恢复秩序和避免经济衰退，改变是必要的。大约一点钟我回家时，阿尔卡莱和存款银行之间胜利大道上的交通被中断了。警察总部似乎被铁卫军团占领，现在被军队包围了。大约四点钟我返回来的时候，情况还是如此。晚上，罗塞蒂告诉我，全国各地的地方长官一夜之间都给换了。安东尼斯库将军已向全国发出呼吁："秩序将在二十四小时内恢复！"

已经快午夜了。我不时听到成群结队的铁卫军团士兵从我的窗下经过，他们齐声歌唱，前往雅典娜宫或财政部。然而，这座城市显得非常安静。在广播中，总统公报告诉人们十点以后不要出门。

今天晚上我读完了拉封丹的《寓言》。我愉快地读了一段时间。他

---

[1] 康斯坦丁·彼得罗维切斯库将军：是杨·安东尼斯库第一届政府（1940年9月至1941年1月）中的亲铁卫军的内政部长。当铁卫军反抗安东尼斯库时，彼得罗维切斯库被解职。
[2] 亚历山德鲁·里奥沙努：国家安全警察的负责人，在与铁卫军的冲突中站在安东尼斯库一边。后来他担任了布科维纳省长。

的最后一个寓言，带着它对孤独的邀请，是对整个寓言系列的总结：

"本寓言的寓意将标志着这项工作的结束，愿它对未来的几个世纪有所用处。"

1月22日，星期三

晚上9点30分

独自一人。从中午开始电话通讯就断了。我无法知道在安提姆街的家里究竟发生了什么。我想对妈妈说一句话。我也想听她说话。我试着去想他们在那里经历的恐惧时刻。我很遗憾今天早上我没有足够的决心——当时我还有机会——跑到他们那里并待在那里。我们大家在一起，等待也许会容易些。我发誓明天一定要去那里，如果我们还有"明天"的话。那么无论发生什么事情，我们都会在一起。

枪炮声永远不会结束。您可以听到步枪、机枪声和几声炮火声。早上的时候，这种噪音还在很远的地方，显然是在城市的郊区。然后这些枪声越来越靠近市中心。当我一点钟出去的时候，公共汽车已经不运营了。我犹豫了一会儿：我是否应该去安提姆街？看来就算我要去，也不可能超越伊丽莎白大道，所以我回到家并决定留在原地。我设法给家里打电话，告诉他们我不来了，但是所有的电话都不通了。另外，我家旁边的这条街仍然很热闹，几乎是正常的。大约四点钟，我看到一些士兵在阿姆泽广场设岗，在胜利之路我们街区正对面拉起了警戒线。大约五点钟枪声开始响起。我无法确切地知道发生了什么，因为我必须远离所有的阳台。我看见数百名示威者从皇宫方向而来。我走进我的房间，把通往露台的门半开着。枪声并没有掩盖住人们的声音。人们在喊叫、唱歌、怒吼。两三个声音（总是同样的声音）从喧嚣中脱颖而出："别开枪——我们是你们的兄弟！"

这一切持续了一个小时。然后示威者唱着歌离开了——我看不出他们是被赶回了雅典娜宫,还是穿过了警戒线接近财政部。我走到露台上。在下面药房旁边的人行道上有一摊血和一根点燃的蜡烛。我下楼待了一会儿,问门卫到底发生了什么事。他说一名士兵被打死了,而一直朝空中开枪的部队随后撤退,让铁卫军团士兵通过。街上挤满了人,看上去茫然无措,而且相当冷漠。难道只有我有这样的感觉吗?我回到楼上。尝试走出去更远的地方是荒谬的。我打开布加勒斯特广播电台:广播一直正常。但是到了七点四十五分,不论是德语新闻或是间隔信号都没有了。过了十到十五分钟的长间隔后,一个声音宣布铁卫军团将取得胜利,而且在康斯坦察、特库奇和克拉约瓦,大部分军队都站在军团革命一边,犹太化的部长们(米哈伊·安东尼斯库[1]、坎西科夫[2]、马雷斯[3])将与叛徒(迪米特里克[4])一起付出代价。看来电台已经掌握在铁卫军团士兵手中。已经出现的报纸——甚至是非军团的报纸(《事件报》《塞亚姆报》)——都发布了军团宣言。任何报纸都只字未提安东尼斯库将军。昨天晚上,在通过无线电宣读的一份声明中(当时电台仍在安东尼斯库将军的控制之下),他说秩序将在二十四小时内恢复。

现在怎么样了?今晚一切皆有可能。现在才十一点——离天亮还有八小时。我要睡觉吗?我可以试着睡觉吗?我是如此孤独,我所有的思绪都与妈妈、贝努和塔塔在一起。城市一片漆黑,电话无人接听,收音机鸦雀无声。

---

[1] 米哈伊·A.安东尼斯库:安东尼斯库第一届政府的司法部长,不久便成为副总理兼外交部长。
[2] 艾丽莎·坎西科夫:安东尼斯库第一届政府的经济部长。
[3] 尼古拉·马雷斯:农业部长。
[4] 维克多·迪米特里克:主管石油和矿业的经济副部长。

1月23日，星期四

上午10点

整个晚上，机关枪和大炮声都在附近响着。我睡着了，不断地惊醒，做着短暂而复杂的梦。每当醒来时，我都会听到同样的枪声。我的大楼里一片寂静，就像在一个平常的夜晚一样。黎明时分，枪炮声更为猛烈，更为频繁。然后噪音平息了。九点钟我打开收音机。每天播送的播音员（不是昨天不熟悉的播音员）说将在每小时播放一次官方的广播。看来，广播电台在夜间已被军队重新占领。安东尼斯库将军发表了一份新的宣言。他在宣言中宣称，鉴于叛军对总统府和其他机构的袭击，国家机器和军队已经自动采取了行动。他建议，如果在家中遭到他们袭击时，每个人都要保护自己。总参谋部的公报否认了军队有任何叛变行为。

我走到露台上。这是一个朦朦胧胧的早晨，就像秋天一样。商店已经开门，但街上的人并不多，一堆堆凑在一起，平静地站着谈话。一些特刊的报纸或其他出版物已经出版。我的露台上有些碎片和砖末。昨天晚上肯定有一颗子弹击中了我的墙壁，在门的上方右侧。我可以清楚地看到墙上被打出来的洞。

1月24日，星期五

我去了安提姆街，昨天晚上和今天早上我都在那里度过。大家在一起，我们确实感到平静多了。我们拥抱在一起，就像是在经历了很长一段时间的分离之后。

昨天上午十一点左右（就在我写完上一篇日记之后），一支队伍开始沿着胜利之路向绍塞亚前进——一支长长的德国机动纵队，步枪和机枪中子弹都上膛了。他们当然给人们留下了深刻的印象。很明显，德国军队站在安东尼斯库将军一边——反对起义的铁卫军团。当我出去的时候,我发现了两份《库凡突尔日报》。一份是今天早上出版的《库凡突尔日报》,它坚定地呼吁革命;另一份是几个小时后出版的同一个《库凡突尔日报》的特别版,其中刊登了西马停止战斗的命令。尽管如此,仍然可以听到零星的枪声——甚至还有一些机关枪的射击声。我去了几家商店购物。人们仍然保持着"布加勒斯特"式的活泼和开朗,更多的表现是好奇而不是恐惧,不时出现沉思的脸孔,耸耸肩说:"让我们安静点","局势已经平静下来了"。

下午两点,艾丽斯开车来带我去安提姆街。她和科马尔内斯库(也是像她一样,军团类型的)在一起。科马尔内斯库看起来很憔悴、沉默寡言、温顺。直到现在,当我们开车穿过城市时,我才能看到革命实实在在的证据。在胜利之路上的国家大剧院的下方弥漫着一种完全荒凉的气氛。坦克、机关枪和军队在没有行人、百叶窗紧闭的主要街道上巡逻。我从艾丽斯那里听说,在夜间时,有人放火并抢劫了瓦卡雷斯蒂和杜德斯蒂地区。拉霍韦伊之路和许多其他地方似乎也发生了同样的情况。

夜幕降临时,枪声完全停止了。电台播放了清晰、令人放心的公报。所有的人都必须在二十四小时的时间内交出任何枪支,甚至包括猎枪。任何继续开枪或抢劫的人都会被就地枪杀。唯一剩下的危险来自小巷里的强盗。善良、有进取心、大方,但脾气暴躁,而且(她经常如此)幼稚,有点疯狂的艾丽斯后来又回到了安提姆街,她一直坚持要开车送我们回家。但我们一直待在那里,尽我们所能把自己防护起来。让我们感到松了一口气的是电话晚上又开始工作了,我们突然觉得不那么孤单了。但即使如此,在夜间我们听到哪怕是最轻微的声音也会一跃而起。

昨天晚上和今天早上,电话一直响个不停。人们想确切地知道我们是否还活着,以确认没有发生任何严重的事情,想知道暴风雨是否已经"过去"了。显然有很多伤亡,但你无法确定会有多少。这场暴乱无疑作为"武装政变"而被镇压。西马下达了新的命令,把那些继续战斗的人作为不法之徒。人们正在拼命地放弃忠诚和改变自己的观点。将军的态度显得十分坚决:没有使用一个暗示犹豫的词语。他宣布对叛乱的领导人和煽动者进行严厉处罚。阵亡将士明天将被庄严地埋葬,死去的叛乱者明天也将被埋葬,但"无什么荣誉可言"。政治局势仍然很混乱。谁将进入新政府?将军已宣布将重组铁卫军,将其置于自己的直接领导之下,但尚不清楚他将依靠哪些人来做到这一点。德国人的态度还有待解释:铁卫军的成员人数之多肯定让他们大大地惊呆了。我现在在想吉策·拉科韦亚努,或者哈伊格、乔兰、迪努·诺伊卡、米尔恰·伊利亚德(如果他还在伦敦的话,就太幸运了)。

这是一个小事件,幸运的是,它没有产生任何后果(至少到现在为止是这样),但解释了很多其他事情。昨天早上,在我们大楼对面的托伊斯药房拐角处,也就是一名士兵被打死的地方,蜡烛仍在那里燃烧。路人停下来询问这位士兵的情况。一些激动的人们朝我们的大楼望去,眼光向大楼的九层楼上望去,然后又往下看,带着不思其解和受到威胁的奇怪表情。当我出去的时候,我走向了一堆人(新的人群不断地在形成)。在五六个路人中间,我瞥见了那个可怜的疯子。他曾经带着一个开关和哨子从一辆有轨电车漫步到另一辆有轨电车,发出信号让电车停止或启动。他还经常在晚上来到玛丽斯的福特车前,并提出要看守这辆车(玛丽斯过去常常给他几个铜币)。嗯,那个结结巴巴的傻瓜正在讲述"昨晚一个犹太女人用左轮手枪从那边那栋楼的屋顶上开火——一个士兵被击中了"的故事。

"你说,是一个犹太女人?"一位穿着华丽、态度平静的年迈绅士问道。

"是啊,是一只犹太母狗!"

"他们没有对她做什么吗?"

"你猜对了。他们做了。他们逮捕了她，把她给带走了。"

我仔细打量周围的听众。他们中没有一个人不相信他所说的话。没有人怀疑这个荒谬故事的真实性。有那么一瞬间，我想打断他的故事，说几句我想说的话：这个故事完全是愚蠢的；他们怎么能想象出一个犹太人，尤其是一个女人，会如此疯狂，以至于从九层楼的屋顶用左轮手枪进行射击（！！）。他们怎么能想象出她可以从那个距离如此精确地瞄准？难道他们不知道那个士兵昨天是在一场真正的街战中倒下的，而那个战斗中发射了数百发子弹？但是问这些问题有什么意义呢？谁会听？谁会尝试理性思考？相信别人告诉你的话"一个犹太女人开火了"不是更不用动脑子，更方便快捷吗？我走开了，继续去购物。但当我回来时，其他路人也都在谈论同样的故事。但这一次那个"犹太人"变成了男人，而不再是女人了；有人说他被抓了，有人说他没有被抓到；一些人说他是从四楼开枪的（那里自从上次地震后就没有人住过），另一些人则说没人知道他从哪里开枪。我认为有人已建议在大楼内进行调查，或者对尚未完成这项工作表示惊讶。后来我在窗口待了一会儿，看看这种八卦新闻是如何传播的，传播的群体是如何变得更大更激动的。对这幢大楼中所有犹太人所住的公寓进行袭击还会离得很远吗？看，一场大屠杀就是这样开始的。

托布鲁克已经沦陷了。事情发生在前天，但消息却是从这么远的地方传来的。对我们来说，这似乎是那么遥远，而且一切都可能在一瞬间就过去了！

1月25日，星期六

能得到的消息不多。铁卫军的报纸已被封了（我又想起了《库凡突尔日报》的命运）。安东尼斯库将军发表了一份新声明，解释了叛乱和镇压是如何发起和进行的。发生过战斗的街道看起来仍然不像往常街道一样。国家大剧院前雄伟的广场上，店面和中央电话交换机大楼的大窗户上布满了弹孔。在瓦卡雷斯蒂和杜德斯蒂地区[1]，显然一切都像是一场大地震或一场可怕的火灾之后。死亡人数仍不得而知——成百上千的犹太人——但没有人能准确地说出。[2] 也不知道有多少士兵死亡，有多少铁卫军士兵死亡。也许数字还没有统计出来。

部队和坦克仍在街道上行走。铁卫军士兵避难的最后一座建筑正在清理之中。今天早上，在伊丽莎白大道上，我亲眼目睹了政府军对富豪电影院的攻占和清场——在现在以前，它一直是铁卫军的据点。晚上十点以后，这座城市就成为一座死城。九点以后演出被禁止了，餐馆都关门了，任何人都不能四处走动。但在白天，人们仍是活泼的，健谈的，充满了好奇，总算是松了口气。这一切也与令人难以置信的好天气有关。今天就如3月下旬阳光明媚的日子一般。人们忘却了现在只不过是1月之中。尤其是在早上，街道上像公共假期一样拥挤。人们互相拥抱，大声地打招呼，互相提出问题。今天在理发店，每个人都在用赞许、惊讶和兴奋的语气谈论着所发生的事情。老板科斯特尔先生说，"军队在这种情况下表现得真不错"，"那些铁卫军团是一群罪犯"。

昨天乔兰对贝卢说，"铁卫军用这个国家来擦屁股"。这与米尔恰在卡利内斯库镇压时所说的话的意思大致相同："罗马尼亚不值得进行铁卫军运动。"在他看来，除了国家完全消失之外，没有什么能让他满意的。

哈伊格今天早上出现在办公室——好像什么事都没发生过一样。更

---

[1] 布加勒斯特的犹太社区，在演变成大屠杀的铁卫军叛乱中遭到严重破坏。
[2] 铁卫军在反抗安东尼斯库将军的叛乱期间共杀死了一百二十一名犹太人。

有趣的是，吉尔[1]也做了同样的事情。就在前天，他还在剧院广场上发表了绝不妥协的演讲，而现在却立即发出了效忠的电报。

萨查·罗曼在叛乱期间被铁卫军逮捕，在警察总部的牢房里度过了整整三天。许多犹太囚犯被杀，而他却奇迹般地逃了一命。可惜，作为一个自命不凡和喜好自吹自擂的人，他不知道如何能把他的故事简单地说出来。

1月26日，星期日

拉赛涅昨天到我这里来了一趟，告诉了我一些十分宝贵的细节。星期四，他身处关键的要点之上，在巴尔干联邦广场，距离罗马大街上的铁卫军总部只有几十米。当时，广场实际上被铁卫军示威者封锁了。几支德国摩托化部队抵达那里，并受到了热烈欢迎。铁卫军士兵大喊、鼓掌并用德语欢呼："万岁，希特勒！伟大的领袖！胜利万岁，胜利万岁！"德国人二话不说，立即把守了通往广场的每条街道的入口处：罗马大街、索非亚大街、隆德拉大街等等。示威者不断地高喊着，确信德国人的到来是为帮助他们。德国部队不断地到来，同样受到了人们热烈的欢迎。但接下来的一幕却是惊人的一击！当德国军队关闭了所有出口并完成包围后，一名军官立即命令示威者离开。所有人都离开了。事情就是这样。

我和卡米尔就这些事件进行了交谈。过去几天中他的态度的变化是很有趣的，但这不是我现在想写下来的。星期三晚上，辛皮纳努街58号中人们的情绪格外激动。卡米尔大发脾气（他很容易发脾气）。整栋楼里唯一的第二人是玛丽埃塔·拉雷什。另一个玛丽埃塔和哈伊格

---

[1] 拉杜·德梅特雷斯库·吉尔：诗人和铁卫军的狂热追随者。

在剧院里,"在街垒上"。很久以后,玛丽埃塔·萨多娃脸色苍白,憔悴,泪流满面,从总统府赶来,她和科德里亚努的妻子曾试图觐见将军,但没有成功。"他们开始炮轰我们了!"玛丽埃塔喊道(我能听到她的声音!)。但她对胜利的把握却丝毫不减。"一切都在我们手中。德拉加利纳将军正在赶往布加勒斯特的路上。科罗阿马将军站在我们这边。安东尼斯库输定了。"我想,第二天早上当她听到一夜之间发生了如此大的变化时一定会感到困惑。

没有关于政治局势发展的确切消息。谁被捕了?谁还没有?谁站在当权者一边?谁将离开?对此我们一无所知。

1月27日,星期一

昨天下午,我和莱雷亚努、科姆莎一起去看了"战场"。很明显,很多打枪是朝空中开的。除了伦敦街上的几座弹痕累累的建筑物外,没有任何迹象表明这里曾发生了重大战斗。罗马街的铁卫军总部和卫兵营房(据说遭到了炮击)都没有受到严重破坏。更大的灾难发生在瓦卡雷斯蒂地区,尤其是杜德斯蒂。那里没有一所房屋或临时小屋逃脱了掠夺和焚烧。试着想象一下,星期三晚上该地区着火了,而流氓团伙四处窜动,向那些受到惊吓的人射击。在这里和那里,一些带有罗马尼亚人姓名的房屋没有受到损坏,但窗户或墙上贴着"罗马尼亚商店"标志的房子并不总能避免灾难。你可以看到很多被毁坏的房屋和商店都带有一个标志。可悲的是,讽刺的是,这些标志本应该用来保护这些房子。例如:"基督教的财产""罗马尼亚人的房屋""罗马尼亚人所有者",甚至在瓦卡雷斯蒂的某个地方还贴上了"意大利财产"的标志。昨天是星期天,是大灾难后的第四天,所以很多被损坏的地方都已经被隐藏起来或移除了,但惨象仍然是压倒性的景象。所有这一切打击都击中了生活在最恶劣的条件下穷人中最穷者——小规模的手工业者和小商贩，几乎无法勉强维持生计的、卑微的、忧心忡忡的人们。在各个地方的废墟旁，你总能看到一位老妇人或一个近乎赤裸的孩子在一旁哭泣、等待。等待着什么？等待着谁？停尸房前，数百人在排队等候。失踪无消息的人不计其数，无法辨认的尸体不计其数。今天的《环球报》上登满了犹太人的讣告。墓地里到处都是新起的坟墓。死去的犹太人的数量仍然未知——至少有数百人。

今天和昨天一样，没有任何官方声明，没有任何消息，没有任何迹象。这是表示在犹豫吗？缄默吗？恐惧吗？还是态度转变？妥协？或试图达成某种协议？这是一种奇怪的沉默，可以假设出任何事情。

昨晚我梦见了纳埃·约内斯库。梦中的他是布勒伊拉学校的校长，而我则是一个小学生（虽然我仍是现在这个年纪）。他在楼下教员室左边拦住了我，和我握了握手。然后说："如果我有时不像回答其他学生的问候那样回答你的问候，请不要感到惊讶或生气。"但这个梦很长很复杂，还有很多其他角色。

晚上

死去的士兵今天被埋葬了。其中有十七人：两名军官（一名地形部的少校和一名医疗队的上尉），一名排长，中士、下士和二等兵合计十四人。在这三天的对抗之中，双方开了很多枪，但幸运的是，阵亡的人数并不多。铁卫军的伤亡人数恐怕也没有传闻中的那么高（有人说是六千！荒谬！）。但真实的数字仍不知道。

新政府已经成立。除了宣传部的克拉伊尼克[1]、司法部的上诉法官

---

[1] 尼基福尔·克拉伊尼克：极右翼记者，仇外和种族主义的国家基督教原教旨主义理论的作者。

和卫生部的医生之外，所有成员都是将军。旧内阁中唯一剩下的文职人员是米哈伊·安东尼斯库，现在没有具体的档案资料。当然，铁卫军会将里奥沙努的离职解读为对他们自己的让步，否则没有迹象表明事情将如何发展。

音乐。我最近听了很多东西，至少在平静的日子里。有勃拉姆斯的《钢琴协奏曲》（这个曲子我必须再次去听它：我开始认为它很单调，但当我了解它时，我觉得自己更接近了它），《B小调三重奏》和《五重奏》。还听了一首美丽的贝多芬《小夜曲》，今晚是他的《第九交响曲》。我喜欢听柴可夫斯基的钢琴协奏曲（我当时并不知道这是什么曲子，但我猜想是上世纪的俄罗斯人所作——很可能是格拉祖诺夫）。还有弗兰克的《交响变奏曲》，肖森的《交响曲》（很惊讶我对它如此熟悉，而且它是如此美丽）。最后，昨天晚上，我听了一首我以前不知道的莫扎特《小夜曲》。有了《小夜曲》和两个管弦乐队的《小夜曲》，这就形成了我知道的他的第三个《小夜曲》。还听了一首也是我不知道的交响曲（第29或第31号！——"巴黎"）。

在叛乱的日子里，我只读了萧伯纳和莫里哀；萧伯纳的《芳妮的第一部戏剧》。现在我正在读《人与超人》的第二幕。从语言的角度来看，处理得相当不错。

1月29日，星期三

今天官方公布了平民死亡人数：三百多一点。它没有提到有多少铁卫军的人，多少犹太人。这个数字似乎太低了。至今仍然有人说，死亡的犹太人达六千多人。也许这个数字永远无法确定。许多犹太人在巴尼亚萨森林中被杀死后并被倾倒在那里（其中大多数人是赤身裸体），但另一批犹太人似乎已在斯特劳莱斯蒂屠宰场被处决了。在这两起屠杀中，他们很可能在被杀之前受到了残酷的伤害。雅克·科斯汀的哥哥的尸体在停尸房中几乎无法被他的亲戚认出。光是他的头上就有四个洞。律师贝勒全身中弹，喉咙被割断。

也有一些人奇迹般的逃脱了（阿代卡天真得近乎滑稽，他像一个遵纪守法的公民一样，去敲伯吉利亚街3号铁卫军巢穴的大门，只是想了解些消息！当天晚上他被释放，虽被殴打但人还活着，而其他人则在同一天同一地点全部处死）。我所听过的所有屠杀案件中，最令人惊奇的是律师米尔恰·拜纳。他于星期二早上在街上被抓走，带到巴尼亚萨，后脑勺中弹。他被认为已经死去，就在半夜将尸体扔在雪地里。但第二天一大早，他被冻醒了。在数百具尸体中，只有他和其他三人还侥幸没有死掉。太不可思议了！

叛乱发生时比贝里[1]在图尔努塞韦林。他说那里非常平静。如果你没有收音机，你甚至都不知道这个国家正在发生任何不寻常的事情。那里的铁卫军士兵就如同许多绵羊一样，立即乖乖投降了。

哈伊格昨天被捕了。今天晚上，卡米尔告诉我，他们的房子被搜了个底朝天。但我认为哈伊格或玛丽埃塔都不会有事的。对他们同类的革命者不会做什么事的。昨天我遇到了乔库列斯库和施特赖努[2]。他们对各类事件都很满意，一点也不担心事情会如何发展。但对我来说，我可不能这么说：我存在着各种各样的怀疑和恐惧。在我看来，这个政权正在动摇并让步，因为它炮制了一个临时的绥靖公式。乔库列斯库和我之间的区别在于，他的判断是"超然的"，而我的判断是在我知晓相关情况的基础上做出的，因为我知道，我们周围发生的事情使得我的生命危在旦夕。我开始认为，至少在重大危急时刻，"超然"态度

---

[1] 杨·比贝里：作家。
[2] 弗拉迪米尔·施特赖努：文学评论家。

并不是理解事物的最佳视角。

1月30日，星期四

我在完全非犹太人居住的街道上看到了被毁坏的房屋和被掠夺的商店，我没想到大屠杀会在一夜之间发生。例如，今天早上我在特赖安街看到了在塔巴库有轨电车站旁边的一间惨不忍睹的小作坊。想到星期三晚上自己家里可能会发生的事情，我再次颤抖起来。有些人，比如我自己，那天晚上没有在家人身边——第二天早上，他们发现一个人都不在了，什么东西都没有了。我再次看到并感受到那天晚上的所有恐怖。

德纳今天早上沦陷了。

今天下午在柏林，希特勒发表了长篇讲话。他宣布他将在今年内赢得这场战争。

2月4日，星期二

我不能（也不愿意）忘记我所经历过的恐怖画面。在过去的几天里，我所读的是杜布诺的《犹太人史》中关于中世纪晚期大屠杀的章节。无论现在官方的数字（三百名犹太人被杀，即便数字准确）还是人们传说中提到的更高数字（六百到一千），事实是我们经历了历史上最严重的大屠杀之一。的确，历史上有过屠杀规模更大的时候（在第一次十字军东征期间，在施派尔八百人被杀，在美因茨一千一百人被杀——在1348年黑死病最严重的时候，还有很多人被杀），但每一次大屠杀的平均数字通常要小得多——五十、八十或一百人死亡是出现在犹太殉道史中的数字。杜布诺有时会详细写下较小的损失，但这些损失仍然留在记忆之中。

布加勒斯特大屠杀的惊人之处在于它的野蛮残暴，即使在干巴巴的官方声明中这一点也很明显，即有九十三人（"人"是对犹太人的最新委婉说法）于21日星期二晚上在吉拉瓦森林被杀。但人们所说的更为毛骨悚然。现在可以肯定的是，在施特拉莱斯蒂屠宰场屠杀的犹太人是用通常挂牛肉的钩子钩在脖子上。每具尸体上都贴着一张纸，上面写着："犹太肉"。至于那些在吉拉瓦森林里被杀的人，他们先是被剥光衣服（衣服留在那里会很可惜），然后被枪杀并将尸首扔在尸体堆上。我在杜布诺所写的书中没有发现任何比这更可怕的情况。

在整个犹太历史中，出现了无数的阿道夫·希特勒。有利的环境和关键时刻的缺乏使他们没有把地方行动成为世界政策，但在意识形态、方法和风格上，他们与希特勒几乎没有任何差别。十四世纪的某个津柏林人，他在斯特拉斯堡发动了非常相似的运动：有自己的制服（肩膀上挂一条毛皮），有名副其实的突击营——即所谓的阿姆莱德。两个世纪后，在奥地利和波希米亚，另一场更为平民化的运动——称为林德弗莱施——沦为流氓行为。然而，最有趣和最重要的是1614年在法兰克福由文森特·费特米尔奇领导的反犹太主义——以农业为基础的政治和社会运动。

我认为，从杜布诺那里除了得到知识外，还得到了很多其他的东西。

在政治局势突然变化时，人们比任何时候都变得更为有趣。一夜之间，他们会放弃、会修改、会淡化、会解释、会服从、会为自己辩护，会忽略他们不想看到的东西，会记住什么时候对他们最有利。如果这一切只是带着一点玩世不恭，那还是可以忍受的。但是有一个一如既往的恶魔迫使人们表明，无论是在支持旧政权的昨天，还是反对旧政权的今天，他们的态度都"原则上"保持不变。在这方面，没有人能比得上卡米尔。有时他很有趣：没有人比他更加迷失方向，因恐惧而更厉害地颤抖，在不确定的时刻更为歇斯底里，在他的预感中更具有灾难性——然后摇身一变,他用他那昔日得意的微笑解释说,他不仅预见到了一切,而且"如果人们听了"他的话,他本可以阻止所有这一切。他对铁卫军士兵给出了所有的毫无新意的保证(不过,这也是通过二手的欺骗、二手的女人和穷困潦倒的年轻人,以达到目的)。他甚至毫不犹豫地书写他可憎的9月备忘录,然后进行了"秘密地"传播。在备忘录中卡米尔表明,他一直是一名铁卫军士兵;并表明尽管他对我很友好,但纳埃·约内斯库也是如此(这无疑足以让此成为判例法的先例)。

但在今天,卡米尔一如既往地坚定地声称,他从来都不是铁卫军成员,而且(用他自己的话说)他在目前的政权下感觉再好不过了。这是一个民族价值观的政权。

这个人最明显的特征是他傻呆呆地缺乏意识——因为只有这样才能解释他如何谈论他不久前做过的事情,却没有意识到这是多么可恶。当斯泰恩[1]让卡米尔把一些私人文件带回家藏起来时,卡米尔不仅拒绝了,而且还打电话给当时的警察局长扎沃亚纳,并补充说,他,卡米尔·彼得雷斯库,拒绝承担所有责任,也无法确定所涉及的文件仅仅是商业合同还是金钱!多么卑鄙的告发行为!而卡米尔甚至没有理解到这一点,也没有丝毫胆怯!

一个月前,当佐伊晚上离开我家时,她几乎从未忘记提醒我,不要让别人知道我们正在会面。"你知道,我的哥哥弟弟都是铁卫军士兵,我不想让他们难堪。"但是今天她给我打电话,让我去她的住处。当我犹豫要不要离开并经过她哥哥的房间(他在那儿)时,她告诉我不要担心。

"来吧,亲爱的。有什么关系?"

确实,什么关系都没有。

---

[1] 莱奥波德·(波尔迪)·斯泰恩:律师和作家,塞巴斯蒂安的朋友。

哈伊格仍在关押之中[1]。昨天，玛格丽塔·帕帕戈加——也是国家剧院的演员——告诉我一些有趣的事情。那里的人们得知哈伊格的离去，尤其是得知令人痛恨的玛丽埃塔突然倒台的消息时，感到非常满意。收集支持哈伊格的请愿书的签名是不可能的（他似乎陷入了严重的困境，因为他允许用阳台上的扩音器来进行演讲。坦率地说，我认为这件事是会搞清楚的，哈伊格不可能成为烈士。我也不希望他成为烈士）。

可怕的事情是娜塔莎·亚历山德拉在玛丽埃塔在场的排练中大声说道："无论将军在哪里，我都会亲吻他的蛋蛋，吸吮他的鸡鸡，因为他把我们从铁卫军那里拯救了出来。"没有比这更肉麻的了！

2月6日，星期四

我一直在考虑我的关于格罗德克家族的剧本。我该下定决心写了。几个月前，写文学的想法对我来说似乎是一种失常，事实上，即使在今天，我也不敢或不想写除了戏剧之外的任何东西，而戏剧只是用类似"死记硬背"方式所做的较机械性的作品。"格罗德克"的剧本特别容易写，因为前两幕，就像场景一样，已经被明确定义了，只是最后一幕——或者如果总共有四幕的话，是最后两幕——的方向、意义和结局仍然非常不确定。因此，我脚下有坚实的基础。从这里出发，我将有足够的空间来应对惊喜，有足够的回旋余地。

我应该下定决心，但我不知道，我的相对自由还能持续多久？到了春天，事情还会像现在一样有利于独处、阅读和写作吗？难道就没有我们现在还没有看到的正在酝酿的新灾难了吗？

一段时间（有几年了）以来，我一直在思考一部发生在报纸编辑

---

[1] 哈伊格·阿克德里安：因参与铁卫军叛乱而被判入狱。像许多其他处于相同情况的铁卫军士兵一样，他被释放的条件是他要自愿在东部前线执行任务。

部的喜剧。起初，我寻思的是一部简单的独幕喜剧，背景设定在一个夏日（1928年至1929年），当时正值政治节日的高峰期，没有事件，没有新闻，报纸印数很少，无聊的记者几个星期没得到钱了，期望一个重要政治人物的死亡。有一个政治人物一只脚踏入死亡之门已经有一段时间了。他的最终去世将需要一个已经准备好并等待推出的特别版。讣告已经写好，照片也已镶入版面，传记也已编辑完成——只是该死的人不想死。这样的情况持续了好几天。

突然之间，发生了一件耸人听闻的事件（我还不确定是谋杀还是暴风骤雨般的浪漫事件），这让整个报社的工作人员一下子都惊坐了起来，一时之间报社又恢复了往日所有的喧嚣。正当大家忙得不可开交之时，电话铃声响起，说是那位著名的高官终于去世了。编辑只是简短地命令把这一消息在封底的某个地方提一下就行了。帷幕落下。

你可能会说，这算是什么故事？但我感兴趣的主要是社会环境、气氛、角色类型，而这些我从《库凡突尔日报》那里得到了充分地了解。总而言之，我认为可以从中产生一些非常有趣的东西。

我不知道为什么我今天会想起这个旧项目（到目前为止，这个项目仍然很模糊，以至于我没有被触动到想写任何关于它的笔记）。但突然之间，不仅一切变得更加连贯；题材本身似乎比独幕剧中的一个笑话要丰富得多。为什么不把它写成一个全剧呢？为什么不可以在报社的环境中尝试着捕捉一般社会状况的一些变化呢？当然，这意味着与轻喜剧完全不同的东西。但我的这种为戏剧写作的倾向受到鼓励是因为我认为我不会被三幕剧的形式死死地限制。我已经下定决心，我的写作（如果有的话）会以最大的自由度在场景之间进行切换（产生很多非常简短的画面），而且角色之间的切换也会很多。

我现在是如此轻松，以至于我忘记了所有已经发生的，所有仍在发生的，所有即将到来的，所有等待着我们的事情！不，我没有忘记。

但我也被晚间的平静迷住了。

我已经恢复了将近两年前放弃的英语课。我正在和一个非常有趣的美国人一起学习，但我还不确定他会在多大程度上帮助我学习。与此同时，我仍在继续阅读萧伯纳的《人与超人》。让我感到奇怪的是，我读英语比读德语容易得多。我的德语词汇肯定比我的英语词汇丰富得多（我可以相当清楚地用德语说出一个句子，但我发现将三个英语单词连在一起对我来说是完全不可能的），但我能流利地——或者说几近流利地——阅读萧伯纳的书，但读杜布诺的书就得进行相当艰苦的斗争。德语中最疯狂的是语法。读了四五行，才能找到与句子开头的定冠词相联系的主语或补语。

今天的报纸上，有一项针对政治镇压的新法律。它超越了迄今为止在这个问题上设计的所有法律条款。

2月7日，星期五

昔兰尼加首都班加西被攻陷了。这是一个非常大的非洲城镇，有六万五千名居民。在巴迪亚、托布鲁克和德尔纳之后，我认为昔兰尼加的行动就将结束了。很难想象韦维尔[1]将军会尝试走得更远。的黎波里前方还有一千公里的沙漠。意大利帝国正在分崩离析。但毋庸置疑，整个非洲战争（无论多么有趣和有戏剧性）只是一个小插曲。斗争发生在英国人和德国人之间；这将是决定一切的地方。如今离春天越来越近（白昼越来越长，寒冷越来越少，几乎没有雪了），我对去年的感觉就越来越强。3月、4月、5月、6月还会有沉重的打击吗？身体不好。我感到后悔。从现在开始，我应该变得更为坚强，更有韧性来应对可能发生的一切。

────────

〔1〕 阿奇博尔德·韦维尔：时任英军在中东和北非的指挥官。

2月10日，星期一

英国使馆正在撤出罗马尼亚。今天，霍尔[1]递交了一份照会，通告了离开的理由。我还不知道这是否意味着正式断绝外交关系。昨天晚上，整个城市都停电了：商店橱窗、办公室、汽车或其他任何地方都没有任何灯光；路灯也没开。从今天开始起，严格的照明限制将生效。"预计英国会来空袭，"昨天每个人都在说。看来德国对保加利亚的攻击（或穿过保加利亚）为期不远了，如果它现在还不是既成事实的话。昨天晚上，丘吉尔在电台讲话中说，保加利亚机场已被占领，德国军队已越过了多瑙河。保加利亚今天早上否认这一说法，声称那里没有德国军队，但没有提及机场。无论如何，无论有没有丘吉尔的声明，无论有没有保加利亚的否认，所有迹象都表明，在几个小时或几天内，准备已久的德国将会开始行动。我们罗马尼亚肯定会受到影响，也许我们的生活会发生重大变化。一切，绝对所有的一切都在临时状态之中。

不胜杯勺的尤金·约内斯库星期六早上喝了几杯鸡尾酒后，突然开始和我谈论他的母亲。虽然我前段时间听说他的母亲是犹太人，但就我们两人而言，这个问题一直都是闭口不谈的。可当酒喝上了头时，他开始"竹筒倒豆子"，一股脑儿地都说了出来。他那种如释重负的感觉就好像他一直在这件事的重压下喘不过气来。是的，他的母亲曾是克拉约瓦地区的犹太人。她的丈夫把她和两个小孩留在了法国。她一直是犹太人，直到她去世。而就在那时她的儿子——尤金——亲手为她施与洗礼。然后，尤金在没有话题过渡的情况下，继续谈论所有不为人知的"犹太人"，如保罗·斯特里安[2]、拉杜·吉尔、伊格纳特斯

---

[1] 雷金纳德·霍尔：英国驻罗马尼亚大使。
[2] 保罗·斯特里安：诗人。

库[1]，等等。他谈到这些人时充满了怨恨，就好像他想报复他们，或者想在大谈特谈这些人的情况下埋没自己，不被注意。可怜的尤金·约内斯库！多么烦躁，多么折磨，多么简单的道理！我本来想说我是多么喜欢他——但他喝得太醉了，使得我无法表现出多愁善感。

米蒂卡·特奥多雷斯库[2]在广播中的风格多么令人难以忍受！他曾经为三个政权服务过，用的是相同短语和修饰词，而现在他又开始用这些词语来为第四个政权服务。"服务"可能不是恰当的词。那种没有斟酌或体现细微差别的排他性语言，每说一句话都是夸大其辞。谁能相信这样的语言能反映任何真正的思想，任何诚实的感知？他是一个可怕的人物，满嘴醉话、满脑邪恶、愤世嫉俗，没有观点，没有好感甚至真正的仇恨，对任何事物都没有好恶，但他却在侈谈什么"新世界""年轻的欧洲""强大的文明""健壮的政权""胜利种族的革命"，等等等等。我不为他的不道德、数不清的各种角色而生气。只是他的风格让我很难受。他的词汇、他的句法——一切都是虚假的、伪造的、浮夸的、非真实的。我认为麦克风也突显了他做作的讲话方式。当我在《库凡突尔日报》读到他的文章时，我觉得他只是"矫揉造作"，但可读性强，有时甚至很聪明。然而，当他大声朗读他的稿子时，他会变得泼声浪气、刺激神经、宛如小丑。我一直认为朗读对于单调呆板的作家来说是一项艰巨的考验。我不知道它对于文学批评是否是绝对必要的。

2月11日，星期二

昨天晚上，当我聆听布达佩斯电台播放的贝多芬的《第九交响曲》

---

[1] 康斯坦丁·伊格纳特斯库：作家。
[2] 德姆·特奥多雷斯库：记者。

时，有时我觉得它难以形容的琐碎或无新意。一开场，低沉的大提琴引出了后来的低音咏叹调，仍然非常美丽。但合唱的某些部分非常粗俗：你会认为它是歌剧中的合唱，甚至是轻歌剧中的合唱。像威尔第，甚至像卡尔曼。是的，像卡尔曼。它也许让我想起了《西尔维娅》中的合唱。

晚上

有一种战争的气氛，一种总动员的气氛。这座城市似乎比昨天更黑，只有路灯偶尔亮着。橱窗上覆盖着厚厚的窗帘或蓝纸；所有的百叶窗都被拉上了。到了九点钟，四周空荡荡的。几名行人追着出租车跑，但那些出租车只是一闪而过。德军使用的灰色车辆上泥巴点点；他们远道而来，远道而去。到现在还像在度假胜地一样四处闲逛的德军士兵，神色匆匆，陷入了沉思。在有轨电车和街道上，人们一直在谈论英国可能进行的空袭。不过奇怪的是，我并没有任何担忧——有的只是一种活泼的好奇心，仿佛他们在等待着一场演出的开始。

拉赛涅夫妇明天早上乘飞机前往索非亚和伊斯坦布尔，然后再去开罗。悲伤的告别。考虑到我们的友谊并没有那么久远，没有那么亲密，我的情绪化超出了我应该有的范围。但这是一种遗留在一个正在关闭的世界中的感觉！你觉得自己被抛弃了。你看到的不仅仅是人走了，而是一座桥梁倒塌了。什么时候能重建桥梁？什么时候能再次建立联系？

2月12日，星期三

米尔恰·伊利亚德的《伊菲革涅亚》在国家剧院首映。我当然没去。我不可能在任何首映式上出现，更不用说在一场（其作者、演员、主题和观众）注定是一种铁卫军团聚的地方。我会觉得，我是去他们的"巢穴"中会面一般。吉萨[1]在电话中告诉我,首映式取得了巨大成功,但她无意中证实了我的怀疑。"我只是希望表演不会被禁止,"她说。我向她保证演出不会被禁止——而且我确实相信什么都不会发生。的确,台词中充满了暗示和歧义(我在去年阅读剧本时已经注意到了这一点),但要禁止《伊菲革涅尼亚》是相当困难的。该剧使我感受到的符号相当原始:该剧也许该称为"伊菲革涅亚,或者铁卫军的牺牲"。现在,经过五个月的掌权和三天的暴乱,经过如此多的杀戮、纵火和掠夺,你无法说这两者之间没有关系。

拜访了洛维内斯库(我已经有十二年没去过他家了)。他和以前一样。我发现他很耐心地听一位年轻作家读短篇小说,然后头转向一侧去咳嗽。顺便说一下捕捉到的反犹主义的味道:我们谈论的是格林代亚,以及看到他在伦敦取得成功时我感到的惊讶。

"嗯,这是种族,这就是种族!"他笑着说,但显然是坚信不疑的。

给我上英语课的美国人,是反罗斯福、反英国、亲德国的。有点像惠勒参议员。

乔兰尽管参与了暴乱,但仍保留了他在巴黎的文化专员职位。这是西马在他倒台前几天给他的职位。新政权还给他加薪!过几天他就走了。好吧,这就是革命给你带来的好处!

2月14日,星期五

都灵电台播放了一场由伊戈尔·马克维奇指挥的音乐会(贝多芬的《小提琴协奏曲》和柴可夫斯基的《第四交响曲》)。最近几个月

---

[1] 吉萨:米尔恰·伊利亚德的继女。

我多少次想起伊戈尔，羡慕他在沃韦的安全避难所！每当我梦想一个宁静而受保护的地方，有利于独处、阅读和写作时，日内瓦湖就会出现在我的面前，就像一幅幸福的图画。不是日内瓦本身，而是更高、更不显眼、鲜为人知的某个地方：例如沃韦。当我说沃韦时，伊戈尔·马克维奇的形象出现在我认识他的1931年9月那个阳光明媚的星期六下午：年轻得几乎是孩子气；兴奋和充满活力，从张嘴的第一句话开始，对人友好到了亲密的程度。突然间，我又看到了这一切：与玛丽亚·吉奥卢、克雷阿察、她们各自的丈夫和伊戈尔在充满政客的餐厅（我想是全球餐馆）共进午餐，隔壁餐桌上旁坐着朱豪[1]。然后是对城市博物馆的长时间参观（我第一次听说利奥塔尔）、漫长的步行、湖边的饮茶——以及那个多雨的9月中为数不多的平静和晴朗的一个夜晚。如今，伊戈尔·马克维奇正在都灵进行指挥。对他来说，没有战争。音乐、活动、事业、成功——这一切都在继续。而我们却生活在记忆之中。

　　杜普朗星期二将返回法国。昨天他过来告别。随着每一次朋友的告别（杜普朗紧随着拉赛涅），我们越来越觉得我们被困在了这里，圈子在我们周围不断收紧，我们再也无法从任何方向逃脱。"我们应该表现得好像战争不存在一样，"杜普朗说，"我们不应该去想它——忘记它吧，从它那里抽身出来，为明天的世界做好准备"。从某种意义上说，他说的可能是对的。战争是头脑中不安的持续搅动者，一种固化的观念——从这种意义上说至少它会令人麻痹瘫痪。我们能把它忘记就好了。但是，当我们的整个生命，我们的整个命运都依附于它时，把它忘记可能做到吗？我担心杜普朗的态度有点书呆子气。甚至他给我提出的行动建议，甚至他关于"最优秀的头脑"的计划，以连接在一个

---

〔1〕　莱昂·朱豪：法国工会领袖。

大链条的一系列循环之中，都是模糊、无效和不切实际的。当我想到它时，我不知道杜普朗所说的忘记战争，不把战争当作当今的关键现象，是否是一种无意识地试图为法国的失败寻找的借口和补偿。因为如果战争不是决定性的事件，那么法国输掉战争的事实就不再那么严重了。

就我而言，我觉得我的整个生命都挂在战争之上。我无法摆脱它，我想，我也不愿这样做。

2月16日，星期日

根据官方报告，吉拉瓦森林的凶手们在一个晚上杀死了93名犹太人，他们被判处1至25年不等的苦役监禁。死刑存在于罗马尼亚的法律中。我不知道是为谁而设的。一个人在被判处死刑之前必须谋杀多少人？93人显然是不够的。在下一次大屠杀中，这些凶手肯定会知道他们这样做是不会掉脑袋的。

昨晚，我梦见了纳迪亚，然后在毫无关联的情况下，又梦见了莫里斯·特贝。在两个独立的梦中，情节没有任何离题，都干干净净地结束了，并且有一个完美的事件序列。既清晰又对称的梦，正是因为它们太清晰了，几乎就没什么意思了。

我一直在想我和杜普朗的谈话。我很清楚，他不想留在这里，也不想在阿尔及尔的大学谋个职位，而是渴望去法国。

最终，法国——尽管如此迅速地惨败并退出战争——有可能成为新欧洲的决定性因素，当然不是在政治上，而是在道德上，尤其是在社会上（啊！我写得多么糟糕）。法国明天将比任何其他国家都拥有为任何革命准备的人力材料。德国集中营里有两百万囚犯，这两百万人有可能某一天会决定一切的命运。

2月18日，星期二

我忘了及时记下星期天晚上做的梦，现在它开始破灭了。我和塞尔邦·乔库列斯库、约内尔·特奥多雷亚努和帕斯托雷尔在一个地方的城镇。弗拉迪米尔·施特赖努也在那里，但我们数了一下人数，我们只有四人。我们走进一家旅馆。那里有一间干净的地方风格屋子。塞尔邦·乔库列斯库写了一句警句（其中一句诗以"Gyr"押韵）。帕斯托雷尔写了另一句警句作为回复。这时，酒店老板来了，说房间一晚上要五百列伊，这让我们很吃惊。我发现，房间里只有三张床，然后走进走廊看看是否还有另一个房间。酒店走廊里到处都是来来回回走动的半裸妓女。当我回到房间时，我发现特奥多雷亚努兄弟，塞尔邦和施特赖努，打扮成哥萨克人，在店主面前跳着火热的哥萨克舞。店主似乎很高兴，并想因他们的歌舞表演雇用他们。

我又病了。此病名为"过敏性休克"，可以追溯到去年9月份。最初似乎只是把它当作一个笑话，而现在已经开始变得无法忍受了。我去看过四位医生，发现他们的局限性非常令人痛苦。同样的药方，同样的饮食习惯，同样的语言——最终，同样极度的无知。

所有马拉克萨的企业都已通过皇家法令归于国有：有些是"自愿"割让的，有些则是被没收的。给出的一系列理由对马拉克萨来说是无奈和失望的。

作为一个观众——一个非常遥远的观众——我不禁感到某种满足，就像在观看一部精彩的戏剧结束时一样，尤其是以一场精彩绝伦的戏剧转折来结束的戏剧。马拉克萨的面具（苍白的面孔，神秘而面无表情）起不了任何作用。一切都陷入了巨大的泥潭之中。一个对事件有深入了解的人能写出多么非凡的小说啊！

目前尚不清楚昨天在安卡拉签署的《保加利亚—土耳其协议》背

后的内容和人员构成。谁会受益？土耳其是否会背弃对英国的承诺？保加利亚是否试图阻止德国在保加利亚的行动？幕后是否有俄罗斯人的操纵？无论如何，德国的进攻似乎不再迫在眉睫。

2月19日，星期三

今天的《环球报》刊登了两封信（一封是写给一个女孩的，另一封是写给父母的）。这两封信都是来自一个名叫斯肯蒂耶·伊翁的人。他是预备役军官和铁卫军士兵，昨天自杀了。很有必要把这两封信抄录下来。

> 你知道吗，米奥拉，我曾参加了所谓的"起义"。我可以给你一个诚实的交代。我认为我是军队遭受的至少一半死亡的原因。所以我该死，现在我已经死了。不是我想要建立一个军团政权（我认为没有人能成为真正的领袖），而是我对这支军队没有任何信心。他们唯一的英雄都是由别人创造出来的。我高兴地开火，目的是摧毁这支军队。我希望这件事发生，因为我一直在追求它。

第二封信：

> 我从来没有爱过你们。你们对我来说就像陌生人一样。我从没想过你们是我的父母，而只是把你们作为一个我醒来时候的世界，是我觉得应依附的世界，就像一个可以为我提供庇护的场所，仅此而已。不要为了我而给任何人施舍。如果你听说我死了，请不要来给我收尸。我不想被带到教堂或被埋葬在墓地，因为我从来都不相信那些东西。把我烧掉吧，

让我的骨灰随风飘散。

这就是伊尔福夫县科帕切尼农场工人的儿子斯肯蒂耶·伊翁用自己的生命所书写的。这可能来自陀思妥耶夫斯基的任何页面。

我最近又读了一遍《度假游戏》。前两幕在情节方面非常出色。第三幕相当"胡编乱造",太文学化,"懒散",太低调,几乎是跛脚。但这一幕读起来还不错,即便该剧的动作在第二幕之后有所下降。我犹豫不决,要不要写成可演出的剧本。我必须有更强的意志——尤其是更好的健康——才能开始工作。

2月24日,星期一

法比死了。

2月27日,星期四

我为法比哀思很多,现在仍在哀悼,但我会忘记他——我已经把他忘记了。这一两天,我什么都想不起来。过去,他常常出现在我的眼前,能听到他说话,能看到他。而如今,其他的想法又占据了我的注意力:战争、前线的公报、大大小小的日常事件。而在这些事情中,就好像蒙着的布突然被撕开,或漫天迷雾突然升起,他那可爱的脸庞再次出现了。

他长得太帅了。每次看到他,我都忍不住惊叹。"法比,你怎么长得这么帅?这是不应该被允许的。这会引起公愤的。"他幼稚地笑了,有点尴尬,有点嘲讽。他表现出一种奇怪的胆怯表情,一脸迷惑不解,仿佛在说:"别再说这个了。我们谈些别的吧。"

我最后一次看到他时，他身体健康，四处走动，那是在几个星期前他来我家里。一想到我让他这么快就离开，我就想哭。他来找我是为了能给他一些书读。我为什么不让他多留些时候？为什么我们没有聊天？为什么我对他的了解这么少？为什么我没有把他拉得更近一些？

可怜的好孩子！我无法相信我已永远失去了他。我能看到的，不再是他那16岁的明亮形象，柔滑的金发，黑色的眼睛，挡在前额的浓密眉毛，而是坟墓。

等一个晴朗的早晨，我会给他送花去。

3月5日，星期三

今天早上，泽森电台播放了舒伯特的《大提琴奏鸣曲》（忧郁、沉思的舒伯特）。伦敦电台播放了莫扎特的《F大调小双簧管四重奏》。昨天晚上，同样是伦敦电台播放了勃拉姆斯的一个不起眼的《单簧管五重奏》——沉闷、平淡、没有灵感。有一天晚上，我偶然听到了一首维也纳电台播放的羽管键琴协奏曲。当我听的时候，我不知道它可能是首什么曲子。曲子的第一段就告诉我，这绝对是十八世纪的乐曲。可是是谁作曲的？我开始了一个淘汰的过程：不是巴赫（太轻了），不是莫扎特（不够轻），也不是亨德尔，也不是海顿。也许是意大利人？也许是两个或三个较小辈的巴赫之一？最后一个假设似乎是最合理的。所以，可能是卡尔·菲利普·伊曼纽尔或者是约翰·克里斯蒂安。结果的确是约翰·克里斯蒂安·巴赫。我对自己的个人满意度很高，对我的解谜技巧感到受宠若惊。

德国军队已经在保加利亚待了三天。菲洛夫[1]签署了三方条约。就

---

[1] 波格丹·菲洛夫：保加利亚总理。

在同一天早上——事实上是在签署前几个小时——德国人已经越过了多瑙河。

星期一晚上，俄罗斯人出人意料地提出了抗议。但不管苏联人反对与否，欧洲正在把所有的大门和窗户关闭。希腊将无法抵抗更长的时间，因为德国坦克已经在其海岸上了。至于土耳其，到目前为止什么都没做，我认为它在巴尔干地区捍卫自己的立场已为时已晚。德国的游戏总是相同的，而且总是胜利的：先是打破可能的同盟和联盟，使一个接一个的行动区域瘫痪，然后当那些无可奈何、昏昏沉沉的人们等待着命运的到来时占领这些区域。南斯拉夫很快就会沦陷。土耳其稍后会投降。这一游戏既愚蠢又简单——但却无法制止。

3月6日，星期四

我去看了米尔恰·伊利亚德的《伊菲革涅亚》（星期四的日场，票价按普通人定价：最贵的座位是40列伊。这是全国最糟糕的失败之一）。这出戏比我阅读它时所记得的要有趣得多。然而，表演很粗糙，缺乏风格或尊严。在罗马尼亚，戏演成这样很糟糕——你从来没有比离开剧院很长时间后更能感受到这一点。嘶哑的声音，尖叫和呐喊。虚假的、夸夸其谈的姿势。我试着把注意力集中在剧本上，它看起来确实很漂亮。只是在很多地方出现了令人讨厌的铁卫军的影子。

今晚，泽森电台播放了贝多芬的《D大调钢琴、小提琴和大提琴三重奏，作品70/I》。康巴里厄说："一首清晰、田园诗般的乐曲，可比作可爱而朴素的降E大调奏鸣曲。"

读完了伊芙琳·沃异想天开的小说《黑色恶作剧》。我没用字典阅读它，无情地跳过了数百个未知的单词。如果我有更多的耐心，更多的顾忌，我会在英语方面取得更大进步。

3月9日，星期日

一个漫长、奇怪、复杂的梦，有着无数的事件和各种各样的被遗忘的人（例如，我不知道海纳里奇叔叔是从哪里来的）——现在已不可能把整个梦记下来。我仍然记得基本架构，但非常简略。

尼古拉王子正在参观我在胜利之路的单间公寓。波尔迪、贝努和王子在一起（但并不是只有他们三人，因为那里有一个招待会）。我在楼下，刚从阿姆泽市场回来。我看到，或者更确切地说是猜测，是尼古拉和波尔迪站在我的窗边；他们大概在等我。我撞到一个小玩意儿，是一种儿童滑板车，是一位将军留在人行道边的。我走进一家杂货店（在左边的人行道上，靠近安布罗西医生的诊所）买了一些香烟和火柴，还和卖给我这些东西的男孩发生了争执。我带着不少包裹和一瓶食用油离开。我感到尴尬的是，窗边的人会看到在这种困境中的我。我经过了塔塔和海内里奇叔叔店，但没有停下脚步，最终走进了我的大楼。一群男人围在楼下大厅的一张桌子周围，似乎在评论我的进入。我走进了电梯，在那里我不是一个人，而是和切拉在一起。电梯在上升，花了异常长的时间。我很惊讶我们还没有到达那里。我告诉切拉，电梯可能出问题了。我们透过窗户看到，事实上，我们在高高的、陌生的房子之间飞来飞去。然后我们突然倒在地上死去。但我们的死亡并没有结束我的这个梦。我们继续参与所有发生的事情，即使我们知道我们已经死了。其他的，我已经记不起来了。

玛丽埃塔·拉雷什在街上拦住了我，虽然我正想简单地打个招呼然后从她身边走过。我听了她的埋怨：哈伊格仍然在被关押，被控各种罪名；演员们在国家剧院的言论令人震惊；说是哈伊格在搞共产主义和叛乱。玛丽埃塔·萨多娃已被音乐学院开除，吉萨失踪了，她的房子不断被搜查，等等等等。我让她不断地说话，既没有打断，也没有做任何回答。除了耸耸肩，我还能做什么？如果他们赢了，我知道他们会凶悍十倍。其他人的痛苦对他们来说只能是可怕的冷漠。

我偶然读到了儒勒·罗曼斯的《独裁者》。多么幼稚！多么天真！也许在1926年，这样的事情并不一定是荒谬的。但是今天，毕竟我们已经看到了……

3月14日，星期五

经过几个月断断续续的阅读，昨天我终于完成了巴尔扎克昂宿星版的第一卷：《猫打球商店》《苏镇舞会》《两个新嫁娘》《莫黛斯特·米尼翁》《入世之初》《阿尔贝·萨瓦吕斯》《家族复仇》《双重家庭》《家庭的和睦》《菲尔米亚尼夫人》和《妇女研究》。我很难按时间顺序阅读所有的内容。不知道什么时候才能再系统地阅读一遍巴尔扎克（需要一年左右的时间！）。但为了不就这样停止下来，我决定阅读他最具特色的小说，如《欧也妮·葛朗台》《高老头》《幽谷百合》等等，并把其他的小说留到以后的时间去阅读。

根据罗塞蒂的说法，米尔恰已被任命为马德里使馆的官员。他甚至不用回到罗马尼亚，而直接从里斯本前往他的新职位。[1] 这样他就不必表明立场了。今后，他可以表明自己属于这个阵营或者另一个阵营。

春天的战争似乎已经开始。同一天晚上，伦敦和柏林都遭受了大规模的轰炸。

罗斯福的亲英立法已经生效三天。柏林表现出一种无声的烦恼。"犹太人是罪魁祸首，"《环球报》的德国记者说。作为回击和转移目标，如果出现新的反犹浪潮，我一点也不会感到惊讶。

---

[1] 米尔恰·埃利亚德没有被调任到马德里，他仍留在了里斯本的罗马尼亚使馆。

几乎每天晚上都做着漫长、复杂、不可思议的梦。但还没来得及等我把它们写下来，我就把它们忘记了。

3月16日，星期日

昨天是纳埃·约内斯库去世一周年。维萨里翁教堂的《安魂曲》对聚集在它周围的人们来说很有趣，但同时也带着它迫使你思考的所有事情的悲伤回忆。两个月前，在"暴乱"之前，纳埃·约内斯库的政治错误和他毫无意义的冒险并没有像今天那样出现巨大的失败。《库凡突尔日报》来的老人：奥尼切斯库、德韦基、福格伯格、亚历山德拉·德韦基、比勒陀利亚，所有人都变老了。感觉更像是为他们演奏的《安魂曲》。

这里还有一些显眼的铁卫军的形象：刚长出的胡须，神秘的外表，头发竖起的年轻亡命之徒。前面的某个地方是科德里亚努的遗孀，各种各样的人都挤过人群向她表示敬意。纳埃·约内斯库在这些类型的人中都做了什么？他和他们有什么共同之处？

昨天在坎塔库齐诺家吃了一顿友好的晚餐。我有一种在其他城市的奇怪感觉，那里有书籍、绘画和友好的人，而不是战争、德国人和希特勒。

罗斯福今晚的讲话是强烈反纳粹的，充满信心，期待着特定的胜利。伴随着我们收音机中的新闻，我们生活在一个虽然如此遥远，但我们认为是我们自己的世界里。然后我们走到街上，在有德国军队驻扎的城市里醒来，成了他们的俘虏。

我一直在想我的剧本，但无法下定决心开始创作。确实，一部描绘记者生活的戏剧首先得澄清自己，以获得更清晰的轮廓。材料足够丰富，但我还看不到其结构。有时我认为它应该比单纯的布加勒斯特式礼仪喜剧更为严肃、更为充实。纳埃来到了《库凡突尔日报》，最终控制它的方式不就是一场戏剧性的冒险吗？但是"格罗德克"的剧本定义相当明确，我可以——或者无论如何应该——着手去创作它。

3月18日，星期二

令人沮丧的《租金法》文本发表在今天的报纸上。我不知道为什么，但在我看来，"合法"的反犹太措施比殴打和打碎窗户更令人沮丧、更为羞辱。也许这一法律将作为一个警告，提醒我们永远存在的威胁。犹太人如此幼稚、缺乏意识，以至于忘记得如此之快，以至于有人不得不时时提醒他们，他们的命运是什么。

我整整一天都很难过。我的心情沉重，不仅仅是因为我将不得不支付超出我能力范围的房租，或者可能要放弃我的公寓，四处打猎，去别的地方居住，而是因为这一切愚蠢的、无意义的残忍行为是在伤害和嘲笑他人——只为获得纯粹的伤害和嘲笑的乐趣。

蒂图列斯库在戛纳去世。我不认识他，从未听过他讲话，对他既没有个人爱好，也没有政治上的钦佩。我更倾向于认为，他是一个有点歇斯底里的搅事者（《库凡突尔日报》的一些图像一直留在我的脑海中）。无论是通过玛丽斯和格奥尔基[1]，还是通过萨沙·罗曼[2]，或通过阿里斯蒂德（他本可以让我熟悉他），我都无法接近他。我只记得1930年9月下旬的那个早晨，我在日内瓦巴蒂门特的选举中看到他在主持国际联盟大会。那天阳光明媚，我还很年轻，从安纳西回来，正在回巴黎的路上。对我来说，前面的一切似乎都是开放的和可能的。与当时

---

〔1〕 格奥尔基·内尼绍尔：蒂图列斯库的亲戚。
〔2〕 萨沙·罗曼：蒂图列斯库的秘书。

相比，如今有多大的变化？

每天晚上都做着荒谬的梦。当我醒来时，我的头脑还模模糊糊，我保证要把它们写下来。然后我就忘记了。昨晚我梦见我自己是某个战区的士兵。我和皮库·米罗内斯库和拉萨努少校在一起。拉萨努起初似乎已经成为一名中校了。每当我做我是一名士兵的梦，每一个梦到头来都是一场噩梦。前天晚上做的梦是以一种有趣的方式结束的。我和波尔迪在布勒伊拉的一辆有轨电车上，去看塔凯·约内斯库的雕像。当有轨电车停下时，我们愤愤不平地转向司机或售票员，请他解释雕像为什么会消失的原因。司机是杜米特雷斯库－布勒伊拉博士。他说雕像确实还在那里，并要求我们下车。我们发现了一个非常漂亮的大理石雕像（我想是黑色的），在那儿观看了很长时间。

另一个晚上，我又梦见我和尼娜在布勒伊拉。我们沿着库扎大道向多瑙河走去。在路德教会附近有一座军事监狱，米尔恰就被关押在其中。各种被拘押者在院子里走来走去。我走进一间办公室，给一位公务员打了电话（他的名字叫康斯坦丁内斯库，但他还有另一个有点可笑的名字，好像是波利卡普）。当我离开时，他们升起了一些旗帜，包括四面黑旗，表明有四个人被处决了。但所有的梦都比我努力记下来的要复杂得多。将它们写下来的过程本身就是简化它们的过程。

一个亨德尔音乐之夜，很巧合。首先，日内瓦电台播放了几首合唱和一首长而优美的弦乐协奏曲。然后紧接着伦敦电台播放了一些女高音咏叹调、两把小提琴和钢琴的三重奏。一切都非常美丽、庄重、舒缓。

3月21日，星期五

一个好久没有的音乐之夜。慕尼黑广播电台播放了由萨尔茨堡的莫扎特管弦乐团演奏的莫扎特的《C大调钢琴协奏曲》，最后演奏了选自《G大调"巴黎"交响曲》的行板。然后我直接将收音机转到伦敦电台（家庭服务台），聆听了另一场莫扎特音乐会：首先是钢琴协奏曲，然后是《小夜曲》中的《小步舞曲》。同样是伦敦电台，在我写这篇日记时，播放了一场西班牙音乐的音乐会：格拉纳多斯、阿尔贝尼兹、法拉的小型管弦乐曲。

3月23日，星期日

我可能会被迫离开我的公寓。房东的要求让我害怕，当我的整个状况（是"状况"吗？——这个词似乎有些嘲讽）还是悬而未决时，我不敢承担如此重大的义务。

我很清楚，离开这里意味着我的整个生活方式将发生可怕的剧变，但我只好听天由命了。我不应该忘记我们正在打仗。

"我不应该忘记"——这是一种说话方式。我可能会忘记吗？在我所有的想法之中，在我采取的每一步骤之中，在每天的每一分钟，我都能感受到它。有时它是一种剧烈的身体疼痛，一种神经质的窒息。就这样，日子慢慢地，沉重地一天天过去……

昨天早上我见到了齐图·德韦基。他看起来更瘦了，更累了，白发也更多了。他病了。政治事件似乎并没有对他造成太大影响：他总是充满了怀疑、幽默和愉快。我觉得，战争让我变老了很多。当我听他说话、解释和提供解决方案时，我很想嘲笑他说话的天真样子，仿佛他只是一个你懒得反驳的小男孩。你只想对他说："你会长大的，那时你会看到的……"

但和德韦基在一起真是太好了。去年秋天，他认为德国人的胜利是确定无疑的。但现在他开始怀疑了："如果他们不能在11月之前获胜，他们将永远也不会获胜。"

昨天南斯拉夫似乎被打败了——提出了一些正式的让步和尊重的姿态，但无论如何是被打败了。他们原定于昨天或最迟今天签署三方条约。但现在事情似乎又被推迟了，我想只不过是"推迟"罢了。有人试图再最后一搏。政府辞职、抗议集会、备忘录、电报、示威。

但他们还得照样签字。

走进一家灯火通明的大餐厅，里面有很多人，音乐声嘈杂，这是一种奇怪的感觉。这似乎是一个非真实的世界，一个剧院环境，完全置身于我们的生活之外。我和济苏一家一起去了中国餐馆（我发誓这是我最后一次和他们出去。从现在开始，我会尽可能地避开他们。济苏是犹太新贵的完美典范。相比之下，对我来说，我感到亲切的是正在成为瓦卡雷斯蒂和杜德斯蒂区域的忧心忡忡的母亲。妈妈，我的妈妈，多么简单又多么好，又是多么可爱）。

我离开中国餐馆时感到茫然，一直带着良心的痛苦在吃东西。我很惭愧。我感到内疚。

对于济苏，我是无法理解的：一个成熟的犹太民族主义理论家，却在大屠杀两个月后每天晚上都要去电影院或餐馆。

3月26日，星期三

昨天，南斯拉夫在维也纳签署了三方条约。犹豫是没有用的，后悔也弥补不了任何东西。游戏总是以同样的方式进行。昨天下午，我在收音机里收听了签约仪式。茨韦特科维奇用塞尔维亚语发表了演讲，这是"独立"的唯一说明（尽管是感伤的）。下一个该轮到土耳其了。但首先希腊必须被德国军队占领（这很可能发生）。土耳其人现在似乎准备抵抗（并且为此目的，他们通过与苏联人发表互不侵犯宣言保护他们的后方。该宣言昨天发表），但当德国军队从希腊前线挺进时，他们可能会投降。这是一部相同的喜剧，用无数相同的一幕又一幕上演。

今后，很久以后，可能有人会写一篇关于这些时代的奇怪现象的研究文章：即文字正在失去意义，变得没有分量和缺乏内容了。使用文字的说话者不相信它们，而他们的听众则无法理解它们。如果你从语法、句法和语义上逐字逐句地分析报纸上几乎每天都能看到的声明，如果你用它们所引用的事实来反对这些声明，你会看到文字和现实之间存在绝对的分歧。我不是第一次有这样的想法（在这里写得很糟糕），但今天所发生的正是将军昨天发表的讲话中的一句话。"那些对付手无寸铁之人的人，在当今世界上重演了旧时的恐怖和野蛮行径。他们将会受到同时代人的唾弃，并受到历史应有的惩罚。"

昨天与维索亚努、吉娜·斯特伦加和吉策·约内斯库共进晚餐（吉策·约内斯库在铁卫军时期消失了。我觉得他那段时期是为了试图"使自己适应形势"。如今他又平静地重新出现了，就好像什么都没发生过一样）。维维说了一些关于格奥尔基和玛丽斯·内尼绍尔的令人震惊的事情。在格奥尔基的一些邪恶阴谋之后，他们似乎成为了蒂图列斯库的继承人。可怜的恶魔格奥尔基！

星期日晚上，莱妮在家里庆祝自己上一次首映式一周年纪念时大动感情了。"如果我今年秋天没有得到一个角色，我会死去的。我再也受不了了。"她已经学会了拉手风琴，当她想向我们展示她所学到的东西时，她像在真正的首映式上一样焦急地流下了眼泪。

然而，更伤感的是昨天早上再次来看我的尤金·约内斯库。他感到绝望，极度紧张、痴迷，无法忍受他可能被禁止从事教育工作的想法。如果一个健康的人突然得知自己患有麻风病，他可能会发疯。尤金·约内斯库所知道的是，即使有"约内斯库"这个名字，即使有无可争辩的罗马尼亚父亲，即使他生下来就是基督徒等等事实，但没有什么可以掩盖他血管中有犹太人血统的诅咒。我们其他人早已习惯了这种亲爱的老麻风病了，以至于我们感到无奈，有时还感到一种悲伤、沮丧的自豪感。

最近几天我一直在读雪莱。这是一个很大的乐趣。

3月27日，星期四

南斯拉夫令人眼花缭乱的政变。17岁的彼得国王开始掌权。摄政王辞去职务。保罗王子逃往国外。总参谋长组成新政府，其中包括马切克和三位没有辞职以抗议三方条约的塞尔维亚族的部长。特韦科维奇和钦查尔·马可维奇被捕。先是昏昏沉沉，然后疯狂！在布加勒斯特，你可以在街上感受到一种紧张的兴奋感，就像在决定性的和重要的日子里一样。在贝尔格莱德一定也会是这个样子！一夜之间，在不到十二小时的时间里，巴尔干半岛的整个局势发生了翻天覆地的变化——也许不仅仅是巴尔干半岛。我一整天都在不耐烦、好奇、希望和期待中烦恼。我厌倦了过多的惊奇！

经过三个星期的围攻，今天英国人占领了克伦。毫无疑问，厄立特里亚的其他地区现在将更容易攻陷，几乎是自动地得到。

阿比西尼亚的哈拉尔今天也攻陷了。消息来得很晚，是在傍晚，仿佛是在为一个如此丰富的一天锦上添花。

这不是今天的最后一则消息。就在刚刚，11点30分，布加勒斯特广播电台宣布，犹太人的房产已经被征用。从犹太人手中没收的房屋将被提供给教师、官员、地方法官等人。让我担心的不是措施本身（因为在当前战争是唯一重要的因素，这并不重要），而是政府在采取如此严厉的反犹太措施时,跳过了一系列反犹措施,而这些措施也许会被政府留下来作为逐渐升级的手段。在这样的征用之后会发生什么?也许建立一个人种隔离区。然后呢?剩下的就是一场大屠杀。

和以前一样,只是比以往任何时候都更重要的是,我不断提醒自己,唯一要做的就是耐心、等待和忍受。这是时间问题。如果你活着,如果你还活着,剩下的一切都会过去。

3月28日,星期五

我对昨晚发生的事情感到心烦意乱,对现在将要发生的事情感到焦虑。以前——即使是在铁卫军的统治下——反犹太主义也是野蛮的,但是在法律之外的。在某种程度上,它就是这样被原谅的。在任何时候,无论多么正式,你都可以诉诸国家的权威,在官方行动中保留了最低限度的合法性。然而,现在,即使是那种岌岌可危的官方正义感也消失了。所有的晨报都用头条标题来描述犹太人财产被没收的消息。其余的新闻(战争、非洲的胜利、贝尔格莱德的政变)被推到了后面。1941年3月28日,星期五,今天在罗马尼亚,重要的是犹太人的家园从他们手中被夺走。其余的都没有什么意义!

今天早上又一次,我比以往任何时候都更加尖锐和痛苦,当我和我的学生谈论"文学"[1],甚至罗马尼亚文学时,我感到我们正在毫无意义和荒谬地坚持那些对我们来说不再有任何意义或现实的事物。七年级的男孩们正在做试卷,我让他们写一篇关于萨曼纳托主义[2]的文章。但当我看着他们,弯下腰(非常认真!)看他们的练习本时,我对他们

---

〔1〕 塞巴斯蒂安于1940年开始在一所犹太学校担任教师。该学校在1940年秋天成立,因为犹太儿童当时被罗马尼亚学校开除。
〔2〕 二十世纪初的罗马尼亚文学运动。

的劳动、对他们浪费的时间、对他们年轻时的每日辛劳产生了兄弟般的同情。这么多男孩的父母一夜之间就被毁了，仅仅因为一项法令就被扔到大街上，而他们现在在这里写关于"罗马尼亚文学问题"的文章。多么荒唐呀！

卡米尔·彼得雷斯库抱怨说，他可能连一栋从犹太人手中充公的房子都拿不到。

"他们从不给我留任何东西，"他沮丧地说。

"嗯，这一次，"我答道，"就算他们给了你什么东西，我敢肯定你不会接受的！"

"不接受？我干嘛会不要呢？"

他说话很平静，我不能不明白他在说什么。他不仅认为没有理由不占有一所不属于他的、一所从犹太人手中夺走的房子，而且他其实很期待得到这样的房子。如果他没有得到，他会很失望的。

玛丽埃塔·萨多娃已在提尔古久实习了几天。她的情绪最近似乎一直激动无比，就如同在暴乱的高峰期一般。我不知道这是为什么，但她的政治冒险似乎有些滑稽。

今天在马赛，一万法国人为南斯拉夫上街示威。警察很难驱散他们。整个欧洲都在悄悄地、默默地庆祝。在罗马和柏林，一片混乱的寂静。贝尔格莱德的政变打乱了松冈[1]访问的整个计划。我认为德国人会试图为他们所受到的意外打击而让这些人付出血的代价。

今天晚上，日内瓦广播电台播放了贝多芬的《庄严弥撒》。享受了一个小时的平静。

---

〔1〕 松冈康介：日本外相。

3月29日，星期六

当我们开车回家时，与A.B.进行了简短的对话。他（最微妙地）提醒我，我们的协议有效期为六个月，因此现在已经过期。从4月1日开始，一切都将悬在空中。突然间，就像一阵窒息一样，我再次感受到对贫穷和悲惨生活的所有恐惧。

4月1日，星期二

星期五和星期六晚上，在克里特岛以南150英里的地中海发生了一场激烈的海战。对英国人来说，这是一场伟大的、非常伟大的胜利。意大利人肯定损失了三艘万吨级巡洋舰和两艘驱逐舰，每艘都在15000到18000吨之间〔原文如此〕。一艘35000吨的大型战舰被严重损坏，不知道它是否能够安全抵达港口。另一艘巡洋舰和另一艘驱逐舰也被认为已经损失。一千名意大利和德国军官和水手被英国人打捞上来并送上了希腊海岸。数百甚至数千名意大利人仍在作战地区的海中与海浪搏斗。英国人损失的飞机不超过两架，他们所有的船只都完好无损地返回了亚历山大港。坎宁安上将发出了当天最简短的命令："干得好！"在厄立特里亚，英国人继续向阿斯马拉推进，从克伦出发已经走到了一半路程。在阿比西尼亚，英军占领了德雷达瓦，现在同时从几个方向向亚的斯亚贝巴进发。

虽然意大利人在各条战线上都输了，但德国人可能正在他们沉默的烟雾弹后面准备发起进攻。与去年春天一样难以捉摸，随时都可能出现惊人的一击。但这次会在什么地方？很可能，事实上肯定是在南斯拉夫。那里的游戏已经开始变得越来越清晰了。现在先试图挑起克罗地亚人的转向，这样可能最终达到肢解南斯拉夫的目的。这与斯洛伐克人在摧毁捷克斯洛伐克时玩的把戏相同。但即使不采取这种形式，德国人也必然会以这样或那样的方式进行打击。今天是4月1日。我们怀着复杂的心情翻过日历的一页：一方面，这个春天的一个月过去了，让我们松了一口气；另一方面，我们仍担心我们还处于春天之中，形势不会给我们留下多少等待的时间了。

昨天，马德伦·安德罗内斯库在蒂特尔的陪同下拜访了我——令人意外。发现有人仍在想着你真是太高兴了，即使没有任何事情——甚至包括过去的友谊——迫使他们这样做。

4月2日，星期三

阿斯马拉昨天投降了，马萨瓦不太可能再坚持下去了。厄立特里亚再也不可能抵抗。

昨天以前，布加勒斯特的报纸还对南斯拉夫的新政权表现出一种相当散漫的同情。彼得国王的照片与赞不绝口的评论一起刊登，"南斯拉夫的完美秩序"充斥了标题。而今天所有的报纸都在谈论"贝尔格莱德的暴行""不可避免的灾难""塞尔维亚的挑衅"等等。德国人正准备以熟悉的方式发起进攻。首先将是打出德国人受难的宣传弹（如同在苏台德地区和波兰一样），然后——很可能——制造边境事件，最后是入侵。他们总是如此，甚至懒得想出新花样来。

我感觉布加勒斯特的德军少了。军队似乎正在向南斯拉夫边境方向快速移动。很可能从保加利亚、罗马尼亚和德国同时发起进攻。

今天早上我在胜利之路遇到了莉莉·波波维奇。我想她见到我时，更多的是尴尬而不是高兴。她声称玛丽埃塔在遭到马里奥拉·沃伊库莱斯库的谴责后被捕。我陪她一直到内斯特咖啡馆。一名德国军官从我们身边经过。

"我受不了他们，"莉莉说。"我恨他们。当我想到塞尔维亚人和希腊人时，我感到很惭愧——也为我们自己感到羞耻。"

我听了她的话，既不表示同意也不反对。我有一种模糊的感觉，在铁卫军还很强大的时候，她一定没有那么顽固。她在米尔恰的戏剧中扮演的军团式的克吕泰涅斯特拉的角色非常适合她。

今天我想写一部以1848年革命期间布加勒斯特为背景的三幕政治喜剧。在有趣的时代伪装下，很多话题都可以说出来。

为什么我遇到的每个人都对我看起来十分糟糕感到震惊？"你瘦了！你老了！"他们总是在告诉我。这种话一点儿也不好玩。

随着4月23日临近，我不得不离开公寓的想法变得更加难以忍受。我必须找到十万列伊才能将公寓保留到秋天。但我怎么可能搞到那么多钱？能从哪里得到？

4月3日，星期四

我昨天想的"政治喜剧"变得不那么模糊了。当我今晚在街上走时，我很高兴对事物有一个更清晰的认识。这出戏可以取名为《自由》。它将有几幕，无论怎样都要分成许多场景：一个在布加勒斯特，在一家革命报纸的编辑部；另一个在法国领事馆；另一个——在镇压之后——在该剧主人公避难的乡村庄园。为了写剧本，我必须研究那个时期的报纸、运动的历史，各种文件和公告等等。我觉得这部戏剧不应该写得太严肃了，是一部政治与爱情的轻喜剧。

意大利人夺回了班加西！我认为这样的转机是不可能的。在最近发生的事件的兴奋之后，它会让我清醒，让我认识到，战争将持续更长的时间。

4月4日，星期五

《自由》（如果我写的话）的第一幕不会像我昨天想的那样发生在报纸编辑部。那样做会有两个缺点：一、1848年在布加勒斯特，"编辑办公室"会有问题（我甚至不知道当时是否有这样的办公室）；二、重复使用"新闻喜剧"反而会使其力道减弱。这一想法我已经考虑了一段时间了，不想放弃。所以将第一幕的场景设在公共行政办公室可能会更好些。这将使我有机会在"夺取政权的那一刻"呈现出"政权"的更迭。

我出于抄写员的责任感写下了上面的笔记。今天早上我很高兴地将它写下。我仍然喜欢这部戏剧的想法，它生动地呈现在我面前。但现在是晚上了，经过这漫长的一天（一天又一天——所有这些日子都是漫长的），我感到疲倦、厌倦，被所发生的一切，等待我们的一切，没有勇气默默地忍受、隐藏、掩饰的一切击败了。在这样的夜晚，我仍要写文学作品的想法似乎很荒谬。我觉得自己很老了，拖垮了。

4月5日，星期六

英国人从班加西撤退给了我一个不眠之夜。我原以为那条战线固若金汤。这一打击的严重性似乎并不在其自身，不是领土丧失的问题，而是它所代表的意义。对方有可能在的黎波里重建了一支进攻部队，引进了新的部队和物资，准备进行反击——而臭名昭著的情报糟糕的英国人对此一无所知。他们绝对什么都不知道，所以他们甚至将所有部队调到厄立特里亚或希腊去，使得昔兰尼加无人防守。现在有可能整个昔兰尼加将再次落入意大利人的手中，而德国人将翻倍地创造战果。英国人在完全占领厄立特里亚和阿比西尼亚之后，必须再次发动夺回失地的战斗——谁知道什么时候？但与此同时，南斯拉夫爆发的战争是否会给英国留下足够的部队派往利比亚？这些就是我今天已经完成的所有推理。昨天，甚至前一天，我都无法进行理性分析。消息来得如此突然，太让我沮丧了！

今天，英国人在阿比西尼亚占领了阿杜瓦。向亚的斯亚贝巴的推进仍在继续。

像夏日的一天，像6月一样温暖。我怀念巴尔奇克。早上，我和马德伦·安德罗内斯库在弗洛里亚斯卡湖周围散步。她很愉快，很有趣，但我知道我很快就会厌倦她。我坦率地告诉她，我不喜欢结识人。这一点是真的。我对人们没有什么可求，也没有什么可施与的。

4月6日，星期日

德国人向南斯拉夫宣战，就像他们在入侵波兰、挪威、比利时和荷兰之前所做的一样。希特勒说："德国军队已收到恢复巴尔干地区秩序的指示。"塞尔维亚人会反抗。但是能持续多久？德国军队已经攻击了南斯拉夫和希腊，但目前尚不清楚在什么地方或由哪支部队发动的。我们今晚会有消息。

晚上

贝尔格莱德在早上和下午两次遭到轰炸。通讯中断，电台无声了——没有从那里来的直接消息。在希腊，色雷斯和马其顿遭到了攻击。目前看来，这并不是闪电般的进攻。昨天，苏联人与塞尔维亚人签署了互不侵犯的友好条约。土耳其保留其立场。我认为除非他们自己受到直接攻击，否则他们不会有任何动作。亚的斯亚贝巴已被英国人占领。昨天这在我看来是非常重要的，但现在，随着局势雪崩式地发展，它没有引起任何感觉。

4月7日，星期一

贝尔格莱德仍然没有消息。德国公报没有给出军事行动精确的地理位置（他们推进了多远？在哪个方位？），南斯拉夫根本没有任何公报。我担心波兰战役会在那里重演。大规模轰炸破坏了通讯，切断了公路和铁路线，打乱了军队部署，并在人们还没有意识到已经发生战争之前使国家四分五裂。到目前为止，还没有德国攻击阿尔巴尼亚的迹象（一直以来人们唯一预料中的行动）。南斯拉夫的整个战争可能会在五到十天内结束，没有一场真正的战斗，因为根本没有足够的时间来形成抵抗的"前线"。也许希腊的情况会有所不同。萨洛尼卡可能很快就会沦陷，但可能会在更远的南方建立前线。这是唯一重要的事情。但最终没有人会如此神经错乱，希望德国人无法占领希腊。问题是：需要多长时间？会有多大伤亡？如果东南部的战事在四五个月后还拖着德国人，迫使他们花出极大的努力和牺牲，这对他们来说将是一件非常糟糕的事情（即使他们取得了胜利）。但如果那里的战争很快结束，那可能在1941年4月重演了1940年4月的挪威战争。这将拉开5月至6月在决定性的西部前线发动大规模进攻的序幕。

我充满了恐惧和担忧，对此我无法掩饰。我也被其他人的乐观态度所激怒。星期六，我、布拉尼什特[1]、希拉尔德[2]和阿里斯蒂德在艾丽斯家吃饭。这三个人都肯定德军会取得胜利（确实，新的进攻还没有开始），而且这在他们心中是毫无疑问的。另一方面，我对可能发生的情况感到恐惧。去年可怕的日日夜夜又要再一次开始吗？

南斯拉夫奇怪地轰炸了索非亚、蒂米什瓦拉、阿拉德和布达佩斯。

---

〔1〕 图多尔·特奥多雷亚努－布拉尼什特：记者和作家。
〔2〕 里夏德·(里奇)·希拉尔德：记者，塞巴斯蒂安的朋友。

（但是南斯拉夫干的吗？）没有损坏，没有人员伤亡。柏林尖叫道："挑衅"！据说德国人决心让保加利亚、罗马尼亚和匈牙利来攻击塞尔维亚人。昨天和前天，人们一直在谈论总动员。

昨晚在雅典娜宫上演了战时的《马太受难曲》。曲子被削减得太多了，原曲只剩下了大约三分之一。例如，《我们要同耶稣一同警醒》的咏叹调都不见了。

4月8日，星期二

希腊公报说，南斯拉夫军队正在南线撤退，并与希腊左翼会合。没有迹象表明南斯拉夫有统一的抵抗。

痛苦，沮丧，无法忍受的孤独。最重要的是继续前进的意志，但这种意志更多的是"原则上"的。

4月9日，星期三

萨洛尼卡沦陷了。东马其顿的整个希腊军队已与该国其他地区被切割开来。要么被歼灭，要么投降：没有其他出路。贝尔格莱德已经成为一堆废墟。南斯拉夫南部和北部一样，破坏巨大，大规模撤退，俘虏数千人。一切都在崩溃。在厄立特里亚，英国人占领了马萨瓦，但在昔兰尼加，他们却失去了德尔纳。他们受到的可怕打击让你忘记了他们整个冬天所取得的成功。德国再一次给人们一种不可战胜的、恶魔般的、压倒性的印象。总的感觉只是迷茫和无能为力。

这是痛苦的日子，带着灰烬的旧味道，带着骄傲得不允许自己流泪的日子。但我不能说我感到绝望。疲倦、压抑、失败——但并不是所有希望的尽头。

4月10日，星期四

如同秋天的日子，寒冷多雨，带着典型的11月的寒冷潮湿。家里很暖和，但我不再有"家"的感觉。十天后我必须把我的公寓交给新房客。下个星期我将要开始搬东西了——搬向哪里？我不知道。要是在家里有一个房间，能和妈妈在一起就好了。但是他们的地方对我来说太小了，顶多能给我安下一张床。书本、书桌、衣橱：所有这些东西都不适合放在那里。我不知道萨沙·罗曼的提议（在他的地方给我一个房间）是不是当真，但我不想过多地谈论离开自己的单间公寓房时，我的感受会有多么糟糕。我在这里感觉很好：我独自一人，足够"让我不受干扰"。我不知道取代这样的独处会是什么。但我会在某个地方找到避难所——只是为了眼下。无论条件多么恶劣，它都可能不会比太阳谷差。

我不能说我很勇敢。身体上的肮脏让我害怕，道德上的肮脏也是如此。我不适合四处游荡。如果你在流浪结束时连一点休息都看不到，那么所有的担忧和痛苦又有什么意义呢？今天一切都是灰色的，一切都是荒凉的。我真想被一个漫长而沉重的睡眠所带走。

4月13日，星期日

塞尔维亚的战争很混乱。你无法判断是否有任何战斗，如果有，它们会在哪里以及是谁与谁战斗。南斯拉夫公报根本不存在。唯一的信息来自柏林、罗马或布达佩斯。甚至在雅典的英国人似乎也不知道情况如何。萨格勒布在最初几天沦陷，随后一个所谓的克罗地亚国家宣布独立。意大利人占领了卢布尔雅那，并在奥赫里德湖遇到了德军。没有关于塞尔维亚攻击阿尔巴尼亚的消息。匈牙利人星期五越过与南斯拉夫的边界，"以保护当地的马扎尔人"。昨天和前天，有传言说罗马尼亚对塞尔维亚巴纳特进行了类似的攻击。眼下，布加勒斯特的媒体在面包车里欢呼"一个人造国家正在倒塌"。然而，罗马尼亚对南斯拉夫采取军事行动似乎太难了，不可能成为现实。德国人今天报告说他们已经占领了贝尔格莱德。我们没有地图向我们展示当地的情况。或许还有一些南斯拉夫的地区在进行抵抗，但没有人知道具体在哪里！当然，一切都失去了，因此您能感到唯一惊讶的是占领还尚未完成。无论如何，这一切都会在几天内结束。在希腊，英国人已经开始与希腊人联合起来，某种真正的抵抗正在发生。但我不敢相信这会导致战线的巩固。巴尔干战争现在能做的，就是给德国人造成更大的伤亡，迫使他们花更大的力气。但是，这种努力不可能持续超过一个月。我认为最迟在6月1日之前它将完全结束，德国人可以自由地在某个地方开始新的行动。据柏林报道，德国军队已经包围了托布鲁克，并进一步占领了巴迪亚。所以他们现在已在埃及边境。苏伊士运河将是他们的下一个目标。

在莫斯科，有两件事因其隐含的意义比其本身更有趣：一是官方抗议，反对匈牙利干预南斯拉夫。二是与日本签订了中立条约。德国和苏联之间的战争正在成为可能。

我没有精力告诉马德伦，她应该离开了。星期四晚上让她和我住在一起，我感到非常难过。这又是一个痛苦的夜晚（就像1938年5月与Z.的那个夜晚一样）——只不过这次绝对没有做爱。如果我不想要新的麻烦、无意义的浪费时间和无法解决的困难，我将不得不砍断这个关系。

4月14日，星期一

德国人已经到达了索勒姆，那里正在发生战斗。然而，与此同时，在托布鲁克的英国驻军正在抵抗。我不认为他们可以破坏掉从巴迪亚向索勒姆推进的德国军队与德纳和班加西的德国供应基地之间的通讯。在埃及土地上的战争，对西迪巴拉尼、亚历山大，甚至开罗来说，现在面临着直接危险，可能危险之大，以至于韦维尔将军会要求埃及人也加入战斗。在希腊，盎格鲁－希腊战线正在坚守。但它真的可以称为战线吗？我认为如果他们的防线还在坚守，更多的原因是因为德国人没有攻击他们。他们想先消灭南斯拉夫，因此可能会推迟到稍后直接攻击盎格鲁－希腊战线。这种情况类似于去年5月。那时德国人向敦刻尔克发起进攻，在索姆河停止向南推进两个星期。有那么一瞬间，我以为魏刚会巩固一个战线。但是，当然，在敦刻尔克失守之后该战线立即瓦解。

有未经证实的报道称，塞尔维亚人占领了阿尔巴尼亚的都拉斯。

我的阅读使我对1848年革命有了很多思考。尽管有令人沮丧的军事灾难和我自己的各种麻烦（即将到来的搬家），但这部戏仍然在我的脑海中出现。我甚至喜欢去思考它。

今天读完了《三十岁的女人》这部小说。这是我所知道的巴尔扎克小说中最愚蠢的一部。

4月16日，星期三

我一直在担忧即将到来的搬家。这是我住了两年半的房子——天知道——在这所房子里我一直不快乐，然而如今它对我来说就像一个生灵一样亲切。我看着我散落在屋里的物品，我觉得它们和我一起构成了一个活生生的"存在"。这种亲密关系正在破裂：一段关系正在结束，我生命中的另一个时期也随之终结。有时我告诉自己，我没有权利为这些事情感到沮丧。我们正处于战争之中，失去一个舒适的住所，而更换另一个不太舒适的住所，甚至是非常不舒服的住所，这并不是什么不幸的事。的确，我可以说缩减开支会减少"打击范围"；我将更少受到打击，更少显眼，更加"伪装"起来。此外，房租也会少付些。即使我现在可以支付现在这套房子的房租，我怎么能找到6月份的租金呢？生活越来越苦，越来越昂贵，而钱越来越少，两三个月后，我们将如何应对？在安提姆街大家挤在一起，我们会花更少的钱，能坚持更久。是这样的。但在其他时候（尤其是今天晚上），我告诉自己，失去席位就是失去席位；放弃是一个滑坡，一旦你开始往下滑，就很难再爬上去。到现在为止，我一直在努力让我的头浮在水面上，好像什么都没发生过一样。我一直在努力让一切都像以前一样。而我要离开的这所房子是我失去的第一件东西。

我不再关注巴尔干半岛的战争。当整个局势已经不可逆转时，让自己在每一局部细节上努力分析还有什么意义？无论是一个星期，还是两个星期或四个星期，德国人终将成为南斯拉夫、阿尔巴尼亚和希腊的主人。在这之前，有一天晚上我们会被告知杜拉佐已经被塞尔维亚人占领（就像我们前天一样），但第二天早上这一消息却被否认了；或者我们会在早上被告知所有南斯拉夫军队已经投降了（就像我们昨天一样），但到了晚上又被否认了。

在北非，情况并没有改变。也就是说，局势非常严峻。

在过去的三天里，我一直沉浸在1848年之中。我阅读了六本官方巨卷中收集的有关革命的文件——大约有四千页的外交报告、公告、声明、报纸文章、信件等等。它们引人入胜，栩栩如生。从洛克斯泰努上校的回忆录中可以看出那个时代与戏剧喜剧的相似程度。尽管如此，这些文件还是大大增加了我以前知道的或怀疑的内容。材料如此丰富以至于变得有些危险。因为我害怕我会随波逐流，迷失在"乡土色彩"、围绕特定事件的氛围和历史的轶事魅力之中。最好的方法是深入了解那个时代，了解它的人物、语言和事件，然后写出完全不依据

"历史真相"的剧本。无论如何，我的主人公不会是一个真实的角色，而纯粹是我创造出来的，在革命本身中只是一个替代角色。

4月17日，星期四

在战争之中，有如此多的坏消息和如此多的忧虑，再加上对搬家的担忧（昨天我做了一个真正的噩梦），可是今天整整一天，我却沉陷在文学的狂喜、狂热的不耐烦和紧张的好奇心之中。对此，我该如何解释？今早起床时，我立即看到我的剧本（我的"最新"剧本，因为我暂时将其他两个项目搁置一边）。我看到它时突然十分急切，甚至都没有时间进行适当地洗漱。我立即坐在办公桌前，直接勾勒出第一幕的场景——不是概括性的描写，相反，带有大量的事件和细节。只有把这些做完我才敢走进卫生间。第二幕和第三幕我也做了大纲，当然也不仅限于概括性的描写！我一整天都没有休息。晚上时我重读手稿，再次发现今天早上的写作兴趣非同寻常。这样，我为第二幕也写了场景，也含有很多细节。我想明天我会继续第三幕（这一幕我现在也看得很清楚）。如果能让我静静地写作（是谁让我？是生活！），我想我可以在三到四个星期内写完整部戏。

昨天晚上，德军对伦敦进行了可怕的空袭，这是自战争开始以来最严重的一次。数百所房屋以及医院、电影院、剧院、大型商店被毁。但依然有同样的抵抗决心。不久前，有人在伦敦这么说："从希腊来的都是坏消息，从利比亚来的也好不了多少。"

4月18日，星期五

今天是耶稣受难日！但我不觉得我在度假。这个节日对我来说也不是假期。阴沉的雨天——非常应景的天气。

我整天继续阅读1848年的文件。问题是它们太生动了，太有趣了，以至于我完全融入其中。我认为就第一幕而言，不再存在任何危险，因为它已经太明确了，无论是作为一个历史时刻（1848年6月10日，即企图杀害乔治·比贝斯库的那一天），还是作为一个场景。但是第二幕（可能发生在"有机章程"被烧毁的那天）可能会在昨天所设场景的基础上再包括很多东西；这一幕可用的材料其他任何地方都有。如果我不小心的话，我可能会被材料淹没。从一开始就必须很清楚，我不是在写历史剧，甚至不是对历史的回忆。戏剧必须首先是一出戏剧：也就是说，它必须有一个独立于革命实际事件发展的情节（所谓独立，就戏剧动作而言，同一个戏剧从理论上讲可以置于不同的时代）。最后，我要写的不是描写1848年革命的戏，而是一般的革命戏。如果我设在1848年，部分原因是因为那个时期太有魅力了，但最重要的是它与1月的叛乱出人意料的相似之处引发了我一连串的联想。我很担心情节没有什么戏剧性；预想中的情景并没有推向高潮。就如同《度假游戏》一样，它更像是一连串生动的事件，而不是所谓的情节。事实上，就像在《度假游戏》中一样，在第二幕之后行动就会放缓。我必须在这里非常小心。我创作第一部戏的经历应该能提供很好的警讯：第三幕如果很弱，一切全部玩完，不论开局会有多好；而"强有力的"第三幕可以提升和维持戏剧，即使前两幕比较逊色。

我感觉不像昨天那样晕晕乎乎，而是增加了几分怀疑感。但我喜欢这出戏的想法，而且我意识到其中有些东西可以在剧院里发挥很好的作用。我甚至想进一步说，它可能会在国家剧院大受欢迎。正是出于这个原因，我得保持冷静，不再对任何人谈论这部戏（我和太多人谈过，如莱妮、齐塞斯库夫妇），这样当它完成时（如果能的话），我可以，如果必要时，保持匿名并在高度保密的情况下将其公开，并以其他人为名义作者。但当然，如果总的局势不发生变化，这出戏不可能以我或任何人的名义上演。

南斯拉夫的战争结束了：正规部队的战斗不再有了。今天再次宣布，所有的南斯拉夫军队投降，但这一次可能是真的。阿尔巴尼亚的希腊战线已经开始退缩。昨天，希腊人在放弃戈里察三天后撤出了克利米亚。在希腊，艰苦的战斗在进行，德国不断地前进，虽然前进不是太快但足够确定。利比亚的情况相当平静。昨晚柏林遭受了自战争开始以来最严重的英军轰炸。但是"最严重"的英军轰炸和"最严重"的德军轰炸之间存在很大差异。没有任何公报表明对柏林的轰炸可与伦敦的炼狱相提并论。然而……

4月20日，星期日

弗兰克·哈里斯引用萧伯纳的话："我永远不会有任何真正的影响力，因为我从来没有杀过任何人，也不想这样做。"

与马德伦·安德罗内斯库的"恋情"是多么荒谬！纳迪娅，至少还有年龄借口。在她之后，又出来个马德伦，可她是完全没有任何借口的。我以最简单的态度和完全的诚意，没有诡计、玩笑或演戏，试图让她相信她犯了一个大错误。

阿尔巴尼亚和希腊持续地撤退。在阿尔巴尼亚的阿尔吉罗卡斯特罗，人员已经撤离，而希腊的拉里萨城已被遗弃，但前线还在坚持。

晚上

收音机开始被没收。今天是复活节的第一天，行动毫无预兆地开始了。这并不奇怪，甚至是意料之中的事！但这次打击让我再次感到沮丧。我是如此的无知、幼稚和不负责任，以至于在我的文学项目中生活了五天，让自己被写作的乐趣所迷惑，为未来的成功制定计划和梦想，而忘记了我周围的一切，忘记了发生的一切，忘记了将要发生的一切，忘记了所有一直都在那里潜伏着的事情。在我们面前将要有一个漫长而极其艰难的夏天。而我一直在准备把它当作一个节日来迎接！我有时是多么愚蠢！

4月23日，星期三

在我公寓的最后一天。我最迟必须在星期五之前把它交出去。明天我会把我所有的东西都收拾好，星期五早上搬走。然后我们必须在安提姆街中尽可能地进行安排。我仍然有悲伤和遗憾的时刻，但随着我对此逐渐习惯，这一切都会过去的。我已经习惯了更大、更深重的痛苦。

我整个下午都在整理我的论文、手稿、信件和照片。这就好像是在商业盘点。在整个过程中，我有一种灰蒙蒙的感觉，一种生活在无意义的烦恼中被浪费的感觉。这场战争引起的持续不断的焦虑，掩盖了我个人不快乐的旧根源。但当我接近它们时，它们仍然会让我受到伤害。作为一种替代效应，战争让我远离了我自己和我可怕的秘密。确实，它给了我生活和等待的理由。多少年来，我没有丁点儿期望。然而我不想低着头离开这里。我仍然抱有希望。我还是想说，还是相信有逃生的机会，至少相信能做好的事情终究都会做好。我对过来看我的佐伊说，我们可以一起在这所房子里度过最后一天，就像我们第一次在这里一样——我有时活力喷发。我指望这种喷发，尽管它们常常是间歇性的。我会尽我所能阻止自己陷入困境。既然我必须离开这里，但愿有好事发生。

4月24日，星期四

在胜利之路这所房子待的最后一晚，我不再有"在家"的感觉。我躺在木箱、倾倒的家具和成堆的碎纸之间。我想我可以只带一件大衣就离开布加勒斯特，离开罗马尼亚和欧洲——但从胜利之路搬到安提姆街却怎么如此复杂。我已经四天没有听收音机了！这似乎让我感到更孤独，更迷失方向，更缺乏支持。来自伦敦的熟悉声音就像朋友的声音，失去了它们，现在变得很困难。只有昨天，我才在艾丽斯家听到了英国的新闻简报。消息变得越来越糟，但至少对我来说并不意外。在希腊，塞萨洛尼基和伊庇鲁斯的军队已经投降。阿尔巴尼亚的战争结束了。希腊政府和国王已经撤退到克里特岛。即使军队有序地撤退，伯罗奔尼撒半岛在一段时间内也不太可能出现抵抗。最多在十天之内，希特勒就可以毫无顾忌地对另一目标再次打击。会不会是对准法国和西班牙，目标是法国海军和直布罗陀？或是朝向土耳其？还是苏伊士？人人都在谈论将要对苏联人的战争。但我不相信。希特勒不会帮英国人这样的忙。

你看到了吧，政治形势是多么好的事情。它让你忘记自己的痛苦，不管是大是小。

5月6日，星期二

自从我来到安提姆街，我唯一的快乐和享受就是每天早上翻阅日历：又一天过去了。

萧伯纳给弗兰克·哈里斯的一封信（引自由于多次中断、我还没有读完的传记）："弗兰克·哈里斯出了什么问题？难道他是个犹太人，或者是金融敲诈的记者，或者是另一个魏尔兰，或者是德国间谍或者什么的！"这与那些期望英国获胜会导致反犹太主义结束之人的天真有关。

来自D.H.劳伦斯1913年写完一部剧本后写的一封信："我非常喜欢创作剧本。它们在笔的迅速划动中而令人兴奋地诞生。如果你认为这是浪费时间，请勿对我咆哮。"

5月8日，星期四

希腊的战争已经结束了十天左右。我们正处于另一场德国进攻的前夜，但不知道这次战争将指向哪里。土耳其？直布罗陀，亚历山大？突尼斯、阿尔及利亚和摩洛哥？这个决定肯定会很快到来。最迟到5月15日或20日，我们会看见新的东西。在我看来，甚至与苏联人的战争也不被完全排除在外（尽管从各个角度来看，这仍然是最不可能的）。5月中必然会有一些重大事件，要不这个月份就过不去。

我终于读完了萧伯纳写的《哈里斯传》。阅读它没有任何困难。我读的几乎所有东西都是英文的，都混在一起：拉斯金、雪莱，甚至莎士比亚。我尝试读了《暴风雨》。它比我预想的要容易一些。

我最想念的还是我在胜利之路的公寓。我思念它，就像我失去一个人一样。我已经退缩到了安提姆街的住处，但我不能说我对它已经习惯了。我认为自己正处于临时状态，不知道什么时候可以离开。

我试图劝阻马德伦·安德罗内斯库，但没有成功。也许我必须变得更讨厌，态度更坚定。如果没有其他办法，甚至可能是强硬的。

太无聊了，所以在上星期没有在这里写下与"马泰斯库夫人"的愉快相遇。这一相遇我已经讲过好几次了，它好像是喜剧中的一个场景，总是很成功。这太有趣了，似乎是编造出来的。

5月10日，星期六

德国入侵比利时和荷兰整整一年了！1940年5月10日上午，还没有发生任何悲剧或决定性的事情。道路四通八达。随后到来的是我们今天纪念的那个可怕的一年。使人惊讶的是我们还活着，仍然在相信和希望。昨天和今天，大门紧闭的面包店对面都有一群人在等面包。叫喊、扭打、咆哮——全都是愚蠢的厌倦行为。如同1917年布勒伊拉的旧时一幕。

有迹象苏德在签订新的协议。俄罗斯人可能正在做出重大让步，但不知道它们是什么。

5月11日，星期日

寒冷多雨。一个潮湿寒冷的春天。但从我八楼的窗户望出去，连下雨也是很美的。

今天早上，我短暂地参观了一下思木博物馆。我有十五年没去过那里了（我觉得待在家里很难，所以我在街上走走，随意地拜访，四处走走）。在数百幅非常普通的画作中，由各种不同的默默无闻的艺术家署名，而其中十或十五幅有趣的画很容易让人流连忘返。一幅雷诺阿的风景画，两三幅莫奈的作品，一幅保罗·西涅克的作品，还有几幅卢奇安的作品。其余作品都是些自大的小玩意儿，老式的、学术的、覆盖尘土的，通常是愚蠢的。这就是被称为布加勒斯特的主要艺术画廊。

我还在看1848年的文献，有时会想起我的剧本，但完全是出于一种责任，而不是出于快乐，好像我和自己签了一个合同来写这个剧本。也许真有一天我会写出来——谁知道呢？

我们日复一日、一小时一小时地等待着的德军的新进攻，但进攻还没有开始。也许我们正处于外交的插曲之中（与苏联人达成协议是可能的），但停顿的时间不会持续太久。

好不容易天一亮就起床，在面包店排了两个小时的队，今天我们的女仆成功地买回来了一条面包。

5月13日，星期二

鲁道夫·赫斯失踪了：他在星期六晚上乘坐飞机逃离。国家社会党在公报中表示：一、赫斯患有严重的脑部疾病；二、希特勒禁止他登机；三、他应该被认为是在事故中迷路的；四、他的副官被逮捕了。第一个逻辑假设是自杀。第二个则是暗杀。但这两者都不正确。这一切都比我们想象或相信的任何事情都更加耸人听闻和奇妙。赫斯现在在英国：他独自驾驶梅塞尔-施密特飞机飞往苏格兰，在那里他在格拉斯哥附近的某个地方跳伞，并立即向当局投案。目前尚无更多信息。这部喜剧以一场前所未见的奇妙转折开始。萨尔杜、阿诺德和巴赫都不会在他们最荒谬的闹剧中表现得如此过头。它真的让你头晕目眩。有那么一会儿，你中止了所有的政治判断，并以麻木的方式思考着这件事。

5月16日，星期五

尼娜·伊利亚德在布加勒斯特的四个星期里，我第二次见到她。星期一早上，她和吉萨一起飞往里斯本，米尔恰在那里等她。在伦敦的最后一年让她发生了一些变化（英式风格的穿着；说话时带着一些自信；讽刺、含蓄、"随意"）。但只是过了十五分钟之后，她又变成了我认识的原来的尼娜：一个诚实、相当朴素的女孩，恭恭敬敬地重复着米尔恰所说过的话。有趣的是，她从伦敦归来这一事实引起了人们的好奇，她在布加勒斯特一下子成了一个真正的人物，受到追捧、引起质疑，人们还引用她的言语。她漫不经心地告诉我她对普雷赞元帅说了什么，德军总参谋长问她什么，她和宣传部长聊了些什么。这个尼娜与从房地产商场出来的可怜的尼娜·毛赖什相差得太远太远！我突然想起从那之后的十年的事情。两个图像（当时的尼娜，现在的尼娜）之间有很长很长的距离，就像打开的圆规两只脚一样。

在伦敦，他们每月可赚得120英镑（按当前汇率大约为五十万列伊！）。在里斯本，米尔恰是一级新闻秘书，他赚了12500埃斯库。我不知道那意味着什么，只知道赚得很多很多（一个普通的公务员负担不起直接穿越欧洲的飞机旅行费用）。但是据尼娜说，米尔恰并不满足。他在公使馆里像奴隶一样工作，对自己不能写作感到沮丧。他的才能正在被撕成碎片。他宁愿回到帕拉德街43号，虽没有钱但很自由。有时他真想放弃一切，退隐到修道院。他想出家。我试着让尼娜平静下来，告诉她不要担心。米尔恰不会回到帕拉德街43号，也不会出家。至少暂时是不会的。

5月17日，星期六

赫斯的消息仍然是最新的轰动新闻，但它在政治方面仍然是个谜。德国人的昏昏沉沉以最滑稽的方式表现出来。在过去三天中发布和撤回了几项官方解释：一、赫斯疯了；二、他的逃亡无关紧要，因为他不掌握帝国的任何秘密；三、他不会向英国人透露任何事情，因为他可能是一个乌托邦式的理想主义者，但绝不是叛徒；四、他逃到伦敦只是为了警告英国人，他们已经输掉了战争。如果他们求和，那将是个好主意。

我从未读过像赫斯事件中这样搞笑的鬼扯。从政治上讲，第一个假设似乎是合理的（并且在某种程度上得到了德国新闻社DNB胡言乱语的证实）：也就是说，赫斯的逃亡与其说是一个事件，不如说是一种征兆，表明德国内部因与苏联达成协议而发生了冲突。不应立即预期直接后果。战争还在继续。赫斯案（从宣传的角度来看，这使希特勒处于如此棘手的境地）最多只能促成一些已经在准备中的军事行动。德军行动（自5月1日以来我们就一直在等待）随时可能启动。它可能指向的区域变得更加清晰：直布罗陀、伊拉克、苏伊士。德国人似乎已经与苏联人和法国人达成了协议。达兰海军上将表明他愿意签署任何协议。现在，最后一刻，美国对维希政府施加压力也不会阻止他。大局已定，木已成舟……

昨天，英国人夺回了索勒姆。如果他们不必同时面对德国对叙利亚和伊拉克的进攻，他们将重演去年冬天对昔兰尼加的成功战役。

前天见到了阿代卡。他对科德雷亚努的死感到遗憾。他坚信，他，阿代卡，本可以从他那里得到对犹太人更好的待遇。他认为科德雷亚努的《致军团士兵》是一本具有历史意义的书。他很遗憾铁卫军是反犹太人的。如果不是这样，他自己也会加入的。他很遗憾他不认识科德雷亚努。他是一个伟大的人物（像莎拉·伯恩哈特，像戈加）。他认为希特勒具有天才的头脑，与拿破仑不相上下，甚至更胜一筹。

5月19日，星期一

奥斯塔公爵已在安巴阿拉吉投降。一个壮观的联合公报。阿比西尼亚的最后两个抵抗点在贡德尔和南部湖泊周围。但是阿比西尼亚战争就这样结束了。在塞卢姆出现了攻击和反击。形势呈拉锯状。此时被一方占据，彼时又由另一方占据。

从昨天开始，我们得到了面包、糖、油和肉的配给证。这些配给证将在稍后生效时公布。

基金会出版社的罗塞蒂已被卡拉科斯蒂亚[1]取代。

---

〔1〕 美学家D.卡拉科斯蒂亚的昵称。

星期六有关阿代卡的日记的补充：他说，格罗萨[1]和特里法[2]是共产党员，现在在莫斯科。这也表明了他的政治能力水平。

5月20日，星期二

卡米尔·彼得雷斯库今天一大早就打电话叫醒我说，"按照他自己的方法"分析了德国关于赫斯的公报，他确定赫斯没有逃跑，而是被派遣了。这不是一次逃跑，而是一次任务，目的是提议和平，或者至少在英国人中引起混乱。

战争还没有进入新的阶段。我们仍处于暂停状态，由于它的长度和不活动性，它与停战有一些相似之处。在塞卢姆和图卜鲁格发生了一些小规模冲突，在德国和英国上空进行了一些侦察飞行。但是有好几天没有战斗，没有猛烈的轰炸。我们正在经历一个外交阶段。每个人似乎都在谈判：德国人与法国人谈判、土耳其人和苏联人谈判；美国人与日本人和苏联人谈判；苏联人和日本人谈判；英国人与所有人谈判。如此多的外交对话，在看似默认暂停敌对行动的时刻，正在导致一些关于达成意想不到的协议的可能性的讨论。那是个笑话。这场战争不会以交易结束。一切都危在旦夕。

5月21日，星期三

齐图·德韦基沿着绍塞亚街开车，带我去看他的房子。从外面看，

---

[1] 杜米特鲁·格罗萨：铁卫军工人团领导人。
[2] 维奥雷尔·特里法：铁卫军学生会主席。他后来成为底特律的基督教东正教主教，并在法院判决后被驱逐出美国。格罗萨和特里法曾被安东尼斯库政权指控为苏联特工。

他的房子就像一座华丽的英国乡间别墅，带有瑞士"小木屋"的味道。大房间，大窗户。一个长长的健身房，两间卧室，一个宽敞的客厅，还有一个悬浮在上面的餐厅。

"所有这一切都需要良好的欧洲订货（秩序），"我对他说。

我不知道他是否明白我的意思。不管怎样，他笑了。

德韦基也认为赫斯是希特勒派去执行任务的。"这场战争只能以妥协的和平告终。英国和德国都不可能被歼灭，也没有兴趣互相歼灭。他们很快就会达成协议；我们最迟将在两个星期内获得和平。"

我告诉他，这种观点在我看来是多么肤浅。我们卷入了一场更为复杂的灾难。

"妥协和平"是一个开始流行的公式。蒂穆什今天晚上用几乎相同的词语向我重复了一遍。但是我们很快就会清晰地看到这场战争不是在开玩笑（到目前为止是吗？！）。昨天，德国人在克里特岛发动空袭，大批的士兵登陆和伞兵降落。我们没有足够的信息，但这听起来像是一个大的战役。

5月25日，星期日

直到今天，经过五天的战斗，德国人才谈到他们在克里特岛的进攻，并报告说他们已经在该岛西部建立了据点。英国的公报更多的是通过他们的语气而不是通过任何真实的信息，为宣布失败做准备。激烈的战斗仍在继续，但一旦德国人牢牢占据阵地，即使在海岸上只有一处他们可以自由登陆的地方，征服克里特岛也几乎是不可避免的。还会有打仗、抵抗，也许还有贻误——但游戏已经结束了。所以这证明登陆是可能的！在格陵兰岛，一场重要的海战正在进行。英国人损失了一艘战列舰：49000吨和大约1400人。但这两场战斗——在克里特岛和格陵兰岛——仍然只是初赛。德国赢得永久战争的巨大推进可能会在6月、7月或8月出现。

我读过瓦莱里乌·马库写的《犹太人被驱逐出西班牙》一书。我将看一下同一时期的杜布诺。在那里，这一专题处理得更细致，带有更多的细节。瓦莱里乌·马库只是做了简单、天真的阐述，但他名字在德语中以"杰出的历史学家和散文家"而闻名。我对自己说，如果我在1929年（当我离开巴黎时）对事物有更准确的看法，并决定前往德国、英国或美国，甚至法国，不是做一些毫无意义的研究，而是完美地学习这三种伟大语言的其中一种，并明确打算用这种语言来工作，而不是成为一名布加勒斯特作家，我现在可能已获得了英国或美国的创造力量，不再是为三千名读者写作，而是为三万名读者写作。

A.B.已提出翻译我的小说《两千年之久》，以便可能在美国出版。不，不。即使这个想法不是幻想（一个极端的想法），我仍然不会接受。我和我写的书之间不再有任何共同之处。在我还能为未来做计划的情况下（虽然我太沮丧、太疲倦、太怨恨），我想战后离开这里，去某个大城市写剧本和电影脚本。我认为这是最适合我的职业。我不认为它除了是职业外还会是其他什么东西。

我们犹太人非常幼稚、荒谬地乐观，有时甚至没有意识到这一点（这也许是唯一能帮助我们活下去的东西）。深陷在灾难之中，我们仍然抱着希望。"一切都会好起来的"——我们总是嘲讽地说，但实际上我们确实认为"一切都会好起来的"。我自己这么想，我其实是最没有希望的人。瓦莱里乌·马库正确地指出："这些永远失败之人，永远对自己的命运乐观。他们一直相信事情最终不会变得太糟。"

卡卡普罗斯蒂亚在基金会采取的第一项措施就是从克林内斯库的

《历史》中删除有关犹太作家的章节。该书已经上排字机了[1]。我没有想太多，也没有试图分析我听到这一消息时的奇怪的满足感。老实说，我笑了，而且不知道为什么，我觉得有人帮了我一个忙。

5月28日，星期三

星期六击沉了胡德号战列舰，在格陵兰岛取得了巨大胜利的德国战舰俾斯麦号，经过四天的戏剧性追逐，今天早上也被击沉了。英国人的闪电回击！提供消息的电话没完没了地打来：罗塞蒂、马德伦、阿里斯蒂德……克里特岛激战，伤亡惨重。

5月31日，星期六

克里特岛的战斗还将持续一两天，但该岛似乎已经失守。卡内亚昨天陷落。英国人正在撤退，可能会尝试走海路。

学校原定于6月20日之前一直开放，但教育部的一项紧急指示将其提前至6月14日。届时一切（大学和中小学校）都会关闭。今天大家一直在关切地询问这个决定的原因。有人再次谈论起总动员，与苏联人战争的谣言不胫而走。我感觉这又是一场闹剧。

星期四晚上，与拉莱亚、帕皮利安、皮皮迪[2]和尤金·约内斯库在维亚努[3]家会面。大家对纳埃·约内斯库进行了长时间讨论。对于拉莱亚和维亚努来说，纳埃不过是咖啡馆的常客、故事编造者、冒名顶替

---

[1] 不管怎样，这部《罗马尼亚文学史》还是全文出版了。
[2] 迪奥尼谢·皮皮迪：历史学家。
[3] 图多尔·维亚努：文学评论家。

者、"自作聪明的人"。我很高兴地告诉他们,对我来说,纳埃·约内斯库是魔鬼。

6月1日,星期日

春天结束了。"1941年的春天",在这个季节,我们非常害怕灾难的发生,更害怕灾难的最后来临。然而我们还在这里,我们还活着,还能够站立起来;没有发生任何无法挽回的事情。我不知道春天是真的轻轻松松地过去了,还是——由于我们现在已经处在春天的结尾——我们会有一种错误的印象,认为这个季节是可以忍受的(唉,一切都可以忍受!)。如果有人在3月1日告诉我们,保加利亚将被占领,南斯拉夫将被摧毁,昔兰尼加将被重新占领,希腊将沦陷,克里特将被入侵,这么多的失败前景似乎对我们来说是灾难性的。但是现在,当这一切都发生了之后,它们似乎都变得不重要了。我们一次又一次地面对,但唯一重要的是我们还能站得起来。只要英国没有投降,就有一线希望。

我们正在进入夏季,显然进入了战争的新阶段。克里特岛只是一个插曲。现在,德国人必须尽快决定采取新的行动。所有方向都是可能的:苏伊士、直布罗陀、土耳其,甚至不列颠群岛。

还有苏联?苏联和德国之间会发生战争吗?三天来,人人都觉得有一场战争迫在眉睫。从昨天开始,我们在布加勒斯特就有了一种动员的气氛。星期五停电。昨天发布了一项命令,最多两个星期内必须在每个院子里都要建造防空洞。今天,一些火车班次已经取消,可能是因为部队调动。将要有一波征召和征用的浪潮。在农场的农活高峰期,马和牛被带走了。去过摩尔达维亚的人(如G.M.坎塔库齐诺)说普鲁特地区是明显的战区。在有轨电车上,在街道上和餐馆里,人们谈论的是战争、战争、战争。从政治角度来看，这似乎不太可能发生。但不能否认事情的实际情况。是不是又是一个大骗局？但这样的场面调度成本太高，而且最终毫无意义。同样的喜剧，可以用更少的排场，同样能收到好的效果。在一年半时间里，我看到了最荒谬的事情，最不可思议的转变。我应该不要再尝试去判断、去理解、去预测。事实比什么都重要。

我们的房东达纳库真是个小说人物啊！我把他与我前段时间正在筹划的小说联系起来，我觉得那里面似乎有适合他的地方。

我和佐伊度过了愉快的一天。自从我离开单间公寓后就再也没见过她。

6月2日，星期一

战争，战争，战争：这是人们唯一的话题。我遇到的每个人都有新的事情要说：第四军和第五军已经征召；摩尔达维亚的金融管理机构已在奥尔泰尼亚避难；已下令在5日进行总动员。你不知道该相信什么，如何核实这些消息，又去向谁询问。恐慌袭来，一切都逃脱了冷静判断的控制。我去看望维索亚努，是因为他已被征召入伍了。和我一样，他认为与俄罗斯人开战对德国人来说是一项政治上危险的事情（即使这在军事上是直截了当的）。尽管如此，我认为战争是可能的——甚至是为期不远了。我在维维家遇到了拉杜·波佩斯库。他昨天收到了征召文件，明天必须向已经开拔前往普鲁特的第二十一团报到。他向我展示了他的绿色传召文件。我一看到它就不寒而栗（我们犹太人会怎样？如果有总动员，那么我们的军事形势会是怎样？）。

希特勒和墨索里尼在布伦纳山口的会面是我们即将面临重大行动

的另一个迹象。这是决定性的时刻。即使这完全是一个幻想，我也应该把我的想法记下来，即我们可能即将见证一场可怕的突变，敌人也发生了转换。德国与英国开始了事实上的停战（由赫斯谈判并定下来的），并立即转而反对俄罗斯。荒诞吗？当然是。但很奇怪的是，自从赫斯到达英国后，英国人和德国人就不再互相轰炸了。十天过去了，赫斯事件已经完全被遗忘了。德国人保持沉默是可以理解的。但是，当英国人对最强大的宣传战感兴趣时，他们为什么也要这样做呢？难不成他们之间有默契？不，当然不会是这样。如果你理性地考虑一下，就不会得出这种结论。但是我们看到了很多东西！

今天下午我和尤金·约内斯库一起拜访了皮皮迪。他给我们朗读了修昔底德的一些引人注目的热门话题。它可能成为一本反对德国人的小册子。

我今天读完了《高老头》。这是迄今为止我读过的巴尔扎克最好的作品（博塞安特伯爵夫人的舞会让我想起了圣埃韦尔特夫人的招待会。高老头的疾病和死亡的痛苦并没有阻止纽沁根男爵夫人去参加舞会，正如斯旺的疾病和奥斯蒙德侯爵的死亡痛苦并没有阻止奥丽安娜去参加招待会一样）。

我继续思考我未来可能创作的小说。脑子里已经勾勒出前两三章了。特别是，我已经在我思考了很长时间的各种"漂浮"角色之间建立了一些联系。但是，当然，这是一个非常遥远的项目，不会在我的戏剧之前产生，也不会——唉——在战争之前产生。不，相信我，我并没有忘记一切。对于眼前正在发生的一切，文学是一种太弱的药物。

6月3日，星期二

昨晚梦见自己在部队里，但还是个平民。我向一位军官（我想是一位中校）汇报工作，他带我去了伊利的办公室。我感到非常害怕，站直"立正"并把手放在帽边敬礼。伊利朝我吠叫，检查了我的衣服，然后做一两次调整。当他问我想要什么时，我说我想入伍。他同意了并说他帮了我一个大忙；全团中除了我之外只有一个犹太人。他下令给我发制服和装备。团部大院中一派动员的模样。我很不高兴。"我到底是为什么要来这里的！"我独自一人溜到一块地里。当我回来时，我遇到了穿着中尉制服的纽曼（我在布勒伊拉八年级的同学）。他告诉我，所有的犹太军官都被征召了。我再次接近军营（但不是第二十一团的军营），发现该团士兵穿着秋季制服，显然是在等待检查。我路过一小队男护士，他们都带着奇怪的装备，其中一些或全部是犹太人。他们准备将帽子换成巨大的红色天鹅绒贝雷帽——这是他们阅兵制服的一部分。远远地，我可以看到一辆属于皇家宫廷的汽车。有人说，国王来了。我是所有穿制服人中的唯一平民。"我希望没有人看到我。"我惊恐地逃跑，跑呀，跑呀，跑呀——然后就醒来了。

洛维内斯库（今天早上我在阿尔卡莱遇到了他）告诉我，由于战争，学士学位考试已经暂停。看起来，战争会在任何一天甚至任何时候爆发。

罗塞蒂打电话来说，根据最新消息，战争不会发生。德国人和俄罗斯人达成了协议。至于昨天在布伦纳举行的会议，主题是法国和轴心国打算在未来几天内达成正式和平的协议。作为仅失去阿尔萨斯的回报，法国将在其殖民地承担武装抵抗英国的义务。

晚上

有人再次说战争迫在眉睫。教育部今天晚上发布了一项指令，要求所有学校最迟在7日晚上之前停课。部长们（根据艾丽斯的说法）正在匆忙撤离他们的办公室。征召文件如潮水般涌来。乔治·布拉蒂亚努、米哈拉切、库扎、老科德里亚努和吉古尔图正在谈论组建一个全国政府。我在艾丽斯·特奥多里安家与布拉尼什特、维维、希拉尔德和阿里斯蒂德共进晚餐。包括布拉尼什特在内的所有人都认为备战形势非常严峻。

6月7日，星期六

战争的谣言不断增加。到目前为止，最明智的人认为这是不可避免的。星期四，布加勒斯特电台广播了一个新信号——喇叭声——这应该先于任何严肃的消息。星期四晚上，无线电广播委员会成员乔兰内斯库告诉我，广播节目已接到命令，逐步加强对比萨拉比亚的宣传，直到6月15日至20日。到那时，战争肯定会爆发。艾丽斯（诚然，她通常掌握最棒的信息）确信德国已向苏联发出最后通牒，罗马尼亚将在接下来的几个小时内发出最后通牒。根据将军的命令，潘·哈利帕正在绘制德涅斯特河另一侧的领土主张的地图。

今天早上，我们在报纸上发现了什么？一份戏剧性的官方公报驳斥了那些"轻率的人""危言耸听者""不知情的敌人工具""丑闻贩子""无所事事的骗子窝点"散布的战争谣言。不，不：战争不会发生！

6月10日，星期二

星期六至星期日晚上，英国和戴高乐的军队进入了叙利亚。他们似乎在迅速前进，没有遇到任何严重的阻力。维希方面提出抗议，并派登茨[1]的军队去抵抗。德国人义愤填膺地谈论"侵略"。整个任务有可能会在一个星期或十天内结束（尽管速度不是英国人的强项）。只有到后来，当德军通过土耳其攻打苏伊士运河时，叙利亚才会再次成为

---

[1] 亨利-费迪南德·登茨：法国将军。

重点。奇怪的是，希特勒并没有深入投身于伊拉克或叙利亚。因为他无能力吗？不可能的。现在他能做任何他想做的事情。那是为什么？这种对中东的相对漠不关心难道不意味着他的外交和最终军事行动的舞台真的发生了变化吗？例如，转向对苏联？人们一直在谈论德国-罗马尼亚-苏联的战争，这场战争将在今天、明天或后天，或最迟在十到十五天内爆发。前几天我遇到了工程师卢帕斯（不是街上的普通人）。他告诉我，两支军队都在普鲁特河对岸整装待发，只等第一枪打响。星期天晚上在马德伦家，蒂特尔·科马尔内斯库用他众所周知的歇斯底里的方式告诉我，战争已经完全准备好了，而且绝对不可避免。但我仍然不太相信。

6月11日，星期三

昨天晚上，在艾丽斯家，电话铃声突然响了。有人代表洛维内斯库上校说，进攻比萨拉比亚的日期已经确定：6月20日。

昨天A.B.见到了美国特使冈瑟[1]。他也不知道苏联和德国之间会不会发生战争。他认为德国确实下了最后通牒，条件如此苛刻，以至于他很难相信苏联人会接受。

昨天在学校我们开会讨论八年级的事情（总的来说，我作为老师的经历一直很乏味。我的学生和我的"同事"都没有教过我任何新东西）。然而，昨天，我第一次近距离感受到学校可怕的悲喜剧。有一位爱挑剔、疲倦的、可笑的——疲惫不堪、太无能为力、几乎走不动的年迈拉丁语老师，坚持要让一个骄傲无礼的学生不及格，并让他补考。我们为这个男孩辩护，并试图让他升到下一年级，而这位可怜的老师

---

[1] 富兰克林·冈瑟·莫特：美国驻布加勒斯特外交使团团长。

几乎绝望地抵抗，几乎流出眼泪。我们认为，对他来说，这是一个"公报私仇"和个人声望的问题。他不想让他的受害者离开，顽固地、不懈地努力抓住他。他实际上是在请求我们帮助他，不让这个男孩通过。这似乎是他弥补自己受伤的自尊心的方式。

"如果你不让他通过，那个男孩会自杀的。"

"嗯，那又怎样？不会有什么损失。一点儿都没有。"

我觉得，这个人能去杀人。

6月12日，星期四

现在每个人都更相信会有战争。这比昨天或其他任何时候都要强烈得多。昨天晚上，我在不同的地方多次听到："最后通牒今晚到期。"昨天晚上有些人实际上在等待着空袭；另一些人则认为会是在今天晚上。那些有能力的人开始离开布加勒斯特，尤其是有孩子的人们。吉娜·斯特伦加（我昨天在她那里吃过晚饭）正要去锡吉索拉。贝戈吉纳[1]明天早上离开。从昨天开始，安东尼斯库将军一直在德国，与里宾特洛甫和希特勒会面——看起来好像正在做最后的决定。

"难道你还不相信吗？真的不信吗？"尤金·约内斯库今天早上问我时，一脸惊慌失措的样子。

犹太人在街上被捕，据说他们将被送往集中营。我不知道标准是什么。在利普斯卡尼街上，我亲眼目睹了一大队人在刺刀之间押着行进。队伍中有形形色色的人。他们中的大多数人穿着很得体。

傍晚时分，我和科姆莎和莱雷亚努一起在绍塞亚街上散步。一支望不到尽头的德军摩托化纵队正朝普洛耶什蒂方向开去。在米诺维奇别墅的马路对面，一位优雅的年轻女士在两名便服男子的陪同下从一

---

[1] 里卡多·贝戈吉纳：意大利商人。

辆豪华轿车中走了出来。她高举着手臂，向一辆接着一辆的卡车高喊着"万岁"！这些人是我见过的第一批以如此热情的方式向德国人敬礼的平民。

6月14日，星期六

塔斯社发表了一份关于"苏德开战传闻"的公报。说这个消息是假的，是英国人，尤其是斯塔福德·克里普斯[1]挑衅性地散布的。德国军队确实集结在苏联边界一旁，但这"可能"是出于其他目的。苏联军队在同一地区进行演习也是事实，但这些都是正常的训练演习。德国没有向苏联发出最后通牒，也没有提出任何领土或经济要求。两国关系非常好——这就是所谓的"不合时宜"的公报。它出现在布加勒斯特，正是战争气氛达到顶点的时候，就在每个人都期待号角响起的时刻。晨报将公报放在内页的某个地方，放在不重要的新闻栏目之中。晚报根本不刊登它。到目前为止，柏林方面没有对此有任何回应，也没有任何迹象表明接下来会发生什么。这个时候，人们都傻眼了。只有明天头脑才会清醒。

今天早上的几个小时里，几乎所有犹太人拥有的电话都无法使用。也许这是第一个小小的视线转移。反犹太主义掩盖了许多失望。

今天是巴黎沦陷一周年。

6月15日，星期日

同样的沉默继续围绕着塔斯社公报。柏林似乎没有注意到这一点。

---

[1] 斯塔福德·克里普斯：英国驻莫斯科大使。

在布加勒斯特，人们"非常失望"，但疏散仍在继续。每个人都像以前一样谈论即将开始的战争——明显出现在星期三晚上。不过，我觉得关键时刻已经过去了。恐慌、不耐烦和热情都会减少。

哈伊格被判处有期徒刑十三年。

昨天晚上，我和济苏一家人（他们打来电话并坚持）一起去了海鸥餐厅。陪伴的人让我很不舒服：她，庸俗浮华；他，诚实但无爱好（纳埃·约内斯库怎么会认为他聪明呢？）。去优雅的地方让我感到沮丧。那里的人们似乎生活在另一个星球上。优雅、冷漠、富有、无忧无虑，远离对战争的忧虑，远离另一个极端的赤贫。在那个世界里，我觉得自己的贫穷、失败和无脸面，就如同在肉体上受辱一般。

6月16日，星期一

尤金·洛维内斯库今天早上冲进来告诉我，不再有任何希望了。德国人与苏联人的战争已是板上钉钉了。维内亚、卡兰迪诺、乔拉内斯库、纳代日德——所有人都向他保证，战争已迫在眉睫。维亚努去了锡纳亚，在那里安顿他的孩子们。前天的塔斯社公报不仅没有否认任何事情，还证实了一切。我们这些仍然不相信会发生战争的人是愚蠢的或瞎眼的。他整个上午都和我待在一起，痛苦地抽搐着。但我觉得，当他要回家的时候要平静了一些。

今天上午的报纸和今天下午的报纸都保持着沉默。仍然没有来自柏林的暗示。

马克思的《路易·波拿巴的雾月十八日》中有一段话非常适合今天的法国："像法国人那样说他们的民族遭受了偷袭，那是不够的。民族和妇女一样，即使有片刻疏忽而让随便一个冒险者能加以奸污，也是不可宽恕的。这样的言谈并没有揭穿哑谜,而只是把它换了一个说法罢了。还应当说明,为什么三千六百万人的民族竟会被三个衣冠楚楚的骗子弄得措手不及而毫无抵抗地做了俘虏呢。"[1]

晚上

从今天晚上开始,这座城市又陷入了完全的黑暗之中。该措施是在白天突然决定的,并通过广播和海报宣布。天下着毛毛雨,漆黑一片。我待在家里。外面,警察正挨家挨户地敲门,并拟定要疏散的儿童名单。总的感觉是一种压抑性的忧虑。

6月17日,星期二

法令宣布取消所有驾驶许可证。城里将不再有任何出租车或私家车。汽油将对获得特殊许可的汽车进行配给。

露天剧院和餐馆已经关闭。城市的任何地方都没有灯光。

隆金(自从那次在斯塔纳德维尔会面之后我就没见过他)告诉我,战争是绝对肯定的。今天,法院和上诉法院转移了他们的贵重物品。陆军总部设在了斯纳戈夫。将军已经前往"前线"。今天或明天,阅兵式将在尼姆特石举行,然后军队开拔前线。奥维迪乌·卢帕斯向我保证,俄罗斯人将在几个星期内被打垮。《时间报》的霍里亚·罗曼认为战争甚至可能在今天晚上爆发。杰贝林则认为战争可能会推迟到星期四。

我正在尝试"重新评估"现在的形势。在我看来,苏联和德国之间的战争似乎仍然不太可能——但并非不可能。1939年8月的戏剧性的

---

[1] 摘自《路易·波拿巴的雾月十八日》,《马克思/恩格斯选集》(伦敦,1970年),第100页。

突变今天可能会向相反的方向重演。如果希特勒意识到他不能在今年干掉英国人，如果他对这个事实认命的话，那么他还能让这么庞大的军队做什么呢？让他们无所事事而耗损吗？显然，他更愿意先击败英国人，然后再与俄罗斯人交手。但由于英国人的抵抗超出了他的预期，目标可能会以相反的顺序变化。那是合乎逻辑的，但我仍然认为我们不会开战（的确，我的预测通常很糟糕；我在1939年9月也没有想到战争会爆发）。

英国人在利比亚的索卢姆和卡普佐港发动攻势。昨天黎明前进攻以闪电袭击开始，但到目前为止进展相当平平淡淡。在叙利亚，行动也失去了动力。英国人似乎对法国人手下留情，现在轮到法国人反击了。

贝当接管政府并要求停战已经一年了。一个不会被遗忘的哀悼日。我们心碎了，从那时起，我们对法国的珍贵形象就不断地退化和毁容。巴黎本身，毫发无损，安然无事，但似乎变得冰冰冷冷、死气沉沉、冷酷无情。以前只要说出一条巴黎街道的名字，我的心就会怦怦直跳；而现在一切似乎都冻结了，一动不动，早已死去。尽管如此，法国也有可能摆脱困境。拿破仑三世的政权是否没有贝当政权那样卑鄙？

6月18日，星期三

雨和黑暗。这座城市看起来多么奇怪，沉没在黑暗之中，只是短暂的、几乎是瞬间被手电筒的光芒刺穿。人们用手电筒来找到自己的路，以避免摔倒或撞到他人。

索勒姆的英军攻势被击退，只得放弃。令人沮丧的想法再次出现，地球上没有任何地方能对付德国军队。

国内没有什么新鲜事。人们仍然觉得今天、明天或后天会发生战争。"把埃米内斯库说成哲学诗人似乎很有趣。事实上，我是唯一的哲学诗人!"除了卡米尔,还有谁能说出这样的话来?但由于我很少见到他,我又喜欢听他说话了。

6月19日,星期四

德国人和土耳其人之间达成了一项非常广泛的协议:互不侵犯、友好、免受侵犯。但从文本中并不清楚"免受侵犯"是否意味着德军无权越过土耳其。

卡兰迪诺在从《库凡突尔日报》回来的路上告诉我,战争很可能在今晚开始。

几个月来我第一次见到克卢格鲁。他没变:还是那个《库凡突尔日报》的矮小、紧张、困惑、歇斯底里、痴迷的人。他使用新的技术公式为剧院和电影院写了一部关于施洗约翰的戏剧,以及另一部关于查理·卓别林的戏剧。他还用意第绪语写了一本诗集。他花了一个小时谈论他自己和他的作品,并大声朗读了一些。他说话速度极快,甚至都没有注意你是否在听。他不问问题也不期待答案:他只是说啊说啊。就德国人与苏联人的战争而言,他认为这是完全不可能的,是英国人的宣传发明。此外,他争辩说,如果希特勒胆敢攻击苏联人,他就会被打垮。我耸了耸肩,一言不发。有什么意义呢?

晚上

许多人声称,今天下午5点30分,伦敦谈到了德国-罗马尼亚对苏联的最后通牒。但是今天晚上十点到十一点之间,我在艾丽斯家收听了伦敦电台用德语、罗马尼亚语和英语播放的广播,其中没有提到这样的最后通牒。他们只是说,在苏德边境上有几十个德国师,而且"无论如何"情况必然在未来几天内呈现清楚。

我们的老师对土耳其-德国的协议做了一个有趣的解释：即德国被迫放弃了通过土耳其进攻的任何想法，并通过所谓的协议来掩盖这一点。

如果我要记录人们所说的、所相信的、所猜测的、所发明的、所肯定或否认的一切，我将不得不黑压压写上数百张纸。普遍的困惑，完全的混乱。这是我见过最可怕的歇斯底里的日子。

皮皮迪在电话中告诉我，如果雨停了，战争将于明天早上开始。韦伯博士很肯定地知道，所有部委都拟定了要在比萨拉比亚任命的官员名单。他还知道，将军决定在6月27日进入基希讷乌，即失去该省一年后的那一天。阿里斯蒂德告诉我，所有工厂（包括他的造纸厂——因此信息准确无误）都已接到指示准备必要的储备，以发送到比萨拉比亚并在当地分发。

6月21日，星期六

私人电话无法使用。有一种危险、孤立、围困的奇怪感觉。你觉得你无法再与任何人交流。公共汽车不再运行。据说它们已被改装成救护车。也许我弄错了，但街道似乎比以前更空旷了。阿达尼亚[1]告诉我，国家剧院正在为基希讷乌和切尔诺夫策[2]的剧院排练戏剧。

我一直在读修昔底德的作品——精彩而舒缓。我们为千古不变的事物烦恼是何等愚蠢！在修昔底德的书中几乎没有一页找不到直接适用于当今事件的内容。有时它甚至看起来像一本当代小册子。遗憾的是我没有自己的房间来自我收藏。我有一种强烈的工作冲动。我会以前所未有的方式来阅读和写作。

---

〔1〕 阿尔夫·阿达尼亚：尤金·奥尼尔和其他美国作家作品的翻译家。
〔2〕 切尔诺维茨的罗马尼亚名字。

6月22日，星期日

在向国家和军队发布的两份公告中，安东尼斯库将军宣布罗马尼亚与德国一起开始"圣战"，以"解放"比萨拉比亚和布科维纳，并根除布尔什维克主义。今天早上，希特勒发表了一份长篇宣言，解释了昨晚对苏联发动战争的原因。在太阳升起之前，德国军队在几个地点越过苏联边境并轰炸了一些城镇。没有给出精确的地理细节。黎明时分，莫洛托夫在广播中对"侵略""残暴"等行为提出抗议。这是苏联狼被迫扮演无辜羔羊的角色——就好像它只是另一个可怜的比利时一样。

"信口开河"被人们发明出来了，并以惊人的速度传播。就在报纸报道战争消息后一个小时，施瓦茨律师来告诉我，罗马尼亚占领了切尔努齐，占领了基希讷乌，并从切尔努齐广播了赞美诗。飞往布加勒斯特的三百架俄罗斯飞机全部被击落。他的一个熟人与切尔诺夫策的侄子通电话，他的侄子含着泪水报告说这座城市已经"解放"了。

直到最后一刻，我都不相信会有战争。昨天晚上我不相信，今天早上我还是不相信，我坚信的恰恰与其相反。

晚上

这座城市像仲夏的星期天一样空无一人。你会认为每个人都出去度假了。一到晚上，我们早早地聚在家里。百叶窗关闭了，电话中断了，我们越来越感到不安和痛苦。我们将会发生什么事？我几乎不敢问。你害怕想象你明天会是怎样，下一个星期会是怎样，下一个月会是什么样子。

6月24日，星期二

第一次真正的空袭警报（昨天也有两次，但它们并没有引起人们的重视）。今天，防空武器和机关枪都开火了。在街上的人声称看到两架"黑色的"（？）飞机在高空飞行。这一切只持续了十五或二十分钟。在家里，我没有感到任何惊慌。但是在街上人们似乎有过恐慌的时刻。不过，我们会习惯的。

城里的墙壁和商店橱窗上，有两张阿内斯顿[1]画的宣传海报（实际上他并没有在上面署名，但阿内斯顿所画的线条比简单的署名更有代表性：这是他的指纹）。其中一张海报描绘了穿着带有血手痕迹的白色罩衫的斯大林。文字为："The Butcher of Red Square"。第二幅画的文字为："谁是布尔什维克主义的主人？"该画描绘了一个身穿红色长袍的犹太人，留着侧卷发，戴着无边帽，蓄着胡须，一手拿着锤子，另一只手拿着镰刀，外套下隐藏着三名苏联士兵。我听说海报是由警官张贴的。

我仍然不知道莱妮和弗罗达是否真的被捕，或者是否已经被捕。昨天我为所听到的事感到担心，于是去拜访了他们，但没有人前来应门。

卡米尔声称，代表扎哈里亚·斯坦库[2]前往马尔迈松监狱[3]进行调解的赞巴奇，在那里看到了莱妮和弗罗达。昨天我打电话给米尔恰·武尔坎内斯库，询问他有关他们被捕的情况。他们会继续关押吗？我自己会成为目标吗？（就像我十天前被告知的那样。）我是犹太人并且曾经属于一个新闻协会这个简单的事实真的足以成为充分的被捕理由吗？他甚至没有说"你好"，就在电话里厉声说："嗯，那你怎么想？"好吧，显然打听不到什么。他给我约定了一个去部里的约会，但我没有去。

没有关于战局进展的德国或罗马尼亚公报。据说切尔诺夫策和基

---

〔1〕 阿内斯顿：图形艺术家。
〔2〕 扎哈里亚·斯坦库：富商和现代艺术收藏家。
〔3〕 布加勒斯特的监狱。

希涅夫已被占领，已在多个地点迫近了德涅斯特河。但也有人说，对普鲁特河[1]的攻势仍未展开，预计在向比萨拉比亚进军之前，波兰方向将有强大的抵抗。当然，没有人确切地知道任何事情。有传言说加拉茨和雅西、布勒伊拉和康斯坦察发生了空袭。但这些消息被夸大得难以置信。

6月26日，星期四

午夜。当天的第四次空袭警报。前两次，几乎一个接着一个，从早上五点半一直持续到九点钟。炸弹就落在我们镇上，在斯芬齐阿波斯托利路和拉霍瓦街的交界处。第一次震耳的爆炸伴随着一道短暂的闪光，就像闪电一样。有死伤者，但不知有多少人。这不是一次重大袭击，我认为炸弹或多或少是随机投下的。现在我太累了，无法再注意第一天的警报情况了。

前线传来的消息不太准确。在北方，德军似乎已经深入了大约150公里，到达了维尔纳附近。俄罗斯前线的其余部分似乎仍在坚持。有关普鲁特方面，没有可靠的消息，只有几十个谣言。起初人们谈论的是苏联的灾难，但现在已经不那么令人兴奋了。无论如何，基希讷乌和切尔纳乌蒂都还没有被占领。甚至有人说，俄罗斯人在斯库列尼－法尔丘地区进行了反击。但我拒绝相信所有所说或传言的事情。我只等待官方的公报。

前天在康斯坦察和加拉茨发生了更严重的轰炸。来自那里的人对此"大吹大擂"，愚蠢地喋喋不休，歇斯底里。人们需要更多的是冷静和耐心。

---

[1] 河流名，罗马尼亚和被占领的比萨拉比亚之间以往边界。

6月27日，星期五

一个相对平静的夜晚。当我刚刚把上一篇日记写完，警笛再次响起。但我们决定不去防空避难所。最后，我认为我们在一楼或我们上面三层楼所得到的"保护"并不比我们去地下室少多少。我一直睡到早上，甚至没有听到人们后来谈到的另外两次警报。

昨天的死者中有我八年级的学生扎内亚·亚历山德鲁，一个高大、英俊、健壮的男孩。在那个吵闹的班级里他有一定的个人特色。我这里有一本他在上学最后一天交给我的练习本。

"扎内亚先生，我该怎么处理它？"

"请你读一下吧。我想知道你对我的作品有何看法。"

"好吧，我会读的。"

有些人（科姆莎、莱雷亚努）对战争的进程完全漠不关心。有时这让我生气：看起来这些人冷酷、自私、缺乏想象力。

"犹太人将被赶出摩尔达维亚的村庄。"今天的报纸说。该措施可能会扩展到其他地区。报纸的横幅标题是："把犹太鬼送到劳改营去！"

6月28日，星期六

24小时的平静。没有任何空袭警报。我很早就睡了，很累，一觉睡到早上。第三份罗马尼亚公报今天发表。再次是冷静和克制：没有官方消息，没有关于正在发生的事情的真实迹象。德国新闻界的快讯只是大谈胜利。德国公报也是如此。然而，德军似乎确实在波兰北部取得了重大进展，并且在明斯克地区（在俄罗斯的旧领土上）发生了战斗。今天有人告诉我，斯摩棱斯克已经被占领，以至于莫斯科现在直接受到威胁。由于我没有收音机，所以无法验证任何事情，也无法知道任何事情。我只能等待官方公报。

与此同时,我继续阅读修昔底德的著作。我昨天读到的第五卷与其说是战争行动本身的描述,不如说是雅典、斯巴达和阿尔戈斯之间外交行动的历史。一些类比、一些相似之处非常惊人。吉罗杜发明了多么简单的游戏!到头来,他从如此丰富的隐含材料中汲取的东西是多么少啊!

我担心媒体、广播和街头海报所助长的反犹太主义的紧张局势。为什么?为什么?我很清楚为什么,但我无法改掉问这个愚蠢问题的习惯。

我一直待在家里,虽然我觉得令人窒息。我不敢进城走太远。最好不要被别人看到,不要让人们谈论我。傍晚时分,我绕着房子走来走去。我真正需要的是一个大院子,有一片小小的天空和一些可以滚进去的茅草。

6月29日,星期日

我今天读到的修昔底德作品的第六卷讲述了雅典对锡拉丘兹的战争、西西里远征、与意大利殖民地的外交谈判以及阿尔西比德的背叛。它似乎是所有书籍中最好的,也是最容易与当前战争进行比较的一卷。伯罗奔尼撒战争与1914年和1940年的战争之间的类比如此之大,以至于它们有时似乎合二为一。希腊城邦的战争政策中缺少的只是反犹太主义的转移元素——这种缺少在对比中更加明显,是因为希腊战争为经济利益而发动,却(就像今天的战争一样)以意识形态和舆论的名义将战争的目的伪装起来。犹太人对他们非常有用,但更仔细的分析可能会揭示谁在发挥这种作用,如果有这样的分析的话。我回想起,在几年以前,维克托·伊恩·波帕排演阿里斯托芬的《普鲁托斯》一剧时的情景让我觉得很有趣。他在所有希腊面具中加入了一个赤裸裸的闪米特面具。这个可怜的人总觉得那里少了点什么……

我打算读完修昔底德之后再读一下阿里斯托芬。我发现伯罗奔尼撒战争太吸引人了，不能这么快就把它搁置一旁。把阿里斯托芬加入，我将仍留在它的框架之中。

昨晚和今天早上都有警报，每个警报持续一个小时或一个半小时。但是没有轰炸。有几声巨大的噪音，但那可能是防空火力的声音。

从今天起，犹太人被禁止悬挂罗马尼亚三色旗或德国国旗。警车在城镇的各个地方四处走动没收旗帜。似乎在胡西，仅存的少数犹太人被迫佩戴一个独特的黄色标志。

一直有一种持续的压迫感和痛苦感。我不去拜访任何人，不与任何人交流。只有我的阅读有助于克制我的不安情绪。如果我的眼睛好一点，我就会多读书。

6月30日，星期一

浮夸的德国公报报告说，四千架飞机和两千五百辆坦克被摧毁，俘虏四万名。不仅是这样的新闻，就连公报起草的风格也让你感觉到一场重大的苏联军事灾难。在地图上，这一灾难并不那么明显。但在城里，每个人都在谈论德国的决定性胜利。

在雅西，五百名犹太教徒被处决[1]。以特刊报纸印刷的政府公报称，这些人一直在协助和包庇苏联伞兵。

---

〔1〕 塞巴斯蒂安引用了雅西大屠杀后的官方公报（1941年6月至7月）。在城市本身和两列死亡列车中，实际死亡人数接近13000人。

7月1日，星期二

又是一个月过去了，又是一个月开始了。如今，我们身处灾难之中。提问要比6月1日少多了，但恐惧更多了。

无力去说话或写作。一种沉闷、压抑的恐怖。你几乎不敢想象将要过去的一小时之后会发生什么，也不敢想象尚未过去的一天后会出现什么。今晚八点半至十点发出了警报。这是自星期日早上以来的第一次警报，但时间更长，而且显然更严重。防空火力的嘈杂声、机枪的扫射声和一些奇怪的孤立的枪声，仿佛来自左轮手枪。昨天，一位有轨电车司机看到我手里拿着一份报纸。

"他们攻入莫斯科了吗？"

"还没有。但他们肯定会——今天或明天。"

"好吧，但愿他们。然后我们就可以把犹太鬼剁成肉末了！"

在街上无意中听到一个男人和一个"贤淑"女士之间的对话：

"嗯，你认为他们发现了什么？那是一个犹太女孩，14岁。她亲手扔了炸弹。"

在锡拉丘兹惨败（修昔底德描述过其所有的痛苦和苦难）之后，雅典民主政权的垮台与索姆河战线崩溃后法兰西共和国的垮台非常相似。阿尔喀比亚德如同拉瓦尔，但可能更大胆，更冒险，更愿意让自己受到打击，而不那么卑鄙。当你读到所有关于雅典沦陷的文章时，你会感到胸口紧缩，一种奇怪的屈辱感。

7月2日，星期三

今天所有报纸上刊登的官方公报说："最近几天，发生了数起反对我们利益的外国敌对分子向德国和罗马尼亚士兵开火的事件。任何重复这些卑鄙攻击的企图都将被无情地粉碎。对于每个被袭击的德国或罗马尼亚战士,我们将处决五十个犹太共产主义者。"

7月5日,星期六

极度不安的日子。你感到沉重、被追逐,就像在噩梦中一样。然后,你感到极度疲倦,停止思考,似乎又陷入了沉闷的冷漠状态,然后又被另一条消息、另一个传闻唤醒。也许,当独自一人住在胜利之路时,我会更加强烈地感受到不安。但在家里,一些日常家务事正在进行(进餐时间、就寝时间、讨论、宠爱之物、与女佣或房东的关系等等),事情变得更加灰暗和冷漠。然而,除了所有这些像胶水一样的冷漠之外,还有一种持续不断的危险感。

在布佐、普洛耶什蒂和里姆尼克这些地方,所有年龄在10岁到60岁之间的男性犹太人都被关押在某个地方建立起来的集中营中或在学校、犹太教堂或任何其他地方。我不知道其他城镇是什么情况,我一直在想布加勒斯特这里会发生什么变化。

我已经停止关注战争的进程。反正我也没有办法。阅读报纸就像进行文本解码练习,而您却没有代码。然而它是如此有趣!我第一次意识到,真相绝对是无法伪装的。在所有的假消息和谎言以及所有的精神失常之举之下,无论隐藏得多么深或有多么扭曲,真相仍然会锋芒毕露,仍然会闪闪发光,仍然会吐气呼吸。

我在地图上看不到前线所在的位置。一切都是那么混乱。谁能知道什么地方被攻克了,什么地方则没被占领?在每天如雪崩般的轰鸣而至但不准确的战况报告中,前线的轮廓仍然不清晰。总的来说,上星期的情况似乎并没有发生根本性的变化:德国人在明斯克周围的中部取得了进展,但其北部和南部仍在抵抗坚守。尽管如此,媒体和战况报告都在谈论俄罗斯人的最后一场大灾难。以下是今天一份报纸

(《环球报》)一页上的标题:"德国和罗马尼亚军队追击敌人到德涅斯特和第聂伯河";"撤退的布尔什维克犯下的暴行";"没有什么能阻止德国在俄罗斯的前进";"二万名苏联士兵在被德国军队包围的明斯克逃跑";"德国军队在波罗的海沿岸销毁大量布尔什维克武器和弹药";"德国人在波罗的海地区占领了许多布尔什维克机场";"苏联阻止德国前进的尝试失败了";"德国空军摧毁了布尔什维克运输纵队";"匈牙利军队继续推进。"

7月6日,星期日

在勒雷安的家和西尔伯施泰因博士的家(在镇上两个完全不同的地方),警察要求将他们登记在所有18岁至60岁的犹太男性的特别名单上。贝努朋友的父亲——一个名叫莱博维奇的人,似乎是个默默无闻的不重要的人——昨天早上被人带走,然后用车运走了。没有人确切知道是谁带走了他,或者带到了什么地方。在科特罗切尼(我本人去年在劳工支队劳动过的地方),年轻的犹太人正在真正隐居的状态下继续我们的劳动。他们不能回家或接受探访;没有人可以送吃的东西给他们。我茫然地等待着夜幕降临,等待着黎明到来,等待着几个小时后又一天的过去——一天过去了,然后又是一天。……我甚至不再害怕。我似乎已经提前接受了可能发生的一切。如果不是因为想到妈妈可能会受苦,一切似乎都可以忍受。

幸运的是我还能读书。这是我仍有勇气的迹象。我轮流阅读桌上的许多书籍,就好像是随机地从一本读到另一本:蒂博戴(修昔底德)、阿里斯托芬、惠特曼的诗歌,以及玛丽·博登的英国通俗小说。作为储备读物,我还有巴尔扎克和圣伯夫,这些是我今年一直在读的书籍。

7月7日，星期一

晚间特别版的报纸刊登了关于切尔诺夫策被占领的公报。

7月8日，星期二

民间传说。在街上叫卖《红屠夫的故事》的吉普赛孩子们大声喊道：
火车离开了奇蒂拉——
载着斯大林去往巴勒斯坦。
火车驶出了加拉茨——
满车都是犹太人——死得惨。

罗塞蒂结束了他在坎普隆的假期，回来几天了。他认为苏联的失败是一场灾难，抵抗可能一天又一天地崩溃。另一方面，我至少一个星期没见过的卡米尔。他认为整个局势已经被一个新的不可预见的因素所扭转：即苏联士兵及其强大的战斗力。"对苏联军队来说，"他说，"这不是民族战争的问题，而是内战的问题。"与卡米尔的整个谈话都很有趣——不可避免地会出现"卡米尔主义"。如果他处在希特勒的位置，他就会知道如何削弱苏联的抵抗（他会向莫斯科投放五千名伞兵，然后大败对方）。如果他处在安东尼斯库的位置，他就会知道如何攻占俄罗斯的防御工事（他会用二十至三十人的小分队每隔很短的时间不断地攻击他们，从而使敌人精神疲惫）。我认为对于卡米尔（与对于纳埃·约内斯库一样，只是容易得多）我已经开发出一种让他说话和听他说话的真正技巧。这就是欣赏地倾听，偶尔发出惊讶的惊叹声，以及提出一些他可以轻易驳回的虚假反对或怀疑的问题。

我感觉反犹主义的紧张局势有所缓和，虽然降幅很小。我不太清楚这种感觉从何而来——也许是因为两三天之中没有正式公布新的反犹太措施。

7月9日，星期三

今天的报纸刊登了布佐市长办公室的一项法令：犹太人不能在晚上八点到早上七点之间走动；无权进入咖啡馆；禁止互相拜访，即使他们是朋友或亲戚；也不能看医生，除非通过当地警官。昨天我错误地认为反犹太紧张局势正在缓和。每当我进城时，我都会感到比以前更加沮丧。有可怕的案例（昨天，一名19岁男孩的死亡），有令人厌恶的新闻报道。你无法核实——但一切似乎都是真的，而且一切皆有可能。

我已经读完了《与修昔底德的竞选》，开始阅读《战争与和平》。我渴望有一点音乐：巴赫或莫扎特会给我带来片刻的平静，让我振作起来。

7月12日，星期六

在过去的四天里，我无法在这里记录任何东西。我没有词语，没有感觉，也没有态度来讲述人们报告的关于犹太人在雅西被杀或从那里被运送到卡拉莱吉的简单事实。一场黑暗、忧郁、疯狂的噩梦。

如今剩下的就是让我们像在战争中死亡一样去迎接死亡。不管您会跌倒还是站起来，完全是运气的问题。那些在前线死亡的人是不是比我们还没有防御能力？我们数以百万计心怀巨大悲伤的人群都在黑暗中摸索着。死亡不会对谁歧视，也不会等待任何人。没有人知道谁会侥幸地活下来。

今天早上我又见到了卡米尔。奇怪的是，突然间，他开始再次告诉我——用意想不到的露骨描述——关于去年冬天发生的波尔迪·斯泰恩事件。为什么？他是否对此感到内疚？他是否被无法掩饰的卑鄙行为所困扰？我怀疑还有另一种解释。他认为我会像波尔迪那样陷入某种严重的困境——他警告我不要依赖他。"仅仅因为你的朋友比你暴露得少一点，就去求助于朋友是多么的无耻。"也许他想警告我，不要在某一天变得如此的"无耻"。实际上，卡米尔是我在困难时刻最不愿意求助之人。

看起来俄罗斯战线或多或少仍处于原来的位置，而且战斗已经进入等待、重组和准备的阶段。几天来，公报再次低调；他们所报告的一切都与比亚韦斯托克和明斯克的"包围"有关。看来，至少这次战斗算是结束了。今天的德国公报具有统计报表的特点：323898名囚犯、3332辆坦克、1809门大炮、6233架飞机。计数的绝对精度当然令人印象深刻。但不知何故，这些巨大的数字缺乏表现力。当你达到这样的水平时，你就会失去对比例和价值的感觉。

星期三、星期四和星期五，连续三个晚上，大约在同一时间（大约八点钟）都出现了20到30分钟的警报，没有任何枪声或炸弹爆炸声，即使在远处也是如此。

我一直很感兴趣地阅读《战争与和平》，与其说是为了作品本身，不如说是为了可能的历史类比。

7月14日，星期一

德国的"暂停"结束了吗？昨天的德国公报报道，维捷布斯克（位于斯摩棱斯克西北部）已被占领，德军在向基辅推进。新闻快讯声称，占领基辅和列宁格勒指日可待。

普洛耶什蒂的犹太人被迫离开了城镇。过去几天那里发生了空袭，炼油厂发生了一些火灾。

今天晚上，在暂停了两天后，又出现了空袭警报，并有密集的防空火力。

7月16日，星期三

夜里做了一个复杂的梦。我只记得其中一小部分。我在布勒伊拉，和纳埃·约内斯库在一起。我们都要去参加一个文学晚会，他将要在那里发表演讲，而我将要对他进行评论。我想他要我多多地美言一番。

星期一晚上，出现了很长的警报，从一点钟一直延续到三点钟，扔下了许多燃烧弹（几乎所有炸弹都落在我们的地区）。出现了一些小火灾，但被迅速扑灭了。昨天晚上十点左右，出现了短暂的警报，但没有导致任何后果。

谁也不可能知道今后将发生什么事情。我在墙上贴了一张欧洲地图，但我不知道前线在哪里。自星期日以来，德国的公报再次的低调，但新闻快讯却大声宣布，基辅、列宁格勒和莫斯科即将沦陷。

7月17日，星期四

昨天我读了克利内斯库所写的《文学史》一书校样（来自罗塞蒂）中关于我的那一页。这可能是有史以来对我最严厉的鞭挞，以"没有艺术天赋"开头，以"没有写作才能"结尾。我很生气，但仅此而已。在文学史上有这样一页是令人烦恼的，《文学史》作为记录作品的性质赋予它一定的不可撤销性。这种一千页厚的书每三十或四十年改写一次，所以我得等四个十年才能订正此记录。然而，在一开始的刺激之后，这一点似乎已经不再那么重要了。顶多是烦人。现在的时代，我不能认真对待这些文学上的烦恼，甚至戏剧方面的。重点是要继续生活。死亡在每一天甚至每一小时都可能发生。雅西所发生的事情（我仍然不能下定决心把我同时听说的一切都写下来）可以随时在这里重演。

那么，今后怎么办呢？

我作为作家的"职业"从未让我着迷；现在我甚至已不感兴趣了。战后我还会当作家吗？我会写作吗？我能从这些可怕的、兽性的岁月中积累的所有厌恶中恢复过来吗？

显然，基希讷乌终于陷落了。我听说德国公报今天晚上报道了这件事。报纸上还没有任何内容。今天上午的公报提到了苏军在多个点上反攻的失败（但要被"击退"，这些反攻就必然已经发生了）。新闻报道继续在谈论列宁格勒即将沦陷。

7月18日，星期五

罗马尼亚官方公报报告说，霍廷、奥尔黑、索罗卡和基希讷乌都已被德军占领。我们这座城市再次挂上了旗帜。明天会有盛大的庆祝活动。德国公报报告说，战斗继续，以令人满意的方式推进。德国新闻社DNB补充说，斯摩棱斯克已被占领。地图上的情况还不清楚，因为DNB今天还宣布德军占领了波洛茨克。这个城镇不仅在斯摩棱斯克以西，而且在维捷布斯克以西。

艾丽斯·特奥多里安告诉我，据她从前线回来的一位军官朋友说，军队奉命射杀他们在布科维纳和比萨拉比亚发现的所有犹太人。当时在场的里奇·希拉尔德也证实了这一点。前一天晚上的《号令报》刊登了一张照片，我很遗憾没有剪下来保存。照片中，一长串衣衫褴褛的可怜女人，带着同样衣衫褴褛的小孩。没有一张男性面孔。文字上说，这些是犹太共产主义者。军队围捕她们，以报复她们的犯罪行为。

7月19日，星期六

我今天在劳伦斯的一封信中发现了以下内容，把它们抄下来让我很高兴："我觉得我必须永远离开这一边，这一阶段的生活。鲜活的部分被僵死的部分扼杀，无任何改变。因此，仍然有繁育能力的生命必须离开，就像枯死植物中的种子一样。我想移植我的生命。我认为在美国有未来的希望。如果可能的话，我想朝着未来成长。这里没有未来，只有分解腐烂。"

今天《环球报》的头条新闻。"德军继续向莫斯科快速推进"，"形势严峻的苏联军队"，"斯摩棱斯克－莫斯科铁路被毁"。

7月20日，星期日

我在《战争与和平》中读到1812年8月斯摩棱斯克陷落的情节。正当我阅读的时候，也即129年后，同样的战斗发生在同一个斯摩棱斯克。托尔斯泰比我预想的更引人入胜，更有启发性且带有更多的话题。拿破仑与沙皇亚历山大的密使博洛霍夫的谈话，同库伦德[1]在1939年8月与希特勒的最后一次会谈惊人地相似。战争开始时莫斯科的气氛（传言、谣言、澄清、惊愕）就是我们这两年一直生活其中的气氛。还有，有趣的是，有人在《启示录》中看到了拿破仑，并把他名字的字母序号加起来等于数字666[2]。

除了在斯摩棱斯克地区的推进（那里的情况似乎并不仓促，因为德国的公报只说行动是"按计划进行"，其他战线并没有变化），在普

---

[1] 罗伯特·库伦德：法国驻柏林大使。
[2] 在《圣经》中，野兽的数字为666。

斯科夫发生战斗，在波洛茨克发生战斗，在诺夫哥罗德-沃林斯克发生战斗：这意味着自上个星期日以来，基辅和列宁格勒的局势对俄罗斯人来说至少没有恶化。当时这两个城市被认为几乎已经沦陷。

我们现在正进入战争的第五个星期，但没有发生任何决定性的变化。赌局仍然摆开，还有待继续出牌。

洛维内斯库前几天告诉尤金·约内斯库："没有人可以再成为亲英派了。俄国人必定被打败，而德国人必定保持胜利。否则我们必将被'犹太人和鞋匠'（？）统治。"

今天在街上，乔治亚·福特斯库对我喊道："到9月1日，德国人将吞掉俄罗斯的大馅饼，然后提出英国人无法拒绝的和平要求。"

圣以利亚。一年前我在这个区域度过了多么糟糕的一天，在太阳谷。

7月21日，星期一

与齐图·德韦基进行了对话（我在林荫大道上等电车时，他从自己的车里喊我。我们一起散步了半个小时）。在他看来，形势十分简单：苏联将在9月1日沦陷——也许甚至更快。列宁格勒最迟将在一个星期内沦陷，莫斯科将在两周内沦陷。无论如何，德国人将在9月1日之前完成对苏联的战役，然后将向英国和美国人提议和平建议。英国和美国人可能会拒绝这个建议——这对他们来说将是一个可怕的错误。无论如何，欧洲可以没有他们，尤其是在苏联垮了之后。乌克兰将向整个欧洲大陆供应粮食。苏联受到的损失是微不足道的。在布科维纳发现了大量粮食：完整的粮仓，未受到破坏的加工厂。他说的话我都听了，但没有提出异议。我甚至不想给人留下我有任何怀疑的印象。只有一次我问：

"但如果苏联到了冬天还未沦陷，会发生什么事情？"

"这太荒谬了！绝对不可能的！"

7月22日，星期二

与苏联人开战已经有一个月了。无法预测结果如何。一个星期又一个星期，我有一种感觉，我们已经接近"决定性"的阶段——而且我不得不一直将"决定"推迟到"下个星期"。德国人被他们的强大进攻搞得精疲力竭了吗？他们会被迫暂时叫停吗？还是苏联人几乎完蛋了？他们的抵抗已经耗尽了他们最后的储备吗？我认为这两者都不是真的。德国人将继续进攻，而苏联人将继续抵抗。这完全是时间问题：现在不是列宁格勒、基辅和莫斯科是否沦陷的问题，而是它们何时沦陷的问题。而我们，无论消息灵通或不灵通，都无法知道任何事情。我们必须等待，如果可能的话，必须保持冷静。

昨晚有两次警报：一点钟一次和三点钟一次。由于失眠而精疲力尽，我们不知道今天晚上是否允许我们睡觉。

他们几乎是随机闯入犹太人的家里，抢走他们的床单、枕头、衬衫、睡衣和毯子。既没有任何解释，也没有任何警告。

昨天晚上与阿代卡见了面。他说：

"不管怎样，虽然这不是他的目标，但希特勒正在帮欧洲打开巨大的监狱的大门，那里有两亿人正在窒息。"

今天我读了托尔斯泰关于波罗底诺战役的那部分。有点太费劲了。"一张巨大的展览画布。"尽管如此，还是很有启发性的。

7月24日，星期四

一个漫长的不眠之夜。第一个警报是在十点钟（雷鸣般的巨响，奇怪的闪光像闪电一样划过天空），第二个警报是在两点钟。我从避难所回来，精疲力尽，但我发现无法入睡。警察来了，把整栋楼都吵醒了。楼梯上不断传来说话声、靴子声、关门声和人们的喊叫声。显然，在空袭期间，一名女佣没关阁楼上的一盏灯。啊，女仆们被带到警察局，直到六七点钟才回来。又有人或其他人——警官或宪兵——不断地进来调查、检查、盘问。我们很害怕他们也会把我们带去。这个楼里住着多多少少的犹太人——多么好的机会呀！我的心脏收缩不断，让我窒息。

连续三个晚上莫斯科遭到轰炸。德军是不是马上要对城市进行直接攻击？也许为时过早——只要斯摩棱斯克地区，甚至更西边的维捷布斯克和波洛茨克仍有激烈的战斗。但是所有的报纸都有这样的标题："莫斯科已在烈焰之中！"

1812年9月2日至14日上午，在进入人员疏散的莫斯科前几个小时，拿破仑说："我将告诉（贵族）代表团，我过去和现在都不想要战争。我发动战争只是为了反对他们宫廷的欺骗政策。我喜欢并尊重亚历山大。在莫斯科我将接受对得起我自己和对得起我的人民的和平条款。"

7月25日，星期五

昨天晚上的德国公报说："在整个东线，德国和盟军的行动有条不紊地继续进行，尽管当地有重大抵抗，尽管道路状况不佳。"

昨晚两点和三点之间有警报响起。我们跑到了避难所，在睡梦中倒下，确信这种干扰是毫无意义的，但只能是恼怒，还得顺从地接受。

佐伊一直试图通过电话联系我，尽管我沉默了很长时间（自6月

23日以来我不想见任何人）。她说有一次她非常担心，所以她来到安提姆街，想看看我有没有事，却不敢按门铃。如今她正要"自愿"离开，去布科维纳。在那里部里已经答应给她三倍的薪水，条件是她至少要在那里待上一年。最后，她生怕回不来，打消了这个念头。我问她为什么不离开布加勒斯特一个月——她抗议说，那样做，她会觉得自己像个逃兵。她正处于一个不寻常的公民意识阶段。

昨晚我梦见了勃拉姆斯的《小提琴、大提琴和管弦乐队双协奏曲》。这是我第一次梦到这样的事情。我完全不记得梦中的任何其他内容：我和谁在一起，在哪里，在什么样的环境之中。我只知道我听了一段很长的音乐。在听了第一小节之后，我有点犹豫，然后我说这是《勃拉姆斯协奏曲》。

7月26日，星期六

昨天晚上的德国公报说："在整个东线，行动都在按计划进行，有时会发生激烈的战斗。"

昨天我遇到了卡米尔·彼得雷斯库。他说：

"与苏联人的战争很艰难，非常艰难。希特勒现在的进攻是凭着他的天才直觉。因为再过一年，他们就会立于不败之地。"（从莫斯科回来的加芬库也会同意这一观点。）卡米尔继续说，尽管苏联人进行了所有抵抗，但他们将在秋天被击败，然后我们将获得妥协的和平。由于今年希特勒将无力进攻英国，他只能等待另一个冬天去完成。因此，他会更喜欢和平。至于英国人，战争已经让他们疲惫不堪，就算他们不想接受和平，也会被美国人逼得接受和平。苏联将为一切付出代价。西方将只剩下英国人和美国人。法国将再次重组。波兰和南斯拉夫将以这样或那样的方式重新组建。德国将占领整个俄罗斯地区。希特勒把世界从布尔什维克主义手中拯救出来将得到普遍的认可。最后,也会对犹太人做出让步("不能再这样下去了")。犹太人将在俄罗斯的某个地方建立一个国家,甚至可能在比罗比詹[1]。

两个小时后,卡兰迪诺说:

"形势非常严峻。德国的损失非常大。目前还不知道是德国人会碾压俄国人,还是俄国人会碾压德国人。莫斯科可能会陷落——也许要在两个星期、三个星期或四个星期后,但它会陷落。但只有到那时,关键时刻才会到来。如果俄罗斯军队崩溃(在希特勒得到满意的土地后进行反复的列宁所说的"政变"),那么一切都会'完美无缺'。但是,如果他们不崩溃,如果俄罗斯军队留在遥远的地方,甚至越过乌拉尔山脉,他们就会发动反攻,在他们到达菲尼斯特雷之前没有什么能阻止他们。他们将征服整个欧洲。这将是可怕的。我们将受到格鲁吉亚人、鞑靼人或卡尔穆克将军的统治,没有人可以逃脱得掉。"

昨天晚上,柏林被英国人轰炸了。这是对莫斯科轰炸的回应?

我们度过了一个没有警报的夜晚。我两点钟醒来,惊讶于"他们怎么还没来"。他们今晚也会让我们安心睡觉吗?

7月27日,星期日

一个没有警报的夜晚。睡得很香。

拿破仑从俄罗斯撤退后,回到维尔纳的亚历山大对他的将军们说:"你们不仅拯救了俄罗斯,还拯救了欧洲。"为了拯救欧洲——这只是一种古老的文体说法。然而,没有人愿意去重复它。

---

[1] 1928年,根据斯大林的命令,在西伯利亚东部建立了"犹太自治区",作为犹太人的"家园"。

德国公报谈到俄罗斯在维亚济马南部和东南部的反攻被击退（维亚济马位于斯摩棱斯克和莫斯科之间，所以这意味着口袋会越来越深）。在乌克兰，"尽管天气恶劣，道路不畅，但俄罗斯的殿后部队已经被打垮了"。

今天我看到了维绍亚努。在他看来，这场战争至少还要持续一年，因为要等到明年6月之后，英国人才会开始拥有制空权。

此话再次给人一种出乎意料，一种恼怒、无力、疲倦的感觉。要到什么时候？我一直在问。也许"出乎意料"是一个相当荒谬的说法。我的意思是，没有发生任何新的事情，一切都像昨天、前天、一个星期前、两个星期前一样——但我突然有一种更强烈、更压抑的窒息感。我真想大喊大叫。

7月29日，星期二

德国前天的公报称，"行动仍在顺利进行"。昨晚的一则报道称，"斯摩棱斯克地区的战斗即将胜利结束"，而在乌克兰，"尽管道路被冲毁"，追击仍在继续。公报不再提及维亚兹马了。从公报（过去十天左右的口径一致）和评论（有点生硬）来看，总体印象是前线或多或少已经稳定下来。闪电战已经让位于阵地战。德国官方媒体警告其读者需要时间。"要比以往在西部前线的时间更多。"这是今天早上拉多尔通讯社[1]的一份电报稿所说的。

乐观主义者让我心烦意乱。两三天来，出现了一股盲目的乐观情绪。昨天苏基亚努向我保证，战争最迟将在四个月内结束。

---

〔1〕 罗马尼亚的通讯社。

我昨天看完了《战争与和平》。无论是作为文献还是作为小说，这都是一部伟大的作品。任何人想写我们这个时代的历史，至少要等到戏剧结束后的十年、二十年，甚至三十年。我在《两千年之久》中试图记录那些才刚刚开始的戏剧是多么荒谬呀！年轻可以成为一个有效的借口吗？生活会允许我稍后报仇吗？

斯特凡尼通讯社[1]以大字印刷的快讯报道称，俄罗斯"爆发了瘟疫"。这应该成为我的报纸喜剧的素材，或者至少是种建议吧。

卡米尔·彼得雷斯库今天下午告诉我，他觉得比萨拉比亚的犹太人确实向罗马尼亚人开了火。现在发生在他们身上的事情是他们应得的。是他们挑起的。

吉策·约内斯库。前段时间，当我第一次得知（我打算在这里记录下来）他在经济部做生意，而且他在几年前就去那里工作了，我觉得很有趣。我偶然听到帕尔廷说他，约内斯库为了某种官方手续，已经索求并从他那里收取了四万列伊。但（我今天听到的）我发现最有趣的是，事实上，他以罗马尼亚归化局官员的身份，编写并签署了一份关于征用萨沙·罗曼在锡纳亚的别墅的报告。在这座有着令人愉快的别墅之中，他现在和吉娜以及同一个部门的另一对夫妇一同住在里面。共产主义，就像新闻业，可以产生任何事情。一旦进去，也许永远就不会从中退出。

我太累了。一段时间以来，我甚至十分机械地在写这本日记，没有任何真正的兴趣。而且我害怕失去了阅读的乐趣。

如果我能在森林、乡村或山间小屋的某个地方待上几天，我就能呼吸并再次清醒过来。

---

[1] 意大利的通讯社。

7月31日，星期四

含糊不清的公报，混乱的评论。没有确定的信息，只有各种解释、公式、委婉语，乱七八糟的让人觉得好笑。有一件事似乎相当确定：前线几乎没有发生变化。中心战役仍在斯摩棱斯克，但那里的情况也很混乱。是谁在守城？又是谁在攻城？到底是谁在包围谁？包围者与被包围者似乎在轮流坐庄。我每天早等早报，晚等晚报。这就是划分我一天的两件事。除了战争我什么都不想，这让我厌倦。没有片刻的自由，没有片刻的休息。

在艾丽斯家与布拉尼什特和阿里斯蒂德共进午餐。我喜欢布拉尼什特，但和他接触一点意思都没有！他人很诚实，但他所说的一切都是那么的贫乏。从来没有自己的想法，也没有一点广阔的视角。不过，和这样的人在一起，生活仍是可能的。

8月1日，星期五

曾几何时——就在不久前——每个月的第一天是值得庆祝的日子，因为又是一个月过去了！可现在，时间过得越多，圈子越拉越小，生活也越来越喘不过气来。诚然，我们必须要走的路会越来越短，但也因此变得更加危险。你几乎不敢回顾刚刚过去的7月的31天，你也不敢展望现在开始的8月的31天。我们的生活是一个每天每时都在重复的奇迹。

8月2日，星期六

所有20岁到36岁的犹太人都必须在今天晚上或明天早上到警察总部报到，并带上三天的干粮和换洗的衣服。这意味着贝努和我都在其中。有那么一刻，我感到目瞪口呆，石化了、绝望了。但不久，取而代之的是我习惯了的徒劳感、在逆境中屈服的感觉和睁大眼睛接受灾难的感觉。而现在，今天晚上，经过几个小时的烦恼，我向自己保证我会好好睡觉并努力忘记一切。我们明天再见。

8月3日，星期日

今天一整天都没有吃东西（圣殿被毁日）。狂热的活动和紧张的一天，但比昨天要平静些。从目前看，他们似乎只是征召劳力（如果"只是"是正确的词的话）。无论如何，不会是这样——或者还没有这样（正如我昨天担心的那样）——也就是说雅西的灾难将会重演。那里也"只是"从警方的征召开始的。他们承诺过，我们将得到体面的对待。事实是，到目前为止，还没有发生任何残暴行为。我将进行各种尝试以找到解决方案。如果这些方法都起不到作用，我会带着笑容离开！我只担心妈妈和我糟糕的健康状况。我感到很累，疲惫不堪。

8月4日，星期一

今天一大早，警官带着警察就在镇上的各个地方挨家挨户地敲门，叫醒人们，通知他们不仅20岁到36岁的犹太人，而且36岁到50岁的犹太人，都必须到警察总部报到。我一开始感到的忧虑又回来了。我们是否再次面临犹太人的大规模围捕？送到拘留营？还是全体灭绝？当我十点出门时，这座城市有一种奇怪的气氛：一种奇怪的紧张动感。一群群受了刺激的人四处奔波。苍白的面孔陷入了沉思。无言语互相质疑的神情，加上无声的绝望已经成为犹太人的问候。我迅速买了一些东西，今天下午准备我们的背包，好去报到。商店满满的都是犹太人，为自己的离开购买各种东西。几个小时后，所有地方的背包销售一空。出售罐头食品的商店只剩下一些零碎的东西（例如，已经不可能再买到一罐沙丁鱼罐头）。最常用的东西的价格突然飙升。我去瓦克雷什蒂路为贝努和我自己买了几顶帆布帽，昨天标价（160列伊）的标签已经被新标签（250列伊）覆盖，而新标签上的墨水尚未干透。

一小群面色苍白、饥肠辘辘、衣衫褴褛的犹太人，背着破烂的包裹或麻袋，从瓦克雷什蒂路出发，前往市中心。显然有数千人聚集在警察总部前的广场上。在胜利大街上，愁眉苦脸、一脸傻乎乎哀求神情的悲伤女人转来转去，又不敢靠得太近，大概是在等待着人群里面丈夫的消息吧。我很熟悉那种眼神，我太了解那种等待的心情了。在过去两年里，我在军营周围的地区见过多少次。

一整天都充满了折磨和疲惫，在某种可怕的事情即将发生的感觉所支配的气氛中度过。我们无法摆脱雅西大屠杀的困扰。然而，到了傍晚，情况似乎变得平静了一些。消息传来，他们已经放弃了召集36至50岁之间的人的计划了。也有消息称，明天或后天，官方公报将澄清情况，为征召过程制定一些规则。与此同时，没有人知道现在该怎么办。去报到？不去报到？还是继续等待？每个人心里都有一个希望，一种"保护"，一个他们期待的答案。不过已经有很多人被征召，已经进行了分配，已经开拔离走。

至于我们自己，我们决定等待。我像昨天一样跑过各种各样的差事（艾丽斯、布拉尼什特和维绍亚努对朋友的奉献精神、友谊和竭尽所能的渴望令人钦佩）。我们明天再看看情况如何。情况极度混乱。我认为即使是当局也不知道我们的确切情况，所有这些动荡的目的是什么，是谁下的命令，为什么要下这样的命令以及为了谁下此命令。……其中一种可能性是，这是一种压力（和安全）形式，以确保犹太人能交出所要求的100亿列伊钱财。我现在太累了，不想再写了。现在才11点，但我绝对受够了。也许明天再写吧。

8月5日，星期二

没什么新鲜的消息。我们今天也没有去报到，我还不知道明天是否会去。困惑，迷惘，持续的不确定性。今天早上又开始征召36至50岁的人了。征召办公室和警方之间似乎存在着权力冲突，这或许可以解释为什么尚未采取强制措施。我无法从治疗我食物中毒的医生那里得到证明。加羽医生建议我吃些禁忌食物，以导致身体出现危机。只有这样，委员会才会认为我真的病了。今天晚上我确实开始有计划地吃锡比乌萨拉米香肠。明天我准备喝黑咖啡。然后我们再看看效果。……我只是害怕会造成太严重的后果，这样我需要好几个星期才能恢复。

马德伦·安德罗内斯库在电话中说：

"你让我感到羞耻，米哈伊尔。我感到羞耻，是因为受苦的是你而不是我，受辱的是你而不是我。"

维绍亚努（他不是多愁善感的人）前天在街上说了类似的话，当时一群犹太人从我们身边走过。

"每当我看到一个犹太人时，我都有一种冲动，想上前和他打招呼，并说：'请相信我，先生，我与这一切无关。'"

没有人想与悲剧有任何关系。每个人都不赞成并感到愤慨，但与此同时，每个人都是巨大的反犹太主义工厂中的一个齿轮，而这个工厂就是罗马尼亚这个国家，以及它拥有的所有办公室、权力机构、媒体、机构、法律和程序。当维维或布拉尼什特向我保证，马扎里尼[1]将军或尼科莱斯库[2]将军对正在发生的事情感到"震惊"和"厌恶"时，我不知道我是否应该笑出声来。但不管他们是震惊还是厌恶，他们和成千上万像他们一样的人都在签署、认可和默许，不仅是默许或被动

---

〔1〕 尼古拉·马扎里尼：罗马尼亚将军。
〔2〕 康斯坦丁·D.尼科莱斯库：罗马尼亚前国防部长。

的，而且是通过直接参与这些勾当。至于大众，则是兴高采烈。犹太人浑身是血和受到嘲笑一直是公众娱乐的最佳选择。

我跟不上战争的进程。我甚至不知道斯摩棱斯克战役是如何结束的（真的结束了吗？），或者基辅战役是如何开始的。我感觉情况并没有实质性的改变。无论如何，由于缺乏信息，唯一真正具有重大意义的是几个目标大城市之一的沦陷，如彼得格勒、莫斯科、基辅，或者至少是敖德萨。目前，德国公报也是以同样低调的风格撰写。

8月6日，星期三

暂时取消了向警察总部报到。那些至今为止已报到的人被很好地真正地接受了。我们其余的人将在某个时间以某种顺序向征召办公室报到。我等待着把情况澄清。

在这期间，我们有一个意想不到的喘息空间。这能持续多久？几个小时？一天？几天？不管这些，至少现在我感觉较平静些。

我拜访了玛丽亚·吉奥卢（昨天晚上我给她打电话，让她帮我预约心脏专家易卜拉欣医生）。老实说，到她家里的感觉就像进入了一个华丽的疯人院，是一整套为"高级"疯女人预留的公寓。吉奥卢的房子从来没有让我觉得如此戏剧化、如此空旷、如此精心设计以产生效果。一切看起来都像商店橱窗里的那样不自然。最重要的是，颜色过于耀眼。接待室里放着巨大的紫蓝色扶手椅，上面有红色的小靠垫。餐厅是淡玫瑰色的，带有黄色的光线，就如电灯一样，透过长方形的窗户染了进来。楼上的休息室是红色的。到处都是强烈而刺眼的色彩。玛丽亚穿着一件和楼下扶手椅一样夺目的紫罗兰色长裙或披风，头上戴着深蓝色（同样耀眼）的头巾。她似乎从来没有这么疯狂过，而现在她再也没有了往日那种烂漫的天真。玛丽亚（以及她的丈夫）的想法、信念、愿望和期望并不难加以概括：您只需读一下《格兰戈尔》[1]即可找到答案。她支持贝当和德国人，反对英国人，反对俄国人，反对犹太人。如果德国人不赢，那将是一场不堪设想的全面灾难。如果德国人赢了，罗马尼亚将夺回特兰西瓦尼亚，匈牙利人将被消灭。无论如何，德国人的胜利是肯定的。他们的军队已远远超过了莫斯科，已经深入被包围的莫斯科有三四百公里。对她所说的话，就跟疯人院禁止顶撞病人一样，我一个劲儿地点头表示同意。

艾丽斯告诉我一些我觉得难以置信的事情（尤其是我经常见到她把最简单的事实夸大成一些胡说八道的故事）。维绍亚努似乎昨天拜访了她，双膝跪下向她示爱。我无法想象维维会处于这种位置。这正是我觉得这一描述如此搞笑的原因。如果我把这一故事告诉罗塞蒂，他会多么享受呀！

8月7日，星期四

或多或少是自由的一天（我甚至去看了电影！），但这种自由可能会在今天晚上、明天早上、明天晚上或任何时候结束。部长会议通过了关于劳改营和集中营的多项规定。当这些规定公开时，我们就会知道等待我们的将会是什么。无论如何，我无法相信他们已经放弃了将我们拘禁在集中营或劳动分队的想法。在他们没有改变主意之前，每一刻和平的时刻都是和平的时刻。

一份长长的德国公报，包含三份"报告"和一个"结论"。它是上个月战斗的一种历史记录。仔细看了三遍左右，还是对不上地图上的实际情况。公报说斯摩棱斯克的战斗已经胜利结束，但我看不到这种

---

[1] 法国反犹杂志。

胜利的自然续集，这显然应该是向维亚济马的推进。我也不完全清楚斯摩棱斯克本身是否已被占领。南方行动的记录更加混乱。基辅真的被包围了吗？是不是将要沦陷了？整个公报似乎更针对公众舆论的要求，而不是严格的技术描述。有趣的是，一个行动有两种说法，先是声称"一个新的行动阶段已经开始"，然后是"德国军队正在准备将它开始的战斗带入一个新的行动领域"。最后，那些奇幻的数字不再有趣，而是多姿多彩：895000名俘虏、13145辆装甲车、10380门火炮、9084架飞机。

8月10日，星期日

日子过得有多慢！生活有多慢啊！

有时，不知道为什么，你会突然比以前更强烈地感受到这一生的无用、狭隘和可怕的平庸，感受到生命逐渐瓦解，就像在漫长而持久的死亡中一样。为什么？为了谁？为了什么？会到什么时候？你睡觉和吃饭，睡觉和吃饭，睡觉和吃饭。你读早报，读晚报，然后再读早报，再读晚报。一切都化为灰烬，没有记忆，没有真正深切的希望。我想，那是发生在上个星期六或星期日，在一切似乎都消失了的时刻，出于某种原因，我在街上抬头仰望着天空。它让我热泪盈眶：湛蓝的天空中飘浮着一些轻盈的白云。你可能会说，那是南方的天空。它可能在其他地方，如安纳西、日内瓦、里斯本或圣巴巴拉。我可以低下头，发现在1941年8月自己不再身处于布加勒斯特，而是身处于一个自由的城市。在那里我可以自由地四处走动，不为人知，而且充满活力。

我读了很多书，相当机械地阅读，以麻木我的感官。用英语阅读的乐趣（唯一的乐趣）是我看到自己在英语方面越来越有进步。我的桌子上有泰恩的《英国文学史》第一卷。如果不发生什么事来阻止我，我想从十七世纪到十九世纪进行一次系统的旅行。

担心，后悔，忧郁的想法。如果在1938年——或者更简单地说，在1937年我应邀去日内瓦时——我顺道去了英国并留在那里（这可能需要付出一些努力），那么这些年的战争期间将会是多么不同寻常！我想我还年轻，可以把英格兰当作第二个青春时代，像学生一样勤奋、专注和热情地生活。但丁·加布里埃尔·罗塞蒂的一句话总结了我的一生：

看着我的脸；我的名字叫做"也许可能"。

德国对乌克兰的新攻势似乎正在取得进展。我没有足够的信息在地图上追踪它，但据说德涅斯特河、第聂伯河和黑海之间有一次巨大的迂回包抄行动。除此之外，没有前线的其他消息。

政府无情地向犹太人索要一百亿列伊。如果找不到那么多怎么办？威胁是直接的，绝对不会拐弯抹角。如果找不到，我们只能用生命来付出。

8月11日，星期一

我们又一次被征用劳务，这次是征召办公室的官方宣告。我们都必须按年龄顺序前去报到，从18岁到50岁。星期三轮到贝努，星期五轮到我。这一次，我认为不可能有滑过去的机会。我对这个消息相当平静——至少到目前为止是这样。

在切尔诺夫策的犹太人必须佩戴黄色的大卫之星徽章之后，雅西的犹太人现在也必须这样做[1]。据说该措施将很快扩展到布加勒斯特和其他地区。

---

[1] 佩戴黄星徽章的义务仅在摩尔达维亚的某些地区以及比萨拉比亚、布科维纳和德涅斯特河沿岸强制执行。

8月11日。1940年8月11日发生在奥尔滕车站的那个可怕的夜晚！这是一场噩梦——而且感觉好像还没有结束。

昨天晚上和今天晚上的德国公报没有提供任何新内容。德军在乌克兰推进，但却没有什么具体信息，在前线其他地方——"按计划进行"。

在桑杜·伊利亚德[1]家，和贝努、阿格尼娅·博戈斯拉娃[2]在十二楼的露台上度过了一个愉快的夜晚。充满着苦难和耻辱的城市离这里很远，但是当你回去的时候，……

8月12日，星期二

所以，我们现在也不用去了——暂时不用。是的，"暂时"——一切都是"暂时"。在最后一刻，他们取消了昨天颁布的服务报到的通知。今天的公告说，"犹太人的劳工征召暂停十天"，新的指示将在8月21日之后发布。我不知道所有这些磨磨蹭蹭的确切原因；这可能只是幸运的旧行政混乱。但也可能是他们尚未决定如何处理我们。也可能是他们决定再给我们几天时间，直到战争贷款的认购安排妥当，这样就可以将强制劳动的阴影作为一种持续的威胁和施加压力的手段。无论如何，我们又有了几天的安静，或者可能只有几个小时的相对安静。这是相当不错的收获。

8月13日，星期三

昨天晚上和今天晚上的德国公报含糊不清。"行动仍在成功地继续

---

[1] 桑杜·伊利亚德：戏剧制作人。
[2] 阿格尼娅·博戈斯拉娃：女演员。

进行。"事实上，唯一可能发生事情的地区是乌克兰南部。据说敖德萨即将沦陷。任何一天，任何时间——已经为期不远了。

但我有一种感觉，战争已经不在仅靠迅速一击就能在24小时改变局势的阶段了。我们必须等到9月才能看到比今天看到或猜测到的更多内容。罗马尼亚媒体本身似乎不像三四个星期前那么明确了。语气有所缓和。

波纳鲁律师（布勒伊拉人，我在学校与他关系不太好）告诉我，敖德萨已被占领四天了，但德国人暂时不想宣布。

8月14日，星期四

我的博士论文的一个可能主题（如果我能提交的话）是：希特勒时期世界各地的反犹太立法。

8月15日，星期五

今晚的德国公报说："敖德萨市已被罗马尼亚军队包围，尼古拉耶夫市被德国和匈牙利的快速机动部队包围。在布格以东，德军占领了重要的克里沃罗格矿区。其他方面的行动也在成功地继续进行。"

感觉时间仿佛停滞了，静止了，不再移动，不再流逝。会永远是这样吗？我累死了。我不再有阅读报纸、讨论、提问和给出答案的意愿了。

8月17日，星期日

漫长、炎热、单调的8月份的日子让你充满悲伤、疲倦和无助感。没有希望，没有什么可期待的。我筋疲力尽。我感到空虚、荒凉、盲目、痛苦。有什么能让我起死回生？也许是大海，也许是森林，也许是在山上待上几天。我需要一股健康的浪潮来洗涤我。我应该能够继续相信生活，相信我逝去的青春，相信我生活、热爱并取得成就的使命。

两三个星期前，在斯摩棱斯克战役最激烈的时候，人们普遍认为形势正在加速推进。在不久的将来，战争似乎有可能结束。而现在，战争处于一个不那么激烈的阶段，和平似乎更遥远，更不可能。前方没有消息。一切似乎都停滞不前。德国在乌克兰南部的行动继续"按计划进行"，正如德国公报一贯所说的那样。丘吉尔和罗斯福（他惊人的乐观主义在我们这里黯然失色）之间的会议正在制定1942年的计划[1]。

8月18日，星期一

昨天晚上的德国公报宣布德军占领了尼古拉耶夫。今天晚上的报道称，苏军从乌克兰撤退的步伐"加快了"，其他方面也取得了"重大成功"。

对阿代卡家的一次偶然访问。他写了——并且他读给我听了——对克利内斯库的《历史》的长篇回复。写得好极了，非常准确——但他是如何找到写作的力量、倾向和好奇心的呢？简直是青春活力的象征。也许，在我深深的疲倦中，有比冷漠和怀疑更过分、更糟糕的东西；也许是生活的缺乏。为什么我不觉得针对我的言论、行为或文章是"针对"我个人的呢？为什么我没有报复的欲望？为什么以前那么神经质的、好斗的我，现在却那么温顺呢？

昨晚两点到三点钟之间，警报再次响起——这是近四个星期以来的第一次。据说他们在轰炸布夫蒂亚车站。但我的印象是，俄罗斯的空袭总是漫无目的，毫无效果的。

---

[1] 丘吉尔和罗斯福于8月8日至11日在纽芬兰会面，并通过了呼吁民族自决的《大西洋宪章》。

8月21日，星期四

德军占领了乌克兰南部的赫尔松。至于中部战线，他们报告说战斗发生在斯摩棱斯克南部的戈梅利，并取得了胜利。现在主要的压力似乎在北部的列宁格勒。伏罗希洛夫已经向那里的民众发出了紧急呼吁。

与昨天从乌克兰前线返回的骑兵中尉维基·希拉尔德在艾丽斯家共进午餐。他对这场战争的总体看法并没有那么有趣（无论如何，这与你在布加勒斯特所听到的并没有太大不同），但他对详细事件进行了简单而准确的描述，其中包括关于德涅斯特河两岸对犹太人的屠杀。数十、数百、数千犹太人被枪杀。他作为一个普通中尉，本可以杀死或下令杀死任何数量的犹太人。带他去雅西的司机一个人就开了四枪。

昨天晚上一点，发出了空袭警报。

8月22日，星期五

与俄国人开战已经两个月了。如果我撇开德国在北方的新推进（它才刚刚开始，我不知道它将如何结束），战争似乎呈现出更清晰的形态。无论如何，这两个月代表了两个截然不同的时期。第一个表明德国的闪电战不会奏效；第二个表明苏军的反攻也无法突破。德军在斯摩棱斯克的进攻停止是一个决定性的时刻：这是德军的进攻第一次被阻止。这一事实使人们有理由质疑，在承受了第一次巨大冲击之后，俄罗斯人是否自己能采取主动。这不仅仅是一个问题，也是一种热切的期待，夹杂着恐惧、乐观和惊讶。

现在一切都安静了下来。德国人在南部的敖德萨－尼古拉耶夫－赫尔松附近重复了"巨大的冲击"，他们在北部的列宁格勒周围也重复了这种情况。俄罗斯人只能抵抗和撤退。但假设他们能做到这一点，并且假设没有意外发生，战争可能会以同样的方式继续下去，直到下一场雪。然后就会出现冬眠，或者转移到温暖的地方，等待着解冻的到来。

进攻列宁格勒看起来比我最初想象的要严峻得多。我现在才在地图上看到德军已经到达的诺夫哥罗德的位置。要切断列宁格勒与莫斯科的联系不会花费多大力气。的确，伏罗希洛夫在昨天发表的声明中说，列宁格勒没有被占领，也永远不会被占领，但是罗斯托普钦在1812年8月就莫斯科的情况也差不多是这么说的。

多么奇怪呀！现在我想起来了——希拉尔德昨天谈到比萨拉比亚的犹太人遭谋杀和屠杀时表现得如此平静（他在述说中谈到，他所在团的一名上尉枪杀了一名年轻的犹太妇女，因为她拒绝和他睡觉）。直到现在我才想起希拉尔德本人的父亲家族是犹太人血统——我在想，他亲眼目睹了所有的恐怖竟然没有发疯，或者感到震惊。

8月23日，星期六

内政部发布的公报说："根据国家元首扬·安东尼斯库将军的命令，现在公布，如果共产党人进行任何破坏行为，将要处决二十名犹太共产党员和五名非犹太共产党员。"

罗马尼亚军队总部的公报说："我们已经距离敖德萨十五公里。由于受到犹太政委持手枪督战，俄罗斯人一直继续战斗，直到最后被歼灭。"

昨天晚上的德国公报展示了一份新的战况统计表：超过一百二十五万名囚犯、一万四千辆装甲车、一万五千辆坦克、一万一千二百五十架飞机。

阿夫拉姆叔叔今天早上去世了。我有一个可怕的想法（我无法完全从脑海中赶走），即我在某种程度上与他和他的命运相似。

8月25日，星期一

犹太人再次被征召去干活。今天早上的报纸上有征召办公室的公告。在街上，报纸的标语牌上写着醒目的大字："18岁至50岁的犹太人……"贝努后天将要去报到；我在星期一报到。这就是我目前所知道的。我们会留在布加勒斯特吗？还是离开这里？会去哪里？

今天早上，苏联和英国军队进入了伊朗。

德国-苏联战线上没有什么新鲜事。双方仍在敖德萨战斗。列宁格勒地区的压力似乎没有近来所说的那么严重。

8月26日，星期二

今天在征召办公室报到的大多数年轻犹太人（18岁到21岁）似乎都留在了布加勒斯特，在波利贡工作。三百个支队中只有一个被派往盖什蒂。我焦急地等待着明天贝努会发生什么事情。如果他被分配到地方支队，我会很高兴。只要想到他可能离开布加勒斯特，我就感到害怕。至于我自己，还有五天时间，这让我很平静，甚至可以说是漠不关心，仿佛这件事与我无关。

俄罗斯的前线战斗激烈，没有任何重大变化。敖德萨的抵抗引发了一股忧虑的新浪潮，掩盖了上星期在布加勒斯特的乐观情绪。图图贝伊·索拉科卢、罗塞蒂和我今天见到的卡米尔都抱怨说，德军进展缓慢且困难重重。

基林格[1]昨天在德国公使馆的讲话中说："随着德国人和罗马尼亚人继续并肩作战，他们的友谊将变得牢固和根深蒂固。"

---

〔1〕 曼弗雷德·冯·基林格：德国驻布加勒斯特大使。

我们缺乏有关伊朗行动的信息。军事方面并不那么有趣（尽管这个国家幅员辽阔，地理困难相当大）。我怀疑不会有一场真正的战争，而且事情会很快过去。政治方面更有趣，也更不可预测。德国人会怎么做？他们会抗议并就此罢休吗？他们会允许英国的行为得不到回应吗？这很难相信。他们会攻击土耳其吗？这不是不可能。但随后他们将不得不把数十万人转移到巴尔干半岛——这可能不是一件容易的事，因为整个东部前线都是敞开的，激烈的战斗正在进行或迫在眉睫。

我们越接近秋天，战争就会变得越复杂和戏剧化。

8月27日，星期三

我开始感到离别的紧张，害怕我所有的瞎折腾都会白费。贝努明天早上必须去报到。他的分遣队中的其他年轻人已被派往达季洛夫、菲尔宾尼或维代勒。他有可能被留在布加勒斯特吗？机会非常渺茫。我自己，也许有教师的头衔保护，不知道能不能免遭一难。

8月28日，星期四

贝努已被送往菲尔宾尼。他明天早上离开。

在伊朗，昨天成立的新政府已命令军队停止一切抵抗。

德军占领了南部的第聂伯罗彼得罗夫斯克（叶卡捷琳诺斯拉夫）和北部的卢加。在中部，斯摩棱斯克地区，苏军似乎已经反击好几天了。据说罗马尼亚人在敖德萨的损失惨重。

昨天在巴黎，来自卡尔瓦多斯的29岁男子保罗·科莱特——法国反布尔什维克远征军的一名志愿者——在移交旗帜的仪式结束时用左轮手枪向拉瓦尔和德阿特开火。

8月29日，星期五

贝努今天下午离开前往菲尔宾尼。我跑了一整天，希望能做点什么让他留在布加勒斯特，但都未成功。但既然他现在离开了，只能愿好运与他同行。总有一天，这段经历会让他受益匪浅。

8月30日，星期六

埃米尔·古利安前来拜访我。他没变：依然深情、善良、直率、敏感。我们之间有十五年的友谊，我觉得没有任何动摇。但是……他穿着中尉制服这个简单的事实让我感到尴尬。我一边和他说话，一边对自己说：你看，他来这里并不觉得尴尬，也不怕被人看见。我们一起出去了，但我一直在想，他穿着制服，可能会觉得这很不愉快。当我们到达胜利之路时，我找了个借口就与他说再见了。我有一种感觉——也许是错误的，也许是被夸大了——如果我和他走得更远，会对他不利的。

埃米尔在邮局工作，并根据那里收到的所有报告编辑每日信息公告。他知道很多事情。最令人担忧的是铁卫军团政府死灰复燃的可能性。显然，安东尼斯库一段时间以来一直在与所谓的"温和派军团成员"（老科德里亚努、维吉尔·约内斯库、赫尔森尼、沃任[1]等）进行谈判；而德国媒体则直言不讳地支持顽固分子。无论如何，人们认为"温和派"本身（暂时比较低调的）只是顽固派的掩护者。古利安认为

---

[1] 维克多·P.沃任：极右翼、亲纳粹的记者。

军团卷土重来的危险非常大。他还告诉我一些关于罗马尼亚和匈牙利之间某种紧张局势的奇怪事情。匈牙利人在他们的报刊上猛烈攻击罗马尼亚。罗马尼亚政府没有回应,但让人们知道特兰西瓦尼亚的问题很快就会出现。令我惊讶的是,在与苏联人的战争最激烈的时候,这件事并没有让埃米尔觉得奇怪,或者至少觉得是天真。

今天早上我在街上遇到了画家丹尼尔。他也谈到了铁卫军团可能会回来。"沃任每天都待在宣传部。"

在前线,从粗线条讲局势没有发生变化。德国人昨天宣布他们占领了基辅,芬兰人今天宣布他们占领了维堡。战斗仍在敖德萨进行。

科姆莎给出了三万列伊,以便他可以被分配到布加勒斯特。这样,他在奥托佩尼从事一些建筑工作或其他工作。

8月31日,星期日

天下着雨,漆黑一片,时不时的闪电照亮了空无一人的街道。我想到了贝努——然后想到了战壕里的人。到今天晚上,开战有两年了。

不知道前方具体情况如何。昨天晚上的德国公报甚至没有提到地面行动。局势似乎又陷入了停顿。但即使这是真的,也不会持续太久。德军会不会发起攻势渡过第聂伯河?他们会再次尝试向维亚济马突破吗?他们会向列宁格勒投入更大的兵力吗?或者,最后,他们会攻击土耳其吗?

我深感没有收音机之苦恼,尤其是在重大新闻事件发生之前相对不活跃的时刻。

昨天,警方突袭了弗洛里亚斯卡湖旁的浴场。所有犹太人都被围捕并带到警察总部。总是有各种不成文的禁令。

我在读《特里斯舛·项狄传》。相当长而且冗词赘句。当然，读起来令人愉快，但远非杰作。它的风格有点像蒙田——但差距太远！

乏味、厌恶、冷漠、崩溃。

9月1日，星期一

9月1日！8月是多么艰难地过去了！而今天的日期，1941年9月1日，在我看来是多么非真实——好似在从前，例如在春天。今天，1942年3月的第一天在我看来同样遥远，同样难以置信。时间流逝，什么也没解决。从理论上讲，我们知道我们离噩梦的尽头越来越近了——但现在我们正处于最黑暗的夜晚，在同样令人遗憾的痛苦中挣扎。

两年战争！但我们是否已到达不幸的谷底？我们是否翻过了失望之山？我们是不是可以认为我们已在斜坡的另一边了？曾经有一段时间，对我来说1941年秋天似乎是战争的尽头。但现在看来，再过一两年似乎也不为过，即使不是极端地看问题。

根据德国新闻机构DNB的一些消息，言外之意就是说，苏联人确实在前线的中部进行了反击。公报和报道是如此含糊，以至于你会觉得有些东西正在暗中酝酿，很快就会爆发出来。

不知为何，昨天的报纸又刊登了官方声明，表示如果有任何破坏行为，将枪毙"二十名犹太共产党员和五名非犹太共产党员"。

一个寒冷、灰蓝色的秋天早晨。我和尤金·约内斯库沿着丁波维他河岸散步了很长时间。感觉就像在一个陌生的小镇一样。

9月2日，星期二

> 明天，明天，再一个明天，
> 一天接着一天地蹑步前进。
> ——莎士比亚：《麦克白》，第五幕第五场

日报上的委婉语可以编成一本集子。今天《今日报》里面的一句话让我觉得特别有味道："鉴于德军已经在对岸好几天了……，包围行动的最后操作阶段正在这里进行，这很可能*正在以闪电般的速度日趋成熟*。"

9月3日，星期三

秋天，下雨，寒冷。阴沉的犹太历11月天气。七点钟天就黑了，在城市里走动变得极其困难。有轨电车行驶缓慢，人们挤在台阶上，紧紧抓住缓冲围栏。昨天和今天，全城都有警察突击搜查——这使得交通更加缓慢。昨天我在紧要关头跳下了有轨电车，就在这时警察正好涌入电车。

我还不知道送往外地劳动的喜剧会如何结束。复杂的操作在征召办公室缓慢进行，包括各种交易、协议和讨价还价。这是一个巨大的货币市场，每个人都参与其中。我在等着，看学校是否会获得教师豁免权利。他们向我们要钱——每名教师一万列伊，即便如此，现在也没有什么是确定的。

两天之内，布加勒斯特的犹太人必须拿出四千张床、四千个枕头、四千条毯子、八千张床单、八千个枕套等[1]。社区被要求自己收集这些

---

[1] 安东尼斯库政府强迫罗马尼亚的犹太人缴纳家庭用品特别税。

东西——但如果不及时办理，将由警方来处理。草草组建了"知识分子"团队来启动这项业务。

据维索亚努和罗塞蒂说，德国对土耳其的进攻将在几天内开始，甚至可能在几个小时内就开始。苏德战线上出现了一些停顿。最近的四五份德国公报再次非常低调。恶劣的天气可能也使事情变得复杂。也许正是出于这个原因，战争将转移到更温暖的地区。如果土耳其遭到闪电袭击并且土耳其人的抵抗迅速被击败，我也不会感到惊讶。一场短暂的战争，让德国人在三到四个星期内取得完全胜利（这并非不可能），可能会为他们在俄罗斯的重大延误提供政治补偿。有了这样的秋季成功，从宣传的角度来看，他们更容易进入冬季。

我非常高兴地阅读莎士比亚的《十四行诗》。怀着有一天做诗词翻译的念头，今天晚上用罗马尼亚语写了两首十四行诗，暂且简单直译。

9月4日，星期四

今天晚上又翻译了三首莎士比亚十四行诗。当然，只不过粗略地练笔罢了。甚至连这都没有达到。我必须做很多工作才能将它们提升到无形状态之上。

如果军队需要什么东西（如办公用品、盘子碟子、库房的缺货等等），解决办法很简单：让犹太人来提供！这就是犹太人所做的。昨天的命令让我们负责提供病床和床单，本质上是一种军营解决方案。

人们都在说德国与土耳其的战争一触即发。人们今天谈论此事甚至比昨天还要多。冯·帕彭现在在柏林。

德国公报继续保持低调。然而，（从电报和评论中看）似乎，对列宁格勒的压力正在增大，而在南部，第聂伯河有一个地方已被突破。

至于中部地区，他们承认有苏军的反攻，但又断言——完全矛盾地——德国人已经到达布良斯克。

尤金·约内斯库向我指出，在纪德的《日记》中有一篇他在1914年写的关于犹太文学的彻底反犹太主义的文章。这很可能是由《时间号令报》或萨恩−久尔久在罗马尼亚出版的。

9月5日，星期五

我去律师协会从档案中拿走了我的文凭。一年前，他们把我开除了。今天是我第一次回到法庭。没有任何情绪（我在那里没有记忆，没有遗憾，也没有希望），但我确实感到一种厌恶感。行政部门有一个搞笑的家伙，不知道为什么，不时用德语跟我说话：

"我不是反犹主义者。哦，不是的，我有不同的想法。你会给多少？多少钱？五百？"

我给了他三百——他带着一种慷慨大方的可笑神情接受了。他总是用熟悉的语气和我说话，只是不时地滑到了德语，尤其是在谈及金钱的时候。

犹太大教堂的院子里一副可怜的景象。人们正在那里收集床、床垫、床上用品和枕头。人们总是垂头丧气地背着东西来到这里——顺从、悲伤、不叛逆，几乎感不到任何惊讶。没有人再对任何事情感到惊讶。负责人对工作进展缓慢、没有积极性感到不满。旧的东西都拿来了。他们被告知，如果我们不在明天之前执行指示，军队将自行征用。今天早上又收到了一份最后通牒，要求提供五千套西装、帽子和靴子。最后，也是在今天早上，社区被告知，从星期三开始，我们将不得不在我们外套的左上角缝有一个"六角星"的标记。我回到家中，就如同中毒了的感觉。我需要比我现在更多的耐心、更顽固的意志来忍受任何事情。我很想甩掉一切然后说：开枪吧，杀了我们吧，把我们结束掉吧。但是，当然，犹太人不是带有如此的绝望，无论如何也不是带有如此的投降态度，而是祖祖辈辈幸存地活了下来。

我试着待在家里看书。或许是一种逃避（我满怀顾忌地对自己说），但不管怎样，我什么忙也帮不上，我不明白为什么要让自己受这样的折磨。

我继续阅读莎士比亚的十四行诗。

罗塞蒂告诉我，帕兰吉努（丘佩尔卡将军的参谋长）对一些朋友说，他预计敖德萨会在后天，也就是星期天陷落。戈加夫人今天告诉罗塞蒂，12000名罗马尼亚士兵在比萨拉比亚和布科维纳阵亡，18000名士兵阵亡于敖德萨。

9月7日，星期日

德国公报保持同样的沉默。这种状况已经持续一个多星期了。"战争中的沉默"是戈培尔在《帝国》报纸上发表的一篇文章的标题，他在其中谈到了新闻政策。我头脑中没有前线的画面，我也不知道现在的战线在哪里。北边是列宁格勒会战，南边是敖德萨会战。中间是苏军反攻，不知道规模有多大，强度有多大，也不知道它的胜算机会有多少。

星期六整整一天我一直垂头丧气，但后来突然之间我就将它克服了。我没有权利这样。我不能这样。从某种意义上说，我甚至会说我没有任何理由如此这样。如果我在脑海中查看各大洲的地图，游戏就会变得更加简单明了。没有必要日复一日地关注它，也没有必要为每一个单独的插曲而烦恼。最后的结果是不可避免的。可以呼吸的那一天将会到来。你必须坚持下去。就是这样。

昨天我去一家杂货店为贝努买东西——我被吓了一跳。自从我9月份搬到安提姆街之后,我几乎没有购物过,我也不知道价格。它们上涨了三倍、四倍或五倍。这很糟糕。而我们现在还只是在9月初。隆冬会是什么样子?

我口袋空空,没有钱了。今天我给了妈妈我最后一张一千列伊的钞票。现在该怎么办?我不知道。

9月8日,星期一

昨天晚上有三次空袭警报,在那前所未有的透亮柔和的湛蓝月光之下。这是我记忆中最美丽的夜晚之一。一切都变了样,一切都变得更温柔、更纯洁。寂静的城市变得与平常的城市截然不同。我在防空避难所度过了前两次警报(十一点钟和一点钟)。但是第三次我没有下楼去(已经是两点多了,虽然当我睁开眼睛时,凭着光亮我以为已经是早上了)。在我的印象之中,轰炸并没有那么严重。但我今天在城里听说,科伦蒂纳区的一家纺织厂遭到直接袭击并被摧毁了。

一份哈瓦斯通讯社的电报稿说,彼得格勒最迟将在两三个星期内陷落。

弗吉尼亚·盖达[1]说德国不打算占领整个俄罗斯,只打算占领彼得格勒、莫斯科、基辅和哈尔科夫。在这之后与苏联的战争将有效地结束,轴心国将在1942年冬天把战争转移到其他战线去。

---

[1] 弗吉尼亚·盖达:意大利记者。

恰卡鲁[1]说：

"战后我会聘请你去担任我们报纸的主编。"

看看为什么恰卡鲁认为这场战争正在打响。看看他如何想象事情的结局！

9月9日，星期二

明天早上开始我们要佩戴"六角星"了。该命令已下达给社区并转交给警察局。但是在菲尔德曼[2]今晚与元首[3]的会晤之后，我的想法发生了变化。这种想法的改变并没有给我带来任何乐趣。我已经习惯了我会戴着带有大卫之星的黄色补丁的想法。我想象着所有的不愉快事情、所有的风险和危险，但在片刻的惊慌之后，我不仅让自己顺从，而且开始在那个标志上看到一种身份的象征。更重要的是，我把它看作一种勋章，一种徽章，证明我对周围的卑鄙行为缺乏同情心，证明对这些事情不负责任，证明我是无辜的。

在进行征用犹太人物品的犹太大教堂的院子里，我遇到了大学时代和新闻界的不少熟悉的老面孔——我们已经很多年没见过面了。如果我和他们比较的话，我似乎老了很多（鲁德[4]还是那张学生脸。这么多年他一点儿都没变——我想我从1932年到1933年之后就没见过他——而在这段时期内我老了这么多！）。

下午，我和恰卡鲁一起去了几个犹太人家庭，收集床铺、衣服和床单。痛苦而悲伤。我没有坚持的勇气。只要有人抗议，我就会让步。

---

[1] 德梅特鲁·恰卡鲁：记者。
[2] 威廉·菲尔德曼：律师，是主要的犹太人的伞状组织罗马尼亚犹太社区联合会主席。
[3] 这里指安东尼斯库。
[4] I.鲁德：犹太小说家。

我不会忘记波利祖街的医生"候诊室"：内部装饰简陋而土气，陈旧破旧的家具。毛绒玩具、镜子、花朵——一切都是那么肮脏而且令人沮丧。

"请坐。"医生的助手说，他并不知道我们为什么而来。

医生迟到了大约五分钟，然后突然从隔壁房间出现。我一直都在饱受折磨，因为一想到他可能认为我们是来看病的病人，而真相会让他大失所望。

德国人宣布列宁格勒现已被完全包围。今天的报纸再次说占领这座城市为期不远了。在中部地区，俄罗斯人似乎在继续进攻并取得了一些进展。季莫申科[1]的计划是进攻德军在北方的侧翼，迫使他们脱离列宁格勒。这将是一次大规模的行动，但我认为苏联人在战争的现阶段没有能力反攻。

9月11日，星期四

前方没有消息。官方公报和新闻电报都没有说什么。在过去的几天里，德国的宣传几乎完全集中在列宁格勒。它们认为列宁格勒已被完全包围。但它们也暗示，与直接攻击相比，这座城市更有可能因围困而陷落，无论围困时间有多长。

埃米尔·古利安（我今天在玛格丽特·斯特里安家见到了他）告诉我，他办公室的德国军官说，主要压力实际上在莫斯科，它会比列宁格勒更快地垮台。再也没有关于敖德萨的报道了。他们在沉默中等待，带着某种尴尬，等待一场战斗就此结束。

罗塞蒂（昨天从坎普隆返回）在途中看到一些长长的德国军用火

---

[1] S.K.季莫申科：红军元帅。

车从蒂米什瓦拉开往多瑙河。他还说，多布罗加全是德军。他们不断地通过久尔久输入到保加利亚。不过，德国人似乎要进攻土耳其了（尽管最近几天这个问题似乎不再紧迫）。

莱雷亚努家族。社区的一个委员会昨天去拜访他们，向他们要床单、衣服和钱。……他们的回答是："我们不会给任何东西，因为我们不属于社区。"然而，如果他们有东西要捐赠，他们会直接将其送到医院——这样他们就不会是以犹太人身份捐赠物品。然而，在铁卫军团的统治下，我认为他们花了数十万列伊才摆脱困境。

有一位布拉纳里街的犹太商人（基本上是一个诚实的人）。我曾与恰卡鲁一起拜访过他，想让他签署我们的捐款清单。今天早上，他对我说："所以你看了，事情就是这样。现在你是个犹太人了！但如果明天一切都好起来，你又会把这件事再次忘记。"他还听说我写了一本书（《千禧之年》？），还听说我为此大吵了一架，还听说我变成了叛徒。这么多年过去了，倒霉的事情还在继续。

罗塞蒂说，美国特使冈瑟昨天告诉某人，在和平会议上，罗马尼亚人有两件事不会被原谅。一是他们渡过了德涅斯特河；二是他们对犹太人的行为。

9月12日，星期五

今天，在我的电话（可能是错误地）仍然保持开通两个月之后，他们切断了我的电话。"如果塞巴斯蒂安先生是犹太人，电话就会被切断，"今天有人从公司打电话告诉妈妈。两个小时后，一切信号都没有了。

"德国军队也为冬季战役做好了准备，"今天的《环球报》刊登了一封从柏林发来的拉多尔新闻社的电报稿。

看来,罗斯福昨晚的讲话是非常强硬的。我们无法听到它,但可以从DNB描述的少量信息中收集到很多信息。事实上,宣布美国海军将攻击在美国"防御水域"航行的德国船只是向战争迈出了一步——尤其是"防御水域"的概念弹性很强。

我很高兴,几乎是十分激动地阅读了一份《日内瓦论坛报》。我甚至仔细阅读了报纸上的电影院公告和小广告。所登的街名带有一种怀旧的忧伤感。我发现出租广告特别感人。有许多空置公寓:纳沙泰尔街4号、卡鲁日街46号,格罗特斯街17号等。我可以居住其中的任何一间。一则假日广告让我感到很沮丧:"汝拉沃杜瓦自然公园。乡村民宿。海拔600米。宁静的环境。大果园。精心准备的菜肴。价格5.50列伊,马格河畔雷维罗勒(沃州)。"多么好的避难场所!

今天我想起了(我不知道是怎样想起的和为什么)1931年秋天在卢佩尼的审判[1]中我在普洛耶什蒂度过的那些日子。那里的酒店房间似乎是戏剧场景——我头脑中看到了围绕着那件事迅速成形的一出戏。戏剧的构思当时还非常模糊,但写作的诱惑是一触即发的。

9月14日,星期日

9月14日。是拿破仑进入莫斯科的那一天。从现在开始,希特勒落后于1812年的时间安排表。

没有电话真是一件麻烦事:我与为数不多的人的联系方式被切断了。但我很快也会习惯的。

---

[1] 指参加1929年罢工的矿工受审。

9月15日，星期一

德军在克列缅丘格渡过了第聂伯河，大约在基辅和第聂伯罗彼得罗夫斯克之间。这是将基辅和哈尔科夫置于危险之中的重大打击。伦敦并没有掩饰局势的严重性。它还承认对列宁格勒的威胁正在增加。

下雨。我在艾丽斯家吃过饭，不久前刚回来——差一点就到午夜了。街道在寒冷、雨水和黑暗中显得阴森森的。一切都散发着11月的气息。

昨天和今天，我试图更清楚地确定我前些天瞥见的一出戏的计划。我开始坐下来写作，尽管一切都是那么晦涩难懂。我希望握笔在手，我可以把我对事物的第一印象带得更远。我写了舞台设置和第一幕的前几句话，但后来我不得不停下来。这活儿干不了，而且也没法干。手头能掌握的太少了，而且也不清楚。但我总觉得有些缠绕的结是可以解开的。但实际上到现在还没有——或者说还没有找到——一个主题。有的只是环境、气氛和框架。我开始责备自己：太多项目一直吊在那里。它们开始变老，失去所有意义，萎缩，最后死去。战争是我放弃太多东西的借口。我已经听天由命地把它们当成漫长的冬眠，但在我身边，仍然有人在活着，还在工作，还在忙碌。为什么我不能起死回生呢？

9月17日，星期三

渡过第聂伯河似乎不仅在克列缅丘格，而且在它下游的几个地方德军也过河了。有传言说德军要采取包抄行动，危及乌克兰东部和高加索地区。在相对停滞了三个星期之后，战争进入了另一个戏剧性的阶段。但关键的问题还是和以前一样。俄罗斯军队会不会崩溃？德国人能避免冬季战争吗？他们现在有能力解决问题吗？

在寺庙和犹太教堂之间的瓦克雷什蒂路度过了愚蠢的一天，等待有关"就地征召"的消息。今天早上，出乎意料的是，社区提出的安排表被拒绝了。明天我们应该再次到征召办公室报到。无序、混乱和不确定。但我不知道为什么我会如此平静。大概是我已经麻木了。

三年前的今天晚上，我的戏进行了彩排。我对一切都记得很清楚：昏暗的礼堂、拉起的幕布、残缺的舞台布景、观众席上寥寥无几的人、那天深夜在米尔恰家吃的饭。如果那时我知道接下来三年会发生的一切，我还有时间逃跑，躲避。今天我感到半死不活：冷漠、麻木、没有欲望、没有希望或没有期望。

9月18日，星期四

伦敦报道说，根据一则德国新闻（我在布加勒斯特的报纸上没有看到），连接克里米亚和大陆的地峡已被占领——并补充说，如果这是真的，克里米亚的苏联军队的对外联系将被切断，无法获得补给。我看着地图，意识到如果事情是这样的话，赫尔松实际上已经沦陷了。事实上，这些城市"实际上"都已陷落了：敖德萨、基辅和列宁格勒。不过，就目前而言，它们并没有沦陷。这个"目前"还能持续多久？

据宣布，警方将于今天进行突击搜查，以抓捕那些没有履行"对国家有用的劳动"义务的犹太人。但搜查似乎已被推迟。为什么？怎样推迟？要到什么时候？没有人能知道。有人告诉我，我是为数不多的暂时免除劳动义务的教师之一（现在一切都是暂时的）。我什么都不知道——但在这件事上我很平静，或多或少地听天由命吧。

我已经放弃了有关普洛耶什蒂审判的戏剧，又回到了《自由》的创作上。我不能说我有写作的心情，但我想至少应该完成我那些因疏忽而失去所有意义的戏剧项目中的一个。我想我会在剧的人物中添加一个犹太银行家（希勒尔·玛诺阿或戴维森·巴利[1]这类人）。我已经把他融入了情节，并且可以清楚地看到他在所有三幕中的出场。如果我坚持不懈，我可以在几个星期内完成整个创作。但是我没有毅力，我已经丧失了写作的习惯。

9月19日，星期五

我重读了昨天写的日记。实际上，赫尔松在三个星期前已经陷落（与尼古拉耶夫和第聂伯罗彼得罗夫斯克同时陷落），但我忘记了。至于更远的哈尔科夫，该地区的局势对苏联人来说当然非常困难。德军的进攻打破了那里的僵局，不知道以后会是怎样。我应该放弃跟踪战争的不同阶段的习惯。我应该明白这些阶段都是剧中的一幕幕，等待的是该剧的结束（在这样的时刻，似乎还有很长的路要走）。战争一天比一天难熬。让我们看看在一个月后、三个月后、一年后会是什么样子。

平时非常乐观的贝鲁[2]如今非常、非常地沮丧。他认为英国人现在应该在法国登陆——否则一切都会丧失。不过，现在要相信英国登陆有可能性，我觉得十分幼稚。

蒂特尔·科马尔内斯库。自从6月以来我就没见过他，当时我准备打赌：德国不会发生与俄罗斯的战争。他没有变：仍然健谈、困惑、激动。在他看来，苏联人会被打败，英国人会达成妥协的和平，而德国人会重组俄国。他谈到了斯拉夫的危险。"除了希特勒，没有人能拯救我们。希特勒是魔鬼——但他正在为欧洲做出巨大贡献。"无论如何，

---

〔1〕 塞巴斯蒂安的曾祖父，曾支持过1848年革命。
〔2〕 帕维尔·贝鲁：记者。

在俄罗斯人和德国人之间,他更喜欢德国人。就连英国人也别无选择,只能接受妥协。

9月21日,星期日

基辅沦陷了。似乎(从昨天和前天德国公报的起草方式来看)城市中仍然进行着巷战。但不管怎样,这座城市已经沦陷了。又一个章节结束了。德军现在已经从戈梅利拉了一条弧线,一直划到克列缅丘格,在那里包围了一支强大的苏联军队(伦敦估计有七十五万人)。下一个直接目标将是哈尔科夫。在昨天宣布占领波尔塔瓦之后,哈尔科夫不可能再坚持太久了。给人一种溃败和匆忙的印象。直到现在,苏联人似乎都在控制他们的行动,并以某种方式尽量减少他们的失败。然而现在,你第一次感觉到他们失去了掌舵的能力。德国人正在用新的宣传攻势来加强他们的军事攻势。好久不见的灾难性大标题又一次出现在了报纸上。"苏联军队的崩溃不可避免"——今天《环球报》的一个横幅标题说。

今天的官方公报中给出了德国在6月22日至8月31日期间的损失:(陆军)八万四千三百五十四人阵亡,二十九万二千六百九十人受伤,一万八千九百二十一人失踪。空军:一千五百四十二人阵亡,三千九百八十人受伤,一千三百八十七人失踪;飞机损失:七百二十五架。

9月22日,星期一

贝努昨天晚上从菲尔宾蒂回来待几天。他晒黑了,显得健康,英俊。室外生活,即使是在劳改营也对他有好处。我们在这里过着多么虚假、盲目、令人窒息的生活!在过去,滑雪、去大海和高山可以帮助我摆脱这种生活。

三个月的苏德战争。如果南方的强大攻势不能解决问题，如果它不能攻破苏联的所有抵抗（我认为它不能），战争将继续以同样的攻击和暂停的交替节奏进行，直到第一次大雪来临。不管怎样，德军迅速解决了整个乌克兰，占领了克里米亚之后，就会在高加索地区找到新的活动场地。同时，他们也有可能对土耳其发起期待已久的进攻。

在图多尔·维亚努家度过了一个愉快的下午：与塞尔邦·乔库列斯库、尤金·约内斯库、皮皮迪、维克托·扬库，来自锡比乌的鲁苏教授[1]，乔勒内斯库[2]在一起。我们谈论文学——仿佛如今不是1941年9月。

我怀着激动的心情读了普里斯特利的《时间与康威一家》精彩剧本。我，一段时间以来一直痴迷于变老的想法，作为角色之一进入了他们的悲伤喜剧。

犹太新年。我在寺庙度过了一个上午。我听到沙夫兰[3]的讲话，但听到时讲话快结束了。愚蠢，自命不凡，非常随意，新闻式的，肤浅和不认真。但是人们在哭——而我自己也眼含泪水。

9月23日，星期二

昨天晚上做了一个奇怪的梦。我和阿里斯蒂德·布兰克以及奥克塔维安·戈加在一家拥挤的小旅馆里。我们正在寻找一个适合两三个

---

[1] 利维乌·鲁苏：美学家。
[2] 亚历山德鲁·乔勒内斯库：文学史学家。
[3] 亚历山德鲁·沙夫兰：战时罗马尼亚犹太社区的首席拉比。

人睡的房间。我们找到了一间杂物间。在垃圾堆中的一个角落里有淋浴或喷泉。当我打开水龙头时，水从左右两边喷出。我又吃惊又着急，不知如何能把它止住。

秋季的一天，灰蒙蒙的，寒冷的，阴沉的。我不知道前线都发生了什么，也不想知道。苦涩的味道，就像在1940年6月的阴暗日子里一样。但我不能就像这样。我绝不能。

贝努又去了菲尔宾尼——我觉得这次离别似乎比上次更难。而且我认为在他表面上的幽默感之下隐藏着许多苦涩之感。

我没有钱，也不知道去哪里弄。房租必须在三天内付清（如果房东要求续约的话）。如果那样，我就不知道该怎么办。我得找一天试着和济苏谈谈——但有什么机会呢？

9月24日，星期三

"一个人很难说出：除了他自己，全世界都错了。但是，如果是这样，谁能帮得上忙呢？"（笛福）

今天我开始在中学教七年级和八年级。一个不幸的地方，有着无趣、无礼的学生。我不适合这份工作。

我昨天在维亚努家听说，今天又由罗塞蒂证实，雅西的一个发电站发生了爆炸。看起来像是破坏活动。数千人被捕。一想到这会对犹太人造成什么后果，我就感到害怕。

我不知道前线的情况如何。目前他们仍在清理基辅战场。每个德国公报都公布了令人难以置信的数字。与此同时，德军显然正在准备对土耳其进行打击。借口已经找到了。意大利海军有权飘扬着保加利亚的旗帜，穿过海峡进入黑海。从法律上讲，土耳其无权拒绝，因为保加利亚是正式的中立国。

我为《自由》想出了一个好的结局，但是我还没有找到第一个场景的正确基调。我会等它变得更清晰，然后尝试写作。

9月25日，星期四

房东要九万三千列伊续租。我自然要接受，因为现在不可能搬家。租房办公室可能甚至不会考虑涉及犹太房客的事项。我听说只有黑区（杜德什提-瓦卡雷斯蒂）[1]才有可能为犹太人提供新的租约。我完全任由房东摆布。他可以索取任何金额，也可以强迫我支付任何金额。我和他谈了半个小时，想把价钱减下来。这可是痛苦的屈辱和沮丧的经历。我极度紧张地离开了。当我回到家时，我真想大哭大叫一场。

这种日记对我用处不大。有时我会通读一遍，但因为对它缺乏任何深刻的共鸣而感到沮丧。事物被无情地记录下来，单调而无表现力。没有任何地方可以明显看出来，写这日记的人在他头脑中，在他内心中，死亡的念头一天又一天、一小时又一小时在伴随着他。我害怕自己。我逃避自己。我避开自己。我更喜欢扭过头来改变话题。我从来没有那么老，没有那么单调，没有那么无精打采，没有那么老气横秋。断线的思路、无意义的手势和删除的单词。

9月26日，星期五

一个不眠之夜，然后是一整天的烦躁、沮丧和疲倦。一种崩溃的

---

[1] 布加勒斯特市官方划分的颜色编码区之一。

感觉。我觉得自己已经跌入谷底，再也没有回头之路。我甚至对会发生什么不再感到好奇。战争将如何结束？我们将如何摆脱噩梦？我不知道，我也不想知道。我必须低下头来生活。但我从来没有对自己的运气感到如此沮丧。

9月27日，星期六

"哦，做梦吧！做梦吧！折磨人的、令人心痛的、永不满足的梦，梦，梦，梦。"这是我从萧伯纳的剧《英国佬的另一个岛》中抄来的台词——多么适合我！我一如既往地生活在一系列无意识的梦中，从一个梦转到另一个梦，无法醒来面对现实。我周围有很多人——包括最简单和平凡的人（菲库·帕斯卡、威利·塞亚努、内内·扎哈里亚、内内·莫里茨、马诺洛维奇、菲库·卡哈内、伊奥西·罗森）——他们在同样的困难和障碍下，设法为自己排除障碍，避免债务缠身，赚钱，生活。只有我沉入谷底，无抵抗能力，任凭被打败，听天由命，无任何动作，无任何努力。我觉得太恶心了，太厌恶了，为了忘却和忍受，我连续几天睁着眼睛沉浸在各种荒谬的梦境之中。我梦见自己在日内瓦，口袋中揣着一百万瑞士法郎（有时只有三十万或十万甚至三万）；我梦见自己住在科尔纳文[1]的旧房间中，或住在洛桑或尼翁的湖边公寓（伊吉罗塞努的公寓）中。我想象自己在伦敦，在BBC广播公司担任编辑，每月挣四十英镑，或者整天在大英博物馆中工作，在海边的某个地方度过雾蒙蒙的假期。我梦见自己在苏德前线，作为一家美国或伦敦报纸的特约记者，自然也是那里的编辑。我看到自己在纽约，然后因厌倦了那里的喧嚣来到了一个安静地方上的小镇。在那里我为百老汇写了红极一时的剧本，却没有足够的好奇心去观看。我一个人待

---

[1] 塞巴斯蒂安在日内瓦住过的旅馆。

在家里，有一台功能强大的收音机、一台自动留声机和数百张巴赫、莫扎特和贝多芬的唱片。我有一辆汽车，在美国不知地名的地方旅行。我看到自己在纽约或加利福尼亚与纳迪娅在一起，但我遇到了一些问题，因为我与她的父母相处得不太融洽。我想象自己在一艘驶向亚历山德塔、埃及、巴勒斯坦和太平洋的游艇上——一艘只有十个人或十二个人的小游艇。我们很穷，但很能吃苦。在每一个停靠港口，我们都会得到人们的同情并引起他们的好奇。我给笔会主席的信中指出，自己是协会成员，现在成为流亡作家。我竟被要求就我们在船上的生活发表演讲（能赚很多钱），而且我将在每个停靠港口重复这个讲座。

我头脑中总是萦绕着十个这样的梦。我从来没有做完过一个，而是不断地在它们之间切换，然后从我中断的地方继续。它就像药物，像安眠药。与此同时，生活正在逼近并压垮我。我从哪里能得到钱？租金付完后剩下的最后两千列伊已经用完，星期一或星期二我拿什么给妈妈买生活用品？我还不想自杀，那么我能想到的只能是乞讨（我得和济苏、布兰克、维绍亚努之中的任何一个谈一谈）。这就是我在三十四岁时所能做的一切。

哦，做梦吧！做梦吧！做梦吧！

9月28日，星期日

昨天晚上我梦见自己在扎哈里亚叔叔的店里。我在读（或在写？）两封来自波尔迪的信或我应该寄给他的信。我和安格尔吵架了。我出去走在胜利之路的右手边。一个不知名的女人绝望地喊道，铁卫军正在叛乱并且正在逼近市中心。我不敢相信她说的话并准备平静地继续前行时，突然我意识到整个胜利之路确实挤满了铁卫军士兵。充满威胁的、凶猛的、黑色的身影在犹太商店门前停下来闲逛。他们在等待什么？大概是进攻的信号。我走进理发店，发现里面空无一人。在电梯旁，一名少校正在架设机关枪。沙袋是从各地运来的，充当路障。我带着妈妈、塔塔和贝努跑出去躲起来。躲在哪里？开始时，我想去艾丽斯的家，但出于某种原因我放弃了。"最好的地方是在奶奶家。"那确实是我们要去的地方（在布勒伊拉的联合街上的房子），我感到心里很踏实。没有人会来这里，也没有人会猜到我们在哪里。在房子里，我们看到了外婆。她看起来就像卡洛琳阿姨。在隔壁房间里，贝努和马丽（大约十五年前在布勒伊拉住在我家附近的女孩，鲁比斯家的侄女）躺在床上。我也在她身边的床上躺下。她一丝不挂，出乎意料的美丽，温暖，有着坚挺的乳房。就在这时我醒了……

"伟大的基辅战役已经结束，"昨天的德国公报说。战况表：六十六万五千名囚犯，八百八十四辆坦克，三千七百一十八支枪。"取得了史无前例的胜利。"DNB也采用了与官方公报相同的语气，但它的消息更进了一步。它暗示整个战争现在可能已经找到了解决方案。"反苏维埃运动的一个伟大转折点。""战争可能在现在会出现轰动一时的转折。"

卡米尔·彼得雷斯库声称敖德萨的抵抗是因为犹太人。他说城内有十万来自比萨拉比亚的犹太难民。他们知道如果被罗马尼亚人俘虏就会被枪杀，所以他们宁可去战斗和抵抗。卡米尔继续说道，英国人和美国人无疑会赢得这场战争，但这也是因为犹太人。正是犹太人（尤其是在美国）坚持要打赢战争并使任何妥协都不可取。

"这就是你女儿哑巴的原因。"[1]

---

[1] 引自莫里哀的剧《无病呻吟》中的台词。剧中确切引语是："这正是让你女儿哑巴的原因。"

9月29日，星期一

昨天，卡米尔·彼得雷斯库在谈话中还说：罗马尼亚政府谴责了与匈牙利人达成的维也纳协议。霍尔蒂跑到希特勒那里。希特勒告诉他罗马尼亚人是对的，必须重新审视特兰西瓦尼亚的问题，无论如何，罗马尼亚人应该得到满足，因为他们在轴心国的框架内战斗得很好，做出了巨大的牺牲。霍尔蒂随后向墨索里尼求助，但得到了同样的答复。

维绍亚努告诉我，几天前返回布加勒斯特的罗马尼亚驻罗马特使格里戈恰将意大利的情况描述为令人绝望的情况，其中有难以想象的贫困和极度沮丧。意大利唯一的法西斯主义者是墨索里尼，他被一帮非法获利者所包围。人民大众认为他应对一切负责：战争、饥饿、军事准备不力。格里戈恰认为，如果英国空军在几个星期内给意大利一个沉重的打击，该政权就难以维持下去。情况比在阿尔巴尼亚战败时还要糟糕。

我在昨天的报纸上读到，意大利的每日面包配给量已定为两百克——直到下一次收获。现在才9月，期待下一次收获还为时过早。

在布拉格，内梅斯男爵［实际上名为冯·纽拉特］已被免职（请病假），捷克总理已被捕并因叛国罪受审。DNB电报稿暗示保护地的反德风潮十分严重。

我口袋里还有一百三十列伊。我给了妈妈一百，现在还剩下三十。明天我得找个地方去找点钱。但向谁借呢？我不好意思去问阿里斯蒂德——我还没有决定是否要找齐苏谈谈。

10月1日，星期三

昨天我口袋里最后只剩下了三个列伊。身无分文地走在街上是一种奇怪的感觉。你感到十分无奈。你甚至不敢上有轨电车。我不知道我该怎么办。今天，莫里茨叔叔出人意料地把妈妈几年前借给波尔迪的一万列伊还给了妈妈。这样可以维持十天左右。接下来该怎么办呢？

今天《环球报》的标题是："德国已为冬季战役做好了准备。"基辅胜利的心理影响已经结束。现在德军与苏联人的战争又一次暂停了。希望和失望的天平再次略微向伦敦倾斜——也就是说，德国的新打击导致宣传转向另一个方向。尽管如此，我们现在已进入10月了。

布拉格出现了许许多多的处决：三名捷克将军、几名大学教授以及工程师和建筑师。卡尔·查佩克也在被判处死刑的人员名单上。但我认为这不是那位作家，我认为那位作家已于1939年去世了。

赎罪日。我禁食了，晚上去圣殿听吹羊角号。我感到有些冷漠。过去在布勒伊拉的一切更令人感动！

贝努昨天晚上来到家里，今天晚上还要回去。

10月3日，星期五

德国公报又回到了以往的模糊表述："行动正在按计划进行"，"攻势继续成功"，"我们的行动正在有条不紊地发展"，等等。在城里，人们说俄罗斯人报告说他们在列宁格勒地区取得了成功，收复了五十公里的领土并开通了与莫斯科的铁路连接。我已经很久没有听过伦敦电台了，也没有这方面的直接信息。

在布拉格，总理被处死后两天，市长也被处决了。死刑仍在继续。

希特勒今天下午发表讲话。六点左右，我在奇斯米久与尤金[1]和罗

---

〔1〕 即尤金·约内斯库。

迪卡在一起，就在演讲播出的时候。我们去了树桩糕点店（那里有收音机）并在一张桌子旁坐下。我想听——但几秒钟后，尤金脸色发白，站了起来。

"我受不了了！我受不了了！"

他说这话的时候表现出一种生理上的绝望。然后他跑了，当然我们也跟着他跑了出来。我觉得我应该拥抱他。

一段时间以来，我一直都在做各种各样的梦，但几乎所有这些梦都发生在布勒伊拉，都在联合街119号的房子里。我不知道梦中的内容都来自哪里，它们又意味着什么，它们想表达什么。

今天早上，我带着一份完整的任务表出去了。我不能再这样下去了！我昨天心想。我必须做点事情。我必须找到一些钱。我必须找点工作。无论如何，无论如何，我必须摆脱这种可怕的贫困。于是，我下定决心：一、去见罗塞蒂，请他与雷布雷亚努谈谈能不能做些翻译，并与拜克[1]商量，能不能在他的学校进行几个小时的罗马尼亚语教学；二、去见奥克尼亚努并请他给些翻译工作；三、与罗杰再次联系，也是寻找些翻译工作；四、去见济苏并请他帮忙找份工作或做些生意。我去找了罗塞蒂，但我没能与他说上话。我去拜访了奥克内亚努，但他很忙，我又不好意思等待。我没有勇气见罗杰，因为我对他感到内疚。所以我的任务表中没有任何任务完成。浪费了一天。我为自己的胆小感到羞愧，于是给济苏打了个电话。

"你马上过来。我在这里等你。"

在路上，我对自己的仓促行事感到后悔了。应该再推迟一下，等待更合适的时机。不过，我确实和他见面了。我不知道我当时是什么

---

[1] 雅克·拜克：语言学家，战时布加勒斯特一所犹太中学的校长。那些犹太儿童被迫离开罗马尼亚学校。

样子。我甚至对此记不太清楚了。他提出要给我一些钱。我谢绝了。我让他想个解决的办法，他答应了。离开时我感到如释重负，对此可能产生的结果并没有抱太大的希望，但令人很高兴的是，我至少在我的"任务表"上做了一件事。

10月4日，星期六

希特勒昨天的讲话中有一个有趣的观点："四十八小时前开始了一场大规模的新行动。这将有助于消灭东方的敌人。"该行动发生在哪个地区？它的目标是什么？它将如何展开？暂时仍是一个谜。德国的官方报告什么也没说，我还没有机会听伦敦电台。无论如何，这一定是一件很严重的事情，而且很可能很快就会有结果，因为希特勒不会冒险做任何看起来不确定的事情。

罗塞蒂（我昨晚在卡米尔家见到了他）认为这篇演讲非常精彩。相反，我觉得它是微不足道的，就像所谓的"温和"演讲一样。它没有涉及当前的任何问题。只字不提美国，只字不提土耳其，只字不提布拉格或巴黎，更没有提及战争政策。出乎意料的是对英国的谨慎，让人有种隐隐约约的和平示好感。

一百克黄油需要四十四列伊。一天又一天，物价上涨，有时甚至翻了一番。这不是投机。它是溃败、恐慌，是那些"搁置"金钱的人眼睁睁地看着金钱融化、化为纸浆、化为灰烬的绝望！

"通货膨胀就是一场大屠杀，"卡米尔说，他担心自己每个月的三四万列伊会失去价值。

"这对我没什么影响，卡米尔，老伙计。因为我没有钱。"

"啊！"他说，耸了耸肩。

的确，还有什么好说的？

10月5日，星期日

德国公报报道了"大规模行动"，从而强调了希特勒前天所说的话。然而，无论是苏联的公报还是英国的评论似乎都没有提到前线有什么特别之处。我们将不得不再等待几天，看看发生了什么。

罗马尼亚官方公报报告说，苏联在乌克兰、第聂伯河以东、亚速海地区和敖德萨前线的进攻被击退。公报的最后部分列出了罗马尼亚迄今为止的损失：一万五千人失踪（一半死亡，一半被苏军俘虏），两万人死亡，七万八千人受伤。

10月6日，星期一

昨天晚上的德国公报和今天晚上的公报都没有给出任何关于前线的新迹象。只有模糊的词语："行动正在成功继续"，"我们正在取得新的成功"。希特勒讲话中宣布的主要行动还没有表现出来。

奔波的一天。我决心做点什么来赚点钱。今天早上，我列出了一长串电话号码——我到处打电话，但都没有结果。我胆颤心惊地去了阿歇特的家，但没找到罗杰。我明天得再试一次。我和奥克内亚努谈过翻译事情，但他并没有给我太多希望。最后，在济苏太太的建议下，我决定尝试艺术品交易。我明天会去见奥普雷斯库，也会去见德韦基。我必须尝试一切。

我还在读泰恩的历史作品。这很难进行，因为我一直在斯特恩、莎士比亚和萧伯纳之间来回穿插。泰恩给我的印象是晦涩难懂，而且常常很迟钝。他对《崔斯特瑞姆·尚迪》的评价简直是愚蠢透顶。我现在在读关于拜伦的那一章，我从中摘了两个适用于我的句子。关于个人需要的，是这样写的："让自己远离自己一直是我涂涂写写的唯

一、全部、真诚的动机。……"关于初稿后修改文本的可能性:"我永远无法重铸任何东西。我就像只老虎。如果我错过了第一个春天,我会再次对着我的丛林咆哮。但是,如果我这样做,那将会毁掉一切。"最后一点不适合我:"永不毁掉。"

10月7日,星期二

我从两个不同的消息来源(罗塞蒂、贾努)获悉,根据伦敦广播电台的报道,德军的新攻势从三个方向进攻莫斯科:从伊尔门湖、从中部的斯摩棱斯克和从南部的布良斯克。据说苏军防线的中部已被"深深地切入"。

我去见了德韦基。请他与安东涅谈谈,我是否能在他的一家公司中获得一份工作。我没有幻想,但是,为了良心,我得想尽一切可能找到一些钱。自从7月以来我就没见过德韦基。当时他告诉我,俄罗斯的整个战争将在9月1日结束。我认为他现在可能会被迫略微修改他的政治论点。但我发现他如铁板一块。不,不——俄罗斯没有发生什么特别的事情。希特勒将毫无困难地获胜;一切都是简单而不可避免的。

我还去博物馆拜访了奥普雷斯库。绍塞亚街上空空荡荡,有许多枯叶。淡黄的颜色使得一切看起来都很漂亮。我本来有可能现在在另一个国家、另一个城市——也许在里斯本或在日内瓦。奥普雷斯库为我安排了星期四下午与彼得拉斯库的约会。我们会看到这约会会有什么样的结果。我真的很难,但我只能闭上眼睛继续前进。

10月8日,星期三

昨天晚上的德国公报报道了在亚速海北部发生的一场大战。今晚的公报语气更为严肃，谈到了围绕在维亚济马的包围行动，几支俄罗斯军队正在那里等待"不可避免的结局"。因此，巨大的打击是在迄今为止最稳定的中心地区进行。主要目标无疑是莫斯科。

10月9日，星期四

"整个苏联战线已经崩溃，"迪特里希博士今天对外国媒体宣称。他补充说："正在进行的行动只是次要的。地面正在有序地被占领。"今晚的德国公报说，除了被包围在维亚济马的部队外，"布良斯克防区内的三个军将很快被摧毁。"在伦敦，苏军的失败被描述为一场灾难。"历史上最伟大的战斗！历史上最伟大的胜利！"根据英国公报，德军中部地区的突破发生在两个不同的地点，跨越了一百英里的区域。奥廖尔镇已被占领。

我和布拉尼什特一起走到艾丽斯家，我们在那里一起吃了午餐。布拉尼什特向我透露，一年前他就开始并几乎完成了我们离开这个国家的准备工作。他为什么没有成功？因为他没有进行麻烦的步骤，因为他动作不够快。我听他说的时候感到头晕目眩。看来，如果成功，一切都可能不同——绝对是一切。我们依赖的是机会、巧合、一点运气和坚持不懈的努力。

我拜访了画家佩特拉库。他亲自给我开门。一个老梆子，几乎都站不起来了。他把我带到他的画室，然后一言不发地坐在角落里，蜷缩在想象中的火堆旁，仿佛因为寒冷而缩成一团。他让我环顾四周并做笔记；他没有提出任何问题，也没有指点任何特别的作品。他把我介绍给他的妻子。她一声不吭地来来回回走动着。

"左边那些画的价格是多少？"

"我们不卖那些。"

"你还有别的画吗？"

他在一个角落里寻找，找到了一幅旧画。画框里的玻璃已经破碎。"四万，"他边给我看边说，然后立即带着恐惧急忙补了一句：

"不，是五万。没错，是五万。现在钱变得像这样，我们自己也不知道该要多少。"

但这并没有阻止他在几分钟后又说：

"你知道，它们的价格是固定的。"

我在一些画布旁徘徊。我将把这些情况向济苏夫人提及，但我觉得不会有多少搞头的。

今天早上我见到了济苏。他主动提出借给我一些钱，"直到你找到工作再还我"。我没有说是，也没有说不是，但我强调我想找到一个更长期的解决方案。我想工作，想做点文学以外的任何事情，例如行政工作、经纪业务、商业——任何能够支付租金和家庭开支的工作。

10月10日，星期五

今日《环球报》的头条标题为："整个苏维埃战线已经崩溃"，"铁板钉钉了"，"铁木辛哥军队的毁灭意味着俄罗斯战役的结束"；"布尔什维克军队的灾难"。《事件报》更是直截了当，它用了一个整版标题："俄罗斯战役结束了。"

以下内容来自希特勒于10月1日至2日夜间向军队发表的声明，直到现在才首次发表："这是二十五年来犹太人统治的结果。他们自称这种统治为布尔什维克主义，但本质上与最普遍的资本主义形式没什么区别。在这两种情况下，控制系统的人都是一样的：犹太人，只有犹太人。"

济苏给了我一个信封，里面装了一万列伊。当我走下楼梯时，我立即想把它还给他。我真的必须退还给他——而且要越快越好。少量的施舍是可怜的和屈辱的。当济苏给纳埃数十万列伊时，他绝对没有想到他是在做慈善。我不希望他能以这么低廉的筹码成为我的恩人。

10月11日，星期六

今天报纸上的基调略有下降，几乎察觉不到。《环球报》的一个标题说，"崩溃的时刻临近了"。昨天还说苏军崩溃已经是既成事实。但事实上战斗仍在进行。今天晚上的德国公报称，对布良斯克和维亚济马的毁灭"正在进行中"。给人的印象是，不可能有全面崩溃的问题，只能是在不同地域、不同前景的大战。今天晚上罗塞蒂用到了"虚张声势"这一词——他也太机智了。西米奥内斯库-拉姆尼恰努说，新的攻势是希特勒对冬季解救的贡献。我认为昨天的恐慌和今天具有讽刺意味的怀疑都为时过早。我们必须再等待几天才能弄清楚正在发生的事情。

我作为艺术品商人的职业生涯已经失败。济苏夫人比我有洞察力。我在她家吃午饭，有一种可怕的冲动，想当着她的面尖叫，吼出所有压在我身上的沉重负担。

我和老师一起读完了《仲夏夜之梦》。

忧虑重重。我真想逃走，想脱身。

10月12日，星期日

战斗还在继续。暂时只能说这些了。一个严峻的、极其紧张的局势——但不是毁灭性的或决定性的。在南方，德军公报称亚速海的海战结束。在中部，布良斯克和维亚济马地区的战斗仍在继续。敖德萨或列宁格勒没有什么新的消息。

晚上去拜访了皮皮迪。穿过漆黑的夜色返回家。这个城市从来没有这么黑过,我甚至没有手电筒可以帮助我。天下着雨——而且像夏夜一样炎热。

10月13日,星期一

"布良斯克和维亚济马的战场已成了前线的后方",昨天晚上的德国公报说。苏联人也承认他们失去了布良斯克。对莫斯科的攻势如火如荼。德军从布良斯克、奥廖尔、维亚济马(三个都已占领了)来的压力越来越大。一场"巨大的""庞大的"战斗——但除了这些模糊的评价之外,我们一无所知。

布科维纳的犹太人已从不同地点(瓦特拉多尔内、坎普隆、古拉胡莫鲁卢伊)被带走,并被送往未知的目的地。有人说,去德涅斯特河沿岸。天知道这个冬天等待我们的是什么。冬天还没开始,就已经漫长得可怕了。

烟雨蒙蒙,刺骨的寒冷,潮湿的11月风。

昨天晚上我读完了莎剧《无事生非》。在某些地方,多么幼稚,甚至是愚蠢!但有些东西,有些诗句,是迷人的。莎士比亚的戏剧处处都有令人难忘的东西,我希望能够使用、引用和记住这些东西。

10月14日,星期二

昨天晚上的公报:东部战线的行动正在按计划继续进行。今晚的公报:行动正在按照预期的方向进行。但战斗的势头是否正在放缓?

街上的新闻标语牌上写着:"决定性时刻即将来临","和平来临"。

花了很长时间慢慢(读得太慢)阅读之后,我今晚读完了《项狄传》。不管怎样,这部小说太长了,太千篇一律了,太松散了。读完了前一百页之后,就再也没有什么东西可学的了。但是,还剩下四百页要去读。尽管如此,令人愉快。以静心阅读来度过一个漫长而平静的冬天。

10月16日,星期四

一份罗马尼亚的公报称,敖德萨的防线已被打破,三个村庄(可能在郊外)今天早上被占领。敖德萨在燃烧。报社出了许多特别版。真让人惊奇。

莫斯科的局势似乎每时每刻都在恶化。德国人也从加里宁向北进攻。外部防御工事已被攻破。目前德国的公报和官方报告并没有说什么确切的信息,可能是因为他们更愿意报道一场出人意料的巨大胜利。天气非常有利:平静、阳光明媚、干燥,如同是1939年的10月。日本会参战吗?它会攻击俄罗斯人吗?近卫政府已辞职。东京正在发表严肃声明,好似在重大事件发生前夕一样。

我从来没有如此强烈地想过离开。我知道这很荒谬,我知道这是不可能的,我知道这毫无意义,我知道现在已经为时已晚,但我无法控制住自己。离开的念头让我头晕目眩。自由,自由——在很远的地方。一艘载有750名犹太移民的船将在几天后启航——虽然我不是也不可能成为其中的一员,但这已经成为我的一种困扰。这几天我看了奥克尼努给我的一些美国杂志(《纽约时报书评》),我突然详细地看到了另一个世界,另一个环境,另一个城市,另一个时间。

斯特鲁玛号渡轮[1]：要想到达那里，我需要一种冒险精神，最重要的是，我必须更年轻、更健康、更少被生活拖累。

看着我的脸：我的名字是"可能是"。

10月17日，星期五

敖德萨沦陷了。街道上挂满了旗帜。游行。德国公报只字不提对莫斯科的攻势，但新闻报道称这座城市正在进行人员疏散。

范妮·沙奇说，古拉胡莫鲁卢伊的犹太人已被送往莫吉廖夫。她因没有父母和姐姐的消息而泪流满面。一种对每一天、每一小时不确定的、尖锐的危险感。你想睡觉，想消失在地底下的某个地方，想让时间从你身边流逝。如果在遥远的地方没有亮光，我们所有的为生存而挣扎都是徒劳的。

10月18日，星期六

昨天晚上做了很多短梦。

一、我和艾丽斯、阿里斯蒂德在一家大餐馆——可能是中国餐馆。我们计划去意大利旅行，虽然我们没有多少钱。阿里斯蒂德在地图上给我画了路线。我想，有人给我们送来了一些糕点。乔治·埃内斯库进来了。阿里斯蒂德介绍了我，然后和乔治·埃内斯库一起走进隔壁的房间并关上了门，因为他们有一些机密事项要讨论。

二、我和佐伊在一起。她已经决定嫁给我，我没有勇气拒绝——但在梦里使我感到良心的刺痛。有趣的是，她下定决心要嫁给我是因

---

[1] 斯特鲁玛号渡轮原计划搭载七百多名前往巴勒斯坦的犹太移民。

为她认为我受了太多苦，甚至为了她而禁食——而实际上，我一直在为赎罪日禁食。我们一起去登记员那里。那个人是我的朋友。我说我想让他给我们办理结婚程序。他读了一篇关于婚姻的文章（可能是摘自雷纳德的《日记》）。一些名单贴在我们安提姆街的院子里（是我昨天在征召办公室看到的名单，但在梦中变成了人们婚姻状况的名单）。有人来向妈妈祝贺。我对整件事很不高兴。我认为我们将无法前往意大利。另一方面，我想如果我娶了她，我的电话就会重新接通。

三、我在布勒伊拉的中学里。我走进教室，但我太匆忙了，只穿了一件衬衫和一条内裤。阿尔吉尔在老师的办公桌前。我坐在班级中间的长凳上。阿尔吉尔朗读五年级的教科书。与此同时，一场军团革命已经爆发。我向窗外望去，看到铜管乐队的队伍经过。雨下得很大。游行队伍中的一些孩子在倾盆大雨和雨伞下几乎看不到。我迅速走到街上（但我不再是学校的学生），在一个类似拱廊的地方我遇到了一支拒绝让我通过的军队巡逻队。我吓坏了，四面八方都响起了革命的口号。

四、我和莱雷亚努在床上。我们正在等待科姆莎。我脱下她的衣服，让她一丝不挂，然后怀着厌恶和兴奋的综合心情亲吻了她。一切都太混乱了——剩下的我记不得了。

10月19日，星期日

今天早上我去了爱乐乐团的吉塞金音乐会（舒曼协奏曲，巴赫勃兰登堡的长笛、钢琴和小提琴协奏曲，贝多芬的《第四交响曲》）。我在上周初就拿到了票，经过很多犹豫，突然最终决定：无论如何，我一定要去！但是良心的痛苦立刻开始了。我为自己感到羞耻。难道在这苦难的日子里，我还能轻率地肆无忌惮地去听一场德国音乐会吗？布科维纳的数百个犹太家庭现在在被迫流亡！数以千计的犹太人在劳改营——包括贝努！每一天，每一小时，新的恐惧和屈辱压在我们身上——而我却去爱乐乐团！我下定决心退票，决不去听音乐会。但就在我最愤怒的时候，另一个声音开始悄悄传来。我们为什么要自我谴责？我们为什么要如此荒谬地放弃一些东西？我们为什么要剥夺自己仅存的可怜的一点快乐呢？自从春天他们拿走了我的收音机后，我就再也没有听过任何音乐。一场音乐会——如此美妙的音乐会——会让我忘却一切并快乐一小时。我还剩有多少快乐？从昨天晚上到今天早上，我一直都不知道该不该去。结果我去了。

当我走进雅典娜宫时，有一种奇怪的感觉，我已经很久没有踏足这里了！我无法克服我的害羞、羞愧和恐惧。如果没有人看到我，如果我没有看到任何人，我会感到好受些。我觉得自己像个幽灵，片刻时间回到了这个世界。周围的裙子、白手套、毛皮衣服、制服发出了沙沙作响的声音！有那么多优雅的女人。几乎所有的男人都衣冠楚楚，沉着冷静，表现出舒适之感和自信。坐在我的折叠座椅上，我觉得自己是一个可怜的弃儿，丑陋、苍老、悲伤和寒酸。战争是否只在我身上留下了印记？只有我一个人经历了战争吗？难道所有这些人都没有感觉到战争、看到战争、知道战争吗？我这种困惑一秒钟也摆脱不了，音乐会的一半乐趣都烟消云散了。我不知道我是否会重复这种经历。

贝多芬对我的吸引力越来越小。它们是歌剧乐句——可能是罗西尼的缘故。我想我会更喜欢听奏鸣曲。

关于音乐，托马斯·德·昆西（昨天晚上我开始阅读《英国鸦片吸食者的忏悔录》）有一个奇怪的观察。其大意是，乐器的知识会妨碍你真正享受音乐："听者的绝对被动深陷音乐的享受之中是必不可少的。你可以获得你喜欢的技能，但是活动、警觉、焦虑必须始终伴随着音乐实现的精心努力。在某种程度上，与音乐真正成果所必需的入迷和平静相协调，……即使偶尔碰一下脚也会完全破坏你所有的乐趣。"如果我要写一篇关于音乐的文章（我已经考虑了两三年），我会试图表明对音乐的理解既不是"入迷"也不是"平静"；这些确实是低劣的音乐敏感性的形式。

没有关于战争进程的确切消息。德国公报仍然专注于维亚济马和布良斯克的双重行动，据说那里的囚犯人数已经超过了六十万。对莫斯科的情况一无所知；对哈尔科夫和罗斯托夫地区的局势也不知晓。

目前尚不清楚昨天组建的日本政府是个和平内阁还是战争内阁。我的印象是，只要俄罗斯还没有真正崩溃，日本就不会参战。

10月20日，星期一

今天早上，我们去犹太社区联盟为贝努取了一封信。从那里得知了一则令人沮丧的消息。比萨拉比亚和布科维纳的道路上到处都是被赶出家园前往乌克兰的犹太人尸体。老人、病人、儿童、妇女——全都毫无区别地被赶到马路上，向莫吉廖夫驱赶。他们被赶到那里做什么？他们到那里怎么吃饭？他们在那里能找到栖身之所吗？被枪杀已是一种相当温和的命运。昨天我们听说，所有来自比萨拉比亚和布科维纳的犹太人都必须离开布加勒斯特，前往乌克兰和德涅斯特河沿岸。今天早上官方明确指出，这仅适用于自1940年1月以后来的人。为什么？没人知道。几乎没有人再提问了。

这是一种反犹主义的狂妄症，没有什么能阻止它。没有停顿，没有节奏，没有理由。如果真的有一个反犹太计划，那将会好一些。至少你会知道它可能达到的极限。但这是完全不受控制的兽性，没有羞耻，没有良心，没有目标，没有目的。任何事情，绝对是任何事情，都是可能的。我看到犹太人脸上因恐惧而显示的苍白。他们原始的乐观主义笑容凝固了，他们古老的安慰讽刺也消失了。总有一天，在遥远的将来，噩梦总会过去——但我们，相互凝视着彼此眼睛的你，他，我，却早已不复存在。自6月以来，（根据加斯顿·安东尼[1]的说法）被谋杀的犹太人人数已经超过十万。我们还剩下多少人？还要多久我们会被谋杀？我的心被沮丧压得喘不过气来。我可以把目光投向哪里？我又能期待着什么？

"离开！"罗塞蒂昨天建议我。

这不仅仅是一条建议。他规划的是一个明确的计划：动身前往伊斯坦布尔，并在那里写信给拉塞涅。他一定会帮助我安排后面的道路。但是一切都会困难重重，从获得护照、土耳其签证、保加利亚签证的第一步开始——更不用说钱的问题了。此外，我还不觉得这些物质障碍是最严重的问题。最重要的是，我对自己提出了疑问。我可以自己离开吗？我有权利让妈妈一个人待着吗？我可以让贝努一个人待着吗？从任何意义上说，我都觉得自己不够坚强，无法就那样离开。而且，以我糟糕的身体，我可以尝试这样的大冒险吗？但另一方面，无助和崩溃地等待被杀难道不是疯了吗？

10月21日，星期二

根据今晚报纸上刊登的一项法律，所有犹太人都有义务将个人衣物交给国家。七类人中的每一类都规定了所需的数量：从没有任何收入的人到年收入五十万列伊的人。很难将整个文本抄录下来，但就反犹太主义而言，这可能是我迄今为止读过的最疯狂和最出乎意料的内容。每月收入一万列伊的犹太人有义务捐赠：四件衬衫、十条内裤、四双袜子、四条手帕、四条毛巾、四件法兰绒服装、三件西装、两双及踝靴、两顶帽子、两件大衣，两条亚麻毯子，两条床单，两条枕巾，

---

[1] 加斯顿·安东尼：律师。

两个枕套，两张床单。最高收入阶层的捐赠量令人难以置信：三十六件衬衫、十二件西装、十二件大衣，等等。这太荒诞了，我不确定这是不是一个恶心的笑话。我看到法律没有任何署名，所以我怀疑它是否是由某些恶作剧者发送给排字员的。因为如果这是认真的，你会在最初的滑稽晕眩之后意识到它实际上是悲剧性的。所涉物品的成本总和远高于收入的标准！如果每个犹太人都拿出所有他赚的钱，他仍然无法买到要求他贡献的东西。如果不缴纳所需物品，处罚为五至十年监禁，或罚款十万至五十万列伊。

我度过了一个漫长的不眠之夜。直到凌晨四点多，我才昏昏欲睡。所有的时间，我一直在想如何安排我的离开计划。这件事已经把我搞得神魂颠倒。

10月22日，星期三

沃尔科维奇（我学校的一位老师）从他的父母和兄弟那里收到一张明信片。上面写着："来自莫吉廖夫。亲爱的，我们很健康。我们正在长途徒步旅行。晚上我们就睡在田野里。我们拥抱你。"

四个月的战争。冬天似乎还有很长的路要走。在过去的几天里，我们迎来了春天的天气。一年中的这个时候并没有阻碍德军的进攻。我们缺乏信息，因此无法评估局势。莫斯科可能会沦陷（我们不敢说是在一星期内还是六个星期内），但无人知道那时会发生什么。不管怎样，战争现在对我们来说已经变得遥远和无关紧要了。他们会屠杀我们——我不认为胜利之光能照到我们的坟墓上（如果我们有坟墓的话）。我们随时都可能被赶出家园、被推上马路并被杀害。我们谁都不知道，明天早上，我们是否能把今天（10月22日）的日历翻篇。

晚上

　　罗塞蒂告诉我，德国人赢得了战争，俄罗斯人再也无法抵抗，英国别无选择，只能达成妥协和平。我试图鼓舞他的士气，但没有成功。我认为英国一定会胜利（无论多么遥远），但他对我的所有论点，只是耸耸肩：不，不，不要再指望什么了。

　　关于另一个主题，他告诉我，消息来源为安东尼斯库的官方和半官方的圈子。该消息声称，特兰西瓦尼亚将在三个星期内从匈牙利人手中夺回。安东尼斯库元帅应该在某张专辑中写道："我从敖德萨出发前往克卢日。"在我们回家的路上，我们更详细地讨论了我离开的可能性。为此他坚持要求密切关注局势。

　　整整一天，镇上的每个人都在谈论昨天那条奇怪的法律。这不是如我起初所想的那样是个恶作剧。这是一个真正的法令，现在已经发布在《官方公报》上了。

10月23日，星期四

　　晚上十点后的街道多么阴沉可怕啊！黑暗，寒冷，空旷，带着11月的寒风。你偶尔能听到远处有轨电车的铃声或汽车的噪音，就好像它们在另外一个城市，另外一个时间，另外一个世界。

　　在艾丽斯家吃完午餐回来的路上，我和布拉尼什特一起在吧台度过了一个漫长的下午。我越来越喜欢他了。他是个很正经的人——这比天才还难得。我告诉他我想离开罗马尼亚。他告诉了我很多有用的话，并向我表示，这将比我预期的要困难得多，而且也有危险的一面。仅仅申请护照这一事实就足以让我看起来很可疑。尽管如此，我还是会尝试：不抱幻想，带着更像是顺从或冷漠的态度。但我会努力的。

有些人（阿里斯蒂德、珀尔廷……）真的按照法律要求，准备买大衣、西装、靴子等。我甚至连想都不敢想。哪里能找那么多钱？监狱不是更简单吗？

德国对克里米亚发起了猛烈的进攻。他们似乎在克里米亚取得了重要进展。在莫斯科，德军对防御工事的突破口进行了新一轮的进攻。铁木辛哥被撤换了——这或许是该城市崩溃的序幕。尽管违背你的意愿，但你会想到在不可逆转的灾难时刻撤换了甘美林的一幕。但还是让我们拭目以待吧。

10月25日，星期六

莫斯科前线没有新的消息。但在南部（铁木辛哥指挥的地方），德军取得了重大进展。苏联今天宣布哈尔科夫陷落——这是俄罗斯人的重大损失，尽管人们早就预料到了这一点。克里米亚的局势也很严峻，而罗斯托夫则几近绝望。

我今天见到了维绍亚努。他以友好的方式谈论了我离开的计划。他不认为这是不可能的，并会尽力帮助我获得土耳其签证。我现在不像我近来一直的那么急切，但我会继续努力的。谁知道会是什么样的？

10月26日，星期日

星期日的报纸刊登了安东尼斯库元帅的信，以答复菲尔德曼关于将犹太人驱逐到布格隔都的质疑。信中指出，这项措施只不过是对犹太人在比萨拉比亚、布科维纳、敖德萨和乌克兰各地犯下的罪行和暴行的惩罚。"他们的仇恨就是你的仇恨。"

恐惧，困惑，可怕的等待。发表的文字如此尖锐，以至于任何针对我们的暴力行为都成为了可能。明天早上，我们可能会被驱逐出家园并被扔进贫民窟——而这对任何人来说都不过分。我很难相信这样一篇文章的发表会是一个没有政治意图的偶然事件。我坚信，至少要写下来，肯定会有某些事情接踵而来。

我被恐惧和焦虑吓呆了，真替老人和孩子担忧，替妈妈担忧。我不知道该对她说什么，怎么安慰她。我想强迫自己微笑，但我实在做不到。

今天下午见到了济苏。他脸色苍白，孤僻。他告诉我的消息比我想象的还要糟糕：也就是说，到11月1日，我们在这里的整个法律地位将发生变化。他还不确定这会涉及什么：取消公民身份？将整个犹太人聚集到一个地区？还是将所有犹太人从城市中剔除？

济苏一家人（兄弟姐妹，老济苏）都在考虑逃跑：我想他们甚至已经开始做准备了。他们能聘得起家庭事务顾问。由于他们非常富有，我认为他们会成功。我向他们告别，因为我能感觉到我在打扰他们。我突然想到我离开的计划是多么天真，像他们这样有钱的人家，这都是一个难题。土耳其签证需要支付数十万列伊，而我只希望能因为我漂亮的脸蛋而得到一张签证？不管怎样，现在在危险这么严重，又这么迫近，我意识道，我绝不可能忍心抛弃我所爱的人。

深夜，在写完以上几行字之后，贝努从费尔宾尼回来了。这一喜悦将持续了二十四小时。

10月28日，星期二

今天所有的报纸都对元帅的信发表评论，并猛烈抨击"犹太人问题"，呼吁采取激进的解决方案。不难看出有人在背后操纵此事。在柏林，德国媒体为该文件腾出了大量空间，并且正在宣传层面为新的反犹太主义打击做准备。我们无法做出丝毫的姿态来捍卫自己。我们只有等待。

薇琪（罗曼的第二任秘书）告诉我，她的一位军官朋友最近从德涅斯特河沿岸回来，被在那里看到的景象吓坏了。

"他们奉命射杀所有犹太人，但他为他们感到难过，他对屠杀感到震惊，以至于当他不得不处决一百名犹太人时，他命令士兵立即射杀他们，而不是折磨他们。那是他的原话。"

10月29日，星期三

犹太人如何被赶出古拉胡莫鲁卢伊的细节（范妮是根据她父母和姐姐的消息告诉我们的。他们已经活着到达了莫吉廖夫）。10月10日星期五，人们平静地睡觉了。那天或过去几天没有发生任何异常情况。午夜过后，他们被街上的鼓声吵醒了。人们走出去，不知道发生了什么。犹太人被告知他们必须最迟在凌晨三点之前到达火车站。这意味着他们只有两个小时的时间来整理包裹、锁上家门并离开。在车站，他们交出了房门钥匙和居住证件。作为交换，他们得到了个人身份号码。然后他们被送上了火车。他们开始时是乘火车，但后面的旅程只能徒步前行，然后乘船渡过德涅斯特河。他们只得不停地卖掉背上的衣服，以换取吃饭的钱。一条面包八百列伊，而且还不容易买到。现在他们在莫吉廖夫。有些人找到了住处，而其他没有找到的只能留在田间。他们在那里等待着被送往更远的地方，去往一个未知的目的地。

"让我们尽量不要再去想乌克兰的犹太人，"莱娜·康斯坦特昨天说，"我们对他们无能为力。让我们忘记他们吧。让我们努力去活着吧。"

也许她是对的。但这是一场我无法摆脱的噩梦。噩梦也是我们的，尽管它还没有把我们拖下水，尽管它在我们永远沉没之前让我们的头浮在水面上。今天的报纸再次对安东尼斯库的信发表评论，语气甚至比昨天更加激烈。在德国、波希米亚和意大利，响应它的回声此起彼伏。这是一个欧洲事件。有组织的反犹太主义正在经历一个最黑暗的阶段。为了达到目的，一切都算得太精明了，背后操纵得太明显了，不可能没有政治意义。接下来还会发生什么？明目张胆地灭绝我们？

我在莱娜家听了弗兰克的《交响变奏曲》。在我回到同样可怕的噩梦之前，有了片刻的遗忘机会。有时我对自己说，一切都是不真实的：令人窒息、痛苦、难以抗拒——但事实并非如此。也许我可以努力地让自己醒来。也许我睁开眼睛，突然发现一切都烟消云散了。生活对我来说，从未有如此的非真实。

10月30日，星期四

昨天，财政部长将十位主要的犹太领导人召集到他的办公室，其中包括首席拉比和菲尔德曼。他站着迎接他们，既没有问好，也没有伸出手，也没有请他们坐下。他对他们大喊大叫，不让他们回答一个字。尤其是对菲尔德曼，他非常严厉，他再次告诉菲氏，犹太人必须提供一百亿列伊的贷款，并给了一个月的时间来交付。

晚上，我在艾丽斯家，与维索亚努、布拉尼斯特和阿里斯蒂德在一起。总是同样的讨论，让我们着迷，让我们疲倦，让我们恼怒。我们生活在两三个固定观念之中。我们没有人比其他人知道得更多。没有人能想到或说出任何新的东西。也没有能容纳任何新东西的空间。阿里斯蒂德说，战争将再持续两年。两年半，维索亚努补充道。我说，也许只有一年。布拉尼斯特说，也许甚至不到一年。明天我们会安排不同的时间，为我们一无所知的事情愚蠢地争论。但是我们的生活被这些东西所困扰。我们每天都觉得自己正在失去生活。

"我是客观的。"我昨天对卡米尔说。他再次发出了反犹太主义的攻击。

"客观的人是愚蠢的人。"

我觉得整场战争与我无关，正是因为我活下来的机会微乎其微。我说话好像超越了生命，就好像这不是1941年的一场战争的问题，而是一场遗忘已久的、已成为历史一部分的战争。

前方暂无详细消息。莫斯科的局势仍然非常严峻；没有迹象表明苏军可能会抵抗更长的时间。同样非常严峻的是罗斯托夫的局势。至于克里米亚，德国人报告说他们已经突破了彼列科普地峡，正在轻松地向半岛推进。

11月1日，星期六

两个小时的音乐。我让莱娜邀请我去她那里。只有我一个人，这样我们就可以听一些唱片了。她让我自己选乐曲：德彪西的四首钢琴前奏曲，拉威尔的《四重奏》，巴赫的《D小调钢琴协奏曲》，德彪西的《四重奏》。我们既没有谈论战争，也没有谈论驱逐犹太人。

11月！时间过去了，没有任何解决方案，没有任何缓解方案。我们在同一个夜晚，在同一个迷雾中挣扎。

11月3日，星期一

收到了征召办公室让我去报到的通知书。我没有告诉妈妈我收到了通知书。明天会有足够的时间。我逃脱的希望渺茫。谁知道呢？通常在这种事情上，我向来运气不好，而且也无能。不管怎样，我只能无奈地等待。

辛菲罗波尔沦陷了。德军正在向塞瓦斯托波尔快速推进。德军在整个克里米亚都势如破竹。苏军在彼列科普的抵抗一度很大，但现在大门是敞开的。列宁格勒和莫斯科的战斗仍在进行。

11月4日，星期二

昨晚的梦。我和伊子在绍塞亚参加军团游行。我们排在前列。后排的一个女孩惊讶地看着我们说：军团的犹太鬼！我们开始走得更快，并与她所在的队列保持距离，然而她则转向另一个队列来谴责我们。我们到达左侧的人行道，在胜利之路的起点，但那个女孩追上了我们并要求看我们的证件。我们尽可能地快跑。伊子说："别跑那么快了；我受不了。"我们被跟踪，不知道该躲到哪里去。在右侧的人行道上，大约在格里戈雷·亚历山德雷斯库街的对面，一个曾经在基金会工作的人（可能是科斯特亚）突然朝我们走来。他穿着政府部门门卫的制服。他向我们指了一条穿过公共机构花园的路。我们顺着这条路走去，来到一些台阶上，许多路人已经在台阶上避难了。梦还没有完，但我不记得了。

另一个梦。我参加了谋杀五名军团士兵（其中包括米苏·波利赫罗尼亚德）的审判。起初我是证人，然后变成了被告。审判长是伊斯特拉特·米切斯库，虽然我很清楚，他就是凶手（他前段时间在接受采访时承认了这一点）。菲尔德曼作证（被米切斯库无情地打断），然后是济苏作证，气氛比较平静。诉讼程序暂停，然后演奏了一首交响曲来纪念谋杀案的受害者。宗教仪式似乎在同一时间举行。米切斯库命令把我们这些被告人（我现在绝对是其中之一）带走。我被关在外面的大厅里，在那里我遇到了迪努和（我想是）温迪。他们俩，或者也许只有迪努，对我的陈述大加嘲笑。

晚上

一天到处奔波：去学校，去征召办公室，去艾丽斯家的，去蒂穆什[1]家的，去工会……我暂时什么事情都没做。我还没有报到，也不知道明天能不能报到。蒂穆什人很好：他不仅提出阿尔罕布拉剧院将征用我，甚至还给我一些工作。当然，没有什么是确定的。我们只能等着看。

在过去的两三天里，德军对莫斯科发动了新的重大攻势。那里的情况似乎一直在恶化。尽管如此，它仍然是战争过程中一个相对固定的点。昨天距离希特勒最近的一次讲话刚好一个月。那次讲话似乎宣布了更多决定性的打击。我认为我们很快就可以看到德国的新攻势。这可能会改变放缓的事态而加速发展，而且时间过得那么慢。

11月6日，星期四

又为没完没了的事忙碌了一天。没有可能再推迟一个星期，甚至更短时间。尼古莱斯库上校已被告知我必须到征召办公室报到。我将被分配到罗马尼亚铁路的一个分队去。但是在学校，他们说我在接下来的两三天内可以免除劳动。但这是不确定的，甚至是不太可能的。同时我随时可能会在街上被拦住（每天都有警察检查）。那时我该怎样来解释呢？我非常担心我最终会被强迫离开。这会使我已经足够复杂的生活更加复杂化。

出现了政府更迭的谣言。出现了铁卫军团骚乱的谣言。空气中总是混浊不清。布拉尼什特声称一个国家政府正在被炮制出来。每个人（艾丽斯、卡米尔、罗塞蒂）都在谈论政府危机。我不太明白这意味着什么——如果确实存在危机的话。

---

[1] 瓦西里·蒂穆什：剧院经理。

德军似乎对莫斯科的攻势即使没有真正停止，也已经放缓。在忧郁与满足之间摇摆的伦敦正在经历一个新的乐观时期。德国的公报主要集中在南部战线，对中部和北部只字未提。但如果战争以目前的节奏继续下去，德军可能很快就会出现新的进攻。

11月7日，星期五

终于，我有希望得到几天的喘息时间。我已经在征召办公室的教师名单上登记了，但愿这会降低我被征召的危险。实际上（没有人能说出为什么），教师要被征召，而律师（即使被取消律师资格）没有被征召。尼古莱斯库上校已成功地为我申请了重新分类为律师的资格。这样（暂时来讲）能导致我的征召被取消。与此同时，在轮到我当律师之前，我会试着在剧院里为自己安排一些事情。

我正在艰难地用英文阅读《哈姆雷特》。词汇和语法比我以前读过的任何东西都难得多。即使有同步的法语文本，读起来也是很困难的。

我没有关于战争进程的消息。明天，胜利的罗马尼亚军队将在布加勒斯特庆祝取得的胜利。就在今天晚上，这座城市已经挂上了旗帜，并且很长一段时间以来灯光第一次完全照亮了这座城市。接下来的几天看起来对犹太人来说将会更加艰难。今天的报纸上刊登了一项公共法令，禁止在犹太社区内采用仪式方法屠宰家禽以及出售（不论是死的或活的）家禽。

11月9日，星期六

最近的德国公报不再提及列宁格勒或莫斯科的前线了，只谈在克里米亚的行动。似乎战争在其他地方已经陷入停顿。据楚楚贝伊（我今晚在卡米尔家见到了他。罗塞蒂也在场）说，希特勒昨天在一篇尚未发表在报纸上的演讲中说，他不会再为列宁格勒牺牲任何士兵了。这是攻势停止的另一个迹象。此外，冬天即将来临。今天天气很冷，阴沉沉的，蓝灰色的天空。我们预计随时都会下雪。这是一个亲英主义再次兴起的时代。今晚，卡米尔、罗塞蒂和楚楚贝伊一致认为德国人正在颓败成为失败者。但只要德军在接下来的几天发动另一次进攻或再次取得成功，三人都会同意英国人已经失败了。这是一个心理钟摆，如钟表一样有规律地运行。

多罗霍伊和博托萨尼的犹太人已收到驱逐令。药剂师阿瑞有一个七十岁的母亲和一个九十岁的祖母，正在四处奔波，企图逃跑。尽管如此，乔治·布拉蒂亚努（根据罗塞蒂的说法）和卢浦医生（根据布拉尼什特的说法）都得到了元帅的保证，即本土出生的犹太人不会有任何不好的事情发生。这种消息一丁点儿都不新鲜。我无法相信在大屠杀的道路上仍有可能保持温和。

昨天晚上和今天早上，我非常高兴地阅读了莫里哀的《安菲特律翁》。比吉罗杜更直接、更美味、更简单！其中描绘了令人惊讶的双重人格。这是一种不知不觉中的皮兰德尔主义。我很乐意边读边做一些笔记。

11月10日，星期一

报纸刊登了希特勒上星期六的讲话。强烈的反犹太主义。有必要来消遣一下吗？无论如何，这不是一个乐观的讲话。这个讲话出现在非常艰难的时刻。激烈的言语并不足以掩盖他内心的忧虑。有一个有趣的说法，即这些言词是在为他们在列宁格勒地区的行动进行辩解。"如果有人问我们为什么现在不挺进，我会回答：因为正在下雨，或者因为下雪,或者因为铁路还没有准备好。"

同样有趣的是关于意大利的一句话:"他的(领袖的)国家贫穷,人口过多,状况仍然很糟糕。这个国家不知道明天的面包能从哪里来。"

11月12日,星期三

市政厅禁止犹太人在特定时间(十点到十二点)以外的时间在市场上交易,并对违反此命令向犹太人出售商品的商人进行处罚。每天你不知道他们接下来会想什么。这肯定需要很多想象力。事实上,自从他们没收了犹太人的住房,开始了驱逐和屠杀,其余要做的事都会变得怪诞、幼稚和愚蠢。这甚至不再令人沮丧。在反犹太主义中,有时会有恶魔般的因素,但现在,当大屠杀的血海没有到来之时,我们不得不在卑鄙小人的龌龊泥潭中蹚泥。

齐图·德韦基说,无论是我可能掌握的任何信息,还是我的任何想象力,都无法帮助我对布科维纳和比萨拉比亚的大屠杀情况形成哪怕是最近似的想法。至于战争,他说他不再相信德国会胜利,这让我感到惊讶。在他看来,德国人正在走下坡路。他们将不惜一切代价争取和平,英国人(害怕俄罗斯人)可能会同意。

恶劣的天气、冬天的来临、停止对莫斯科和列宁格勒的进攻、意大利的损失、戈培尔的文章、希特勒的演讲——所有这些都让人们更加普遍地相信,结局正在逼近。亲英派的乐观情绪正在经历一个特别强烈的时期。我不允许自己随波逐流。根据我已经习惯的钟摆的自动摆动情况,我很清楚另一轮抑郁时期很快就会到来。距离终点还有很长的路要走,千里迢迢。

今天早上下了雪,但不是冬天的雪。11月:阴沉、潮湿、泥泞。

11月13日，星期四

雪，暴风雪，寒冷的日子。

在多罗霍伊，数十个家庭在车站的马车里等着离开。这与古拉胡莫鲁卢伊运行的情况完全相同：半夜鼓声响起，人们涌向车站，房屋上锁查封。在布加勒斯特，他们无计可施的亲戚四处奔走，寻求同情，但能向谁求助呢？在总统办公室、内政部、陆军司令部，他们得到的回答都是耸耸肩说："我们对此一无所知。"

贝努住在费尔宾尼的一座冰冷的房子里，没有炉子，也没有柴火。最糟糕的是，他被他的老毛病坐骨神经痛折磨着。当然，他不会写信告诉我们所有这些，但我已经和一个从那里来的人交谈过。波尔迪已经很久没有消息了。我们带着痛苦的心生存和等待。我们甚至找到了笑、读书和说话的力量！

我又回到了巴尔扎克，读了《夏娃的女儿》，这是一部以1832年的巴黎的政治、文学和戏剧为背景的优秀短篇小说。

11月14日，星期五

11月沉重的一天。厚厚的降雪。

前线没什么新消息。另一方面，在大西洋，德军潜艇的鱼雷击沉了英国人的皇家方舟号。在华盛顿，经过国会长期的艰苦斗争，中立法案已被废除。

戈培尔在《帝国》上发表了最新文章，其标题为"犹太人是罪魁祸首"。

在莱娜家听了几个小时的音乐，巴赫、维瓦尔第的很多曲子，《戈德堡变奏曲》《第一勃兰登堡协奏曲》《四架钢琴和管弦乐队的协奏曲》和《弦乐器协奏曲》。

11月17日，星期一

忧愁苦闷了一天。我没有钱，也不知道去哪里求助。距离我必须交付短裤、内衣、袜子等只剩下四天了。我们应该买还差的东西，但是用什么去买？有时，一种无力感让我瘫痪。我再也看不到任何前途。所有的道路都已关闭了，一切都变得毫无意义了。只有自杀似乎是唯一的出路。

克里米亚的刻赤已经沦陷。塞瓦斯托波尔仍在坚持。其他方面没有什么新消息。冬天仿佛在战火中下了雪。

皮皮迪的房间（我给他送了几本书时进去的）是那种我十分乐意自己住在里面的岛屿。书桌、图书、孤独、光明、安静。他正在研究提比略登基的日期。

11月18日，星期二

我遇到了科林·格罗苏[1]。他最近刚从敖德萨回来。他是在敖德萨被攻克后的第二天进入的。他聪明、慎重、见多识广，他告诉了我很多有趣的事情（相比之下，卡米尔显得多么歇斯底里，他大喊大叫，盲目地冲向最愚蠢的极端！）。格罗苏认为战争结束还遥遥无期；相反，一切迟早都会在一场性质难以预测的灾难中崩溃。他也确信德国人不

---

[1] 科林·格罗苏：作家。

会获胜，但他也不相信英国人会迅速获胜。

在吉娜家与吉策·约内斯库共进午餐。我有一种感觉，他不仅为自己创造了一份事业，而且创造了一笔财富。他告诉我，一天晚上他在旋律酒家，那里的每个人都是"经济部的贪官"。他这么说是为了炫耀吗？

奥普雷斯库见到了G，但什么也没做。只是表达了含糊不清的怜悯、叹息和遗憾——但仅此而已。不管怎样，我已经打消了离开的念头。

11月20日，星期四

英国人在利比亚发动了攻势！进攻是从18日晚上开始的。丘吉尔今天宣布，这是战争总进程中的一件大事。它的规模似乎很大，而且开局很成功，但现在说会发生什么事还为时过早。

在苏德前线，德国人在过去两到三个星期的相对平静后再次进攻莫斯科。他们会攻克莫斯科吗？不管怎样，他们一定会想尽一切办法，做出一切必要的努力。在图拉和加里宁，他们似乎已经突破了苏军的防线。冬天的回暖（我们这里11月份，阳光又回来了）给了他们一个新的行动机会。在塞瓦斯托波尔和罗斯托夫，他们也发动了强大的攻击。

今天的《环球报》刊登了一篇来自柏林的快讯："关于寒冷，温度计记录了数月以来温度的轻微下降。"

我彻底没钱了，比以往任何时候都更加无助。我能做什么？我可以求助于谁？

11月22日，星期六

关于英军进攻利比亚的消息太少了。事情似乎进展顺利，即使不是以闪电般的速度。

在苏联，德国人报告说，他们已经占领了罗斯托夫。苏军的主要战斗是从加里宁和图拉的方向发起的。

毕竟，维维认为我的离开计划并非不切实际。他还与G夫人谈过话。他也在考虑离开。但我不敢把这些想法再进一步。

昨晚我读完了巴尔扎克的一部精彩小说《贝阿特丽克丝》。这是他最好的小说之一。

贝努终于从菲尔宾茨回来了。

11月23日，星期日

在利比亚，英国占领了卡普佐港。关于攻势如何进行的信息并不多。德军对莫斯科发起重大攻击，特别是从北部。加里宁已被他们占领了。

我身无分文，彻底的身无分文，而且我不知道该怎么办。我想今天和阿里斯蒂德谈谈，但我鼓不起勇气。此外，我已经很久没有单独见到他了。他似乎在以某种方式躲开我。

11月24日，星期一

夜幕降临，陷入了错综复杂的梦境。早上醒来时我还记得很清楚，但后来我几乎完全失去了线索。我所能记得的只是一个梦的第一部分。我在巴黎。城里到处都是红色和黑色相间的枕头面包，任何人都不能碰。红色明亮而有力，黑色就像烧焦的木炭。

我听说，英国人报告说占领了巴迪亚。

部长会议昨天决定，犹太人应该缴纳某些税款，以代替为国家劳动。不缴税的就送去劳动。那些既不缴税又病得不能劳动的将被驱除。

11月25日，星期二

昨天晚上在吉娜和吉策家听了很多音乐。贝多芬《四重奏》(由卡尔维茨演奏)、《勃兰登堡第三协奏曲》、维瓦尔第-巴赫的《四钢琴和乐队协奏曲》、巴赫的管风琴合唱和赋格曲、《伊索尔德之死》、拉威尔的《圆舞曲》、两首肖邦的夜曲。凌晨一点后我才回家。这是这么多个月来的第一次。天下着小雪。整个城市洁白而宁静。

昨天在吉策家，经济部秘书长齐奥塞斯库热切地听着11点15分从伦敦发来的法语简报，他很高兴地听说一万五千名德国人和意大利人在利比亚被俘。他也期待着英军的胜利。但他认为，在此期间在现政权下担任公职没有什么可奇怪的。互不相容对于在多瑙河上的人们来说不是什么问题。

吉娜和吉策家族中的一些趣事。吉娜一直是个充满想象力之人，而吉策却是个行为难测的人。我们大家对此都是这样认为的。为此我们喝了好酒（而且"不太贵"）。吉娜说："是吉策从罗马尼亚化委员会带来的。"就是这样。

清晨一点钟，我就听到街上有人喊：团结！统一！关于犹太人的罗马尼亚化，政府颁布了新的法令。

昨天我读了《夏倍上校》，觉得很惊讶。有一点点杜米埃雕刻的感觉：强大、冷酷、精确。我读完了昴宿星版的《巴尔扎克全集》的第三卷。

斯特鲁玛号渡轮原定于今天离开康斯坦察。但昨天晚上，人们在最后一刻被拒之门外。斯特鲁玛号渡轮不再前往巴勒斯坦。政府的许可已被撤销。我心里觉得似乎自己的逃跑尝试失败了。

利比亚局势混乱。莫斯科形势严峻。

11月28日，星期五

昨天晚上我在梦中的片刻时间看到了巴尔奇克——一个充满光和色彩的美妙的巴尔奇克。我站在高原之巅，突然间，绿色的海湾（当时是4、5月）和深蓝色的大海在我面前展开。它美得惊人。我立刻醒来，但一切都消失了。

下午报纸的标题是："莫斯科的命运已成定局！"；"莫斯科的命运终于注定了！"。

11月30日，星期日

德国人在据报道占领罗斯托夫一个星期后又撤离了罗斯托夫。俄罗斯从亚速海发动了强大的攻势。我无法计算出行动规模。德军在莫斯科的推进似乎已经放缓或受阻——尽管形势依然严峻。在利比亚，一切都很混乱。托布鲁克的交通路口已经部分占领了。英国人有优势，但这点也不是完全明确的。在华盛顿，与日本人的谈判即将破裂。太平洋会爆发战争吗？

在过去的两天里，我几乎见到了所有我习惯见到的人：阿里斯蒂德、艾丽斯、布拉尼斯特、贝卢、尤金、卡米尔、罗塞蒂、古利安、莱娜、哈里。我和他们所有人谈论了这场战争。整个形势似乎比以往任何时候都更令人痛苦、更荒谬、更徒劳。卡米尔认为德国人是不可战胜的。布拉尼斯特认为他们已经输了。阿里斯蒂德对英国在利比亚问题上缺乏严肃态度感到厌恶。贝卢对苏军的攻势感到兴奋。但本质上，所有人都是一遍又一遍地说同样的话。几天、几个星期、几个月过去了，我们所做的就是谈话、谈话、谈话。它把我快逼疯了。我无法忍受这种愚蠢的游戏，只是发表各种荒谬的观点但都无法改变任何事情。

对比贝斯库家的丰富多彩的访问。安东涅还是老样子。他的妻子患有严重的全面失忆症，但她仍然非常聪明。我们在雅典娜宫中安东涅的房间里聊了很长时间，直到安东涅来了。在斯佩兰察时曾有一个有趣的插曲（我很遗憾没有在这里把它记下来，不过我不想写更长的日记）。

最近，我一直在考虑自己曾经计划的重头小说。至少最初的情节（在各地区的戏剧巡回演出）在我的脑海中是清晰的。我现在可以开始写了。然后会产生许许多多有趣的故事。这些故事可能会发展成比我预想的还要大得多。有足够的材料写成不是一本书，而是五本书。从1927年到现在，这十四年的历史本身构成了一系列的情况。但是我会写吗？我还会再写吗？我终日无所事事，从一天拖到另一天，变得又老又累，不知道自己在哪里。我还有什么事要做吗？我还有什么要求吗？有什么期待吗？我还能从生活中得到什么吗？生活还能从我身上得到什么吗？身体衰老和道德厌恶——这就是我的现在。除此之外，还有的就是贫穷、赤贫、无能为力、被遗弃和无助的感觉。

12月1日，星期一

犹太人的滑雪板被没收了。已通过一项命令，要求我们立即将它们交给社区。

利比亚的事态发展缓慢但令人满意。莫斯科的抵抗。苏军在亚速海的进攻。这些或多或少是对今天战争的总结，但人们比事实本身更为焦躁、更易受影响、更为仓促、更为狂热。你遇到的每个人都告诉你，在利比亚英国人已经到达了班加西以南，隆美尔的总部已被包围，冯克莱斯特在俄罗斯南部的军队已被摧毁，塔甘罗格已被夺回，德国人正在逃往马里乌波尔并开始撤出克里米亚。你不知道所有这些愚蠢和夸张的想法是从哪里来的。这是一种不惜一切代价陶醉自己的需要——即使是以谎言为代价。

在几个星期的中断之后，我读完了《英国鸦片吸食者的忏悔录》。它没有昆西的名声让您期待的那么有趣，但仍然值得一读。忏悔的语气正确：直接、刚毅、准确。

12月3日，星期三

德国在利比亚和俄罗斯都取得了胜利。在托布鲁克，他们攻入了英国人上个星期在堡垒和外面的军队之间建立的廊区。形势似乎再次严峻。至于罗斯托夫，苏军的胜利似乎更像是一个局部事件，而不是大规模行动的一部分。

昨天晚上——在这么多年之后——我翻阅了斯宾格勒的《决定性的岁月》一书。我想我第一次阅读它是在1935年。书中有惊人的预测，其中一些是奇迹，但也有关于德国不可能对俄罗斯开战的意外页面（突然成为热门话题）。"这片世界上最大的广袤平原，这平原上的人口，从外部是无法攻击的。空间的浩瀚是一种从未有人能够克服的政治和军事力量。拿破仑本人不得不通过经验来认识到这一点。哪怕敌人占领了最广阔的区域，也无济于事。……莫斯科以西的整个地区——白俄罗斯、乌克兰、里加和敖德萨之间的整个地区曾经是帝国最繁荣的地区，而今天只不过是一个巨大的来对抗欧洲的'缓冲区'，而且这一地区即使被放弃也不会导致系统的崩溃。既然这样，西方进攻的想法就没有意义了。它只会陷入空旷之中。"这书是1929年成书，1932年出版的。

12月5日，星期五

前天晚上做的梦。我在一个巨大的大厅里，坐在一张没有尽头的长方形桌子旁。桌子旁还坐着许多客人，看来像是宴会。一扇门在我身后打开，希特勒走了进来。他走近桌子问道："谁是拉杜·艾波特克？"拉杜·艾波特克就坐在我桌子对面的左边。他站起身来。希特勒走到他身边，抓住他的领带，使劲摇晃着他。一位年轻漂亮的黑发女郎扇了希特勒几记耳光，但同时意识到自己行为的严重性，于是放声大哭起来。她不知所措！我们都感觉到了，仿佛全身都在颤抖。我不知道那件事是怎么结束的（就像梦中断似的），但希特勒沿着我身后的桌子走着，停在了桌子的最右边。他命令前六名用餐者站起来。这六个人中有我和贝努。他问我们所有人的名字。前四个都是罗马尼亚人。然后轮到我们了。我们吓呆了，但就在这时，米哈伊·安东尼斯库走过来对我耳语道："我得走了，但我会回来的。不要害怕：什么都不会发生的。"

我不知道我最后该怎么办，因为我缺钱。我从莱雷亚努那里借了两千列伊，又从科姆莎那里借了一千列伊。我本来昨天应该付钱给老师的，但我推迟到了明天。即使我一次找到了我需要的几千列伊，那我该怎么办？有一些可怕的噩梦，你从中惊醒，就想恐惧地尖叫——但你的确从这些噩梦中醒过来了。那我什么时候才能从我这场噩梦中醒来？

路灯熄灭了——全部停电了。英国似乎已经下了最后通牒。但即使是正式宣战，难道这不只是单纯的示范意义吗？我唯一担心的是，到时候可能会出现另一场反犹太主义浪潮和普遍的条件恶化。

利比亚的战事暂停。在俄罗斯南部、塔甘罗格以西正在发生战斗（尽管尚未夺回）。莫斯科形势严峻。

一切都进行得很慢，而且困难重重，没完没了，似乎没有任何希望。逃离这里似乎变成越来越不可能的冒险。

12月7日，星期日

英国的最后通牒终于公布了。从今晚午夜开始，我们将与英国交战。我在午夜后一刻钟写下这些字。我非常担心国内的后果。在几天的相对平静之后，我担心会再次爆发反犹太主义。

12月8日，星期一

日本参战了。在马来西亚和婆罗洲登陆，入侵了泰国，空袭了新加坡、香港、菲律宾和檀香山。我又一次错误地认为它不会开战。我知道东京政权无法接受美国的条件，但我认为，谈判会无限期地拖下去。战争正在蔓延到整个地球。一直坚信到昨天的旧推理已经变得多余了。一切都变得更严肃、更复杂、更晦涩。

莫斯科的处境似乎不那么严峻。事实上，整个俄罗斯战线都或多或少地被冻结了。今天晚上的德国公报以出人意料的基调开篇："东部行动的继续和战斗形式取决于俄罗斯冬季的到来。在东线的大片地区，现在只能报告局部的行动。"

12月9日，星期二

还需要一些时间才能知道太平洋地区正在发生什么。这可能是一场新型战争——与我们自1939年8月以来所见过的任何一场战争都大不相同。头两天的消息中充满了日本的军事打击，美国人或英国人都没有回应。"闪电战"技术完美地奏效了。美国人惊讶地失去了两艘装甲战舰，显然还有一艘航空母舰，但没有机会进行一次反击。"一场灾难呀！"我的老师说。也许他夸大了，但无论如何，看到美国像过去比利时或南斯拉夫一样措手不及是最令人不安的。

12月10日，星期三

太平洋上灾难性的一天。在短短二十分钟的时间里，英国人在新加坡失去了他们仅有的两艘战列舰：反击号和威尔士亲王号。整个地区都是日本人的行动，而盟军没有任何回应。我不了解那里的地图，所以无法跟上局势，但给你的感觉就如被雷击一般。这就等同于法国崩溃的时刻。其他战线的情况现在都移到了后台。甚至俄罗斯的战争也变得不那么重要了。苏军已经夺回了北部的季赫温。德国人正在谈论冬季的平静，就好像这是一个既定的事实一样。而日本人耸人听闻地夺目于布告牌。

12月11日，星期四

德国和意大利已经对美国宣战了！希特勒今天下午发表了讲话，但我还不知道他说了些什么。日本人首次大捷的轰动、盎格鲁-撒克逊人的惊愕、人们普遍的震惊——所有这些都为这些事件增添了气派和戏剧性，以及悲剧性的灾难。我们的头脑需要几天时间才能清醒过来。

显然，日本人也损失了一艘顶级战舰，而英国人和美国人似乎确实在不时地进行防御。我们一整天都受到了很多冲击、震惊。《环球报》报告说，第三艘英国战舰乔治国王号已经沉没。但这并没有得到证实，午餐时间的报纸也没有提及。然后，德国人宣布了击沉了一艘三万二千吨的美国航母。后来仔细看了快讯，才发现这和昨天击沉的那艘是同一艘。

我重读了《众生之道》一书，这次读的是英文版。我糟糕的记忆使我不安。的确，我第一次阅读它到现在已经有十到十二年了，但我仍然很沮丧，因为我什么都不记得了：任何一个名字，一个角色，一个场景都没有。我头脑中甚至没有留下一个大致模糊的情节轮廓。然而，这是一本对我有意义的书。我已经在写作中介绍过它并多次提到它！我认为巴特勒是我熟悉的作家！

12月12日，星期五

没有灾难的一天。日本的"闪电战"这么快就消退了吗？

这场战争在某种程度上覆盖了我的巨大不幸和耻辱。我依附于它，生活在其中，迷途在其中——从而忘记了我可怕老的伤痛。我在安慰自己，我在等待着什么。实际上，我没有什么可期待的。

12月13日，星期六

罗马尼亚已向美国宣战。美使馆就要离开了。最后一扇大门已经关闭了。

太平洋上没有什么新战事。在俄罗斯，苏军取得了进展，可能是前线的局部调整或具有更广泛意义的行动。在利比亚，德国人正在从托布鲁克以西撤退，留下驻军在巴尔迪亚和索勒姆维持抵抗。

昨天晚上做了一个梦。让·赫蒂格已被判处死刑，但要处决他，必须有人发起请愿并缴纳（我认为）四十列伊的税款。我不知道为什么我就是起草这份请愿书并将其带到《真理报》办公室的人。我极其恐惧，去找了赫蒂格的母亲——萨拉查努夫人，提醒她发生了什么事。

12月15日，星期一

前线没有什么新战事。有时我觉得战争永远不会结束。一想到不久的将来——明天、后天、五天后——将有新的反犹太主义袭击，我就感到痛苦万分。最近太安静了。一定有什么事情在酝酿和准备之中。我无所事事，分崩离析，迷失自我。

显然，斯特鲁玛号渡轮已经起航，已经抵达了伊斯坦布尔。船上的那些人就有了新生活。

12月17日，星期三

社区联合会已经解散了，取而代之的是"中央办公室"[1]，将开始对所有"犹太血统"的居民进行新的人口普查。我认为济苏参与了所有的这些步骤。

"改信天主教吧！尽快皈依吧！教皇会保护你！他是唯一还能救你

---

[1] 扬·安东尼斯库下令设立"犹太中央办公室"。菲尔德曼的罗马尼亚犹太社区联合会解散了。

的人。"几天来,我一直听到同样的反复不断的说词。今天早上是科姆莎,今天晚上是阿里斯蒂德和艾丽斯。他们非常认真地问我为什么还在等待。我不需要任何辩词来回答它们,也不需要搜索任何辩词。即使这样做不那么荒唐,即使这样做不那么愚蠢和毫无意义,我仍然不需要争辩。在一个有阳光和阴影的岛屿上的某个地方,在和平、安全和幸福之中,我最终会对我是不是犹太人并不在乎。但此时此地,我不能成为任何其他人。我认为我也不想这样做。

今天,我比以前更强烈地感觉到这不是真的,一切都非常不真实,我像在噩梦中一样挣扎,我正在深深地陷入其中。我必须醒来。只要我还没有发疯!有时我觉得太累了,我害怕自己崩溃,失去对自己的控制。

12月18日,星期四

我对波尔迪的无声无息和关于他的不确定消息感到担忧。他去过营地吗?他要去图卢兹吗?愿神赐他勇气,忍耐并坚持下去!杜杜亚·米卡和她的丈夫已经受洗。今天晚上,穆尼·戈德施拉格对我说,洗礼是一种可能的解决方案。他声称,基督教犹太人在布科维纳就没有被驱逐出境。

新的犹太领袖:圣斯特里特曼[1]和维尔曼[2]!他们今天由莱卡[3]任命。

---

[1] H.圣斯特里特曼:记者,犹太中央办公室第一任主席。
[2] A.维尔曼:记者,犹太中央办公室领导委员会成员。
[3] 拉杜·莱卡:安东尼斯库政府犹太事务委员。他的主要职责是监督犹太中央办公室,但他监督了许多与驱逐犹太人和强迫劳动有关的政府行动。

12月20日，星期六

香港沦陷了。德军继续在俄国前线推进，但速度并不快。在利比亚，前进的英军已经到达德尔纳。但一切都没有改变。一切还是老样子。

12月21日，星期日

这是我明天要寄给济苏的信：

亲爱的济苏先生，

请原谅我写下这封信，但是，请相信我，我写这封信一定比您读它要难得多。您可以把信撕掉，然后把它忘记，但我永远也不会忘记。我需要钱。我已经很久没有真正的"钱"了，但现在一切都变得难以忍受了。明天我必须付房租。此外，我会一无所有地度过这个圣诞节。我对自己说，在这个大城市里一定会有人能给我贷款的。这里，贷款不是一种委婉的说法。我的意思是，我总有一天会偿还这笔款项的。

会有两种结果。要么我们将看到这场战争噩梦的结束，然后像我这样的人，有名有姓，有胳膊有手，肩上有颗脑袋，将很容易地赚到今天拒绝让我挣的东西，并将偿还这笔钱；要么我们将永远看不到这场战争的结束，那么这笔钱——不管是借给我或是没有借给我——都将连同我们的生命一起消失。

这个简单的计算让我直言不讳。我请求您帮助我度过这个艰难的时刻。如果您没有钱或无法给钱，也许您可以在您附近的圈子中找到一个人。

但如果实在没有，请把此信撕掉并忘记它。

德尔纳沦陷了。

今天晚上，苏德战争已经进行六个月了。

12月22日，星期一

勃劳希契[1]已被解职。希特勒以出人意料、危言耸听的风格起草了一份公告，呼吁继续战斗，并宣布由他亲自指挥德国陆军。指挥权变更的简单事实是承认德军在俄罗斯前线的失利。公告本身加剧了事件的严重性。一整天，你遇到的每个人——维绍亚努、卡米尔、罗塞蒂——都在谈论此事。乔治·布拉蒂亚努今天告诉罗塞蒂，形势非常严重，更换勃劳希契标志了一个历史性的时刻。

德军在俄罗斯已经进行了六个月的战争。所有报纸还没有公布他们通常公布的月度战况表。这种尴尬的沉默绝不可能是种巧合。

米尔恰·伊利亚德写给罗塞蒂的信中有这样一句话："今年对我来说有两件非同寻常的事情：一是苏联空军惊人的弱点，再就是我对卡蒙斯的阅读。"

12月23日，星期二

圣诞节前夕，节日的热闹、节日的匆忙、节日的丰富和节日的富有都离我很远很远。灯火通明的商店橱窗、拥挤的商店、购物、白色的包装、礼物……我无法买任何东西。直到今天早上，我一分钱都没有。我一直在想，我能到哪里去找两千到三千列伊给妈妈，让她购买这四天的假期里家中所需之物。两点钟左右，济苏寄来了一个信封，

---

[1] 沃尔特·冯·勃劳希契：德国陆军元帅。

里面装着有——我想——一万列伊。我甚至没有勇气看他写给我的东西,也没有勇气数钱。我感到羞愧,羞愧之极。我真希望我明天能把钱还给他。我从来没有因为如此对待任何像这个如此富有而又如此肮脏的人而感到这样难过。12月23日——租金到期日。我在院子里遇到了女房东,但我没有和她说什么。也许她可以等待——但无论如何我都攥在她手心里,她可以在任何时候把我给踢出去。

整个今天,如同昨天一样,我们一直兴致勃勃地讨论勃劳希契事件。我们就像孩子一样瞥见各种情况下的巨大变化。赫斯事件的时候也是如此。它会以同样的方式过去的。

我老了,悲伤,枯竭,冷漠,迷失了自我。从某种意义上说,战争是一种麻醉药品。

12月25日,星期四

与家人(扎哈里亚、黛博拉、马尔库和他的妻子、露西亚姨妈等人)愚蠢地度过了圣诞节的第一天,玩贝洛特纸牌游戏和吃东西。没有片刻的孤独,也没有片刻的休息。

一个令人难以置信的美丽如春的日子。天空晴朗,微风习习。哦,在山里的某个角落,和你心爱的年轻姑娘在一起!

出现了我可能会写的东西的想法。戏剧(《自由》,在我忘却了数个星期后,今天再一次浮现在我的脑海里)、小说,还有关于音乐的文章。但我不会写任何东西。我将失去无法挽回的东西,因为这些东西只能通过长期和仔细的工作才能取得。我不再指望灵感爆发或多产的时刻。我的作品从来不会"一蹴而就"。一天八小时的工作可能会让我自己都感到惊讶。但是没有纪律,没有工作的连续性,没有物质上的自由，没有大量的应用——我一文不值。

我后悔没有把济苏的信誊写下来就给撕了。这是一种令人作呕和别有用心的怜悯。信封里装有八千五百列伊，而不是一万列伊。如果我能在1月10日之前把这钱还给他，我会感到高兴的。

没有报纸或收音机，就没有关于战争进程的消息。我想了很多如何解决的可能方案，但最后的结论并不太乐观。我现在太累了，无法把它们表述出来。等明天吧。

12月27日，星期六

香港沦陷了。班加西沦陷了。在俄罗斯，前线没有什么变化。德国人正在进行防御性的战斗。俄罗斯人发起进攻，并在各处缓慢地推进。

弗罗达在特尔古久的一个营地待了六个月后回来，说了很多的事情：有些是悲惨的，有些是怪诞的，有些则是彻头彻尾滑稽的。他脸色苍白，说，既然现在他离开了那里，他将开始另一种生活。他意识到，到目前为止，他的生活一直是虚假的、非真实的、不实的和不充分的。我太了解这种从头开始一切的决定。只要几个星期以后，由于忘记并放弃了努力，原有的老一套将会重新开始。

12月28日，星期日

与每个星期天一样，在艾丽斯家与阿里斯蒂德和布拉尼斯特共进午餐。相同的信息、相同的解释、相同的预测日期、相同的讨论——没完没了。战争将在1942年秋天结束。但并非不可能会更快结束，例如明年3月。但是如果你停下来想一想，战争可能会一直持续到1943年，甚至到1944年也是有可能的。德国人不再有足够的石油。德国人不再有食物了。意大利再也撑不住了。塞尔维亚有党派攻击。这是俄罗斯的一个严冬。同样的事情翻来覆去一遍又一遍，我们几乎是机械地念叨了几十遍，但永远不会改变任何事情。这就像在疯人院里一样，疯子既温顺又狂躁，充满了抽搐和观念障碍。

12月30日，星期二

昨晚我又梦见了巴黎。一个漫长的梦。在梦中，身处巴黎的喜悦与巴黎被德国占领的焦虑奇怪地交织在一起。我一直感到受了威胁，被人追赶。

阿歇特出版公司的罗杰要我为他的出版社翻译几本儿童读物。

"这是为了帮你一个忙。你知道，我有成堆成堆的翻译人员。"

他说，翻译每行字他给我八班钱[1]。据他说，大约每页折合二十五列伊，或每百页二千五百列伊。

"这些是儿童读物，因为我把严肃的书送给知名翻译家翻译。例如，我有一本皮埃尔·伯努瓦的著作，正在由亚科贝斯库先生翻译。"

"亚科贝斯库先生是谁？"

"你说他是谁？他是一位作家，非常有名。他翻译了很多东西。"

我耸耸肩。罗杰可能认为我嫉妒亚科贝斯库的名声（他会是谁？）并且假装不认识他。但他故意继续说：

"这是需要做的工作，我向你保证。薪水当然不高，但如果你每天工作几个小时，你可以在两个星期内完成一本书。我会给你一本书作为开始。你应该送给我们几页译稿的样本，我们会把它转交给乔雷内

---

[1] 一班钱值百分之一列伊。

斯库先生。你知道,我是不懂这些事情的,但乔雷内斯库先生会做出判断。如果他认为没问题,那么我们就可以成交。"

我听完他的话,不停地点头,既没有愤慨,也没有讽刺,甚至没有沮丧。但我想总有一天我想抽他一个耳光。

妈妈送了我一条领带作为新年礼物。我很感动,但我无法掩饰某种烦恼。也就是说,我们明天又要缺少七百列伊。镇上到处都是欢快的人们忙碌的声音,他们都在为他们的除夕晚会做着各种准备。我们家里只剩下两千列伊了。这是我刚刚借来一万列伊中剩下的。接下来该怎么办呢?

在十四或十五年之后,我又重读了《梵蒂冈地窖》。我糟糕的记性几乎是不正常的。整本书中,我只记得一个角色——他把一个陌生人从行驶中的火车上扔了下来。就记得这些,其余的已经完全消失了。我甚至不记得拉夫卡迪奥出生在布加勒斯特,并且是罗马尼亚公民这一惊人的事实。这本书在很多方面都很有趣。我很清楚苏蒂剧[1]不是一个发明出来的术语,而是对应于真实的事物。我还可以很容易地看到陀思妥耶夫斯基的痕迹,尤其是《群魔》的痕迹。总而言之,在小说首次出现三十年后,这场闹剧仍然存在,甚至是恶毒的。

12月31日,星期三

苏军已经在克里米亚东部登陆,夺回了刻赤和费奥多西亚。

一年的最后一天。我不想,也不需要回顾和盘点。在我们今天晚上即将结束的可怕的一年里,我内心怀揣着三百六十四个可怕的日子。但我们还活着。我们仍然可以等待一些事情。还有时间;我们还剩有一些时间。

---

〔1〕 一种十五、十六世纪的古装讽刺剧,其疯狂的人物影射了那个时代的方方面面。

Journal

1935年

1936年

1937年

1938年

1939年

1940年

1941年

1942年

1943年

1944年

1月1日，星期四

日子过得真慢，但岁月却来得真快。现在已是1942年了！在我看来它是多么遥远，多么成问题和多么非真实！"战争将在1942年结束，"人们在一开始就这么说，一两年前还这么说，而我很害怕它会长期持续下去。"战争将在1942年结束"对我来说就好像是"战争永远不会结束"。1942年是个不透明的未来、遥远的未知、不可预测的机会。现在我们来到了1942年——带着我们所有的老问题和恐惧。

1月2日，星期五

希特勒新年贺词中的一句话："他们（苏维埃敌人）在1941至1942年冬天企图颠覆命运，再次与我们作对，必然失败而且将会失败。"

要颠覆命运！三个月前，这样的事情是不可能谈论的。今天这个问题已经提出来了。它已经成为可能，人为的可能。俄罗斯人将"颠覆命运"是可信的，或者至少是可以想象的，无论如何也不荒谬或在原则上应被排除在外。前线的进攻有可能会转向另一个方向，有可能局势会发生根本性的变化。自罗斯托夫易手以来，战争呈现出新的面貌。或许不止于此：这是一场新的战争，一场不同的战争。就我个人而言，我倾向于冷静而清醒地看待事物，不抱任何幻想。我告诉自己，德国军队仍然是一架强大的机器；冬天对德国人来说是一个巨大的考验，但并不意味着他们战争行为的结束。此外，苏军的进攻在规模和强度上似乎都没有德国人那样强。我完全可以想象到德国在春季的复苏，甚至可以想象到，德国从4月到10月将取得六个月的重大成功。只有到那时，在下一个冬天来临之际，危机才会再次变得尖锐。但如果这一观点是我最近以前一直的观点，如果我从未让自己被耸人听闻的期望冲昏头脑，我不得不承认，现在也有一些因素可以证明这种期望是合理的。罗斯托夫的战斗，标志着德军进攻的终点以及从运动战向阵地战的必然转变。布劳希契的撤职和换将反映了战争的指挥、观念和总体政策更深层次危机。苏军在整个前线采取攻势，表明他们不会同意冬季停战。最后，对刻赤和费奥多西亚的战斗表明，他们的军队有一定的能力在完全出乎意料的行动中发动突如其来的攻击。毫无疑问，这些都是新因素。但这些新因素是否会导致"颠覆命运"？我不知道。而且我个人倾向于不这么认为。但是这个问题已经提出来了。

1月3日，星期六

在菲律宾，日本人占领了马尼拉。在利比亚，英国人占领了巴尔迪亚。

尼库绍尔·康斯坦丁内斯库[1]（我昨天晚上在莱妮家见到了他）建议我写一个剧本。他准备签署它，并提出让剧院演出。作者的酬金会付给我，战后将会被告知事实真相。这是一个动人的姿态。我不知道在这种情况下我自己是否有能力做到这一点。这也许是一个作家可以同意做出的最大牺牲。我告诉自己，文学对尼库绍尔·康斯坦丁内斯库的意义与对我的意义截然不同。对他来说，写作只是为了乐趣而做的事情。没有什么真正束缚于他。他也不会认为自己有任何艺术责任。这些我自己心里都明白，但是他的提议似乎仍然是一种无与伦比的奉

---

〔1〕 尼库绍尔·康斯坦丁内斯库：戏剧导演、剧作家。

献、不自私和慷慨之举。我想利用他给我的机会。通过它，我可以赚取几万甚至更多列伊。它可以用来支付我一段时间的房租、还债、家务费等费用。一整天我一直都在考虑这个建议。我必须尽快地写剧本。快速地！我能做到吗？我过去的戏剧项目没有一个可以用得上的。《自由》在政治上是不可取的。它只能在战后才能演出。"冈瑟"一剧也是不可能的，因为它会使我的身份暴露。人们很容易看出这个主题是从《事故》一书中搬过去的。剩下的只有《上一个小时》和《新闻简讯》了，但这两者至今为止都没有足够明确的规划。此外，《上一个小时》也可能造成政治秩序的困难。而且我担心《新闻简讯》对于尼库绍尔来说过于严肃以至于无法署名。事实上，这部剧严肃得令人难以置信。如今需要的是一部轻喜剧，而不是拼凑在一起的严肃剧。这可是一个灵巧的问题，一个专业技能的问题。我会成功吗？我能做到吗？我会幸运地想出新点子吗？我能迅速地工作吗？

最近几天我一直在读帕斯卡的《致外省人书》。我今天为了阅读帕尼奥尔而将其放弃。我要多读几部戏，重新感受一下戏剧。我决心对此毫无顾忌。但这就足够了吗？

1月7日，星期三

苏军在克里米亚又一次登陆，不过这次是在西海岸。俄国人已经夺回了叶夫帕托里亚（令我惊讶的是，我在地图上发现，它位于辛菲罗波尔的北部），而且显然还夺回了彼列科普以南八十公里处的埃里尔戈赫的小地方。但是今天晚上的德国公报报道说，在叶夫帕托里亚和费奥多西亚登陆的苏军部队已被歼灭。无论如何，我习惯称之为战争的心理钟摆显然已经向伦敦摆动了。我甚至觉得空气中又弥漫着一种相当夸张的乐观情绪。我们将会看到更多更多这样的情况。

奥采泰亚（我在罗塞蒂家见过他）谈及6月在雅西发生的事情[1]时，情绪激动、目瞪口呆，有时还带着愤怒。有时他用无能为力、恐惧和厌恶的姿势捂住脸。他说话的方式打动了我，但当我离开时，我不禁想到他仍然是雅西剧院的导演。在这个国家，没有两件事是不相容的。

我一直在思考和寻找我想写的剧本。直到昨天晚上，我的脑海里什么都没有。只有模糊的想法，彼此之间没有足够的联系。舞台布景、场景、情境——毫无连贯性。然后我读了两部戏剧（萨沃瓦和杜弗诺瓦[2]的）。虽然它们激发了我的戏剧幻想，但没有提供任何实实在在的东西。我在《格兰古瓦周刊》的一期旧刊中找到了更清晰的线索。该刊对一部刚在巴黎崭露头角的人演出的戏剧《朱庇特》进行了总结。"我也可以写出这样的剧本，"我对自己说。所以昨天下午，我在看电影的时候，突然觉得自己"找到"了灵感。我有了想法，有了剧名（《亚历山大大帝》）和两个角色。我带着一种乐观的兴奋离开了电影院（每当我"看到"写一本书或一部剧的计划时，我总是会这样）。在回家的路上，这个想法有了具体的形式和实质，但在某一时刻，我意识到它太粗略、太薄弱、太不稳定，无法填满三幕剧。我觉得现在还没有能力为舞台写出诗意十足的剧本。我甚至不能写出一个《度假游戏》。不，我需要更实实在在、更实际、更有内涵的东西。我需要一个包含许多人物和事件的稳固结构、一个恰当的情节、充分利用尼库绍尔的名字和国家剧院剧团的大量细节。《上一个小时》很可能就是这样的戏剧。

我不知道我什么时候（或者是否）恰恰有过这些思考。我不知道

---

[1] 历史学家安德烈·奥采泰亚所指的是雅西大屠杀。
[2] 法国剧作家阿尔弗雷德·萨沃瓦和亨利·杜弗诺瓦。

我是怎么把《亚历山大大帝》和《上一个小时》联系起来的。我认为这只是一分钟甚至几秒钟的问题。突然之间，这两个项目合二为一。《上一个小时》成为同一出戏的第一幕，而《亚历山大大帝》成为了第二幕。我还没有第三幕，但前两幕中有很多喜剧元素，我认为一切都会自行解决的。

现在该工作了。我可以开始了吗？它会来得容易吗？正如我之前所说，重重顾虑不成为问题。我只能靠运气了。

1月8日，星期四

我已经付了房租。从爸爸的年终奖金得到了一万列伊。向马诺洛夫借了五千。向莫里茨舅舅借了五千，不过我后来许诺明天晚上之前将钱归还。所以到明天我必须找到五千列伊来偿还莫里茨，再找到一千到两千列伊用于家里。

原定于今天到来的武尔姆"奇胜"[1]已被推迟。我非常指望得到它，所以我对如何分配这笔钱进行了各种计算。但我不应该指望"奇胜"或奇迹。我必须写剧本。我必须最迟在2月1日之前完成它，以便在3月1日之前将其上演。但在那之前，我必须从某个地方借到三万到四万列伊，以偿还我最紧迫的债务，并有钱支付日常开支。

昨天晚上我完成了第二幕的情节（发现了新的意外题材）。剧本的大纲现在差不多完成了，我必须开始认真工作了。我很遗憾我的假期结束了，明天我必须去学校。

---

[1] 武尔姆兄弟公司与财政部发生纠纷。一项解决方案将为塞巴斯蒂安带来一笔可观的费用。

1月9日，星期五

我向马尔库借了七千列伊。我用五千还了昨天欠莫里茨叔叔的债——剩下的两千家用。现在我还得找点钱，这样在一个星期后才能还给马塞尔。日子就是这样过去的。

我写的戏进度很快。今天我写了长长的六页。第一幕的前三个场景几乎准备就绪。每段对话都会弹出新事物，就同网球接发球回合中出现的新情况，而且我乐意跟随它们发展。我比预期的更融入写作。我觉得我已经为这出戏找到了正确的基调（尽管我的确会在稍后时间中不得不进行微妙的、也许是困难的基调改变）。就现在来说，我今天写的东西在我看来非常满意。当我明天早上重读它时，更冷静、更准确的眼光无疑会发现我不太满意的地方。我给尼库绍尔打了电话，愚蠢地担心他可能会对写剧的事情重新考虑。如今他的计划正在成为现实（一个星期以前我无法想象到自己会写剧本），我开始感到一阵阵恐惧、急躁和怀疑。明天我将与他共进午餐，并尝试确定我们的工作计划。

1月10日，星期六

在尼库绍尔家享用了午餐。我兴奋地谈到了这部戏。我说我能够在两至三个星期内完成。我们讨论了将它搬上舞台的可能性。国家剧院可能也不适合尼库绍尔，因为他的婚姻使他很容易受到任何反犹太主义的攻击。在喜剧剧院事情就会简单一些。此外，他也在写一个剧本——或者说想（和弗罗达一起）写一个剧本——他自然希望戏剧能被演出。同一个编剧的两部剧很难在同一季上演。但现在考虑这一切还为时过早。首先，我必须完成这出戏。今天一整天我都保持着昨天的好印象，尤其是当今天早上我以同样的速度又写了两页的时候。但是现在，今天晚上，一切都开始显得无比愚蠢。昨日生动、连贯、充满活力的东西而现在变得幼稚、廉价和平淡。也许我只是觉得累了。现在说开始灰心还为时过早。

1月11日，星期日

几天来，前线没有什么新消息。我无法跟上太平洋战争的步伐。因为我没有一张好的地图，也不知道那里局势的可能性和重要性的精确知识。俄罗斯或北非前线的任何小事件都可以纳入熟悉的框架中。在太平洋，事情似乎太遥远、太模糊了。

与罗塞蒂和卡米尔在G.M.坎塔库齐诺家共进晚餐。坎塔库齐诺告诉我一些关于德涅斯特河沿岸和敖德萨的事情。他曾在军队里在那里作战。他认为苏军的攻势没有希望，目前肯定不能谈论德国的灾难，最多只能谈论某种程度的失败。他解释道，俄罗斯的挺进是因为德国人从前线撤出主要部队以派往其他地方（例如土耳其）或只是休整一段时间。他们将在明年春天恢复进攻，届时他们将直捣伏尔加河并消灭苏军。不付出代价就不能成为王子。

坎塔库齐诺的观点正好与我昨天也见过的拉杜·奥尔泰努[1]的观点形成鲜明对比。奥尔泰努认为，德国人明年春天或夏天无法发动进攻。他们也永远无法占领莫斯科。他并不排除德军甚至会在4月之前崩溃的可能性。

我今天写得很少——几乎什么都没有写出来。整整一个小时，我一直在与引入一个新主角的诱惑作斗争。该主角在第一幕中临时出现过，他可能成为该剧的中心主角。他的加入可以对情节进行重大改变。但我最后拒绝了。我害怕把事情搞复杂化并浪费太多时间。如果我想让它在

---

〔1〕 拉杜·奥尔泰努：法律专家和翻译。

这个季节出现并给我挣得一些钱，这部戏必须写得快，非常快地完成。我明天要去学校，但在这个星期剩下的时间里，我得想方设法找个借口来"逃学"。如果我让这出戏拖下去，它可能会完全从我这里溜之大吉。

1月14日，星期三

索勒姆被攻陷了。隆美尔已经从艾季达比亚撤退到他正在进行抵抗的埃尔阿盖拉。在俄罗斯前线，苏军目前的进展并不显著，尽管在中部地区苏军正在计划更大的行动。过去几天，德国公报两次提到哈尔科夫。该城市东部正在发生战斗。在克里米亚，局势很混乱。目前尚不清楚俄罗斯人是否仍在叶夫帕托里亚。看来他们很有可能已在沿海其他地点登陆。

在今天的报纸上有德国进攻土耳其和博斯普鲁斯海峡的暗示。给人的印象是军事行动正在准备中，而且很快就会到来。任何一天都可能再次发生重大事件。

星期一我一个字也没写。昨天写了第五场景和第六场景。今天写了第七场景。进展相当地缓慢。此外，我的工作时间太少了。我只有晚上三到四个小时可以用以写作的空闲时间。如果我有整整十天的时间，我也许就能完成作品。但是学校事务、金钱问题和各种差事让我拖慢了脚步。我应该闭上眼睛赶快写完这部戏，让顾忌和良心的痛苦来不及侵袭我。有时，我对自己正在写的东西感到非常厌恶，但我很快就把这种念头压了下去。这是卑鄙的工作，但必须完成。

1月15日，星期四

花了一天时间在财政部和税务局为（半死不活的）武尔姆的业务

奔忙。我认为这很难成功,而且我得到钱的梦想正在破灭。我又一次不知道我会变成什么样子!我在哪里可以借到一些钱?我应该向谁求助?

我一直无法写作。一整天都在外面奔波。到了晚上,家里又很冷。暖气坏了。我所做的只是把我昨天写的场景抄了一遍。明天我会因为患"感冒"而请假,并努力开始工作。对莱妮的短暂访问让我开始思考。弗罗达正在与尼库绍尔一起写剧本,他们打算在国家剧院演出。我不敢相信,也不能指望,如果可以在我的剧和他的剧之间做出选择,尼库绍尔会放弃他自己的戏剧。不过,不管怎样,我必须写作。谁知道呢,说不定写出来的手稿还能换到几万列伊的酬劳呢。

1月17日,星期六

还清(马耳库、马诺洛维奇、扎哈里亚的)小额债务并凑够了一段时间内的食品费用。很高兴把钱还给济苏。我希望有一天能写一部以金钱为中心的小说或戏剧。

昨天和今天我写了六个场景(十二页),但其中并没有任何实质内容。我对斯特凡内斯库和安德洛尼克斯之间的对话不太满意。我期望会有更多内容。如果我有时间,我会考虑重写。一切都进行得太慢了。这不是因为我有艺术上的顾忌,而是因为我没有排除其他一切而专注于戏剧写作。但至少我能更快地完成第一幕。

1月18日,星期日

哈尔法亚已经攻陷。这是轴心国在昔兰尼加的最后据点。的黎波里塔尼亚的斗争将如何发展还有待观察。

今天我只写了三页——（很短的）第十四和第十五场景。我的年轻的女主角玛格达已经进入画面。在这里，我觉得需要改变语气。到目前为止，我的写作有点机械，是"情景喜剧"的风格，我认为我在这方面有一些天赋。上台下台，情节的发展，似乎都没有作者的存在。一旦某种剧情出现，戏剧就会自动构建。剧院就会自己写完。不幸的是，我的工作量在一个星期后开始变得非常繁重。我担心我没有足够的时间来创作剧本。我不知道怎样才能让该剧到2月1日准备就绪。

1月20日，星期二

街上的卖报人高声喊道："关于犹太人的新声明。"所有犹太人，"无一例外"，都必须为除雪工作五天。"任何被证明发生的违规行为都将导致犹太人被驱逐出境。""被发现没有除雪工作五天证据的犹太人将组成第一批犹太工人营，在春季前往德涅斯特河沿岸。"

德国人报告说他们已经夺回了费奥多西亚。

我昨天和今天什么都没写。我担心我已经完全停止了。我不应该让自己陷入如此危险的停滞状态。的确，我没有空闲时间，但这部戏必须尽快完成，否则根本写不成。

1月21日，星期三

童话般的雪！我不记得在布加勒斯特见过这种雪。也许在童年时代，在布勒伊拉。今天早上出门的时候，整个安提姆街像是一条雪河。我好不容易才到达参议院广场，一排长长的有轨电车正沿着它们的路线费劲地前进。汽车、卡车和手推车徒劳地挣扎着重新开始行驶。雪，我心想，是大自然的一种基本力量。一切文明和现代科技都对它无能为力。如果这样下雪三个月，一切都会被吞没。

我在去学校[1]的路上有了一个短篇小说的想法。它将被称为《雪》。就像《季节的开始》——我之前唯一的短篇小说，它会讲述一个生活失败的人如何得到重生，然后他又是如何失去动力并最终放弃努力的故事。主人公将是一位老师。他的妻子离他出走。早上他在孤独的环境中起床。他在去学校的途中，穿过壮丽的冬日风景（就是今天我们城市的景象）。这唤醒了他开始新生活的渴望。当他满怀热情地走进教室时，一个笨蛋男孩玩弄了一个愚蠢的把戏——把美丽彩虹崩解了。男人一下子变回了枯燥的书呆子，于是一切如故。

苏军夺回了莫扎伊斯克，这是德国人在攻打莫斯科之前的最前卫的据点。但战争全局并没有太大的变化。

我在济苏的办公室给他留了一封信："亲爱的济苏先生，请收下我欠你的两万列伊中的一万列伊。我将尽快偿还剩下的部分。我再次感谢您的恩惠，并向您保证我会记住它的。"

这个剧本被怠忽了。我必须专注于星期五开始的奥内斯库学校的课程。我不能原谅我同意这样做的愚蠢行为。我下定决心，尽快重新开始投入剧本创作。

1月21日，叛乱[2]开始整整一年了。

---

[1] 塞巴斯蒂安在奥内斯库学校任教。该学校成立于1941年，是为被罗马尼亚学校开除的犹太学生开设的。
[2] 指的是铁卫军反抗安东尼斯库将军的叛乱。

1月23日，星期五

中学和大学都要关闭五天。大学生们、中学生们和年轻的老师（我在后面的一组）正在清扫积雪。我们习惯了最荒诞的情况：当它们不是悲剧的时候，也非致命的时候，我们就会看到它们有趣的一面。

如不是那样，那对我来说是一个受欢迎的假期。我将能够再次投入剧本写作。今天我写了与玛格达有关的场景。这是迄今为止第一个最大的困难。我认为我处理得相当好。第一幕的其余部分看起来很简单。

一年前的1月23日和24日晚上！机枪声，街道上诡异的寂静，我可怕的孤独，无人接应的电话。昨天晚上，一个裹着襁褓两三个月大的婴儿被人留在我们家门口。我很害怕与警方发生纠纷：陈述、讯问、调查。好在最后没有出事。但我置身于半小时的悲喜剧之中。

1月25日，星期日

在利比亚，英国人已从艾季达比亚撤退。这让我不由自主地想起了去年春天意大利－德国的重新占领。英国人是否有可能第二次失去对局势的控制？在俄罗斯，苏军在北方发起的攻势直接突破到了霍尔姆。德国人说这是一场赌博，英国人说这是一个重大胜利。我们将不得不等待事情变得更加清晰再说。

我本希望今天能完成第一幕，但我不够勤奋，整个晚上都在玩贝洛特纸牌。我明天再试一次将它完成。无论如何，按照我最初的打算，这一切都进展得太慢了。

1月26日，星期一

我已经完成了第一幕。到晚上六点，我一行字也没写出来，但从六点到现在（十一点三十分），我写得很快，几乎没有重读。我不确定结果如何。我有些害怕整幕会不会太长，情节和构架会不会有些牵强。我可以找个人把它读一读来做个检查。也许找贝努来好了。

1月28日，星期三

　　昨晚我给贝努读了第一幕。令人满意的印象。大约一个小时的连续阅读。一切看起来都流畅、自然、组合得很好。在某些时候，我们放声大笑。如果我们有更多的人，我认为所有的"效果"都会奏效。我今天和尼库绍尔共进午餐，想看看我是否可以依靠他。我想我做不到。我必须找到另一个解决方案。尼库绍尔和弗罗达一起写的剧本快完成了。他们的剧本可能会在我的剧本之前准备好。他想在这个季节在工作室剧院上演。我不能为了我而让他等。如果我想尽快地把它推出去，我将不得不找其他人，用他的名字来顶替（我确实想这样做，原因很简单，我无法制定长期计划。这出戏只是个玩笑加商业操作，必须迅速将它包装）。但现在考虑这一切还为时过早。首先，我必须完成它，然后再去寻找解决方案。

　　我已经开始写第二幕了。事实上，我还没有掌握到它的核心，因为我只是用了广播讲座来开场第二幕。我希望我明天能在这方面做更多的工作。我没有权利把这几天白白地浪费掉。

　　正在采取措施动员犹太人进行清雪工作。今天对街道和人们的房屋进行了突袭检查。我还在犹豫要不要现在就出去。我会尽可能地拖延时间。首先我想完成这部戏，但我的要求是不是太过分了？

　　隆美尔正在利比亚发动进攻（今天暂停）。他夺回班加西并非不可能。在苏德前线，德国人正在一些地方发起反击——尤其是，似乎是在中部地区。目前情况还不太清楚。在太平洋地区，战事的步伐有所放缓。

1月29日，星期四

直到晚上八点，我一行字也没写出来。暖气都冻住了，即使有大衣也无法坐在屋子里。我不得不去电影院蹭热。但后来我从八点一直工作到现在，凌晨两点。只写了五页：第一场景和每二场景的一半。但另外一半，我已有了粗略的腹稿，只需把它写出来就行了。

我先与罗塞蒂，后来又与奇切罗内谈过上演一出我可能会写的剧本的可能性。我讲得相当含糊，以免暴露自己的计划。罗塞蒂表示怀疑，奇切罗内拒绝考虑这个问题。我很能理解他。

前线没有什么新消息。

1月31日，星期六

"前线没有什么新消息。"——我在星期四晚上这样写道，但实际上那时隆美尔已经回到班加西十二个小时了。由于没有收音机，我得到的消息总是迟到的和不完整的。

第二幕仍在很艰难地进行。我也有点感冒。我们的暖气随心所欲地一会儿开启，一会儿关闭。寒冷使我没有写作的动力。

2月1日，星期日

就这样，冬天的两个月过去了。尽管大雪依然笼罩着这座城市，但地平线上的某处已经出现了春天的曙光。很难相信在剩下五六个星期的冬天里，战争会发生任何实质性的变化。随着对轴心国有利的季节临近，我越来越对即将到来的危险感到害怕。

我已经开始写第五场景（玛格达和安德罗尼克的场景）了。这是第二幕中最困难的一个场景，也许是整部戏中最困难的一个场景。我已经写了一半了（我觉得还算满意）。明天我会努力把它完成。该幕的其余部分看起来更为平铺直叙，因为我现在将回到情景喜剧。对于第三幕，我已经有了一些解决方案，虽然现在尚未完全明确，但我认为会奏效的。

2月3日，星期二

昨天我只草草写了几段对话。但是今天（就在凌晨一点）我完成了第五场景。昨天和今天都是沮丧的日子。对写作有一定的厌恶感。我现在怎么能从事文学工作！我太累了，无法把脑海中的一切记录下来。明天吧。如果我忘了，那就更好了。

2月5日，星期四

隆美尔夺回了德尔纳。英国在利比亚的攻势正在瓦解，没有任何反击的迹象。托布鲁克能不能保住？埃及边境的防线会被改变吗？这一切都令人深感不安。英国人的愚蠢激怒了你，让你沮丧。由于非洲发生的怪诞现象，整个战争的面貌都发生了变化。俄罗斯前线没有改变，但新加坡正处于围困之中，而且可能即将沦陷。

星期二下午我被传唤到警察局。他们警告我必须解雇女佣。"犹太人没有雇用仆人的权利。"在荒谬而小题大做的两个小时之中，我一直感受到的是痛苦和恐惧。我的罗马尼亚犹太人禁忌有一种麻痹作用。

我昨天见到了尼库绍尔·康斯坦丁内斯库。他坚持要我把剧本完成并交给他。据我理解，他怀疑他自己的戏剧是否会被国家剧院接受。

如果不被接受，它将在一家私人剧院中演出，然后把我的剧本送到国家剧院。我不知道这些计划和期望会带来什么。但现在要做的第一件事就是把它完成，然后我们就会看到迹象。我决定下星期四或星期五给他读我写完的剧本。到那时我会强迫自己完成至少第二幕。如果我没有中学和大学工作（不可原谅的愚蠢）的束缚，如果我也不必做五天的扫雪工作，一切都会变得更快更容易。

2月8日，星期日

今天早上我开始了大学教程。这堂课讲得很失败。我一直认为我是一个很好的演讲者，也许我是这样的，但我需要与上课有直接联系才能讲好。而昨天的一切都是不定形的、不透明的和惰性的。

前线没有什么新消息。日本人离新加坡还有一英里！在非洲，尚不清楚是否有英国前线。如果有，它存在于何处？在俄罗斯，发生了一些无关紧要的局部行动。

剧本写得很慢，慢到令人无法原谅的地步。我甚至还没有完成导演上场的场景。由于我已经安排了给尼库绍尔读剧本的约会，所以我的感觉更为糟糕。我希望能完成第二幕。

2月9日，星期一

昨天晚上我写完了导演上场的场景。还剩下三个场景，其中包括一个很重要的场景，即布萨尼上场的场景。我希望这不会给我带来太大的困难，尽管你永远不会知道困难会在什么地方出现。在这之后，将剩下第三幕，但它至今还没有真正的形状。

昨天在尼库绍尔那里，我读了我写的剧本，听众包括莱妮、弗罗达和内鲁。非常令人失望。没有一个人会认为成功。没有笑容。面对着一堵专心听讲但倍感无味祝福者的砖墙。我自认为"成功的"第一幕引起了尼库绍尔模糊的赞赏："有趣"；内鲁只是浅浅一笑，而莱妮甚至连笑容都没有。百无聊赖的弗罗达夸奖我读得好。第二幕进行得更糟。到最后大家都说太长太文学化了，它必须削减和更改。简而言之，就是失败。明天我会试着多考虑一下。我现在太累了（连读带"演"一出戏多么让人筋疲力尽！）。也许这种阅读对我来说是必要的。也许它会帮助我更准确地看待事物。

日本人昨天晚上在新加坡登陆。新加坡坚持不了多久了。

2月10日，星期二

关于这出戏，我想了很多，也考虑了许久从昨天的读戏中吸取的教训。不管别人是否同意，我将保持第一幕不变。我为什么不对自己说：至少我认为这是完美的喜剧表演的一幕。从技术上讲，它是真正的"成功"。至于第二幕，结论很简单。

一、玛格达的性格太古怪太武断。必须让她表现得谦卑、务实，否则——特别是考虑到整部剧的现实主义——她会显得太做作。

二、她的狂喜需要收敛一点。

三、玛格达和安德罗尼克之间的那场戏太长太累赘，必须简化一些。

总的来说，昨天的失望让我心情不好，但也让我集中了精神。我不那么兴奋，但处于更高的水平。我认为尼库绍尔的计划行不通。第一幕吓坏了他们；他们认为整个新闻界都会一起来指责。这也许有些道理。不管怎么说，把作者名字与剧联系起来是万万碰不得的。找一个新来的人，他的名不见经传会消减任何攻击的刺痛。乔治亚·福特斯库将是一个不错的选择。但无论发生什么，我都将不得不放弃在本季节将该剧演出的想法。如果我能在3月、4月或5月将它递交给国家剧院，那就太好了，这样我就可以得到预支款项，并在秋季或冬季上演。

昨天我和塞尔邦·乔库列斯库一起随便吃了点东西。他不知道自己应该希望得到什么。德国的胜利？那意味着我们将成为保护国。英国、苏联的胜利？那将意味着制裁。我无法安抚他的良心。

明天早上，我和贝努将开始为期五天的除雪工作。

2月12日，星期四

日本人占领了新加坡。后果无法衡量。整个战争的面貌都改变了。这一刻局势与1940年法国沦陷时一样严重。这次尽管严重，但对我们的伤害稍小一些（在那个时候出现了个人的身体疼痛，心脏疼痛，好似心脏受到直接打击）。也许这并不意味着一切的终止。也许英国人不会屈服，战争也不会结束。我们现在面临着一场可能要持续五年、十年或十五年的新战争。我们会怎样？会对我们的生活有什么影响？

前几天我读了福克斯在1800年的演讲。在整个下议院中，只有福克斯独自一人争论说：打败拿破仑是不可能的，妥协的和平是唯一的选择。当然，他错了，但就这一点花了十四年才变得显而易见。我们也要等这么久吗？我们能够等吗？我们会被允许等吗？

在最后一刻，不知什么人发布了命令，免除了学者们的雪地工作。所以我可以一直待在家里。

2月15日，星期日

星期五晚上，德军的格奈森瑙号、沙波斯特号和欧根亲王号就在英国人的眼皮底下，愉快地从布雷斯特穿过多佛海峡。"这是自十七世纪以来对英国皇家海军声望的最令人痛心的打击，"《泰晤士报》评论道。

英国人倒霉运了。他们很少看起来如此不舒服。这不仅仅是他们感到"不舒服"的问题；关于战争的整个未来，不可避免地会提出一些严肃的问题。在所有这些痛苦之外，我们往日的希望还在顽固地飘荡着，但它已经带有了某种忧郁的色彩。

三天来，我就没有靠近我的剧本手稿。我完全疲惫不堪了。我无所事事，但使自己筋疲力尽。我沉陷在中学和大学的各种可怜的小事之中。

我多大年纪了！我过着多么单调无味的生活！多么阴暗和陈旧！我发现我很难接受自己的身体衰退。当我照镜子时，我十分反感。

2月22日，星期日

愚蠢和疲惫的一个星期。我什么也没做，什么也没写，什么也没读，但我一直觉得自己被要做的事情压得喘不过气来，被工作弄得筋疲力尽。大学课程虽然并不困难，但占用了我太多的时间和注意力。此外，我收到了一些邀请。我先是出于惰性接受了这些邀请，后来又十分厌恶地忍受了。星期四在格鲁布尔[1]家，星期五在莱妮家，昨天在我们家：三个"社交"之夜。最有分量的是昨天在济苏家的午餐。我可能永远无法摆脱他的魔掌，除非有一天我明确地告诉他，他讨厌我。

---

[1] 所罗门·(查尔斯)·格鲁布尔：威廉·菲尔德曼的律师兼私人秘书。

战争处于停滞状态。前线没有什么新消息，或者说，没有什么重要的消息。日本人不断取得胜利。利比亚或俄罗斯什么都没有发生。今天从俄德战争开始已经八个月了，但局势仍未定论。前线几乎没有变化。俄国人报告说苏军在前进，而德国人报告说德军设立了包围圈，但似乎都不是重要的战事。我们将不得不等待春天和夏天。我焦急不安地等待着。

尼库绍尔提出要和我一起合作创作我的剧本。他为第二幕和第三幕提出了各种解决方案。他向我保证，我们会一炮打红，他甚至提出预付给我五万列伊。我想我不会接受。很遗憾，我总还有一些文学偏见，还有一种荒唐可笑的"艺术良心"。

2月26日，星期四

昨天晚上，一份拉多尔新闻社电报稿报道称，斯特鲁玛号渡轮在黑海沉没，船上的所有人全部遇难。今天早上带来了一个更正，意思说，大多数乘客——也许是所有人——已经获救并且现在上岸了[1]。但在我听到真正发生的事情之前，我经历了几个小时的抑郁时间，似乎我们的全部命运都系在这次海难中了。

前几天，乔治·布拉蒂亚努告诉罗塞蒂，除非德国在夏天之前击败俄国人，除非它组织好被占领土的经济，否则它会在下一个冬天崩溃，因为它无法再度过一个冬天。这种观点和预测缺乏根据。这场战争不断创造着新的局面，甚至谁也无法提前一天预见，更不用说三个月了。

斯蒂芬·茨威格自杀了。他不应该这样做；他没有权利这样做。我重读了他在1940年接受采访时说的话："我怀疑任何欧洲作家现在能够专

---

[1] 事实上只有一名乘客幸免于难。悲剧发生后，英国议会展开了激烈的辩论。

注于他自己的作品,他私人的作品。"我们更无权做出个人姿态,即使我们认为这些姿态是为了冲破羁绊的。在我看来就是这样,但谁知道呢?

一个月来,有六位犹太演员在巴拉瑟姆剧院[1]上演了一场滑稽剧,获得了巨大成功。所有座位提前十天售罄。在桑杜·伊利亚德、罗内亚和贝雷什泰亚努的坚持下,我昨天和贝努一起去了。我对其台词和观众感到惊讶。经历过所有这些骇人听闻的悲剧的犹太人是否有可能仍然书写、表演、聆听和鼓掌这样的苦难?他们也让我写剧本(当然我会这样做,但只是为了钱,因为我必须找到缴纳3月份房租的钱),但我觉得自己没有能力根据这样苛刻的要求创作。

在过去的几天里,我一直在想,《亚历山大大帝》一剧有一个解决方案,可以打消我自己的疑虑并回应尼库绍尔的建议。剧本我想怎么写就怎么写,然后我把它交给尼库绍尔,让他完全自由地更改并按照他的意愿演出。我们将作者的份额五五分成。我觉得这是一个可以接受的解决方案,特别是如果他能预支我五万列伊。其他问题待到战后去重新解决。

今晚我完成了第二幕,我认为是相当满意的。但我必须更改,事实上要完全重写玛格达和安德罗尼克之间的场景,因为我意识到不改是很难成功的。有了这些变化,第二幕将以与第一幕相同的戏剧性、紧张的节奏展开。真正的困难是在最后一幕。它可能会失去该剧的节奏。我们只有等着瞧。

德国人反驳了苏联关于苏军在北方取得重大胜利的报告。根据那个报告,德国第十六集团军已被包围并几乎被完全摧毁。

---

[1] 巴拉瑟姆剧院是一家犹太剧院,成立于1940年,当时犹太人被排除在罗马尼亚剧院之外。该剧院在战争期间发挥了作用。

3月1日，星期日

3月！也许它还不会带来战争形态的重大变化，因为在这样一个严冬之后，春天会是很艰难的。危险的季节将从4月到5月开始。目前苏军的攻击似乎加强了。昨天晚上的德国公报说到了前线的激烈战斗：在克里米亚，"苏军在坦克和飞机的支持下发起进攻"；在顿涅茨克，"以相当大的力量发动进攻"。不过，我认为从现在开始不会出现重大的转变。

从德国回来的N.达维德斯库（！！！）见到了罗塞蒂时说，德国人正在输掉这场战争，只有英国人才能取得胜利，德国的局势令人绝望，等等。亲英派的达维德斯库！

五天的清雪工作已增加到十天。知识分子可以免除劳动，但必须每天上缴一千列伊。我从哪里可以为贝努和我自己弄到两万列伊？我甚至连想也不会想。我们出去吧，去清雪。只能这样！

3月2日，星期一

所以，斯特鲁玛号渡轮上的六七百人确实随船沉没了。似乎只有一名乘客——或者，根据另一份报告，是四名乘客——逃脱了。目前还没有官方声明。我们真的不认识任何乘此船的人，只有两三个模糊的、遥远的熟人。没有一个我能回忆起来并记在心上的（可能有施赖伯，我以前在七年级的学生）。但是他们的去世都让我很痛苦。

我们决定明天早上去报到参加清雪工作。我们这批人被推迟到了后天。

春意盎然。天气仍然寒冷阴沉——但天空较清晰了，雾气也少了些。有一种大地回春之感，同时也有一种隐隐约约而沉重的危险感和恐惧感。

3月3日，星期二

昨天晚上的德国公报说，"在克里米亚、顿涅茨克前线和伊尔门湖以南，激烈的防御性战斗仍在继续"。今晚的公报重复了同样的话语：激烈的防御性战斗。苏联前线发生了什么严重的事情吗？从德国官方的报告和公报的语气来看，似乎是这样的。但俄罗斯人保持着难以理解的沉默。

我们明天早上六点要去做清雪工作。我们已经准备好了我们的家伙。我觉得很累（我身体不好已经有一段时间了），但我希望我能承受一切。我更担心的是贝努，因为他有坐骨神经痛。

3月4日，星期三

清雪工作的第一天。我累得走起路来跌跌撞撞。我们今天早上五点半离开家，晚上八点钟才回来。这项工作本身就是在开玩笑（工作地点位于格里维塔车站外的编组场院）。让你站在那里，去那里行程，在那里等待，办理各项手续就能把你搞得筋疲力尽。在回家的路上，有轨电车十分拥挤。当它飞速而过时我们甚至无法抓紧车外面的扶栏。安提姆街从来没有像这样遥远。

3月5日，星期四

非常累，但并不像昨天那样累。事情开始变得较有条理性了——这大大减少了花在各种手续上（点名、检查证书、盖章等）的时间。我们今天早上六点三十分离开家，傍晚六点钟回到家。如果我们更健康的话，我们可能不会那么累。我已经失去了体力劳动的习惯。工作分队本身就是一场闹剧，与1940年10月的波立冈分队非常相似，只是所干的工作比那里更加荒谬。我们把雪从一个地方铲到另一个地方——完全是没有意义的操作。如果不是因为这几年内没有看到这么多其他人的话，我早就笑死了。

3月6日，星期五

当我今天傍晚交回铲子时，我突然想到，全世界有数百万人在做着和我同样的事情。我回家睡觉，吃饭，忘记了一切。但是那些在战俘营、拘留营里的人会怎么样呢？他们能去哪里？我在这个工作分队中有一种莫名其妙的好心情。我们每个人都生活在危险之中，并且也意识到了这一点。每个人都知道，明天可能会带来比迄今为止所忍受的痛苦更大的痛苦。每个人都把忧虑、痛苦、害怕和恐惧留在了家里。然而，所有人都被一种似是而非的青春和烈士般的勇气捆绑在一起。这可能是伟大生命力的体现。我必须说，我们是一群了不起的人。

巴达维亚沦陷了。爪哇岛岌岌可危。日本人或多或少仍然在各地取得胜利。在俄罗斯前线，苏军在南部的进攻似乎已经减弱。任何地方都没有重大变化。

3月8日，星期日

卡罗琳阿姨去世了。她是我们与老布勒伊拉的最终联系，是与永远失去的整个过去的最后联系。我老了。塔塔今晚就赶去那里。

又来了一场暴风雪。冬天回来了。今天是露天劳动（尽管今天是星期天，我们两点钟就回来了），我感到比以往任何时候都更加疲惫和寒冷。前五天的清雪工作结束了。还剩下五天，这似乎是一个漫长的时间。工作分队的闹剧对我来说已经没有什么新意了。

3月9日，星期一

早上我在格里维塔车站劳动，清理站台上新下的雪。下午我们又回到了"六区"。那里不太容易被人看见，我们可以做自己喜欢的事。主要劳动是把雪从一条铁轨铲到另一条铁轨。中午时分，太阳出来了，春天又回来了。稍加想象，您就会认为自己身处山中某处的一个小屋之中。

仰光沦陷了。爪哇岛现在完全被日军占领了。那里的荷兰人似乎已经投降了。俄罗斯战线上没有什么新消息。

3月10日，星期二

我在"白雪火车"上劳动。在最初几天看到其他人在干这个活儿时，感到这个活儿看起来不是好干的。事实上，这个活儿不仅比我预期的简单，而且十分刺激。我们调皮地把雪填入一些货车，把它当作一种乐趣和游戏。我也觉得我因此变得更健壮了。上个星期我不可能像今天这样干得那么多。不知不觉之中，我变成了一名铁路工人。更糟糕的是，我成了一名站台清扫工和轨道清扫工。我甚至对这种局面的荒诞一面几乎不再敏感了。只有一次，当我看到康斯坦察来的火车从几百米开外经过时，我才发现自己在想，两年前我可能是该车上的一名乘客，从车厢窗口看着在铁轨上扛着镐头和铁锹的人，看着那些没有姓名没有身份的人。

多么可怕呀！在这十天即将过去之时——应该是已经快过去之时——往日的苦难和恐惧又在等待着我们。晚上，当我坐有轨电车回家时，看到报纸上宣布，犹太人必须缴纳正常税率四倍的特别统一税。

3月13日，星期五

今天是清雪工作的第十天。这对其他人来说是清雪工作，但对我来说更像是一场斗争。星期三和星期四阳光明媚，但今天寒冷多云，天空呈蓝灰色。我仍然能感觉到刺骨的寒冷。我非常非常累，但在我口袋里有了一张上面贴有十张蓝色邮票和一张粉红色邮票的"罗马尼亚铁路证书"，证明我"于1942年3月4日至13日在布加勒斯特的格里维塔车站从事清雪工作"。

3月16日，星期一

这三天中，我见到了我所有常见的朋友：罗塞蒂、卡米尔、阿里斯蒂德、罗曼办公室的人、学校的人、济苏、莱妮、尼库绍尔等等。什么也没有变；一切都和以前一样。唯一有变化的人就是我：被阳光和露天改变了。晒黑了，瘦了一点，有一点像我过去在巴尔奇克或普雷代亚尔度过十天假期后的样子。我真的感觉身体恢复了，但是晒黑的肤色会消失，我很快就又会恢复到肮脏的状态。也许有人会说，还是在雪地里更好！

各种不顺心的事和烦恼。我发现很难跨越它们。我感到无精打采和厌恶，不想再继续下去。

在俄罗斯，德国公报不断报告"激烈的防御性战斗"和"苏军的大规模进攻"。3月中旬，冬季反攻如火如荼——但德军前线几乎完好无损。我认为在这方面不会发生任何重大变化。我们必须等到晚春或初夏（5、6月，因为4月可能还为时过早），到那时德军是否会发起新攻势？希特勒在昨天的讲话中说，他将在"未来几个月内"最终粉碎俄国人。

3月20日，星期五

贝亚特·弗雷达诺夫建议我写一部关于斯特鲁玛号渡轮的戏剧。这个建议让我开始思考，尤其让我想起了我过去曾经想写一部沉船戏剧的想法。那是一部描写一些沉船的遇难者试图在某个岛屿上开始新生活的戏剧。

前线没有什么新消息。"激烈的防御性战斗"是德国公报翻来覆去的说法。

我今天见到的维绍亚努认为，昨天关于特兰西瓦尼亚的讲话只是当地的倡议，并不反映德国对匈牙利人的压力。他还告诉我一些关于米尔恰·伊利亚德在里斯本所作所为的逸闻趣事。

3月22日，星期日

苏德战争已经有九个月了。前线没有什么新消息。在今天的《环球报》上，一份德国官方报道谈到了未来的"夏季战役"。我认为这是德国人第一次使用这种说法。在这以前，提法一直是"春季战役"。

在小酒馆与布拉尼什特度过了愉快的下午。我们详细讨论了艾丽斯－阿尔西比亚德的喜剧。他知道很多事情，并且能聪明地叙述出来。在他天真的外表下，他总是知道该相信什么。

3月24日，星期二

昨天和今天都因为房租的事闹得沸沸扬扬。我们还能留在原地吗？我们必须搬家吗？卡扎赞想要一万五千列伊。我甚至不知道她是否会给我们一年的租约。很难想象还有谁比她更肮脏、更卑鄙、更贪婪。

我也不确定是否会有末日审判，无论是在天上还是在人间。

罗塞蒂给我讲了一个关于罗素[1]的有趣故事。一段时间以来，他一直想在贝鲁买一块墓地。他对墓地的位置、大小、远近和价格都非常挑剔。这一情景可以用于小说中的达纳库。

我读过高尔斯华绥的两部戏剧：《逃亡》和《屋顶》。这两部戏剧写作的方式相同。这种方式作为一种场景，为我提供了沉船遇难者的戏剧样本。

据DNB新闻社称，苏军的进攻已经进入"停滞期"，"对刻赤的攻击减弱"。

3月29日，星期日

一个星期与房子、房东和房租有关的焦虑、沮丧和羞辱。我将不得不接受过高的要求，甚至并没有问自己在哪里能找到这些钱。在所有这些冗长的讨论和谈判之中，我感到无助。我不知道如何为自己辩护。当我应该强硬和不屈服时，我却只能挖苦讽刺——对卡扎赞夫人挖苦讽刺！我为自己多么不适合生活而感到羞愧。我放弃任何东西以避免冲突。我允许人们欺骗我和掠夺我，只是为了息事宁人。缺乏活力？厌恶人类？还是只是冷漠和无能？想到这一切的烦恼，我的心里很难过。

一段时间以来，我也有一种新的恐惧和痛苦的感觉。我害怕任何出现在我们面前的陌生人。

前线没有什么新消息。英国人在圣纳泽尔登陆，这听起来更像是突袭而不是进攻行动。这是一个等待的时期。您不知道什么时候以及

---

[1] 德摩斯梯尼·罗素：历史学家。

如何会从苏军的进攻过渡到德军的进攻。目前，德国公报总是报告苏军的进攻，有的较弱，有的较强，但都被猛烈地击退了。

3月30日，星期一

冬天又回来了。下了整整一夜的雪。白色的街道，一场清晨的暴风雪。德国公报说，霜冻又回到了俄罗斯前线。根据它们通常的说法，"进行了激烈的防御性战斗"。

清雪工作归来后已有两个星期了。在这两个星期里，我不断努力修改我的剧本的第二幕。但我认为我没有成功。我不得不再次承认，在初稿时做不到的事情我将永远也做不到。我已经编写、复制、剪切、重做和修改了第五场景，即玛格达和安德罗尼克的场景。我把它改成这样，又改成那样，但仍然很糟糕。我现在决定让它保持原样，然后开始编写第三幕。等到我与它有一定距离的时候，我再来做一次修改的尝试。我开始进行第三幕，但既没有兴趣也没有信心。这出戏本应该是很有趣的，但事实并非如此。我觉得它变得很难操作了。

4月1日，星期三

已经是4月了，但仍未到春天。昨天和前天下的雪还没有全部融化。眼前是一片云和一片雪。

前线没有什么新鲜的消息，只是"强大的进攻，激烈的战斗"。你不知道我们什么时候才能看到德国人不断宣布的"进攻阶段"。也许4月也不会有太大变化，尤其是如果天气持续不好的话。

今天是逾越节第一个晚宴。我希望我们有一个适当的晚宴[1]。有时我认为我们与犹太教的联系可以恢复了。

4月3日，星期五

春天的一天——有点冷，四处是白色的、蓝色的和透明的。傍晚时分，我和莱雷亚努和科姆莎一起去湖边散步。

收到英语老师的一张便条。他没有任何解释就抛弃了我们。我曾很轻率地把他推荐给了济苏和阿里斯蒂德。他们肯定会给他更好的报酬。我从未想到他会做出这种不雅的事来。他这种处理方式让我很生气，我为失去他这个老师而感到不安。在他的帮助下，我取得了很大的进步。我相信，失去了他，我会失去很多。

4月会不会没有任何战争进展就这样过去了？我无法相信。1940年4月进行了挪威战役。1941年4月出现了塞尔维亚和希腊战役。为什么1942年4月不会出现土耳其战役？或者（这让我觉得很荒谬）出现瑞典战役？

4月4日，星期六

看来对多罗霍伊的犹太人驱逐行动又开始了。加斯顿·安东尼告诉我，针对犹太人的法规正在准备之中，很快就会公布。他说，受洗的犹太人将在法律上享有较好的地位，并且无论如何都不会被驱逐出境。加斯顿还告诉我，他家里只有他一个人没有受洗。这是一部荒诞、怪诞的喜剧。今天晚上我是在巴拉瑟姆剧院度过的。那里正在排练一

---

[1] 在逾越节的第一个晚上和第二个晚上，会举行犹太仪式的会餐。

部戏剧。礼堂里挤满了犹太人，但据博戈斯拉娃说，在整个剧场里，只有两三人是信奉犹太教的。其余的都是天主教徒、东正教徒或新教徒。

前几天晚上打牌赢了一千五百列伊，买了一张莫扎特的《米兰四重奏》和巴赫的《第三勃兰登堡协奏曲》唱片。在这个阳光明媚、青春洋溢的春天早晨给自己一点快乐。生活就在我身边，在我之外。

4月5日，星期日

到目前为止，第三幕我一行字也没有写过，但我却想出了一些可能很有用的情节。我需要有内容丰富的一幕，如果可能的话，还能出现新的角色。今天晚上我想，如果我把这一幕也安排在编辑部，难度就会大大降低。我想要第一幕出现过的人，尤其也需要已经营造好的气氛。该剧开头部分的轻快节奏会突然恢复。另一方面，除非布萨尼在他自己的环境之中，否则我无法完整地勾画出布萨尼来。在办公室里，他是一个经济独裁者，他将比在其他地方都更有权势、更为所欲为（如果我最终决定启用布朗苏部长，当布萨尼出现在布朗苏部长的场景之中尤其如此）。但这又会出现另一个问题，即我将如何让安德罗尼克和玛格达两人出场。他们更适合出现在编辑部之中。这两种不同的场景（报社或布萨尼的办公室），每一种都有其优点和缺点，都有其情境合理性以及情境不合理性。一种解决方案就是在第三幕出现两个场景，第一个在布萨尼的办公室，第二个在报社。但在这种情况下，又会出现其他困难和矛盾之处。

好吧，我们走着瞧吧。目前，我对这出戏很满意。曾经让我完全厌恶的戏又开始勾起了我的兴趣。虽不太多，但也许足以让我把它完成。

4月8日，星期三

有关战争的进程没有什么新鲜的消息。现在正处在等待和准备的阶段。没有人能说会发生什么事情。我们只是意识到前面必定有暴风雨；可能是巨大的努力，或是可怕的打击，或是伟大的战斗。或许只有到了秋天，我们才能领会它们的意义和结果。在那之前，我们需要坚强的意志、持久的力量和好的运气。一旦总体评估做出了，其余所有其他东西——讨论、预测、信息、意见——都将变得毫无意义。

我从莱娜那里借了《勒克奏鸣曲》有几天时间了。我一直都在听。它在很多方面让我想起了弗兰克。我必须说，真的非常优美。

第三幕我还没有动笔。我缺少的是决心。材料很多，但还没整理好。我向自己保证，一旦我完成了第三幕，我就会开始着手写《自由》。我也一直在思考沉船的戏，脑子里的轮廓越来越清晰了。与此同时，写小说的材料正在增多和并逐渐成形。我从来没有过如此多的文学项目可以着手进行的。如在井然有序、条件相对平静的生活中，我想我可以连续几个月每天从早写到晚。但是谁知道这一切会发生什么呢？

4月12日，星期日

前线还没有什么新鲜消息。过去几天的德国公报提到了苏军对刻赤的新攻击，也提到了德国对中部地区的局部攻击。局势并没有发生变化。在今天的报纸上，DNB新闻社的天气预报表明，冬天已经结束，但春天也不利于进攻，因为出现了下雨、融雪、大雾和土地泥泞的现象。这是否意味着进攻将推迟到6月？

里翁的审判[1]已被取消。

尽管如此,有些事情是法国无法承诺的,即使它想这样做,即使它尝试这样做。一个产生儒勒·雷纳德这样作家的国家在道德秩序上不能落得太低。也许可以吗?也许我错了。远方的人也许是看不明白的。波尔迪会知道该说什么。然而,在我看来,法国在处理卑鄙行为方面感到相当尴尬。这些行为不是法国的风格。"坏名声不对任何想要它的人开放。"

昨天晚上我和莱妮一起坐有轨电车。车上的一位少校陪同的女人(毫无疑问少校是她的丈夫)认出了莱妮,并小心翼翼地把莱妮指给上校看。莱妮显然对这次相遇感到惊讶和高兴。在市场一站时,那个女人站起来准备下电车,但突然转身向莱妮伸出了手。莱妮就像一个女学生一样,做出了一种害羞而亲切的势态。少校也一脸魅惑地迎了上来。两人都想说话,想说点什么,但刚才的那个势态已经说明了他们想表达的一切。所以,某种关系也是可能的。

如果我仍然对莱妮感兴趣的话,可以写更多的有关她的事情。她爽快地告诉我她三四年前的风流韵事。如果我当时知道,我真想杀了她,但现在这些事让我感到漠不关心。我自己在这种荒唐事上也表现得有多么不可思议啊!

4月15日,星期三

昨天晚上,六七年来我第一次重读了《金合欢树小镇》,这让我大吃一惊。碰巧的是,我手边就有一些五年级学生的练习册,以及他们

---

[1] 里翁审判是维希政权针对莱昂·布鲁姆和其他被指控应对1940年战败负责的法国政客进行的审判。

当月的阅读总结，其中就包括了对《金合欢树小镇》的很聪明的总结。这一总结巧妙地观察了这本书与我的其他书籍可能存在的关系。我愉快地读了这一总结，然后从书架上取下这本书，打算随便翻阅一下。但我一读起来，就无法将其放下。它曾经让我感到厌恶。我曾经拒绝谈论它，光是读标题就让我恼火。我认为写这本书是一个愚蠢的错误。而现在我认为我是不公正的。我几乎已经完全忘记了书里面的人物、场景和事件。现在读它，我发现这本书很迷人。散发着多么强的青春气息啊！除了天真无邪的所有元素之外，它还具有某种新鲜感，某种诗意，令我感动。要不，我老了，书里的青春获得了夸张的价值，超越了文学？我不知道。事实上，我花了三个小时愉快地阅读了它。

4月16日，星期四

艾丽斯的女儿贝比的婚礼。在阿姆泽教堂举行婚礼，在德莉亚维奇餐馆享用自助午餐，然后去拜访了生病的阿尔西比德。我仔细而饶有兴趣地看着德莉亚维奇餐馆里的每一个人。我逐一回顾了每个人的故事、所有人的故事以及这所房子本身的故事。所有这些都混合在一起，形成了一部可怕、怪诞、荒谬的喜剧。多么难得的小说素材啊！

我突然发现了另一个剧本的主题。它今天早上进入到我的脑子里（别问我是怎么回事）。我整天都在不停地思索着它——在街上，在有轨电车和公共汽车上——直到我晚上回到家并一口气写完了整个第一幕的场景。我当时太激动了，没耐心把另外两幕的剧本写出来。我就出门，打电话给莱妮，然后去了她的住处，打算告诉她我的发现。前一天晚上，我对自己说，我需要一出由莱妮、斯特罗、罗妮亚和玛丽安来表演的戏。好吧，我想告诉他们，我有戏了！更有趣的是，在我乘坐四十路公共汽车前往马尔埃斯蒂大道的八到十分钟内，我在脑海中勾勒出了第二幕和第三幕的场景，并想出了一些意想不到的情节。所以当我到达莱妮家时，我给了她一个完整的说明。我热情洋溢。莱妮和弗罗达都说这是一个了不起的妙招！看来一切都很理想，只是我还得动手把它们写下来。现在我手头握有四个剧本，但没有一部（甚至包括《亚历山大大帝》）已经写成。我可以成为戏剧编剧，甚至是个有创造力的编剧，但我需要有更大的韧性和专业精神。我们将会看到的。

5月1日，星期五

灿烂的春夜——蓝色的，银色的，透明的，轻盈的，显得有些不太真实。这种状况下的巴尔奇克一定会是梦幻般的美丽！如果战争没有把我们从生活中抽离出来，如果我们没有这种持续的隐居感，也许这样一个春天——或者至少这样一个夜晚——甚至不会浪费在像我这样一个长期以来一直觉得自己是个迷路的人的身上。

4月过去了，没有任何变化。5月会给我们带来什么呢？

5月23日，星期六

如果我不是因为几个糟糕的夜晚和几天的忙碌把自己搞得筋疲力尽，我今晚会在这里努力完成日记。我觉得自己好像被痛苦、乏味、叛逆和厌恶窒息了。如果我要去写，我也许会以此方法来净化自己。写日记是例行公事（这不是我第一次意识到这一点）。如果你十天不写任何东西，那么在第十一天就很难再开始了。但我确实想回到这个日记本上，把过去几个星期发生的一些事情或我想到的一些事情记录下来。明天吧。

5月27日，星期三

我肯定已经失去了写日记的习惯。在过去的几天里，我一直承诺要写，但又一直在放弃这个想法。今天晚上我仍然觉得自己没有能力组织一个合适的句子。但反正我手里有笔（我花了最后两个小时完成了部分人口普查登记），我总得记下一些东西。

上个星期我翻译了五首莎士比亚的十四行诗。我发现这在技术上很容易，这让我很高兴。我对所有的十四行诗都充满了热情。它们在原文中十分出色，在译作中很有诗意，给我留下了深刻的印象。它像填字游戏一样简单，又像青春抒情的浪潮一样令人陶醉。我走在街上，背诵诗文，寻找韵律，计算音节（不知有多少人看到我在街上或有轨电车上喃喃自语！）。但现在我停止了，现在我平静了。几天来我一直滞留在第七十一首十四行诗上（"我去后，请你不再为我悲伤"），我无法重新开始。我找不到韵脚，我无法匹配诗句。而且我真正发现的是不可想象的单调无味。我很遗憾，我不得不放弃它。让我更难过的是，因为这种翻译对我来说成了一味新药，它让我远离了生活的烦恼。

我必须为五天的清雪工作支付五千列伊（但我可能会免去一千），即使我工作了十天。起初我很生气。当我碰巧告诉罗塞蒂和索拉科卢此事时，他们简直不敢相信。他们说这是一场闹剧。这是一场闹剧，但是一场严肃的闹剧。现在我打算听之任之了。

尼娜已经在布加勒斯特待了两三个星期了。显然她并没有试图和我联系，我也没有想和她联系的想法。事实上，我不知道我能对她说什么。看起来，米尔恰将被任命到了罗马。他的政治观点（他拥戴铁卫军的观点比以往任何时候都更厉害了）使得他在里斯本毫无用处。罗塞蒂告诉我他每个月能拿到四十万。这也许有点夸张，但二十万也不是个小数字。我必须承认，当我听到这句话时，我感到有片刻的愤慨、厌恶和提不起精神的嫉妒。当他过着权贵的生活，在生活、和平、奢华、舒适和梦想的天堂里，当他充分地过着"新秩序"的生活时，我却被困在这里，过着可怜的囚徒生活。

战争结束后——假设我活了下来并且我们再次见面——我只能够用我的屈辱和失败的严峻岁月来抵消他多年的繁华岁月。

没有什么可以成为失败的借口。成功，即使在道德上是卑鄙的，仍然是成功。

6月3日，星期三

今天，时隔这么久，我重读了《亚历山大大帝》的前两幕。它们（甚至第二幕）看起来很不错。现在我已经完成了学校的工作和考试工作，我想该开始写作了。但首先我必须写完第三幕。一个剧本已经写完了三分之二，但被困在路上。这是十分荒谬的。尤其考虑到这部剧直截了当的主题和丰富多彩的剧情时更是如此。只有当我完成这个剧时，我才会考虑到莱妮要上演的戏。糟糕的是我还没有确定第三幕的场景。直到今天晚上，我甚至还没有确定它应发生在报社之中还是在布萨尼的办公室里。现在我觉得我已经定下来了——能不能永久地定下来？我还是偏向在报社编辑部。明天我打算试着开始。

我没有再翻译十四行诗了。在我重新开始之前，我正在等待另一波抒情的浪潮。另外，我与贝努、科姆莎和莱雷亚努一起，已经读完了《辛白林》，然后接着阅读《亨利四世》（第一部）。这部剧读起来相当容易。最近我的阅读面非常多样化。在相隔十年或十一年后，我重读了摩尔的《一个年轻人的自白》。这次读的是原著，但读起来不如第一次那样感动。

现在是6月，但胜利的大门仍然是关闭的。我不能说我们今天知道的要比我们在3月份知道或怀疑的更多。在刻赤和哈尔科夫之后，局势还是大致相同。只有当隆美尔的攻势成功（这似乎并没有发生）并且对苏军的攻势也能通过伊朗展开时，我们才会发现我们处于战争的真正新阶段。事实上，用去年发生的情况做参照，事态的发展或多或少还是可以预见的。

6月14日，星期日

我的心情很低落。谣言呀，预言呀，解释呀。每个人都在说，现在随时都会出台新的反犹太法。九点宵禁，黄色徽章，布加勒斯特的贫民窟、德涅斯特河沿岸贝尔萨德（？）[1]营房的贫民窟……你不想相信，你拒绝听，但你内心深处却留下了疑问。星期四晚上到星期五凌晨的空袭警报，以及轰炸的谣言，与其说是事情本身让我害怕，不如说是因为它们可能会产生过热、歇斯底里的气氛——就像去年那样。一想起来我就不寒而栗。

我一直在想波尔迪。那里的恐怖正在加剧。他怎么样了？他是怎样应付的？他好孤单！

我们生活中荒谬的非真实性。我们现在还在看书。我们还有力气来笑。我们仍然举行庆祝活动。我们还去剧院。星期三晚上我去了巴拉瑟姆剧院。上午十一点……

有时让我们感觉到，我们的困境似乎不再与战争有任何关系。战争在某个地方，以不同层次、不同的事件顺序而进行。你讨论它，你在地图上追踪它，你评论它——但无论那里发生什么，一切对我们来

---

〔1〕 原文不清楚。塞巴斯蒂安在质疑贫民窟是否真的在贝尔萨德。

说都仍然是严肃和有威胁的。

但我们还活着。我们绝不能失去生存的意志。

6月17日，星期三

法国停战两年后。我们还在呼吸！的确，我们带着这可怕的两年的疲乏感——但我们还活着。还能活到什么时候？表面平静之下隐藏着许许多多的恐怖。另一场反犹太主义爆发的谣言与令人安心的否认交织在一起，既含糊又不负责任。我不知道它们来自哪里，有什么价值和意义。时间过得很慢，很慢。我每天在数着日子，数着小时。

精疲力竭。身体状况不佳。我的眼睛难以帮助我阅读。脑袋疼痛。否则我会工作——也许是不情愿地工作，但我仍然会工作。

6月22日，星期一

6月22日。苏德战争已经一年了。当你回头看时，你会发现没有什么事情是可以预见的。这应该可以治愈我们那种荒谬的预测游戏了。然而，战争似乎有一定的节奏，它几乎有规律地出现了狂热和平静、潮起潮落的顺序。如果这种情况持续下去，战争的第二年可能会与第一年相似。就个人而言，我不认为短期内一定会发生决定性的事情。秋天不一定会带来比去年更多的结局。

目前（除了对塞瓦斯托波尔的进攻），俄罗斯战线处于暂停状态。但在非洲的战斗，在摇摆不定的两个星期之后，突然被推进了。昨天英国人放弃了托布鲁克。我想知道隆美尔的目标是否远不止于此。可能正在准备将中东变成俄罗斯战争的巨大侧翼。

尤金·约内斯库昨天离开了罗马尼亚。一个神奇的事情。

6月23日，星期二

烦人的讨论、评论、假设、解释！你试图理解从现在开始会发生什么。托布鲁克沦陷可能带来什么后果？塞瓦斯托波尔什么时候沦陷？为什么德国的进攻被推迟了？英美登陆有可能吗？当前战争会不会转向苏伊士运河？土耳其会怎么做？您提出这么多问题，又搁置了这么多问题。每个假设都有论据。我希望能够暂时不再关心战争。我想摆脱这种对它的痴迷。我已经精疲力尽了。我害怕神经衰弱。我希望我能有一点自由，多一些遗忘。

6月28日，星期日

我们还不知道英国在利比亚的灾难是否已经触底。战斗现在在埃及进行，在越过西迪巴拉尼的梅尔萨马特鲁。如果隆美尔此时停止进攻，整个行动将停留在非洲战争现有的框架内。但是，如果他占领了亚历山大港并到达开罗，那么整个战争的面貌就会发生根本性的变化。塞瓦斯托波尔至今仍然没有被攻陷。

6月29日，星期一

我连续几个小时甚至几天都在尝试写《亚历山大大帝》的第三幕，但都没有成功。一方面，最后一幕使整个剧停滞不前；另一方面，我自己正处于完全缺乏灵感的时期。我冷漠、昏昏欲睡、缺乏活力和自发性，混沌、惰性并且混乱不堪。写在纸面上的一切都是枯燥、呆板、毫无意义的。显然，第三幕的场景并不令人愉快。我甚至总是对它的所处地方举棋不定（我最初把它设在了编辑部，但后来又设在了布萨尼的办公室，不知道我最终是否会把它再搬回到报社）。不过，不管好坏，我想完成这一幕，至少这样我可以把这个剧放到一边。但现在我无法做到这一点。

事实上，我什么事都做不成，甚至不能从头到尾、有条不紊地读完一本书。我感到痛苦，昏昏欲睡，缺乏连贯性，对自己感到厌恶。我期待着从什么地方能给我出现一点恩典。

梅尔萨马特鲁沦陷了。通往亚历山大港的道路畅通无阻。英国在中东的整个体系似乎已经崩溃。

7月1日，星期三

7、8月是战争的艰难月份，英军将迎来在地狱中的六十天。在非洲，隆美尔距离亚历山大港只有一百九十公里远。看来，迄今为止仓促撤退的英国人今天正试图反击。他们能够做到吗？

塞瓦斯托波尔沦陷了。

7月4日，星期六

亚历山大的战斗还在继续。我一直觉得它的沦陷会随时被宣布。但目前前线仍在阿拉曼坚守。昨天的德国公报说隆美尔已经占领了此处，但今天的公报却同时谈到了"坚固工事"和"重大兵力补充"。英国人有可能反攻吗？那里发生的事情至关重要。战争的整个方面可能会在一瞬间发生变化。我甚至不能确定，当我写下这几行字时，骰子还没有被掷出。

在一连串漫不经心的思绪中，一个几乎势不可挡的新剧构想突然突显出来。它非常强烈，如此简单而强大，以至于让我感到有点头晕。我希望我能闭上眼睛立刻自动地把它写下来。但天知道最后会是什么样的结果，就像许多其他想法一样。

7月6日，星期一

昨天我为我在星期六晚上疯狂地想象出来的戏剧写了剧本。老实说，昨天中午的兴奋，经过一夜的沉睡，显得有些幼稚。魔法期限已经过去了。我觉得这一切不再那么神秘了，我自己也有些尴尬。但当我写出剧本时，我又变得活跃起来。这不仅是因为我成功地将星期六的紧张而混乱的想法跃在纸上，而且是因为我让它们变得更清晰、更广泛、更明确了。这样我又把握了另一个脚本——第三个脚本，不包括《亚历山大大帝》。

我会写吗？什么时候写？

我必须再次对我写作的缓慢速度感到遗憾。我认为任何人都会比我更活泼、更自由、更自在。我完全缺乏某些东西。有时，当我在一种耀眼的光芒中看到某些想法时，我的印象是，一切都可以在几个小时内奇迹般地完成，就好像是无意识的口述一般。但当我拿起笔时，一切又变得混沌了，然后便开始了荒谬、单调、乏味的写作工作。而这种写作过程往往需要几天、几个星期、几个月，有时甚至几年。

就《亚历山大大帝》而言，结束的时间似乎更近了。第三幕，我从极不情愿地开始并且一直没有信心地写，似乎现在正在以一种有趣的方式成形。今天我工作得很好。我还得写两个场景——最后两个场景——但整幕的命运取决于它们。因为如果它们不成功，我到现在为止所做的一切都将前功尽弃，而且整个一幕将不得不以不同的方式来书写。这似乎是一个技巧和策略的问题，而不是戏剧材料的问题。我的主角们目前的情况有点刻意，但剧情反转可以拯救一切。

在埃及，主要战斗发生在阿拉曼——强度似乎比以前弱了。英国的抵抗似乎越来越强了。事实上，德国的公报和官方公告都谨慎地跳过了非洲战线（上周这是一个如此严重的问题），并突出地强调了俄罗斯战线，那里已经正式宣布开始大规模的攻势。战斗发生在库尔斯克和哈尔科夫之间，直到顿河地区。

7月9日，星期四

昨天晚上我做了一个漫长而错综复杂的梦。但我只记得梦的背景和大致的框架。我们组成了一个三人代表团，我是其中之一。我们对安东尼斯库夫人的（我觉得）儿子结婚，向她表示祝贺。我们在一个巨大的长方形大厅里受到了接待。大厅里摆满了鲜花。过了一会儿，大厅里坐满了客人，他们中的大多数都穿着晚礼服。我们来到了毗邻的大厅里。这个大厅比第一个大厅更大更豪华。一位艺人和一位女孩唱了几首英文歌曲。我记得卡米尔·莱博维奇也在客人之中。还有一群我在布勒伊拉认识的女孩。她们做了一个手势让我离她们近些。然而，与此同时，在环境没有改变的情况下，我们一下子不再在安东尼斯库夫人的家中，而是在比贝斯库公主家，等待着瓦伦丁·比贝斯库从空袭或比赛中带着勋章或奖杯归来。我确实看到瓦伦丁·比贝斯库。他身穿着晚礼服，带着一名男性随从，大步穿过大厅，从我身边走过。

昨天晚上在卡普萨餐馆，我按照安排去那里接罗塞蒂。隔壁桌坐着扬·巴尔布和奥尼切斯库，晚报摊开在他们面前。巴尔布根据非洲战线战况看完地图后，对隆美尔的停止进攻感到非常失望。奥尼切斯库试图让他振作起来：

"任何活塞，无论有多大的力量，在它向前冲击后都会回缩。这就是阿拉曼正在发生的事情。"

巴尔布似乎并没有表现出预期的效果。

"那么,"奥尼切斯库继续说道,"你没看到北方发生了什么事情吗?德军摧毁了一支由五十艘船组成的美国护航队。"

"这还差不多!"巴尔布大叫一声,整张脸都闪烁出光芒。

我发现他们两个人很有意思。他们就像两个热衷于咖啡馆政治的犹太人——怀着同样的恐惧和热情——但却站在街垒的另一边。

在苏联,沃罗涅日已经陷落,顿河已在好几处被渡过。德军的攻势似乎是巨大的。卡米尔·彼得雷斯库向我保证他们将在一个星期到达伏尔加河。我敢打赌那将是在8月1日。在非洲,阿拉曼的局势仍然停滞不前。

7月11日,星期六

昨晚我读了《维洛那二绅士》。在读了《一报还一报》《爱的徒劳》和《第十二夜》之后,感觉那种喜剧我几乎没有什么可读的了。与此同时,我继续与贝努、莱雷亚努和科姆莎一起阅读描写皇帝的戏剧。我们已经读完了《亨利四世》并阅读了《亨利五世》的前三幕。我越深入莎士比亚,就越着迷。我有一些愉快的想法,就是想写一本关于他的书。也许我现在就应开始将我的阅读笔记整理成一系列文件。在写这样一本书(但什么时候?什么时候?)之前,做一些关于莎士比亚的讲座会很有趣,而且我认为也很有用。

不眠之夜,我以前从未有过——直到六点钟才合上眼。早上起床就觉得精疲力尽。这不仅是因为现在是三伏天,更重要的是因为我内心长期积累了烦恼,而现在正在施以报复。但我必须控制住自己。我仍然需要我的自持能力。

在俄罗斯,德国人正在向顿河进发并越过了顿河。俄罗斯人在那里撤退，但在其他地区进行了反击。战争正处于最激烈的阶段之一。欧洲已经成了地狱的中心。阿拉曼仍处在等待之中。

7月18日，星期六

我终于完成了《亚历山大大帝》！或者，更准确地说，我完成了第三幕。剧本还需要润色，不过把它誊写一遍时应该很容易做到。这并不意味着我对我所做的工作感到满意。其实如果按照我的初衷（轻剧本，写得快，立马演出赚点钱），我应该是失败了。结果写出来的却截然不同：不够优秀，在我的作品集中排不上位；不够通俗，不足以成为热门话题，并且不能安全保险地进入当今火爆的曲目之中。但我不应该抱怨——至少今天不应该。不管是好是坏，我已经完成了，因此可以做其他事情了。我该投入到为莱妮演出的剧本中去。一个可能的标题是《因苏拉》。

7月19日，星期日

我不知道前线到底发生了什么。即使新闻报道热情十足，但德国的公报却含糊不清。宣传谈到灾难和最终决定，但局势似乎并没有那么严重。战斗在沃罗涅日继续进行，俄罗斯人在那里进行抵抗和反击。在南方，德军占领了伏罗希洛夫格勒，现在开始攻击罗斯托夫。另一个进攻是针对斯大林格勒的。刚刚读完报纸，感觉文风热热闹闹，局势也没有那么严重。

昨天无意中翻开蒙田的著作（我需要追溯一些拉丁诗句），爱不释手。赏心悦目！他很久没有——也许从来没有——如此活泼、如此迷人、如此贴近和熟悉。昨天我读了"无用的和诚实的"，今天我开始读

"经验"。在当今世界中，他说的一切，几乎每一行，似乎都具有颠覆性，并且容易受到审查。

根本没去想我昨天完成的剧本。对它没有任何感情。我觉得它很陌生，但我还是得稍微关心一下。

7月20日，星期一

今天晚上十点遇到了空袭。为什么？你问你自己。来自哪里？俄国人现在在顿河，英国人在埃及的行动受阻——那么谁还热衷于飞越我们这些地区呢？我听到警笛声是在国家广场。我无法在附近找到避难所。我和其他从公共汽车和有轨电车上下来的人一起躺在草地上。这是我第一次在露天目睹空袭。防空火力相当有力。曳光弹、探照灯、爆炸的炮弹——这一切，在被烟雾缭绕的白云稍微模糊的月亮下——就像一场巨大的烟花表演。我没有看到一架飞机。警报持续了一个小时。然后我直接回家，读了《暴风雨》的最后两幕。

从杜瓦尔的评论中，我惊讶而高兴地得知莎士比亚读过蒙田，并且非常喜欢他的《随笔集》。我现在似乎更喜欢他了，因为我同时阅读了这两个人的书。

7月23日，星期四

安东涅·比贝斯库给我来了一封信，是对我一个星期前寄给他的一封信的回复。我在信中询问他是否愿意在科尔科瓦接待我一段时间。"我们将以喜悦和迫不及待的心情等待着你。"我能否获得必要的许可还有待观察。罗塞蒂已经主动提出去试一试。我认为在科尔科瓦待几天对我有很大好处。我身体不舒服（失眠、疲倦、感冒——各种各样事情的累积），我的自控能力完全消失了。我生活在太多的痴迷之中。

从昨天晚上开始，我一直听着莫扎特的《弦乐和双簧管四重奏》。这不是他的主要作品之一，而只是一首轻盈的素材曲，但它已经相当不错了，我想我可以永无止境地继续听下去。它就像响亮的泡沫——有点虚无缥缈，但精致而充满优雅。

我不久前听说——但在日记中没有提及（这对我来说变得如此不重要了吗）——米尔恰·伊利亚德在布加勒斯特。当然，他并没有试图联系我，也没有表现出任何生活的迹象。过去这种做法对我来说似乎是可恶的——甚至是不可能的，荒谬的。现在看起来却很自然。这样，事情就变得简单明了。我真的对他再也无话可说，也无话可问。

罗斯托夫的陷落似乎为期不远了。德国人报告说他们已经到达了该城市的郊区。

7月30日，星期四

在俄罗斯，罗斯托夫沦陷后南线的局势似乎变得越来越严峻。德国人已经在几个地点越过顿河下游，并且正在迅速向无所阻挡的广阔平原推进。即使他们不立即进攻高加索地区（目前还不得而知），他们也会试图从亚速海到里海建立一条封锁线。

我昨天遇到了麦克·康斯坦丁内斯库[1]。他告诉我，他们所有人（武尔卡内斯库等）都聚集在米尔恰·伊利亚德家，并且还"想起了我"。这种表达方式让我既好笑又恼火。"什么，你们在开降神会吗？"——

---

〔1〕 麦克·康斯坦丁内斯库：图形艺术家。

我后悔没有问他。

星期天，我大声朗读了我戏剧的最后两幕给贝努听。极糟的印象。一切都似乎很荒谬，很拙劣，没有任何魅力。我多么想中途中断朗读！但是三天过去了——我想我现在看事情更明智了。可以肯定的是，这个剧不怎么样。以现在的形式它甚至不能出现在舞台上，尽管我认为它不需要太多的修改。我会暂时不去理会它，把它锁在抽屉里，然后开始做其他事情（如果我的健康允许的话，因为我的眼睛和睡眠又出现问题了）。等以后，在几个月后，我再来把它通读一遍。

我怀着极大的兴趣读了德莱塞的小说：《金融家》。该小说有力、坚固、庞大。但他缺乏诗意，缺乏巴尔扎克的神秘的魅力，无法成为真正一流的作家。不管怎样，这足以让我放弃任何我写过或可能想写的小说。与此同时，我正在专研莎士比亚和蒙田。《理查二世》已经读完，《错误的喜剧》刚刚开始。另外还读了我一直没有完成的《哈姆雷特》的最后两幕。

8月1日，星期六

7月过得真慢——一个小时又一个小时，一分钟又一分钟。我在我身后画着时间，我在时间身后拖着自己沉重的身躯。我的眼睛盯着时钟和日历：又是一天，又是一天，又是一天。这让人筋疲力尽。"现在时间把我变成了他的计时钟，"理查德二世在监狱中说。我们的监狱更压抑。我希望我能忘记一点，淡漠一点。我想过一个星期没有任何束缚、简单明了的生活。

去年8月1日！那是多么糟糕的一天！相比之下，我们现在——或者应该——心存感激。

8月5日，星期三

夏日，懒惰、惰性、漫长和沉重的日子。我过着蛴螬般的生活。我唯一清醒的时候就是失眠的时候。但当我幸运地睡着时，我陷入了昏睡状态。我不再问自己什么。我受不了了。我会醒来吗？我会复活吗？我还能再做一个活人吗？

8月8日，星期六

同样，人们非常担心在罗马尼亚什么东西将会落到我们的头上。是否正在准备对犹太人进行新的打击？今天的报纸——仿佛是在回应一个信号——充斥着关于犹太人（工作、征用、刑事犯罪、威胁等）的官方声明。据内政部称，"当局已经确定大多数违法行为……和大多数破坏行为……是犹太人犯下的"。另一方面，《布加勒斯特日报》有一篇长篇文章表明，从今年秋天到1943年秋天，罗马尼亚计划将我们驱逐到布格而成为"无犹太人"地区。有一种压抑的气氛，充满了你甚至不敢想下去的预感、害怕和恐惧。

还有波尔迪？他有没有出事？突然间，人们开始谈论将犹太人从法国大规模驱逐到波兰的事情。噩梦中越来越黑暗，越来越疯狂。我们会从中醒过来吗？

我又有好几个晚上无法入眠。令人作呕的失眠。隔壁院子里狗嚎犬狂，苍蝇在房间里嗡嗡作响，臭虫爬满了床，爬满了墙，爬满了我的全身。一阵阵强烈地反感。但如果我想继续生活，我必须克服它。

8月9日，星期日

镇上在大围捕。显然，今天早上，整个城市都布满了检查站和巡逻队。我不认为犹太人是他们的唯一目标。

今天，我查看了地图。这是在两三个星期内我第一次看地图，目的是找到德国公报中提到的所有地点：阿尔马维尔、克拉斯诺达尔、拉巴河、萨尔和顿河地区、卡拉奇。德军在南方取得了重要进展，但局势似乎仍然混乱和不确定，至少在该地区是这样。至于前线的其余部分，则没有任何变化。德国公报表明苏军在勒热夫发动了强大的攻势——但按照合理的预期，不会出现重大的行动。

我重读了《牙买加飓风》。我第一次读这书是在十年或十二年前，读的是法语版。词汇方面（尤其是航海术语）有些困难，但这是一本多么美丽、不寻常的书啊！天真和残忍奇怪的混合在一起让我震惊，我想，这是第一次。

慢慢地，太慢了，我开始写《因苏拉》的第一幕。我现在写的是第三个场景。我甚至不能说我已经了解了该剧的真正主题。到目前为止，我所做的只是场景的初步设置。事实上，我担心第一幕的整个场景只是一个草图的轮廓。

8月16日，星期日

前线没有大的变化。德军在高加索的推进仍在继续，但现在已经到了山区，速度放缓了。前几天陷落的皮亚季戈尔斯克几乎就在半岛的正中央。这在地图上看起来令人印象深刻，但德国人可能不会尝试着越过山脉——至少现在不会。目前他们正在穿越半岛前往里海，将有两三百公里的路程。德军在顿河拐弯处以及斯大林格勒方向的进攻仍在继续。俄罗斯人正在抵抗，但预计这里的攻击会更加激烈。在中部和北部，德国人处于守势。总的来说，没有什么决定性的行动。局势和原来差不多。

人们对战争的看法没什么意思。预测、一厢情愿、恐惧——都同样是武断的。星期五晚上我与维绍亚努和加德律师共进晚餐，星期一我与德韦基共进午餐。尽管每个人都有不同的取向（德韦基不管怎样始终都保持其亲德态度，即使他自己否认这一点），但每个人都重复自己不变的公式、不变的论点、不变的信息。这很无趣——甚至可以说是没脑子，而且让人生厌。但是你永远不厌其烦地一遍又一遍地讨论同样的事情。战争就像我们自己的影子一样始终跟随着我们。

我整个星期都没有为剧本增添一行字。真正让我出乎意料着迷的是我以前制定的写小说计划。突然间，事情变得真实了，眼前出现了活生生的人物和引人入胜的故事。我想把一系列事件集中在同一个框架中，但直到现在我还没有清楚地看到该如何做到这一点。突然之间，一切似乎都在成形，都在扩大。这不会是一部史诗般的插曲，而是一幅壁画，或者更确切地说是一部"传奇"，涵盖了从1926年到现在的整个时代，其中不仅有我的新的主人公们（我已经很清楚地看到了他们），还有许多没有完全被《两千年之久》所包括的角色，现在将成为现实。这一次我的工作方式可能会不同于往常。一直以来，我写的所有书都没有从文件中提取信息，没有指导计划，甚至常常对要走的路和要达到的目标没有一个模糊的初步概念。但如果我真的要写一部大型作品，我将不得不整理我的材料。一种创新的乐趣让我感到内心涌动。它迫使我拿起笔——不是要"制订"什么东西，而是要把事情匆忙记下。目前我已经用了将近六张纸对前五章的材料进行了粗略总结。再加上尚待勾勒的内容，这意味着将写出一部三百页长的小说。但在任何情况下我都不会就此罢手，因为第一集中的角色更让我感兴趣的是他们以后（十年或十五年后）会变成什么样子，而不是他们现在已有的样子。然而，这部小说也像我所有的其他项目（三部戏剧、十四行诗的译集、一本关于莎士比亚的书）一样，取决于很多事情！首先，是我的健康和身体恢复能力的问题。我是不是已经被拖垮了，无法承担我所有的工作项目？也许不是那样。也许有些东西仍然可以修复——尽管是做不到的，天呐！那些是最重要的。

8月18日，星期二

德军在高加索的推进越来越慢了。昨天晚上的公报谈到了顽强的抵抗、困难的地形和热带高温。事实是，半岛上战斗的激烈阶段已经过去，双方观察家的热情或沮丧情绪都已消退。心理天平再次向英国倾斜。游戏还是老样子。但我认为用不了多久，德国人就会在其中一个地区（可能是斯大林格勒甚至莫斯科）开始另一场重大攻势——然后相应的沮丧和热情将再次成为常态。或许只有在晚些时候，在秋天，才有可能进行所有重要的（如果不是最终的）考量。

"犹太人必须交出他们的自行车！"这是今天下午阅报栏中的主要文字。我不由自主地笑了起来。关于犹太人和骑自行车的人的笑话自动地浮现在脑海中。

从明天开始，犹太人将支付二十列伊购买一条面包，而基督徒只需支付十五列伊。

8月19日，星期三

英军在迪耶普登陆！刚听到这消息，起初心情激动（潜伏在所有失望之下的各种美妙的希望充满了我们的内心）——但很快，我们又回到了现实。这不是入侵，甚至不是进攻，只是局部的袭击——比圣纳泽尔的入侵更有活力，但意义不大。正如他们所说，这是一场"联合袭击"，动用了坦克、飞机和大炮。一些登陆部队现在已经重新登陆；

其余的还在继续战斗。

犹太人买一条面包不是二十列伊而是三十列伊。对我们来说，这意味着每月要多花一千列伊。这在我们可怜的家庭花费中是相当可观的。对于真正贫困的犹太人来说，这是一场灾难。不过，只要我们还在家，一切都还可以忍受。

我继续阅读莎士比亚，虽然节奏有所不同。我已读完了《理查三世》和《罗密欧与朱丽叶》。

8月20日，星期四

德国关于迪耶普行动的报告表明，昨天下午四点钟一切都结束了。登陆部队相当于一个师，已被击退，英国方面损失惨重。轴心国的所有媒体都认为这一证据表明，登陆开辟"第二战线"是不可能的。我不知道相反的观点是什么或伦敦是如何看待的，但无论如何我都不太了解这次行动的目的。不管是怎样解释，人们都会怀疑它并不是真正的行动。

8月23日，星期日

前线没有什么新鲜消息。

今天结束的一个星期带来了三项反犹太主义措施：昂贵的面包、没收自行车，以及前天颁布的禁止在10月1日之后雇用仆人的禁令。令人不安的是，一个又一个措施已经序列化，新的压迫措施会自动产生。你根本不知道接下来会发生什么。

明天晚上我将强迫自己前往斯特雷海亚。我认为，在经历了无数的干预和障碍之后，这终于成为可能。

8月25日，星期二

我将要去科尔科瓦。我应该写一出荒诞的闹剧来描述我在最终获得必要文件之前的冒险经历。曾几何时，费那么大的劲足以组织一次环游世界的旅行。

我在街上遇到了保罗·斯特里安[1]——一个长得很胖，几乎像猪一样的保罗·斯特里安。见到我时，他是如此困惑和尴尬，急于想逃跑，害得我不想让他觉得，我在没有注意到这一点的情况下匆匆离开。

9月6日，星期日

今天早上我从科尔科瓦回来，休息好了，身体恢复了，平静了，晒黑了，带着我曾经引以为豪的度假表情。十天的自由生活，在阳光和户外，仍然可以让我焕然一新。我还没有疲惫到无法回应生活呼唤的地步。我以为我就要玩完了。但事实并非如此。我还活着。我仍然有健康的反应能力。生命可以从我所有的衰败、冷漠和崩溃中恢复过来。

但现在回到了布加勒斯特，我又遇到了同样的困境和麻烦——而且还增添了一些新的。我很清楚我无法保持目前的"状态"，但是让我们继续生活吧。

9月7日，星期一

我必须努力阻止自己被新旧麻烦所压垮。我必须振作起来。如果我能制定并坚持正常的工作计划（阅读和写作），也许我会避免再次放任自流。再一次陷入我们共同的愤怒，这毫无意义，对任何人都没有

---

[1] 保罗·斯特里安：小说家，安东尼斯库政府的高级官员。

用。我在地狱里——但在这个地狱里,我必须找到一个尽可能的独处之处。光是从圣永诺旁边路过就让我痛苦万分。从家里被带走的犹太人被关押在那里,等待被驱逐出境。看到他们我的心都碎了,我感到惭愧,把头转了过去。有些暴行是睁着眼睛看不出来的。这些暴行太难以忍受了,就如巨大的肉体痛苦。在这里,言语不再能形容什么。

波尔迪现在在加龙河乡村的某个地方。这让我心中的石头落地了。我们对他的情况几乎一无所知,但他似乎确实比以前安全了。

我连半个小时都没有抽出来,把在科尔科瓦的有关事情写下来。

9月8日,星期二

如果在科尔科瓦写日记会很有趣,但我现在无法再凭记忆把它追述出来。但我不后悔。那是一个假期——我没有用写日记的方式来打乱这个假期,这样很不错。现在在这里,我有一系列事情要处理,我不能允许我回到科尔科瓦的事情之中,即使我只是想想而已。

今天早上,在圣永诺的人们被装上卡车,开往某个地方去了。我听说那里出现了恐怖和绝望的场面。有些人还暂时留在那里,要等到对他们做出最终决定。其中一人是桑杜·伊利亚德。

济苏被关押在塔尔古久集中营[1]。今天早上我去看望他的妻子。我对他原则上的同情(作为中央办公室的受害者)不足以完全掩盖那个女人总是在我心中挑起的糟糕喜剧的感觉。

从俄罗斯回来的拉杜·乔库列斯库认为,战争还会持续两年,因

---

〔1〕 用于关押那些被认为敌视安东尼斯库政权的人的集中营。

为德国人士气高涨，为冬天做好了充分准备，而且他们的战斗精神完好无损。

斯大林格勒的战斗仍在继续。"这座城市的命运已成定局""斯大林格勒岌岌可危"——近两个星期以来，同样的标题反复出现在报纸上。然而，昨天晚上，德国公报提到了苏军对西北的反击（自然说是被击退了）。

9月10日，星期四

载有被驱逐犹太人的火车在奇蒂拉停留了几个小时后于昨天下午离开。一辆满载食物和衣物的卡车出发得太晚了，先是开往奇蒂拉，然后开往普洛耶什蒂——然后又调头回来了。糊里糊涂，神志不清。对这样的人，只能是无感情，无表达，无语。

我与阿里斯蒂德凑巧都去了贝卢墓地。阿里斯蒂德正在为玛法尔达送花（地震发生到今天已经二十二个月了）。但我想到的是数百万没有名字、没有坟墓的死者。我特别想到的是那些被长长车队押送的犹太人。他们求生不得求死不能，被扔进了邪恶的痛苦之中。一场大地震是天赐之物。玛法尔达幸运地在几秒钟内死去。那是一个恐怖的时刻——但不是几天、几个星期、几个月甚至几年。

犹太人每隔五天就会没有面包。他们的食糖配给已从二百克减少到一百克，而基督徒的配给量仍为六百克。

9月11日，星期五

我告诉卡米尔关于载有被驱逐者的火车一事。有一瞬间，他似乎也在颤抖。但不是……

"没什么,"他说,"我认为俄罗斯人在建造伏尔加运河时犯下了同样的暴行。这样,我的良心也安息了。"

9月12日,星期六

看起来斯大林格勒估计不会陷入直接攻击。每公里都在战斗。可以看出攻势已经放缓,而且宣传中出现了一种尴尬的音符。但我认为斯大林格勒不会最终决定任何事情,就像其他城市(基辅、斯摩棱斯克、哈尔科夫、塞瓦斯托波尔)一样,仅一段时间所有的目光都转向了它。尽管斯大林格勒局势依然严峻,但我们感到这是战争的重要时刻。但当它的问题得到解决时——无论是城市的逃脱(这很难相信)还是它的陷落(很有可能)——我们将意识到这只是一场正在进行的战争中的另一个插曲。

9月14日,星期一

我以意想不到的乐趣重读了《上一个小时》。总的来说,这是一部出色的喜剧。我知道它的缺陷和需要重做的地方,但我意识到在三天内我可以让它变得不仅仅是表面上可接受的戏剧。它甚至不必"重做",只需要进行一些技术调整。我很想让它上台演出(因为我的钱的问题又要严重了),但难度很大,反正我觉得自己没有力气渡过难关。

昨天晚上的德国公报说,突击部队已经从南边进入了斯大林格勒。

昨晚,出现了两次空袭警报。炸弹落下,高射炮火力猛烈,但我不知道到底发生了什么事。

9月16日，星期三

昨天晚上和今天的德国公报谈到德军在斯大林格勒"取得了进展"，但没有提供任何细节。另一方面，新闻稿、公报增刊、报纸评论都表明，这座城市正处于崩溃的边缘。中央车站已被占领，市中心落入袭击者手中，街道上和房屋内的战斗仍在继续。这似乎只是几个小时的问题。

两天后，街头、有轨电车上等关于星期日扔下炸弹的最离奇的谣言散布开来（五十人死亡，八十人死亡……），官方公报称遇难者总数为十四人。所有的炸弹都落在郊区甚至更远的地方。

昨晚，在各个地区，许多犹太家庭被接走。我不知道有多少或为什么。但是从现在开始，我们谁也不能确定当我们在家睡觉时，第二天早上我们是否还会在那里。

9月17日，星期四

昨晚被带走的家庭数量为一百零五或一百零七（我记不太清楚了），包括父母、孩子、兄弟、姐妹。原因是他们在履行强制劳动方面存在着违规行为。

索拉科卢告诉我，斯大林格勒昨天陷落，但柏林出于宣传原因推迟宣布这一消息。他们正在准备一份会产生最大惊喜效果的夸张公报。

9月22日，星期二

星期四晚上从家中被带走的家庭今天早上被驱逐出境。直到最后一刻到来之前，人们一直认为这些措施不会被执行。我们现在仍然无法相信会有这样的灾难。但昨天晚上又有一批犹太人（我不知道是什么人，有多少人）从他们的家中被带走。驱逐计划正在逐步、有计划地付诸实施。

斯大林格勒的战斗仍在继续进行。拉多尔新闻社星期四明确保证这座城市已经陷落，星期五人们普遍认为抵抗已经结束（艾丽斯从陆军司令部得到的信息），人们预计星期六晚上德国公报将宣布最终胜利，可是如今战斗仍在继续。昨天和今天，德国公报报道了苏军对该市北部的反击。整个战斗简直是一个戏剧性的事件。

昨天是赎罪日。禁食的一天，努力去相信和希望的一天。

9月25日，星期五

今天早上拉多尔新闻社从柏林发来的新闻中的一句话："德国司令部……一直在刻意避免全面进攻……并且更愿意有序地前进，即使这意味着德国人民和全世界仍不得不等待着斯大林格勒成功的好消息。"我的感觉是，无论这句话多么委婉（不是直接说占领这座城市不再是绝对为期不远），它确实表明了现实。我认为德国人真的没有全力以赴。不仅斯大林格勒战役，而且今年夏天的整个战役都是在扭扭捏捏地进行，就像在一场以犹豫而不是果断为特征的战争中一样。如果德国人愿意为此付出全部代价，他们可能会做得更多，做得更快。我预计他们的战争努力将在今年夏天达到生物的外部极限（这正是我认为今年冬天可能会出现疲惫危机的原因），但我不知道我是否搞错了。我不知道，他们的成绩相对较少，是不是正是因为他们一直在节约使用其储备。但谁真正知道呢？是的，绝对没有人知道。这就是我对毫无意义的评论和预测游戏如此恼火的原因。"我们还有两年的时间，"当我在雅典娜宫与雅克·楚雷尔和比贝斯库一家共进晚餐时，雅克·楚雷尔对我这样说。从蒂拉斯波尔短暂休假回来的布拉尼斯特说："一切都将在12月或1月结束。"他们两个人都有自己的论据。我们大家都有自己的论据。

在这里了解到有关比贝斯库一家的许多事情会很有趣（自斯特雷海亚以来我重新进入了他们的圈子）。在科尔科瓦–布加勒斯特–波萨达三角地带之间传输的相互交错的电报、信件、邀请函、谈话及回声之中，就好像我是他们生活中的关键人物一样。我知道他们家族的习惯（普鲁斯特在这方面给了很好的帮助），知道他们之间的语言代码，知道他们会莫名其妙地自负地宣称喜欢某种东西，但在另一天这种喜欢会突然消失得无影无踪，而投入到新狂热的追逐。目前，安东涅·比贝斯库和伊丽莎白似乎已经准备好接受任何牺牲，任何忠诚的象征。但就是同一个安东涅·比贝斯库，我在日内瓦想见他五分钟就没有成功；也是同一个安东涅·比贝斯库，几年前的一个星期天早上，他在雅典娜宫的大厅里一句话都没有和我说就离开了，尽管他邀请我共进午餐！他们身上有一种疯狂的感觉，同样的感觉使它们变得多彩而迷人。我只是一个随波逐流的平头老百姓，有这样一部喜剧足以让我开心，虽然我现在真的没有心情投入其中。

收到一封来自玛莎·比贝斯库的关于安东涅的非常漂亮的信：冷静、严厉、清醒——这是她写的第一封不浮夸的信。但是我要如何对待这个奢侈的世界呢？我明天就要付房租了。我现在还不知道去哪里找到十万列伊来支付另外三个月的租金呢！

根据布拉尼什特的说法，在蒂拉斯波尔，人们阅读最广泛的书籍之一是《事故》。原因很简单，它在哪里都可以买到，人们会阅读他们能得到的东西。卡拉巴斯[1]拿了三十本《事故》在那里出售，一些军官

---

[1] 扬·卡拉巴斯：书商。

读了这本书并喜欢上了它。布拉尼什特向他们透露，该书的作者是个犹太人。

"哇！真难以想象！真的看不出来！"

我拜访了米尔恰·斯特凡内斯库几次，他原则上已同意购买我的《上一个小时》。我把手稿留给他，等他通读一遍后，他会给我最后的答案。对我来说，这只是钱的问题。就像之前最糟糕的时刻一样，贫困正在逼近我。

昨天我和莱妮一起在犹太剧院看斯特罗的滑稽剧。那里的一切——舞台、演员、剧院、观众——看起来都非常疯狂。死亡正在逼近我们，但我们还有一个充满着穿着低胸连衣裙的女孩们、爵士乐、诗歌歌曲、插科打诨以及滑稽小品的犹太剧院。现实究竟在哪里？开往德涅斯特河沿岸的火车幽影一直在困扰着我，不能散去。

9月26日，星期六

昨天我和安东涅·比贝斯库在城里。他想不惜一切代价去看戏——不是看一场戏，而是看两场戏。他说，从头到尾看同一出戏剧他无法忍受，所以买了国家剧院（那里在演出《暴风雨之夜》和《乡绅列奥尼达》[1]）以及可西亚姐妹剧院（该剧院正在演出丹尼斯·阿米尔的戏剧）的门票。仅这一点就让我觉得很古怪。我个人觉得在同一天晚上突然出现在两家剧院是一件非常尴尬的事情，因为我已经两年没有踏足罗马尼亚的剧院了。"到此露面"应该是准确的表达词语。我们进入两个剧院看起来都很成功。我认为那里没有一个人把目光投向我们。安东

---

[1] 《暴风雨之夜》和《等待回应的乡绅列奥尼达》是扬·卢卡·卡拉贾莱的两部戏剧作品。

涅穿着一身白色的运动服,脚踩一双拖鞋,拖着脚步走来走去。出发时,我试图说服他穿着得体一些——但我失败了。

"你为什么要我换衣服?天气很热——我就是这样穿的。至于我的拖鞋,穿着很舒服。罗马尼亚人不知道怎么穿戴。"

在国家剧院,我们看了《乡绅列奥尼达》,然后我们穿过马路到了另一剧场,第一幕已经开始了。座无虚席的剧场注视着这位身穿沙滩装的绅士入场。他平静地走到舞台前面,在离舞台一米的地方站起身来。我跟着他,既好笑又尴尬,充分享受着这种情况的乐趣,同时也担心可能出现的后果。我之前告诉过他在表演时不要大声说话,所以至少在这点上,事情进行得几乎正常——除了偶尔,当他听不懂台词时,他转身问我:"他在说什么?那是谁?那个绿衣女子叫什么名字?"等等。

我们在第一幕结束后离开剧场,然后愉快地度过了晚上剩下的时间。我们沿着胜利之路散步,然后非常舒适地坐在雅典娜广场格子结构前的石墙上。"他疯了!他神志不清!"人们经过时对我说(或觉得他们不得不说)。事实上,虽然有点古怪是这个陌生人性格的一部分,但严格来说他并不是疯子。罗马尼亚和布加勒斯特对他来说代表了一个野蛮乡下,一个奇怪而多彩的殖民地。他觉得(并实际上)与那里相距甚远,以至于不会做出丝毫努力来取悦当地人。他生活在他们中间就像生活在黑人、黄种人或红皮肤人中间一样。有时他会对当地习俗表现出兴趣,但并不觉得有义务尊重它们。他告诉我,当阿斯奎斯得知伊丽莎白要嫁给一个罗马尼亚人时,他非常痛苦。"对他来说,就好像她嫁给了一个中国人。"

我认为安东涅·比贝斯库对整个罗马尼亚社会也有同感。他就像一个突然来到有色人种中间的英国人一样。

昨天晚上,我的一次经历可能比其他任何一次经历都更能揭示罗马尼亚剧院的情况。《乡绅列奥尼达》和阿米尔的戏,两剧之间只隔了二十五分钟。《乡绅列奥尼达》的表演生动、真实、有趣，而阿米尔的戏用罗马尼亚语来说是虚假、琐碎和荒谬的：迪娜、坦齐和评论家都在从事心理学。你觉得你想尖叫！罗马尼亚剧院一旦超越平凡，就会迷失方向。也许这里的一切都是如此，不仅仅是剧院。

10月1日，星期四

"如果斯大林格勒能坚持到10月1日，德国人就完蛋了。"安东涅·比贝斯库一个月前在科尔科瓦对我说。今天是10月1日。斯大林格勒仍在坚持，但德国人并没有完蛋。我们所做的所有预测，我们设定的所有日期，我们所有的计算都是任意的。战争是一个谜，可能要到最后一刻才能弄清楚。没有人知道最后一刻是什么时候：五个星期、五个月或五年后。

"犹太人将被灭绝，"希特勒在昨天的演讲中说。其他的事情他几乎没有提及。关于战争的进程，关于短期的展望，关于战斗的时间长度，关于关键问题——什么都没说。战争再次陷入停顿。除了斯大林格勒最近两三天战斗异常激烈外，所有战线都比较安静。这场战争就好像是常态一样，不一定非得解决，可能会无限期地拖下去，不做任何改变。这或许可以解释过去几天笼罩着我们的疲倦感。

今天早上我们的女仆奥克塔维亚离开了。她是一个十八岁的农家姑娘，在我们家感觉很好。她哭得像个孩子。我们的生活会更加艰难。各种日常烦恼——当然是小问题，但无法解决——现在都会出现：扫地、洗碗、洗衣、购物。可怜的妈妈身体太差了，太累了，我们也太尴尬了。我们会帮着扫地、铺床、洗碗，但谁来洗衣服呢？尽管如此，您只要想到被驱逐出境，所有这一切都是可以忍受的。这不是悲剧，这只是荒唐。

今天我突然想到，我可以根据巴尔扎克的《比阿特丽克丝》写一出戏。两个出色的女性角色，以及宏大的舞台背景。

10月8日，星期四

前线没有什么新鲜消息，或者说没有什么真正重要的消息。战斗在斯大林格勒继续进行。仅通过阅读报纸很难了解事件的进展。据说苏联试图解救这座城市，但我无法在地图上确定位置。按照现在的情况，你可以说，除了冬天的来临之外，双方都没有期待任何事情。

开学的第一天让我疲惫不堪。经过四个小时的教学，我感到筋疲力尽。多么糟糕的健康状况！

10月9日，星期五

斯芬图扬诺街再次笼罩着9月初的悲惨气氛。两所学校挤满了昨天晚上从家中带走将被遣送到德涅斯特河沿岸的家庭。你可以看到在窗户里的苍白的面容，茫然的神情，但有时也能看到一张微笑的年轻面孔或一个大笑的孩子，你不知道哪个更为痛苦：一些人的绝望还是其他人对他们命运的冷漠。人们在街道上和人行道上排起了长队，等着再看一眼他们在里面的亲人。这是一个令人痛心的景象。你无法摆脱这样的想法，即同样的命运可能会降临到我们所有人的头上。

我一直在想，我会设法弄到足够的钱来过几个月心安的日子。但现在我的希望破灭了。我曾经梦想过得到五十万列伊，可现在又回到了我的小算盘上。我家里还有七八千列伊——但以后我该怎么办？米尔恰·斯特凡内斯库不够朋友，他仍然没有时间来阅读我的剧本。指望着他会帮我将戏上演，简直太荒谬了。另一扇大门也关闭了。

10月10日，星期六

昨天晚上的德国公报没有提到斯大林格勒前线。显然，所有的报道和评论都试图将注意力转移到其他地区：捷列克、伊尔门、列宁格勒。这是不是意味着他们放弃了攻城的念头？或者，因为这需要更多的时间，所以他们会一直保持沉默，直到他们最终能够宣布胜利。无论如何，胜利的时刻无疑已经被季节的变化所取代。秋天已经来到了这里。我们已度过了下雨和寒冷的第一天。

阿里斯蒂德向我展示了几天前出版的埃夫蒂米乌所写的一本书中一些攻击我的词语[1]。在书中，他把我称为"东正教报纸的黄褐色撰稿人""为东正教纳埃·约内斯库服务的未受洗的犹太人"等等。总有一天埃夫蒂米乌会成为极端民主的拥护者，而我仍然是个地痞流氓。随着年龄的增长，我意识到，误解是无法弥补的。在《库凡突尔日报》的经历是我生命中永远敞开的一部分。没有什么，无论是我的写作还是我的生活，都无法将它关闭。

10月12日，星期一

前几天我完成了《因苏拉》的第一幕。今天我开始写第二幕。我毫无信念地工作，因为我知道这出戏毫无意义。莱妮将出演弗罗达和尼库绍尔所写的戏剧，而只有莱妮才能表演的特定裁剪的作品《因苏拉》，只有在今天，而且只能在巴拉瑟姆剧场演出，将没有任何用处或达不到任何目的。如果我还是继续写它，那么我是不愿中途放弃另一个项目。我放弃的所有的文学项目都让我沮丧。但坦率地说，《因苏拉》

---

[1] 参见维克托·埃夫蒂米乌：《兄弟情谊》（布加勒斯特，1942年），第340页。塞巴斯蒂安引用的短语实际上是书中段落的缩写。

是一个文学项目吗？在我看来，这更像是把戏剧作为借口。在我非常需要钱而又不知道去哪里求助的时候，我希望从中能赚点钱。

战争继续成为一种心态。这是我们永远背负的巨大灾难。然而，从军事角度来看，这是一个全面停滞的时刻。三天来，公报所讲的完全是鸡毛蒜皮的东西。

10月14日，星期三

昨天晚上，所有在斯芬图扬诺街等待被驱逐出境的人都被释放了。人们死而复生。听说刚放出来的时候场面很疯狂。人们在嚎叫，在晕倒。有人高呼："大罗马尼亚万岁！""元帅万岁！"这一释放意味着什么？我不知道。决策者三思了吗？仅仅只是推迟吗？他们会永远放弃驱逐出境了吗？星期日的《布加勒斯特日报》的一篇文章重申了到1943年秋天罗马尼亚将不再有任何犹太人的保证。

军事停顿仍在继续。前线没有什么新鲜消息。斯大林格勒已经完全退出了新闻。

在我昨天收到的一封信中，安东涅·比贝斯库问我是否需要一万列伊，并说他可以寄给我。我马上回信说，我不需要任何东西。

10月15日，星期四

在今天的《环球报》上，驻柏林的记者谈到了鉴于即将到来的冬天而对前线进行的调整。明年春天德军将恢复攻势，届时苏军将被歼灭。但如果德军已经进入冬季休战期，那么这次的"冬眠"将比1941年提前了近两个月。

今天首次发表了关于驱逐犹太人的事情（官方声明所称："将某种分子驱逐出境"）。部长会议决定，从现在起，"驱逐出境"行动将由一个专门机构来执行，所有此类措施均已暂停，直至该机构成立。我们能感到安心了吗？如果是这样，能拖多久？

10月17日，星期六

这两天德国人一直在斯大林格勒进攻。这似乎是攻城的最后努力。蒂特尔·曼丘列斯库（我刚才在有轨电车上见到的人）说两三天后一切都会结束。

我从米尔恰·斯特凡内斯库那里收回了我的剧本手稿。他至今还没有读过它。我宁愿自己结束这尴尬的局面。

我一直在尝试写《因苏拉》的第二幕。经过几天的完全惰性，我似乎终于让事情有了进展。但有什么意义呢？我觉得，我不会写一个只为了莱妮和巴拉瑟姆剧场的戏剧了。

10月22日，星期四

《因苏拉》的第二幕正在取得进展，我可能会在星期日完成第一个场景。甚至有可能第一个场景将获得一幕的规模——这在某种程度上会迫使我重新编排该剧。我对我最近写的东西很满意（特别是今天，因为我在学校的这些日子太累了，写不了任何东西）。也许语气有时对莱妮和巴拉瑟姆剧场的观众来说太严肃了。但我采用的方式意味着该剧不会迎合了他们的需要，而是一个纯纯粹粹的戏剧。它很可能会留在我的抽屉里，最终会让我不高兴。但我确实非常需要钱。如果不是为了这个，我甚至都不会想让它上台演出。舞台表演、出版的书籍、文章——我在公共场合的任何迹象都是一种存在和接受的行为。而这里面没有我自己的存在，而且我也不会接受。

昨天晚上德国公报中的简洁报告说，"战斗在斯大林格勒继续进行"。进攻的节奏再次放缓。这座城市的陷落为期不远的情绪再次被淡化。

10月24日，星期六

昨天晚上的德国公报说，"敌人在斯大林格勒的反击被击退了"。按照罗塞蒂昨天的说法，英国人已经在埃及采取了攻势。

我觉得《因苏拉》的第二幕比我预期的要好得多。阁楼的场景正在获得完整一幕的规模和戏剧连贯性。

我突然想到，如果第一幕的表演速度加快，它可以作为序幕呈现，然后是三幕戏剧。

10月25日，星期日

今天《环球报》头条新闻的标题为："斯大林格勒的命运已成定局。"

10月27日，星期二

昨天早上我完成了《因苏拉》的第二幕。我在晚上读给莱妮、斯卡尔拉特和杰妮卡听。这是一次很有启发性的经历。因为我开始意识到该剧在戏剧上的构造很好，尽管有喜剧的节奏，但写得很成功。我想我可能喜欢它胜于《度假游戏》。第二幕中有长篇大论——甚至有些许单调和拖沓的时候——但总的来说，我觉得该剧的情境丰富，又有三个精心塑造的人物，还设有承接第三幕的几条途径（如果没有第四幕的话）。当然，他们的反应不太好。他们非常喜欢第一幕——这是意料之中的，因为它是一个短小的插曲。第二幕，语气变得相当严肃，情境获得了一定的心理深度。起初他们很高兴，但随后开始感到厌倦。从近期看，该剧不可能上演。斯卡尔拉特不想接其中的角色，而莱妮是不敢接。斯卡尔拉特想为他自己的戏和尼库绍尔的戏留出档期，而莱妮，这个可怜的女孩，已经被搞糊涂了。她本能地觉得《因苏拉》是一部生动的戏，她要演的角色一定是热情的和强烈的。但如今给她的印象是这剧太文雅了、太含蓄了、太"知识分子化了"。

"你为什么不能把台词写得更通俗一些？"她带着真诚的遗憾对我说。

我无法向她解释——她也不会相信——《因苏拉》是一部没有表现知识分子的简单戏剧，一部真正的喜剧，只是到处都有一点诗意。但是诗歌，即使是最少量的诗歌，也会让她在剧院里害怕。

没有关于英军在非洲攻势的消息。我们所知道的是战斗正在如火如荼地进行。德国的评论表明战斗的规模很大。我们只能等着瞧吧。

如果我允许自己做这样的事情的话，弗朗西斯·狄金森[1]就会成为我的另一个女人。坦率地说，她很丑，但年轻、聪明、幽默，而且很重要的一点是，她来自约克郡。我不会为约克郡做些什么！

10月30日，星期五

我的爱情游戏是最愚蠢的折磨之一。这种游戏是羞辱性的、危险

---

[1] 弗朗西斯·狄金森：英国文化协会雇员。

的、徒劳的、毫无意义的，但我却不能永久地放弃它们。我知道它们是没有出路的，也不可能有什么出路，而且它们注定要以最荒诞的方式结束，但每次我投入相同荒谬的闹剧，都带着自欺欺人和善意的某种奇怪结合，就好像我在进行第一次尝试。一旦投入进去，就很难让它轻易过去，也很难认真地接受这个事实。在我的交往例子中，最不可原谅的是，我把那些除了认识我之外没有做错任何事的人（切拉、莱妮、佐伊）拖入这种虚假的境地。今天下午太痛苦了，我对自己感到厌恶。现在我不得不从中解脱出来。

11月2日，星期一

现在已经是11月了，战况没有任何变化。10月几乎没有发生任何军事事件。斯大林格勒还在坚守，其他战线没有动静。当然，有些人继续生活：金钱、工作、爱情——一切对他们来说或多或少都是正常的，至多是受阻了一些，但不管怎样他们都适应了他们的生活。对我来说，战争暂停了一切。我就像等火车一样地等待，同时在麻木和恼怒之间翻来覆去。我从来不知道如何静静地等待某事。当我还是一名律师时，在法庭上等待一个下午似乎是一种可怕的折磨。可是现在，我的一生变成了漫长的等待。

没有英军在非洲攻势的消息。双方宣传都非常谨慎。战斗仍在继续，但到目前为止仍保持静止。如果英国人了结这条战线（根据已知的所有经验来判断，他们可能会这样做），一切皆有可能。它甚至可以草草地做个了断。但如果他们没有成功（根据他们到目前为止所做的一切，这是我们的判断），那么下一年就别无所求了。

L是一个令人愉快的女孩。纵使岁月并非没有在她的容貌上留下痕迹，她的身体却依旧充满着令人愉悦的青春、温暖与坚挺的感觉。她还兼有机智和鲁莽的魅力。任何愿意把她作为反复无常和受欢迎的礼物而不提出任何要求就接纳她的人都是幸运的人。男女之间的错误往往始于微小的嫉妒，但这在她的身上却不是那样。当她和另一个男人上床，然后又和你上床时，她既没有欺骗你，也没有欺骗他。她只是喜欢做爱——并将她所有的坦率和优雅都投入其中。但对于这种淫荡和冷漠的愉快组合，对我来说是无法享受的。

11月5日，星期四

英国在埃及取得了进展——甚至似乎取得了胜利。他们报告说，有九千名敌军俘虏、六百架飞机和大约二百五十辆坦克被摧毁或缴获。德国和意大利的公报都承认部队退到了第二线，但并没有把它作为重要事项来看待。总的来说，昨天和今天的报纸都做了准备宣布撤退的宣传。我们还无法相信任何事。在过去的两年里，我们常常在非洲看到一日之间的最戏剧性的变化。

宣传部已下令将犹太作家的书籍从图书馆和书店中剔除。今天，在阿歇特，我看到两个印有大字的印刷板。上面写着：犹太作家。当然，在印刷板上，我也被描绘成一个麻烦制造者或罪犯，上面有我父母的名字、我的出生日期和我出版的书单。只是我的显著特征没有被提及。起初我看着笑了（尤其是整个印刷板上满是错误），但后来我感到，这种海报对我们没有好处。我担心它会引起人们对我们的注意，谁知道这会导致什么。两年来我没有去过剧院，没有去过餐馆。我避免在市中心逛街。我没有去访问任何人，也没有试图与任何人取得联系。我尽可能地封闭自我，让别人把我忘却——而现在，我的名字竟出现在所有的书店里！

11月8日，星期日

美国人和英国人已经在摩洛哥和阿尔及利亚的几个地点登陆。这似乎是一次重大的行动。在这之前，罗斯福用法语发表了声明。拉巴特、奥兰和阿尔及尔正在发生战斗。贝当的军队正在抵抗。我还不知道德国人会采取什么态度。如果还要面对突尼斯的进攻，隆美尔的处境会变得很糟糕。目前他已经撤退到富卡和马萨－马特鲁之间的某个地方，距离他原来的位置大约一百二十公里。撤退似乎还在继续，俘虏的人数也在增加。英国人称之为灾难。DNB新闻社则称为"运动战"和有技巧的撤退。

11月9日，星期一

我们仍然不知道非洲正在发生的事情的细节。当然，事件的发展速度已经加快——这些事件可能是绝对决定性的，或者不仅仅是重要的。过几天我们就能看得更清楚了。目前我们处于狂热状态，仍然因第一次震惊而感到头晕目眩。

阿尔及尔昨天晚上已经投降了。这不仅仅是投降，这是英国人、美国人和起义的法国军队很久以前达成的协议。起义和登陆在摩洛哥和阿尔及利亚同时进行。没有关于突尼斯的消息。在埃及，隆美尔正在继续撤退。他似乎已经放弃了马萨－马特鲁，越过了利比亚的边境，扔下了一些被包围的步兵师。是溃败吗？他有计划吗？他还能有计划吗？答案取决于希特勒对整个战局的决定。因为它不再是局部战斗，而是影响整个战争的主线。我有些焦急地等待这个决定！他会进军法国未被占领的地区吗？（我想到了波尔迪）他会迫使贝当进行某种军事合作吗？或者他暂时什么都不做（这很难相信）吗？昨天，他在慕尼黑的纳粹党庆典上发表了传统演讲，但这个演讲被事态发展所取代，因此也许除了混乱之外，似乎没有定论。但只有一点是清楚的：那就是纳粹再次威胁要灭绝犹太人。

11月10日，星期二

达尔朗已"在美国人手中"，虽然我不知道他是作为囚犯还是作为盟友。无论如何，贝当已经接管了法国军队的最高指挥权。在奥兰和卡萨布兰卡，有几个小时的短暂停火，然后又开始了战斗，但抵抗似乎不可能持续很长时间。对阿尔及利亚的占领正在迅速进行。摩洛哥也没有太多抵抗。罗斯福要求突尼斯的贝伊允许盟军越过的黎波里塔尼亚，显然是为了从后方攻击隆美尔的军队。根据意大利公报，隆美尔正在继续撤退。可是他现在在哪里？他会在哪里停下来？柏林没有对重大事件做出回应的迹象，但我认为，在沉默之下正在酝酿着一些事情。

我们必须努力控制自己的情绪，冷静而清晰地看待事物。狂热令人疲惫不堪；某些快乐会让你筋疲力尽。当然很难不高兴，但现在是保持冷静的时候了。昨天晚上我读了这本日记今年6月的几页，当时隆美尔"正在巴勒斯坦的门口"。我记得当时轴心国的兴奋狂潮。一切——甚至是最奇妙的计划——看起来都简单、直接、新颖。德国人看到自己在一场巨大的钳形攻势中占领了横跨三个大洲的"整个"中东。而今天，现实发生了逆转。胜利和崩溃只相隔四个月的时间。

今天的胜利会将盟军引向何方？未来四个月会发生什么？我是在充满希望的一天晚上问这些问题的。

我一直在想希特勒昨天发出的威胁。他想消灭我们——这也许是他唯一能做到的事情。我突然想到有一天晚上——就像今天晚上——我们可能都会在家里被屠杀。与此同时，胜利的消息将在空中嗡嗡作响。

11月11日，星期三

今天早上（1918年停战纪念日），德军开进了里昂、维希和法国其他未被占领的地区。就战争而言，我认为这不会改变任何事情。但我的心一直在波尔迪身上，很难再想到其他事情。

11月12日，星期四

思念波尔迪支配着一切。他在做什么？他生活在什么样的危险之中？他还能在原地待多久？在什么情况下？数以百计的问题日夜困扰着我，尤其是在法国局势如此混乱的情况下。没有人知道新政权会是什么样子。还会有政府吗？还是纯粹而简单的占领？那两个区域之间还会有什么区别吗？我害怕德国人的愤怒。在那里，就像在这里一样，他们可以在对犹太人的大屠杀中找到一种心理安全阀，以弥补他们在过去四天里不得不忍受的一切。在这里，各种关于我们的黑色谣言也在四处流传：基林格要求恢复驱逐，德国人希望每天将两列火车的犹太人驱逐到苏联，等等。热情、惊奇和焦虑均等地混合在一起，然而，也许是我们尚未从中清醒过来的"令人振奋的消息"占着主导地位。

在阿尔及利亚和摩洛哥，战斗已经完全结束。在利比亚，隆美尔仍在撤退。德国人和意大利人似乎已向突尼斯派遣了数量不多的飞机。美国人从菲利普维尔逼近，距离突尼斯边境大约有一百公里。场面壮观，规模宏大。一切还没有结束，还有更多内容有待观察。

11月13日，星期五

英国人在巴迪亚和托布鲁克作战。隆美尔还在后退。他会尝试在班加西之前进行防御吗？或者他会更愿意再次利用阿盖拉呢？

卡米尔·彼得雷斯库情绪低落。昨天晚上罗塞蒂告诉他如今的消息时，他回答时满脸铁青。他莫名其妙地想出了一句直接来自《卡米尔选集》的短语来："我也将赌英国的胜利，当它已是板上钉钉的时候。"

11月16日，星期一

与保罗·斯特里安的对话（阿里斯蒂德的图书馆正在被没收并出售，他要求我帮助他设法取消该命令）。斯特里安在他在该部的办公室接待了我，有两名公务员在场。当我进去时，他不太确定该做什么：是站起身来还是仍旧坐着。他找到了一个折衷的方法：他坐在椅子上，但弓了一下身，做了个模糊的半起身动作。

"你有什么要求，塞巴斯蒂安先生？"

他在我的名字后加上了"先生"一词。这是对我的警告，也是做给他的助手看的。他在整个持续时间不会超过五分钟的采访之中重复了两三遍。（我发誓我觉得自己被眼前这场闹剧噎住了。）我非常简短地向他解释了问题所在。

"对啊，图书馆为什么不能卖？什么？他莫非在期待英国人的胜利吗？"

这个问题是一种谴责——对在场的证人来说。他带着嘲弄的微笑对我说。这证明了他对德国胜利充满了信心。

我离开时感到悲伤和羞辱，对自己的离开感到愤怒，对与保罗·斯特里安在八年后的相遇感到沮丧。在这八年中，他变得富有、繁荣、强大和充满自我。当我走进他豪华办公室的那一刻，我们的生活似乎彼此如此遥远。我是一个卑微的请愿者，贫穷、疲倦、无助，穿着破烂、单薄。把我们两人来做比较，虽然也有有趣的一面，但多少有点令人难过。我现在试图将整个事情视为巴尔扎克书中的一个插曲。

11月18日，星期三

我的莎士比亚课程开课了。我上了第一堂课。已有九名学生报名参加该课程，另外还有十个或十一个人，都是我的朋友，来给我捧场。这种情况可能会很尴尬——但在我看来，我似乎会很狼狈地离开。我将放弃这门课程并把钱退回去。这是一次失败，尽管我不认为我是在出洋相。当我找到合适的语气时，我讲了一个小时，语气热情而愉快。但我来这里不是为了取得成功。我以为我会以此来解决我资金短缺的困难。我预计错了。就这样吧。

昨天晚上和今天我读了《凯撒大帝》。我要回到莎士比亚并计划读完他的作品。

在非洲，事态发展的步伐似乎有所放缓，尽管各地仍有活动。但由于我们已经习惯了每天的重大打击，习惯了闪电般的变化，我们突然激起的对轰动消息的渴望不知何故总会变成失望。隆美尔正在继续撤退。英国人在德尔纳，可能再过几天就会到达班加西。前线是否会像去年一样还在阿盖拉，还有待观察。在突尼斯，英国的报告说英军有所进展，但没有提供任何地理细节。德国人和意大利人在比塞大和突尼斯，可能是为了掩护隆美尔军队的后方。在突尼斯或在的黎波里塔尼亚的某个地方可能会发生一场战斗。在俄罗斯，现在是冬天：一片麻木和混乱。没有大型的军事行动。

11月19日，星期四

今天晚上我读了《因苏拉》（过去两到三个星期我一直忙于翻译《比丘》和准备我的课程，所以我把《因苏拉》放在一边，但无论如何这段时间我的确是无能为力了）。三个星期后，一切看起来更清晰了。

第一幕很不错。第二幕是拙劣的：不错，是拙劣的。它将不得不用相同的材料重写。最大的问题是第一幕是纯粹的喜剧，而第二幕则接近于戏剧。语气的变化太明显了，就好像他们不是同一出戏的两幕。最初的情况太滑稽了，不允许以后出现如此严肃的语气。如果我继续写这个剧本（我觉得如果不能保证它会被演出我就无法继续），我将不得不甩掉第二幕的所有沉重负担。

11月22日，星期日

自星期五早上以来，班加西已回到英国人手中。巡逻队之间的冲突正在艾季达比亚发生。从阿拉曼一路迅速撤退的隆美尔会不会在阿盖拉构成抵抗，我们拭目以待。在突尼斯，战斗均为小规模的冲突；预计突尼斯和比塞大将发生一场战斗。在苏联，德国公报报告了苏军在高加索、顿河转弯处和斯大林格勒发动的袭击。

11月23日，星期一

与昨天和前天一样，今天晚上的德国公报谈到了斯大林格勒南部和顿河拐弯处的"激烈防御战"，以及苏联坦克在伊尔门湖的袭击（被击退）。我不知道苏联的公报是怎么说的，也不知道这场战斗有多大。有人告诉我，在非洲，英国第一军占领了加贝斯——在比塞大的战斗发生之前，这将从后方打开通往的黎波里塔尼亚的大门。但谁真正知道呢？

11月30日，星期一

自上星期二以来我一直生病，那天中午我回家时体温为三十九度（一百零二华氏度）。几天的发烧（三十八至三十九度）让我筋疲力尽。

今天烧退了，但我太虚弱了，几乎站不起来。

上星期每天都有大事件发生，但我无法在这里把它们记录下来，也不能亲自关注它们。德国人占领土伦和法国海军的沉没标志着一个重大的转折。在俄罗斯，苏军在斯大林格勒以南、顿河拐弯处和加里宁继续进攻。

12月2日，星期三

前线没有什么新消息。在等待。在突尼斯，英国人和美国人正在逼近突尼斯和比塞大。在那里他们将遇到德意不可预测的强大抵抗。在俄罗斯，铁木辛哥的攻势似乎正在消退，没听说取得重大的作战成果。这将重复去年9月在勒热夫和去年5月在哈尔科夫发生的事情。但没有人知道12月是否会发生重大事件，类似于我们在11月看到的那些事件。

在家待了八天后，我今天早上出去散步了。我感到极度虚弱和疲倦。

我很高兴（但感到有些单调）阅读了简·奥斯汀的《爱玛》。优雅、简单、充满幽默，但风格从容和缓且过于细致——就像一幅荷兰油画。

抑郁、忧郁、厌恶、反感。我的身体还没有恢复好，现在妈妈病倒了。没有女仆比以往任何时候都更加压抑。秋天的天气，阴暗潮湿。我已经没钱了。只剩下一千列伊——以后怎么办？圣诞节我将如何支付房租？我将如何支付从现在到那时的家庭开支？没有前景，没有期望，没有希望。我想睡觉，想死去，想忘掉一切。

12月6日，星期日

昏昏欲睡和土崩瓦解的日子。这甚至不是绝望。一切都是苦涩的。

对自己、对他人、对"事件"、对生活充满了深深的厌恶。你连自杀的力气都没有，但如果你手里拿着子弹上膛的左轮手枪，你可能会扣动扳机。我要起死回生图个什么？金钱？女人？工作？书籍？房子？我不知道。一切都是无趣、无味、无色、无意义的。我现在唯一能做的就是陷入打牌，连续几个小时或几天打下去——直到我的头脑完全麻木。

12月9日，星期三

我从未有过如此强烈的感觉，同时有一种生命已经结束的感觉和一种重生的拼命愿望。我曾经有过，现在仍然有，一些幸福的倾向：奔放的热情，无法形容的抒情，对光明、宁静和生命的坚定信念，散发温暖，无穷无尽的爱的能量——但所有这些如今都被毁掉了，都失去了。有一诅咒从远处飘来追赶我。战争是一场灾难，有时会碾碎（并让我忘却）我过去不愉快的事情，但有时却会加深和加重它们，让它们像仍在流血的伤口一样活灵活现。我为自己的写作如此糟糕而感到恼火（当我无法控制自己时，也许我根本不应该写作），但我觉得，我想说话、我想大喊、我想释放，如果能用尖叫方式表达出来，就要叫喊出我那可怕的噩梦。

12月10日，星期四

在克莱蒙费朗，不少犹太人昨天被捕并被送往劳改营。据消息称，这项措施将扩大到其他部门。波尔迪怎么样了？这始终是我唯一的牵挂。

昨天和前天，我晚上出去透透气。晴朗的星夜，不太冷。但是，不知道为什么，黑暗的城市在我看来比以往任何时候都更加阴暗。我感觉到了监狱、高墙、铁丝网——还有我们自己在其中挣扎。在这里，或者在法国，我们周围的圈子不断地收紧。有逃生之路吗？我开始觉得不可能。有的只是短暂的向后推迟：一天、一个星期、一个月——另一天、另一个星期、另一个月——但我们的命运将无法改变。

对战争的冷静评价（既没有兴奋也没有沮丧）迫使我将其视为一项漫长、艰难和缓慢的事业。按合理地的判断，不能期待和平在不久的将来出现。结局可能是确定的，但还有很长的路要走。战争已经到了这样一个阶段，德国人不能比他们至今为止所做的更多——但盟军仍然无法动用他们的资源。德军还有强大的后劲，英美军队还没有强到能够实施致命的打击。我们正在进入一个长期的消耗过程，这个过程将持续到力量对比发生决定性变化为止。与此同时，苏军继续进攻，但（尽管局势仍然混乱）他们似乎没有能力从根本上改变战局。十有八九，冬天对东部的军队来说将是极其艰难的，但并非完全无法忍受。然后春天就会到来，循环复始。直到什么时候？只有天知道。

但仍有创造奇迹的空间。

12月20日，星期日

我真的是一天一天算着过活。我口袋里有一千列伊——我不知道后天去哪里能再找到一千列伊。我已经十天没有抽烟了。与此同时，我从学校提取了很少的款项：两千、三千、四千列伊，作为前几个月的欠薪。看来明天他们会给我1月份的工资（我想大约是六千列伊）。之后，我就完全不知道了。我无法在26日支付房租，但必须在一两个星期后的某一天或另一天支付。用什么来支付？从哪里得到钱？我已经请西克给我找一些工作。目前我正在翻译《托巴兹》。我很乐意兼职工作，不会对此感到沮丧或怨恨，只要它能给家里带来需要的东西（我偶然发现西克一直在为《比丘》收取作者的版税；大约一个晚上一万列伊。我总共得到了两万两千列伊，而且我会随时以相同分配比例开始相同的工作，也许有些人会愿意承受更小的比例）。尽管没有感到绝望，但我把我自己现在的这副样子称作是失败：我，三十五岁，没有工作，没有金钱，没有真正的友谊，没有逃遁之路。我所做的一切都惨遭失败。我的衣服破烂了；我的靴子看起来越来越糟。我骨瘦如柴，我筋疲力尽，我灯油耗尽，我毫无用处。不知离伸手乞讨还有多远？

战争还在继续：没有戏剧性变化，没有重大变化。在过去的八天里，蒙哥马利在阿盖拉恢复了攻势；隆美尔匆匆后退，但也不太清楚他退到哪里去了。他会在的黎波里之前停下来吗？他会守卫的黎波里吗？他会撤退到突尼斯吗？在俄罗斯，苏军的进攻或多或少在同一地区继续进行，没有取得重大进展，但也没有放缓。德国公报每天都报告说攻击已被"击退""摧毁"或"粉碎"。这三个词语的天天重复使用大大削弱了它们原有的意义。德国人逐渐创造了一种俚语，一种公报代码，我们能设法理解了它，但却为战争的现实蒙上了一层迷雾。

12月22日，星期二

苏军的持续攻势遍布到所有的前线（捷列克、伏尔加－顿河地区、加里宁－托罗佩茨、大卢基、伊尔门湖）。此外，星期日，一场新的攻势在另一地点开始。报纸不准确地称该地区为"顿河中部"。昨天晚上发表的德国官方公报包含了一段不同寻常的段落："在顿河中部，敌人以非常强大的装甲兵力集中进攻了几天，并成功地突破了当地防线。这一突破使苏军付出了巨大伤亡。为了避免侧翼受到威胁，德国战斗师在其后方严阵以待，挫败了敌人最初胜利的扩展。战斗仍在继续，强度没有减弱。"

在和平到来后不久的某一天,我可能会写一部战争年代的编年史:"事件、文本、人物"——采用《我是如何成为流氓的》一书的方式。这将是对这段可怕旅程的个人纪念。但是我们会走到战争的尽头吗?

为了得到钱,我愿意在剧院里做任何事情(当然,没有署名或承担文学责任)。翻译、改编、篡改、卑鄙的把戏。我很乐意拼凑任何类型的戏剧(闹剧、情节剧)。几天前,我非常愉快地阅读索阿雷和弗拉多亚努的充满了崇高的、有条不紊的、公式化的琐碎小事的垃圾作品《地球》。如果我也那样写,我就会达到挣钱和自嘲的双重满足。我突然想到,改编约内尔·特奥多雷亚努的小说(例如《罗蕾莱》)可能会在舞台上大放异彩。事实上,这样的戏剧的成功是有保证的。虚假的贵族,虚假的知识分子,虚假的见怪不怪的态度。让弗拉卡来演卡图尔·波格丹,让咪咪博塔来演罗蕾莱,这一剧目可以轻松地演出一百五十场。今天下午我真的去了马德伦家,建议我们一起做这件事,剧作家由她单独署名,然后由她把它送到剧院。但当她忙着泡茶时,我偶然翻阅了特奥多雷亚努的最新(或次最新)小说,发现了一个极其卑鄙的反犹太主义的段落。由此产生的厌恶感大大超过了我理论上的玩世不恭的态度。我不再对马德伦说什么了——我放弃了这个项目。毕竟,即使在剧院里,有些东西实在太肮脏了,绝对不能碰它们。

12月23日,星期三

昨天晚上的德国公报说:"顿河中部的防御战仍在继续,凶猛程度丝毫未减",但没有给出可以让你在地图上找到该行动的详细信息。

没有关于埃米尔·古利安[1]的消息。我给霍滕西亚打了电话,发现

---

〔1〕 塞巴斯蒂安的朋友埃米尔·古利安在东部战线阵亡。

她已经束手无策。"但愿他还活着,"她说。他最后一封信的日期是11月15日。18日,伏尔加河和顿河之间发生了攻击战——从那以后,就再也没有任何消息了。失去他太可怕了。为什么会是他呢?米尔恰·伊利亚德想要这场战争。他等待着它,期望于它,相信它,现在仍然相信它——但他的人却在里斯本。埃米尔·古利安却死了。死在他不知道自己在做什么的前线!

12月25日,星期五

圣诞节的第一天。整天宅在家中。没有人给我打电话,我也不想联系任何人。我的独处需求越来越大。

我昨天还有三千五百列伊,可其中用了两千列伊购买了巴赫的协奏曲。太鲁莽了?不是。昨天在小镇上,到处都是快乐的人们,直到最后一刻仍在小镇上购物,我也觉得有必要买点东西。这种景象一直让我感到羞辱,因为我一直很穷,更重要的是我觉得自己很穷。这首协奏曲(为钢琴和管弦乐队而作的《D小调的协奏曲》)有着奇妙的吸引力,同时也具有美妙的光彩。昨天我听了两遍,今天听了三遍。行板以瓦格纳风格的强烈乐句开始和结束。

几乎可以肯定埃米尔成了俘虏。一名从前线休假的勤务兵告诉维维,他的军官——奇迹般地逃脱了——在古利安被捕的那一刻看到了古利安。斯坦科夫上校从罗斯托夫打来电话,证实了这一消息。现在不确定性开始了。他还活着吗?他还能回来吗?

为什么我不再写作?为什么我不再工作?写了一半的剧本(《因苏拉》)正在等待着完成。两个完整的戏剧脚本已经存在文件之中。我计划写一本小说,已经考虑到了最后一个细节。我甚至不会谈论莎士比亚的十四行诗,我已经很久没有翻看阅读了,也不会谈论不久前我想到的非常诱人的"编年史"。我把一切都推迟了。一直要到什么时候？与此同时，时间滴滴答答过去了，但我却一无所获。我非常清楚为什么我不能写作。身体太糟糕了。神经太紧张了。没有舒适的房子。在沉思筹划的时间里，自己却无法独处。我整天担心钱的问题——还有很多其他的事情。简·奥斯汀能在她父亲的餐厅里跪着写作，周围的全家人都不知道她在做什么。或许是这样。但我不是简·奥斯汀。

12月29日，星期二

我认为达尔朗[1]被暗杀（在圣诞节前夕，在尚未公开的情形中）不会对战争的进程产生任何影响，即使是在突尼斯的有限地区。戴高乐和吉罗[2]之间可能会达成协议。这将在政治层面解决北非问题。突尼斯的战事还处于等待和准备阶段。在的黎波里塔尼亚，蒙哥马利已经占领了苏尔塔。他会在米苏拉塔遇到抵抗吗？

苏联的战斗仍在继续，尤其是在南部地区，但我们无法跟进战事。公报含糊不清，完全缺乏地理精确性。宣传的语气故意配合混乱。俄罗斯人总是在进攻，但总是推进缓慢。整个行动的规模和复杂性我们可以在理论上掌握，但它在地面上的演变却让我们摸不着头脑。我个人的看法是，德国人最终会重建前线，不会放弃米列罗沃或卡门斯卡娅，尤其是罗斯托夫。他们将控制住它们，就像他们在过去一年控制住热热夫和大卢基一样。然而，在某个时候，德国的崩溃将成定局。但什么时候？明年夏天？明年秋天？

---

〔1〕 弗朗索瓦·达尔朗：法国海军上将，维希政权的高级官员。
〔2〕 达尔朗被暗杀后，亨利·吉罗将军接管了北非的统治权。

Journal

1935年

1936年

1937年

1938年

1939年

1940年

1941年

1942年

1943年

1944年

1月1日，星期五

我开始习惯了战争的岁月。从一个1月1日到另一个1月1日，我们似乎在同样的旅程中挣扎，在一场自身开始变得有些俗套的噩梦之中。季节总是带来相同的阶段。冬天，德国半梦半醒。你会感到军队十分疲倦：储备不足，没有剩余的后劲。然后春天来了，你会等待着新的攻势——在4月？在5月？在6月？当夏天到来时，战斗突然变得激烈，攻势和宣传达到了令人眼花缭乱的新高度，你在恐惧、怀疑和屈辱中度过了几天。难不成就是这样？……后来，在9月或10月，你意识到没有发生任何决定性的事情。在第一场雪之前的几个星期里，事件的脚步再次放缓，整个循环又开始了。这样的情况会持续多久？1943年会给我们带来和平吗？我不这么认为。除非奇迹发生，否则不会。相反，我倾向于认为1943年将毫无重大差异地重复1942年的轨迹，当然会加剧德国的衰落和盟军的崛起，但不会如此之多以至于使结局迅速接近。可能是1944年吧。反正我觉得1944年比较靠谱，那是因为它离我们还十分遥远。

在所有这些疯狂中，我或我们会怎么样？我不知道。目前我们还活着。我们已经走到这一步，而且有可能走得更远。没有什么会取决于我，取决于我们。一切都会降临在我们头上。我们能做的就是等待。但只有天知道，这是相当不容易的。

1月2日，星期六

过去我们完全不知道的地名现在一下子集中了我们所有的注意力，好像一切都在那里决定：大卢基、埃利斯塔等等。它们本身意味着什么，它们在战争的总进程中代表着什么，我们不知道，甚至几乎不问自己。但是在一整天、一个小时或一分钟中，我们所有的身心都聚焦在那里。

希特勒今天的命令是严厉的，但并不绝望。他在去年5月份的讲话比这次要严肃得多。

"看，这场战争将持续到1947年或1948年，"西克昨天说。这是我第一次听到这些数字（我所想的从未超过1944），但现在我开始习以为常了。是的，看看如今的情况，为什么不会是这样呢？

在翻译《托巴兹》时，我近在咫尺地看到了什么叫作伟大的戏剧、绝对的成功和完美无瑕的结构。《托巴兹》是一台永不懈怠的机器，可以随时随地将人们带到剧院。它素材丰富，充满戏剧性，人物刻画精准，最重要的是，它具有一针见血的讽刺活力。从不优柔寡断，从不拖泥带水，从不模棱两可。我自己的戏有一种"精致"的倾向，也就是说，它们根本没有机会获得巨大的成功。只要我弹奏"微妙"的调子，我就永远无法赢得大量观众。帕尼奥尔告诉我，你不必粗鲁，但你一定要充满戏剧性。我可以摒弃我自己的方式吗？我可以刻意补足我的缺陷吗？《亚历山大大帝》的素材非常好，但在如此丰富、如此活泼、如此充满活力的第一幕之后，我又变得"精雕细琢"了。我一直在犯文学家的罪过。我希望我能把戏剧当成产业，写出一部机制完善的戏来。

1月4日，星期一

从今天开始，犹太人得到的面包量将比基督徒少一百克，而不是五十克。我们的每日口粮中已有四成被扣除掉了。

雷布雷亚努正在准备为国家剧院演出《夏洛克》。卡米尔·彼得雷斯库今晚告诉了我这件事。剧中出现有夏洛克反抗反犹仇恨的段落。（难道我们不是人吗？"如果你刺我们，我们不会流血吗？"）卡米尔问雷布雷亚努，"这样的剧目在今天的条件下上演不会有困难吗？"

"不，不会的，"雷布雷亚努回答说，"因为我们会给它一个反犹太主义的解释。"

"他还写了《逃兵伊日奇·什特鲁尔》[1]，"卡米尔补充道。

1月5日，星期二

我重读了《海达·高布勒》（距离上次阅读易卜生的戏剧，我想已经有十五到十七年了。我年轻时对他有一种奇怪的热情：我几乎把《罗斯默霍尔姆》《布兰德》《野鸭》和许多其他作品都熟记于心。当时我可能不能理解，尽管读了五遍、六遍甚至十遍）。在前两幕中，我觉得海达很烦人。我更多地同情剧中的简单人物：西娅、老阿姨，甚至是平庸的泰斯曼。海达只是刻薄、紧张和自私。但是第三幕和第四幕给了她一种强度和深度，超越了其他人表现出来的可爱和诚实。读这出戏时，我想到了我自己的小说，第一章讲述了《海达·高布勒》在外省的巡回演出。在这方面，我的阅读有出乎意料的功效，因为它向我建议了很多想法。我可怜的女主人公是海达的很好诠释者，但她不了解这部作品，并且非常害怕她扮演的角色。

我可以在完成迟迟拖欠的戏剧项目之前开始写小说吗？先把《因苏拉》去掉，再写《自由》不是更明智吗？我觉得应该是这样。我再

---

[1] 反映第一次世界大战的小说，描述了罗马尼亚军队对犹太士兵的迫害。

次以这种精神向自己做出承诺。今天晚上,我似乎为《因苏拉》的第二幕想出了一些解决方案,并且再次找到了写手稿的滋味。

卡哈内博士前几天去了艾丽斯·特奥多里安的家,传递了一些可怕的信息。"女士,我必须和你谈谈一件非常严重的事情。我听说塞巴斯蒂安是秘密警察的特工。我注意到,他有很多钱(没人知道是从哪里来的)。他的生活非常奢侈,而且他的购买行为令人难以置信。"这就是他的原话!

1月7日,星期四

今天晚上我突然想到了一个戏剧的主题。另一个主题。这样算来,一共有多少个戏剧?不算《亚历山大大帝》(但算上《因苏拉》),共有四个,或者更确切地说是五个,因为我已经请切拉·塞尔吉和我一起合作一部马诺莱斯库–马里奥拉·沃伊库莱斯库类型的戏剧,甚至还为它起草了一个脚本。昨天突然出现的喜剧在我看来是一个迷人的想法:巧妙、活泼、机智。我已经为第一幕写了相当详细的整个场景。其他两幕还不太清楚,但开局很好,剧情发展的可能性很大。我现在处在一个十字路口:要么走向一部感伤喜剧,要么鼓起点勇气,无所顾忌,我可以直奔情景喜剧,即使不是彻头彻尾的闹剧(不幸的是,我认为我自己没有能力创作)。我不太确定该怎么做,但无论如何我不想把它只当作一个纯粹的项目。我想出售这个脚本(行动得快点,要赶在我太喜欢它之前;行动得快点,趁它现在还是陌生的东西)。我希望它能让我快速赚到几万列伊,这样我就可以暂时摆脱巨大的经济困难(今天我口袋里还剩两百列伊,我在圣诞节前从学校支取了1月份的工资)。如果尼库绍尔给我五万列伊,我会建议我们立即一起写。如果他不行,那就去找西克。

1月12日，星期二

星期四到星期五的晚上是那种狂躁不安的夜晚，通常出现在我头脑中第一次看到一本书或一出戏的雏形之后。我几乎一直在床上辗转反侧直到早上，想法、解决方案、问题在我身边团团打转，似乎我正在神奇轻松地找到一切的答案。剧情越滚越大，内容越来越丰富，变得很紧迫，要求自己马上把它写出来。第二天，星期五，仍然是同样激动。首先，我打电话给尼库绍尔，想毫不拖延地告诉他我的提议。计划很简单：让剧情趋向于闹剧；消除诗意、精致、微妙等元素；让一切朝着滑稽剧方向努力。男主角适合贝利冈[1]出演，我在脑海中要写的女主角将适合诺拉·皮亚森蒂尼上演。我打算向尼库绍尔索要五万列伊，然后我们就直接开始工作，这样的话，剧会在三到四个星期内完成，并且可以立即开始排练（在《小巧克力师傅》之后，萨林达尔剧院正好还有一个空闲时段）。但我无法接通尼库绍尔的电话，也无法得到诺拉或谢普蒂利奇[2]的电话号码。我去城里找他们，但邮局对面一个售货亭中最近出版的《科尔蒂纳》的封面引起了我的注意：图多尔·穆萨特斯库似乎签订了合同，要在十七天内为萨林达尔剧院写一部喜剧，与V.蒂穆斯合作，诺拉·皮亚森蒂尼担任主角。多么大的打击！但当我从报道中得知穆萨特斯库的戏剧第一幕的情景将设在"北站一角"时，给我的打击更大。这种巧合激怒了我，或者实际上让我沮丧。我的第一幕发生在锡纳亚到布加勒斯特线上一个省级小车站的月台上。当然，其余的一切都大不相同，但是……我恼怒地觉得，确实有必要趁着还有时间（如果还有时间的话），迅速而积极地做事。

---

〔1〕 拉杜·贝利冈：演员。
〔2〕 米尔恰·谢普蒂利奇：演员。

我打电话给西克，再次尝试打电话给尼库绍尔，然后在晚上去了萨林达尔剧院看表演中的演员，希望能够检查我的第一情节中的角色。但我所做得超出了这些，犯了一个多么愚蠢的错误！我不仅告诉谢普蒂利奇我有一个以诺拉为女主角的剧本（这种安排为时过早，因为我如今还在专注于情节），而且我说我已决心要和谢普蒂利奇一起创作。我为自己的这种缺乏应变能力而生闷气。我真是个多嘴之人！我的自我控制能力多么差啊！短短几句话就关闭了我所有的可能性。从那以后，我试过各种方法摆脱它，但都没有用。我毫无意义地把自己捆绑在各种无法摆脱的谎言之中。我和我的脚本成为了失态的囚徒。有那么一刻，我想我可能会通过向他展示《亚历山大大帝》甚至《因苏拉》来挽救这个场景。但这不可能！明天晚上我只能给他。我用了"给"这个词是因为我觉得简单的交流行为会让我与它疏远。如果我当时与尼库绍尔接通电话，情况也会如此，但至少我会有机会赚到一些钱。我实在无法原谅自己。

1月14日，星期三

昨天晚上，当我向皮亚森蒂尼和谢普蒂利奇朗读了我的剧本时，他们都认为我的剧本"棒极了"。双方都认为这是一个巨大的成功。两人更喜欢闹剧的选项（他们甚至想要音乐，如果那是必须的）。那我的戏还剩下什么？什么也没有。但至少，如果我能写得快，也能很快付诸实施，并获得巨大的成功，很快就能赚到很多钱，我就不会为此感到难过。我被贫困逼得走投无路，只要能赚点钱，我愿意为剧院写任何东西。但我甚至不会得到这个补偿。他们将在2月15日之前外出巡演，因此我们只能在他们回来后才开始写作。这意味着该剧不能早于6、7月上演，甚至明年秋天也不能上演。我对整件事失去了兴趣。我觉得这个脚本就如同丢失了一样，并把它和许多其他无用的文件一起塞进了抽屉。

我现在已经誊写了《因苏拉》的第一幕，并将尝试继续完成其余部分。第二幕前半段写得很好，后半段容易修补。如果语气轻一点，节奏快一点（通过引入新角色），那就太好了。第三幕似乎很简单。但是第四幕（因为我倾向于写成四幕）目前还不清楚。我必须强迫自己工作。我的工作进展远远落后于我的项目。项目越来越丰富，而产出却很糟糕。我还认为，认真的日程安排将作为对我在皮亚森蒂尼和谢普蒂利奇那里犯的奇怪错误的一种自我惩罚。

但与此同时，我可以从哪里弄到钱呢？渐渐地，我从学校里得到的东西越来越多，这成了我唯一的资源：星期一取来三千列伊，今天七千列伊。这些钱对本星期来说足够了——但以后怎么办呢？给西克的翻译现在会成为一种救灾准备，但我能这么快问他要吗？我也在考虑为比尔利克迅速写出一部闹剧（我东拼西凑了一个脚本，但现在还没有用上）。然而，即使在最顺利的情况下，该剧也无法在夏季之前上演。我只是不知道我将如何维持生计。

上个星期我没有关注战争。我只是随机阅读了公报。它们什么也没说，但至少是有某种特殊意义的什么都没有。苏军的攻势仍在继续。德国人似乎正在从高加索撤退，但在米列罗沃地区坚守阵地。有趣的委婉语有时能让你窥见一斑。例如，在把卡尔穆克大草原和高加索描述为"弹性地带"的背后，人们会感觉到格奥尔基耶夫斯克、皮亚季戈尔斯克等城镇已被遗弃。但我认为，人们对这场战争的总体看法仍然没有改变。不论困难大小，伤亡或多或少，双方军队都将锁在一起直到春天来临。这个冬天也不会"颠覆命运"。

街道上再次挤满了正在扫雪的犹太人。七班和八班已经停课了。所有年满十六岁的人，除了那些有特殊文件的人，都被征召了。但这些文件会保护我们更长时间吗？我几乎不敢这么想。

再一次，孩子们对雪的巨大力量感到敬畏。它持续下了二十四小时——从星期六晚上一直到星期日晚上——整个城市都被数千吨外来之物给堵塞了。

我又读了很多巴尔扎克的作品。很遗憾没有耐心做笔记。有时我对他的风格感到恼火——某种情节剧式的多愁善感，某种夸大其词——但最终创作的活力引人入胜。这是一个非凡的地方画廊，人物形象深刻，仿佛出自更火热、更清醒的画家杜米埃之手（关于我昨天和今天读到的《比哀兰特》，我想说的太多了！）。

1月18日，星期一

前天，法兰西学院的一次私人聚会上，我从二十张水晶般清晰的唱盘上聆听了整部歌剧《佩利亚斯与梅丽桑德》。我第一次听《佩利亚斯》是在十二年之前，而在这次重新体会中我似乎更喜欢它了。在歌剧中，整个舞台设备压低了唱词，掩盖了音乐，并强调了所有附带的东西。这是一件多么奇怪的作品啊！长达四个小时的长篇宣叙调，弥漫着无调的音乐，就像沉闷的、经过过滤的声光。我想明天下午我还会去那里，那时他们又要重放该歌剧。

俄罗斯前线的攻势似乎在其每个中心点都变得更加激烈。最近的德国公报虽然报告说攻击已被击退，苏军损失惨重，但比以前更明确地表明了局势的严重性。"以人数优势的力量发动攻击。"在斯大林格勒，"数周来我们的军队一直在进行英勇的防御斗争。""敌人四面出击。""强大的敌人来袭。""激战。""艰苦的防御战。""敌人大规模的新攻击。"今天，除此之外，还有一个委婉巧妙的新提法："机动防御。"在过去的两三天里，新的攻势似乎来自沃罗涅日，弹性区域现在已经扩大到了米列罗沃。罗斯托夫几乎受到来自各个方向的攻击——但可以想象它会陷落吗？

使用重写的背景，我在《因苏拉》的第二幕中写了另一个场景，但我不知道它是好是坏。我可以简单地去掉它并使事情变得更加直来直去。原则上，有人服用阿司匹林以醒酒的想法似乎很可笑。但是当我写下这个场景时，一切似乎都变得虚假和牵强。一旦我失去了正确的语气和"真实"的感觉，我就不再有任何才能了。

1月19日，星期二

在俄罗斯，就像在的黎波里塔尼亚（蒙哥马利两天前在那里恢复了进攻）一样，我们正在目睹"机动防御"。其机动性已达到北部的施吕塞尔堡和南部的卡门斯克，在的黎波里塔尼亚，它可能延伸到米苏拉塔以外。我没有任何明确的地理细节。昨天晚上的德国公报风格和语气都很明显，但没有说明任何实际情况："在东线南部，持续了两个月的激烈冬季战斗仍在继续，势头不减。……在最艰苦条件下于斯大林格勒地区作战的德军，在抵御新一轮强大进攻时表现出坚定的毅力和战斗精神。"

1月20日，星期三

我正在写第二幕的第六场景，添加了一个新角色。在我最初的设计中没有该角色，只是前天晚上它才进入我的头脑之中。到目前为止，在我看来它是成功的。稍后我会看得更清楚。我认为第二幕的其余部分将是直截了当的。我应该能够在三到四个小时内完成它，尤其是因为我将使用初稿中的一些材料。

"斯大林格勒的各个方向正在受到攻击，"《环球报》驻柏林记者在今天的报纸中说。

1月22日，星期五

铁卫军暴乱已经两年了。该周年纪念日几乎没有引起任何注意。

格奥尔基·内尼绍尔在法国待了三年后回来了。他看起来出奇地年轻。蒂图列斯库的遗产使他成为了一个非常富有的人。这不是很明显可见的，但是你仍然可以看得到。财富似乎可以改变人的身体，表现出一种沉重感、宁静感或生理保证的感觉。

我可能会为比尔利克翻译另一部戏剧。它来得正是时候，否则我不知道为了钱我该做些什么。

1月23日，星期六

来自昨天晚上的德国公报说："在南部地区，敌人正试图突破整个防线。……但在许多地方正被击退。在东高加索地区，德军面对敌人已经有条不紊地撤退，这是机动战术的一部分。德军在斯大林格勒被敌人包围。……激烈的抵抗……强大的敌人以更大的力量向德军施压……西面已被突破……进入我们阵地几公里。……在顿河大拐弯处和顿河地区，战斗激烈且起伏不定……"

在非洲，的黎波里已被英军攻陷。

1月24日，星期日

终于完成了《因苏拉》的第二幕。当我誊写时，我可能会在最后一个场景中添加一些东西。但总的来说，这一幕给我留下了非常好的印象。当然，它没有第一幕的快节奏（保持了竞速的快板），但也没有第一版时的那种缓慢。我会直接转到第三幕，但我还必须处理为比尔利克的翻译工作。

1月28日，星期四

为比尔利克的翻译占用了我所有的时间。我甚至没有喘息的机会来注意这里的任何事情。这是一出愚蠢的闹剧，我正在机械地翻译，没有任何乐趣——多么肮脏的事情。我会努力强迫自己在星期六之前完成它，然后返回《因苏拉》，就好像洗过的手终于干净了一样。我捎带着一点忧郁之感认为，我写剧本的能力要比让·德·勒特拉兹强得多。但这有什么意义呢？我现在在翻译他，而不是他来翻译我。

"东部战线的主要冬季战斗正以不减的势头继续进行，并向新地区蔓延。"昨天晚上的德国公报就是这样开始的。我们发现这句话几乎没有变化地出现在过去十天的所有公报之中。整个新闻界（快讯、评论、官方公报、文章）的基调从根本上改变了。仿佛突然转动启动手柄，乐观的风格已经让位于忧虑的风格。之前一切都会"更好"；而现在一切都会"更糟"。我告诉自己，对此的解释不能仅仅在于情况的严重性（除非真的发生了灾难——我认为情况并非如此）。相反，我认为宣传的主线正在修改。军事挫折通常会导致政治危机——而我们现在可能正处于危机的前夕。这种危机无法通过问题的淡化来克服，而是通过问题的戏剧化来克服。因此，在先前的过度冷漠之后，出现了过度悲伤。无论如何，即使对于像我这样被预先警告过的人来说，真正的困难在于在这可怕的混乱中揭示事物的真正意义。

2月1日，星期一

斯大林格勒战役结束。昨天被任命为元帅的保卢斯将军今天结束了所有抵抗。战争以令人惊叹的篇章即将结束。9月份的时候，任何人都不会冒险将今天的结局视为一种微弱的可能性，更不用说预测了。

两三天来，德国的公报恢复了一些旧有的乐观风格。它谈论着抵抗、反击、新举措和成功，但人们并不能从中看出战斗不那么激烈。所有的进攻都在继续。

星期六晚上在卡米尔家，我遇到了一位铁卫军团成员（玛丽埃塔·安卡的情人）。听他谈论战争让我觉得很有趣。我意识到，从另一面看，即使在今天，事情也可以有不同的一面。重要的不是事实，而是观察事实的眼睛（至少直到事情发展到不再有不同解释的余地为止）。在他看来，并没有发生什么新鲜事情。"元首对安东尼斯库这样说"，俄罗斯人将在4月或7月，最坏的情况是在秋天被歼灭；德国人比以往任何时候都强大；他们的储备未动，他们正在研制强大的新武器；斯大林格勒很快就会被夺回，也许在接下来的几天内……

我身上有一些小资产阶级的习性，一些习惯于靠微薄收入生活和以可笑的恐惧和幼稚态度对待金钱的低级办事员的习性。我在格奥尔基·内尼绍尔在雅典娜宫的房间里见到了他。一包马里兰牌香烟花了他七百六十列伊，一瓶威士忌六千列伊。他似乎是从另一个星球来的。总有一天，在我的小说中，我必须写下很多关于贫穷和金钱的事情。

今天，我在休息一个星期后阅读了《因苏拉》的第二幕，以验证我的第一印象。我觉得写得真的很好。但现在我必须继续努力。

从比尔利克那里得到的三万列伊，我可以轻松地呼吸三个星期，甚至四个星期。但如果我必须缴纳军税（我自己和贝努的，将近四万列伊）的事证明是真的话，那我该怎么办呢？

2月4日，星期四

德国为在斯大林格勒阵亡的将士举行了为期三天的全国哀悼。整个报刊的语气严肃、庄严，犹如葬礼的赞美诗。一种悲剧性的壮观，可能是指令性的安排，以掩盖有关政治和军事事务的问题和疑虑。

2月5日，星期五

一篇文章的可能标题为："论谎言的物理现实"。它将证明，谎言，无论多么随意，都会成长扩大、分支旁干，变得有组织、有系统，获得明确的轮廓和支撑点。一旦达到一定程度，就会取代事实，成为事实本身，并开始施加不可避免的压力影响。这种压力影响不仅作用于他人的世界，而且也作用于制造谎言之人的世界。

2月6日，星期六

自星期三起，晚上的表演从七点开始，最迟十点结束。商店将在五点钟关门，剧院将在十点钟关门，有轨电车将在十一点钟后停止运行。很快我们可能会实行全面宵禁，作为一系列全面民防措施中的一项。狂轰滥炸的恐惧困扰着每个人。盟军对都灵、米兰和热那亚的空袭让空战的阴影离我们更近了。卡萨布兰卡会议、阿达内谈判、俄罗斯前线的事件、春天的来临：所有这些都让人觉得布加勒斯特正在成为更广泛军事行动领域中的一个脆弱目标。这导致了某种程度的紧张和一些恐慌的早期迹象。有人说要对这座城市进行大规模的疏散。在这种情况下，犹太人将被隔离在贫民窟中。在反犹太主义暂时平息之后，再一次出现了担忧、恐惧和不安全感。

2月9日，星期二

俄罗斯前线的战争越来越激烈，并蔓延到新的地区。德国公报至多给出一些模糊的地理细节，但这些足以表明苏德前线已经向奥斯科尔、沙赫蒂、顿河河口和热斯克的延伸。我们无法确切知道发生了什么。这是因为缺乏新闻，而且前线处于一直移动的状态。在高加索地区，德军在两条不同的战线上继续撤退：一条是向罗斯托夫方向，另一条是向塔曼方向。这是两个最后的桥头堡。罗斯托夫受到四面八方的攻击。无论如何，在高加索地区的博弈现在似乎结束了。在北部，哈尔科夫和库尔斯克地区的情况可能更为严峻。苏军的进攻正在到达1941年秋季德军的稳定前线。事态发展的步伐是否正在加快？我们是否已经处在滑向尽头的斜坡上了？或者是否还会有停顿、恢复、逆转？天平是否最后一次倾斜，或者还会有这样或那样的摆动？我都不知道。但至少这些问题正在变为可能。

2月13日，星期六

"大熊星座"可能是我最新剧本的标题，如果我放弃闹剧的想法而选择精致喜剧的话。选用"大熊星座"是因为地方的数学老师对天文学有着浓厚的兴趣。他家里有一架望远镜。在车站等他来取的那本书是詹姆斯·金斯的一篇专著。穿着晚礼服在他家过夜的女人会被他谈论的天空和星星迷住。第三幕，愤世嫉俗的情人出现，将看到他"从天而降"。因此，该剧的结构非常圆润，但我还不知道我是否可以自由发挥我的设想。首先，当谢普蒂利奇回来时，我必须解除我们共同创作的协议。

与此同时，我正在写《因苏拉》的第三幕。它进行得太慢了。我工作得太少，也太脱节了。我想，如果我能在山里的某个地方再过一个月平静和孤独的生活，我会享受工作并取得快速进展。对于我所有的戏剧项目，我需要几个月稳定的努力工作，然后我可以开始处理更严肃的事情。

我和贝努的雪税要付一万四千列伊。我必须在2月23日之前再缴纳四万列伊军税，而3月的房租将是一个可怕的问题。所有的钱将从何而来？我将如何找到钱？我想都不敢想。

2月15日，星期一

在收复了克拉斯诺达尔、沙赫蒂和新切尔卡斯克之后一两天，俄国人又夺回了罗斯托夫和伏罗希洛夫格勒。高加索前线的战斗已经结束。战斗现在正向西推进，沿着亚速海到达塔甘罗格，然后向上到达哈尔科夫。德国人在夏季进攻中获得的所有领土都被夺回了。战斗的区域正在扩展到长期以来似乎"不可能"的地方。很难对未来做出展望并做出任何预测。各个事件的进展节奏太快了，我们的大脑都跟不上了。

2月16日，星期二

我拜访了隆金。他被所发生的事件惊呆了，神经衰弱，陷入恐慌。他认为即使德军退到了第聂伯河也无法停止战争，而且对犹太人的形势很严峻。他被告知——来自最好的消息来源——德国人要求组织一场大屠杀，而且很快就会通过一系列新的反犹太主义措施。

"小心一点，"他对我说，"万一有什么危险，就到我这里来躲一躲。"

他的话让我思考。他生性易恐慌，但我知道，今天他显得无可言喻地紧张。我记得无论是在1939年8月的斯塔纳德维尔，还是在1940年6月的布加勒斯特，他的消息都十分灵通。

2月18日，星期四

《因苏拉》的第三幕证明比我预期的要难。前三个场景我写得很轻松也很快，但现在已经卡住不动好几天了。困难来自场景的变化。我上个星期的计划是为这一幕设想两个场景画面，但我现在已经放弃了那个想法。我想把所有的东西都集中在一个场景画面之中，这样这出戏才不会失去其活泼的节奏。如此一来就要删除一些为该幕计划使用的旧材料（将被新事件所取代），但原始结构在这个过程中已经丢失，所以我现在身处于一种"场景崩溃"的困境之中。我知道角色、背景和动作，但我不知道在舞台上怎样把这些东西结合在一起。用场景画面编写要容易得多，但我不想在这里使用这种简单的方法。

柏林否认哈尔科夫的易手，俄罗斯人似乎在星期二宣布了这一点。然而，昨天晚上的德国公报报告称，该市内外发生了战斗。

我与奥维迪乌·卢帕斯进行了一次谈话（显然是针对与隆金的谈话）。他争辩说，德国人非常强大，而苏军的攻势无关紧要。希特勒确实在苏联军队的规模上犯了错误（他在11月时认为德军面对的是二十五个红军师，而实际上却是五百二十个师），但这个错误可以纠正。冰雪解冻将牵制苏军的攻势，而苏军无论如何都会失去势头。与此同时，德国人正在实现力量的高度集中，如果不是在1943年，那么肯定会在1944年，在苏德战场结束一切。与此同时，他们将在西部采取行动。突尼斯的事件要比俄罗斯的事件重要得多。隆美尔将碾压英国人和美国人，尤其是德国军队将在夏季轻而易举地占领西班牙、葡萄牙和直布罗陀，而几乎不会受到任何抵抗。潜艇之战将使盟军完全瘫痪。

昨天玛丽亚·玛格达对卡米尔说："在我看来，战争将以妥协的和平结束。"如果这个女孩不是一只可爱的小鹅，这一话语可能是一个机智的评论。

2月19日，星期五

昨天晚上的德国公报宣布了哈尔科夫的易手。最近的报道和评论显得更加乐观。"防御成功""苏联的重大损失""即将解冻"是总的主题。然而，在所有这些欢呼声中，戈培尔昨晚的演讲听起来出乎意料地戏剧化。斯大林格勒代表着一个决定性的时刻：苏军的攻势变得灾难性，整个局势危急。犹太人再次面临灭绝的威胁。

2月22日，星期一

昨天我勾勒了《因苏拉》第三幕的一个场景，但几乎立刻我就意识到我原来的计划更可取。的确，如果第三幕用两个场景画面来写，我会冒着放慢节奏的风险，但作为回报，故事将会有更多的空间、更多的视角、更丰富的内容。这将使向第四幕的过渡更为自然。奇怪的是，将第三幕写成一个单一的场景画面（材料更少，节奏更快），我实际上是跑题了。剧本的基本路线在双场景画面解决方案中会更加统一。我很遗憾，来回折腾把这一幕拖得太久了。

我很高兴地阅读了简·奥斯汀的《傲慢与偏见》。它与《爱玛》一样具有鲜明的讽刺意味，同样具有温柔的诗意，但它更加敏感，因为整个故事更圆润，结构更完美。

过去两天的德国公报表明，随着冰雪解冻，苏军的攻势正在放缓。

2月24日，星期三

昨天晚上做了一个梦。我参加了一个政治会议。在一个大厅里，虽然不大，却挤满了人。说话的人是戈培尔，身旁是一个高大的黑发男人——可能是冈瑟。有一个人（他看起来像我五年级的学生科索尤）喊道："赫克特！赫克特！"我绝望地示意他安静一些。戈培尔走到我面前，但随后又在讲台上发言。他似乎提议成立一个行动委员会，然后佩尔佩西修斯从隔壁房间出现，并说："如果你愿意，我会签字，但我起不了作用。"戈培尔在第一排咨询他的助手，并依次呼叫每个人："你是雅利安人，还有你，还有你……"他停在卡米尔·彼得雷斯库面前，犹豫了一下，尴尬地笑了笑，说："啊，你，我可不确定。也许你不是。"卡米尔感到羞愧。我只记得这些。事实上，这个梦的情节更复杂，事件也更丰富——甚至不像我的叙述所暗示的那样连贯，但我认为我描述的大致轮廓已经足够准确了。

我暂时放弃了《因苏拉》。它无法进展——所以最好把它放一下再说。我会在八到十天后再次尝试一下。一出戏一开始总是出奇的简单，困难和阻力是后来出现的。为了克服它们，您必须进行与灵感无关的顽固（几乎是体力）工作。最糟糕的是，虽然我意识到《因苏拉》的品质是为舞台作品设计的，但我个人并没有对它直接感兴趣。我想到了《大熊星座》会让我更愉快，不过，它也一样，早期的迷恋肯定会伴随着类似的挫折。

德国新闻、公报和电报仍然表明苏军的攻势在逐渐放缓。乐观的基调由于即将解冻的冰雪正在系统性地巩固。

2月27日，星期六

德军在顿巴斯的抵抗越来越厉害。他们好像几天前就夺回了克拉马托尔斯克，把斯大利诺牢牢抓在手里，准备反攻。苏军的进攻在亚速海停了下来，那里的塔甘罗格仍掌握在德军手中。但苏军仍在库尔斯克－奥廖尔、伊尔门和拉多加地区的中部和北部积极进攻。突尼斯局势混乱。第八军正从的黎波里塔尼亚推进，但第一军在与阿尔及利亚接壤的边界附近正在失去阵地。

阿里斯蒂德送来的一个信封稍微缓解了我对金钱的担忧。我会尽量在房租到期之前不去打开这个信封，同时在别处寻找钱来支付家庭开支和（最要命的）军税。

3月1日，星期一

昨天晚上的德国公报报道了德军夺回顿巴斯的两个城镇（克拉马托尔斯克和洛佐瓦亚）的消息。德军在这一地区的抵抗似乎越来越活跃。在前线的其余部分，苏军的进攻仍在继续，并不显著，但强度并没有减弱。

3月！你会感觉到春天来了——随之而来的是许多未解决的问题和许多担忧。

3月4日，星期四

南部，在夺回了克拉马托尔斯克和洛佐瓦亚之后，德军重新夺回了斯拉维扬斯克，并在顿巴斯继续反攻。然而，在北部，他们正在撤离达米扬斯克和（令人惊讶的）勒热夫。苏军在奥廖尔的攻势依然激烈。

隐约的不安。恐惧、预感、怀疑。晚报发表了一项新的反犹太法，其中包括了拘留和驱逐出境的规定。令人不安成为了主要症状。

我正在为西克修补一出维也纳戏剧的第三幕。他甚至不确定该戏是否会上演。我会好好地给他干活吗？我会从中得到一些钱吗？

3月9日，星期二

德军在对哈尔科夫南部和西部的顿巴斯进攻并取得进展，但在北部的奥廖尔进行防御和撤退。小地方的名字在双方的战利表上都占有一席之地。但给人的印象是，整个战斗已经失去了很多强度。戏剧性的高潮是哈尔科夫的攻陷。从那时起，战争似乎进入了一个过渡和等待的阶段。

如果条件合适（即百分之十的版税），我可能会翻译《傲慢与偏见》。原则上这似乎不是不可能的。在三天内，我为西克的剧本写了一个全新的第三幕——我认为相当有技巧。为什么我不能为自己轻而易举地工作呢？我想这是因为我对事情过于谨慎，而且由于自己的责任而感到麻痹。但是当我能够闭上眼睛时，我就"放手"了，结果还不错。

3月12日，星期五

德国人正在夺回哈尔科夫。昨天晚上的公报说，他们的部队已经重新进入城市，正在巷战。另一方面，在中部，正在进行"脱离接触"行动。维亚济马昨晚被疏散了。

3月15日，星期一

哈尔科夫的巷战已经停止。昨天晚上的德国公报宣布，整个城市已经被收复。在其他地区的前线，它只提到"缩小规模的行动"。苏军的冬季攻势结束了吗？我不知道。但从最近的转折中肯定可以了解到一些东西：在这场战争中没有什么是最终的。任何事件，无论多么重要，迟早都会在战争的总体运动中消失。局势永远不会瞬间改变。战争是诸多事实的缓慢积累，有的是次要的，有的是轰动一时的，但都将融入进整体的戏剧。有时，当"一记沉重的打击"袭来时，我们会感到一时茫然，并有一种感觉（迷茫或是激动），一切都可能仿佛奇迹般地突然结束，在一场伟大的胜利或灾难中结束。但随后尘埃落定，一切看起来都不那么重要了。我们又回到漫长而缓慢的连续日子之中，直到下一次"重大打击"再次让我们喘不过气来。

与此同时，我们的生活一天一天地过去。

3月20日，星期六

在苏德战场的南部，主动权似乎已经完全转到了德国人的手中。昨天晚上的公报宣布德军夺回了别尔哥罗德。德军在顿巴斯继续推进，甚至蔓延到库尔斯克地区。官方态度比较保留，但局势已经有了明显变化。

我很喜欢读简·奥斯汀的另一部小说《劝导》，尽管它没有前两部生动。

我为西克的那一幕剧浪费了大量时间。我一直在修改再修改——而且永远无法完成。今天，我与迪金森[1]一起开始将《度假游戏》翻译成英文。

---

〔1〕 迪金森：英国文化协会雇员。

1943年 677

3月22日，星期一

昨天我在莫戈索阿亚与罗塞蒂、卡米尔、一位意大利王子、一位法国僧侣和一位瑞士外交官共进午餐。玛莎·比贝斯库比以前看来朴素一些，也不那么艳丽了。她用一种非凡的方式来引导对话，尝试一个、两个或三个主题，直到找到合适的主题，改变态度并将人们聚集在一起。从这个意义上说，她是一位伟大的女演员。而我自己却是呆呆的，少言寡语。我的法语有时会经历一段困难时期，这种场合就是其中之一。我没有信心开口说一个句子，除非我已经知道它会如何结束。可怜的卡米尔作为巴尔干作家的形象令人遗憾，他用非常蹩脚的法语谈论自己的作品。我很想帮助他，但他在这群完全陌生的人中间失聪了，摧毁了我们之间的所有桥梁。最后，最美好的事情是来回坐车游逛。在这个明媚的春日，田野染遍了无数种蓝色、紫色和紫红色。

我读过英文《圣经》中的"以斯帖的信"，以及今天拉辛的《以斯帖》（这也是庆祝普珥节的一种方式！），三个世纪，几千年——我们的故事仍然是一样的。多么奇妙的奥秘。

3月24日，星期三

在突尼斯，英美的攻势从星期日开始，而且如火如荼。到目前为止——至少根据轴心国媒体的说法——对事件的进程一无所知。在俄罗斯，德军在南部的反击似乎已经停滞。德国前天的公报报告说前线已经稳定下来。但库尔斯克的战斗仍在继续，德国人正在为攻占该城市的战斗取得进展。至于奥廖尔，昨天晚上的德国公报显示苏军的攻势被彻底粉碎了。

对莫戈索阿亚的访问将我带入了我想写的一部小说中的情景的整

个氛围。这个项目突然又活了过来。我饶有兴趣地浏览了我档案中的材料。这是一本我觉得有必要写的书。

3月27日，星期六

在突尼斯，在取得一些早期的成功之后，英国人显然已经被隆美尔的反击所震撼。但攻势仍在继续，目前是通过激烈的空战和炮火的交战。在俄罗斯，公报并未提及整个前线的任何新内容。冰雪解冻已成为普遍现象。在地面干燥之前会停火吗？从现在到5月之间会有新的进展吗？无论如何，战争不再处于戏剧化的阶段。

今晚我重读了《因苏拉》。这很有启发性。第一，即使在新版本中，第二幕也根本不行。第二，我没有倾倒足够的累赘之物。但我认为我现在已经看得很清楚了。我需要做一些巨大的削减。大约十二页将要被舍弃。那些都是充满幻想和抒情的页面。一个月前，当我离文字太近时，我无法忍受去除它们的念头，但现在我可以做到而不会感到难过。这样一来，戏剧会更轻快，更连贯，更简洁明了。也许我是错的，但我有一种感觉，这一次我走在正确的轨道上。我对第三幕也有了更清晰的了解。按照我最初的计划，我将把它分成两个场景画面。我想尽快把它写出来。这不仅是为了结束《因苏拉》，最重要的是这样我就可以开始写《大熊星座》了。它最近有了更清晰的形状，变得太诱人了。

3月29日，星期一

切斯特顿是这样评价托马斯·哈代的："我不会假装把他的哲学当作真理来同情，但我认为很有可能将其当作错误来同情；或者，换句话说，了解错误是如何产生的。"这可能是对抗的阵营朋友肖像的座右铭。但这样的友谊还有可能吗？

3月30日，星期二

在突尼斯，隆美尔再次转向运动战。英国人已经越过马雷斯线并占领了加贝斯。我没有地图可以跟踪情况，也没有足够的信息。我无法弄清可能性和前景，但如果英国人和美国人一心要进行一场严肃的战斗，你不知道隆美尔还能做些什么。抵抗？反击？还是上船？

4月3日，星期六

前线没有什么新鲜事。公报什么也没说。在突尼斯停滞不前，在俄罗斯大地正在解冻。现在已经是4月了。

昨天晚上我去看望了霍滕西亚·古利安。仍然没有埃米尔的消息。他变成囚犯了吗？还是死了？这些可怜的人们正在咨询算命先生，而算命先生从卡片上或咖啡渣中读出名堂，并安排弥撒。我一直待到安卡（埃米尔的女儿）为"爸爸"做晚祷才离开。这真令人痛心。

4月10日，星期六

非常累。几乎要累病了。我担心去年的失眠症又回来了。有些晚上我只能睡两三个小时。我在学校的工作也太多了：二十三个小时的课程（有时一天工作八个小时）对我的耐力水平来说太多了。回到家，我头晕目眩，声音嘶哑，无法连续思考两个问题。我等待复活节假期作为恢复期。我很想去科尔科瓦，但安东涅——我给他写了一封信——

似乎并不急于接待我。

卡米尔在"演播室"表演《米奥拉》。我别无选择，昨天去看他们排练，或者更确切地说是去看预演。人们变得激动起来，互相密谋，相互辱骂和相互赞美。我对这一切完全无动于衷。在某种程度上，也许我应该感到害怕。我是不是太老了，太昏昏欲睡，太厌恶了，以至于这个游戏——我也曾经参加过——对我来说不再有任何意义了？

使我感到太幸运的是，我重读了1941年1月至6月的日记。有一段时间我以为我把这本日记丢了。给我最大的惊喜是，它看起来如此无趣：太枯燥（尽管事件具有戏剧性）、太冰凉了、太没有人情味。

在突尼斯，英美的攻势几天前重新开始，并在各个地区都在扩大。隆美尔在南部撤退，也在中部让步。北方的阻力似乎较大。昨天晚上的德国公报和今天的公报都说，敌军的规模要大好几倍。从现在看来，这似乎只是时间问题。三个星期？一个月？两个月？在俄罗斯没有什么新鲜消息。

4月14日，星期三

在突尼斯，这几天隆美尔的撤退变得轻率了。凯鲁万、斯法克斯、苏塞依次易手。抵抗只在北部发生，在一个包含突尼斯和比塞大的半圆形之中。战役进入新的阶段，德军已经没有战略撤退的余地了。这个方案，可能到目前为止，已经被事件所取代了。从现在开始，选择很简单：要么抵抗，要么投降。我们不能确定事情在不久的将来会如何发展。为此，我们需要知道投入了哪些部队。

在巴黎，七十四岁的莫达克将军投身于塞纳河。尸体上没有发现身份证明文件。短讯中没有提供更多信息，但背后一定是一场悲剧！

4月15日，星期四

今天早上就安东尼斯库元帅拜访元首发表了一份异常有力的声明。"反对布尔什维克主义和英美富豪的共同斗争。""动员各方力量。……罗马尼亚人民将进行这场战争，直到取得最后的胜利。……这一历史性贡献将成为罗马尼亚民族未来的基础和保障。"有什么准备吗？是什么？巴尔干的战争？攻击土耳其还是来自土耳其的攻击？一片寂静预示着重大的新事件发生。除突尼斯前线外，战争正处于平静期。它可能会突然再次爆发，朝着许多意想不到的方向。

4月22日，星期四

我今天晚上动身前往科尔科瓦。我不知道这个相当即兴的"停留"会是怎样，但几天的假期会对我有极大的好处。我身体不好，又累又痛苦，我对这个星期的休息满怀希望。

5月2日，星期日

我昨晚从科尔科瓦回来，在那里度过了幸福的九天。我晒黑了，平静，放松。我知道我很快就会失去这种身体"状态"。布加勒斯特和战争让我失去了一切，但在户外的这几天足以让我身体恢复的事实再次表明我的健康状况并没有遭到深度破坏。一个生病的人不会如此轻易地回应生命的第一呼唤。我的反应仍然很健康。在科尔科瓦，我对各种各样的个人问题和其他问题（文学、战争等）进行了很多思考，但我不会在这里记录下来。为此，我需要几个小时的独处，而这正是我在布加勒斯特所缺乏的（我一直在想念我的单间公寓，当我需要的时候我可以在那里独处）。我在科尔科瓦用英文写日记来消遣，写了十三页，每天都写上一段。当然这更多的是为了英语写作的乐趣而并非为了实际记录。

任何旅程对我来说都是一种刺激。坐在马车里行进在科尔科瓦和斯特雷海亚之间，我看到了很多将要写的小说的新题材。尤其是"史塔娜公主"一章，题材变得更加丰富。我会把一些关于这方面的笔记放入该小说材料的文件之中。

安东涅逼着我谈论我的一个脚本，所以我给了他一个关于《大熊星座》的简要概述。我一边说一边兴奋起来，我又一次觉得这个脚本提供了很好的成功机会。他听了之后比我还兴奋。"马上写。你必须这样做。马上。一刻也不能浪费。"我带着尽可能多的剧本创作的想法回来了。我将完成《因苏拉》，开始投入《大熊星座》，将《罗马教徒》戏剧化。这么多项目，今年秋天说不定能让一个戏上演，赚上个几十万列伊用于付房租和家庭开支。待战争结束时，我想在我的手提箱里放上两三部可能在纽约或伦敦大受欢迎的戏剧。我没有说我会成功。但我必须尝试，尤其是因为我不了解很多其他游戏操作规则，而且会发现自己很难适应它们。

科尔科瓦对我来说主要意味着脱离战争九天，就好像我睡了整整九天一样。然而当我醒来时，发现一切和我离开时一模一样：任何前线都没有什么新鲜消息。

5月7日，星期五

我很快就回到了我的日常生活事务之中，这让我感到疲倦和失望。我的"假期状态"已经消失殆尽。在星期一和星期二，当人们看到我时，每个人都大吃一惊。我已经"面目全非"了。现在，唉！我越来越容易被认出来了。我告诉自己，我如今过的生活一定是大错特错，

1943年 683

五天之内让我变成这样：深深的眼圈、脸颊苍白、经常头痛、失眠。我的健康无法依靠这种生活方式。

在突尼斯，经过三个星期无果的战斗，美军突破了德军在北部和中部的阵地。马特尔几天前被遗弃了。盟军部队正在逼近比塞大和突尼斯。这两个地方的联系很可能很快就会被切断。

在库班河，"苏军再次发起进攻"。德国公报恢复了以往套路："激烈的防御性战斗"。然而，突尼斯和库班发生的事情并没有消除人们预期低迷的普遍印象。过去五六个星期可能是迄今为止战争中最沉闷的时期——就好像战争注定要永远持续下去一样。

与此同时，戈培尔的一篇文章重新开启了反犹攻势，不过该攻势不知何故变得不那么热门了。

5月8日，星期六

突尼斯和比塞大已经被攻陷，正好是英美登陆非洲六个月后。战役出乎意料的漫长，但结局却出人意料地简短。即使在昨天口气相当庄严的德国公报报道了他们的防御系统已经被盟军深入渗透之后，我仍然认为突尼斯，尤其是比塞大，能够再坚持几个星期。经过如此长时间的抵抗之后，立即崩溃似乎是不可能的。

卡米尔·彼得雷斯库受到《米奥拉》事件的影响就像得了病一样。他其他什么都不说，其他什么也不知道。他只阅读支持或反对的最新评论，组织宣传，与敌对者谈判。当我从科尔科瓦回来，发现他在自己的房间里，埋在报纸和杂志之中。老实说，我的印象是我正在拜访一个疯子。

今天晚上，在他喋喋不休地谈了整整一个小时《米奥拉》之后，我问他战争中都发生了什么。我很惊奇地发现他什么都不知道。他已经两耳不闻窗外事了。

"比塞大和突尼斯攻陷了！"

"你说什么？"

他双手抱头，做出一副无法控制的惊恐姿势，然后站起身，走了几步又停下说：

"我们会怎样？"

可怜的卡米尔！他感到一种灭顶的恐惧——一种真正的恐惧，但他不太确定是什么。如果他能按原样阻止发生的一切，让战争继续延续下去，如果他还能保住自己的公寓和工作，保住钱和人身安全的话，他仍将是一个幸福之人。

我害怕可能出现的反犹太运动，不知道戈培尔的文章是否是一个信号。

我听说，我们罗马尼亚犹太人被告知要拿出四十亿列伊的钱来。怎么能找到那么多钱呢？如果不能，接下来会发生什么？

在莫戈索阿亚与安东涅、伊丽莎白和巴德旺一家（三年来我第一次见到他们）共进午餐。与玛莎·比贝斯库建立关系是不可能的。我真的也不想要这种关系。但既然我们互相交谈，我希望能够进行一些交流。在这样的环境中，我感到非常尴尬和无趣。

5月10日，星期一

三年前！我永远不会忘记它。

在突尼斯，一切突然结束了。比塞大和突尼斯的陷落打破了整个战线。我仍然不太确定这是怎么发生的。

我在两天（昨天和今天）内翻译了安东涅·比贝斯库的《四重奏》，

然后口授给打字员。该文非常风趣,但分量不重而且未加修饰。

5月13日,星期四

　　非洲战役结束。德意在突尼斯的最后一次抵抗昨天结束。投降。在许多戏剧性的时刻之后,战争中的一个章节结束了。三年来,有多少次某一方或另一方离胜利只差一步之遥?

　　接下来会发生什么?这是唯一困扰我们的问题。盟军会尝试登陆吗?这样做是不是太难了,太冒险了?他们准备充分了吗?如果他们现在不组织登陆,明年会不会太晚了?没有重大敌对行动的一年不会给德国摆脱当前危机的喘息空间吗?现在才5月中旬。摆在我们面前的还有四五个月,一切皆有可能。

　　昨天晚上,我在比贝斯库家与哈瓦斯通讯社记者伊佩尔特共进晚餐。他是个右翼法国人,反戴高乐主义者(虽然没有这么说),并且非常反犹。

　　"王子,你喜欢犹太人吗?"他问安东涅。

　　"注意你的举止!"安东涅打断他的话,"我们的朋友是犹太人"。

　　出现了短暂的沉默。但就我而言,我更愿意让这个人把话说完。

　　划分到所谓"机动分队"的二百五十名年轻犹太人昨天从他们的工作地点被带走。几个小时之内,他们就被编入纵队,并被派往德涅斯特河沿岸去干活。

5月18日,星期二

　　与玛丽亚·吉奥卢进行了一次长谈。她与我谈论了克雷娅策以及她是如何死去的。她有很多吸引人的东西可以添加到他们已经很奇怪的故事之中。我想把它们记下来。也许明天吧。

昨天晚上做了两个可怕的梦。其中一个是我和希特勒在一起。他说罗马尼亚语并用可怕的事情来威胁我。另一个梦中,我在巴黎,就在我曾经多次梦见过的德国占领下的巴黎。我感到恐惧,一种让人窒息的不安感。然后我被吓醒了。

很遗憾,我已经记不起细节了。

5月20日,星期四

玛丽亚·吉奥卢在谈到克雷娅策时,就好像她还活着一样。她想见她,等待着她。如果她真的来了也不会感到惊讶。

我一直在想着年轻的格罗德克夫人。没想到过了这么久,我发现格罗德克一家的整个故事在我脑海里仍然完好无损。有没有可能有一天我会写一部冈瑟的剧本?曾经有一段时间,要写这个剧本的需求使我宁静,给了我平静。但然后我便失去了联系,我把它忘了。

但是在玛丽亚家的那个下午让以往的事情从遗忘中恢复了过来。我想我可以把它写出来。事实上,我很想写。今天晚上我带着冈瑟一起重读了《事故》中的一些段落。这些内容似乎都充满了戏剧性。

玛丽亚和克雷娅策的故事多么奇怪,多么难以置信。她们轮流地表达着同样的爱,但由于克雷娅策身体残疾,玛丽亚使得这种关系比克雷娅策发展得更深更远("她几乎无法张开双腿。"玛丽亚告诉我,以此表明克雷娅策可能从未与艾伦睡过)。但她们的这个故事取决于他们之间令人难以置信的身体相似性。

济苏昨天早上来过,给了我七万列伊,并说一年半前他无法答应我的求助时他是多么难受。

我拒绝收钱，告诉他我不需要任何东西。这个人演的是廉价剧，而且演得很糟糕。他声称他毁了自己的自由意志，以免在德国人统治下靠石油致富。

5月27日，星期四

在艾丽斯家吃了午饭。阿里斯蒂德正在乡下寻找避难所。好几个人（艾丽斯、布拉尼什特……）告诉他，我们正在接近一场可能在一夜之间打破之前平静的危机。没有什么是确切的，但恐惧正在暗中燃烧。

我不知道该怎么想，但往日的焦虑突然降临在我的身上。

战争再次悬而不决。自从突尼斯前线结束战斗以来，什么都没有发生。我们正处在十字路口——很像1941年春天的情况，只不过是倒了一个位置。那时我们焦急地等待着德军向未知方向推进，而现在我们等待着盟军的主动行动。轴心国坦率承认它正在等待时机，并不表明它可能会采取任何行动。俄国人或英国人将只能靠自己来发动进攻。

战争的基本要素已经根本改变，但悬在我们头上的危险并未减弱——也许恰恰相反。

一天、一小时、一秒钟后，我们可能一切都完了。

在过去的几天里，我一直生活在一种盲目的欣快之中，仅仅根据一种意见、一句话、一个微笑来制定荒唐的计划。仅仅因为玛丽亚·吉奥卢在电话中告诉我她曾与瑞士大使讨论过我翻译的莎士比亚作品，我竟幼稚地制定了各种计划（包括在瑞士公使馆工作！）。但是今天我见到玛丽亚时，她什么都不记得了。

没有人能为我做任何事，我也不能为任何人做任何事。除非基于明确的利益，否则与他人的关系仅仅是一些模糊不清的姿态而已。我们每个人都生活在自我封闭之中，就像在玻璃隔间里一样。我们可以交换微笑和问候——仅此而已。

我求助于我所有的朋友和熟人（比贝斯库夫妇、内尼绍尔、艾丽斯、玛丽亚·吉奥卢、西克、莱妮和弗罗达、德韦基、济苏），在他们身上我只发现了不同程度的冷漠或友好的影子罢了。而在这部日常喜剧中，我并不是比他们更有趣的角色。

5月30日，星期日

我怀着浓厚的兴趣阅读了《搅水女人》（这使我读完了《巴尔扎克全集》昂宿星版的第三卷）。奇怪的是，这部著作不被认为是他的杰作之一。而它的一切都是精湛的：结构、方法、人物、气氛。

我想知道陀思妥耶夫斯基的《群魔》是否从中受益。这群以马克森斯·吉莱为首的"游手好闲的骑士"——名副其实的"魔鬼"——与斯塔夫罗金的那些人非常相似，足以成为他们写作的起点。

如果我要写任何关于"巴尔扎克的技巧"的文章，我会特别提到《搅水女人》，其中缓慢阐述和突然加快节奏的交替是如此明显。

午夜时分，我听说菲尔德曼[1]今晚被驱逐到了莫吉廖夫。

6月2日，星期三

6月会带来什么？战争的准备和过渡阶段会持续更长的时间吗？我们即将进入夏季，并接近每年在我看来是"决定性的月份"。

---

[1] 威廉·菲尔德曼是罗马尼亚犹太社区的实际领袖。他被驱逐到德涅斯特河沿岸，是因为他不断向安东尼斯库请愿，要求元帅不要驱逐他的犹太人同胞，并反对官方的各种反犹太法令和决定。

我昨天遇到了迪努·诺伊卡。他要去柏林发表演讲，主题是"罗马尼亚文化中的紧张局势"。在我看来，这太荒唐了，我忍不住笑了起来。

6月4日，星期五

简短地拜访了皮皮迪。我已经好几个月没见到他了。他的小单间公寓非常安静，书很多，对我来说是平和的形象。

我焦急地走在街上，徒劳地寻找荒谬的解决方案（我没有钱，也不知道在哪里可以找到），而学习的生活能让我平静下来并给我想要的一切。

与楚采亚[1]度过了一个晚上（我想问他一些与"业务"有关的事情）。他是一个令人愉快的角色。同样滔滔不绝，同样有趣的武断和意想不到的表述。他觉得自己一方已经输了，所以投靠了玄学。"欧洲是一个猪圈。我对欧洲人感到厌恶。"

我开始翻译《傲慢与偏见》。我决心认真地、有计划地工作。

6月10日，星期四

尽管我每天要花五到八个小时来翻译简·奥斯汀的著作，但翻译速度慢得令人难以置信。与其说是风格上的困难（这也是出乎意料的），不如说是实际书写的困难。如果有个打字员，我想我的输出速度可以增加三倍。事实上，我现在最多只能写八到十二页。这太少了。我希望月底能把稿子交出来，这样我就有钱付房租了。

我不知道我要做什么。我又没钱了。我在哪里可以找到十万列伊让我跨过这个最新的难关？我要不要问一下内尼绍尔？是的，我会问

---

[1] 彼得·楚采亚：哲学家，铁卫军的热心追随者。

他，但不要抱任何期望。

罗塞蒂告诉我，我的纪德本可以卖到十万列伊。如果我能找到买家，我会把它卖掉。

在前线，等待仍在继续。你觉得几天后，甚至几个小时后，会有大事件爆发。

6月14日，星期一

盟军星期五占领了潘泰莱里亚，星期六占领了兰佩杜萨。西西里海峡完全解放了。人们有一种感觉，即将到来的行动也将发生在地中海中部。但是，当然，其他可能性仍然存在，包括，我们不应该忘记，什么都不会发生的可能性。也可能会有一种有预谋的停战，双方时刻注意着随时可能发生的袭击。

6月16日，星期三

昨天和今天是夏天最早炎热的日子。室内令人窒息，街上又令人乏力。我想在海边或山区、沙滩或草地上赤身裸体。在这里，我过着蚱蜢一样的生活。

我一直在机械地翻译简·奥斯汀，但进展不大。当你在做一些清晰明确的事情时，你的局限性会给你带来沉重的负担并使你沮丧。你只能做这么多。

思考和梦想是多么容易，多么令人陶醉！简·奥斯汀所用的词汇我没有任何困难。我翻译每二十页只使用一次字典，但是句法却带来很大的问题。有些句子太古旧了，我不得不对它们从头开始重组。在7月10日或15日之前我无法完成它。但愿这一切工作不会白费！

我从学校领取了两万列伊作为我7、8月份的工资。几天的喘息就足以让我消除对这件事的焦虑。然而，今后我该怎么办？

战争处于停滞状态。

6月21日，星期一

今天是苏德战争爆发两周年。

我们过去是计算天数、星期数、月数——而现在我们开始计算年数。令人惊讶的是，我们还活着——但我太累了，连惊讶都感觉不到了。

7月1日，星期四

6月过去了，战争没有任何重大进展。在任何一天似乎都会出现登陆（我打赌在20日，但却输了）之后，它开始不再成为一个问题了，但也不那么紧迫了。"在秋叶落下之前，"丘吉尔昨天说。这就意味着可能会在明天或在9月15日。

事实是，一旦德军停止向东进攻，登陆的一个目的就达到了——为苏军减轻过度的德军压力问题。

毫无疑问，现在看起来战争完全不同了。至少在现阶段，主动权已经转到了盟国手中。等待和紧张情绪已经转移到轴心国阵营。对德国和意大利的轰炸正在造成更大的破坏。英国在海战中的损失大大减少，但这并不意味着可以排除德国发起新的进攻（无论是空中的、水下的还是陆地上的）。也许天平还没有停止倾斜；也许胜利的天平还没有最后偏向一方。

大约五天前，我停止了简·奥斯汀的翻译工作，为西克快速翻译了斯克里贝的《水杯》。如果这能给我带来三万列伊（还没有兑现），那将稍微缓解我严重的金钱问题。我至今还没有付房租。我已经从扎哈里亚那里借了两万用作日常开支。星期六,在我们整个房子中只剩下六十列伊了。

安东涅每天来两三封信和电报(让我去科尔科瓦)快把我逼疯了,最后我被迫回信说我暂时不能去任何地方,因为我遇到了重大的财务问题亟待解决。他今天回答我说:"金钱上的麻烦并不是什么不光彩的事。"终于得到了一个安慰!

我又回到了简·奥斯汀的翻译工作,但进展非常缓慢,只翻译了一半多一点。这就意味着我无法在7月20日或25日之前完成。它也让我太累了(眼睛和头脑),我甚至不知道我是否能从所有这些工作中得到任何钱。如果能的话,能得到多少钱。

我读过蒙齐[1]1938—1940年的日记(《从前》)——起初是感到厌恶,后来却感上了兴趣。我现在能更好地理解法国的崩溃。随着每一天过去,它在政治上和道德上都陷入了一种愚蠢而舒适的死亡痛苦,却没有意识到巨大的历史利害关系。

在最荒谬的盲目之中,蒙齐自鸣得意地认为自己"是对的",而这种感觉是无止境的。

当我阅读他的作品时,我也再次意识到,政治态度构成了一个无法逃避的复杂系统。一切都是搅和在一起的。1938年,蒙齐是亲慕尼黑的。所以到了1940年,他不可避免地成为了反犹分子。

大约十天前,我读了巴尔扎克的《外省的诗神》。这是一本二流小说,但有时会表现出巧妙的技巧,读起来很愉快,尤其是它对巴黎文学生活的幕后描写。

---

[1] 阿纳托利·蒙齐:法国政治家,维希支持者,前社会主义者。

我曾经多想写一本有关巴尔扎克的书呀！

昨天晚上，我和木桐[1]在研究所单独用餐。就他的关于普鲁斯特的书我们进行了长时间讨论。他把书的手稿给了我。

下午我听了《佩利亚斯》的第三幕。

7月7日，星期三

两天来，在库尔斯克地区，在奥廖尔和别尔哥罗德之间的宽阔战线上，一场坦克大战一直在进行。我只知道基于德国消息来源的报道，我无法衡量这场战斗的规模或重要性。官方公报称，当苏军以强大的反击回应局部攻势时，德军指挥官将大量预备队投入了战斗。我们必须等待更多细节。

这是德军更广泛进攻的开始吗？由于他们的后方存在着登陆的幽灵，这很难让人相信。或者这只是一次有限的行动，旨在减少"库尔斯克突出部的防御"或探查俄罗斯军队？都有可能。但即便开始时行动的目的有限，谁也不能肯定事情不会进一步发展。

无论如何，这是今年夏天第一场真正的战争。

7月11日，星期日

盟军在西西里岛登陆。昨天黎明时，他们发动了攻击。目前尚无交火地点的详细信息，但该岛的西南部似乎发生了重大战斗。奥廖尔和别尔哥罗德地区的战斗仍然激烈且不太清楚。德军取得了一些进展。

---

[1] 约翰·木桐：布加勒斯特法国研究所所长。

7月13日，星期二

根据昨天晚上的意大利公报，英国人和美国人在利卡塔、杰拉、帕基诺、锡拉丘兹和奥古斯塔建立了西西里的桥头堡。这些桥头堡都在南部或东部海岸。

7月15日，星期四

从利卡塔到奥古斯塔，整个西西里东南角都在英国人和美国人的手中。卡塔尼亚之战正在进行。

在俄罗斯，进攻似乎已经停止，没有任何显著进展。公报又恢复了攻击发起前的含糊基调。

与木桐共进午餐。他可爱、胆小、友善。在他意想不到的尴尬之下我能察觉到一种人性的表达，一种情感的能力。我喜欢他这一点。

简·奥斯汀的翻译工作我快要结束了，还有三四天。

7月17日，星期六

俄罗斯人报告说，几天前他们向奥廖尔北部发起了一次重大攻势。德国的评论承认了这一点，但试图淡化它，暗示这只是企图在转移注意力，以减轻别尔哥罗德前线的压力。尽管如此，昨天晚上的公报指出，在别尔哥罗德（德国人正在进攻的地方）"战斗活动已经减少"，而在奥廖尔则有"艰苦的防御战斗"和"艰难而动荡的战斗"。这些是去年冬天的词语。

我假装活着——但我并没有活着。我拖着自己走。

机械的姿势，单调的习惯，一些模拟的生气。除此之外，一大片虚空就是我的人生。

我在等待战争结束——然后呢？我还等待什么？

最近几天我看到了很多人。也许没有人看到，在所有这些活着的（有着他们自己的品位、兴趣、爱好和关系）人之中，我是一个缺席者。

星期四在木桐家，然后在玛丽亚·吉奥卢家，晚上在莫戈索阿亚，再然后在格鲁布尔家，今天下午在蒂娜家——我见过各种各样的人。每个人都拥有某些东西，每个人都立志于某些东西，每个人都追求某些东西。而我却像影子一样游走在他们中间。我说，我看，我听，我回答，我纳闷，我同意——除了所有这些表面的激动之外，我总是独自面对我不可挽回的命运。

7月20日，星期二

在西西里岛，反攻正在迅速蔓延。阿格里真托已经在星期六被盟军占领了。盟军向岛中心的深入推进已经到达了卡尔塔吉罗，现在到了卡尔塔尼塞塔。因此，反攻沿着海岸的渗透与中心的突破相结合。卡塔尼亚似乎仍在抵抗，尽管昨天晚上的意大利公报没有提及任何地方的名字。

罗马昨天第一次遭到轰炸。对意大利的军事压力和心理压力正在不断加大。

在俄罗斯，公报谈到了在一千公里前线上进行的可怕行动。事实上，唯一真正敏感的地方仍然是奥廖尔。德国最近的公报无一例外地暗示着"激烈的防御战"。

昨天早上我翻译完了《傲慢与偏见》。我已经把稿子交了出去，虽然还需要认真修改，尤其是我口授的部分。我将分两次得到五万列伊的预支。

现在，我得马不停蹄地为西克拼凑一部情节剧。我担心我去科尔科瓦的行程会推迟几天，但它能缓解我的资金问题。

7月24日，星期六

马尔萨拉、特拉帕尼和巴勒莫已经被攻陷。整个西西里前线都被攻破了，只有西北角的抵抗还在继续。卡塔尼亚仍然被牢牢防守。墨西拿可能会尽量坚持下去。

但现在俄罗斯的战争已经到了白热化的地步，西西里岛似乎无关紧要。苏军的攻势正在蔓延到迄今为止安静的地区：伊久姆、库班、拉多加湖。奥廖尔的局势仍然非常紧张。

德国公报对苏军的损失给出了惊人的数字——每天有数百辆坦克和飞机被摧毁——但没有精确的地理信息。与此同时，他们再次谈论"运动战""机动战斗"和"弹性防御"——这些都是去年冬天的熟悉词语。

事实再一次证明比我们的推理更为有力。我过去一直不相信苏军会有夏季攻势，当然也不相信如此规模的进攻。

尽管如此，我一点也不觉得最后一幕已经来临。也许原因之一就是我们不像过去那样焦虑（是对，是错——谁知道呢？）。

7月26日，星期一

墨索里尼已经辞职。巴多廖成为新政府的首脑。这是贝当的时刻。

7月29日，星期四

一个小时后我要去科尔科瓦。

我希望在过去的几天里我能有一个小时的平静时间，在这里记下我所经历的动荡情绪、不安和紧张的激动。

法西斯主义的终结是一个令人眼花缭乱的事件转折，是过去十年伟大戏剧中扑朔迷离的时刻。就好像在意想不到的（尽管在理论上可以预测到）情节转折之后，帷幕短暂地落下了。

我一直没来得及把这些写下来，现在也不想写了。

过去的几天里，我一直在全力以赴地赶着完成西克的情节剧——我终于在昨晚三点半钟完成了。有了（从奥克内亚努、比尔利克、内尼绍尔那里）收集到的钱，我已经能够摆平所有眼前的问题了。所以我可以不被金钱缠绕，心安理得地离开去科尔科瓦。9月份，一切又将重新开始。我已经习惯了。

前天我还不能确定离开这座城市是否明智。我有一种感觉，法西斯的垮台可能会加速整个战争（这确实会发生），以至于一切都可能在五六天内发生变化。然而，现在我认为还有时间在乡下过两个、三个或四个星期。

我将看看国际上和科尔科瓦的情况如何。

9月6日，星期一

在科尔科瓦待了三十七天后，我于9月3日星期五晚上从科尔科瓦返回。我超过了我所有的最后期限：我希望在那里度过两三个星期，但没有想到一待就是五个星期。他们的热情好客比我以前所知道的任何人都更加周到和谨慎。这是一门艺术，一种专业精神，一种职业感。

我甚至没有保持我4月份写"英语日记"的习惯。我不知道为什么，但我觉得几乎一直都很累。可能是我昔日的身体消耗已经根深蒂固，我在遭到疲劳的不断报复。

不过，我确实写了《大熊星座》的前两幕。第一幕写得很顺手，但第二幕就要困难得多。我不停地停下来，成为满腹狐疑的牺牲品。

我更加关注战争（每天至少听五六次广播）。在这里新闻的滞后感要比以往减少，焦虑也相应减少。当我离开布加勒斯特时，我的印象是一切都在加速。的确，进展并不缺乏，但在大量事件和地名中，在总体进程中能发现某种速度在放缓。我们的问题总是：什么时候？好吧，不会在今天，不会在明天。也许会在三个月后或六个月后，也许在一年后。

回来后，我还没有去看过任何人。我还没有回到布加勒斯特的循环系统之中。在我和大家"恢复联系"之后，我会试着静下心来工作。我至少应该在不久后完成《大熊星座》。

9月8日，星期三

意大利投降了！我在雅典娜宫。七点钟，我从安东涅·比贝斯库那里听到了这个消息，他碰巧从收音机里听到了这个消息。

大厅里，我看着这个新闻像电流一样在人与人之间传播。安东涅没有耐心。他想大声喊出来。这时一名意大利军官突然走进了大厅。

"你是意大利人吗？"安东涅对他大声喊道。

当那个人走近我们的桌子时，我咽了口唾沫。

"是的，我是意大利人。"

"先生，你不用再打仗了。你的国家实现了和平。"

9月11日，星期六

在意大利，投降后的情况令人困惑。德国人占领了意大利北部的城镇和地区，成了罗马的主人，保护着梵蒂冈。是怎么回事？什么时候？没有人知道。与此同时，英国人和美国人已经慢慢占领了塔兰托，并在那不勒斯附近登陆。意大利军队已经瓦解，并把一切拱手交给了德国人或英国人，以先到者为准。

国王在哪里？巴多格里奥在哪里？墨索里尼在哪里？到处是困惑和崩溃。

俄罗斯前线，德国人在失去了塔甘罗格之后又失去了马里乌波尔，几乎完全撤出了顿巴斯。弹性撤退的战争在前线继续进行，从布良斯克到亚速海。

9月13日，星期一

党卫军伞兵部队"绑架"了墨索里尼并"释放"了他。这是一场壮观的戏剧性变化，但它并没有改变任何本质的东西。意大利南部的战斗仍在继续。巴多格里奥的投降使意大利军队失去了战斗力（不管怎样，他们实际上已经瘫痪了），但征服意大利是盟军现在才开始实现的目标，可能会缓慢且困难重重。

9月16日，星期四

萨勒诺的激战，美军登陆时遇到了顽强的抵抗。昨天和前天，DNB的媒体兴高采烈。大标题宣布"新敦刻尔克""新滑铁卢"。多么大的劫难啊！多么大的灾难啊！

今天他们的语气缓和了一些，态度也较稳重了。蒙哥马利正从南方推进。如果他与美国人会师，局势将得到巩固。

在俄罗斯，昨天的一份DNB电报稿报道了布良斯克的疏散情况。该消息并未出现在官方公报中。攻势在每个受影响的地区继续进行。基辅正成为一个可能的目标。

昨天我读了巴尔扎克的《老姑娘》，精辟绝伦。从对地方的描绘来看，它可能与《比哀兰特》并驾齐驱，尽管它以某种方式讽刺了生活中的压迫现象，从而在某种程度上减损了故事的悲剧性。

9月17日，星期五

我已经回到家两个星期了，但仍未恢复正常生活，无法安排写作和阅读的工作时间表。我生活随意，出门太多，拜访他人，接受邀请，街上闲逛，任由各种琐事拉着我东奔西跑。

我还没有找到单独的一个小时，让自己冷静下来，勾画出一个清晰的画面。

我最缺的是一个属于自己的地方。离开胜利之路已经两年半了，但我仍然对它念念不忘。

在我离开科尔科瓦的前一天晚上，我最后一次独自在葡萄园和森林里散步。那也许是我在那里度过的最令人不安的时刻。我感到秋天的颤抖，从远处传来，穿过草木，向我逼近，从我身边穿过。那是一种痛苦而无名的忧郁，我以前从未在任何地方感受过，因为我从来没有像在那里那样与秋天面面相觑。

9月18日，星期六

昨天晚上的德国公报谈到了在俄罗斯南部和中部的"前线的广泛调整"，并报告了布良斯克和新罗西斯克的德军撤离。

在意大利，盟军在萨勒诺再次发起进攻。萨勒诺似乎在一瞬间脱离了德军的控制。

在大规模运动阶段，战争到处都是。这不仅是前线的问题，而且最重要的是冲突的整个结构中可能正在发生（即使我们看不到）的深刻错位问题。在演讲和电报新闻之外的某个地方，未来时期所需的重大事件正在努力诞生。它们可能需要较长的时间才能出现，但它们也可能随时爆发。

在这个动荡不安的时代，带着几乎不加掩饰的焦虑，我们自己的命运被一根看不见的线悬在了一些我们无法预见的事件之上。

9月23日，星期四

波尔塔瓦已经沦陷，梅利托波尔也即将沦陷。到处的德国人都在赶往第聂伯河。DNB通讯社的所有电报稿都称这是一次有条不紊的撤退（俄罗斯人确实从未提到过俘虏了大量的囚犯），但官方公报，包括今天晚上的公报，一直提到"强大的苏联攻击""强度越来越大"和"激战"。我们仍然不知道这些行动的一般意义，但战争很少——也许从来没有——经历过如此戏剧性的阶段。

前天，卡米尔和罗塞蒂看到了未来的悲观前景——轰炸、破坏、崩溃——如果战争临近并真正波及到罗马尼亚。

我自己最担心的是国内情况。如果德国人有能力在今年秋天或冬天发动一场孤注一掷的行动，让他们自己的边界受到质疑，他们会毫不犹豫地让罗马尼亚成为废墟。前线越近，他们就越有可能将安东尼斯库抛在一边，自己接管这个国家"以掩护他们自己"，也许会为此目的匆忙组建铁卫军团政府。丹麦的打击随时可能重演。与巴多廖合作的经历不会让他们谨慎行事。

谁知道这一击是不是已经在暗处的某个地方准备好了？

事实是我什么都不知道。但有时我会突然地感到一种焦虑——一种在整个战争期间从未真正离开过我的焦虑。然而，这种焦虑时不时地打打瞌睡，让我安静一会儿，好让我暂时把它忘记。

9月26日，星期日

昨天，德国人在控制了斯摩棱斯克两年后从那里撤出。如果您回想一下1941年9月那场戏剧性的战斗，您就会了解自那时以来战火所覆盖的地面。

在雅典娜宫度过了三个星期后，比贝斯库夫妇已经回到科尔科瓦，在此期间我与他们共度了很多时间（午餐、晚餐、通信、解释）。在科尔科瓦，他们对我非常好，但最后他们变得很累。我和他们之间也有过一些紧张的时刻，有一次甚至有一场在我看来无法挽回的争吵。我意识到，他即使不是疯了，也至少是"疯狂"了。我与这样的人无法建立持久的关系。

但他仍然是我认识的最有趣的人之一。

明天我开始上课。与此同时，我应该重新开始正常的工作时间。

10月2日，星期六

太多的时间浪费了，我的生活太混乱了。做无意义事情已经成了我的习惯。我让自己被琐碎的义务拖累。由于粗心、礼貌或冷漠，我承担了这些义务。

如果我有自己的小窝，我可能会过着更有秩序的生活。但无论如何，我不应该因为鲁莽或轻率而让自己支离破碎的生活变得更糟。

三天来，我一直在翻译阿查德的一部戏剧《我不喜欢你》。我不知道比尔利克会用这部剧做什么，但他已经付了钱给我，这将使我在接下来的三个星期左右有了物质上的保障。

战争还在继续：意大利的局势进展相当缓慢（那不勒斯昨天被盟

军占领）；俄罗斯的情况，要活跃一些，有时会很激烈，所以你不得不怀疑重大事件是否会在这个秋天发生。

所谓的"第聂伯河之战"正如火如荼地进行着。如果德军能在这里阻止苏军的推进，并组织起相对坚固的防线，那么他们的纵深撤退——虽然仍然是一场失败的战斗——也不会是一场灾难，战争将进入新的等待期。但是，如果第聂伯河没有成为前线，如果苏军（已经在右岸建立了几个桥头堡）设法进一步推进，那么一切皆有可能。

下雨可能会减缓前进速度并使整个战争陷入泥潭达数个星期的时间，但至今还没有任何这样的迹象。这是一个温暖、晴朗、时而炎热的秋天，下午的温度和7月份一样，即使早晨和夜晚较为凉爽。

我仍然担心我们的命运。我一直担心德国人会自行其是，以恢复整个东南部摇摇欲坠的政治士气。突然间的大屠杀仍有可能发生。

10月4日，星期一

昨天晚上我读了《威尼斯商人》，今天读了《皆大欢喜》。在中断了将近一年之后，我又回到了莎士比亚。他的戏剧一直令人着迷：没有什么比这更轻盈、更优雅、更迷人的了。即使在《威尼斯商人》中，夏洛克的形象也被光彩夺目的手帕游戏所掩盖。《皆大欢喜》带你进入了仙境。莎士比亚的喜剧中有某种舞蹈般的元素——脱离现实的浮动动作——就像在芭蕾舞中一样。

丹麦的犹太人正在被消灭。DNB的新闻稿毫不犹豫地表明了他们的命运。

我又一次不寒而栗。

"因为忍耐是我们整个部落的标志，"夏洛克说。

10月5日，星期二

德军似乎在坚守第聂伯河，而苏军的进攻势头正在减弱。DNB媒体称新的防线为"美利托泊的大坝""大河的天然屏障""坚固的防御工事"。

主要战斗已缩减为"局部战斗"。如果苏军的夏季攻势真的结束了，那么东线的暂停将使战争脱离戏剧性的阶段，并在一个、两个或三个月或更长时间内消除它自从7月25日以来似乎具有的决定性作用。

我们应该为另一个冬眠做准备吗？

我必须为巴拉瑟姆剧院翻译《梅洛》。它不会给我带来任何乐趣。匿名让我可以毫无顾忌地为西克翻译任何东西。在战争期间，我不想与巴拉瑟姆剧院有任何关系，也不想签署任何东西——甚至是翻译。

10月11日，星期一

星期六是赎罪日。

我不想对我的"犹太教徒"身份标新立异。我禁食，晚上去会堂听吹羊角声。我越过别人的肩膀，试着吟诵"我们的父，我们的君王"[1]。

为什么这样？我相信吗？我愿意相信吗？

不，不是这样。但在所有这些不假思索的行为之中都有着温暖与平静的需求。

星期四晚上，我在雷布雷亚努家听了卡米尔的演奏。

去之前我犹豫了很久，回来之后我对自己去那里的行为很生气。我不应该这样做。

最好等到战争结束后再去见雷布雷亚努。现在我对他无话可说

---

〔1〕"我们的父，我们的君王"——希伯来文悔改日的第一句连祷词。

了——尤其是在他家里。

这是我的一个弱点，一种粗心大意的行为。它已经标志着忘记一切、妥协一切的前景。

我会回到那些人身边吗？战争来了又去，没有破坏任何东西，没有在我"以前"的生活和"将来"的生活之间插入任何不可撤销或不可减少的东西吗？

究竟为什么？又有什么意义呢？

在俄罗斯，在停战三到四天之后，苏军新的攻势在前线重新开始。此外，在维捷布斯克东北部又开辟了一个新的作战区域，而那里的内维尔已经被攻陷。

侧重于稳固防御和阻止苏联进攻的DNB通讯社的宣传正在经历一些困难时刻。然而，秋天的气息越来越浓（昨天很冷，今天早上就如同是在11月）。也许迟早都会出现停顿。

但是局势拖得太久了，我们的神经状态真的受不了。

10月12日，星期二

寒冷，多风，秋天的天气。

一个温暖舒适的房子，我可以在其中读书和写作，我心爱的女人依偎在身边——这是一个我一直渴望却无法实现的梦想，尤其是在像今天这样的日子里。

与布拉尼什特一起在绍塞亚街某个地方享用一顿长长的餐饮，从午餐时间一直到傍晚七点。他缓缓地、慢条斯理地品着酒，就像一个在进行长途旅行的人一样。对话的内容有关战争与和平，但基本上还是咖啡馆的闲聊。

10月15日，星期五

苏军重新夺回了扎波罗热。南部战线现在将如何进行？梅利托波尔不是有点悬而未决吗？我们将在接下来的几天内看到。

第聂伯河是否会形成坚固的抵抗线并非是确定的。苏联人声称，所谓的"第聂伯河之战"已经结束，"第聂伯河各处都已渡过"。德国人在这件事上的态度是含糊的、委婉的、不着边际的。

10月19日，星期二

德军在第聂伯河前线的形势似乎越来越严峻。克列缅丘格的突破等于切断了河流的整个弯道，形成了一个类似于去年在斯大林格勒的大包围运动。整个南线都已摇摇欲坠。在其他地方的攻势几乎同样强大，尤其是在基辅和戈梅利。几天来，DNB通讯社的公报和评论让人们对形势的严重性有了一些了解。

镇上的人们忧心忡忡。人们似乎可以感受到龙的喘息，尽管距离还很远。

昨天，我和安东涅一起去拜访了巴德旺。巴德旺认为，俄罗斯人今年冬天就会到达这里！！

今天早上我完成了《梅洛》的翻译。伯恩斯坦的技术激怒了我。它是如此自信，以至于它可以模拟任何东西：甚至是情感，甚至是深度，甚至是引力。

但在这部虚假的高尚戏剧中，有一些非常不值得一提的东西，我甚至可以说是淫秽的。

不过，多么专业啊！多么精湛的戏剧技巧！真是个无耻之徒！当我翻译他的戏剧时，我更近距离地看到了机器是如何工作的，但就连我也时不时地被戏剧性的伪装所欺骗！

我读《科利奥兰纳斯》时有些恼火（我想今晚我会读完第五幕）。我现在很能理解为什么这部剧在1934年的巴黎会引起如此的愤怒。

10月22日，星期五

俄罗斯的重大战役。克列缅丘格的突破越来越深。据宣布，另一个突破出现在切尔尼戈夫。

没想到整个行动会一下子达到高潮。"新阶段"（这一次，真的是新阶段）可能会持续两三个月，然后才会出现所有的后果。去年在顿河上的突破始于12月，但斯大林格勒却在2月才失守。

在政治和外交层面，这种转变可能更有戏剧性。任何事情都可能发生随时发生。

德韦基告诉我，奥尼切斯库已经下定决心，如果德国输掉了战争，他就会自杀。他不能忍受生活在一个被澳大利亚囚犯和美国移民的后裔占领的欧洲。这些人杀回欧洲来摧毁西方文化。他不能接受文化的湮灭。

我让德韦基把我的意见转告他（如果我能遇到他，我会很高兴亲自告诉他）：如果文化是关键所在，他就错过了自杀的正确时机。1933年1月31日或1940年9月8日会更合适些[1]。

正如奥采泰亚去年对我所说的一样，巴尔穆斯（雅西的希腊语教授）再次告诉我犹太人在1941年6月29日在雅西被屠杀的情况。他说，"那是人类历史上最残酷的一天"。

---

〔1〕 希特勒于1933年1月31日上台，安东尼斯库于1940年9月6日（并非8日）上台。

10月23日，星期六

"柏林更加乐观，"《环球报》的记者今天报道。所有的评论再次变得更加活泼。"苏联的进攻被击退了。""伟大的防守成功。""在过去的二十四小时内，敌人没能前进一公里。"

德国的公报比较犹豫、比较谨慎。它表示"沉重的攻击""企图突破""激战""暂时突破"——但全部被击退、粉碎或歼灭。

除了在报纸上看到的之外，我没有其他信息来源，因此，我只能得出结论，苏军的攻势暂时减弱了，但它的规模和方向，如果不是强度的话，仍然和以前一样。"相对稳定"是一位评论员的谨慎表述。

昨天晚上我读完了《泰特斯·安特洛尼克斯》。在莎士比亚的剧中，如果不是在整个世界文学中，可怕的场景不断地以最荒谬的方式堆积起来。有时这些场景几乎是粗糙和幼稚的，而这时它们不再是悲惨的了：手和四肢被砍掉，头被砍掉，几乎每个场景都有人倒地身亡。一座恐怖博物馆，一切都混杂在一起。然而，在这一切血腥的机器之下或之上，诗歌的快感有时可以改变它所触及的一切。现在我正在阅读《安东尼与克莉奥佩特拉》（语言困难让我感到惊讶，因为我读的最后三部戏剧读起来相当容易）。

10月25日，星期一

苏德前线的局势似乎再次紧张。经过连续几天激烈的巷战，梅利托波尔昨天被攻克。你看着地图——你再也看不到亚速海区域可能发生的情况了。

另一方面，克列缅丘格的突破几乎一直延伸到克里沃罗格。最后，昨天晚上的德国公报报道说，第聂伯罗彼得罗夫斯克受到各个方向的攻击。

1943年 709

秋老虎的天气，令人难以置信的温暖和晴朗。这使整个行动得以继续进行。大包围、新的大撤退、奋力的防守反击：我试图通过看地图来使这三种情况形象化。它们中的最后一个是不可能的，而前两个为各种可能性开辟了道路，包括最极端的可能性。

10月26日，星期二

正如德国公报今晚报道的那样，第聂伯罗彼得罗夫斯克似乎昨天已经被苏军攻克。

昨天和今天我读了《古物陈列室》。这是一部生动的短篇小说，情节发展迅速，嘲讽性强而且有力。这是巴尔扎克的最佳写作方式：阐述简洁，设计稳定。故事的第一部分仍然有一定的缓慢——但结局（莫夫里涅斯公爵夫人令人愉快的滑稽表现）感觉就像一部完美喜剧中出色的第三幕。地方司法生活的写照与《都尔的本堂神甫》对教会生活的写照一样准确而有趣。

10月29日，星期五

苏军在梅利托波尔西部的突破正在深入推进。克里米亚有在彼列科普地峡被切断的危险。这正是德国人试图击退苏军对克里沃罗格的攻击的原因。如果前线也在这里崩溃，整个"诺盖草原"将被包围。

形势仍然很严峻，但我仍然不敢相信它会导致战争很快的结束。

11月1日，星期一

寒冷的11月，但天气晴朗而阳光明媚。奇怪、不寻常的天气总是给预报人员和战争出难题。正如公报一贯所说，俄罗斯的战斗"势头未减"仍在继续。

诺盖草原的突破口越来越深，苏军向着彼列科普移动。然而，在克里沃罗格，德国人报告了强大的反击。

我还在读莎士比亚，读完了《安东尼与克莉奥佩特拉》。昨天和今天我在读《奥赛罗》。今天晚上，开始读《李尔王》的第一幕。

从戏剧上讲，《安东尼与克莉奥佩特拉》缺乏连贯性，呈现碎片化。有一些美丽的场景和段落，尤其是在第五幕中。

但《奥赛罗》给我的印象是一部意想不到的华美戏剧（也许是因为有着几乎不用字典就能阅读它的乐趣）。

《李尔王》以盛大的方式开始。

我在奥内斯库学校的教学工作将再次获得丰厚的收益——这是一个机会，可以组织我的材料，用于一本我可能会在某个时候写的关于莎士比亚的书（某个时候！！什么时候？下一辈子？）。

11月3日，星期三

从昨天开始，俄罗斯人报告说他们占领了彼列科普并突破了彼列科普。德国公报称，今天晚上在"通往高加索的北部门户"发生了"激烈战斗"，昨天报道了在刻赤地区的登陆。

莫斯科会议的结果会给战争一个不同的方向吗？我们是否在今年秋天会再次受到打击？

11月6日，星期六

今晚的德国公报称，基辅撤离"是为了避免可能发生的突破"。俄罗斯人在失去它两年后重新夺回了这座城市。刻赤的登陆似乎已经建立了一个"桥头堡"。现在克里米亚遭到彼列科普和刻赤的双重攻击，德军怎么守得住？能守多长时间？

诺盖草原似乎完全没有德国人了。苏联人下一个攻击点就是赫尔松。

苏军的进攻在前线继续进行，强度和力度也在不断地发生变化。

任何宣传套路都不再适用。没有任何解释能站得住脚。德军的防线每天都在缩短；障碍一个接一个地倒下。

玛丽埃塔·萨多娃就连一刻也没停止演戏，正如我昨天拜访她时所看到的那样（我需要一些与莎士比亚有关的书，我想我可以从她那里得到一些——但我后来放弃了）。我发现她还是有着同样的姿势、同样的泪水、同样的虚弱和同样的声音变化，这一切使她一直成为一个升华的玛丽埃塔。这真的令人难以忍受，但却也很有趣。

昨天我和奇切罗内·特奥多雷斯库在一家小酒馆待了几个小时。他始终如一地和蔼可亲和诚实。

我们读书、工作、访友、听音乐、制定计划。但除此之外，仍还有可能到来的灾难阴影。

11月10日，星期三

我今天在大学开始了莎士比亚的课程。一个平淡无奇的课程，尽管我有很好的材料。

最近几天我读了《李尔王》和《麦克白》。

在进攻行动的所有领域，战争都在继续。关键的地点现在位于基辅以西和内维尔以西。

希特勒前天发表演讲："德军在逆境中表现出勇敢的面孔。"我认为它至少在几天或几小时内能稍微恢复士气，即使对这里的人们也是如此，就连最近的军事公报也没有那么忧郁了。

我担心我的钱又花光了。

11月14日，星期日

苏军占领了日托米尔。他们的突破变得如此之深，以至于有可能在北部和南部战线之间形成一个完整的楔形攻势。

在地图上，您会惊奇地发现日托米尔和塞尔瑙之间、赫尔松和德涅斯特河之间的距离有多短。

比贝斯库夫妇已经回到布加勒斯特。我在他们家吃午饭时遇见了海格罗森。海格罗森对俄罗斯人的逼近感到害怕。他说："德国人没有输掉这场战争，也不会输掉。他们正处于危机时期，但他们会渡过难关。凭借他们正在研制的新型武器（隐形飞机、自行射弹等），他们将在春天摧毁伦敦，迫使英国退出战争。他们还将歼灭俄罗斯人。"他说这一切时带着悲伤的神情（"你知道，我一直都在支持英国人。"），但也充分想表现出他的知识面和"客观性"。

我和蒂特尔·科马尔内斯库一起度过了一个晚上，首先是在吉塞金音乐会上，然后是在巴伐利亚餐厅。他心烦意乱。他说："俄罗斯人将在两个月后到达这里，我们都会全部灭亡，犹太人和罗马尼亚人都跑不了。"

11月17日，星期三

昨天天气真美好：温暖、阳光明媚，在似4月柔和的阳光照耀下，一切都光耀夺目。简直不敢相信。今天天气也不错，但趋于"正常"，不那么像春天。

昨天下午我去听了德拉戈斯·普罗托佩斯库的第一堂课。我随后对自己去听这样的课感到很生气，但别无选择（我竭尽全力地希望他授权我在教师图书馆阅读一些关于莎士比亚的作品）。

这是一堂"纳埃·约内斯库"式的讲课，但却没有纳埃的魅力，是一堂布加勒斯特风格的有趣但满不在乎的讲课。那是多么容易啊！但我想在这里指出的是完全不同的东西。他谈到了"英国的天才"，并说了一些在今天的情况下似乎非常勇敢的话：关于"英国的道德天才"，关于英国人是"人类进化的最高形式"，关于"对英国背信弃义或虚伪的愚蠢偏见"，而实际上英国精神是现实常识的混合物。他甚至谈到了英国的军事天才。他甚至将丘吉尔描述为政治勇气的典范。他课堂上所讲的，从第一个词到最后一个词都是"颠覆性的"。

我认为，如果说在今天，即1943年11月，当罗马尼亚正与德国并肩作战时，这样的演讲是可能的，那么这样的说法基本上缺乏严肃性。这可能是一个严重的事件，但事实并非如此。它没有意义，没有后果。一位铁卫军团之人向一群实际上是或可能是铁卫军团战士的学生赞美英格兰精神，这对他们来说毫无意义。他们觉得没有必要重新审视或放弃任何事情，也没有必要反对所说的任何事情。

昨天晚上，我和比贝斯库夫妇一起去看了《费加罗的婚礼》。戏演得很凄惨，但我还是怀着无限的快感听着。多么富有，多么年轻，多么美妙的设施。大量的音乐主题和想法被随意地编排，而那些主题和想法每一个都可以作为协奏曲、交响乐或四重奏的起点。

今天早上《环球报》的头版标题是："德国军事司令部再次控制了东方的主动权。"

11月20日，星期六

德军夺回了日托米尔。俄罗斯人已经在科罗斯滕待了几天，但在日托米尔沦陷后，这个城市也太靠前了。

11月26日，星期五

我一下子病了好几天，也不知道到底是怎么回事。我没有真正意义上的生病：我没有发烧，也没有任何疼痛，但我感到浑身没有力气。昨天晚上我想在这里写上几行字，但我的手却握不住笔。早上还好（比如现在九点准备去学校，还有力气潦草地写下这几个字），但到了晚上就疲惫不堪了。这是一场真正的"危机"，更糟糕的是，我身无分文，到哪里都不受欢迎。自从6月以来我就没有像这样手头拮据过。我真不知道该怎么办。

在俄罗斯（根据德国公报判断），战斗仍然激烈但停滞不前。

不管多么奇怪，南部战线尽管存在着不少易攻难守的突出部分，但它仍然存在。在过去的十到十五天里，局势一直处于明显的停滞状态。

德军迅速回返日托米尔似乎有更大的目标。各个报纸都开始谈论基辅——一个类似于今年春天收复哈尔科夫的行动。

不管怎样，战争还在继续。没有发生任何可能加快战事的新情况。相反，势头的普遍放缓正在使我们回到往日的道德惰性。

明日复明日，明日何其多。

11月28日，星期日

星期四，戈梅利被俄罗斯人攻占。

在日托米尔地区，德国公报已经有几天没有提到本应夺回基辅的大反攻。

柏林在一系列空袭中遭到严重轰炸。

但战争还是老样子：漫长、单调、压抑。我们有的还是老问题：什么时候能够结束？

12月5日，星期日

筋疲力尽的一个星期，有各种各样的午餐和晚餐。但是今天早上比贝斯库夫妇走了，我可以回到社交圈之外的惯常生活了。

前线没有什么新鲜事。德军夺回了科罗斯滕，苏军几乎在所有地方继续进攻；在意大利，蒙哥马利又重新开启了攻势。但尽管有所有这些事态发展，我们仍处于相对平静的时期，但这可能是因为天气（令人难以置信的晴朗和阳光普照），也可能是出于我们无法得知的某些政治原因。

在埃及和伊朗举行的英国、美国、苏联、中国、土耳其会议可能会有所作为。

12月6日，星期一

今天我通过了《傲慢与偏见》的最终校稿。如果这本书在罗马尼亚读者中取得巨大成功，我会感到惊讶。它太精美、精致、含蓄；没有粗鲁，没有悲伤的刺痛，没有痛苦。我对我的翻译一点也不满意，它不够流畅。但它会给我带来一些钱吗？

我最近听了好几遍莫扎特的《降E大调协奏曲》。这是四五年前我送给莱妮的礼物。我让她借我分享几天，我一直在听着，着实入迷。

我强迫自己一小节一小节、一个音一个音地跟着它。我尝试识别并捕捉每一种乐器。在快速的乐章中是一种无限的快乐——但是在行板中是多么的悲伤，多么的忧郁，多么的令人心碎！

12月8日，星期三

一封来自波尔迪的沉重信件。他病得很重，需要进行两次手术。1941年，他在集中营里待了三个月，出来时身体已经毁了。

"我饿了，饿得要命。"他告诉我。我过去对此一无所知。我现在还是一无所知。突然间，战争又变成了我最近轻率地忘记的骇人听闻的噩梦。

12月11日，星期六

一份晚报的标题是："法国逮捕了一万二千人。"[1]

我一下子想到了波尔迪。我说话，大笑，走在街上，阅读和写作——但我一刻也没有停止过对他的思念。

写这本日记实在荒唐——一个坏习惯，仅此而已。

战争刺穿了我，刺穿了我的整个生命，刺穿了我所爱、所信仰和所希望的一切。而在这整个磨人的煎熬之中，我应该在这里记录什么呢？

12月14日，星期二

我没有想到的是，昨天晚上，我竟给诺拉·皮亚森蒂尼和谢普蒂

---

[1] 这里指的是在法国政府对犹太人的围捕。

利奇读剧，读了《大熊星座》（我去剧院看他们，他们把我带到他们楼上的地方）。

尽管他们已经开始排练米歇尔·杜兰的《芭芭拉》，但他们立即对《大熊星座》产生了极大的热情，并决定立即将其上演。

今天的事情发生的速度之快，扫除了我所有的疑虑和犹豫。从今天上午十一点到下午四点，米尔恰和我同时向三名打字员口述剧本。四点三十分，手稿就送到了剧院。一刻钟后，索阿雷（已经了解了剧情）代表一位不愿透露姓名的老师对外介绍了该剧。剧作家的署名为维克托·明库。剧名为：《无名之星》（就个人而言，我对失去《大熊星座》感到遗憾——但在他们看来，该剧听起来太有文学味了）。

我在一家咖啡馆里等诺拉和米尔恰。六点四十五分，他们到了，因为在董事会宣读该剧时引起了"狂喜兴奋"而使得他们满脸通红。

每个人都对该剧感到好奇和高兴。明天将进行第一次排练。索阿雷通过电话告诉我：

"这可是一部杰作。"

一切进行得都很顺利，但该剧的第三幕还没有写好。我什么时候写呢？这很紧急——但我在中学和大学之间以及工作中甚至挤不出一个小时的空闲时间。尽管如此，我必须不惜一切代价完成它，夜以继日地工作。

如果这次冒险能让我赚到一些钱，其他的都不重要。

12月21日，星期二

今天我完成了《大熊星座》的第三幕。我写得很快，从星期五晚上到今天中午，匆匆忙忙地，有点机械地，几乎没有时间停下来回头再读一遍。昨晚，我"强加"了黑咖啡，一直工作到凌晨四点。这可不是我最喜欢的工作方式。我无法"在鞭子下"创作出任何好东西。我需要更多的行动自由，需要更多的思考时间。我认为这一幕中有一些非常优秀的东西,但我知道我还没有全力以赴。也许我今后会再回来增色。而且结尾并不让我满意。

但是,我并没有把这整件事看得太认真。有那么几分钟——也许是几个小时——我处于某种紧张状态。角色的确定让我很恼火。我很沮丧,因为玛丽亚·莫霍尔为女主角(我对她有一种柔情)。这一选角产生的各种反响既让人好笑又使我生气。维克多·伊昂·帕帕称此剧为罗马尼亚最好的喜剧,而索阿雷则称它是杰作;马塞尔·安赫莱斯库只因为没能让他出现在第二幕中而感到生气,因此也不想出现在第三幕中;诺拉则想要自己出现在结尾,等等[1]。现在我该对这所有的无稽之谈说一声:狗屎!演得好或不好,捧上天堂或骂入地狱——我对这部戏的唯一要求就是它应该给我带来五十万列伊。

我认为并真诚地希望,我自己对这部剧的其他事项毫不在乎。

12月29日,星期三

星期一晚上做了个梦。

我在大学。我在走廊遇到了奥尼切斯库。他要去柏林——并要求我和他一起去。片刻之后,我在一个小房间里,在纳埃·约内斯库的研讨会上。纳埃来了。他问我时间并将我的回答记在一张纸上。然后他依次向其他学生提出同样的问题,并在一个特殊的抬头下记录了每个回答。大家所给出的时间并不一样。然后纳埃要求我们每个人核实合适的时间并让我们签名。他转身朝向我,对我说,我说话有犹太人的口音。但在那之后,他立即把手放在我的手上,并补充说他将于星期六晚上动身前往柏林。

---

[1] 1944年3月1日,《大熊星座》更名为《无名之星》,进行了首演。

12月30日，星期四

"经过激烈的战斗，科罗斯滕镇已被放弃。"——今天晚上的德国公报说。

最近我没有注意任何与战争有关的事情。但大约十天前，在局势保持相当稳定的一段时间之后，苏军的进攻以最大强度恢复，至少在维捷布斯克和日托米尔地区是这样。

自开罗和德黑兰会议以来，局势似乎进入了一个激烈的阶段。柏林遭受了一系列毁灭性的空袭。在北大西洋，德国战列舰沙姆霍斯特号于三天前沉没。在盟军和德国阵营的任何地方，人们都认为在不久的将来会出现西线登陆。

仅仅通过阅读报纸——因为我没有机会也没有努力去听收音机——就得到了最终坚硬的立场的印象。

然而，我还是不敢相信盟军于隆冬时节会在西部开展攻势。盟军正在对德国施加巨大的心理压力，这可能是为日后的打击做准备所需要的。

12月31日，星期五

某些势态和习惯，由于重复的力量，几乎变成了迷信：给波尔迪的一封信，给阿里斯蒂德的一本书，给莱妮的一些唱片。我去索赛克买了日历架中的年历芯。今天晚上我要去艾丽斯家吃饭。我草草地重看了这本日记本。

12月31日。如同一年前，或者两年前，或者三年前的一样。这一年是什么时候过去的？这一年看起来如此沉重，如此迷蒙，如此不确定。然而它还是过去了。它已经过去了，而我们还活着。

战争仍然在我们身边，和我们在一起，在我们心中。更接近尾声了，但正因为如此，它才更具有戏剧性。

任何个人资产盈亏表都会在战争的阴影下消失。它可怕的存在是第一个现实。然后在遥远的某个地方，被我们遗忘的是我们自己，随着我们慢慢地无声无息、慢慢地衰弱、昏昏欲睡的生活，我们等待从睡眠中醒来，重新开始生活。

Journal

1935年
1936年
1937年
1938年
1939年
1940年
1941年
1942年
1943年
1944年

4月8日，星期六

轰炸四天后，这座城市仍处于疯狂之中。最初时刻的警报（没有人完全知道发生了什么，没有人相信……）一下子就变成了恐慌。每个人都在逃离，或者想要逃离。大街小巷满是载着各种杂物的卡车和手推车，仿佛人人都在一出浩大的悲喜剧中搬家。

今天开始有几辆有轨电车跑来跑去，但大部分线路仍然被封锁。半个城市没有电。没有供水。暖气片也不工作。在各个水井和喷泉旁，成群结队的妇女和儿童提着水桶，排起了长队。

一个小时后（我认为实际轰炸持续时间不超过一个小时），这一座拥有一百万居民的城市最重要的功能全都瘫痪了。

死亡人数尚不清楚。最矛盾的数字四处流传。几百？几千？前天罗塞蒂说有四千二百人，但这也不确定。

昨天下午我去了格里维塔区。从火车站到巴萨拉布大道，没有一所房子能逃过轰炸。这是一片令人痛心的景象。尸体还在不断地被挖出，废墟下依旧可以听到呻吟之声。在一个街角，三名妇女抓着头发，撕破了衣服，对着一具刚从废墟中挖出来的烧焦的尸体发出撕心裂肺的哀号。早上下了点小雨，泥土、烟灰和烧焦的木头的气味弥漫在整个街区。

这是一个可怕的、噩梦般的景象。由于无法越过巴萨拉布大道，我带着厌恶、恐惧和无能为力的感觉回到了家。

五年前，当我在莫戈索阿亚服兵役时，我每天早晚都要经过这个

1944年　725

车站区。我在出去的路上如饥似渴地阅读早报,在回来的路上又如饥似渴地阅读晚报,焦急地关注着新闻快讯。我知道战争正在逼近我们。当我们动身前往训练场时,我知道我们的命运危在旦夕,乒乒乓乓打开百叶窗的店主们的命运危在旦夕,步行赶往市场、车站或铁路广场的所有人的命运都危在旦夕。可谁也没有想到,五年后的一个寒冷的春日,火光中的浓烟和屠杀笼罩着一座座破败的房屋,会出现多么惨烈的一幕。但是,无论当时还是现在,我们都无能为力。

奇怪的是,在轰炸过程中,我一点儿也不觉得有多么严重。起初我以为这是一次演习(三小时前就有一次)。当雷鸣般的声音响起时,我以为那是防空火力发出的声音。有几次出现较剧烈的晃动,也似乎不是炸弹所造成的。

当我走到院子里时,我看到许多彩色纸片在空中飘来飘去(大概是宣传材料),我以为这就是飞机抛下来的所有东西。来自镇上的第一批谣言(布雷佐亚努被轰炸了,卡罗尔街上落了一颗炸弹)听起来像是编造出来的故事。

当我走向市中心时,街道上出现了一种奇怪的紧张情绪——但与其说像是恐惧,倒不如说像是好奇。直到后来我们才意识到轰炸破坏的规模。

莱妮家的房子完全被炸毁了。我前天去那儿,帮她在废墟里寻找能捡到的东西。[1]

曾经每个星期五早上来这里的年轻美甲师玛丽死了。她那么年轻,那么可爱,那么诚实——一个女店员,但像个孩子一样优雅,像寄宿学校的年轻女士一样懂事。

---

[1] 这一时期,盟军对布加勒斯特和普洛耶什蒂油田进行了猛烈的轰炸。

当你在数以千计的不知姓名的死者中遇到你熟悉的一张脸，你曾经见过的一抹微笑时，死亡就变得活灵活现了。

阿里斯蒂德、罗塞蒂、卡米尔和维绍亚努逃离了这座城市，每个人都逃到了他能去的地方。除了我们人人都离去了，因为我们已经打消了离开的念头。

星期二的轰炸事件造成的惊慌将逐渐淡去，但对未来轰炸事件的担忧仍将存在。什么时候还会有？那将会是什么样的呢？会在哪个区呢？我们能幸免于难吗？谁能幸免于难呢？

这不仅是一个生命生存的问题，还有随之而来的苦难，以及在绝望、愤怒和仇恨的普遍气氛中所包含的所有危险。

目前还没有反犹太主义危机的迹象。但是任何时候都可能出现。

4月16日，星期日

第二次轰炸发生在昨天早上，时间在十二点钟到一点钟之间。这次让我觉得比上一次更糟糕。幸运的是我在家中，可以稍微安抚一下妈妈。她一下子哭了起来。至少有一次，爆炸声很大，我觉得所有的爆炸就在我们附近。飞机似乎不停地从我们头顶掠过。我们紧张地等待着：要爆炸了……要爆炸了……要爆炸了……

市中心看起来很可怕。从布雷佐亚努到罗塞蒂家的伊丽莎白大道路段和从邮局到皇家的胜利之路路段都被封锁了。大多数炸弹落在这里和附近的街道上。他们的目标是什么？我不知道。也许是电话交换机。但如果是那样，轰炸的精准度也太差了。包含罗马尼亚书籍出版社的区块被摧毁；大学和建筑学院着火了；许多其他建筑物被击中。昨天晚上，从很远的地方都可以看到火焰。我不知道是否有人员伤亡，如果有，不知有多少人。

我一直在思念波尔迪。如果我们能知道他的消息，一切都会变得较容易承受了。但在听到他的消息之前，各式各样的想法都在困扰着我。

春天！充满了不安，充满了不确定性。在遥远的某个地方，存在着一丝希望。

我太孤单了。苍老、悲伤、孤独。

但我禁止自己陷入个人绝望的危机。我没有这个权利。你必须坚持下去。

我正在读巴尔扎克的著作，这是目前我觉得唯一能读的东西。我无法工作。我十分厌恶地重新阅读了我的戏剧《亚历山大大帝》。我没有意识到它是如此糟糕，无法调教。

我怀着极大的兴趣重读了《幻灭》(《两个诗人》《外省大人物在巴黎》《发明家的苦难》)。昨天和今天又读了《法拉格斯》。而现在我开始阅读《朗热公爵夫人》。

4月18日，星期二

今天早上的空袭警报响起的时候，我正在中学。"预警"一响，我就跑到街上开始向家跑去。主广场有一种电影效果：人群惊慌失措。数百人像醉酒的蚂蚁一样漫无目的地奔跑。

就在警笛响起的时候，我在十一街的拐角处停了一会儿。我进入战壕，但很快又出来了。又有什么用处呢？我一直往家跑，想尽快地和妈妈在一起。街道上已经空空荡荡的，但仍有一些人经过。没有人强迫我们继续奔跑。一座被人抛弃的城市，可怕的寂静。

星期日早上，飞机飞越了布拉索夫和图尔努塞韦林。今天会飞到哪里呢？

仍然没有波尔迪的消息。我焦急地等待着。

还在阅读巴尔扎克。昨天我读完了《朗热公爵夫人》（这不是安东涅·比贝斯库建议的杰作）。我知道巴尔扎克的作品好得无法估量，即使其次要作品也是如此。例如，《老姑娘》——更不用说《比哀兰特》了。

今天，我读了《金眼女郎》。

昨天我碰巧打开了一本波德莱尔的书。他书中的巴黎和巴尔扎克笔下的一些巴黎形象的近似关系令我震惊：一个肮脏、恶臭、阴暗的城市，一个（几乎没有戏剧性的）辉煌与苦难的混合体，一个我曾经认为是独特的波德莱尔风格的巴黎，而我现在通过巴尔扎克对它越来越了解了。

只要一听到波尔迪的好消息，我就会去努力工作。去创作一部戏剧（《自由》），甚至小说。

4月22日，星期六

昨天早上，在生死关头的十二点钟，又发生了一次空袭——这是第三次。我仍然不知道城镇的哪个部分受到了攻击。市中心没有受到伤害。那一定是在郊区，如皮佩拉、福特、马拉萨。不管怎样，这一次我们没有听到任何大灾难的回声。

今天早上十一点，不知从哪里传来谣言，说有空袭警报。商店关门了，人们纷纷赶回家中。

傍晚时分，一座荒废城市的印象变得越来越深。空气中飘荡着一种莫名的不安。你觉得自己快要窒息了。

巴尔扎克，还是巴尔扎克。我读完了《塞萨尔·皮罗托盛衰记》

和《纽沁根之屋》，并开始阅读《交际花盛衰记》，其中对沃特林的重新发现增加了我的好奇心。

4月25日，星期二

昨天早上的轰炸是迄今为止持续时间最长，也可能是最严重的一次。至少在市中心没有破坏的痕迹，那里的一切——水、电、有轨电车——似乎都在正常工作。但据说，奇蒂拉的铁路线编组站被炸毁，菲兰特罗帕区受到重创。民防分队的几名年轻犹太人被炸死在战壕避难所里。普洛耶什蒂的情况似乎也非常严重。

我与吉内尔·巴兰[1]共进午餐。巴兰告诉我，一年前他与米尔恰·武尔坎内斯库进行过一次"历史性"对话。财政部长向巴兰建议，他应该承担德涅斯特河沿岸的财务管理工作。该职务相当于是副省长的级别。当巴兰拒绝了这个提议时，武尔坎内斯库把他拉到一边，试图改变他的想法："这是实现我们帝国野心的独有的机会。德涅斯特河沿岸的管理意味着罗马尼亚历史上第一次定植化。通过在整个德涅斯特河沿岸植树造林，我们将能够阻止冰冷的北风再次吹向我们。"

4月30日，星期日

已经下了三天的雨了。这可真是一种防空防御。我们在雨的笼罩下感觉更安全。不管怎样，的确没再有什么警报了。

没有波尔迪的近期消息。今天，我们收到了他的一封信，但日期是3月8日。

---

〔1〕 吉内尔·巴兰：记者。

读完了昴宿星版的《巴尔扎克全集》第五卷。现在开始阅读第六卷。

前线没有什么新鲜消息。

5月4日，星期四

昨天晚上在一点钟到两点钟之间发生了空袭。这是第一次夜袭。今天没有进城，也不知道发生了什么事。

轰炸似乎或多或少是随机的，没有精确的目标（伊兹沃尔街、马勒谢什蒂大道、梅切特街遭到轰炸——为什么是这些街？）。蕾妮·普雷西亚努和她的全家全都遇难。可怜的姑娘！

我突然比以往任何时候都感到危险。对合理的目标进行有组织的精确轰炸，你还有机会保护自己，但是没有任何预防措施可以防御盲目的乱炸。

5月7日，星期日

整个城市都弥漫着百合花味和烟味。经过一个星期的降雨后，春天迸放出壮丽的面孔。但由于昨天晚上和今天早上的轰炸，城市上空笼罩着浓浓的烟雾。在六十小时内，有五次警报和两次轰炸。我们正在经历一场又一场灾难。星期五，早上发出一次警报，晚上又发出一次警报。星期六也是如此。今晚我们等着看会发生什么。

昨晚，流弹也落在了我们所在的城镇地区——圣使徒街、炮台街——但真正的破坏出现在很远的地方，在车站周围、布泽斯蒂街周围、波拿巴街和斯特凡大帝街周围。显然，那里整条整条的街道都在燃烧。

至少半个城市的水、电和电话都出现了故障（我们还有水和电）。有轨电车服务再次暂时中止。我进城去了一会儿，但主要街道上空空荡荡的。

我想知道，所有这一切背后都有什么样的目的？它在指向何处？这样的受苦并非完全没有意义。

5月8日，星期一

昨天晚上进行了二十四小时内的第三次轰炸，短暂但威力巨大。几个小时以来，我们听到的炸弹似乎都是冲着我们而来的：一声长长的尖利的哨声，就像烟花汇演中的冲天火箭一样，预示着炸弹的爆炸。我们紧闭双眼，痛苦地等待着。

今天在城里就像是星期天一样：商店关门，街道空荡荡的，人们在避难所周围等候着。

现在是凌晨一点钟。也许他们今晚不会再来了。我真想睡觉。我开始感到恼怒，想到了离开布加勒斯特。防空避难所不会增强任何信心。昨天晚上镇上几乎任何地方都有人死亡。

5月10日，星期三

今天黎明时分，成千上万的人开始离开城镇。两天来，谣言一直在口耳相传：据伦敦广播电台报道，布加勒斯特将在5月10日被摧毁。这是一个愚蠢的想法，但人们怀着迷信的恐惧相信它。

但今天，至少到我在午夜后写下这篇日记时为止，一直都很平静。

5月11日，星期四

前面的几行字刚刚写完，空袭警报就拉响了。我们在任何地方都没有听到爆炸声，但我们一直待在避难所里，直到两点钟响起了"解除警报"。我不能像最初那样冷静地对待这种险恶的游戏。我紧张得发抖，几乎无法控制。

我是不是也快要陷入恐慌了？我没有权利这样。我必须坚持下去，至少是为了妈妈，如果不是为了其他人的话。

在过去的几天里，关于离开城里（每个人都在离开……）的模糊想法一直在困扰着我。

今天我见到罗穆卢斯·迪亚努[1]，并请他到内政部为我说说好话（我是多么天真！）。他拒绝了，态度十分冷漠，是回避性的和正式的。这家伙非常内向，他圆滑的姿态就像是只蜥蜴。

但他的拒绝已经打消了我想做的这种尝试。我们还是留在原地吧。愿上帝保佑我们。

诺拉和米尔恰也离开了。我今天给他们打了几次电话，但都没有人接。我比以往任何时候都感到更加孤独——一个依附于他的朋友，与朋友一起生活已养成了习惯的可怜单身汉。

今天下午，我穿过城里，感到孤独的压抑。没有人可以和我交谈，没有电影院我可以进入（它们中的大多数都已关门了，剩下的只能上演最糟糕的老片子，就像在地方城镇中那样）。

我还在读巴尔扎克。有的时候他的作品带有一丝不苟的凶猛和无情的厄运感，会令人沮丧。《贝姨》和《邦斯舅舅》是他描述黑暗面的

---

[1] 塞巴斯蒂安在卡米尔·彼得雷斯库任编辑的文学杂志社工作时认识的一位作家。

杰作。在书中，"邪恶的胜利"被无情地钩织起来。我怀着孩子般的心情阅读着它们，心中充满了怜悯和叛逆。书中也不遗余力地侃侃而谈人物所处的环境，卑鄙的小恶人（贝姨、马蒂法特夫人、拉西博特、弗莱西）；没有人达到沃特林那样的梅菲斯特般的伟大。

我仍然还有当作家的冲动。很早以前，我就有过在某一天写一本关于巴尔扎克的书的想法。但是，在今天的崩溃中，这样的一个项目又有什么意义呢？我什么时候、用什么样的方法、用什么资源来重建自己的生活呢？

塞瓦斯托波尔已经易手，那是在几天前的事。东线的战争将从上个月或更长时间的停滞状态向前发展了。但除了轰炸，前线的一切都被冻结了。

5月15日，星期一

五天没有空袭警报了，八天没有轰炸了。我们不知道这种状况能持续多久，但它总算让我们有了喘息的机会，来安抚我们破碎的神经。

如果对轰炸事件做出任何政治判断不是荒谬的，那么我觉得轰炸的停止可能只是暂时的，因为英美在意大利的攻势（三天前开始的）达到了顶峰。他们至少必须将飞机集中在那里，直到他们突破德军防线。现在将飞机转移到其他目标是不合逻辑的。

这也许是"不合逻辑的"。然而，这场战争没有任何逻辑可言，至少对于我们这些缺乏确凿信息、不得不根据零散的迹象和表象进行判断的人来说是这样。

难道在5月3日晚上我没有向艾丽斯·特奥多里安解释过，在俄国人对比萨拉比亚和摩尔达维亚发动新攻势之前，英国人和美国人不会再次开始轰炸罗马尼亚吗？我的推理是完全合乎逻辑的。然而两个小时后，我们都躲在地窖里，英国的第一批夜间投射的炸弹在这个城市的大部分地区上空轰鸣。

5月23日，星期二

收到一些来自波尔迪的相当陈旧（3月底或4月初）但使人安心的信件。

我越来越感到绝望，被最可怕的想法折磨着。

他在孤独中受了多少苦！

还是很安静。普洛耶什蒂遭到了轰炸（我想是在星期三下午），但布加勒斯特这里平安无事。

"高度戒备"、防空警告和预警的歇斯底里已经平静下来。这座城市似乎又变得热闹起来了。

但暂时的安宁能持续多久？

意大利的攻势仍在继续。其他战线都很安静。事实上，西线的空中压力似乎正在减弱。

阅读完了昴宿星版的《巴尔扎克全集》第六卷。现在开始读第七卷。

5月31日，星期三

今天早上的警报又一次响起。普洛耶什蒂和布拉索夫两地遭到了空袭。

意大利的战事依然激烈，但这并不能阻止英国人和美国人对我们的打击。好吧，不管怎样，我们有了三个星期的宽限期。

在我看来，一旦前线发生新情况（罗马沦陷、入侵或俄罗斯进攻），我们这里就会看到另一轮轰炸，也许会比上一次更糟糕。我当时正在考虑离开——但这可能吗？

我正在为西克翻译《刚刚发布》。他准备在实验剧场安排一个演季，并希望在几天后与《无名之星》一起上演。但我认为到那时他无法做到。

战争就在这里，即使它有时会让我们平静几天。

6月5日，星期一

罗马已被盟军占领。

今天，在意大利停战九个月后，这个消息已让我们不那么激动了，但它仍然是命运的精彩转折！

我们太累了，无法高兴起来。我们需要的是战争的结束，而不只是一个中间的胜利。

星期五晚上，我在库凡突尔日报社与谢伊卡鲁[1]进行了交谈。他只是一个肮脏的人。我对我和他说话感到厌恶。

我们的空中一切都很安静。四个星期没有空袭布加勒斯特了。这会持续多久？

我用四天时间为西克翻译了布尔代的《刚刚发布》。

明天我可能会和阿里斯蒂德一起去布蒂马努待三四天。

6月6日，星期二

盟军正在法国诺曼底海岸登陆。反攻开始了。艾森豪威尔向欧洲

---

[1] 帕姆菲尔·谢伊卡鲁：《库凡突尔日报》的所有者和董事。

人民发表了宣言。丘吉尔说，有四千艘大型船只和一万一千架飞机参加了这次行动。

6月10日，星期六

昨天我从布蒂马努回来，在那里我与艾丽斯和阿里斯蒂德待了三天。除了去布约雷安卡的库拉格夫人家吃午饭外，没有什么令人愉快的地方。库拉格夫人家是一座华丽的豪宅，有一个萨多维努所描绘的那种阳台。田园诗般的乡村生活有太多缺点，比如跳蚤、灰尘等等。但是田野到处都是美丽的。我可以躺在草地上，永远不想离开。我渴望高山。我渴望大海。我甚至渴望科尔科瓦。

在乡下的所有时间里，我一直焦躁不安，迫不及待地想知道反攻进展的情况。我们虽说有报纸，但还不够。

现在我又回来了，了解了新闻，我意识到自从最初激动人心的时刻以来，其余的一切行动都在较慢地推进。关键的事实是登陆已经发生，盟军部队已在大陆上有了立足点。因此，"大西洋壁垒"并非不可逾越的天堑，所谓的"秘密武器"也并非是万能的。

6月11日，星期日

昨天有一个警报，今天早上还有另一个警报。远处有雷声响。飞机从头顶飞过，发出沉闷的声音，但没有投下任何炸弹。昨天，布加勒斯特附近似乎发生了对汽车、手推车和步行者的机枪袭击。

奇怪的是，他们在意大利和法国忙得不可开交，还有时间来袭击罗马尼亚。

6月20日，星期二

在诺曼底，经过一段时间的原地踏步，盟军已经跨过了科唐坦半岛，正在接近瑟堡。

意大利的攻势仍在继续，佩鲁贾即将攻陷。

在芬兰，苏军一个星期前发起的攻势直接威胁到维堡。

然而，在过去的三天里，整个DNB媒体都欢欣鼓舞。胜利的呐喊，耸人听闻的横幅标题，就像在德国胜利的最激动人心的时刻一样。这是怎么回事？秘密武器已经揭晓！无人驾驶飞机！神秘的火箭。奇迹的武器。地狱之犬！伦敦将成为火海！数百万英国人惊慌逃离！伦敦被摧毁了！伦敦疏散了！

我和卡米尔在大陆酒店共进午餐。邻桌是奥尼切斯库、克拉伊尼克、德拉戈什·普罗托波佩斯库、伊瓦斯库——四个人都洋溢着喜悦的笑容。

"终于成功了！"奥尼切斯库惊呼道。

"但这还不够，"克拉伊尼克补充道，"必须打击华盛顿——华盛顿！"

一个男孩拿着下午的报纸从旁边经过。奥尼切斯库翻开一份报纸并大声朗读起来，其他人则表示出惊奇的神情和高涨的热情。

最终，人们总是看到他们的观点允许他们看到的东西。

放在奥尼切斯库和我面前的事实是相同的。我们读的是同样的报纸，知道的是同样的事情，但对他和我来说，一切从根本上来说都是不同的，就好像我们生活在两个不同的星球上一样。

上帝啊，人类的智慧真的可以成为如此荒谬的工具吗？奥尼切斯库是低能儿吗？我最后一次见到他是在两年前。那时他坐在卡普萨餐厅的一张桌子旁，等待隆美尔进入亚历山大港。但在这两年之中，战争发生了天翻地覆的变化。然而，事实从他身边溜过，留给他的仍是一模一样的微笑，同样坚定不移的信心。一个顽固不变的观念预示着一个封闭的宇宙。

6月27日，星期二

盟军昨天占领了瑟堡。DNB的媒体详细说明了蒙哥马利的计划是如何失败的。他曾想不惜一切代价在两天内占领港口——但他花了二十天。此外，这座城镇已被完全摧毁，并不能代表任何真正的收获。

在芬兰，维堡陷落后，苏军正向两个方向推进。

在俄罗斯的中部前线，苏联在具有象征意义的重要日子6月22日发起了一次重大攻势。维捷布斯克已经攻克。

这是整个战争演变的关键时刻。7月和8月可能会让局势到达紧要关头，但无论如何我们都感觉不会再有暂停的余地了。

这里暂时还很安静。星期五和星期六早上有空袭警报（轰炸机飞越了普洛耶什蒂的上空），但并没有在首都投下任何东西。

我已经读完了昴宿星版的《巴尔扎克全集》第七卷——《舒昂党人》——这是一本费力但有趣的读物（故事发生在诺曼底，或多或少在如今的登陆区域）。现在我已经开始阅读第八卷。我正在阅读《农民》。这部小说揭示了巴尔扎克政治态度的起源。他是一个反动派，但并不伪善。但是小说家比空谈家更为强大，并且抵消了空谈家。我想就这点把它写出来——当然也会包括其他许多东西。

济苏的妻子是个奇怪的女人。她坐着出租车来接我，我无法摆脱她。昨天，又一次和她在绍塞亚街上散步。

她放飞自己的想象力，急切地想变得有趣。她做出最荒唐的举动，无非是为了引起别人的好奇。星期六，她告诉我，纳埃·约内斯库曾经向她求婚。昨天——一想到这我就不寒而栗！她承认，她去年就开始,现在仍然在深深地"暗恋"着我。如果我有这样的需求并能理解,如果我有这样的需求并能理解……

我竭尽全力想摆脱这些。她疯了,故意撒谎,制造出情绪化的场面然后表演出来。这是真实的情况,绝对是如此。

6月28日,星期三

今天早上发生了空袭。我还不知道其他地方的情况如何,但在我们住的这个城市的部分非常严重。一枚炸弹落在阿波罗多街,一枚落在炮台街,一枚落在簪瑶罗西阿街。军火库着火了。浓烟在房屋上方飘荡。街区到处是玻璃破碎的哐啷声,街道上到处都是玻璃碎片和灰尘。在避难所里,当爆炸的冲击力击中墙壁时,我至少在那时感到危险已经临近。紧接着,一团灰尘和烟雾随之而来,尽管它离我们还较远。奇怪的是,就在那时"警报解除"的广播响起!警报解除是对谁而言?是对我们这些活了下来,没有身首异处的人吗?还是对其他人?

又过了一天,就像往常一样,继续生活在尸体和火焰之中。

7月3日,星期一

昨天晚上和今天早上都有空袭。似乎马拉沙和迪斯特里布特受到的打击最大。市中心没有受到袭击,看起来很正常。但是一整天,浓浓的烟雾一直在空中飘过。

7月4日,星期二

这是一个安静的夜晚,但清晨警报声再次响起。远处传来隆隆之声和引擎的噪音。

在俄罗斯，中部战线有了重大突破和一些不知地点的行动。维捷布斯克、奥尔沙、莫吉廖夫、博布鲁伊斯克相继易手。昨天明斯克被苏军攻克。今天是波洛茨克。

自瑟堡沦陷以来，诺曼底的情况并没有太大的变化。

7月8日，星期六

我艰难地读完了《农民》。这本书的结构晦涩难懂。过多的角色阻碍了情节发展，而这些角色却没有明显的个性特征。你一路走去，一路丢失了他们，无法把他们记住。准备工作繁芜庞杂，甚至显得有些勉强，因为情节最终会以较少、较简单的元素解决。但这是一部未完成的作品——我不知道巴尔扎克最终会用所有这些材料做些什么。

我们平静地度过了四天。没有警报。阴雨天气给了我们一点安全感。

我为比尔利克翻译了吉特里的一部短剧。从中赚到的钱会让我维持生计——我们稍后再看会是什么样子。

战斗在前线继续进行，但没有太大的变化。

有时会怀疑这一切是否会在今年结束。还要再拖一个冬天吗？

不，不。现在下结论还为时过早。我们正处于夏季战役的中期。所有的结果都是可能的。

我总是独自一人；既不绝望也不快乐；只是恹恹欲睡，昏昏沉沉。

7月24日，星期一

昨天晚上一点钟发生了空袭。我们已经不习惯了。它持续了很短的时间，但似乎很激烈。

今天早上城里看起来没什么变化。炸弹可能落在了郊区。

星期五，德国最高司令部有人企图刺杀希特勒，不过，似乎没有改变任何东西。

在幕后的某个地方，解体过程就像癌症一样在蔓延。

在波兰，苏军占领了利沃夫和卢布林。

7月28日，星期五

我们又面对新一轮的倒霉了：今天早上有警报；昨天晚上有空袭；前天早上和晚上都有警报。

昨晚的轰炸很可怕。我们一直感觉到一批接着一批的飞机正朝我们附近飞来。轰炸所产生的摇晃是你在地震中感受到的那种感觉。墙壁在摇晃。一团灰尘撞开了地窖的门，带来了一股烧焦的味道。

当我离开避难所时，可以看到中央邮局和大都会教堂附近冒出巨大的火焰。我和贝努、米尔恰和诺拉一起走过街道。塞拉里的一场大火似乎将吞没整个城市。白色和黄色的火焰向四面八方喷发。沿着丹波维塔河的上游朝向拉霍瓦之路方向上行的地方，一些较小的火堆划出了一个大大的火圈。

我今天没有进城，但显然所有的火都已经自行熄灭了。灾难并不像我们昨晚想象的那样。

这些空袭有什么意义？它们是苏军进攻的前奏吗？既然波兰前线已经崩溃，德国内部战线摇摇欲坠，他们是否试图让罗马尼亚脱离与德国的联盟？

你试图找到一个理由，一个政治上解释！否则轰炸就太随意了。

波兰的比亚韦斯托克已经被苏军攻克，立陶宛的德维诺克和爱沙尼亚的纳尔瓦也是如此。

至少在中部前线，德国人的抵抗似乎被粉碎了。华沙是近期苏军的主要目标。

与此同时，在更南边，斯坦尼斯拉夫[1]的易手和科洛米亚周围的战斗意味着苏军攻势可能会向南移至摩尔达维亚前线。

无论如何，很难相信罗马尼亚战线已经被各地的事态发展所忽视，会继续保持稳定。

7月31日，星期一

今天早上又有一次空袭。它不是很长，也不是特别严重，但天空中的飞机引擎发出了阴森森的声音。有那么一会儿，我以为星期五晚上的凶猛袭击会再次重演。

如果像近些天人们一直在说的那样，土耳其将与德国断绝外交关系（预计在8月2日），那么更近的基地的可用性很容易使轰炸对我们造成灾难性后果。战争似乎接近尾声，可能在十个星期内结束。问题是我们如何才能在这最后的几个星期内安然无恙地活下来。

昨天，我整天都在离布加勒斯特不远的一个农场度过，在一个迷人的房子里，就像是《度假游戏》的舞台背景。

8月3日，星期四

土耳其与德国断交。

---

[1] 伊万诺-弗兰科夫斯克的旧称。

芬兰总统已辞职，由曼纳海姆接任。这被解释为新的和平谈判的序幕。

在法国，美军对雷恩的一次进攻威胁到孤立整个布列塔尼半岛。这相当于科滕廷行动的一次重复。

在东部，苏军各部同时进攻华沙、里加和梅梅尔。在意大利，佛罗伦萨仍在顽抗，但时间不会太长。

随着形势变得越来越尖锐，我们则变得越来越不耐烦了。昨天和今天，我们总是感到过度兴奋，好像任何时候都可能会有一些明确的消息传来。

8月7日，星期一

很难跟踪法国正在发生的事情。德国在西面和南面的战线都被打破了，整个战局正在摇摇欲坠。在布列塔尼，"大西洋壁垒"被夷为平地，毫无用处。美国人已经进入了布列斯特、圣纳泽尔和劳里乌，而这几个地方的德军驻军仍坚守着原本用于防御海上进攻的防御工事。美军装甲部队突击纵横在整个德军后方，突然出现在无人预料的地方。这些行动与1940年5月德军的进攻完全相同，只是到目前为止规模较小。巴黎并不被排除在盟国进攻的目标之外：如果局势继续以这种速度进行，任何事情都是可能发生的。

8月8日，星期二

我已经写好了一个剧的设想。第一幕：一个完美的轮廓，一个场景接着一个场景，材料充实丰富。第二幕：没有那么详细。第三幕：除了结局外，完全是笼统的。今天下午有一段时间，当我把我的想法移到纸上时，这些想法相互拥挤，以争抢我的注意力。这时，我陷入了发烧的状态（每当我头脑中"看"到一本书或一部戏剧时，我的发烧老毛病总让我有点头晕）。我感到极不耐烦：我本来想直接开始工作；我想把这个好消息告诉别人。

我走出门去，一直走到阿尔罕布拉剧院，诺拉和米尔恰正在那里进行排练（好像我需要处在一个一切都在幕后冒泡的气氛之中）。但我感觉到不合时宜，于是调头回家了。

现在我已经平静下来了。我把这一设想放在一旁，搁置上一段时间。我还有许多其他工作需要做（重编安东涅的剧本、为《洪水》[1]重写第三幕）。一个星期以后，我再来看看我今天匆匆忙忙地写的那几页纸，看看能做些什么。

如果我写这部戏，我将归功于舞台布景的构想。这就是我最初所看到的：没有人物，没有戏剧冲突，没有主意——只有在第一幕中新建一幢房子，在第二幕中为这房子提供家具装饰，在第三幕中房子被地震夷为平地。这三个布景的阶段都以远处的简单观察为主，并以此来连接它们，并使它们成为一体。

今天这部戏的所有活生生的素材都是围绕着这个赤裸的骨架方案发展起来的。这是一个有趣的起点。

8月10日，星期四

昨天晚上和今天上午发生了空袭。我不认为布加勒斯特是主要目标，但至少昨天晚上有一阵子枪声震耳欲聋。我只有强忍了。但可怜的妈妈，她像一个受惊的孩子一样受苦！

---

〔1〕《洪水》：H.伯杰的戏剧。

1944年 745

8月11日，星期五

看来美军的装甲车已经推进到了沙特尔！

我再次看到1937年10月的那个星期天，我与波尔迪和贝努在沙特尔。当时我们对大教堂的美丽感到非常兴奋。巴黎就在不远的地方。

8月13日，星期日

西部战线没有什么新的消息。苏军的进攻大约在1939年的边界上停止了。里加、梅梅尔、华沙、克拉科夫仍然还没有到达。这是苏军为了重新集结而停顿吗？还是德国人企图利用庞大的储备阻止苏军向帝国边境挺进？新的攻击可以在任何时候发起。但就目前而言，战斗（虽然仍然是激烈的）已不像以前那样的规模了。

另外，在法国，战况让人困惑但规模正在扩大。我们对沙特尔的情况一无所知，也不知美军从勒芒向巴黎的推进实际上已经走了多远。绕过阿朗松的目标是为了在卡昂打击德国前线的后部。自从登陆以来，卡昂一直是摇摇欲坠的地区。如果此行动成功，入侵才真正有"侵犯性"。

今天是一个炎热又耗尽精力的夏日。我提不起精神，无法集中精力来工作。我一直在重编安东涅的一部戏，但我却被卡在了第四幕，不可能继续前进。我还得为贝亚特[1]和芬蒂[2]完成《洪水》的第三幕。所有这些工作都必须加速完成，而我现在写了一个词却无法想出紧接其后的应是一个什么词。

---

[1] 贝亚特·弗雷达诺夫：女演员。
[2] 阿尔·芬蒂：戏剧制作人。

8月15日，星期二

法-英-美军在法国南部登陆！

8月17日，星期四

今天早上和晚上都有防空警报。这些警报让我们吃惊，因为盟军在法国南部登陆之后，我们一直期待着一段时间的空中平静。他们在那里忙得不可开交，可是他们仍然能为我们腾出时间。

登陆部队正向法国南部（戛纳、尼斯、圣马克西姆、圣特罗佩）平稳快速地推进。

在北部，同盟国已经占领了奥尔良、沙特尔和德勒。巴黎也为期不远了！

海报说，昨天晚上喜剧剧院将上演"新剧"《无名之星》。

我没有去看，也没有感到好奇。

8月19日，星期六

这几行字是我在早上的警报声中写的。我们的霉运还在继续。昨天早上我们这里也有警报。站在街上，你可以看到成群的飞机在远处空中划过，在明亮的阳光下它们的金属闪闪发光。有时候，当出现在一片发白的云层之前时，飞机就会变得暗淡、朦胧。昨天和今天它们飞到了普洛耶什蒂。今天它们似乎正在前往布拉索夫。暂时是这样。

向巴黎的挺进仍在继续，美国人已经到了朗布依埃。但战斗的形状过于流动，战线很难看清楚。

昨天晚上我去观看了《无名之星》。

喜剧剧院有着多么辉煌的礼堂呀！在阿罕布拉剧院，一切都失去了，就像在一个巨大的谷仓里一样。但在这里，整个大厅就像一个美妙的音乐盒。

一个惊喜：坦蒂·科恰[1]。她增添了相当多虚假的点缀，但（虽然所有这一切都是"想象性的发挥"）也表现出了轻浮和情感的融合。这与我剧中的蒙娜相当合拍。

8月21日，星期一

苏军在摩尔达维亚和比萨拉比亚的进攻已经进行了两天。显然雅西已经易手。

战争正在向我们袭来。这不是五年来像道德剧一样压得我们喘不过气的战争，而是真枪真刀的战争。大转机随时都可能发生。我们的生命再次岌岌可危。

一切皆有可能——没有什么事情是容易的。军事抵抗（无论事情结束得有多快）意味着破坏，或许是被迫撤离，或许是饥饿。投降意味着德国人压制性地回应，就如对待意大利北部的方式一样（谁知道呢！）。

此外，在这两种情况下，任何时候都可能再次发生大屠杀。我们相对的安静日子现在已成为过去。我们正越来越靠近大火的中心。

按照他们熟悉的做法，苏军现在在南部展开进攻，因为他们的进攻在中部和北部有所放缓。他们将尽可能快尽可能猛烈地向这里推进。巴尔干半岛已经到了可以结束战争的时候了，所有的部分都到位了。

---

[1] 坦蒂·科恰：女演员。

土耳其已经准备好了。保加利亚（在巴格里亚诺夫[1]的演讲惊人的突变之后）已准备好应对游戏中的任何变化。与铁托一起，可能还有英美盟军登陆（这在目前的情况下几乎没有必要），苏军可以将整个德国前线推向喀尔巴阡山山脉、匈牙利和奥地利。

不能指望德国人会自动迅速撤退。他们会试图抵抗。我不知道他们还能坚持多久，但这段时间足有可能让他们把我们消灭掉。

在法国，英美的进攻仍在南方和北方继续进行。南方的一切尚不清楚。那里没有前线可言。英军和美军的推进已经深入，但并未具体说明在何处。法国马基抵抗组织是一支真正的力量，阿讷西和格勒诺布尔显然已掌握在法国人手中。

在诺曼底，战斗已经转移到东部的塞纳河。巴黎可能会在接下来的几个小时内被攻克。

8月22日，星期二

图卢兹已被法国马基游击队占领。波尔迪现在可能是一个自由人。但我还是替他担心。在盟军正规部队到达之前，我不确定这座城市能有多稳固。

8月29日，星期二

我该如何开始？我应该从哪里开始？
苏军已经进入布加勒斯特。

---

[1] 伊万·巴格里亚诺夫：保加利亚新任总理。他使保加利亚从亲纳粹的外交政策转向中立。

巴黎解放了。

我们在安提姆街的房子被炸弹炸毁了。

我累得像条狗。在大事到来时无法充分的高兴,这就是我的命。

我们带着设法从安提姆街的房子里抢救出的任何物品在一所房子里避难。这几行字就是在我这所房子里写下来的。能待多久?我不知道。房子的主人随时可能回来让我们离开。

按照通常的方式记录事件已是不可能了。发生的一切都非常不寻常,随后是十分可怕的。从上星期三晚上开始,我们在一个不太可能的斜坡上下滑。滑向何处我们不知道——要么是得到拯救,要么是滑向灾难。

从星期三过渡到星期四的那个晚上是一个疯狂的夜晚。那是在政变后刚刚发生,我们与彼得拉什卡努[1]、贝卢[2]和许多其他人一起在亚美尼斯卡街的房子("历史性建筑")[3]中度过。全城上下,人们欢呼雀跃。安东尼斯库在五分钟内被推翻,新政府成立,停战协定被接受。当真正的大量事件如雪片一般地向我们飘来时,我们甚至没有时间为巴黎庆祝一杯香槟(如今又回到了法国人手中)。

一整夜,我都在为黎明时分出版的《罗马尼亚自由报》撰稿。在胜利的当天晚上,所发生的事件让我成为了一名记者。我感到很高兴。

早上我带着疲惫不堪的身体上床睡觉,希望能睡个好觉。但就在

---

[1] 卢克雷丘·彼得拉什卡努:安东尼斯库政权后第一届政府中的共产党领导人和司法部长。后来,他在一场作秀公审后被处决。

[2] 赫伯特·("贝卢")·齐尔伯:塞巴斯蒂安的朋友,他在彼得拉什卡努审判期间被判入狱。

[3] 所指的房子是合谋的总部。合谋涉及共产党人、全国农民党人、自由主义者和与迈克尔国王关系密切的势力,目的是推翻安东尼斯库政权并使罗马尼亚与盟军结盟。8月23日上述各方势力正式宣布了这次"政变"。

这时，警报器开始鸣响。德国人对这座城市进行了轰炸。然后我们经历了一种极不熟悉的空袭，没有间断，没有警报或预警，这让我们在避难所里待了六十个小时，直到星期六晚上。在最后一个小时中，也就是星期六晚上，我们的房子被击中了。就在我们即将越过终点线时，我们成为了受害者。但我们还活着。

星期四、星期五和星期六，我们多么害怕德国人可能会重返布加勒斯特，哪怕只有一个小时！他们只需要一个小时就可以把我们全部杀尽。我们一个人不剩。没有人能够逃脱。

有成千上万的事情要说。也许等明天吧，或者后天吧。现在我觉得自己没有这个能力。我太想睡觉了。从星期三到星期六晚上，我没有合过一次眼。从上星期三到这星期一，我没有脱过一次鞋。从上星期三到昨天晚上，我没有一刻躺在床上。我只能在地板上翻来覆去，走到哪儿，滚在哪儿。

8月30日，星期三

我今天什么也写不出来。我太累了，累得我满脸皱纹。我可怜的体力经不住这样的考验。我必须连续睡上几天，就像小学生放假时一样。这样，我才能完全恢复过来。

到处都有可怕的（道德上可怕的）争吵，因为人们急于想占据位置，主张权利，确立权利。

我做不到。我也不感兴趣。我也不想知道。最佳的办法就是等待。你现在不能说话，只能喊叫。的确，多年来我一直在等待我终于能够发出报复性呐喊的那一刻——在经历了如此多的恶心、如此多的厌恶之事之后。

有一天我会写一本书。那对我来说仍然是最好的方法。我不是参与会议和委员会的人。人人都在召呼我——在中学，在大学，在作家聚会上。可我到那些地方能做什么？该说的话，时间到了，一定会说。当然不会是在今天，因为今天除了喊叫声之外你什么也听不见。

8月31日，星期四

在我们避难的房子的窗户下方，苏联重型坦克排成一队从卡罗尔大道上通过。景象十分壮观。那些疲惫不堪、满身尘土、衣衫褴褛的人正在征服世界。他们没什么好看的——但他们正在征服世界。

之后是一长列装满罗马尼亚士兵的卡车：这些原先的苏联战俘，如今是全副武装的红军战士。他们年轻快乐，装备精良。你可以看出他们不是从战场上下来的。他们组成了一个游行方队，可能在等待着进入布加勒斯特。

街上的人仍然是一脸懵逼。尽管爆发了热情，但仍有一定的保留。许多路人用斜眼看着"鼓掌的犹太人"。

当责任的问题被严肃提出的时候，罗马尼亚将会恢复理智。否则会太丢人。

我自己仍然无法在正在发生的事情中发挥直接作用。当我路过被烧毁的房子时，匆匆瞥了一眼，同情地看了一眼，我感到，成为一名灾难受害者比我想象的要糟糕得多。

房子就是工厂。你会发现所有的零件都在它应有的位置上，就像你看见一颗螺丝或机器的部件一样。但当这个组织崩溃时，你就会被一团混乱所包围。

我不知道我将如何、何时、何地重建任何一种正常的生活，一种让我能够关心其他事务的生活。目前，一切都处于暂停的状态。

我很高兴在我报名参加任何活动之前，我在《罗马尼亚自由报》的经历很快就结束了。我发现在那种秘密委员会体制下工作是不可能的。盲目灌输造成的愚蠢比普通的愚蠢更让人难接受。帕特拉斯卡努以他人性化的一面吸引了我。四个星期前，当我们在乌莱亚[1]的农场就为这家报纸服务达成协议时，我不能说我对自己将重返新闻业并不感到遗憾。但我对此表示欢迎，因为它让我可以立即大声说出我五年来一直保持沉默、咬牙切齿的所有事情。

三天后，当格劳尔[2]和他的团队闯入进来后，我意识到我将加入的是一个被墨守成规吓坏的编辑委员会。算了，算了，我还是写剧本比较好。

然后我的房子被炸了。我打电话说明了发生了什么事，从那以后就再也没有到那里去过。后来我通过贝卢告诉他们，我将永远退出。

9月1日，星期五

困惑，恐惧，怀疑。（昨天迪娜·可恰告诉我）苏军士兵强奸了妇女。士兵在街上拦下汽车，命令司机和乘客下车，然后开车走了，不知去向。抢劫了商店。今天下午，他们中的三个人冲进了扎哈里亚的商店，翻遍了保险箱，偷走了一些手表（手表是他们最喜欢的玩具）。

我不能把所有这些事件和事故都看得太悲惨。我觉得这些事情都很正常——甚至是正当的。不对的地方是罗马尼亚轻易逃避了惩罚。最终，这个富丽堂皇、无忧无虑、举止轻浮的布加勒斯特挑衅了一支来自荒郊野岭国家的军队。

---

〔1〕 奥克塔维安·乌莱亚：帕特拉斯卡努的表弟，皇宫礼宾部主任，8月23日政变的积极参与者。
〔2〕 亚历山大·格劳尔：犹太语言学家。

傍晚时分，一份用俄语和罗马尼亚语印在一张电影院节目单大小的纸上的命令下达了，开始实施始自九点钟的宵禁，并要求所有人交出收音机。

这些文件看起来像是在8月23日之前制定的标准文本。这些标准并没有因新情况而被取消。可能一切都会很快得到解释。

最终，俄罗斯人在行使自己的权利。当地人很恶心，犹太人和罗马尼亚人都一样。媒体令人作呕：米尔恰·达米安、克里斯托博尔德[1]，等等。

今天早上我犯了一个愚蠢的错误，去了多里安[2]的家。我被邀请参加了"作家会议"。我十分无助地目睹了以贝纳多尔[3]、克卢古鲁[4]和多里安为领导的"犹太作家联盟"的成立。一伙不为人知的人物，无足轻重的人物——绝望的失败、喧闹的平庸、古老的野心和麻烦的混合体，而所有这些都又从无礼和炫耀中汲取了新的生命。

我不会原谅我的懦弱，因为我没有大声喊出他们应该听到的一切。让自己落入这样的陷阱，这将是我最后的一次。

9月2日，星期六

没有家，我觉得一切都是临时的。就好像我在一个陌生的城市中，站在更换下一趟火车的站台上。

我没有书，也没有工作时间。我不知道在哪里可以找到我可能感兴趣的人。当然，他们也不知道如何找到我。

---

[1] 即康斯坦丁·克里斯托博尔德。
[2] 即埃米尔·多里安。
[3] 即尤里·贝纳多尔。
[4] 即扬·克卢古鲁。

我筋疲力尽，无所事事。

今天下午我去了电影院。一部苏联电影已在斯卡拉剧院售票，但四点钟的电影已经没有票了。所以时隔多年，我又去阿罗剧场看了莱斯利·霍华德和英格丽·褒曼主演的《寒夜情挑》。

能看到一部技术如此精妙而精湛的电影，能听到和理解英语是多么愉快呀。所有的德国和意大利片子都不值得一提。莱斯利·霍华德是多么的人性化，他的人性是多么的体面！

在回来的路上，我再次路过了斯卡拉剧院，这一次我搞到了六点钟为我和贝努在后包厢座位的电影票。

新闻片很吸引人。它播放了在莫斯科的德国囚犯游行示众。疲惫、肮脏、衣帽破旧的畜生组成了巨大纵队。这与当时在布加勒斯特阅兵式上的充满强壮、傲气的优雅气质的希特勒军队截然不同。一副副穴居人的面孔，仿佛取自《帝国》中的反犹太主义或反布尔什维克宣传照片。把人脸变成动物脸是多么容易啊！那些曾经住在大使酒店的年轻人，胡子刮得干干净净、衣冠楚楚、沐浴更衣、打扮得体、光鲜亮丽。他们也许真的相信，躺在波兰和德涅斯特河沿岸的泥堆和血泊中的犹太人是低等种族，是任何人都可以射杀而不受惩罚的低等狗。

在今天的影片中，德国的将军走在纵队的最前面。当他们在刺刀之间行走时，他们是多么地目瞪口呆，多么地顺从谦卑！

在那个复仇的形象之中，你可以看到胜利的现实。

主片是一部以战争为主题的电影：天真，相当粗鲁和幼稚。但它有心。

今天早上，我看到一辆苏联小坦克故意追着一辆私家车。

街头事件仍在继续。路人被推挤，直到他们交出手表。手表似乎是俄罗斯士兵的痴迷。

昨天的命令出现在今天所有的报纸上：九点宵禁；收音机上交。

1944年 755

这是不自由的非常明显的标志——人们会发现很难理解。但如果这对花了四年时间来掠夺犹太人的罗马尼亚人来说是一个教训，那么它就不会造成任何伤害。

9月5日，星期二

仍然有那种令人厌烦的印象，即一切都是暂时的。我整天都在外面闲逛，甚至我自己也不知道为什么。我拼命地四处奔波寻找住处，在各种"解决方案"之间犹豫不决，但实际上解决不了任何问题。我应该修理安提姆街的公寓吗？我应该等着巴德旺一家离开，然后接管他们的家吗？

麻烦会随着时间的推移而增加。目前我还有一些钱，但这些钱的价值一直在缩水。通货膨胀和贬值将是灾难性的。一卢布就是一百列伊。成千上万的士兵随意付钱购买任何东西（当他们不掠夺时），金钱不再有任何意义。

如果我和其他人一样有自己的房子，我会觉得这种景象很有趣。毕竟，饥饿可能不会杀死我。但以我目前流落街头的感觉，一切都变得太不确定了。

卡米尔·彼得雷斯库脸色苍白，大惊失色，天真地盯着贝鲁和我。我替他感到难过。他吓得又哭又笑。他想做一些论证，来为自己辩护或保护自己。其他那些不亚于他的"法西斯主义"的人，有胆量宣称民主主义和不妥协。但可怜的卡米尔却试图为自己开脱。这就是他一直以来所做的——在卡罗尔二世时期如此，在铁卫军统治时如此，在安东尼斯库统治时还是如此。

我偶然遇到了科恰。

"是你们把德国人引到这里来的，"他冲我吼道，"你们这帮《库凡突尔日报》的人。"

"不对,是你引来的,你这个和希特勒分子同流合污的人,"我用同样的方式回答。

这话产生了作用。他很生气,非常沮丧。我可能让自己成为了他的敌人。

但我受够了,看在上帝的份上!我会一直到死都是"《库凡突尔日报》人的一员"吗?

我想写我的关于战争的书。要快点,这样我就可以把我的憋屈从胸中释放出来,让自己平静下来。

9月7日,星期四

令我感到好笑的是,我为民族民主联盟的宣言所写的一句话——"历史不会赐予礼物"——正在为自己创造事业。当我写下这几个字的时候,我并不知道我在创造出一个历史的判断。伦敦广播电台采用了这句话。《环球报》以此为标题撰写了完整的评论。昨天我在《信号报》上读到:"一位伟大的罗马尼亚政治家最近说,历史不会赐予礼物。"

9月8日,星期五

昨天在电影院,上演了一部关于乌克兰战争的电影。恐怖超过一切。言语和姿势不再有任何作用。

这些走在布加勒斯特街头的俄罗斯士兵,带着孩子般的微笑和友好的粗鲁,是真正的天使。他们如何找到力量不放火烧毁一切,不杀戮,不掠夺,不把这座城市化为灰烬,而这座城市居住着那些杀害、焚烧和毁坏他们国家的人的母亲、妻子、姐妹和情人。

在理想的正义天平上，只有德国的彻底灭绝才能弥补所发生的一切或至少部分。

我和卡兰迪诺在卡普萨餐厅共进午餐，他邀请我去那里谈谈"生意"。
他建议我成为他计划与扎哈里亚·斯坦库共同管理的一家报纸的编辑。我告诉他我不做新闻。但我为什么不说这个提议在我看来是多么无礼呢？滚一边去吧！这就是我作为作家的"价值"吗？也许卡兰迪诺认为他和斯坦库把我放在他们报社的工资单上是件很自然的事。这非常令人不安。

我在街上遇到了扬·巴布。这是六七年来我们第一次打招呼。这六七年中，他根本不认识我。但是今天他却匆匆跑到我身边，张开双臂，热情地伸出了手。
"你们是对的！"他对卡兰迪诺和我大喊。
（就是这样："你们是对的！"——就好像在下一盘国际象棋或西洋跳棋，他走错了一步棋一样。）
但他忧郁而遗憾地补充道：
"他们犯的错误太大了。希特勒被证明是一个外行。他们不应该让他负责。如果他们没有解除勃劳赫蒂施的职务的话……"

9月12日，星期二

来自蒂特尔·科马内斯库的一封信：

致《皇家基金会杂志》的作家兼编辑米哈伊尔·塞巴斯蒂安先生：
屋大维·内阿姆图博士和《皇家基金会杂志》社的同事邀请您继续担任编辑。请您于星期三下午四点来基金会（拉斯卡尔卡塔吉大楼），在那里您将与管理委员会接触。

我还没有回复——但我想我不会接受。我整天都七上八下的（坏兆头！）。我问了贝卢、阿里斯蒂德和济苏，想听听他们的意见（又一个坏兆头）。如果你下定了决心，就不要问其他人。难不成我还存有丝丝的犹豫不决？难道我内心的厌恶还不足以扼杀掉任何残留的疑虑吗？

我觉得不能再在那里写东西了。我在那里的位子已经死了，这就是它应该一直保留的方式。

当我偶然遇到塞尔邦·乔库列斯库时，他从口袋里拿出一份由三十名作家协会成员签署的备忘录。这一备忘录要求召开全体会议选举（当然是民主的）一个新的委员会，并重新接纳犹太作家。

我读了那张纸上的内容，一言不发地把它递了回去。我不感兴趣。真诚地，不是装腔作势，也没有丝毫夸张。我对此不感兴趣。很难向乔库列斯库解释这一点，我也没有进行解释。但由于他坚持要我参加全体大会，我告诉他我不会去。他既不是傻子也不是彻头彻尾的附庸，难道他就看不出来这件事有多么荒唐吗？

作家协会的新主席将是维克托·埃夫蒂米乌。他的名字无处不在：在剧院，在作家协会，在遭受战争破坏的财产所有者协会（帕尔廷说，埃夫蒂米乌星期日在那里发表了关于革命精神的演讲，得到了雷鸣般的掌声）。

一个使人恼怒的细节。乔库列斯库向可能成为主席的埃夫蒂米乌建议，作家协会的新委员会应该包括"犹太作家协会的费利克斯·阿代卡"。埃夫蒂米乌回答说："但是为什么要这样呢？他们应该为我们让他们回来而感到高兴才是。"

我想书写声讨檄文的愿望与一种无助的厌恶感交替出现。有时我不寒而栗，迫切需要大声疾呼，反对所有无耻的姿态，反对在我们周围上演的整个闹剧。但马上我又提醒自己，这些与我无关。在这样一片巨大的巴尔干沼泽地的污泥浊水中我又能怎么办呢？

昨天在贝亚特家中，我遇到了两位苏联作家：鲍里斯·爱泼斯坦——一位三十岁的上尉和《真理报》戏剧评论家，尤拉（我不记得他的姓氏）——一位二十二岁的中尉和诗人。两人都是前线报纸的编辑。今天早上他们得到了新任务。

鲍里斯的德语讲得不好，尤拉的法语讲得不好。两人都有人性的表情（鲍里斯有点忧郁，尤拉更为朝气蓬勃）。这就如我在街上看到苏联士兵的脸之后留下的深刻印象：是好孩子，但很狂野。

我在星期日见到了布拉尼什特。他内向、谨慎、拘谨。没有提起我们一起工作的旧誓言。对他未来的计划只字未提。

他害怕俄国人，担心共产党人。在我看来，他担任《真相报》和《晨报》的主编，是不可救药的。

奇怪的是，我这么长时间都没有注意到任何关于战争进程的事情。我没有收音机，我读读报纸也漫不经心，最重要的是我没有地图（我们所有的地图都在安提姆街被毁掉了）。

自从我觉得战争的结果已经明了了，我对战争的兴趣就减少了。和平让我更加关注。我认为德军将在六到七个星期内被歼灭。我认为战争不会持续到11月以后。

但总有些人认为游戏还没有结束。埃内斯库[1]今天说的话让我感到惊讶。他说如果德国人返回布加勒斯特，我们公布《无名之星》之谜所冒的风险就是处决。

---

[1] 斯特凡·埃内斯库：他用斯特凡·明库的名字签署了塞巴斯蒂安的戏剧《无名之星》的作家名字，以便演出。

"你觉得这可能吗?"我笑着问。

"我也觉得不可能。但是有很多人都说,德国将从蒂米什瓦拉发动新的攻势。"

几乎整个法国都解放了,一半的比利时解放了,卢森堡和荷兰也解放了。齐格弗里德防线已在多处被突破。亚琛已经处在盟军机枪的射程之内。真的还有人能想象出"德国攻势"吗?

这个世界之大,任何事情都可以想象出来。

我们一直在搬家。今天,我们离开了卡罗尔大道的临时住所,前往德米特里拉科维塔街的另一个临时住所。我不知道这种"等候室"的生活什么时候才能结束,我们什么时候才能有一个可以称之为家的地方。

最重要的是,我仍然是一名战争受害者。

9月16日,星期六

我不甘心失望。我承认我没有任何这样的权利。德国人和希特勒主义已经断气了。这就足够了。

我内心深处一直都知道,我宁愿去死,也要让德国的崩溃更近一步。德国现在已经崩溃了,而我还活着。我还能祈求什么?多少人没能亲眼目睹这头野兽的死亡就死去了!我们还活着的人已经拥有了天大的幸运。

现在呢?我不知道。

现在,生活开始了。一种不得不过的生活。我唯一渴望的就是自由。不是新定义的自由,而是自由。经历过这么多年的恐怖,我们不需要有人来向我们解释什么是自由。我们知道自由是什么。它不能被任何公式所取代。

肯定有可悲的把戏、闹剧和骗局。有着厚颜无耻、品位低劣、永远粗俗无礼的维克托·埃夫蒂米乌。有着在德国人统治下过着舒适的生活,现在又是一个凶猛的雅各宾派的年轻的马科维斯库[1]。有着迟钝,沮丧,得意洋洋的格劳尔。有数以千计的事件和发生的事情会冒犯你。有一种墨守陈规的可怕精神。它的方向是崭新的,但它的心理结构是陈旧的。

但最重要的是,有一条弥补一切的真理,那就是,德国人再也翻不起身了。

9月17日,星期日

我在拜克家与贝卢、罗塞蒂和维绍亚努共进午餐。我们怀着浓厚的兴趣等待着维绍亚努,因为他刚刚作为停战委员会成员到莫斯科待了三天[2]。非常有趣的事情,由一个聪明、思想自由、没有偏见的人讲述。今天晚上我太累了,但明天我会试着记下一些事情的。

9月18日,星期一

维绍亚努说,俄罗斯一片悲伤。他没有看到街上有人微笑。但是,正如他自己补充的那样,斯拉夫大城市中都存在着某种悲伤情感。莫斯科很伤心,就像华沙在和平时期一样。

在俄罗斯,战争真的是全面的。你很少看到男人。妇女到处都取代了他们。丑陋、衣着糟糕的女性,天真地渴望调情(口红、笨拙和

---

[1] 乔治·马科维斯库:安东尼斯库政权时期的中层官员,后任齐奥塞斯库手下的外交部副部长。
[2] 康斯坦丁·维绍亚努是与苏联谈判停战条款的罗马尼亚代表团成员。

自命不凡的发型)。生活非常艰苦(四五个人住在一个房间之中),而且物价非常昂贵(一块肥皂要一百三十个卢布)。傲慢与自卑搅和在一起。他们知道自己取得了伟大的胜利,但同时担心自己得不到足够的尊重。这让他们很不高兴。

原定的是,晚上十一点莫洛托夫要召见罗马尼亚代表团。然后他们被告知,需要提前一小时报到:十点钟。当他们在十点整进入克里姆林宫时,一阵威猛的炮声响起了。他们问这是什么,并被告知这是为了占领布加勒斯特而齐发的炮弹。

然后门打开了。他们走进了莫洛托夫的办公室。

讨论没有改变已经起草的停战协定文本中的一个逗号。反对意见一个接着一个,但没有什么意义。莫洛托夫不时地问:你们要在斯大林格勒寻找什么?

我不知道维绍亚努在组织政变方面发挥了如此重要的作用。在他动身前往开罗的当晚,国王向他保证,一旦他从开罗得知时机已经成熟的消息后,将立即发动政变。

令人惊奇的是,这样一项经过长时间的特使洽谈和书面通信准备的行动,竟然可以在安东尼斯库的手下和基林格的眼皮子底下发生。

可能存在有一种意志麻痹、自我保护反应消失的情况。这种情况通常在政权濒临崩溃时出现。

9月20日,星期三

与维维(维绍亚努)的又一次长谈,这次是我和他的单独交谈。他告诉我,他不敢表达他从莫斯科回来时的所有痛苦。

他相信自由,但那里没有自由。人们非常害怕说出自己的想法,不敢清楚讲出是或者不是。毫无疑问,罗马尼亚必须跟着苏联走,但要与他们打交道并不容易。那里的人躲得远远的，根本找不到。物质和智力水平低下。十分的无知，十分的贫穷。

我倾向于同意维绍亚努的观点，但随后又阻止了自己。

他是一个西方人，对他来说，舒适、幸福、良好的教养和礼貌是根深蒂固的习惯，是生活的必需品。但俄罗斯的政权是为工人和农民服务的，是为那些现在才开始学习写字、能够像样地洗衣、吃饭的人——数以千万计正在艰难地迈向初级文明水平的人服务的。这不是一个精益求精的世界。所有我所珍视的东西——审慎、道德优雅、讽刺、尊重思想、对生活的审美意识——在这样一个亟须解决饥饿和寒冷问题的世界中是不可能的。

当我们认为广大群众与我们一样渴望自由时，我们可能是在自欺欺人。我们需要的是蒙田式的自由：一种捍卫其孤独的知识分子的自由，而农民和工人"大众"有着更简单、更强大的需求。

昨天晚上在阿尔罕布拉剧院举行了一场苏联音乐会表演（俄罗斯人称之为埃斯特拉达）。这是一个可怜的前线剧团，有一个笨手笨脚的钢琴家，两个切尔克斯集市的场地舞蹈者，几个健壮的体育舞蹈者，一个笨拙的年轻演员（他开始背诵普希金的诗句，紧接着背诵一些叙事诗句），最后由一个喜剧女演员进行独白。我也不应该忘记谈一下一位穿着全新燕尾服的男高音演员。他身穿的那件燕尾服估计是在布加勒斯特买的现成服装，穿在身上显得缺乏优雅感。

一切都很悲惨，但并非没有一定的温暖。在这些部队面前，我仍然不禁感到有些神奇，他们如此坦率地表现出他们的狂野性格，其中也有梦幻般的东西。在我的周围，士兵和军官有着不同的面孔（一个蒙古人，一个鞑靼人，一个表情非常和善的犹太少校，一个近视的年轻士兵戴着眼镜看起来有些忧郁）。我和他们一起欢笑。我和他们一起鼓掌。

9月26日，星期二

仍然过着同样支离破碎的生活。没有一个稳定的家让我很混乱不堪。我没有做事的能力；我是十足的那种"无法自己解决问题"的人。从最坏的意义上说，我是一个"诗人"。我不知道如何与房东交谈，或与打扰我的邻居吵架，或在当地警察局安排一些事情。我只想让我一个人安静地待着。我错过了机会，我放弃了，我忍气吞声，只是为了求得平静。这是荒谬的，也是非常有害的。三十七岁的我，仍像个孩子一样无助。

10月2日，星期一

我以某种方式融入了梅赫丁特家庭。并没有解决各式各样的问题，但至少我有了一个房间，没有人再威胁要驱逐我（至少暂时如此）。

安提姆街的房子正在维修。我不知道它什么时候能够修好，我也不知道我们是否能够返回那里以及何时能够返回那里。在这段时间里，我想冷静下来等待，稍安毋躁。

我累极了。我不知道为什么。显然我的健康受到了很大的影响。我睡眠不好，经常头晕，看起来很糟糕。我应该多照顾自己，但我却不知道该怎么做。

前线没有什么新鲜消息，国内政治也没有什么新鲜事。德国的抵抗是绝望的，但仍然是坚定的。在这里，旧的反动的罗马尼亚国家正在进行沉闷而顽固的抵抗。

当然，这并不严重。他们都会见鬼去吧，无论是前线的德国人，还是国内的铁卫军士兵。

同时，我对永恒的永远不进行改变的罗马尼亚感到有点厌恶。

卡米尔·彼得雷斯库给我读了几篇他站在"左派"一边的文章。

一篇猛烈地攻击了德国人，另一篇攻击了纪德。滚一边去吧！8月23日之前他怎么没有时间写呢？

我劝他放轻松一些。五年来，卡米尔一直在寻求为自己开脱并加入新的派别之中。

昨天晚上，当诺拉和米尔恰进行了三场演出后从剧院回来的路上，遭到一名俄罗斯士兵的袭击。这个士兵用左轮手枪顶着诺拉的脑袋，从他们手中抢走了十万列伊——还有一块手表。

在所有人中，这个士兵偏偏就遇到了他们。可能有成千上万的人（如吉奥卢、卡扎赞……）应该得到这样的礼遇。为什么偏偏选中诺拉和米尔恰？

10月13日，星期五

总是很累，没有任何正常的解释。我真的有病了吗？

我一直生活在紧张的状态中，无法恢复平衡。房子是主要的罪魁祸首。但这主要是我自己的错，因为我太轻易地跟着自己的任性走，而且走得太快了。

生活的机会总是与我擦肩而过。在如今的新条件下，有些人至少会尝试为自己找到一个位置（如格鲁布尔、科姆莎）。但对我来说，一切都没有改变。我有一些从《无名之星》挣得剩下的钱，我可能还会从巴拉瑟姆剧院得到另外两三千列伊。要是没有这些钱，我真的会遇到大麻烦的。我现在没有职位，也看不到任何前景。钱不论多少（无论是一百、三百还是五十万列伊）根本没有任何意义。我们正处于通货膨胀之中，钱的价值不断下滑。那么，重要的不是有金钱，而是有工作的能力，避免经济的拮据，成为某个机构的一部分。

但我总是独自一人。

几天前，政府陷入危机，但还没有人辞职。旧政权的顽固或惰性（如果不是其明显的反动野心）将不得不被抛弃。自由党和全国农民党不是完全消失，就是退居政治生活的后台。左派正在进行攻击。目前不存在共产主义革命的问题。但是，如果民主要在罗马尼亚成为现实，就亟须进行彻底的变革。

一个有趣的事情。在一家糕点店里，我遇到了一位希腊医生（我不记得他的名字了），我是1930年在巴黎结识他的。从那时起，我们每次见面都会互相问候。

"我很高兴你进步了，"他对我说。

"我怎么进步了？"

"我听说你不再是右翼分子了。"

"我？右翼分子？我什么时候变成右翼分子了？"

"嗯，我在巴黎时就认为你是这样的。你不是参加了法兰西运动[1]吗？"

我真不知道我是该笑，还是该抗议，或是该保持沉默。我能说什么呢？我怎么会被认为参与了"法兰西运动"呢？从哪里得出来的这样的结论？我的天呐！

与人沟通是多么的困难。有关你的各种形象和看法都在四处扩散。你不知道它们来自哪里，它们是如何产生的，它们又基于什么。你甚至不知道它们到底是什么。而在这个时候，你的现实生活就像一座孤岛。

11月19日，星期日

为什么我这么长时间没有在这里写日记了？我不知道。我可以列

---

[1] 查尔斯·莫拉斯领导的法国反犹运动。

出几种解释，但没有一个是充分的。

我仍然觉得，一切都是临时的。自从8月26日以来，我一直就是个战争受害者。我仍然没有家；我仍然被"安装"在某个地方。理论上我正在寻找某个地方。实际上，我住在梅赫丁特的家里，就好像我住在我过夜的旅馆里一样。

至于我的工作，也是有同样的感觉，即我所做的事情总是悬浮在空中。我常常推迟我真正应该关注的事情。

我已经把《无月之夜》改编成戏剧。我翻译了安娜·克里斯蒂的著作。现在我正在翻译《驯悍记》。我不断地告诉自己，我必须尽快完成它们，好像只有这样我才能开始我的主要活动。

我并没有失去想要写一部有关战争的书的愿望。我保证，一旦我摆脱了我的戏剧杂务之后就立即去做。但在现在，我得翻译，翻译，再翻译。

让我们公平点。戏剧确实能暂时提供我一些钱。否则我用什么来付房租或日常的家庭开支？

我没有任何"职位"。我依次拒绝了：重新加入基金会，恢复我在大学的职位，成为收归国有的一家德国公司的行政管理员，担任电台编辑，以及加入布拉尼什特的《尤尔纳鲁尔报》社。

靠拒绝的生活实在很难。

1月份或2月份，当我从剧院获得的收入枯竭时，我该怎么办？

不去布拉尼什特的《尤尔纳鲁尔报》社工作对我来说是一个戏剧性的决定。这让我度过了一个不眠之夜和几天的焦思苦虑。

我喜欢布拉尼什特这个人。我给他写了一封长信，试图解释为什么我既不能也不愿意在报社工作。然后我和他聊了很久，聊得我都快崩溃了，但我的立场还是很坚定。

即使冒着让维绍亚努不高兴的风险，甚至冒着与布拉尼什特发生争吵的风险，我也不想再从事新闻工作。

维绍亚努、彼得拉什卡努、贝卢、罗塞蒂都告诉我，我几乎肯定会被任命为"新闻顾问"[1]。我不知道。我还是有疑问。我甚至没有意识到这样的功能实际上意味着什么。"新闻顾问"在罗马尼亚的意思是一种从事文书工作的人。而且我不知道我出国做这件事的机会有多大（这一直是我的梦想）。而且这样的情况在很长一段时间内不太可能发生。

如果我放弃一切（新闻、文学、戏剧）并专注于宣传会是怎么样？每当我对任何形式的"搞宣传的"工作的厌恶开始让我窒息时，这个想法就会回到我身边。今天早上我在齐格弗里德的展览中待了十分钟左右。莱姆纳鲁、科马尔内斯库、穆沙泰斯库和阿让泰斯库都在那里！他们谈论了在编辑部幕后的各种各样的事情。怪诞的巴尔干事务。一个让我不会感到一丝有趣的世界。算了，算了，我还是需要一些完完全全不同的东西。

11月26日，星期日

接手翻译《驯悍记》是一个很大的错误。一个大错误。像这样的事情应该在六个月内完成，而我必须在几个星期内交稿。我已经工作一个月了，现在才完成了一半。不管发生什么，我必须更快地完成剩下的工作。

此外，我无法再与莱妮和弗罗达一起工作。我发誓这将是我与他们的最后一次戏剧经历。我的最后一次。所有的事情都让我恼火。弗罗达自诩为"剧院老板"，盛气凌人。莱妮在每一件事上都以"客观性"与他苟合。而且，杰妮卡（她扮演的是一个普通的角色，一个"人群之声"）总是和他们站在一起。他们好像在说：你看看，我们有三个人，而你只有一个人。如果我们三个都这么说，你为什么还这么固执？

---

[1] 塞巴斯蒂安在去世前几个月被任命为外交部新闻顾问。

还有那愚蠢、迟钝和感觉良好的沙西吉安。要不是看在莱妮的份上，我早就把翻译稿扔到他们脸上跑掉了。

只是因为钱，现在事情变得复杂了。

我犯了一个幼稚的（我承认，不可原谅的）错误，从一开始就没有确定有关条款。如果没有百分之六的版税，我是不可能同意工作的。但这似乎是很正常的期望，我确信不会有任何困难。昨天我与弗罗达进行了交谈。在最后一刻——又是我在金钱问题上荒谬的无助——我太懦弱了，我说的不是百分之六，而是百分之五。他吓坏了；他真的吓坏了。一秒钟之前，当着我的面，他冲着一些项目代理人大吵大吼，强加给他们非常严格的财务条件。而现在，当我向他要钱时，他吓坏了。

莱妮今天早上打电话给我，想我们两个人单独商量一下。剧院正在经历困难，制作成本高，预算大；她对我有吸引力，等等，等等。我拒绝了。我现在唯一愿意做的就是放弃整个业务。我会白白工作一个月——仅此而已。但至少我会成为一个自由人。我将能够自由地呼吸、休息、平复整个局面。但可笑的是，那样的话，我会看起来像个很不靠谱的人。他们争辩说，我一开始就没有指定条件。这是他们可以用来对付我的一种道德勒索。但我决心不屈服。要么是百分之五，要么什么都没有。是的，我宁愿给他们翻译，一个巴尼钱也拿不到。那时我只想要求，我的名字不要出现在任何地方。

当然，这是傻瓜的解决方案。一种幼稚的报复方式。但至少我会冷静下来，与自己和睦相处。

12月3日，星期日

《驯悍记》事件的简短结语。我翻译，翻译，再翻译，在过去的三天里，他们一句话都没有对我说，就开始在剧院里排练其他东西了。

我很偶然地从济苏夫人的电话中听说了这件事。不会再有莎士比亚的任何问题了。全镇的人都知道了，但只有我不知道。他们不仅懒得通知我，而且在星期五晚上已经安排好了新的首演式。而莱妮打电话来时并没有提到这件事，只是让我加快翻译速度。看来，她很会撒谎。

我很反感，我甚至不会为此感到难过。

我浪费了整整六个星期的工作，感觉自己像是在强迫服劳役一般。

唯一奇怪的是他们没有告诉我，这样我就可以停止工作了。我感到就像戴了绿帽子一样。毫无疑问，这就是每个在剧院的人如此看我的和嘲笑我的。

12月7日，星期四

我和美国陆军的拉里·巴赫曼上尉一起度过了一个下午。他明天早上飞往意大利，然后再从那里飞往中国。在此之前，他一直在太平洋作战。

他是一个充满激情的犹太人。他很生气，因为在这里的两个星期里，他一直和一群罗马尼亚人混在一起，但没有人告诉他，他们是铁卫军成员（其中一位名叫斯塔内斯库的律师，是多伊娜小姐的情人）。

拉里是一位好莱坞编剧，对戏剧很着迷，但到目前为止，他的剧本还没有上演过。他在米高梅影视公司工作多年。出于友好的好奇心，他问了数百个关于我和我的戏剧的问题。他知道一些《无名之星》的情况。他昨天去了巴拉瑟姆剧院。他希望我们一起写剧本，并且很遗憾（我也是）他来到布加勒斯特的第一天我们没能见上面。如果那样，我们可能有时间做些什么。

他年轻，充满活力，诚实直率，关心我们犹太人，关心民主的现实。一个人物。一个新人物。前途无量。

12月13日，星期三

我从玛丽埃塔·拉雷什那里听说尼娜·伊利亚德死了。十天前，一封来自里斯本的电报带来了这个消息。

回忆的浪潮从往日的时间涌起：她在伊莫蒂亚拉大道楼上的小房间；她在打字机上几乎同时打出《马伊特雷伊》[1]和《女人》；她夜间到米尔恰在旋律街的阁楼拜访；他们意想不到的爱情；米尔恰飞往波亚纳的航班；尼娜的绝望之感和我无助地试图安慰她；米尔恰返回；他们订婚；两年后他们在拉霍瓦之路的市政厅秘密举行民事婚礼；他们在迪尼库戈莱斯库大道的公寓，然后搬到在帕拉迪斯街的公寓；我们在山间散步；在布雷亚扎度过夏天；在涅尔瓦特拉安街的弗洛里亚的院子里玩游戏；我们多年的兄弟情谊——然后是困惑和渐行渐远的岁月，直到这一切都在敌意和遗忘中破裂。

一切都死了，一切都消失了，一切都永远失去了。

12月15日，星期五

一封电报今天送到了安提姆街，是前天从梵蒂冈城发出的，还带有俄罗斯审查的标记。

> 布加勒斯特安提姆街45号米哈伊·塞巴斯蒂安先生
> 梵蒂冈城，25，44，15，1020
> 　　罗马卡拉维拉出版社愿意出版小说《事故》的译本，并支付一万意大利里拉的版税。如果您接受，款项将存入公使馆，直到可以转账为止。请电报立即回复。梵蒂冈驻罗马尼

---

[1] 米尔恰·伊利亚德的小说。

亚使馆。格里戈西亚。

我不知道卡拉维拉意味着什么,也不知道一万里拉值多少钱,也不知道我要如何回答,也不知道这本书是否真的会出版。但是电报让我非常高兴。

有没有可能,在某一天,我的写作会走出这个死胡同?突然之间,我似乎不再那么孤单,不再那么贫穷,不再那么无用了。

12月17日,星期日

今天是《洪水》的最后一场演出。

戏剧的成功是多么神秘呀。我在剧场中,仔细地环顾四周。糟糕的表演,糟糕的制作,缺乏表现力的布景和平庸的演员(芬蒂很假,马鲁塔神气活现,乌尔泰亚努毫无幽默感,阿塔纳塞斯库很愚蠢)。这一切似乎毫无价值且不真实——但戏剧仍然演得很顺利。听众听了,相信了,鼓掌了。这就是所谓的轰动效应。

这一戏剧已经演出了八十五场。毫无疑问,其他剧场比在布加勒斯特市中心的剧场做得更好。对我来说,这是一笔很棒的小生意,给我带来了将近四十万列伊。我以前从未从剧院得到过这么多钱,而且付出的努力如此之少。

但我还能做这样的工作吗?要是从不诚实的角度看,它是如此低成本,如此轻而易举。我添加的角色,金小姐,几乎是不费吹灰之力。一句不断重复的台词("我是一个值得尊敬的人")是唯一的手段,简单却万无一失。每当这句话出现时,人们都会大笑,就好像有人按下了按钮一样。这是一种卑鄙的简单效果,粗鲁的简单效果。

12月18日，星期一

去部里与维绍亚努谈话[1]。自他成为部长以来，这是我第三次见到他。他很热情、简单、坦诚地接待了我，但却不能为我做任何事情。他不能也不想。他不会给我曾经许诺过的"新闻顾问"的工作。这似乎还存在着一些法律障碍。但事实上，反对来自皮基·波戈尼亚努[2]，而维维却没有勇气或兴趣去跨越他。他给我提供的只是一个"按日计薪"的职位。当然，我拒绝了。

对他来说，我仍然是一个犹太痞子。也许在后台阴影处可以为我找到一个位子，但试图把我更多地推到前台就有些无礼了。

我在巴拉瑟姆剧场度过了一个烦人的下午，那里正在紧张地排练戏剧《无月之夜》[3]。首演式预期在后天，但直到现在什么都没有准备好。

也许剧院里总是这样操作的。一直处在忧虑、混乱、匆忙和恐惧之中。没有人能再看到任何东西。不知那是好还是坏？是灾难还是令人钦佩？没有人能回答。没人会知道。

我自己却很冷静。到头来，这最多只是我的一个翻译作品。但如果这个戏真的是我创作的，我可能也会陷入这种疯狂的恐慌之中。

12月22日，星期五

星期日我可能会和赫塔、安德烈[4]和赫兰特[5]一起去迪哈姆（在最后一刻我得知我们的人数增加了，增加了莱妮和哈利）。

---

〔1〕 维绍亚努现在是萨泰斯库政府的外交部长。
〔2〕 维克多·拉杜列斯库·波戈尼亚努：罗马尼亚外交部密码学主任。
〔3〕 塞巴斯蒂安根据约翰·斯坦贝克的小说《月亮落下》改编的戏剧。
〔4〕 卢克雷普·帕特拉斯卡努在战时共产主义地下组织中使用的名字。
〔5〕 赫兰特·托罗斯安：律师。

我试图从我过去的残余物品中整理出一个滑雪者的衣橱。有点破，有点脏——但还不算太糟。我很高兴再次在艾丽斯家找到我的滑雪板和滑雪杖。大约三年前，当我们奉命要将滑雪板交给警察时，我就把它们藏在了艾丽斯家的阁楼里。

8月23日的意义并不像有时看起来只是一种虚构。至少它让我重新获得了去山上的自由。我希望在那里快乐——我希望我会快乐的。

晚上，外交部举行了招待会。维维坚持要我去，我就去了。作为时髦的聚会，这是令人愉快的，但作为政治奇观则令人厌恶。在座这些人在五个月之前曾与基林格一起推杯问盏！

我担心巴拉瑟姆剧院正在安排一次破产。《无月之夜》可能会成功（至少会和《洪水》一样成功），但也有可能我自己一分钱也收不到。马尔可维奇总是在抱怨，说他已经垮掉了，他没有钱用来做海报和宣传，但与此同时他却把所有的票房收入都装进了自己的口袋。

12月31日，星期日

半个小时前我从山上回来了。我在普雷迪亚尔待了一天，在迪哈姆山的猎人小屋待了六天。尽管山上没有可供滑雪的雪，但这仍然是一个愉快的假期。

我被许久未见的布切吉山感动了。一道清澈的白光使寒冷的景色更加深邃，直到最近几天才被白雪覆盖。

对任何东西我都无以言表。言语对我没有丝毫帮助。有好几次我静静地站着，看着风景，想在心中定下它的轮廓。但一切都比我能记忆的更多样化、更复杂、更神秘。

我一定很老了。我在山上没有找到昔日的活力。我很忧郁，更确切地说，几乎是沮丧。我感到一种旧日的疲倦。无论走到哪里，我都笼罩在无法治愈的孤独感之中。

今天是一年的最后一天。在这一天里我感到难过，真的很惭愧。毕竟，就是在这一年中我重获了自由。无论有多少苦难与痛苦，无论有多少失望，这个基本事实仍然存在。

我想起了波尔迪，对他离我如此遥远感到难过。我迫不及待地想再次见到他。其他所有的一切都将化为遗憾和希望。

  1945年5月29日，米哈伊尔·塞巴斯蒂安在布加勒斯特市中心被一辆卡车撞死。

附录
困于反犹的仇恨者之中

约翰·班维尔

律师、记者、小说家、剧作家米哈伊尔·塞巴斯蒂安在他的《塞巴斯蒂安日记：1935–1944年，法西斯年代》（简称《日记》）中，对欧洲历史上一些最可怕的岁月留下了深刻而感人的记录。他的祖国罗马尼亚可能在地理意义上处于边缘，但它与西班牙一样，是极权主义与民主斗争的主战场之一，而这场斗争却将这些国家统统夷为废墟，造成数百万无法统计的人员死亡和几近毁灭了欧洲的犹太人。令人惊奇的是，这部日记（直到1996年才在罗马尼亚出版，直到2000年才出版英文版）不仅是一份无价的历史文献，完全与维克多·克伦佩勒和安妮·弗兰克的日记一样重要，而且还是一部结构优美、表达巧妙的文学艺术作品。人类的野蛮行径从未被如此入木三分地、如此具有表现风格地、如此优雅地，而且以令人惊奇的幽默方式记录下来。在他的小说《两千年之久》之中，我们发现了一个虚构的《日记》的前身。它与《日记》一样，同样令人着迷，同样令人震惊。

米哈伊尔·塞巴斯蒂安是约瑟夫·孟德尔·赫克特的笔名。1907年，他出生于多瑙河港口城市布勒伊拉的一个犹太家庭。他在自诩为"巴黎第二"的罗马尼亚首都布加勒斯特学习法律，然后又去了真正的巴黎学习。当他返回到布加勒斯特后，他成为一个当时时代的典型人物：一个知识分子闲逛者，一个文艺咖啡馆的常客，一个追逐女孩子的人。他间歇性地担任律师，同时也写散文、小说、诗歌和戏剧。在他的社交群中，有米尔恰·伊利亚德、埃米尔·乔兰、尤金·约内斯库和卡米尔·彼得雷斯库等作家和思想家。

在1934年那个狂热的年份，希特勒就任德国总理，西班牙陷入内战，塞巴斯蒂安出版了其小说《两千年之久》。这本小说立即在罗马尼亚掀起了众怒。犹太复国主义左翼指责他为反犹太主义者，而法西斯右翼则认为他是狂热的犹太复国主义者。他邀请他的朋友兼心目中的英雄纳埃·约内斯库为这本小说书写序言。纳埃·约内斯库是一位富有魅力的教师、哲学家、数学家，但最终成为法西斯的活动家。纳埃·约内斯库答应了，但事实证明，他所写的并不是塞巴斯蒂安所希望的同情和赞许，而是针对塞巴斯蒂安犹太人身份的可耻控诉。约内斯库写道，同化是一种愚蠢的幻想：没有哪个犹太人可以属于一个民族共同体。"有人可以为社区服务，可以以杰出的方式为社区服务，甚至可以为这个集体献出生命，但这并没有使他向它靠近。"他直言不讳地告诉塞巴斯蒂安，他甚至不应该认为自己是罗马尼亚人：

> 这是同化主义的幻觉，这是许多真诚地相信自己是罗马尼亚人的犹太人的幻觉。……要记住，你是犹太人！……你是在多瑙河畔布勒伊拉出生的约瑟夫·赫克特吗？不对，你是在多瑙河畔布勒伊拉出生的犹太人。

这似乎不可思议，塞巴斯蒂安尽管感到悲伤和失望，但还是仍然将这篇令人震惊的谩骂文章作为他小说的序言发表。后来他写道，收录这篇文章是他对约内斯库唯一可能的报复。这完全是典型的塞巴斯蒂安对他许多最亲密的同伴毫不羞耻、大肆宣称的反犹太主义表现出的坚忍和无奈期望的态度。1940年，四十九岁的纳埃·约内斯库去世时，塞巴斯蒂安为他逝去的朋友流下了痛苦的泪水。

事实上，塞巴斯蒂安接受甚至原谅朋友过激行为的能力确实令人惊叹。在《日记》中，他记录了当罗马尼亚政府没收犹太人的私人住宅并分发给非犹太家庭时，他偶然遇到了他的朋友小说家卡米尔·彼得雷斯库。卡米尔向他抱怨说，他可能不会被给予其中的一所房子：

"他们从不给我留任何东西，"他沮丧地说。

"嗯，这一次，"我答道，"就算他们给了你什么东西，我敢肯定你不会接受的！"

"不接受？我干嘛会不要呢？"

塞巴斯蒂安选择了蒙田著名的一段话作为他小说的题词。一开场就宣布："我不仅敢于谈论我自己，而且只谈论我自己。"这一题词无疑是向读者发出的一个有意识的信号，表明该小说将具有很强的自传性质。这本书分为六个部分，但实际上它只有两部分：第一部分是一个感人至深的开篇部分，长达九十多页，讲述了无名字的主人公在大学里度过的恐怖时光，以及他和他的犹太人同胞在大学里是如何受到无情的反犹太学生团体虐待的："在今天的上课时，我挨了两拳，我记下了八页笔记。真是值呀，挨了两拳。"他认识到保持自己尊严的绝对必要性：

如果我哭了，我就输了。我仍然冷静地知道这些。如果我哭了，我就输了。握紧你的拳头，你这个傻瓜。如果有必要的话，相信自己是英雄，向上帝祈祷，告诉自己，你是烈士的儿子。是的，是的，告诉自己。把你的头撞到墙上，但如果你想要能够在镜子里看见自己，不羞愧而死，就不要哭。

这就是我对你的全部要求：不要哭。

小说的主人公（为方便起见，我们称他为约瑟夫）和他的创造者一样，他深知，他所知道的世界，他所爱的世界——"我在街上。我看到一个美丽的女人。我看到一辆空马车驶过。一切都是它应该的样子"——即将迎来灾难性的结局。他并不是唯一一个有这种信念的人。他为了躲避一群想要再次殴打他的学生，他躲藏起来，偶然上了吉塔·布利达鲁的政治经济学课，并记录了这位哲学家令人兴奋的关于当代社会崩溃的言论。吉塔·布利达鲁是稍稍虚构的纳埃·约内斯库的翻版。"我们失去的不仅仅是金本位，"布里达鲁宣称，"我们的象征和我们自己之间的任何恒定的关系也都消失了。人与人所处的环境之间存在着鸿沟。"

这条鸿沟该如何弥合？约瑟夫的大多数非犹太朋友都对全面崩溃、陷入混乱的前景感到自豪。请看一下斯特凡·帕尔莱亚，一个几乎是基于塞巴斯蒂安的朋友埃米尔·乔兰的角色：

砸窗户砸得好。任何暴力行为都是不错的。"打倒犹太鬼"是愚蠢的，同意！但这有什么关系呢？重点是要稍微震动一下这个国家。如果没有其他办法的话，那就从犹太人开始吧。但最终将会以一场通天大火和一场吞噬一切的地震结束。

正如我们从《日记》中看到的那样，约瑟夫和塞巴斯蒂安对反犹太主义抱有模棱两可的感情。有一次，在回想起他早期的大学经历时，他说："我把一切都简化为当一个犹太人的戏剧……我相信，我距离狂热只有两步之遥。"他理解并承认，无论是犹太人还是非犹太人，每个人心中都有极端主义的根源，并且想知道犹太人自己在多大程度上招致了非犹太人世界的怨恨。他写道："我们（犹太人）与苦难之间存在着永恒的友好关系,"他接着承认,"在我最悲痛的时刻,我惊讶地发现这种苦难中存在着自豪的印记,沉醉于说不清的虚荣之中。"他承认反犹太主义的残酷和愚蠢,但最重要的是,他鄙视反犹太主义,"是因为它缺乏想象力",是因为它不断地重申了同样老掉牙的指控——"共济会、高利贷、仪式性杀戮"。多么微不足道啊!他惊呼道,然后提出了堪比卡夫卡本人的见解:

> 犹太人最基本的良心、最普遍的犹太智慧,会在其自身中发现更严重的罪过、更深的黑暗和更毁灭性的灾难。

阅读这样的句子,还有其他类似的句子,即使不是强烈的,也是有意的,人们会理解塞巴斯蒂安的一些犹太读者对他的反犹太主义指控。然而这样的指控本身就缺乏想象力。正如他的翻译菲利普·奥·塞莱所说,塞巴斯蒂安"担心他发现受害者心理太有吸引力",但尽管他既不想否认自己的犹太身份,也不想被自己的犹太身份所定义,"他生活在一个决定了自己的社会"。《两千年之久》写于20世纪30年代初,虽然它的基调充满了预言性的恐惧,但其作者无法想象在20世纪30年代末降临到欧洲和犹太人民身上的悲剧有多么巨大。

在反犹太主义的历史记录上,罗马尼亚的地位尤其恶名昭彰。例如,据估计,在罗马尼亚占领的乌克兰,有十三万名当地犹太人被屠杀,罗马尼亚军队在敖德萨和戈尔塔地区屠杀了十五万名犹太人。[1] 正如塞巴斯蒂安在他的日记中所记录的那样,在1941年的一场大屠杀中,犹太人被赶进了屠宰场,并用肉钩吊起脖子。"每具尸体上都贴着一张纸,上面写着:'犹太肉'。"

当然,罗马尼亚在这方面并不是独一无二的。纳粹征服东欧的最

---

[1] 此处原文如此。编注。

初几年，波兰、立陶宛和爱沙尼亚等国当地居民对犹太大屠杀的狂热之情甚至令党卫军感到震惊。然而，罗马尼亚社会各阶层，特别是知识分子对犹太人的厌恶却是无情的。以下是1939年9月《日记》中记录的一次典型的表露：

> 波兰人在华沙的抵抗……是犹太人的抵抗。只有犹太鬼才有能力将妇女和儿童放在前线进行勒索，以利用德国人的道德顾忌意识……在布科维纳边境发生的事情是一个丑闻，因为新一波犹太人正涌入这个国家。与其让罗马尼亚再次被犹太人入侵，还不如成为一个德国保护国。

说话者可能是谁呢？也许是愤愤不平的党派人士，或者是街头演说家？不对！说话者是米尔恰·伊利亚德。他是罗马尼亚当时最重要的学者和作家之一。战后他移居美国，成为一位备受尊敬和有影响力的宗教思想家和历史学家。1937年，伊利亚德谈到一名被铁卫军鞭打的左翼学生时说，就他个人而言，他会把那个人的眼睛给抠出来才行。塞巴斯蒂安写道："也许有一天形势平静下来，我再来给米尔恰读这一页，看看他羞愧得脸红。"

同样，尽管或许没有那么卑鄙，E. M.乔兰（塞巴斯蒂安小说中的"斯特凡·帕尔莱亚"）也加入了罗马尼亚法西斯运动组织——"铁卫军"。乔兰是另一位偷生专家。当扬·安东尼斯库元帅于1940年掌权并镇压铁卫军运动时，他的政府任命乔兰为巴黎文化专员，他在那里以高薪舒适和安全的方式度过了战争岁月，并在战后成为一名流亡生活的耀眼知识分子。正如奥·塞莱尖锐指出的那样，他是"战后巴黎最受欢迎的虚无主义者之一"。在《日记》中，塞巴斯蒂安描述了1941年1月与乔兰的会面。那天他被任命去巴黎。"他容光焕发，"塞巴斯蒂安写道：这位新专员刚刚收到征召文件，但现在他不必去参加战斗了。

"就这样，一切都已经解决了。你明白我的意思吗？"是的，塞巴斯蒂安悲伤地想，"我当然明白"。

乔兰后来至少对自己"与魔鬼签订了契约"表示遗憾。而伊利亚德在芝加哥大学取得了辉煌的职业生涯，但他从未对自己作为铁卫军思想家的过去写过任何道歉的话，甚至在他的自传中仍试图证明他对那群令人震惊的暴徒的支持是正当的。

塞巴斯蒂安圈子里最耀眼的人物是剧作家尤金·约内斯库——《犀牛》《椅子》的作者。他憎恶并谴责反犹太主义。以下是《日记》中1941年10月的一段描写：

> 希特勒今天下午发表讲话。六点左右，我在奇斯米久与尤金和罗迪卡在一起，就在演讲播出的时候。我们去了树桩糕点店（那里有收音机）并在一张桌子旁坐下。我想听——但几秒钟后，尤金脸色发白，站了起来。
> "我受不了了！我受不了了！"
> 他说这话的时候表现出一种生理上的绝望。然后他跑了，当然我们也跟着他跑了出来。我觉得我应该拥抱他。

就其方式而言，《两千年之久》与《日记》一样，是对处于可怕时代的罗马尼亚，尤其是罗马尼亚知识分子的谴责；事实上，人们可能会说，《两千年之久》是一本以日记形式写成的小说，而《日记》则是一本以小说形式写成的日记。

在小说的第二部分，即塞巴斯蒂安指定的第三部分开始，基调发生了根本性的变化，而且这种变化并不总是最满意的。五年过去了，约瑟夫在几个省中担任建筑师，负责一个雄心勃勃的项目，由"大师"米尔恰·维耶鲁指导，并得到了拥有与罗马尼亚政府石油钻探合同的美国商人拉尔夫·T.赖斯的资助。由于尤奥拉村位于油田所在地，维耶鲁决定将该村"从现在的位置搬到右侧几公里处"。阅读本节的开头几页，人们会发现自己有些挣扎，就像一个游泳者游在超出了自己高度的深水之中，正在寻找一块可以落脚的岩石。有时，塞巴斯蒂安似乎决心以萨默塞特·毛姆的方式写一个故事，带有淡淡的普鲁斯特风格和一抹斯科特·菲茨杰拉德的苦涩之味。

我们遇到了一对英国邓顿家族的夫妇：玛乔丽和菲利普。约瑟夫观察到，他们彼此并不相爱，但他们相处得很好，似乎是一种非常英国式的方式。玛乔丽——"她有一头令人难以置信的金发——玉米秸秆般的白色金发"，拥有一台留声机，并定期从家里收到一批批最新唱片。这里的对话是纯粹的客厅喜剧式的：

"如果你愿意的话，我今晚就来。"

"今天晚上不行。我们要去尼克尔森家。菲尔答应打桥牌。你自己也来吧。"

这个英国小殖民地的功能尚不清楚——菲利普·邓顿是拉尔夫·赖斯雇用的一名技术员，所以想必其他男人们也在石油行业工作。玛乔丽被一个名叫皮埃尔·多加尼的阴暗的、英俊的年轻人远远地徒劳无功地爱着——"他奇怪的脑袋既有闪米特人的特征，又有蒙古人的特征"——而且约瑟夫本人似乎在某个时候对她也抱有丝丝温感。但最终一切都没有结果，她离开了丈夫，嫁给了他在尤奥拉项目中的同事、粗鲁的好色之徒马林·德龙图。这让所有人都感到惊讶，也让约瑟夫感到懊恼。

所有这一切似乎完全无关紧要，但人们仍然怀疑塞巴斯蒂安对他那充满怀旧情调、无精打采的调情和管理上吵吵闹闹的曲折故事怀有雄大但未实现的野心——建筑师维耶鲁和拉尔夫·T.赖斯经常发生争执，并且他们的交流至少会引起读者一丝苦笑——他想让我们把这本书当作一本对当代礼仪的时尚而无聊的研究来读。

然而，主题最终再次出现。令约瑟夫惊愕和深感失望的是，他所尊敬的"老师"维耶鲁也是一个反犹太分子。尽管说话比较温和，他和其他反犹太人一样恶毒。当维耶鲁说他在城里从未见过约瑟夫，约瑟夫回答说他无法忍受这种有毒的气氛时，他们两人发生了冲突："每个街角都有使徒，而每一位使徒都是犹太人的灭绝者。"约瑟夫本以为这个老人会对此表示同情和愤慨，但当维耶鲁平静地回应说"这是一个犹太人的问题，的确需要解决"时，他感到非常震惊。

> 让我们说清楚。我不是反犹太主义者……但我是罗马尼亚人。而且，我认为，所有敌视我作为罗马尼亚人的事情都是危险的。有一种腐蚀性的犹太精神。我必须保护自己免受它的侵害……如果我们国家的肌体强大，我不会为此困扰。但它并不强壮。它是有罪的、腐败的、软弱的。这就是为什么我必须与腐败作斗争。

这是一场漫长而复杂交流的开始，在某些地方读者可能会搞不清楚在讲话的是哪位参与者。如果这种模棱两可的效果是塞巴斯蒂安故意设计的，那么这是一个绝妙的策略，因为它让我们再次看到两次世界大战期间罗马尼亚（而且不仅仅是罗马尼亚）犹太人和非犹太人之间关系的极端模糊性。约瑟夫，就如同《日记》的作者一样，理解反犹太主义，甚至在令人震惊的程度上对其产生了同情。因此，当我们读到诸如"犹太人有一种令人憎恶的形而上学的义务。这就是他在世界上的角色"之类的评论时，我们以为这是维耶鲁在说话，但到后来我们却惊讶地意识到，事实上这是约瑟夫本人的言语。

然而最终，维耶鲁冷静的逻辑和踌躇满志、不可动摇的决意使他成了一个比吉塔·布利达鲁或斯特凡·帕尔莱亚更可怕的人物，尽管他们的夸夸其谈，带有亚于尼采式的咆哮。我们突然想起，维耶鲁是一位建筑师：当满载牛群的火车开始向东行驶时，他将会建造什么？然而，即使在这里，约瑟夫的反应也更多地只是悲伤而不是愤怒，在这场安静而可怕的谈话结束时，他们没有说一句严厉的话就分手了：

> 我们俩都点燃了香烟。我们试图交谈，但没有成功——我们分开时天已经很晚了，有点尴尬，但握手确实很温暖。
>
> 有点尴尬……这里美丽的克制让人心碎。

是的，克制是这本小说和后来的《日记》的定义标志，就像塞巴斯蒂安的个性一样，正如我们在阅读这两本书中所感受到的那样。在一个真正残暴的时代，他拒绝在自己作为一个文明人的职责上的妥协，而他周围的许多人使劲往那焚烧尸体的柴堆中添柴，并围着火堆带着狂躁和凶残的喜悦起舞。即使在那最黑暗的书页上，他也能找到优雅的措辞、智慧的闪现、理解和宽恕姿态的空间。他热爱文学，他的作品译成三四种语言被广泛地阅读，但他的笔触始终是一笔轻轻掠过。

他也不是一个永远熬夜的人。他一直哀叹自己缺乏对文学作品的运用。他喜欢阳光，喜欢躺在海滩上无所事事，或者去山上滑雪。他的爱情生活就像费多闹剧一样错综复杂。在感情问题上，他既尖酸刻薄又诙谐：当他在火车上瞥见他的前女友和她丈夫时，约瑟夫说道："她仍然很漂亮，这让我对过去感到高兴，但看起来她会发胖，这让我对她的将来感到高兴。"

随着岁月的黑暗和灾难席卷欧洲，他越来越强烈地承认自己的祖先及其意义。他对那些敦促自己皈依天主教以逃避迫害的人表示蔑视，他在《日记》中写道：

> 在一个有阳光和阴影的岛屿上的某个地方，在和平、安

全和幸福之中，我最终会对我是不是犹太人并不在乎。但此时此地，我不能成为任何其他人。

塞巴斯蒂安在战争中幸存下来，很大程度上是因为罗马尼亚政权从一开始就敏锐地看到德国将被击败，并改变了对犹太人的政策，希望安抚将会胜利的同盟国。然而，他的生命却以一种既悲惨又平庸的方式被截短终止了。《日记》的最后一页如下：

1945年5月29日，米哈伊尔·塞巴斯蒂安在布加勒斯特市中心被一辆卡车撞死。

Originally published as "Surrounded by Jew-Haters", The New York Review of Books, May 26, 2016. Copyright © 2016 John Banville.